BASTEI
LÜBBE

Edward Humes

Auf Bewährung entlassen...

Aus dem Amerikanischen übertragen
von Werner Siebenhaar

TRUE CRIME
Der wahre Kriminalfall

BASTEI LÜBBE

BASTEI LÜBBE TASCHENBUCH
Band 14 158

Erste Auflage: Oktober 1998

Deutsche Lizenzausgabe 1998
by Bastei-Verlag Gustav H. Lübbe GmbH & Co.,
Bergisch Gladbach
Originaltitel: NO MATTER HOW LOUD I SHOUT
– A Year in the Live of Juvenile Court
Originalverlag: Simon & Schuster
Lektorat: Brigitte Wagner
Titelbild: Tony Stone
Umschlaggestaltung: QuadroGrafik, Bensberg
Satz: KCS GmbH, Buchholz / Hamburg
Druck und Verarbeitung:
Brodard & Taupin, La Flèche, Frankreich
Printed in France
ISBN 3-404-14158-X

Der Preis dieses Bandes versteht sich einschließlich der gesetzlichen Mehrwertsteuer

Dieses Buch ist Gabrielle und Donna gewidmet

Inhaltsverzeichnis

Anmerkung des Verfassers

Dieses Buch ist das Ergebnis aus der Beobachtung eines Jahres – und gelegentlich auch der Teilnahme – bei der Jugendstrafverfolgung. Es ist die Geschichte von Kindern und Jugendlichen, Familien und Fachleuten, die die Jugendgerichte von Los Angeles bevölkern, wo die Wege von jungen Leben jeden Tag tiefgreifend verändert werden – meistens unbemerkt und nur gelegentlich zum Besseren. Die in diesem Buch aufgeführten Berichte sind ungeschönt, nicht ausgeschmückt. Keine Tatsachen wurden verändert. Es enthält keine erfundenen, künstlichen Charaktere und keine erdichteten Passagen. Die Namen der Jugendlichen wurden gemäß dem Gesetz des Bundesstaats Kalifornien und den gerichtlichen Verfügungen verändert, aber in jeder anderen Hinsicht entspricht dies, was Sie hier lesen werden, genau dem, was in den Gerichtsgebäuden, Bewährungsämtern und Jugendstrafanstalten geschah.

Zwei Faktoren haben dieses Buch möglich gemacht. Eine gerichtliche Verfügung des ehemaligen Vorsitzenden Richters des Jugendgerichtshofs von Los Angeles, Marcus O. Tucker, gewährte mir Zugang zu einem System, das normalerweise für die Öffentlichkeit verschlossen ist. Ein Fuß in der Tür ist aber nur ein Anfang. Ich verließ mich auch auf den Mut, die Einsicht und Großzügigkeit so mancher Leute, die in diesem System arbeiten und zu der Ansicht gekommen sind, daß Geheimhaltung ihrer Lebensarbeit eher schadet als sie schützt. Hier möchte ich besonders folgenden Personen meine Anerkennung zollen und ihnen von Herzen danken: Peggy Beckstrand, James Hickey, Thomas Higgins, Paulette Paccione, Todd Rubenstein, Leah Karr, Wendy Derzaph und Kevin Yorn vom Amt des Bezirksstaatsanwalts von Los Angeles; Sharon Stegall und Jane Martin vom Bewährungsamt des Bezirks Los Angeles; Schwester Janet Harris, katholische Seelsorgerin der Central Juvenile Hall; Michael Roussel und Sylvia Wells, Gerichtsbedienstete; Leslie Stearns, Nancy Liebold und Oksana Bihun vom Pflichtverteidigeramt des Bezirks Los Angeles; Rechtsanwältin Sherry Gold, Richter Roosevelt Dorn, Richter Charles Scarlett, Richter Fumiko Wasserman, Richter John Henning, dem Vorsitzenden Richter Richard Montes, den Commissioners (Anm. d. Übers.: etwa Gerichtsbeauftragte) Jewell Jones und Gary Polinsky. Meinen besonderen Dank auch an David Bayles.

Ich erhielt eine unvergleichliche Belehrung über das Jugendstrafsystem von Carla und George und den folgenden Jungen der Schreibklasse der Einheiten K/L und M/N: Geri, Elias, Chris, Louis, Juan, Ruben, Gabriel, Joseph, Ivan, Luis, Daniel und James. Viel Glück und ein gutes Leben Euch allen!

Anmerkung zu Namen

In Übereinstimmung mit den Gesetzen des Staates Kalifornien hinsichtlich Verschwiegenheit sowie der gerichtlichen Verfügung, durch die dem Verfasser Zugang zur Jugendstrafverfolgung gewährt wurde, sind die Namen der meisten Jugendlichen (und ihrer Familien), die hier beschrieben werden, geändert worden. Es gibt aber zwei Ausnahmen: Die wirklichen Namen werden von älteren Jugendlichen genannt, die von Erwachsenengerichten wegen Schwerverbrechen wie Mord verurteilt wurden, und von Kindern, die von Jugendgerichten für die gleiche Art von Gewaltverbrechen bestraft wurden. In Kalifornien sind die Verhandlungen solcher Fälle, ob es sich nun um Erwachsenen- oder Jugendgerichte handelt, der Öffentlichkeit zugänglich, und die Jugendlichen, deren Straftaten dort verhandelt werden, genießen keinen Schutz der Namensverschwiegenheit. In den Fällen, in denen Jugendliche entweder von Gewaltstraftaten freigesprochen oder in der Gewalt des Jugendgerichtshofes behalten wurden, nachdem Versuche zur Überstellung an Erwachsenengerichte fehlgeschlagen waren, hat der Autor freiwillig auf die Nennung der wahren Namen verzichtet.

Die Einlieferung

Außer wenn Erdbeben ihn für menschlichen Aufenthalt gefährlich erscheinen lassen, werden Neuaufnahmen in den Alten Flügel der Central Juvenile Hall*, eine Art Zentrales Jugend-Untersuchungsgefängnis, gebracht – vorübergehend, wie man den Insassen erklärt. Mit seinen hohen Mauern rauchgeschwärzter Steine und den trüben Fenstern, die durch flache, rostfarbene Eisenstäbe gesichert sind, ist dieses Gebäude für die Verhältnisse von Los Angeles alt – das heißt, es wurde schon vor dem zweiten Weltkrieg errichtet. Seine Steinblockfassade türmt sich unerwartet vor einem auf, eine schmierige Festung in einem trostlosen Flachland von eingeschossigen Industriegebäuden, zahlreichen Bahnkreuzungen und dunkel gewordenen Lagerhäusern um ein ausgedehntes Stadtkrankenhaus herum. Sogar abgehärtete Verbrechertypen müssen unwillkürlich schlucken, wenn sie das mittelalterliche Profil des ›Zentralen‹ vor sich aus der Vorstadtebene aufsteigen sehen. Die Umsichtigsten von ihnen können jedoch Mut fassen bei einem Anzeichen, daß ihr Platz in Gesellschaft und Konsumleben weiterhin geschätzt wird: Eine einsame Plakat-Holzwand, die die zu dem Gefängnis führende Straße weithin überragt, zeigt einen Mann in königlich roter Robe mit Krone, flankiert von einem sechs Fuß hohen Taschen-Rufgerät und einer jungen Frau, die in einen transistorgroßen Bikini gequetscht worden ist. Der Mann ist der ›König der Pieper‹, und sein Erzeugnis wird besonders von den Hunderten von Drogenhändlern, Straßenbanden-Mitgliedern und Verbrechern anderer Fachrichtungen geschätzt, die jeden Tag in Handschellen an dieser schlau plazierten Reklame vorbeiziehen, denn ›Pieper‹ sind sowohl Statussymbol als auch notwendiges Handwerkszeug für sie in diesem Zeitalter der Informatik.

Jenseits der Plakatwand steht am Ende der Alcazar

* Anm. d. Übers.: Zentrales Jugendhaus

Street ein Wächterschuppen, von dem aus man die Einfahrt des ›Zentralen‹ überwachen kann. Dieser ist aber nachts unbemannt, und der Parkplatz ist nur spärlich beleuchtet – ein Platz, wo Leute den Drang fühlen, schnell in ihre Autos zu schlüpfen und die Türen sofort von innen zu verriegeln. Am Ende dieses schmalen und normalerweise vollgestellten Parkplatzes, auf dem die für Besucher bestimmten Einzelplätze ständig von Stadtbediensteten besetzt sind, kreischt ein ölarmes braunes Metalltor alle paar Minuten, wenn es nach innen schwingt, groß genug, um eine Reihe von drei Sattelschleppern nebeneinander einzulassen. Streifenwagen und Gefangenentransporter passieren dieses riesige Maul in einem ständigen Strom nächtlicher Lieferungen. Zurückgelassen werden Menschen, die aller möglichen Arten von Straftaten beschuldigt werden, von Ladendieben und Betrunkenen zu Autoinsassen-Entführern und Mördern, alle ohne Unterschied in langen Kolonnen verbunden durch die großen Gleichmacher Hüftketten und Handschellen.

Neue kommen im ›Zentralen‹ meistens nachts an, quellen aus Streifenwagen und Gefangenentransportern, um in den Alten Flügel mit seinen schmierigen Wänden und aufgesprungenen Linoleumfußböden getrieben zu werden. In ihre Nasen dringt der überall gleiche Kerkerdunst – ein Geruch von Urin und Schweiß, überlagert von einem ekelhaft süßlichen Reinigungsmittel, das vage an rosafarbenen Kaugummi erinnert. In der Luft hängt ständig ein elektronisches Summen – ein alter Flugplatz-Metalldetektor, den Wachpersonal und Besucher passieren müssen, gibt fast ununterbrochen sein Alarmzeichen von sich; ein durchdringendes Plärren, das keiner mehr kontrolliert oder beachtet – trotz der bewaffneten Flucht einige Monate zuvor. Von Fliegenkot besprenkelte Leuchtröhren summen und flackern über den Köpfen und lassen den Neuankömmling blinzeln und schielen, wenn er aus der Dunkelheit hier eintritt. Einigen der Neuaufnahmen sind die Örtlichkeiten wohlbekannt, schon so etwas wie Heimat und sogar Komfort – so vertraut wie der Geruch von Morgenkaffee und gebratenem Speck für vom Schicksal besser behandelte Leute. Andere sind noch nie an einem solchen Ort gewesen, haben so etwas noch nie gesehen, gerochen oder sich vorgestellt. Ihre Augen sind weit aufgerissen unter dem Instinkt der Panik.

Die Neuaufnahmen werden einzeln in einen kleinen Raum geführt, wo der Aufnahmebeamte sie kurz befragt, die Polizeiberichte überfliegt, mit den Angehörigen des Beschuldigten spricht, wenn sie anwesend sind, und dann einen zwei Seiten langen Bericht mit Empfehlungen schreibt. Einige der Aufnahmebeamten haben eine Technik der Befragung entwickelt, bei der sie selten – wenn überhaupt – einen vollständigen Satz sprechen müssen. Sie lesen einfach von dem vor ihnen liegenden Formular ›Name? Geburtsdatum? Anschrift?‹ ab wie von einer Einkaufsliste, was dann eine vollständige Befragung ergibt, bei der sie selbst nur noch einige Dutzend Wörter zu sprechen brauchen. Diese herrische Methode zeigt die ungeheure Macht, die ein Aufnahmebeamter besitzt – als sei sie aus der eines Vorverhandlungsrichters, der Geschworenen und eines Kerkermeisters kombiniert. Er kann Freilassung oder Inhaftierung, Strafverfolgung oder Beratung und sogar Niederschlagung der Beschuldigung empfehlen – und seine Empfehlungen wiegen bei Gericht schwer. Wenn die Zahl der Ankömmlinge die Aufnahmekapazität der Nacht erreicht, neigen die Empfehlungen dazu, großzügiger zu werden: »Man kann doch nur eine bestimmte Anzahl von ihnen auf Matratzen am Boden schlafen lassen, bis die von der ACLU* aufkreuzen«, vertraut der diensthabende Aufnahmebeamte in dieser Nacht einem Begleitpolizisten an.

Dieser Aufnahmebeamte hat schon 27 Fälle in etwas über vier Stunden durchgeschleust – alle Arten von Dieben, Einbrechern und waffenschwingenden Straftätern, mehrere Bewährungsverletzende, zwei Autoinsassen-Entführer, einen Brandstifter, einen bewaffneten Straßen-

* Anm. d. Übers.: Gefangenenrechtsorganisation

räuber und einen Fall von Schießen aus einem fahrenden Auto. Der Aufnahmebeamte war an Straftäter gewöhnt, die in die klassischen Schemata paßten, aber in letzter Zeit ändern sich diese Muster, nicht so sehr in den Arten der Straftaten – die waren ziemlich gleich geblieben –, sondern in bezug auf die Art von Menschen, die sie verübten. Einige Tage zuvor hat er einen eines Straßenraubs Verdächtigen der Strafverfolgung überstellt, der wohlhabend war, ein Haus in einem der reichsten Stadtviertel von L.A. besaß, in keiner Weise in finanzieller Bedrängnis war und diesen Raub nur wegen des ›Kicks‹ begangen hatte. Die anderen Fälle: Aus dem fahrenden Wagen hatte eine weibliche Person geschossen – immer noch eine Seltenheit, selbst in einem Zeitalter noch nicht dagewesener Gewaltverbrechen –, und ein Einbrecher hatte dem Aufnahmebeamten eine der haarsträubendsten Geschichten seiner Dienstzeit von dem unfähigen Vormund Staat erzählt, der ihn einem Leben des Verbrechens aussetzte.

In dieser Nacht hat er einen noch ungewöhnlicheren Neuankömmling – einen, der des Mordes beschuldigt wird, wobei das ja an sich nicht außergewöhnlich ist. Es gab Zeiten, in denen Mordfälle ganz erregende Ausnahmen in der Monotonie seines Jobs waren, aber jetzt waren sie auch schon fast zur Routine geworden – etwa ein Dutzend im Monat. Das ›Willkommensblatt‹ der Aufnahme ist voll von ihnen. Es waren die Umstände dieses Falles – und die wahrscheinlichen Folgen –, die ihn berührten. Eine bizarre Angelegenheit.

Es handelte sich um einen mißglückten Raubüberfall auf ein Fernstraßenmotel. Zwei bewaffnete Männer hatten Geld vom Angestellten im Empfangsbüro verlangt, aber ein anderer Motelangestellter tauchte mit einer Schußwaffe aus einem Hinterzimmer auf und schoß dem Anführer ein tödliches 2-Zoll-Loch in die Brust. Sonst wurde keiner verletzt. Der überlebende Räuber – Geri Vance, der jetzt vor dem Aufnahmebeamten steht – wird nun des Mordes beschuldigt: wegen des Todes seines Partners. Man stützt sich auf die Theorie, daß keiner gestorben wäre, wenn der Überfall nicht stattgefunden hätte. Das ist eine umgekehrte Gesetzeslücke, eine Mordanklage gegen jemanden, der niemanden getötet hat. Der Aufnahmebeamte hat schon von solchen Fällen gehört, ist aber noch mit keinem persönlich in Berührung gekommen.

»Wie können die mich denn des Mordes beschuldigen? Ich habe doch überhaupt nicht geschossen!« begehrt Geri gegenüber dem Aufnahmebeamten auf. Er hat vollkommen recht – aber das ist juristisch völlig belanglos. »Ich wurde zur Teilnahme an diesem Überfall gezwungen, wollte es nicht tun, aber gab dann nach. Ich weiß, daß ich dafür einige Zeit absitzen muß, natürlich – aber ich bin doch kein Mörder!«

Da liegt ein Ernst in Geris Benehmen und Worten, der sogar dem abgestumpften Aufnahmebeamten auffällt. Der Kerl tut ihm schon fast leid. »Sie können das vor Gericht vorbringen«, entgegnet er ihm, worauf Geri nur das Gesicht verzieht.

Geris Fall steht in krassem Gegensatz zu einem anderen Mordfall, den der Aufnahmebeamte zwei Tage vorher behandeln mußte – einem ekelhaften Tötungsdelikt, bei dem der Verdächtige schon der Polizei gegenüber gestand, daß er seine Arbeitgeber, ein Ehepaar mittleren Alters, das eine beliebte Eisdiele im Stadtteil View Park von L.A. besaß, getötet hatte. Obwohl sie ihren Verkäufer lange schon wie ein Familienmitglied behandelt hatten, stellten sie diesen Ronald Duncan zur Rede wegen seines ständigen Zuspätkommens zur Arbeit. Dies erzürnte Ronald so sehr, daß er beschloß, sie zu berauben. Als sie ihn in ihrem Wagen nach der Arbeit nach Hause fuhren, schoß er ihnen die Köpfe mit einer schweren Schrotflinte ab. Am nächsten Tag brüstete er sich einem Freund gegenüber damit, was sein Verderben war. So geschieht es mit einer überraschenden Anzahl von Verbrechern, die sonst nicht entdeckt würden. Die Polizisten, die ihn verhaftet hatten, übergaben ihn dem ›Zentralen‹ mit offensichtlicher Erleichterung, als ob er ansteckend wäre.

In beiden Fällen mußte der Aufnahmebeamte die

dicken, mit Gummiband zusammengehaltenen Papierbündel, die die Polizei über jedes Tötungsdelikt zusammenstellt, durchsehen. Obwohl beide jungen Männer unter Mordanschuldigung eingeliefert worden sind, können sie verschiedenartiger nicht sein. Es drängt sich einem auf, daß Geri, der Motelräuber, im Herzen kein Mörder sein kann. Er wurde nur deshalb erwischt, weil er seinen sterbenden Kumpan nach der Flucht aus dem Best Western Motel zur Notaufnahme eines Krankenhauses brachte. Er hätte sich der Entdeckung entziehen können, aber er beschloß, seinem Freund zu helfen. Von dem Moment an, in dem die Polizei im Krankenhaus seiner habhaft geworden war, hatte er fast genau die Wahrheit gesagt und den Überfall sofort gestanden – wobei er sich nicht bewußt war, daß er damit seine Mordanklage heraufbeschwor. Seine Proteste, daß er zu dem Überfall gezwungen worden sei, nützten nichts. Er ist intelligent und ansehnlich, mit einer traurigen Geschichte, die damit beginnt, daß er als Kind mißbraucht und vernachlässigt worden war, durch die Straßen streifte und eine Reihe kleiner Gesetzesübertretungen beging, von denen keine mit Gewalt verbunden war – bis zur letzten Tat. Sein Schicksal war vorhersehbar, fast unvermeidlich, wie der Aufnahmebeamte philosophiert.

Aber dieser andere, dieser Killer mit der schwerkalibrigen Schrotflinte, war aus dem Nichts gekommen. Ronald Duncan hatte keine kriminelle Vorgeschichte. Da waren, soviel man wußte, keine Gewalttätigkeiten gegen ihn oder Mißbrauch als Kind, keine Geistesstörungen – nur ein unauffälliger Mittelklasse-Hintergrund, für ihn bohrend langweilig. Er dachte sich ein falsches Alibi aus, als die Polizei auf seine Spur gekommen war, aber gestand später, nach einer Marathonsitzung mit Kriminalbeamten, ohne erkennbare Gewissensbisse.

Als ihm das Gefängnis erst einmal etwas vertrauter geworden und dadurch die anfängliche Furcht gewichen war, sah der Aufnahmebeamte ein Grinsen auf Ronalds Gesicht. Ronald überlegte laut, wieviel Respekt er wohl im

Milieu der Straße für solch eine beeindruckende Anklage ernten würde. Als er gefragt wurde, warum er seine Arbeitgeber getötet hatte, stritt er diese Tat aber entschieden ab, trotz der Tonbandaufnahme der Polizei mit seinem Geständnis. Dann hatte er noch die Stirn zu fragen: »Kann ich jetzt gehen?«

Diese beiden Neuankömmlinge werden in die gleiche Gefängniseinheit eingruppiert – den Flügel für hochgefährliche Täter, wo sie zu den anderen Mördern, Vergewaltigern und dem ganzen Sortiment anderer Gewaltverbrecher kommen, die dort auf ihre Verhandlung oder Verkündung der Strafzumessung warten. Sie müssen sich völlig entkleiden, werden durchsucht, unter die Dusche gestellt und erhalten orangefarbene Gefängniskleidung. Ihre eigene Kleidung und die mitgeführten Gegenstände werden in eine Schachtel gepackt und mit einem Etikett versehen. Nach Monaten, einem Jahr oder möglicherweise mehr werden ihre Fälle verhandelt sein. Der Aufnahmebeamte hat keinen Zweifel daran, welcher von den beiden des Mordes Angeklagten vom System am härtesten behandelt wird.

Geri Vance, der vereitelte Motelräuber, der niemanden tötete, muß sich auf ein Leben im Gefängnis ohne Möglichkeit der Begnadigung gefaßt machen – und wird das auch fast mit Sicherheit durchstehen müssen.

Ronald Duncan, der Schrotflintenmörder, darf zu nicht mehr als acht Jahren verurteilt werden und wird höchstwahrscheinlich weniger absitzen. Er kann nie einem staatlichen Zuchthaus überstellt werden. Nach seiner Entlassung werden seine Vorstrafen gelöscht und die Unterlagen nach dem Gesetz des Staates Kalifornien versiegelt, als ob sie nie existiert hätten, so daß er sich überall frei bewegen, sich um ein öffentliches Amt bewerben und eine Feuerwaffe besitzen darf.

Selbst ein Mann, der durch zu viele Nächte an der Aufnahmetheke zynisch geworden ist, muß darüber den Kopf schütteln. Aber der Aufnahmebeamte hält sich mit solchen Dingen nicht sehr lange auf und versucht auch nicht, andere Resultate zu manipulieren, indem er seine höchstpersönliche Meinung darüber in seine Berichte einfließen läßt. Er hat schon vor langer Zeit aufgegeben, Sinn im Walten der Jugendstrafverfolgung zu finden.

Da sind ja viel zu viele andere Dinge, mit denen er sich beschäftigen muß. Die Fälle stauen sich im Alten Flügel. Soll sich doch ein überarbeiteter Jugendrichter Gedanken über Recht und Unrecht in all dem machen. Der Aufnahmebeamte muß noch zwei junge Autodiebe, einen zwölf Jahre alten Kinderbelästiger, ein Sortiment von sich bekriegenden Straßenbanden-Mitgliedern und eine hochbegabte Schülerin, die versucht hatte, ihre Schwester mit einer Machete zu zerhacken, ›verarzten‹. Formulare müssen ausgefüllt und Zellenbelegungen ausgetüftelt werden. Es war eine geschäftige Nacht hinter den hohen Steinwänden des Zentralen Jugendgefängnisses von Los Angeles.

Wie immer.

Elias liest meiner Klasse vor. Seine Augen sind dabei starr auf das Papier gerichtet, das in seinen Händen zittert.

> Dies sind die Dinge, die ich lernte, als ich aufwuchs:
> Ich lernte, eine Farbsprühdose zu nehmen und damit meinen *nombre*, meinen Namen, an die Wand zu sprühen.
> Ich lernte, wie man mit dem Motor eines Walkmans eine Tätowiermaschine bastelt, so daß ich mir meinen *barrio*, meinen Kiez, auf Arme und Hals tätowieren konnte, um zu zeigen, wie sehr ich meine Kumpelgruppe liebe.
> Ich lernte, Gras und Schnee zu verkaufen.
> Dies sind die Dinge, die ich lernte, als ich aufwuchs.

Die sieben anderen Jungen in der Klasse nicken, während Elias liest. Sie sind 14, 15 und 16 Jahre alt, und er beschreibt ihr Leben ebenso wie sein eigenes – ein Leben, das sie in das Zentrale Jugend-Untersuchungsgefängnis gebracht hat, aber nicht als normale Straftäter, sondern als hochgefährliche. Geri Vance ist in meiner Klasse, wie auch Ronald Duncan – Teil einer weiten Palette von Jugendlichen, einige noch mit Zukunft, andere ohne, die meisten schmerzlich der Kategorie bewußt, in die sie fallen. »Wir sind die Monster, von denen in den Nachrichten erzählt wird«, sagte mir, als ich vor zwei Monaten anfing, die Montagabend-Schreibklasse zu unterrichten, nüchtern der 16 Jahre alte Chris, ein Junge mit sanftem Benehmen, der einen Pizza-Austräger überfallen hatte. »Wir sind die, vor denen Sie eigentlich Angst haben müssen.« Ich fühlte mich zu schuldig, ihm zu gestehen, daß ich in der Tat erwartet hatte, Monster vorzufinden, als mich Schwester Janet zuerst zu ihnen führte. Wie ich da so vor der doppelt verschlossenen Stahltür zu ihrer Einheit zögerte und die Jugendgefängnis-Seelsorgerin ziemlich nervös fragte, warum sie diese Kids ausgewählt hatte, statt einige der weniger verhärteten und eher zu rettenden Jungen oder Mädchen, lächelte Schwester Janet nur geheimnisvoll und sagte: »Weil diese Jungs Sie mehr brauchen.«

Elias hat eine stoische Stärke an sich, ruhig und scheu, und war vorher immer zu nervös gewesen, sein Werk laut vorzulesen. Zuerst hatte er seine beredten Essays über das Leben auf den Straßen in kleine Papiervierecke gefaltet und sie mir schweigend zugesteckt, so daß ich sie zu Hause in Ruhe lesen konnte. Heute abend ist sein Ärger aber vom Papier in die Klasse hinein übergekocht.

> Als ich aufwuchs, lernte ich, wie man Autos anderer Leute ohne Schlüssel stiehlt,
> wie man sie wegfährt und verkauft oder sie einfach irgendwo stehenläßt.
> Ich lernte, versteckt aus dem Fenster nach dem Feind zu spähen, damit ich ihn sehe, bevor er mich entdeckt.
> Und schließlich, als ich aufwuchs, lernte ich, Patronen in eine Pistole zu laden und damit zu zielen.
> Ich lernte, auf den Feind zu schießen, für meine Kumpels da zu sein, was immer auch geschah.

»Das stimmt!« sagte James, offensichtliche Sehnsucht nach der Straße in seiner Stimme. Er hatte gerade ein Essay darüber geschrieben, wie gern er seine Exfreundin mit dem Auto überfahren würde, und man kann sich nicht sicher sein, daß er das nur so zum Scherz aufs Papier gebracht hatte. Die Kids mit ihren superkurzen Haarschnitten in den für hochgefährliche Insassen reservierten neonorangefarbenen Gefängnisanzügen sehen blaß und verletzlich aus unter dem grellen Gefängnislicht. Einige von ihnen lassen sich stolz die jugendlichen Schnurrbarthaare wachsen, die sie nur noch jünger aussehen lassen. Die meisten der Jungen in diesem Raum sind aber Verbrechen angeklagt, die völlig auf der höchsten Ebene erwachsener Straftäter liegen – Mord oder Mordversuch, bewaffneter Raubüberfall. Sie haben schreckliche Dinge beobachtet und verübt. Dennoch sind diese Kids, die einen Waffenhahn abziehen können, ohne zu blinzeln, quälend schüchtern, sobald sie ihre schriftlichen Arbeiten laut vorlesen sollen. Allein schon bei dem Gedanken, vor die Klasse zu treten und sich zu offenbaren, erröten sie, atmen schwer und brechen in Schweiß aus. Schweigen kann den Raum überschwemmen wie eine Flutwelle. Heute abend ist jedoch Elias mit seinem zornigen Protest mein unerwarteter Held. Er hat das Eis gebrochen.

Und dann überrascht dieser harte Straßenbandenkämpfer mit der großen Tätowierung am Arm, die seine Bandentreue für ›Sureno 13‹ bezeugt, alle in der Klasse. Seine Stimme sinkt fast zu einem Flüstern, heiser und eindringlich, während seine Worte eine neue Richtung einschlagen:

> Dies sind die Dinge, die ich lernte, als ich aufwuchs.
> Aber jetzt will ich aufzählen, was ich noch wissen möchte:
> Ich möchte wissen, wer mir beibringen kann, den richtigen Kinderwagen für mein kleines Mädchen auszuwählen.
> Wer zeigt mir, wie man eine Säuglingsflasche zubereitet, Windeln wechselt oder Kleinkindernahrung kauft?
> Wer zeigt mir, ein Vater zu sein,

wie ich für meine Familie sorgen kann,
wie ich ein Leben führen kann – ein normales Leben?
Das sind die Dinge, die ich niemals lernte, als ich aufwuchs.
Wer bringt sie mir jetzt bei?

Als er endet, ist die Klasse still – kein Husten, kein einziges Murmeln, kein Rascheln, nur das Geräusch, das entsteht, als er seine Blätter auf die alte Formica-Tischplatte legt, und – gefiltert durch die Wände aus Metall, Hohlziegeln und Sicherheitsglas mit Drahtverstärkung – die Gefängnisgeräusche von schlurfenden Schritten, Wasserspülungen, jungen Stimmen, die sich wegen des an die Wand des Gemeinschaftssaals geschraubten Fernsehapparats streiten. Elias' Augen bleiben auf sein Blatt gerichtet. Die Sorge und das Bedauern in seiner Stimme waren so nackt, daß die Prahlerei und der Machismo, die normalerweise in diesem Raum tonangebend sind, wie Tau in der Wüste verdunstet sind. Mehrere Jungen blinzeln heftig.

Keiner von ihnen spricht die Antwort auf Elias' sehnsüchtige Fragen aus, obwohl sie sie alle kennen. Die Antwort ist: NIEMAND!

Elias ist schon jahrelang in dem System, ohne Nutzen und Wirkung. »Bewährung ist einen Scheißdreck wert«, sagt er. Für ihn war es eine Scheinüberwachung und -lenkung, der monatliche Besuch bei seinem Bewährungshelfer, der sich noch um 200 andere Jugendliche kümmern mußte. Elias hatte nie seine Bande verlassen, wie der Richter es angeordnet hatte – und niemandem fiel das auf. In der Bewährungszeit trug er eine Schußwaffe, ›machte‹ in Drogen, schwänzte die Schule. »Auch das Lager war ein Witz«, erklärte er und meinte damit die städtischen Erziehungslager für straffällig gewordene Jugendliche. Die Banden warben dort Mitglieder an – an einem Ort, an dem die Jugendlichen dem Straßenleben entzogen werden sollten! Da spielten sich Rassenkämpfe ab, und Drogen wurden genommen. Es war nach seiner Meinung einfach lächerlich, dieses System mit seinem armseligen Arsenal, das sich gegen etwas viel Größeres und Tödlicheres stellen wollte. Elias' bester Freund war in seinen Armen gestorben, aus einem vorbeifahrenden Auto erschossen.

Seine Onkel waren alle ins Gefängnis gekommen. Seine geliebte Großmutter hatte man ermordet. Es war sein natürliches Geburtsrecht, weiterhin Verbrechen zu verüben. Da war nichts, was in Elias den Wunsch erzeugen konnte, sich zu ändern – bis er drei Tage nach seiner Verhaftung wegen Mittäterschaft bei einem Mord erfuhr, daß er Vater würde. Da sehnte er sich nach Verantwortung, Normalität, einer Zukunft – aber es war schon zu spät.

Jetzt trägt Elias im Bund seiner rechten Socke einen Schnappschuß seiner Tochter. Das ist seine größte Kostbarkeit. Das Kind wurde geboren, während er sich schon im Jugend-Untersuchungsgefängnis befand und hat nun das Alter von acht Monaten erreicht, ohne daß es jemals von seinem Vater gehalten worden ist. Es deutet alles darauf hin, daß die beiden noch eine ganze Zeit lang voneinander getrennt sein werden. Wegen der Schwere der Anklage wird Elias fast mit Sicherheit wie ein Erwachsener abgeurteilt werden mit einer langen Strafe – wahrscheinlich lebenslänglich. Das ist das Ergebnis des Jugendstrafsystems von Los Angeles: Lebenslanges Gefängnisleben für 16 Jahre alte Jungen. Es gibt nicht nur ein, zwei oder drei von solchen wie Elias, sondern Hunderte!

»Ihr könnt keinen hier reinholen, der es schafft, so auf sie einzuwirken, daß sie sich ändern, daß sie keine Verbrechen mehr begehen«, antwortet Elias, als ich ihn frage, was der Jugendgerichtshof hätte tun können, um ihn auf einen anständigen Weg zu bringen. »Ich glaube ganz ehrlich, daß nichts, was das System tut, funktionieren wird. Die Leute müssen sich selbst, von innen heraus, ändern. Nichts Äußeres kann sie dazu zwingen. Erst als ich meine kleine Tochter bekam, erkannte ich, daß ich mein Leben ändern wollte, mich niederlassen, eine Wohnung und einen Job suchen und für sie sorgen. Kein Gerede eines Richters konnte mich auch nur im mindesten beeindrucken. Bei mir mußte das Kind kommen, damit ich mich ändern konnte. Aber jetzt ist es zu spät.«

Die Worte schießen aus Elias heraus. In einem Zeitraum von 15 Minuten hat er mehr gesprochen als in den zehn vorausgegangenen Klassenabenden, als ob er sich seine Verzweiflung aufgespart hätte.

»Gott hat mich so geschaffen, daß ich lernen konnte, Verbrechen zu begehen«, endet er. »Was kann denn da irgend so ein Richter oder Bewährungshelfer groß ausrichten?« Ich bemerke, daß er mich jetzt direkt mit seinen dunklen Augen fixiert, mit den Augen eines alten Mannes im Gesicht eines Sechzehnjährigen, und ich denke zu diesem Zeitpunkt – wie ich es auch nun im nachhinein tue –, daß es doch nichts Traurigeres gibt als diesen Anblick von Hoffnungslosigkeit in einem so jungen Menschen. Es ist ein Blick, der sich – in diesem Augenblick – im Gesicht jedes Jungen in diesem Raum widerspiegelt.

»Gott hat es gemacht, daß ich schreckliche Dinge verüben konnte«, spricht Elias. »Warum konnte Gott mir nicht helfen zu lernen, ein Vater zu sein?«

Teil Eins

Wir ertrinken

Mache eine Reise mit meiner Vorstellung,
sieh alles, was ich gesehen habe,
und man wird dich eine Bestie schimpfen,
kein menschliches Wesen mehr.
Spuck drauf, denn es gibt nicht mehr viel,
was ich noch tun kann.
Es gibt keinen Ausweg.
Meine Stimme ist nicht hörbar,
so laut ich auch schreie.
Man könnte sagen, ich sei
wie mein miserables Leben,
aber das Leben
kann nicht so miserabel sein wie ich.
Ich bin ein Kid im Jugendgefängnis
auf dem Wege zum Zuchthaus.

George Tevino, 16 Jahre alt (›Wer bin ich?‹)

Einleitung

Zwei Jungen, dreißig Jahre und andere Zahlen

Gila County, Arizona 8. Juni 1964

Ein leicht provozierender, anzüglicher Telefonanruf und ein fünfzehnjähriger Junge mit Namen Gerald Francis Gault: Mehr brauchte es nicht, um das Jugendstrafsystem der USA auf die Knie zu zwingen.

Zu jener Zeit war die Gemeinde Gila County, um es noch milde auszudrücken, so etwas wie der landschaftliche Hinterhof der Nation. Selbst im Winter noch trocken, war es ein Ort der Wohnwagensiedlungen und sandigen zweibahnigen Landstraßen, die sich kerzengerade durch die mit kärglichen Büschen bestandene Bratpfanne der Oberen Senorawüste zogen. Keine größeren Ortschaften in der Umgebung. Einzig bedeutend an dieser Gemeinde war, daß Zane Greys Hütte dort stand und daß der Sitz der Gemeindeverwaltung, Globe, eine Umgebung aufwies, die mit asbestbeladenen Bergwerkabfällen verunreinigt war, so daß die US-Regierung die dort wohnenden Familien umsiedeln und den Boden mit gigantischen Betonschichten abdecken mußte. Man ist dort konservativ und engstirnig, so daß ohne weiteres behauptet werden kann, daß Gila County nie die Art von Gegend gewesen ist, in der obszöne Telefonanrufe – und wenn es sich auch nur um pubertäre handelt – nachsichtig aufgenommen werden. So kam es denn, daß der örtliche Sheriff nicht zögerte, auf die Beschwerde einer erzürnten Mrs. Cook hin einzugreifen, als der junge Gerry Gault und ein kichernder Freund beschlossen hatten, sich die Langeweile des Nachmittags dadurch zu vertreiben, daß sie dieser Dame über das Telefon mitteilten, wie sehr sie ihre körperlichen Reize schätzten.

Der Sheriff brachte den Fünfzehnjährigen noch am gleichen Tag als jugendlichen Straftäter ins Gefängnis. Niemand klärte Gerald über seine verfassungsmäßigen Rechte auf, bevor man ihn zu einem Geständnis aufforderte. Niemand bot ihm einen Verteidiger an oder auch nur eine Münze für einen Anruf. Man machte sich noch nicht einmal die Mühe, die Eltern von dem Vorgefallenen zu verständigen. Sie kamen von der Arbeit nach Hause und fanden ihren Sohn nicht vor. Nachdem sie in der Nachbarschaft herumgefragt hatten, erfuhren Geralds besorgte Mutter und Vater schließlich, daß ihr Sohn verhaftet worden war. Sie fuhren zum Gemeindegefängnis, wo ein Justizbediensteter ihnen widerwillig mitteilte, daß eine Gerichtsanhörung anberaumt sei, bei der das weitere Schicksal ihres Sohnes entschieden würde.

Eine Woche später erklärte der Jugendrichter von Gila County Gerald für schuldig und stufte ihn als einen jugendlichen Straftäter ein, ohne eine offizielle Anklage und ohne daß die vor Wut schäumende Mrs. Cook oder überhaupt jemand angehört wurde – mit anderen Worten, ohne stichhaltige Beweise gegen den Jungen.

Während der Anhörung zwang der Richter Gerald zu einem Geständnis – der ›Fünfte‹* wurde von diesem Gerichtshof völlig ignoriert; wo kämen wir denn da hin? Als der Junge sich aber nicht genügend selbst bezichtigte, erklärte ihn der Richter für ›gewohnheitsmäßig unmoralisch‹. Diese Bezeichnung gründete er auf seine vage Erinnerung an eine damals zwei Jahre zurückliegende Beschuldigung – nie bewiesen oder überhaupt nur vor Gericht verhandelt –, wonach Gerald Baseballkeule und -handschuh eines anderen Jungen gestohlen hätte. Wieder

* (Anm. d. Übers.: Hier ist der V. Rechtsordnungszusatz gemeint, der jeden aufklären soll, daß er sich nicht selbst beschuldigen muß.)

erfolgte diese Verfügung ohne Beweise oder Aussage von irgend jemandem.

Ein Erwachsener, der eines solchen anzüglichen Telefonanrufs – einer Gesetzesübertretung etwa von der Schwere der Nichtbeachtung einer roten Verkehrsampel – für schuldig befunden worden wäre, hätte mit einer Geldstrafe von 5 bis 50 Dollar oder, in seltenen Fällen, mit einer kurzen Haftstrafe nach dem derzeit in Arizona geltenden Gesetz rechnen können. Die Folgen für einen Jugendlichen, der einer solchen Anschuldigung für schuldig befunden und für gewohnheitsmäßig unmoralisch erklärt wurde, waren weitaus schwerer. So mußten denn die entsetzten Eltern, die benommen und völlig eingeschüchtert nicht zu protestieren wagten, mit anhören, wie der Richter den Jungen zu einem Aufenthalt in einer Jugendstrafanstalt des Staates Arizona von bis zu sechs Jahren verurteilte.

Gerald hatte bei dieser zu einer Verhandlung gewordenen Anhörung keinen Verteidiger, und es war ihm auch keiner gestattet worden. Er wurde von dem Augenblick an, als er auf dem für ihn vorgesehenen harten Stuhl in dem Richterzimmer Platz nahm, schon als schuldig angesehen. Keine Aufzeichnung wurde von dieser geheimen ›Verhandlung‹ gemacht. Eine solche Aufzeichnung war auch nicht nötig, wie Geralds Eltern später erfuhren, weil jugendliche Straftäter kein Recht auf Berufung hätten. Er hatte einfach überhaupt keine Rechte – fertig! Was immer der Richter bestimmte, konnte nicht mehr angefochten werden. Und Gerald und seine Familie erfuhren bald, daß dies nicht etwa der Auswuchs einer verschwiegenen ›Star Chamber‹* war, die nur noch in der Gemeinde Gila County ihr Unwesen treiben konnte. So verfuhren die Jugendgerichte im ganze Land, wie ihnen der Richter barsch mitteilte.

Drei Jahre vergingen, bevor der Supreme Court, der

* (Anm. d. Übers.: Hinweis auf eine Justizanmaßung in der alten britischen Rechtsprechung)

Oberste Gerichtshof der USA, sich entschloß, etwas im Falle des Gerald Gault zu unternehmen. Aber dann wurde seine weitreichende Entscheidung zu einem Markstein: Die Jugendstrafgesetze der ganzen Nation wurden dahingehend geändert – was man eigentlich hätte voraussetzen müssen –, daß Kinder nicht ohne Beweise ihrer Schuld, ohne gerechte Verhandlungen, Verteidiger und die Möglichkeit, den Anschuldigern gegenüberzutreten, verurteilt werden können. Die noch aus der Jahrhundertwende stammende Absicht hinter der Bildung eines separaten Jugendstrafsystems – nämlich, es formlos zu gestalten und von juristischen Ritualen zu befreien, um gestörten Kindern schnell helfen zu können, wieder auf den richtigen Weg zu kommen – war ja lobenswert gewesen, wie der Oberste Gerichtshof anmerkte. Diese edlen Absichten hatten aber unerhörte Übergriffe hervorgebracht – nicht nur gegen den armen Gerry Gault, sondern gegen Tausende von anderen Kids, die mehr nach Laune als nach Beweisen verurteilt und für Gesetzesübertretungen ins Gefängnis gesteckt worden waren, für die kein Erwachsener auch nur einen Tag hinter Gittern verbracht hätte.

»Nach unserer Verfassung«, lautet eine besonders bissige Passage in dieser Entscheidung des Supreme Court, die jetzt unter ›In Re Gault‹ bekannt ist, »rechtfertigt der Umstand, daß man es mit einem minderjährigen Jungen zu tun hat, keinen Buschgerichtshof.«

Und so hatte Gerry Gaults pubertärer Streich schließlich am 15. Mai 1967 die außerordentliche Wirkung, daß jeder Jugendgerichtshof in jedem Staat der Vereinigten Staaten von Amerika zu einem kreischenden Halt gebracht wurde, so daß Verteidiger und Gerichtsreporter sowie all die anderen Beigaben von wirklichen Gerichtshöfen eingesetzt werden konnten. Als sie ihre Tätigkeit wieder aufnahmen, hatte sich die Art, in der die Gesellschaft mit dem gestörten Teil der Jugend umging, für alle Zeiten geändert.

Dreißig Jahre später hat sich das System immer noch nicht völlig von diesem anzüglichen Telefonanruf und dem verborgenen Preisschild, das an die von ihm hervorgerufenen Reformen angeheftet war, erholt.

Jugendgerichtshof des Bezirks Los Angeles,
Zweigstelle Los Padrinos
27. April 1994

Richard Perez, alias ›Shorty‹, ein dürrer 16jähriger mit einem Erwachsenenbart über einem Jungengrinsen, betrat ein Gerichtsgebäude, das genau neunundzwanzig Jahre und zehn Monate nach jenem schicksalhaften Telefonanruf in Gila County gebaut worden war. Es war Richards 31. Erscheinen vor dem massiven Jugendgerichtshof der Stadt Los Angeles und seine sechste Verhaftung wegen eines Verbrechens. Diesmal war er jedoch wegen Mordes eingeliefert worden, sicherste Berechtigung seines Milieus für den Zugang zum Erwachsensein – oder wenigstens zu einem Erwachsenengericht und -gefängnis.

Richards Verbrecherkarriere hatte 1990 mit einem Autodiebstahl begonnen, als er dreizehn war. Spätestens damit trat er offiziell in das System ein. In Wirklichkeit war er aber schon Jahre vorher in Schwierigkeiten geraten – mit Schuleschwänzen sowie Stühlewerfen und anderen Unterrichtsstörungen, wenn er gerade mal in der Schule anwesend war. Lange zuvor hatte sich seine Stimme verändert. Er hatte begonnen, seinen Eltern ungestraft den Gehorsam zu verweigern. Er trat in eine Straßenbande ein, blieb nächtelang außer Haus und bestahl seine Familie. Unter den alten Jugendgesetzen wäre solch ein Benehmen ausreichend gewesen, ihn im Alter von acht oder neun vom System ergreifen zu lassen. Heutzutage ist dies kein Grund, Kids einzusperren. Wenn es für Erwachsene keine Gesetzesübertretung ist, von zu Hause wegzulaufen, die Schule zu schwänzen oder den Eltern zu antworten, sie sollen sich zum Teufel scheren, so wäre es ja nicht mit der Verfassung vereinbar, das zu einer Gesetzesübertretung für Kinder zu machen. »Es tut mir leid«, antwortete der Wachhabende eines Polizeireviers einmal Richards verzweifelter Mutter, als sie um Hilfe für ihren ungeratenen Sohn bat. »Niemand kann da etwas tun, solange er keine Straftat begeht.«

Also mußte erst ein Autodiebstahl her, damit das System sich mit Richard befaßte – nicht im Alter von acht, wenn Programme zur Reformierung gestörter Kinder noch in drei von vier Fällen Erfolg haben, sondern im Alter von dreizehn, wenn die Erfolgsrate zu einem von vier Fällen gesunken ist. Nicht, daß das irgend etwas ausmachen würde. Solche Maße von Erfolg und Mißerfolg setzen voraus, daß sich jemand wirklich Mühe mit einem Kind gibt. Aber die Anzahl von Fällen wie dem von Richard ist in den letzten Jahren zu stark angestiegen – jährlich werden mehr als 5300 Autodiebstähle von solchen Jugendlichen in L.A. begangen –, und der Jugendgerichtshof, der vollauf mit schwereren Fällen beschäftigt ist, kann damit nicht nachkommen. Bei von Jugendlichen in L.A. in einem einzigen Jahr[1] verübten 237 Tötungsdelikten, 3746 Raubüberfällen, 5621 Einbrüchen, 675 Sexualstraftaten, 3374 Körperverletzungen, 6044 Drogenvergehen und 2412 Fällen von unerlaubtem Waffenbesitz werden ein simpler Autodiebstahl oder auch die Tausende von Graffiti-Schmierereien, die die Gerichts-Terminkalender überfüllen, an das Ende der Warteschlange geschoben.

Und so geschah es denn, daß Richard an dem Tage, an dem er verhaftet worden war, auch schon wieder freigelassen wurde. Fünf Monate verstrichen, bevor er wieder zum Gericht zitiert wurde, um sich für seine Straftat zu verantworten. Während dieser Zeit hatte er eine Gerichtsauflage, die Schule ununterbrochen zu besuchen, seinen Eltern zu gehorchen und sich von der Bande zu trennen, einfach ignoriert. Er sagte sich, daß niemand von der Jugendstrafverfolgung die Zeit haben würde, ihn zu überwachen – und das stimmte natürlich. Er setzte seiner Show der Verachtung die Krone auf, als er zu der schon dreimal verschobenen Verhandlung nicht erschien. »Ich wußte ja, daß sie mir nichts tun würden«, würde er später bemerken. »Ich hatte einfach zu viel Spaß, um mich um so'n Zeug zu kümmern.«

Einen Monat später wurde der junge Gesetzesflüchtige wieder verhaftet und zum Jugendgericht gebracht, wo er einen juristischen Handel abschloß und sich der reduzierten Anklage der widerrechtlichen Benutzung eines fremden Fahrzeugs zu einer Vergnügungsfahrt schuldig erklärte. Seine alleinstehende Mutter gab an, sie habe genug von seinem unflätigen Mundwerk und seinen Gangsterfreunden. »Sie können ihn behalten«, sagte sie zum Richter. Er bekam Bewährung, wohnte eine Zeitlang in einem Gruppenheim und ging dann zu seinem Vater.

Von dem Augenblick an, in dem sein Fall abgeschlossen war, kümmerte sich Richard nicht um nächtliche Ausgangsverbote, nahm Rauschmittel zu sich und fuhr mit seinen Straßenbanden-Aktivitäten fort – alles Verletzungen seiner Bewährungsauflagen. Aber seine Bewährungshelferin hatte fast 200 Kids zu überwachen, was sie hauptsächlich jeweils mit einem Telefongespräch pro Monat erledigte (zweimal im Monat bei den besonders ungebärdigen). Sie kam noch nicht einmal dahinter, daß ihr Richard eine falsche Adresse und Telefonnummer seines Vaters gegeben hatte – bis Richards vorzeitiger Schulabgang aus der neunten Klasse sie dazu veranlaßte, ihn aufzusuchen. Bevor er entlassen worden war, hatte keiner des Systems eine Recherche über sein häusliches Milieu durchgeführt. Die Bewährungshelferin fand ein unbebautes Grundstück vor, wo angeblich die Adresse seines Vaters war.

Richard blieb noch einen Monat flüchtig, bis ihn die Polizei wieder am Steuer eines gestohlenen Autos erwischte. Nachdem er ein paar Stunden danach wieder auf Bewährung entlassen worden war, landete er abermals in dem gleichen Gruppenheim, das bequem nahe seinem Bandenkiez lag.

Drei Monate später verursachten Richard und drei andere Mitglieder einer neuen, gewalttätigen Straßenbande, genannt ›The Young Crowd‹ (Junger Haufen), der er sich angeschlossen hatte, einen Aufruhr in einem Krankenhaus. In ihrem rücksichtslosen Eifer, einen Kumpel zu besuchen, der dort mit Schrotflintenwunden lag, gerieten sie in ein Handgemenge mit Sicherheitswachen, weil sie die Viertelstunde bis zum Beginn der Besuchszeit nicht warten wollten. »Ich komm zurück, ich schieße aus einem Auto eure Ärsche zusammen!« brüllte Richard die Wachleute und das Pflegepersonal an, die ihn hinauswarfen. Ein neuer Richter übernahm seinen Fall, aber entließ ihn wieder auf Bewährung in das gleiche Gruppenheim, mit den gleichen Auflagen, sich von Banden fernzuhalten und zur Schule zu gehen, die er noch nie befolgt hatte.

Sechs Monate später, im August 1993, wurde Richard, der inzwischen 16 Jahre alt geworden war, wieder verhaftet – diesmal wegen Teilnahme an einem Gruppenüberfall auf einen Autofahrer, der in der Nähe eines Parks auf dem Gebiet von Richards Bande angehalten hatte. Der Autofahrer war brutal zusammengeschlagen und sein Wagen gestohlen worden. Nach dieser Verhaftung trat Richard bei Gericht in kühner Gangstermanier auf – die Beine nach Art von Charlie Chaplin unter dem Angeklagtentisch ausgestreckt, was in seinem Milieu eine verächtliche Geste bedeutete. Eine andere war, dem Richter den aufgerichteten Mittelfinger zu zeigen. Aber niemand bemerkte es oder wollte Notiz davon nehmen. Ergebnis der neuerlichen Verhandlung: Fall abgeschlossen, weitere Bewährung, gleiches Gruppenheim. Richard feierte das, indem er sich seinen Gang-Spitznamen ›Shorty‹ auf dem Rücken eintätowieren ließ. Anschließend brach er einer Frau mittleren Alters mit einem brutalen Faustschlag das Nasenbein, um die Sechserpackung Bier zu stehlen, die sie gerade in einem Spirituosenladen gekauft hatte – ihm hatte man die Bedienung dort kurz zuvor verweigert.

»Ich wollte eben ein Bier«, erwiderte er später lakonisch, als er gefragt wurde, ob es ihm nicht leid tue, die

Frau so behandelt zu haben. Die Frage erschien ihm völlig sinnlos. »Wenn man stark genug is', sich was zu nehmen, warum soll man's denn nich' tun?«

Das war nun Richards fünfte Verhaftung, aber bei diesem Raub war keine Waffe benutzt worden. So wurde der Fall wieder an das Ende der Warteschlange gesetzt, zusammen mit den anderen ›nicht ernsten‹ Vergehen – und Richard konnte wieder gehen, nachdem man ihm gesagt hatte, er solle in vier Monaten wiederkommen.

In diesem Stadium hätte der Jugendgerichtshof die Bewährung widerrufen können (angesichts seiner erschreckenden Liste von bisherigen Vorverurteilungen), um ihn für Monate oder sogar Jahre in ein städtisches Erziehungslager oder im Rahmen des Jugendaufsichts- und Jugend-Verwahrungssystems des Staates Kalifornien einsperren zu können. Seine Verachtung für ein System, das ihn nie wirklich zur Rechenschaft für seine Taten gezogen hatte, ging aus der Art klar hervor, in der er vor Gericht lachte, als die Nase seines letzten Opfers erwähnt wurde. Er schnippte mit Spucke gerollte Papierbällchen durch den Gerichtssaal und machte Herausforderungsgesten seiner Bande, wenn er dachte, daß niemand darauf achten würde. Mit jeder neuen Verhaftung waren seine Straftaten unverfrorener und gewalttätiger geworden. Dennoch ließ ihn das System wieder los, wie schon immer zuvor. Und schließlich stieg Richard zur Meisterklasse seines Genres auf.

Es geschah zwei Monate nach dem Bierraub, noch ehe die überarbeiteten Jugendsachbearbeiter des Bezirksstaatsanwaltsamts sich weit genug durch den Rückstand von Fällen gewühlt hatten, um Anklage wegen Körperverletzung und Raubes zu erheben. Zwei Jungen, David und Enrique, nahmen in einem kleinen Restaurant in der L.A.-Vorstadt Lynwood Platz, um Burritos (mexikanische Frikadellen) zu essen und Cokes zu trinken. Nach einigen Minuten tauchte ein dünner, kleiner, lateinamerikanisch aussehender Junge mit dünnem Schnurrbart neben ihnen auf. Er trug die Uniform der Straße: eine übergroße schwarze Kapuzenjacke und eine tief herunterhängende bauschige Hose, über deren Bund Unterhemd und Unterhose zu sehen waren. Er hatte draußen mit Mitgliedern des ›Jungen Haufens‹ herumgestanden und Worte wie ›Verräter‹ und ›Niggerfreund‹ gemurmelt, denn Enrique war Lateinamerikaner und David schwarz – eine Paarung, die einige Latino-Straßenbanden als unerträglich ansehen.

»Woher seid ihr *vatos* (Typen) denn?« fragte der Bursche in der schwarzen Jacke den fünfzehn Jahre alten David. Das ist ein abfälliger Straßencodesatz für ›Welcher Bande gehört ihr an?‹. Es ist die Standardfrage vor Vorbeifahrschießereien und Straßenbandenkämpfen – so etwas wie eine Kriegserklärung.

»Von nirgendwo«, gab David als die einzig mögliche neutrale Antwort.

Der dürre Bursche in der schwarzen Jacke schob die Unterlippe vor und wandte sich dem siebzehn Jahre alten Enrique zu. »Woher kommst *du* denn?«

Enrique legte seinen Burrito nieder. »Von nirgendwo«, antwortete er.

Ohne ein weiteres Wort zog der schwarzjackige Knabe eine 25er-Pistole aus der Hosentasche, schoß dreimal und lief dann hinaus. Eine der Kugeln schlug nur ein paar Zoll von David entfernt in die Tischplatte ein, die anderen beiden trafen Enrique, der schrie: »Ich bin getroffen, getroffen, hol meine Mom!« Blut sprudelte aus seiner Schulter und Brust. Vierzig Minuten später lag Enrique Diaz Nuñez, ein Schüler der elften Klasse, dessen einziges Verbrechen gewesen war, einen Burrito mit einem Freund zu essen, tot auf einer blutigen Notaufnahmebahre, seine weinende Mutter und Schwester an seiner Seite.

Ein paar Tage später fuhr David mit Kriminalpolizisten an einem Aufenthaltsort des ›Jungen Haufens‹ vorbei. Da wies er auf einen dürren, kleinen Burschen in einer zu großen schwarzen Jacke, der aus einer Tür kam. »Das ist er«, zischte David, »der da!« Sie verhafteten Richard Perez auf der Stelle wegen Mordes. Er hatte sich noch nicht einmal die Mühe gemacht, andere Kleidungsstücke zu tragen.

Auf der Polizeistation zogen die Kriminalbeamten die unvermeidliche Miranda-Karte mit dem Spruch der Warnung vor den Folgen einer Selbstbezichtigung hervor, wobei sie aber hofften, daß er gestehen würde. Auf die Frage, ob er etwas zu sagen habe, antwortete er:

»Klar habe ich was zu sagen«, erwiderte der durch seine vielen Begegnungen mit dem System gewitzte Straßenstrolch. »Ich will meinen Anwalt!«[2]

Hauptverwaltung des Bewährungsamts des Bezirks Los Angeles
Downey, Kalifornien

Obwohl er davon nicht wissen konnte, war Richards kriminelle Laufbahn jahrelang schon genau überwacht worden, als Teil eines beim Bezirks-Jugendgerichtshof durchgeführten umfassenden Projekts. Dies hatte das Ziel festzustellen, was mit den Kids geschieht, nachdem sie von dem System erfaßt worden waren, d. h. wirklich dem nachzugehen, wie sich ein Kind nach Begehen seiner ersten Gesetzesverletzung verhält. Dazu gehörte die Beantwortung folgender Fragen: Wie viele Mädchen und Jungen kommen nach der ersten Festnahme nie mehr zurück? Wie viele überschreiten wieder die Grenze? Wie viele werden wie Richard und verüben ein Vergehen nach dem anderen, bis jemand getötet wird und das System endlich Notiz nimmt? So einfach und wichtig diese Fragen auch sind – denn aus ihnen geht doch hervor, wie gut oder schlecht der Jugendgerichtshof seine Arbeit macht: Es hatte sie keiner beantworten können. Sie waren vorher nie gestellt worden.

So begannen die am Projekt Beteiligten im Jahre 1990, die Erst-Gesetzesübertreter zu überwachen, die in den ersten sechs Monaten jenes Jahres im Bezirk Los Angeles verhaftet worden waren. Es waren insgesamt 11 493 –

Richard darunter. Fünf Männer und Frauen saßen in einem gesicherten Raum im Hauptverwaltungsgebäude des Bewährungsamts und lasen eine vertrauliche Unterlage nach der anderen durch, wobei sie den Werdegang aller dieser Kids einzeln verfolgten – drei Jahre lang. Sie griffen in keinen Fall ein, sondern beobachteten nur, allgegenwärtig und abgehoben, als Teil eines großen Experiments, in dem jeder Fall sich unbeeinflußt selbst entwickeln sollte – auch Horrorgeschichten wie die von Richard.

Bis zum Ende des Jahres 1993 waren die Ergebnisse dieser akribischen Arbeit für das Bewährungsamt und den Jugendgerichtshof so erschreckend geworden – und so bedrohlich für die Zukunft beider Institutionen –, daß die Organisationen bisher keine öffentlichen Angaben darüber machten. Diese Ergebnisse laufen aber auf folgendes hinaus:

Ein wenig über die Hälfte – 57 Prozent – der Kinder, die zum ersten Male festgenommen wurden, erscheint nie mehr in den Aufzeichnungen. Sie werden ordentlich, beeindruckt von den Ermahnungen des Systems. Dabei handelt es sich meistens um durchschnittliche Kinder, die einen einzigen Fehler begangen haben und das wissen.

Von dem Rest wird mehr als ein Viertel – genau gesagt 27 Prozent – noch ein- oder zweimal verhaftet. Dann beenden auch diese ihre kriminelle Laufbahn. Aber die letzten 16 Prozent – das sind immerhin 16 Kinder von jeweils 100 festgenommenen – verüben vier oder mehr Verbrechen von Diebstahl bis Mord. Sie werden chronische Straftäter – wie Richard Perez.

So bedrückend diese Zahlen aber sind, sie sind noch gar nichts im Vergleich zu dem wirklichen Bauchschlag der Studie – dem Teil, von dem keiner im System reden will: Die Experten stellten fest, daß die Tätigkeit der Jugendstrafverfolgung auf dem Weg, den diese Kids einschlugen, überhaupt keine Rolle spielte.

Bei einem Drittel dieser 11 493 Fälle wurden die Beschuldigungen sofort nach der Festnahme niedergeschlagen – aus einer Vielzahl von Gründen: unzureichende Beweislage, unwillige Zeugen, mildernde Umstände, Verfahrensfehler oder -änderungen und sogar hin und wieder reine Unschuld. Diese Kinder konnten wieder gehen, ohne einen Gerichtssaal gesehen zu haben. Die anderen zwei Drittel wurden vor dem Jugendgericht verhandelt, wo die große Mehrzahl von ihnen zu Strafen auf Bewährung, zwangsweiser Unterbringung in Heimen oder Jugendgefängnis verurteilt wurde. Und doch ... hier erlebte man die schlimme Überraschung, daß es keinen Unterschied im weiteren Lebensweg zwischen den beiden Gruppen gab – ob nun Jugendgericht oder nicht. Etwas über die Hälfte der Gruppe, deren Fälle vom Jugendgericht behandelt worden waren, kam nach diesem ersten Urteil nicht mehr zurück. Etwa ein Viertel verübte noch eine oder zwei Straftaten – und der Rest fiel in einen Strudel der Verbrechen.

Mit anderen Worten: Nichtstun oder das gesamte Aufgebot des Systems auf die Kinder anzuwenden ergab etwa die gleichen Gesamtergebnisse.[3]

Als die Kunde von dieser bestürzenden, demütigenden Studie langsam durch die Amtsstuben der Jugendgerichtsbarkeit von Los Angeles zog wie die Front eines Monsuns, wurde sie zum Banner für zwei Fraktionen innerhalb des Systems: diejenigen, die glauben, daß die Tage einer separaten Jugendstrafverfolgung gezählt sind, und die, welche eine weitreichende Reform wollen, ohne von dem Grundsatz abzugehen, daß Kinder, einfach weil sie noch Kinder sind, anders als Erwachsene behandelt werden müssen, auch wenn sie Verbrechen begehen. Eine dritte Gruppe, die nicht zu unterschätzen ist, weil sie seit langem die Zügel der Macht in den Händen hält, wollte einfach der Trägheit nachgeben und die Studie völlig ignorieren, um eine Bürokratie am Leben zu erhalten, die ohne jegliche Skrupel sowohl einen Gerry Gault als auch einen Richard Perez produzieren kann.

Und so begann das Jahr 1994 mit ungewohntem Tumult und Unsicherheit in der größten Jugendgerichtsbarkeit der Vereinigten Staaten – einer Organisation, die jetzt nicht mehr nur mit den Jugendlichen, die sie erfaßt hat, auf dem Kriegsfuß steht, sondern auch mit sich selbst.

Kapitel 1

Januar 1994

Obergericht des Bezirks Los Angeles
Abteilung Jugendstrafverfolgung
Zweigstelle Thurgood Marshall
Inglewood, Kalifornien

»Das erste, was man hier mitbekommt«, erzählt die stellvertretende Bezirksstaatsanwältin Peggy Beckstrand, als sie eine Besuchergruppe auf einem schnellen Rundgang durch das ziemlich ramponierte Jugendgerichtsgebäude führt, »ist, daß nichts richtig funktioniert.«

Es ist 8 Uhr 25 an einem kalten Wintermorgen. Der Himmel ist so grau wie ein alter Tiegel, und ein gedämpftes Dröhnen dringt gelegentlich gefiltert in das Gebäude von irgendwo da draußen – der ständige Strom von fetten, vollen Düsenriesen im Anflug auf den Flugplatz LAX, der eine Autobahneinfahrt weiter südlich liegt. Innen schnappen die Gerichtssaal-Türschlösser gleich wieder hinter uns ein, und frische Stapel von Gerichtsunterlagen in Manilapapier-Umschlägen werden auf die Richterbänke gelegt. Rechtsanwälte waten durch Hunderte von Kindern, Jugendlichen, Eltern und Zeugen, die heute im Gerichtsgebäude zusammengekommen sind. Sie suchen nach einem Mandanten, den sie noch nie getroffen, einen Zeugen, den sie noch nie gesprochen haben, und nach Eltern, die nicht glauben können, daß ihr Kind ein Verbrecher ist – was immer auch für verdammte Beweise man vorbringen mag. Schmutzige minzegrüne Busse mit Metallkäfigen im Innern rumpeln von den drei riesigen L.A.-Jugendgefängnissen zum Gerichtsgebäude. Sie transportieren Jungen und Mädchen, die die vom Gefängnis zugewiesenen Hemden und Jeans in der Farbe tragen, die anzeigt, daß sie zu einer Kategorie gehören, die zu Gewalttätigkeit und Flucht neigt. Die schlimmsten davon tragen Kombinationen in Neonorange. Die Eltern – von denen, die überhaupt das Glück haben, daß sich eine Mom oder ein Dad noch so viel für sie interessiert, daß sie auf ihr Erscheinen vor Gericht warten – umklammern zerknitterte braune Papiersäcke mit Straßenkleidung in der Hoffnung auf baldige Freilassung ihrer Sprößlinge. In fünf Minuten wird die Eröffnung der Gerichtssitzung verkündet werden, und die Atmosphäre ist geladen mit schwitzender, angsterfüllter Erwartung, als ob das ganze Gebäude ein überfüllter Fahrstuhl wäre, der zwischen zwei Stockwerken steckengeblieben ist.

»Wir ertrinken«, erklärt die Beckstrand lakonisch. Sie wirkt größer, als sie eigentlich ist mit ihren etwa 1,60 m – teilweise wohl wegen ihrer Haltung wie aus dem Lehrbuch. Sie ist auffallend blaß, mit sehr glattem dunkelblondem Haar, die Dame Beckstrand, eine ehemalige Montessori-Lehrerin mit einer trockenen Art von Humor. Sie genießt einen Ruf von Härte, der sie entschieden unbeliebt gemacht hat bei ihren Gegenspielern vom Pflichtverteidigeramt,[1] von dem sie auch schon einmal verklagt worden ist. »Sehen Sie sich doch mal um«, sagt sie und weist auf das quirlende Chaos auf den Gängen, »es funktioniert einfach nicht.«

Sie redet nicht von dem physischen Zustand des Ortes – den gesprungenen und abgebrochenen Armaturen oder den versagenden Eiswasserbehältern, die nur noch eine trübe Flüssigkeit mit Körpertemperatur spenden –, sondern von dem ernsteren Versagen des Systems, der ständigen Aura der Zwecklosigkeit, die diese Karriere-Staatsanwältin regelmäßig zum Murmeln veranlaßt, daß man doch alles stehen und liegen lassen sollte. Sie ist aber nicht die einzige. Viele, die in diesen Räumen arbeiten, haben von der neuen, im System umlaufenden Studie gehört, die – unter anderem – aufzeigt, daß der Jugendgerichtshof seine Zeit und Energie meistens dadurch verschwendet, daß er sich auf die Kids konzentriert, die schon jenseits jeder Besserungsmöglichkeit sind, während er die Kinder ignoriert, denen man noch gut helfen könnte. »Als ob wir eine Studie gebraucht hätten, die uns das ins Auge Fallende mitteilt«, sagt sie. Durch die ganze Bürokratie zieht ein Raunen über diese Studie, in der Erwartung – oder Furcht –, daß sie eine massive und grundlegende Reform in eine Organisation bringen wird, die sich seit den 60er Jahren nicht besonders positiv geändert hat und das auch nicht verbirgt.[2]

Mrs. Beckstrand jedenfalls gibt an, daß sie ein Aufrütteln begrüßen würde, aber sie zweifelt offen die Fähigkeit des Systems an, die ausgetretenen Pfade des müden Trotts zu verlassen. Ihre Stimme klingt genauso müde. »Wir rehabilitieren diese Kids doch nicht und strafen sie auch todsicher nicht. Sie können hier mit Mord durchkommen – und das wissen sie. Die Gesetzesbrecher gewinnen, und wir – die Gesellschaft, alle, die wir die Regeln befolgen – sind dabei, zu verlieren.«

Ein junger Staatsanwalt, den sie beaufsichtigt, ergreift die Beckstrand beim Arm und bittet sie, eine der Krisen, die stündlich hier auftreten, zu lösen, und sie verschwinden in einem Verhandlungssaal. Dabei ziehen sie, ohne ihn eines Blickes zu würdigen, an einem stellvertretenden Pflichtverteidiger vorbei, der auf einer Bank kauert mit der Mutter eines geisteskranken Mädchens, das des versuchten Mordes angeklagt ist. Stimmen in ihrem Kopf hatten ihr befohlen, ihre Schwester mit einer Machete anzufallen. Die Mutter weint und schüttelt den Kopf, als der junge Anwalt ihr erklärt, daß es schwierig sein wird, das Mädchen vor einer Überführung in die strenge Verwahrung der Erwachsenenstrafverfolgung zu bewahren. Die Beschuldigungen gegen sie sind schwer und sie hat das Alter von 16 schon überschritten. »Sie braucht aber Hilfe und gehört hier in die Jugendlichenverwahrung, und ich werde alles mir Mögliche tun, um das zu bewirken«, sagt der Anwalt. »Das Problem liegt aber darin, daß das Gesetz in Fällen wie diesem sehr streng ist. Alles, was ich heute tun kann, ist, einen weiteren Aufenthalt im Jugendgefängnis zu beantragen. Der Bezirksstaatsanwalt hält aber alle Trümpfe in der Hand.«

Die Besonderheit des Jugendgerichtshofs liegt darin, daß zwei so gegensätzliche Gespräche hier gleichzeitig mit aller Aufrichtigkeit stattfinden können. Das kommt daher, daß jede Seite in dem Prozeß – die Staatsanwälte, Verteidiger, Richter, Polizisten und Bewährungshelfer, die Opfer der Verbrechen, die angeklagten Kinder hier und ihre Familien – sich ganz allein auf der Verliererseite sehen. Wenn ein Fall im Jugendgericht abgeschlossen ist, ist es oft schwierig zu erkenne, wer gewonnen hat.

Die Szenerie schürt dieses Gefühl der Zwecklosigkeit noch. Dieses Gerichtsgebäude ist ein grimmiger Ort. Der graue Betonkasten, der die Zweigstelle Thurgood Marshall des Jugendgerichtshofs von Los Angeles beherbergt, erhebt sich nahe einer einst angenehmen Gartensiedlung von Inglewood, einer Gemeinde, die jetzt so tief erschüttert ist, daß Eltern, Polizeibeamte und Vertreter des öffentlichen Lebens einmal in der Woche zusammentreten, um sichere Wege durch die Bandenterritorien für ihre Schulkinder zu planen. Das Gerichtsgebäude steht in jener Art von Nachbarschaftsviertel, wo sich bekriegende schwarze und Latinobanden ihre Mitglieder durch Pieper und Handys zu Vorbeifahrschießereien und Schulhof-Rassenkrawallen zusammenrufen. Drei Blocks von der Thurgood-Marshall-Zweigstelle entfernt wurde ein mit elf bekannten Banden-Tätowierungen ›geschmücktes‹ elf Jahre altes Mädchen gefaßt, als sie Handzettel verteilte, die für eine von Banden veranstaltete Drogen-, Sex- und Bierparty warben. Die computererstellten Handzettel versprachen, daß ›stoßbereite Miezen frei reinkommen‹, was bedeutet, daß sich Mädchen, die sich sexuellen Aufforderungen nicht verschließen, keine Sorge um die fünf Dollar Eintrittsgeld zu machen brauchen – ein Angebot, das die Elfjährige dreist unter ihren Kameradinnen der sechsten Klasse verteilte. Als ein Sozialarbeiter, dem solch ein Zettel in die Hände fiel, sie fragte, ob sie denn keine Angst vor

AIDS habe, verneinte sie das. Das spiele doch gar keine Rolle, denn sie würde ja sowieso sterben, bevor sie zwanzig würde.

Doch dies ist auch die Art von Nachbarschaftsviertel, wo wohlhabende L.A.-Einwohner regelmäßig ihre BMWs und Mercedeswagen parken, weil die Thurgood-Marshall-Zweigstelle, eines von zehn Jugendgerichtsgebäuden, die über die riesige Schüssel des Los-Angeles-Beckens verteilt sind, für mehr als nur ihre unmittelbare, gestörte Umgebung zuständig ist. Auch jugendliche Straftäter aus den reichsten Vierteln von Los Angeles – von Beverly Hills bis Hollywood und von Malibu bis Rancho Palos Verdes – werden in diese Gerichtssäle geschleppt, so daß die Eltern der Straßenbanditen neben den Bankiers und Finanzmogulen mit ihren Designer-Aktentaschen und quastengeschmückten Mokassins zu sitzen kommen. Alle sind sie gleichermaßen benommen von der seltsamen Mischung aus Chaos, Formlosigkeit und unverständlichen Ritualen, die einem Jugendgerichtsgebäude so eigen ist. Durch eine geographische und bürokratische Verschrobenheit sind die drei schmierigen Gerichtssäle der Thurgood-Marshall-Zweigstelle des Jugendgerichtshofs zum letzten Schmelztiegel in einer der am stärksten rassisch und wirtschaftlich aufgespaltenen Region Amerikas geworden. Hier beschleicht jeden die eine, gemeinsame Empfindung: Furcht – Furcht vor unseren eigenen Kindern.

Das ist eine in der Tat sehr wohlbegründete Furcht, da Jugendkriminalität, und besonders von Kids verübte Gewaltverbrechen, in die Städte und Vorstädte Amerikas hineingestoßen ist wie eine neue, tödliche Virusart, gegen die es keine Immunität gibt. Die statistischen Zahlen sind erschreckend: Seit 1970 ist ein Anstieg der von Jugendlichen verübten Mordfälle von 175 Prozent zu verzeichnen, und die Zunahme aller anderen Arten von Jugendkriminalität ist ähnlich. Allein in den letzten fünf Jahren sind die von Kindern begangenen Gewaltverbrechen wie Mord, Vergewaltigung, Körperverletzung und Raub um 68 Prozent angestiegen. Los Angeles mit einer geschätzten Bandenmitglieder-Gesamtstärke von 200 000, die meisten davon unter 18 Jahre alt, wurde von dieser Epidemie besonders schwer getroffen. Bei solchen Zahlen sollte es keinen wundern, daß der Jugendgerichtshof jedes Jahr die in Gefahr befindlichen Kinder weniger beachtet und sich verstärkt auf die schon gefährlichen Kinder konzentriert, indem er immer mehr einsperrt, unter Erwachsenenrecht aburteilen läßt und strengere Strafen verhängt. Und dennoch wächst die Furcht. Man sieht es in den Fluren der Gerichtsgebäude an den verstohlenen Blicken, die in der nie endenden Schlange an den zwei verbeulten und klebrigen Telefonapparaten ausgetauscht werden; an der Art, wie Leute durch Reihen von schweigenden, starrenden Jugendlichen, die jeden Tag auf den Stufen und Geländern der Eingänge sitzen, Spießruten laufen. Ein Blick sagt alles: Dies ist kein Ort, an den man zur Heilung kommen kann – es ist ein Ort, vor dem man fliehen sollte, so schnell man kann.

Verwirrung ist der andere hauptsächliche Geisteszustand hier und auch in den neun anderen Jugendgerichtsgebäuden des Bezirks Los Angeles mit ihren 49 Gerichtssälen und 80 000 offenen Fällen,[4] ein System, das die meisten Erwachsenengerichtsbarkeiten weit übertrifft – das größte Jugendstrafverfolgungssystem in der Welt. Schwitzende Hände, die mit zerknitterten Vorladungen und Gerichtsverfügungen wie mit Wimpeln besorgt vor jedem gewedelt werden, der auch nur im entferntesten gerichtskompetent aussieht, gefolgt von der Frage: »Wo muß ich da hin?« Aber die meisten, die mit dieser Frage konfrontiert werden, sind hier nicht kompetent, weil sie in einem offiziell wirkenden Anzug oder in einer Polizeiuniform den Gang entlangkommen. Da ist dann die häufigste Antwort nur ein Achselzucken, so daß Dutzende von Leuten ziellos umherirren, weil sie nicht wissen, wohin sie gehen müssen.

Und das finden sie, wenn sie durch die Thurgood-Marshall-Zweigstelle wandern: einen Warteraum, ein

Büro und einen Gerichtssaal im Erdgeschoß mit einem breiten Treppenaufgang zum ersten Stock hinauf, übersät von Graffiti, wie auch die anderen grauen Wände dieses Gebäudes. Am anderen Gebäudeende gibt es einen arthritischen Fahrstuhl, aber der stinkt nach altem Urin und scheint mehrere Minuten zu brauchen, um den Weg zwischen den beiden Stockwerken des Gebäudes zurückzulegen. Die Toiletten sind wahre Graffiti-Museen. In die Spiegel sind derartig viele Bandenzeichen eingekratzt, daß die Rechtsanwälte, die kühn genug sind, dort hineinzugehen, jede Mühe haben, ihr eigenes Abbild zu finden, um sich die Krawatte zurechtzurücken. Die Anordnung der Räume verwirrt alle außer die Eingeweihten. Die Obergerichtsabteilung Nr. 241 ist im Erdgeschoß, wogegen sich die Abteilungen 240 und 242 im ersten Stock befinden. Diese Numerierung basiert auf keiner Logik, außer wohl auf Justizbediensteten-Klüngelei um die am wenigsten schäbigen Räumlichkeiten. Man muß nach den Gerichtssälen nach eigenem Gutdünken suchen. Es gibt keine Auskunftsstelle, keine ausgehängten Verhandlungsterminlisten, keinen Plan des Gebäudes. Unverständliche, handbeschriebene und von Vandalen verunstaltete Zettel, verblichen und gelb vor Alter, hängen an zwei brüchig gewordenen Klebebandstücken. Sie vermitteln nichts, was über die Verhandlungen des Tages Auskunft geben könnte.

Das betagte Gebäude, einst ein kleines städtisches Gerichtsgebäude für erwachsene Straftäter, das zu klein geworden, deshalb aufgegeben und schließlich wie ein abgenagter Knochen dem raumhungrigen Jugendgerichtshof hingeworfen wurde, wimmelt jetzt von Kindern und ihren Familien, deren Stimmen zusammen ein tumultartiges Dröhnen bilden. Von der bescheidenen, formlosen Kleidung, die die meisten Eltern tragen, und den bauschigen Klamotten im Gangsterchic, mit denen sich die meisten der Kids ausstaffiert haben, heben sich die Rechtsanwälte in ihren Geschäftsanzügen ab. Ihr hastiges Gemurmel im Korridor stellt die Verhandlungsvorbereitung in diesem aufs Geratewohl agierenden Gerichtshof dar. Nur einige seltene, brisante Fälle – ›Spezielle‹ im Staatsanwaltsjargon – bilden da die Ausnahme. Gesprächsfetzen werden unverständlich, wenn man sich durch den Erdgeschoßkorridor schiebt, der so vollgepackt ist wie ein U-Bahnwagen zur Hauptverkehrszeit, heiß und Platzangst erzeugend. Ein Vater sagt zu seinem Sprößling: »Hör darauf, was der Richter sagt!«, gefolgt von einem schrillen »Ich scheiß doch auf den Richter ...« Eine Frauenstimme fleht: »Kann meine Tochter heute nach Hause kommen?«, während der Bruder von jemandem klagt: »Warum wird er denn des Mordes angeklagt. Er hat doch nur den Wagen gefahren!« Daneben feilscht ein Pflichtverteidiger mit einer Staatsanwältin wie ein Händler auf einem Basar: »Nun lassen Sie sich doch mal etwas erweichen. Sie müssen das doch nicht unbedingt zum Verbrechen machen! Wir sind mit Vergehen einverstanden. Das spart doch dann Verhandlungszeit ...« Die Staatsanwältin hat die Augen geschlossen, Akten unter jedem Arm, und versucht, sich an die Umstände des Falls, über den sie reden, zu erinnern – einen von siebenundvierzig, die sie an diesem Vormittag verhandeln soll.

Als in jedem der drei Gerichtssäle der Beginn der ersten Verhandlungen ausgerufen wird, nimmt das Stimmengewirr im Korridor ab, da Rechtsanwälte und Parteien in die Säle eilen. Es sind aber noch genug Nachzügler, Zeugen und Familienmitglieder da, die auf den nächsten Aufruf warten, um die Korridore voll und laut bleiben zu lassen. Von nun an werden die Gespräche in Abständen von einem elektronischen Gong übertönt, auf den die Stimme eines der Gerichtsdiener folgt, der ein Kind, dessen Angehörigen, einen Zeugen oder einen Verteidiger in einen Gerichtssaal ruft. Während dieser Ausrufe der Verhandlungen des Vormittags, der geschäftigsten Zeit im Gerichtsgebäude, hallen die Lautsprecher ständig so stark wider, daß selbst die abgenutzten dicken Doppelholztüren dieses Geräusch nicht von den Sälen fernhalten können und die Worte der Juristen und Parteien oft mitten in den Anhörungen übertönt werden. Natürlich untergräbt dies den Anschein von einer ordentlichen Gerichtsverhandlung. Der Ablauf wird außerdem auch ständig unterbrochen, wenn Verteidiger aufspringen, um wegen eines anderen Falls einen anderen Gerichtssaal anzurufen, nachdem sie vom Lautsprecher dazu aufgefordert wurden. Der Druck durch die hohe Anzahl von Fällen ist so groß, und Staatsanwaltschaft wie Pflichtverteidigeramt sind so unterbesetzt, daß es nicht ungewöhnlich ist, wenn sie an zwei, drei und manchmal sogar fünf oder mehr Verhandlungen in verschiedenen Gerichtssälen gleichzeitig teilnehmen müssen. Dies bewirkt, daß ungeduldige Richter alle paar Minuten nach ihnen bellen.

Peggy Beckstrand schreitet durch das Chaos die Treppen hinauf und bahnt sich ihren Weg in den Saal von Richter Roosevelt Dorn, den neu bei Thurgood Marshall eingetroffenen Aufsichtführenden Richter. Offiziell stattet sie dem neuen Richter einen Höflichkeitsbesuch ab, aber ihre eigentliche Absicht ist es auszuloten, was ihr mit ihm im nächsten Jahr bevorstehen wird. Sie setzt sich unauffällig in die hinterste Reihe der Stühle und überblickt die Szene wie ein Baseball-Trainer, der die Konkurrenz in Aktion bespäht. Dabei macht sie sich gelegentlich Notizen, aber meistens beobachtet sie nur, nimmt alles in sich auf. Auf dem Richterstuhl sieht sie einen 57 Jahre alten Mann, klein und beleibt, mit kurzgeschnittenem graumeliertem Haar, aber unmodern langen Koteletten, einem buschigen, sorgsam beschnittenen Schnurrbart und großen goldenen Ringen an seinen kurzen, dicken Fingern. Abgesehen von seiner dröhnenden Stimme ist sein hervorstechendstes Merkmal ein Paar beutelartiger Wangen, die sich aufzublasen scheinen, wenn er sich ärgert – ein Warnzeichen, so untrüglich wie das Rumbakugelnklappern einer Klapperschlange. Rechtsanwälte hatten sich schon durch die Doppeltüren des Saals geschoben, diese aufgeblasenen Backen und zusammengekniffenen Augen über der Lesebrille erblickt und waren auf dem Absatz umgekehrt, weil sie es vorzogen, ihn später zu bitten, ihre Fälle aufrufen zu lassen. Peggy hatte diesen Ausdruck schon bei vorherigen Begegnungen mit diesem Richter gesehen, als sie beide bei Erwachsenengerichten arbeiteten. »Bei Dorn«, hatte sie ihr Personal schon gewarnt, »handelt es sich nicht darum, *ob* die Dinge sich zuspitzen werden, sondern *wann.*«

»Du magst schon vorher auf Bewährung gewesen sein, junger Mann«, spricht der kleine, würdevolle Mann in seinem dröhnenden Bariton, der wie die Stimme eines Rundfunkansagers klingt, während er über seine goldumrandete Lesebrille späht, »aber du bist noch nie auf Bewährung in *Richter Dorns* Gericht gewesen!«

Man kann fast die Schnörkelkursiv-Lettern durch die Art sehen, in der er Namen und Titel ausspricht, mehr Prediger auf der Kanzel als Richter hinter der Schranke, wie er so ein Aktenbündel ergreift, als wäre es die Heilige Schrift. Abteilung 240 ist an diesem Vormittag voll besetzt. Die Reihen von abgenutzten Auditorium-Stühlen sind bis auf den letzten Platz belegt von Verteidigern, Zeugen, Polizisten und straffällig gewordenen Kids. Richter Roosevelt Dorn, der sonntags einen Geistlichentalar trägt, predigt zu seiner Zuhörerschaft wie zu dem vierzehn Jahre alten Jungen, dessen Fall gerade vor ihm liegt. Ein Teil von Dorns Strategie besteht darin, in der normalerweise geschlossenen und vertraulichen Arena der Jugendrechtsprechung offene Verhandlungen zu führen. So müssen die Kinder, die darauf warten, daß ihre Fälle aufgerufen werden, sich anhören, wie Dorn einem nach dem anderen Angeklagten Strafpredigten hält oder ihn einsperrt. Er hat die Hoffnung, daß die Botschaft wenigstens in einige von ihnen einsickern wird, ähnlich wie die Werbestrategen sich ausmalen, daß ein Waschmittel schließlich doch gekauft wird, wenn die Leute nur oft genug die Sprüche darüber gehört haben. Das Verfahren ist nicht gerade völlig gesetzeskonform, aber jede einigermaßen vernünftige Möglichkeit, diese Kinder durch Angst, Überredung oder Überzeugung dazu zu bringen, ihr kriminelles Leben aufzugeben, ist Richter Dorn recht. Die Verteidiger verachten diese Praxis als ein Mittel zur Einschüchterung ihrer jungen Mandanten – was ja im Grunde genommen auch stimmt. Sie hätten gesetzlich das Recht, einen Gerichtssaal ohne nicht beteiligte Anwesende zu verlangen, aber wenige haben den Mumm, das zu tun. Dorn hat so eine seltsame Art, seinen Willen durchzusetzen – und mit demjenigen umzugehen, der ihm in die Quere kommt.

Der jetzt vor ihm stehende Junge heißt Robert, ein junger Autodieb und Räuber auf dem Wege zu schlimmeren Taten. Er hat seine Bewährung verletzt, indem er die Schule schwänzte, um mit seiner Straßenbande herumzuhängen – eine der häufigeren Eintragungen in der Prozeßliste. Der frustrierte Bewährungshelfer des Jungen weiß, welche Saite er bei Dorn zum Klingen bringen muß.

»Dies ist nun schon das zweite Mal, daß ich ihn wegen Schuleschwänzens habe herbringen lassen, Euer Ehren«, führt der Bewährungshelfer an und wirft einen anklagenden Blick auf den dünnen Burschen, der da in seinem nicht eingesteckten Raider-T-Shirt sitzt. Den Walkman hat er widerwillig abgesetzt, und er hängt ihm nun frech um den Hals. »Er ist schon wochenlang nicht zur Schule gegangen – von dem Tage ab, an dem er zuletzt vor Ihnen stand.«

Dorns Augen werden bei dieser Mitteilung zu Schlitzen – ein verdecktes reptilienartiges Starren, das er in langer Praxis ausgefeilt hat. Mehrere Verteidiger im Raum schütteln den Kopf, weil sie wissen, was kommt, denn dieser Richter ist wegen zweier Dinge besonders berüchtigt: Er besteht darauf, daß die Jugendlichen unter seiner Kontrolle ständig zur Schule gehen, und er kann es gar nicht leiden, wenn seine Verfügungen ignoriert werden. »Du bist nicht mehr zur Schule gegangen, nachdem du vor Richter Dorn gebracht worden bist?« donnert er. Das ist eine persönliche Beleidigung – der Junge hat schon verloren. So schneidet der Richter denn auch die Entschuldigungslitanei von Roberts Verteidiger mit einer Handbewegung ab und sagt: »Dieser Minderjährige hat ja keine

Absicht, die Gerichtsauflagen einzuhalten. Deshalb habe ich keine andere Wahl, als ihn von seiner Familie zu entfernen und ins Lager zu schicken.«

Der Gerichtsdiener steht sofort auf und stellt sich hinter Robert. Seine Tage bei der Straßenbande sind abrupt beendet. Ein Zwangsaufenthalt von bis zu einem Jahr in einem Erziehungslager des Staates Kalifornien liegt vor ihm, weil er das Pech hatte, Roosevelt Dorn statt irgendeinen anderen Richter zu bekommen. Aber Dorn ist noch nicht fertig.

»Du hast doch diese obdachlosen Leute auf der Fünften Straße gesehen, nicht wahr? So wirst du mal enden, wenn du keine Schulbildung hast. Verstehst du denn nicht, daß alles, was du auf dieser Welt erwarten kannst, ein Leben der Verderbtheit, Erniedrigung und Armut ist, wenn du keine Schulbildung hast, nicht aufs College gehst oder einen guten Beruf lernst?«

Der Junge schweigt mürrisch und starrt auf seine Hände, während Dorn auf ihn einredet. Der Richter scheint das nicht zu bemerken. Seine Augen schweifen jetzt im Gerichtssaal herum, wo mehrere Mütter und Väter nicken und ihren Kindern zuflüstern, dem Manne gut zuzuhören. Ein Vater flüstert: »Das ist ein guter Richter. Das ist genau, was der Junge da braucht!« Eine Frau ruft »Amen«, als ob sie in der Kirche wäre, und ein Anflug von Lächeln spielt dabei um Dorns Lippen. Seine Stimme wird jetzt noch lauter und tiefer.

»Du bestiehlst dich doch damit nur selbst – keine anderen«, erzählt er Robert. »Du stiehlst dir deine eigene Zukunft. Wenn du so weitermachst, kannst du nur an zwei Orten enden – dem Friedhof oder dem Zuchthaus.«

Dann hält er einen Moment lang inne, nimmt seine Brille ab und fährt mit nicht mehr so lauter Stimme fort: »Ich kann dich an einen Ort schicken, an dem du jeden Tag zur Schule gehen mußt, aber ich kann dich nicht dazu zwingen zu lernen, mein Sohn. Du mußt selbst den Drang zum Lernen bekommen. Mir ist viel an dir gelegen, Söhnchen. Ich habe dich gern. Ich schicke dich ins Lager, um dir eine Möglichkeit zu geben, selbst den Entschluß zu fassen, dir zu helfen. Ich habe dich nämlich wirklich gern.«

Das ist Dorn-Routine. Die Eltern in der Zuhörerschaft – Roberts Mutter ist darunter – scheinen beeindruckt zu sein. Keiner seiner Amtsbrüder ahndet Schuleschwänzen in dieser Weise. Die Frau, die »Amen« sagte, tut das wieder. Aber die meisten Kids im Gerichtssaal sehen gelangweilt aus bei all dem Gerede über Lernen und die Zukunft. Einige von ihnen haben den Spruch vom Friedhof oder Zuchthaus schon fünf- oder sechsmal gehört, und ihre Augen wandern umher. Ein Mädchen gähnt und grinst dann einen ›geil‹ gekleideten jungen Mann mit einem goldenen Ohrring und einer langen Vorstrafenliste an, der ihr einen Kuß über den Gang zugeworfen hat. Was Robert betrifft – der in Nußschalenhärte keinem anderen Kid seines Alters, das hier erscheinen muß, nachsteht –, so schaut er ungerührt drein und verbirgt auch kaum ein Grinsen, als er durch eine Tür in einen Aufnahmekäfig geführt wird. »Die können mir doch eigentlich nix wegnehmen«, sagt er später, als er wieder bei seinen Bandenjungs im Jugend-Untersuchungsgefängnis ist. »Auch zu geben haben sie nix – außer Zeit. Und Zeit schinde ich doch schon mein ganzes Leben lang – auf die eine oder die andere Art.»

Immerhin, ob sie nun wirklich einen Eindruck auf Robert gemacht hat oder nicht, diese gefühlvolle Ansprache Dorns war eine Bravourleistung. Beeindruckt war jedenfalls sogar die hartgesottene Staatsanwältin Peggy Beckstrand. Die Szene wird jedoch am Ende von einer kleinen Delle weltlicher Realität beschädigt – eigentlich eine Bagatelle, die dennoch symbolisch für die Verzweiflung und Zwecklosigkeit, die dieses Gerichtsgebäude so viel mehr beherrschen als Hoffnung, zu sein scheint – eine deftige Erinnerung daran, daß die Fülle von Jugendkriminalität dieses System zu einem anonymen Fließband reduzieren kann. Nachdem das Urteil verkündet wurde, greift sich der Gerichtsschreiber Roberts Akte – einer von sechzig Fällen, die der Richter an diesem Tag anhören wird –, aber Dorn fällt plötzlich ein, daß er einen bestimmten, nicht besonders wichtigen Punkt vergessen hat, und möchte die Akte zurückhaben. Er stottert dabei komisch, und es dauert eine Sekunde, bis die Umstehenden wissen, warum. Dann wird es klar: Obwohl er Robert mag, weiß Richter Dorn nicht einmal seinen Namen.

In der Pause zwischen den Verhandlungen tritt Peggy Beckstrand auf eine Pflichtverteidigerin zu, die ihren Platz im Saal einnimmt. Sie müssen sich über einen Mordfall unterhalten, den sie beide bearbeiten – *Das Volk gegen Ronald Duncan.* Der Fall des Burschen, der beschuldigt wird, die Eigentümer eines nahegelegenen Baskin-Robbins-Ladens ermordet zu haben, ist zum berüchtigsten – und gewiß brutalsten – des Gerichtsgebäudes in Inglewood geworden. Obwohl ihre Aufgaben als stellvertretende Leitende Staatsanwältin hauptsächlich administrativer Art sind, bearbeitet Peggy diesen Fall persönlich, weil sie ihn nicht einem der ihr zugeteilten jungen Staatsanwälte, die kaum die Hochschule verlassen haben, anvertrauen will. Etwas in der Art, in der dieser kurze, untersetzte Bursche mit dem dünnen Ziegenbart grinsend einherschreitet und bei jeder Anhörung im Verhandlungssaal winkt, als ob er nur wegen Verletzung eines Ausgangsverbots da ist und nicht wegen eines Doppelmords, bringt Peggy einfach in Wut. Sie ist entschlossen, seine Verurteilung zu erreichen, trotz der absoluten Gewißheit, daß sie das Ergebnis weder befriedigend noch gerecht finden wird, trotz all ihrer Mühen.

»Wir sollen heute ein Verhandlungsdatum festlegen«, erinnert Peggy die Pflichtverteidigerin, wobei sie sich bewußt ist, daß die Rechtsanwältin klagen wird, sie brauche mehr Zeit – wie üblich im Jugendgericht. Nichts geschieht pünktlich – einfach gar nichts.

»Ich brauche mehr Zeit. Bringt das Probleme?« sagt die Pflichtverteidigerin und beäugt ihre Kontrahentin vorsichtig. Peggy und der Leitende Pflichtverteidiger von

Inglewood trugen vor kurzem einen kleineren Konflikt aus. Das Pflichtverteidigeramt hatte einen erfolglosen Versuch unternommen, einen von Peggys jungen Staatsanwälten wegen ungebührlichen Berufsverhaltens tadeln zu lassen. Als Folge davon kabbeln sich die beiden Ämter nun über die alltäglichsten Fragen, so daß ein Prozeß, der sowieso bestenfalls *vorwärtskriecht*, noch mehr verzögert wird.

Peggy weiß, daß es keinen Sinn hätte, sich dieser Bitte zu verschließen. Verteidiger von Angeklagten sind vor dem Jugendgericht – besonders in einem Mordfall – zu fast unbegrenzten Verzögerungen berechtigt, ganz im Gegensatz zu den Staatsanwälten, die zu der festgesetzten Zeit fertig sein müssen – oder verlieren. Außerdem kann Peggy ihren Hauptzeugen in dem Fall nicht auftreiben, so daß schon von daher eine mögliche Katastrophe am Horizont aufzieht. Sie wollte dies nicht ausposaunen, indem sie von sich aus um eine Verzögerung bittet. Jetzt verbirgt sie ihre Freude darüber, daß sie aus dieser Klemme erlöst wird, unter einer bekümmerten Miene und einem müden Achselzucken. »Wohl nicht«, meint sie. »Es sieht ja nicht so aus, als ob Ronald uns entwischen kann.« Die Scheinheiligkeit, die in solchen Spielchen liegt, gefällt ihr nicht, aber sie sind ein großer Teil vom ganzen Prozeß hier, ein schäbiges Spiegelbild des Erwachsenengerichtshofs. In beiden Gerichtsbarkeiten geht es nur darum, den Fall zu gewinnen. Herauszufinden, was das Beste für ein Kind oder einen Jugendlichen – oder für die Allgemeinheit – ist, nun, das ist nicht ihre Aufgabe. Peggys Job besteht darin, eine Verurteilung zu erreichen, und ihre Kontrahentin muß alles daransetzen, einen Freispruch durchzuboxen. Nur wenn dieser Kampf entschieden ist, nimmt die Jugendgerichtsbarkeit die Frage auf, was mit einem gestörten Kind zu tun ist. Wie so viele andere Eingeweihte des Jugendstrafverfolgungssystems verabscheut Peggy diese Rangfolge, fühlt sich aber machtlos, dies zu ändern.

Die beiden Juristinnen einigen sich auf ein neues Verhandlungsdatum in der Gewißheit, daß der Richter allem zustimmen wird, worum sie bitten. »Ich denke sowieso, die Angehörigen bringen einen privaten Verteidiger ins Spiel«, bemerkt die Pflichtverteidigerin, »so daß ich den Fall wohl nicht durchziehen werde.«

Peggy sieht sie einen Augenblick an und sagt dann mit einer bitteren Offenheit, die sie eigentlich nicht zeigen wollte: »Sie Glückliche!«

Nach dieser Festlegung des Verhandlungstermins für Ronald Duncan hält sich Peggy noch im Verhandlungssaal auf, um zu beobachten, wie Richter Dorn ein siebzehn Jahre altes Mädchen zu einer Bewährungsstrafe für das Fahren eines Fluchtfahrzeugs bei einem Banküberfall verurteilt – einer empörend milden Strafe, wie Peggy innerlich grollt. Das Mädchen kann sich gut ausdrücken und ist attraktiv, trotz ihres langen Haars und der rotlackierten Nägel, die wie Dolche aus ihren Fingern ragen. Sie hat aber auch ein Konto von vorherigen Festnahmen wegen Bedrohung eines Lehrers mit den Fäusten und einer Mitschülerin mit einem Messer. Die Polizei vermutet außerdem, daß sie Verbindung zu der berüchtigten Straßenbande ›Rolling Sixties‹ (Die Rollenden Sechziger) hat, die eine der härtesten und tödlichsten von Los Angeles ist. Deren ›Zweigstellen‹ sind verteilt über die ganze Nation für den Verkauf von Crack, und man sagt ihr eine Reihe von Banküberfällen und kühnen Beraubungen von Spielcasinos in Las Vegas nach. Sowohl die Staatsanwaltschaft als auch das Bewährungsamt haben darum gebeten, daß dieses Mädchen der Jugendverwahrung des Staates Kalifornien überstellt wird, die fast überall als das größte und strengste Erziehungsanstaltssystem im Lande angesehen wird. Aber Dorn ist beeindruckt von der Mitgliedschaft des Mädchens in einem Kirchenchor und ihren Plänen, zum College zu gehen, wo sie – wie sie ohne einen Klang von Ironie angibt – ein zum Polizeidienst oder zur CIA-Agentin führendes Studium belegen will.

»Ich wage zu behaupten, daß sehr wenige Richter Sie dafür auf Bewährung nach Hause gehen lassen würden«, bemerkt Dorn, und Peggy kann nicht an sich halten, dazu zu nicken, obwohl sie hofft, daß Dorn sie dabei nicht gesehen hat. »Ich gebe Ihnen eine seltene Chance. Keiner, der eine Bank überfällt, kann Selbstachtung haben. Früher oder später werden Sie im Zuchthaus oder auf dem Friedhof landen, wenn Sie sich nicht ändern.«

Das Mädchen verläßt den Saal mit einem breiten Lächeln, und ihr eigener Verteidiger blinzelt vor Überraschung über dieses Urteil. Aber kurz darauf putzt der gleiche Richter den diesem Gerichtssaal zugeteilten Staatsanwalt herunter, weil er seiner Meinung nach zu mild mit einem dreizehn Jahre alten Ersttäter umgeht, der beschuldigt wird, ein Auto aufgebrochen zu haben. Wie es oft in solchen Fällen geschieht, hat der Staatsanwalt die Straftat von einem Vergehen zu einer Gesetzesübertretung herunterhandeln lassen – was wenige Richter ärgern würde, aber was Dorn haßt. Vergehen ziehen natürlich höhere Strafen nach sich – sie geben Dorn die Möglichkeit, das Leben eines Kindes oder Jugendlichen jahrelang zu kontrollieren, statt der wenigen Monate, die eine Übertretung erlaubt.

»Sie stehen ja auf der falschen Seite. Das ist nämlich Ihr Problem!« erklärt Dorn und spricht damit die größtmögliche Beleidigung für einen Staatsanwalt aus – die Beschuldigung, wie ein Verteidiger gehandelt zu haben. Dann starrt er vielsagend die hinten sitzende Peggy an. »Vielleicht hat sich niemand die Zeit genommen, Ihnen klarzumachen, wie Jugendgerichte funktionieren ... Das nächste Mal wenden Sie sich erst an mich, bevor Sie meine Hände binden. *Ich* bin hier der Richter, nicht Sie!«

Die meisten Leute im Gerichtssaal verrenken sich die Köpfe, um zu sehen, wen Dorn da anspricht. Peggy lächelt nur und wartet, bis der nächste Fall aufgerufen wird. Dann geht sie hinaus, ein wenig steif. Das war alles nur Schau, schilt sie später. Dorn akzeptierte ja das Plädoyer für Übertretung und fällte dann genau das gleiche Urteil, das er in diesem Fall für eine Klassifizierung als Vergehen ausgesprochen haben würde: Bewährung, ein Ausgangsverbot ab 19 Uhr und die Predigt über Friedhof oder

Zuchthaus. Ob das nun gut oder schlecht ist, Autoeinbruchs-Ersttäter werden in den Anhörungen routinemäßig auf Übertretung heruntergesetzt. Das System würde sich festfressen wie ein Motor ohne Öl, wenn solche Art von Handel nicht täglich durchgeführt und es bei jedem dieser Fälle zu einem vollen Prozeß kommen würde. Dorn weiß das, denn er war selbst einmal Staatsanwalt, wie Peggy anmerkt. Die Kritik sei nur seine Art zu zeigen, wer das Sagen hat.

Nachdem Peggy den Verhandlungssaal verlassen hat, hält sie im Korridor an, um mit einer jungen Bewährungshelferin zu sprechen, die Hilfe im Fall eines Bandenmädchens mit Namen Carla James braucht. Mit einem Ohr nimmt Peggy jedoch aus dem Hintergrund auf, was der junge Dieb, den Dorn gerade abgeurteilt hat – ein scharfgesichtiger kleiner Kerl in Surf-Dude-Klamotten und mit einem blonden Pilz-Haarschnitt –, beim Hinausgehen aus dem Saal mit triefendem Sarkasmus sagt: »Ein toller Richter!« Als aber die Tür hinter ihm zugefallen ist, macht er eine verächtliche Geste in Dorns Richtung.

»Das laß man lieber sein«, kommentiert sein Vater lahm dazu.

Der Bursche, der zeigt, wer im Gerichtsgebäude wirklich tonangebend ist, stolziert davon, aber nicht bevor er einen Blick über die Schulter geworfen und seinem Vater mit geübter Verachtung zugeschleudert hat: »Halt's Maul!«

Kapitel 2

Das Bandenmädchen

An dem Tage, an dem Carla James ein Fall von Jugendkriminalität wurde, hatte sie eine ›1‹ in einer Englischarbeit, eine ›2‹ in Mathe und eine milde Mahnung bekommen, weil sie eine Geschichtshausarbeit noch nicht abgegeben hatte. Sie blieb danach noch in der Schule. Das war kein Nachsitzen oder dergleichen, sondern Carla verrichtete einen freiwilligen Dienst im Schulbüro, wobei sie Karteien führte, Telefonanrufe beantwortete, Fotokopien anfertigte – sich für das Schulpersonal geradezu unentbehrlich machte. Carla bot sich immer an zu helfen. Sie war die Art von Mädchen, der die Erwachsenen von Natur aus trauten, die tat, was sie versprach, und es gut tat. Einige ihrer Lehrer witzelten sogar, daß Carla eines Tages den ganzen Laden hier schmeißen würde. Wenn sie so etwas hörte, trat ein strahlendes Lächeln auf ihr Gesicht – alle fanden ihr Lächeln hinreißend –, und sie antwortete dann mit etwas Keckem wie: »Na klar!«

An jenem Tag war Carla aber ungewöhnlich ruhig gewesen. Sie hielt immer wieder in ihrer Arbeit inne, um in ihrem vollgepackten Schultornister zu wühlen, als ob sie Angst hätte, etwas zu verlieren, was da drin war. Jedesmal, wenn sie das getan hatte, verschloß sie den Tornister wieder und stellte ihn unauffällig weg. Fünf Minuten später kramte sie schon wieder darin.

»Du siehst heute müde aus, Carla«, bemerkte die Schulsozialarbeiterin, als sie den Kopf in das Schulbüro steckte. Carla erschien eine Sekunde überrascht, fast schuldbewußt, aber schloß den Tornister dann schnell wieder und stellte ihn zur Seite. Die Sozialarbeiterin fragte sie: »Ist alles in Ordnung?«

Carla schaute mit ihrem breiten, ansteckenden Grinsen auf. Ihre geraden, weißen Zähne – wie bei einem Model – blitzten. »Natürlich«, antwortete sie, »ich bin heute nur etwas zu spät aufgestanden, aber sonst geht's mir gut.«

Die Sozialarbeiterin nickte, schaute die große, schlanke

15jährige einen Moment lang prüfend an. Sie hatte ein besonderes Interesse für Carla entwickelt, seitdem ihre normalerweise ausgezeichneten Noten abzurutschen begannen und ihre Abwesenheiten zunahmen. Sie waren beide außerhalb der Schule zusammengekommen und hatten sich auch über das Telefon unterhalten. Carla hatte sich ihr eine Zeitlang geöffnet und ihr anvertraut, wie verwirrt sie unter ihrem Oberflächenelan eigentlich war. Sie zeigte sich besonders bestürzt über die vor kurzem erfolgte zweite Heirat ihrer Mutter, fünf Jahre, nachdem ihr Vater bei einem Verkehrsunfall tödlich verunglückt war. In letzter Zeit hatte das Mädchen sich jedoch wieder in sich selbst zurückgezogen und war der Sozialarbeiterin ausgewichen. »Wir sollten mal wieder miteinander reden«, sagte die Sozialarbeiterin. »Kannst du mich später anrufen?«

»Klar«, versprach Carla.

Aber Carla wußte, daß sie nicht anrufen würde. Sie konnte der Sozialarbeiterin nicht den wahren Grund für ihre Müdigkeit erzählen, nicht, wie sie erst im Morgengrauen die Tür ihres Hauses vorsichtig aufgeschlossen hatte. Die Morgensonne stand schon niedrig und schwach über dem Becken von Los Angeles, noch ohne Wärme, und durchbrach kaum die Atmosphäre von der Farbe wässerig-braunen Puddings. Sie hatte erst den Kopf hineingesteckt. Das Wohnzimmer war still und leer gewesen. Kein Laut war aus der Küche gekommen. Ihre Mutter und ihr Stiefvater waren schon zur Arbeit gegangen. Gut, hatte sie gedacht, so würde sie nicht wieder zu hören bekommen, daß ihr Leben auf die Gosse zusteuere und anständige Mädchen nicht die ganze Nacht wegblieben. All dieses Gerede! Carla wußte, daß ihre Mutter außer sich war über ihr plötzliches nächtliches Wegbleiben und ungehorsames Benehmen in der Annahme, sie schlafe sich durch Liebhaberbetten. Carla widersprach diesem Verdacht nicht, denn dann müßte sie erklären, was sie wirklich tat.

Im ersten Stock hatte sich Carla in das Badezimmer eingeschlossen, sich geduscht und dann eine ganze Zeit in den Spiegel gestarrt. Die ganze Nacht über hatte sie das schon tun wollen. Eine brennende Neugier hatte sie erfaßt, sobald die heiße Schneide der Furcht, über das, was sie getan hatte, stumpf geworden war. Würde sie – würde überhaupt jemand – einen Unterschied auf ihrem Gesicht bemerken? Würde jeder erkennen können, was geschehen war? Carla dachte an die Passagen von Shakespeare, die einige Monate vorher in ihrer Englischklasse gelesen worden waren – eine Menge Zeug, das sie nicht verstanden hatte, aber diese Szene mit Lady Macbeth, die vergebens versuchte, das Blut von ihren Händen zu waschen, die hatte sie beeindruckt. Sie hatte sogar davon geträumt. Würde es bei ihr nun genauso sein? Würde es an ihren Augen, ihrer Miene zu erkennen sein?

Sie hatte das Gesicht nahe an den Spiegel gehalten, so nahe, daß der Medizinschränkchen-Spiegel mit jedem ihrer Atemzüge angelaufen war. Das gleiche, wohlbekannte Gesicht hatte zurückgestarrt, das gleiche lange, blonde Haar, die gleichen hohen Wangenknochen und die Sprungschanzennase, die glatte, von Make-up unberührte Haut – all die Merkmale, von denen ihr die Jungs immer erzählt hatten, daß sie ›darauf abfuhren‹, und die sie nicht ausstehen konnte, weil sie sie daran hinderten, einer der Kumpels zu sein. Sie hatte nach Anzeichen von Schuld, Angst, von Schlechtigkeit – nach Phantasieblut, das sich nicht abwaschen ließ – gesucht, aber, zu ihrer ungeheuren Erleichterung, hatte sie keinerlei Veränderung erblickt. Sie hatte sich sowieso nicht schuldig gefühlt, jedenfalls nicht sehr. Was sie wirklich fühlte, hatte sie festgestellt, war, daß sie vor Leben sprühte, während ihr Geheimnis wie Düsenbenzin durch sie strömte. In der Schule hatte sie gefolgert, daß man keine Spur haben würde. Sie würden sehen, was sie zu sehen wünschten: ein gutes Kind, beliebt und höflich, ein Mädchen, das die Schule mochte, das gern half – Carla James, Musterschülerin. Sie würden das sehen, weil es ja wahr war. Es war nur nicht die ganze Wahrheit.

»Ich werde Sie später anrufen«, log Carla und sah der Sozialarbeiterin geradewegs in die Augen, in denen sie wirkliche Zuneigung und Besorgnis erkannte. Einen Moment fühlte sie einen kleinen Stich der Reue wegen ihres Betrugs. Gleichzeitig aber spürte sie Erleichterung, als sie erkannte, daß die Sozialarbeiterin keine Ahnung hatte – sie dachte nur, daß Carla müde sei. Ihr Geheimnis war sicher. Bevor sie durch die Tür ging, fegte

die Aufregung beim Gedanken an die kommende Nacht das Gewissen zur Seite. Sie schwang sich ihren Tornister über eine Schulter, hatte ein beruhigendes Gefühl wegen des Revolvers darin und schlenderte von dem Schulgelände, diesem neuen, zweiten Leben entgegen, das sie nun hatte – wieder eine Nacht weg von zu Hause, wieder Abenteuer ohne Ende. Sie wußte nur nicht, daß doch alles enden würde – und zwar abrupt.

Am nächsten Morgen kam Carla nicht vor Unterrichtsbeginn in das Schulbüro, wie sie es normalerweise immer getan hatte. Statt dessen erschienen zwei Hilfssheriffs. Sie kamen wegen Carla. Es habe eine Schießerei gegeben, sagten sie – Schüsse aus einem fahrenden Wagen.

»Oh mein Gott! Wie ist denn das passiert?« rief die Sozialarbeiterin. Ihr Gedanke war dabei, daß doch immer die Guten zu Schaden kamen. Die Zeitungen waren voll von solchen Geschichten wie: Musterschülerin getötet! Sie fühlte die Tränen in ihre Augen treten, während die Büroangestellten sich um sie scharten, um die entsetzliche Nachricht zu hören. Sie hatte doch gefühlt, daß etwas nicht in Ordnung war, und machte sich Vorwürfe, nicht mehr für ein Kind getan zu haben, das sie schon wie eine Tochter liebgewonnen hatte. Die Sozialarbeiterin flüsterte: »Wie geht es Carla denn?«

Einer der Polizisten sah sie einen Moment lang eigenartig an und sagte dann: »Sie haben das wohl falsch verstanden. Wir kommen, um Carla James mitzunehmen. Sie ist nicht das Opfer einer Vorbeifahrschießerei, sie ist die Schützin!«

»Carla«, erzählt Sharon Stegall einem Besucher – in Gegenwart des Mädchens, als ob dieses nicht im Raum wäre und zuhören würde, »ist ein Problem, mit dem wir in diesen Tagen immer stärker konfrontiert werden. Es ist *eine* Sache, mit Kids zu tun zu haben, die durchdrehen, weil das alles ist, was sie machen können. Sie haben nichts zu Hause, nichts in der Schule, nichts als die Straßen, die Banden, nichts als Zeit totzuschlagen, wobei hier kein Wortspiel beabsichtigt ist. Aber Carla«, Sharon macht lange genug eine Pause, um dem Mädchen, das vor ihr auf der Bank herumrutscht, einen wohldosiert strengen Blick zuzuwerfen, »hat doch alles: eine gute Familie, ein gutes Zuhause, gute Schulnoten, Leute, die sich um sie kümmern, die sie mögen – und sie dreht dennoch durch. Wie kann so etwas nur geschehen, Carla?«

Carla starrt ihrer Bewährungshelferin ohne zu blinzeln in die Augen, was bei einer Bewährungshelferin wie Sharon Stegall gar nicht so einfach ist. Denn es handelt sich hier um eine stattliche, einschüchternde Frau, die wohlerfahren ist, Kids ins Gewissen zu reden, die ihre Worte mit einer Wucht anbringt, die die meisten Straftäter geradezu lähmt. Die Richter in den Jugendgerichten können Verfügungen aussprechen, aber die Bewährungshelfer sind es, die sie durchsetzen sollen, und Sharon ist eine der Besten von ihnen. Aber in diesem Moment schaut Carla sie ungerührt an mit der unbewegten Miene von jemandem, der die Wahrheit sagt – oder einer sehr erfahrenen Lügnerin.

»Ach, Mrs. Stegall«, erwidert das Mädchen ruhig, »Sie wissen doch, daß ich jetzt wieder anständig bin. Fragen Sie doch bei meiner Schule an. Ich komme glänzend voran.«

»Oh, ich bin sicher, daß du ›den Laden schmeißt‹, wie immer«, meint Sharon dazu und schüttelt den Kopf. »Aber was schmeißt du denn noch, das ist hier die Frage?« Darauf erntet die Bewährungshelferin ein verschmitztes Lächeln. Sie wendet sich dann ab und spricht von Carla wieder weiter in der dritten Person, eine überlegte Taktik der Einschüchterung. »Wenn wir herausfinden, wie wir die Carlas dieser Welt behandeln müssen, werden wir die Jugendkriminalität besiegen können – so einfach ist das. Ich bin aber nicht sicher, daß wir in diesen Starrkopf eindringen können – keineswegs sicher.«

Carla rollt mit den Augen und lacht, wobei sie mit den Fingern durch ihr langes Haar fährt und es aus ihren Augen streicht. Diese Geste legt eine Stelle in der Mitte der Stirn frei, wo ihre gebräunte Haut durch eine lange Narbe verunstaltet ist. Diese hatte sie davongetragen, als sie mit dem Kopf durch die Windschutzscheibe eines gestohlenen

Autos gestoßen war. Auf der Flucht nach einer Vorbeifahrschießerei waren zwei Bandenboys und sie gegen ein Hindernis gefahren. Vor Gericht stritt Carla ab, die Schützin dabei gewesen zu sein, aber später gestand sie es dann doch in einem zwanglosen Gespräch. Hätte die Kugel aus ihrem Revolver einen Menschen getroffen, statt von einem Laternenpfahl abgeprallt und als verhältnismäßig harmloses Schrapnell durch die Luft gefegt zu sein, würde sie nicht hier sitzen und sich vor der Bewährungshelferin brüsten, jetzt wieder anständig zu sein. Denn dann hätte sie eine Mordanklage auf dem Buckel, und ihre letzte Chance wäre vertan.

Aber hier in Sharons Verschlag, unter dem Poster der Unabhängigkeitserklärung und der enormen Landkarte an der Wand mit ihren Erkennungsnadeln, die die Menge von Banden anzeigen, die die L.A.-Landschaft in so viele eifersüchtig verteidigte Territorien zerschneidet, sieht Carla aus und spricht wie eine, die man gerne als Babysitter engagieren würde. Sie flößt das gute Gefühl ein, das man braucht, um jemandem seinen kostbarsten Besitz auf der Welt, sein Kind, anzuvertrauen. Und dieses Vertrauen wäre noch gar nicht einmal falsch am Platze: Unter bestimmten Umständen ist Carla bemüht, mitfühlend, zärtlich, verläßlich und aufrecht. Daß das gleiche Mädchen eine 0,357-Magnum auf jemanden richten und den Abzug ohne Hemmung ziehen kann, ist der irrsinnige Gegensatz in Carla James. Sie befindet sich auf der Vorderfront von zwei neuen und bestürzenden Wellen im Jugendgerichtshof. Sie ist ein Teil einer noch kleinen, aber schnell wachsenden Gruppe von Mädchen, die Gewaltverbrechen verüben, die einst die ausschließliche Domäne der Jungen waren. Und sie gehört zu einer Legion von Kids, deren kriminelle Wurzeln nicht auf irgendeine Art von Mißbrauch oder Mangel zurückgeführt werden können – Kinder, die gute Lebensaussichten, Privilegien und solide Familien haben und sich dennoch aus freiem Willen der Dunkelheit zuwenden; die die Einsicht und Fähigkeit besitzen, über die Unmoral dessen nachzudenken, was sie tun – und es dann trotzdem tun. Dies sind die Kids, die Sharon Stegall und den Rest des Jugendstrafverfolgungssystems ratlos werden lassen – und Angst machen.

Und, wie viele von ihnen, ist Carla bei ihrer letzten Chance angelangt.

Sie sagt beispielsweise, sie ginge zur Bibliothek, um zu lernen, oder zum Haus ihrer Freundin Laura wegen der Hausarbeiten oder zum Fußballtraining nach der Schule. Und dann findet ihre Mutter heraus, daß die Bücherei an diesem Tag geschlossen ist oder daß kein Fußballtraining stattfindet oder daß Laura gar nicht zu Hause ist. »Ich komme zum Abendessen«, sagt Carla und verschwindet dann bis neun Uhr abends.

Irgendwo zwischen der Grund- und der Mittelschule*, um Carlas 13. Geburtstag herum, hatte die Lügerei begonnen, das späte Nachhausekommen von der Schule, das Herumhängen an der Straßenecke. Die Schnappschüsse aus den Ferien im Fotoalbum der Familie James zeigen diese Veränderung deutlich: An einem Weihnachten sieht man Carla mit ihren beiden älteren Schwestern und zwei jüngeren Brüdern, das Kind in der Mitte mit dem strahlenden Lächeln, dem reizenden Kleid, der unbegrenzten Zukunft. Ein Jahr später blickt da diese mürrische, trotzige Fremde in sackartigen Ganovenklamotten in die Kamera. Die Siebenundvierzig-Zoll-Hosen hängen von ihrer Vierundzwanzig-Zoll-Taille herunter. Alle ihre alten Freunde hat sie aufgegeben, um sich einem neuen, lümmelhaften, gefährlichen Haufen anzuschließen.

Es war für Carlas Mutter schon vorher schwer gewesen, ihre Tochter in den Griff zu bekommen. Das Mädchen hatte ihrem Vater immer näher gestanden. Im Gegensatz zu Carlas älteren Schwestern hatte sich Carla den Versu-

* Anm. d. Übers.: dem obligatorischen Mittelabschnitt des amerikanischen Schulsystems

chen ihrer Mutter, sie für Barbiepuppen und Mädchenspiele zu interessieren und weibliche Kleider zu tragen, widersetzt. Carla ließ sich nicht davon abbringen, ›Stickball‹ und Murmeln, Karten und sonstwas zu spielen, was auch die Jungs auf der Straße taten. Sie war sehr stolz darauf, daß die meisten ihrer Freunde Jungs waren, nicht Mädchen, und daß diese sie wie einen Jungen behandelten. Sie warf einen Ball so gut wie jeder von ihnen, rannte so schnell wie alle anderen und schlug sich wild mit ihnen, wenn sie ihre Fähigkeiten in Frage stellten oder sie wegen ihres Geschlechts bei etwas ausschließen wollten. Ihre Mutter machte sich Sorgen darüber, aber ihr Vater erzählte ihr, sie könne alles werden, was sie wolle – und daß sie sich ja nichts von kleinen Jungen gefallen lassen solle. Dafür himmelte ihn Carla an. Sie war sein kleiner Kumpel, machte sich am Wagen zu schaffen, mähte den Rasen, ging zum Eisenwarenladen, um sich passende Schrauben, Muttern und Werkzeuge aus den Regalen auszusuchen. Wenn Dad das tat, wollte Carla es auch tun.

Sein Tod bei einem Verkehrsunfall erschütterte Carla, so daß sie viele Monate depressiv und in sich gekehrt war. Sie empörte sich über ihre Brüder, Schwestern und Mutter, weil diese die zerrissenen Enden ihres Lebens aufhoben und versuchten, wieder vorwärts zu streben. In späteren Jahren, als sie eine Eingeweihte des Jugendstrafsystems geworden war und hörte, wie verschiedene Sozialarbeiter und Bewährungshelfer über ihre ›unsozialen Neigungen‹ theoretisierten, begann sie, dem Tod ihres Vaters für ihre Straftaten die Schuld zu geben. Sie plapperte die Äußerungen verschiedener Sachverständiger, mit denen sie auf ihrem Wege konfrontiert worden war, nach und erklärte, sie sei nie über den Kummer, ihn verloren zu haben, hinweggekommen – oder über die Wut, die sie fühlte, daß sie von dem Menschen verlassen worden war, den sie am meisten auf der Welt geliebt hatte.

Das scheint eine angemessene Erklärung zu sein, aber in Wirklichkeit erzählte Carla den Sachverständigen nur, was sie hören wollten – eine Entschuldigung, die nicht zu den Tatsachen paßt. Carlas Aufsässigkeit zu Hause und ihre kriminellen Handlungen auf der Straße begannen erst beinahe vier Jahre nach dem Tod ihres Vaters. Das war das Jahr, als Carla dreizehn wurde und ihr Körper aufhörte, wie der eines Jungen auszusehen. Das war auch das Jahr, als ihre Mutter einen zweiten Ehemann fand, der plötzlich in Carlas Welt eintrat und erwartete, wie ein Vater behandelt zu werden.

Und das war auch das Jahr, als Carla anfing, spät von der Schule nach Hause zu kommen, wobei sie einen Umweg um die Ecke machte, wo die Strolche der Straßenbande ›Tepa 13‹ herumlungerten. In diesem Jahr bekam Carla ihre erste Tätowierung – ein hellrotes Herz auf dem Gesäß. Es gelang ihr, dies zwei Jahre lang vor ihrer Mutter zu verbergen. Im Alter von dreizehn begann Carla, zwei Leben zu führen, wobei das neue – das der jungen, gefährlichen Bandenmitglieder des Genres ›Mir ist egal, ob ich morgen abkratze‹ – langsam das der Musterschülerin verdrängte.

Es dauerte eine Weile, bis die Erwachsenen in Carlas Leben erkannten, daß Carlas neuartiges Verhalten mehr war als nur Teenagerverdrossenheit. Sowohl ihr Stiefvater als auch ihre Mutter arbeiteten so lange, daß sie nicht viel Zeit zu Hause verbringen konnten. Als sie dann zu der Ansicht gelangten, daß Carla ernstlich gestört war, hatte es sich schon zu häufigen Schlägereien, Schultadeln, sinkenden Noten und ausgesprochener Aufsässigkeit zu Hause weiterentwickelt. Jedesmal, wenn ihre Mutter versuchte, sie zu bestrafen, rannte Carla weg. Während einer drei Tage langen Weigerung, nach Hause zurückzukommen, graduierte Carla in ihrem Flirt mit dem Bandenleben. Sie stieg voll in die ›Tepa‹-Bande ein.

Das ›Einsteigen‹ bedeutet hier, daß sie sich der Bande würdig erweisen mußte, ein Vollmitglied zu werden. Sie mußte sich jeweils eine Minute lang mit mehreren Bandenmitgliedern schlagen und dabei ihr Kampfgeschick, ihren Mut und ihre Fähigkeit, Schmerz zu ertragen, beweisen. Das ist ein Standard-Aufnahmeritus von Straßenbanden, dem ein noch brutaleres ›Ausstiegs‹-Martyrium gegenübersteht. Normalerweise müssen sich Mädchen dabei nur mit Mädchen schlagen, aber Carla machte klar, daß sie beabsichtigte, mit den Jungen herumzuziehen. Das bedeutete einen doppelten Ritus. Zuerst mußte sie es mit drei weiblichen Mitgliedern von ›Tepa‹ auf einmal aufnehmen, was sie in so wilder und furchtloser Manier tat, daß sie mehr Schläge austeilte, als die drei anderen zusammen. Sie verhöhnte ihre Gegnerinnen nach dem Kampf und nannte sie Schwächlinge, so daß zwei weinend nach Hause gingen. Dann überstand Carla eine minutenlange Prügel durch zwei männliche ›Tepa‹-Mitglieder. Sie vergoß keine Träne, auch als Blut aus ihrer Nase strömte und ihr linkes Auge zuschwoll. Sie hörte, wie einige der zuschauenden Burschen murmelten »Geil!«, und wußte, daß sie an diesem Tage ihren Respekt gewonnen hatte, die einzige Münze des Reiches, die in einer Bande etwas zählt.

In kurzer Zeit machte sie das gleiche Naturtalent, sich unentbehrlich zu machen, das in der Schule so gut funktioniert hatte, zu einer beliebten Anführerin in der Bande. Da sie smart, schnell und eine gute Planerin war, kamen sogar ältere ›Tepa‹-Mitglieder zu ihr und fragten sie, was sie von einer ausbaldowerten Sache hielt. Diese Macht, etwa so wie ein General zu sein, der über eine Armee bestimmen kann, war berauschend. Der grimmige Loyalitätscode unter Bandenmitgliedern, das Gefühl der Sicherheit in der Gruppe und die Verachtung für Außenseiter, die es hervorbringt, wurden danach der Mittelpunkt von Carlas Leben. Und irgendein Bursche, der sich vergaß und mit ihr sprach, als ob sie anders und weniger wert wäre, oder – Gott möge ihm gnädig sein – es wagte, sie in irgendeiner Weise zu betatschen, fand sich bald auf dem Rücken liegend mit Carlas Knien auf seiner Brust und der Wucht ihrer Fäuste im blutenden Gesicht.

Eine neue Welt eröffnete sich ihr. Bei ›Tepa‹, wie bei jeder anderen Bande, waren die Regeln klar. Man wußte, was richtig und was falsch war: Man trat für seine Kumpels ein, man erwies ihnen Treue und Respekt, und sie zahlten einem das in gleicher Münze zurück. Man zeigte nie Feigheit und gab nie nach, wenn es um die Ehre ging. Nichtachtung erforderte eine schnelle und gewalttätige Reaktion. »Keiner erzählt einem solche Sachen«, sagt Carla jetzt. »Man muß sie eben in seinen Eingeweiden spüren. Man weiß, was richtig oder falsch ist. Und wenn man sie nicht weiß, dann gehört man erst gar nicht dazu.«

Niemand mußte Carla sagen, was zu tun war, als Mitglieder einer anderen Bande im Auto vorbeifuhren und eine Gruppe von ›Tepa‹-Jungen mit einem Kugelhagel belegten, wobei ein Kid verwundet wurde. Der Verwundete war Carlas Freund (er wurde wieder gesund, tötete aus Rache einen Sechzehnjährigen und wurde bei der Jugendverwahrung eingesperrt). »Er war mein Bruderwolf, wie ein Stück von mir. Ich war immer mit ihm durch die Straßen gestreift und mußte einfach etwas tun!«, erklärt Carla. Sie war es, die einen Revolver ergriff – es waren immer Handfeuerwaffen da, Gemeinschaftseigentum, das innerhalb der Bande von Hand zu Hand ging – und sich mit einem anderen Mädchen und einem Jungen der Bande in ein Auto setzte. Der Junge versuchte, ihr die Waffe abzunehmen, aber Carla sträubte sich. »Wenn ich bei einem Vorbeifahrschießen dabei sein soll, dann will ich auch schießen«, erklärte sie später, als ob sie die Vorteile von Links- oder Rechtsfeldspielen beim Baseball diskutierte. »Wenn wir erwischt werden, will ich für etwas erwischt werden, was der Mühe wert war. Keine miserable Mordanklage, weil ich nur im Auto saß, als geschossen wurde. Warum soll man dafür in den Knast gehen?«

Carla gibt an, sie habe an jenem Tag jemanden mit einer Kugel getroffen, obwohl Freunde zweifeln, ob das nicht nur Angeberei ist. Sie sagt, der getroffene Junge habe überlebt und sei wieder gesund geworden. Sie wurde nie dafür verhaftet oder beschuldigt, aber an jenem Tag beinahe selbst getötet. Nachdem sie ihren

Revolver auf eine Gruppe von feindlichen Bandenmitgliedern leergeschossen hatte, schlug beim Davonrasen eine Kugelsalve nur wenige Zoll von ihr in ihren Wagen ein. Das andere Mädchen im Auto bekreuzigte sich und dankte der Jungfrau Maria, sie beschützt zu haben, aber Carla war es nie in den Sinn gekommen, daß sie selbst getroffen werden könnte. Sie glaubt immer noch nicht so richtig daran, daß das möglich ist. Sie meint, sie sei zu smart, um getötet zu werden.

Nach dieser Schießerei blieb sie die ganze Nacht bei einer kleinen Garnison von Bandenmitgliedern, die vor dem Haus eines Kumpels kauerten und auf einen Vergeltungsschlag warteten, der nie kam. Dann ging sie nach Hause, duschte und machte sich auf den Weg zur Schule. Sie fühlte sich ruhig, meinte, moralisch, ehrenhaft gehandelt zu haben – und war begeistert.

Zu jenem Zeitpunkt fehlte noch ein Monat zu ihrem fünfzehnten Geburtstag.

Carla machte immer noch einen recht guten Eindruck in der Schule; war immer noch in der Lage, gute Leistungen zu zeigen, wenn sie wollte; arbeitete immer noch freiwillig im Büro, um sich beliebt zu machen. Ihr ging es jetzt allerdings mehr darum, zu verbergen, daß sie mehr Zeit an den Straßenecken und weniger bei den Büchern verbrachte. Zu Hause ließ sie die Maske fallen. Sie widersetzte sich ungeniert ihrer Mutter, behandelte ihren Stiefvater mit kalkulierter Grobheit, weigerte sich, so etwas wie ein Ausgangsverbot einzuhalten und erst recht, ihre Bandenverbindung aufzugeben. Sie blieb tagelang von zu Hause weg. Die Mittelschulen-Sozialarbeiterin, zu der sie ein Vertrauensverhältnis gehabt hatte, versuchte zu helfen, weil sie mit ansehen mußte, wie die Zukunft des Mädchens täglich mehr dahinwelkte. Aber sie war so machtlos wie Carlas Eltern, dem Verhalten Carlas ein Ende zu setzen.

In früheren Jahren hatte die Jugendstrafverfolgung Kinder wie Carla schon frühzeitig routinemäßig aus dem Verkehr gezogen, bevor sie ernste Verbrechen begingen.

Wegbleiben von zu Hause, chronischer Ungehorsam, Schuleschwänzen werden als ›Statusverletzungen‹ bezeichnet, wenn sie von einer Person verübt werden, die minderjährig ist. Ein Teil der um die Jahrhundertwende herrschenden Logik bestand in der Anerkennung, daß Kinder anders als Erwachsene sind und deshalb mit einem anderen Maß gemessen werden müssen. Von daher sollte die Schaffung eines separaten Jugendgerichtshofes gerechtfertigt und aufgehört werden, Zehnjährige zusammen mit Vierzigjährigen einzusperren. Nicht nur die Urteile sollten anders werden, sondern auch die Straftaten sollten andere Bezeichnungen erhalten. Nach dieser Theorie konnten für ein Jugendgericht schon die genannten Statusverletzungen, wie Ungehorsam, ein Verbrechen sein, auch wenn Erwachsene für solche Taten nicht belangt werden konnten. Und in der Tat machten solche Straftaten auch den Hauptteil der Jugendgerichtsfälle in der ersten Hälfte des 20. Jahrhunderts aus. Als Richtlinie machte eine solche Anschauungsweise auch Sinn, denn die Sachverständigen von 1905 wußten – so wie sie es heute wissen –, daß diese Art von Fehlverhalten praktisch in jedem Fall der Vorläufer von schwereren Straftaten ist. Carla ist nur ein Beispiel von vielen dafür. Es ist fast unmöglich, einen Jugendlichen zu finden, der heutzutage ein schweres Verbrechen begangen hat und vorher nicht eine Liste von Statusverletzungen hatte. Diese Statusverletzer zu verfolgen und sie einer strengen Kontrolle zu unterziehen oder sogar in Gewahrsam zu nehmen, erwies sich als wirksames Werkzeug der Verbrechensbekämpfung bei Jugendgerichten der ganzen Nation. Dadurch wurden viele Kinder daran gehindert, schlimmere Straftaten zu begehen. Carla wäre eine ausgesprochene Musterkandidatin dafür gewesen.

Aber die Verfolgung der meisten Statusverletzungen kam in Kalifornien und etlichen anderen Staaten der USA in den 70er Jahren zum Stillstand. Es wurden Gesetze verabschiedet, die solche Verletzungen entkriminalisierten, gestützt auf die Theorie, daß es unfair sei, Kinder und

Jugendliche für Verhaltensweisen einzusperren, für die kein Erwachsener belangt wird.[1] Teilweise war das eine logische Erweiterung der Entscheidung des Obersten Gerichtshofs der Vereinigten Staaten im Gault-Fall, die Minderjährigen die gleichen Rechte wie Erwachsenen gewährte. Offensichtlich war die Regelung daneben aber auch eine Methode, Geld zu sparen, indem man Dienstleistungen strich. So wurden besonders die Reihen der Bewährungshelfer gelichtet, die vorher solche Statusverletzer beaufsichtigt hatten. Der Jugendgerichtshof kann theoretisch immer noch Statusverletzungen verfolgen – diese Vergehen sind noch in den Gesetzbüchern enthalten –, aber die Richter haben keine Macht mehr, diesbezügliche Urteile durchzusetzen. Kinder und Jugendliche, die danach verurteilt werden, können nicht wie Straftäter eingesperrt werden. Die Gesetze sind zahnlos geworden. Deshalb haben es viele Jugendgerichtshöfe aufgegeben, Statusverletzungen zu ahnden, und die verzweifelten Eltern, denen einst bei der Polizei und Staatsanwaltschaft Hilfe gewährt worden war, werden nun abgewiesen. Als Carla 15 wurde, hatte ihre Mutter das Polizeirevier angerufen, das für ihren Stadtteil zuständig war, und gebeten, ein Polizeibeamter möge doch kommen und ihre Tochter mitnehmen, da sie sich weigerte, zur Schule zu gehen oder ihr zu gehorchen.

»Es tut mir leid«, hatte der Wachhabende geantwortet. »Aber wenn sie kein Verbrechen verübt hat, können wir nichts tun. Wenn sie das aber tut, rufen Sie uns an, dann können wir einen Bericht machen und etwas in die Wege leiten.«

Carlas Mutter setzte an zu sagen: »Aber dann ist es doch zu spät«, doch der Wachhabende hatte schon aufgelegt. Als sie später die Staatsanwaltschaft anrief, war alles, was Peggy Beckstrand tun konnte, ihr eine Liste von Stellen zu senden, die Beratung erteilen, und Informationen dahingehend, wie weit Eltern gesetzlich in der Bestrafung ihrer Kinder gehen dürfen, bevor sie der Kindesmißhandlung bezichtigt werden. Peggy erhält mehrmals in der

Kinder und Jugendlichen zur Beaufsichtigung – diejenigen, die Gewaltverbrechen verübt oder ein langes Vorstrafenregister haben und normalen Bewährungshelfern nicht gehorchten. Sie haben also weitgehend mit den ›16-Prozentern‹ zu tun – den 16 Prozent der Jugendlichen und Kinder beim L.A.-Jugendstrafsystem, die hartgesottene Wiederholungsstraftäter sind. Sharons Kids waren schon alle im Bewährungslager oder in der Erziehungsanstalt eingesperrt gewesen, bevor sie zu ihr kamen. Bei wenigen von ihnen hatte man versucht, mit nützlichen Strafen und Beaufsichtigungen zu einer Zeit vorzugehen, zu der es noch Zweck gehabt hätte. Jetzt allerdings, in diesem späten Stadium ihrer Verbrecherlaufbahnen, wird diesen Hartgesottenen die größtmögliche Beachtung des Systems zuteil – zu einem Zeitpunkt, an dem es am unwahrscheinlichsten ist, daß sie davon noch profitieren werden. Wenn fünf von ihren 50 Kids in einem gegebenen Jahr ihre Bewährungszeit durchhalten, so ist das für Sharon schon ein berauschender Erfolg.

›Durchhalten‹ bedeutet hier, daß sie innerhalb von zwölf Monaten nicht verschwinden, sterben oder wieder festgenommen werden.[4]

»Ich weiß nicht, Carla«, meint Sharon bei dieser ersten Zusammenkunft nach Carlas Entlassung aus dem Lager. Die Bewährungshelferin hat schon ein langes Gespräch mit Carlas Schulsozialarbeiterin, ihrer Mutter und älteren Schwester gehabt. »Ich höre, daß du recht durchtrieben bist.«

»Ach, im Grunde doch nicht, Mrs. Stegall. Ich weiß jetzt, daß ich solch ein Leben aufgeben muß. Eigentlich war ich doch nur eine Mitläuferin. Jetzt weiß ich, daß ich meinen sogenannten Freunden eigentlich nichts bedeute. Ich möchte einen guten Schulabschluß machen, damit ich Jura studieren kann. Ich möchte nämlich Menschen helfen.« Carla setzt dabei ihr Strahlenlächeln auf. »Ich möchte auch argumentieren. Darin bin ich doch gut.«

»Na, wir werden ja sehen«, sagt Sharon mit vollkommen neutraler Stimme. »Jetzt werde ich mal mit dir deine

Bewährungsauflagen durchgehen, und ich würde dir raten, dabei die Ohren gut aufzusperren, denn wenn du noch mal bei einer von ihnen über die Stränge schlägst, werde ich dich wieder einsperren!« Sharon greift in ihre Handtasche, holt ein paar Handschellen heraus und läßt sie vor Carlas Augen baumeln. »Du wirst jetzt alle Gesetze befolgen und dich Leibesvisitationen von Strafverfolgungs-Bediensteten oder Bewährungshelfern mit oder ohne richterliche Verfügung unterziehen. Du wirst keinen Alkohol oder andere der Aufsicht unterliegenden Substanzen zu dir nehmen. Du wirst keinen Umgang mit irgendeinem Bandenmitglied haben, keine Bandenkleidung tragen oder Bandenzeichen oder Bandengesten anwenden ...« Die Liste geht noch gute fünf Minuten weiter. Es handelt sich um 24 einzelne Auflagen.

Als diese Litanei von ›du wirst und du wirst nicht‹ beendet ist und Carla das Büro verläßt, nachdem sie versprochen hat, sich gut zu führen, dreht sich Sharon zu einem Kollegen um und meint: »Ich gebe diesem Mädchen eine Woche, bevor sie wieder über den Zapfen haut.«

Es stellt sich aber heraus, daß Sharon Carla dabei noch unterschätzt hat.

Noch am gleichen Abend ist Carla wieder an der Straßenecke bei ihren Kumpels von ›Tepa 13‹, wo sie ›High Fives‹* mit den anderen austauscht, während ein wenig selbstangebautes ›Gras‹ die Runde macht. Sie hat ja schließlich eine Menge nachzuholen. Dann zeigen die Kumpels ihrer so lange abwesend gewesenen Prachtschwester, was sie so angestellt haben, während sie in Camp Resnick saß. Einer der Jungs hebt sein Hemd hoch und fordert sie auf: »Schau dir das mal an!«

Seinen Unterleib ziert eine enorme Tätowierung, von der der Schorf gerade abgefallen ist. Da prangt das Wort ›Tepa‹ in sechs Zoll hohen altenglischen Lettern wie eine Plakatwand auf seinem Bauch. Carla schaut sich die

* Anm. d. Übers.: Brudergrüße durch Zusammenlegen der erhobenen Handflächen

Nadelarbeit genau an und bewundert die fachmännische Arbeit – und den Schneid, der dazu gehörte, sich das dort einpieken zu lassen. Sie weiß, daß das verdammt weh getan haben muß. Jeder ›Guy‹* in der Bande kann nun damit aufwarten. Mehrere von ihnen sind auf Bewährung vom Jugendgericht entlassen worden, und solche Tätowierungen stellen freche Verletzungen dieser dar – eine sofortige Fahrkarte in den Jugendknast, wenn das rauskommt. Ihre Bewährungsauflagen lauten ausdrücklich: keine Bandentätowierungen. Carla kann bei dem Anblick der beeindruckenden ›Tattoos‹ nur eines sagen:

»Wann bekomme ich meine?«

Innerhalb einer Woche ist Carla wieder verschwunden, ihre Mutter außer sich, und Sharon Stegall bespricht sich mit der federführenden Staatsanwältin Peggy Beckstrand im Korridor des Gerichtsgebäudes. Sie kommen überein, daß das Mädchen eingesperrt werden muß. Auch dieser Fall verlangt von der Oberstaatsanwältin einiges Jonglieren, während sie sich für die Mordverhandlung gegen Ronald Duncan vorbereitet.

»Wie geht's denn eigentlich mit dem Duncan-Fall weiter?« erkundigt sich Sharon, nachdem die beiden Frauen beschlossen haben, für Carla Einweisung in die Erziehungsanstalt des Staates Kalifornien zu beantragen – wenn Sharon sie auftreibt, bevor auch sie mit einer Mordanklage konfrontiert werden muß. »Dieser Baskin-Robbins-Laden ist doch in meiner Umgebung. Die ermordeten Eigentümer waren gute Leute. Werden Sie gewinnen?«

Peggy zuckt mit den Achseln. Die gleiche Frage stellt sie sich jeden Tag. »Ich bin ziemlich sicher, daß ich eine Verurteilung durchbringen werde, Sharon«, meint die Staatsanwältin, »aber ich glaube nicht, daß irgend jemand dabei gewinnt.«

* Anm. d. Übers.: ›Typ‹

Kapitel 3

Neun Tage bis zur Mannhaftigkeit

»Jetzt wird's nicht mehr lange dauern«, kündigt Ronald Duncan an, als er in die Schreibklasse der Einheit K/L im Zentralen Jugend-Untersuchungsgefängnis stolziert. »Bald werde ich nach Hause geh'n.«

»Klar, du und O.J.«, erwidert einer der anderen Schüler und macht eine Kopfbewegung zu dem draußen im Tagesraum angeschraubten Fernsehapparat hin, wo das Video von der berüchtigten Autobahnflucht des Ex-Footballspielers wieder einmal läuft.*

Ronald überhört diese Bemerkung. Er ist ungewöhnlich gut aufgelegt für einen Burschen, der gerade mit dem Zwanzig-Uhr-Bus vom Gericht zurückgekommen ist. Hinter ihm liegt ein anstrengender Tag mit dünn belegten Bolognawurstbroten und langen, öden Zeitabschnitten in kalten, mit ›Wartekäfig‹ bezeichneten Räumen, unterbrochen von verwirrenden Auftritten vor Gericht. Er läßt sich auf einen Stuhl fallen, der so niedrig ist, daß er sich in Augenhöhe mit der Platte des Bibliothekstisches befindet – ein kompakter 16jähriger mit breiten Schultern, einem kleinen Kopf und einer spärlichen Ansammlung von Backenbarthaaren, die wie Misteln von seinem Kinn hängen. Er hat ein breites, gelbzahniges Lächeln, das er oft aufsetzt, aber gleichzeitig wirkt er ungewollt irritierend, weil seine dunkelbraunen Augen es nie ganz fertigbringen, zur gleichen Zeit in die gleiche Richtung zu schauen.

»Ich sage euch, ich bin auf dem Weg nach draußen«, beharrt er, aber, wie das so oft bei Ronald ist, weiß ich nicht, ob er das im Ernst oder Spaß meint. Das Lächeln verschwindet fast nie.

»So, deine Verhandlung ist heute gut gelaufen?« fragt Chris. »Oder planst du auszubrechen?«

* Anm. d. Übers.: in Anspielung auf den zu der Zeit mit großer Medienbeachtung verhandelten Fall des O.J. Simpson

Alle lachen, einschließlich Ronald, obwohl da eine Spitze von Gehässigkeit in dem Gelächter ist. Er ist in der Schreibklasse nicht besonders beliebt, und man ist schnell dabei, ihn zu kritisieren. Er schreibt niemals von sich aus etwas – aber im Jugendgefängnis gibt es ja wenig mehr zu erzählen, als wie man seine Fälle so günstig wie möglich über die Bühne bringt und wie man Drogen einschmuggeln kann. Als er darauf schweigt, bohrt deshalb jemand weiter: »Wie ist's denn nun wirklich gelaufen?«

Ronald zuckt mit den Achseln. Das ist eine erschreckend gleichgültige Geste für einen Jugendlichen, der unter Anklage des Doppelmordes steht, denn sie drückt weder Angeberei noch Trotz aus. »Hab' mich ziemlich okay gehalten. Hab' ihnen erzählt, daß ich unschuldig bin.«

Die sechs anderen Jungen der Klasse nicken. Im Gerichtssaal ist jeder von ihnen hier unschuldig. Zurück im Knast, sprechen die meisten Kids aber in etwa von dem, was sie gemacht haben, wofür sie hier drin sind – oder von etwas sehr Ähnlichem.

»Was haste ihnen denn vorerzählt, daßte kein Killer bist, sondern nur ein mieser Schmierer?« fragt Geri Vance. In der Hierarchie des Jugendgefängnisses sind Schmierer, womit man hauptsächlich die Graffiti-Künstler bezeichnet, Leichtgewichte, die keinen Respekt einflößen.

»Schmiererdrescher«, berichtigt Ronald schnell. »Wir sind 'ne Menge schärfer als bloße Schmierer.«

Die anderen Jungen in dem kleinen Klassenzimmer lachen wieder. Ronald versucht oft, die anderen mit Geschichten seiner angeblichen kriminellen Heldentaten zu beeindrucken, ohne Rücksicht darauf, wie abträglich das für einen Burschen sein kann, der sich aus einer Mordanklage herauswinden will. Er verschwendet aber seine Mühe. Die meisten Jungs, die schon so lange in dem System sind wie seine Klassenkameraden, haben ein geübtes Gehör für prahlerisches ›Mistgerede‹. Sie können an Ronalds Schaugehabe und zu ›coolem‹ Geschwätz sofort erkennen, daß er vor seiner Ankunft im Jugendgefängnis nie viel ausgerichtet hat – immer klein und kleinlaut und ziemlich ausgeschlossen, unbeachtet in der Schule, unbeachtet von den Mädchen. Er machte eben nur diesen etwas durchgedrehten Eindruck, so daß Leute auf der Straße bei ihm mit dem Schlimmsten rechneten und einen weiten Bogen um ihn machten – wie man es bei einem zwar im Moment ruhigen, aber gefährlich aussehenden Hund tun würde. Die Jugendknackis wissen es aber besser.

»Hast du uns nicht mal gesagt, da ist Blut überall auf deinen Sachen oder deinem Tornister oder so gewesen?« fragt einer der Burschen. »Wie haste denn das wegerklärt?«

Ronalds Grinsen wird noch ein Stück breiter. »Ich hab' ihnen gesagt, ich bin in der Nacht da nach Hause gegangen und hab' diesen Lieferwagen durch Handzeichen angehalten, um mitgenommen zu werden von dem Typen, den ich kannte. Als ich reingestiegen bin, war da mit einem Mal alles voller Blut und ein Sack Geld auf dem Boden der Karre. Und er hat mir dann gesagt: ›Ich hab's gemacht, ich habe sie gekillt.‹ Ich hab' doch gar nichts mitgekriegt, bis ich in den Liefi eingestiegen bin. Und da war ich denn voll Blut.«

Die anderen Burschen sind nun wirklich interessiert, ganz gepackt von der Vorstellung, daß ein Typ wirklich in einen Lieferwagen steigt und sich plötzlich inmitten eines Mordes befindet. Ganz so abwegig ist das für diese Jungs gar nicht einmal. Drei von den sechs übrigen in dieser Klasse sind des Mordes angeklagt, einfach weil sie freiwillig zugegen waren, als jemand anders schoß oder zustach. Jetzt fragen sie sich, ob sie nicht etwas von Ronald lernen können, um es im Gericht für ihre eigenen Zwecke anzubringen. Ronald genießt das plötzliche Interesse und fährt fort, mit seiner Befragung anzugeben. Er geht dabei in den Straßenslang über, den er eifrig gelernt hat, seitdem er in den Knast kam, in der Hoffnung, daß ihm das mehr Respekt einbringen wird.

»Dann ham se mich ausgehorcht über das Geld, das ich mir unter den Nagel gerissen hab'n soll und wofür ich die um die Ecke gebracht hab'n soll. Ich sagte nein, ich fand's in dem Liefi von dem Typen. Ich verklickerte denen, daß ich nur nach unten gefaßt habe und dabei das Moos fand, das da auf dem Boden stand. Dabei hab' ich gesagt: ›Mensch, davon will ich auch was hab'n!‹«

Die anderen Burschen starren ihn an und schütteln dann die Köpfe, weil sie sofort das Interesse verloren haben. Einer murmelt: »Spinner!« Ronald sieht ihn bestürzt an. »Was'n falsch dabei? Würdet ihr nich auch was von so viel Moos haben woll'n?«

»Mann«, spricht Geri mit Verachtung, »kein Wunder, daß die deinen Arsch braten woll'n, wenn du so'n Scheiß vor Gericht abziehst!« Geri, der mit seiner eigenen Mordanklage fertig werden muß, hat eine Reihe von beredten Briefen an das Gericht geschrieben, die er in der Schreibklasse verfeinerte. Denn er ist sich sehr darüber bewußt, daß man ihn als Monster ansehen wird, wenn er den Gerichtssaal betritt, und er es sehr schwer haben wird, diesen Eindruck zu verwischen. »Du stehst da vor dem Kadi, du Schwachkopf, und nicht auf der Straße. Meinst du denn, der Richter wird noch irgendwas glauben, was du sagst? ›Will was davon hab'n!‹ Der wird dir was geben, da kannste sicher sein – 'ne saftige volle Knastzeit!«

Ronald schüttelt über dieses Stück Weisheit nur den Kopf, immer noch sein unverwundbares, unergründliches Lächeln im Gesicht. »Der kann mich ja gar nich in den richtigen Knast schicken!« läßt er mild fallen, und das bringt Geri noch um so mehr auf. Denn Geri – ganz im Gegensatz zu Ronald – kann sehr wohl in den ›richtigen‹ oder Erwachsenenknast kommen.

Der letzte Kursteilnehmer tritt ein paar Minuten später ein, und ich beginne den Unterricht mit einer Schreibübung von fünf Minuten. Ronald erklärt, er wolle einen kurzen Aufsatz über einen Jungen schreiben, den man zu Unrecht angeklagt habe, seine Arbeitgeber ermordet zu haben. »Ich werde ihn ›Unschuldiges Blut‹ nennen«, sagt er und schreibt diesen Titel mit einem wackligen Schnörkel auf ein blauliniges Einzelblatt.

Die nächsten fünf Minuten scheint er sich auf seine Arbeit zu konzentrieren, aber als die Zeit kommt, das Geschriebene laut vorzulesen, ist Ronald der einzige Junge im Raum, dessen Seite immer noch leer ist.

Als ihn Peggy Beckstrand zum ersten Mal zu Gesicht bekam, kicherte Ronald Duncan und lächelte über die Schulter seinen Eltern zu, die hinten in dem alten Gerichtssaal saßen – ein dünner Junge mit solchen Kinderarmen, daß man Daumen und Zeigefinger bequem darumlegen konnte. Es war kaum vorstellbar, daß er eine doppelläufige Schrotflinte auch nur hatte anheben können – viel weniger noch, sie anzulegen und abzufeuern. Das hatte auch die Polizei gedacht, bis er ihnen triumphierend zeigte, wie er es gemacht hatte. Das lag aber schon ein Jahr zurück und seitdem hat Ronald im Jugendgefängnis beträchtlich an Gewicht und Kraft gewonnen – ein Produkt des Zwangssports, der viel Stärke enthaltenden Nahrung und dem natürlichen Wachstum von Jugendlichen: Neue Muskeln, ein Ziegenbärtchen und ein kleiner Wanst lassen seinen fünf Fuß großen Körper erwachsener erscheinen.

»Ich habe doch nichts getan, ich schwör's«, beteuerte er seinen Eltern gegenüber jedesmal, wenn sie ihn besuchen. Er ist ihr Baby, der jüngste Sohn, ein Kid, das vorher noch nie in seinem Leben in ernsten Schwierigkeiten gewesen war, abgesehen von gelegentlichem Nachsitzen in der Schule und hier und da mal Schwänzen. Sie verwerfen das Geständnis, das er bei der Polizei ablegte. Sie haben von schrecklichen Dingen gehört, die einem schwarzen Jungen bei einem Verhör in einem abgeschlossenen Polizeizimmer geschehen können. Sie wissen, was Rodney King passierte. Ronalds Vater, ein bescheidener Mann mit milder Stimme, einem tiefzerfurchten Gesicht und den Schwielen eines Menschen, der sein Leben lang mit den Händen gearbeitet hat, spricht mit ruhiger Eindringlichkeit von der Unschuld seines Sohnes – daß er aus so etwas wie tiefem, religiösem Glauben heraus *weiß,* daß sein Junge, das Kind, das erst spät in sein Leben kam und ihn wieder jung machte, keineswegs ein Mörder sein kann. Er und seine Frau sind nicht mehr miteinander verheiratet, aber sie leben wieder zusammen, solange der Fall noch nicht abgeschlossen ist, sich also die Zukunft ihres Ronald noch in der Schwebe befindet. Der Fall ist jetzt der Mittelpunkt ihres Lebens – jede Anhörung, jeder Antrag, jeder beiläufige Ausspruch vor Gericht. Für sie ist Peggy Beckstrand das Monstrum, das gefühllose Antlitz des Staates, der versucht, ihnen ihr Kind zu nehmen.

Sie fühlt, wie sich die Blicke dieser Eltern bei jeder Anhörung in ihren Nacken bohren. Peggy hat Mitleid mit ihnen wegen des Schmerzes, den die Familie ertragen muß, wegen des Ausdrucks von Unverständnis auf ihren Gesichtern, wenn der Gerichtssaal von den Worten widerhallt: »Ronald Duncan: Paragraph 187 des Strafgesetzbuchs von Kalifornien – zweifacher Mord ersten Grades.« Sie fragt sich, was wohl die Duncan-Familie sieht, wenn Ronald in den Saal stolziert, grinst und winkt wie ein Kid, das, vom Sommerferienlager kommend, aus dem Bus steigt. In solchen Momenten, wenn die Abscheu in Peggy aufsteigt, beobachtet sie manchmal, wie Ronalds Mutter und Vater aufstehen und ihre Hände nach ihm ausstrecken, über einige Meter Abstand. Eine einer Umarmung noch am nächsten kommende Geste, die ihnen im Gerichtssaal gestattet ist, wo der Angeklagte nicht berührt werden darf; eine kalte Realität, die dem Jugend- und Erwachsenenstrafverfolgungssystem gemein ist. Peggy kommt es vor, als ob sie und die Familie zwei verschiedene Kinder sehen. Werden sie so blind vor Liebe bleiben, fragt sie sich, wenn die Verhandlung beginnt und sie die Bilder präsentiert von dem, was Ronald in der Nacht der Morde übriggelassen hat? Würde *sie* auch so blind sein, wenn ihre Tochter Courtney unter solchen Umständen in den Gerichtssaal stolzieren würde? Auch nach all diesen Jahren in der Staatsanwaltschaft ist das eine Frage, die diese ehemalige Vorschullehrerin, diese Mutter und Großmutter, deren Aufgabe es ist, Kinder anzuklagen, immer noch quälen kann.

Aber dann sind da die Fotos. Auch sie suchen sie heim – diese Agonie, dieses Grauen, das vom grellen Blitzlicht der Kamera eines Tatort-Fotografen auf Glanzpapier gebannt wurde. Die letzten Aufnahmen von Chuck und Adelina Rusitanonta.

Dieses Bild wird unauslöschlich in Peggys Vorstellung bleiben: das Ehepaar, zusammengesunken in ihrem alten Mercury-Kombiwagen – mit noch laufendem Motor und offenstehender Tür. Kurz vor 11 Uhr abends war der

Wagen langsam an den Laternenpfahl einer Wohnstraße gerollt. Ein Mann war auf seine Veranda hinausgerannt, nachdem er zwei laute Knalle, gefolgt von dem Geräusch eines auffahrenden Autos, gehört hatte, gerade noch rechtzeitig, um eine schemenhafte Gestalt von dem Kombi weg zu einem Lieferwagen rennen zu sehen, der offenbar gewartet hatte.

In dem Kombi saß das in gleichen Baskin-Robbins-Hemden gekleidete Ehepaar zusammengesackt, unglaublich große Löcher in den Köpfen, die ihnen mit Schüssen einer Schrotflinte aus nächster Nähe beigebracht worden waren. Blut, Gehirn und Knochensplitter waren an Windschutzscheibe, Schaltbrett und Sitze gespritzt. Ihre Gesichter waren furchtbar verzerrt, die Züge zusammengefallen wie Ballons, die erst voll aufgeblasen und dann entleert worden waren – durch die vulkanische Hitze und den Druck der sich ausdehnenden Gase, die zusammen mit dem Schrot aus dem Flintenlauf gedrungen waren.

Als typisches Beispiel für ihre manchmal morbide Besessenheit von den scheußlichen Einzelheiten solcher Verbrechen war Peggy in eine medizinische Bibliothek gegangen, um sich über diesen Balloneffekt zu informieren, damit sie das alles in klinischer Akribie im Gerichtssaal würde erklären können – obwohl sie wußte, daß der vorsitzende Richter daran überhaupt kein Interesse haben würde. Das war eine Gewohnheit, die ihr noch von ihrer Tätigkeit bei Verhandlungen vor Geschworenen in der Erwachsenenstrafverfolgung geblieben war, wo nichts außer acht gelassen oder als selbstverständlich angesehen werden konnte. »Es handelt sich darum, vorbereitet zu sein, ein Profi zu sein. Wenn dies ein *wirkliches* Gericht wäre«, erklärt sie mit schneidender Verachtung, »wäre das überhaupt keine Frage. Es bliebe mir gar nichts anderes übrig.«

Ein logischer Verdacht, dann klare Beweise und Zeugen (ein redseliger Fluchtwagenfahrer, ein blutiger Lieferwagen) führten die Kriminalbeamten zu Ronald Duncan, der einzigen Person, die außer dem Ehepaar an diesem Abend in der Eisdiele gearbeitet hatte. Zuerst hatte er eine Reihe von lächerlichen Lügen erzählt, wonach er an diesem Abend allein nach Hause gegangen und dabei überfallen worden sei. Die Polizei machte zwar die unglückliche und, wie sich ergab, ungesetzliche Bemerkung, daß der ungeständige Mörder die Todesstrafe zu erwarten habe –, was Peggy noch juristisch zu schaffen machen würde –, aber Ronald änderte daraufhin seine Geschichte und gestand. Er erklärte dann ruhig, wie er auf dem Rücksitz des Wagens von Chuck und Adas Wagen gesessen sei, nachdem sie den Laden zugesperrt hatten – entschlossen, sie zu berauben. In seinem Tornister hatte er eine Schrotflinte, zusammen mit seinen Schulbüchern und unfertigen Schularbeiten.

Wie er den Verhörenden dann erzählte, habe er einige Minuten gewartet, bis er genügend Mut zusammengerafft hatte, um sein Vorhaben auszuführen. Dann habe er die Flinte hervorgeholt und, ohne ein Wort zu sagen, einen Schuß mit der einschüssigen Waffe auf Chucks Kopf abgefeuert, während der Wagen im Fahren war. Die Polizisten, die keine Tatwaffe gefunden hatten, waren darüber verwundert und fragten: »Bist du sicher, daß es eine einschüssige Flinte war?« Ronald nickte. Es sei nur ein Lauf gewesen – keine zwei Läufe neben- oder untereinander, sagte er. Die schreckliche Bedeutung dieser Aussage würde später Peggy so betroffen machen wie vorher schon die Polizei. Das bedeutete nämlich, daß dieser Fünfzehnjährige erst einmal Chuck, der der Fahrer war, erschoß, dann die Flinte aufknickte, die leere Hülse herauszog, eine andere Patrone einsteckte, die Flinte wieder zuknickte und Adelina erschoß – alles, während das nun führerlose Fahrzeug auf den Gehsteig rollte und an den Laternenpfahl prallte. Dazu kam noch, daß die Vinylverkleidung des Mercury-Kombiwagens schon nach dem ersten Schuß wie eine Schlachtkammer ausgesehen und gerochen haben mußte. Dies war ein klarer Beweis für Vorsatz statt einer unüberlegten Handlung in einem Moment der Geistesgestörtheit. Die Waffe wieder ruhig zu laden und angesichts solcher

Schlächterei ein zweites Mal zu töten, erforderte ein besonderes Maß an krimineller Energie.

»Was machte Ada denn in der Zeit, in der du nachludst?« fragte einer der Verhörenden. Wie Peggy später rekonstruierte, mußte die Frau volle fünf bis zehn Sekunden mit dem Gehirn ihres Mannes über sich verspritzt dagesessen haben, bevor Ronald so weit war, auch sie zu töten.

»Sie schrie«, erinnerte sich ein ausdrucksloser Ronald. »Aber dann habe ich sie ja auch erschossen.«

Ronald gestand, Geld der Tageseinnahmen der Eisdiele aus einer Banktasche genommen zu haben, die neben Chucks Leiche stand, aber all das Blut habe ihn doch so nervös gemacht, daß er nicht alles nahm. Immerhin war es ein so großes Bündel von Scheinen gewesen, daß er es am nächsten Tag wie die Trophäe eines Jägers triumphierend in der Schule zeigen konnte. Der Raub war ja auch wohl nur ein Teil des Motivs. Ronald gab nämlich an, daß er sich geärgert habe, weil ihm seine Arbeitgeber Vorhaltungen gemacht hätten, daß er zu spät zur Arbeit kam. Wie einer seiner Bekannten es später ausdrückte: »Der hatte keinen Bock darauf, angeschissen zu werden.«

Einer der verhörenden Beamten konnte sich nicht zurückhalten, ihn zu fragen: »Sag mal, du mußt den Chuck und die Ada ja jede Menge gehaßt haben, um so etwas zu tun.« Darauf lächelte Ronald und antwortete: »Nein, überhaupt nicht. Ich hatte sie echt gern.« Jedesmal, wenn Peggy das in dem großen blauen Mordbuch liest, fröstelt sie – denn sie glaubt, daß das die Wahrheit ist.

Jetzt, wo der Tag der Hauptverhandlung näherrückt, wird Peggy immer mehr von dem Fall besessen. Die Kriminalbeamten haben sich anderen Untersuchungen zugewandt und rufen sie selten zurück. Es ist jetzt ganz allein ihre Verantwortung, Ronalds Verurteilung durchzusetzen. Sie nimmt die Akten jeden Abend nach Hause, liest sie im Bett, hört Tonbänder ab und studiert Tonband-Überschreibungen, bis sie mit all den Mordunterlagen um sich herum in einen unruhigen Schlaf fällt. Sie behält sogar die entsetzlichen Tatortfotos in der obersten Schublade ihres Schreibtischs und holt sie immer dann hervor, wenn sie beginnt, mutlos zu werden. Das ist dann ein grimmiges Mittel, um sie wieder in ihrem Entschluß zu bestärken, den Täter hinter Gitter zu bringen. Hier ist ein Bursche, der nie mißbraucht worden war, nie Entbehrungen zu erleiden hatte, als Kind einer soliden Mittelschichtfamilie aufgewachsen war, mit all den Kleidungsstücken, Stereoanlagen, Farbfernsehern und Möglichkeiten, die er nur wünschen konnte – ein Bursche, der im Gegensatz zu so vielen wirklich bedauernswerten Kindern, die Peggy täglich anklagt, keine Entschuldigung für so eine Tat hat. Ronalds Eltern aber sagen, es gäbe eine einfache Erklärung dafür: Nämlich, daß er unschuldig sei. Aber Peggy sieht in Ronald einen gewissenlosen Vertreter einer Ära, in der jeden Tag unbeschreibliche Akte der Gewalt von ›jugendlichen Straffälligen‹ begangen werden – einer offiziellen Sammelbezeichnung, die grotesk untertrieben klingt für die Art von Scheußlichkeiten, die Ronald und seinesgleichen verüben.

Diese Untertreibung, die in der Bezeichnung eines Schrotflintenmörders als ›Straffälligem‹ liegt, ist gerade die Quelle von Peggys Besessenheit, die sich auf diesen Fall richtet. Denn für sie macht Ronald Duncan alles deutlich, was falsch am Jugendstrafverfolgungssystem ist. Das hat nichts zu tun mit Fakten oder Beweisen, Gesetz oder erzwungenen Geständnissen. Hier geht es um Geburtstage.

Der Doppelmord geschah neun Tage, bevor Ronald sechzehn Jahre alt wurde.

»Neun Tage«, murmelte Peggy mindestens jede Woche einmal vor sich hin, wenn sie wieder auf den Kalender schaute, in der Hoffnung, daß sie sich vielleicht doch in irgendeiner Weise verrechnet hatte. Sie ließ sich eine beglaubigte Fotokopie von Ronalds Geburtsurkunde beschaffen, um festzustellen, ob da möglicherweise irgendwo noch eine Unstimmigkeit sei. Diese Kopie liegt nun auf ihrem Schreibtisch im Büro. An den neun Tagen ist aber nicht zu rütteln. Und diese geringe Anzahl von Tagen bedeutet, daß Ronald Duncan nicht wie ein Erwachsener verurteilt oder eingesperrt werden kann.

Was Peggy auch immer im Gericht tun wird, wie unwiderlegbar die Beweislage auch sein mag – Ronald Duncans Strafe wird nie seiner Tat angemessen sein. Mit Glück, Findigkeit oder dem einfachen Zufall seiner späten Geburt wird er sich des Schutzes des Jugendstrafrechts erfreuen können, was in Kalifornien bedeutet, daß er bis zum Alter von fünfundzwanzig Jahren freigelassen werden muß – Punktum. Es kann keine Berufung, keine Ausnahme geben. So ist eben das Gesetz im Staate Kalifornien. Du bist sechzehn oder älter, wenn du den Abzug ziehst? Dann gehst du zum Erwachsenengericht und kannst ein Leben im Zuchthaus ohne Begnadigung erwarten. Du bist 15 Jahre, 364 Tage, 23 Stunden und 59 Minuten alt gewesen, als du ein scheußliches Verbrechen begangen hast? Dann bist du ein Kind, bleibst bei der Jugendstrafverfolgung und kannst die Tage zählen, bis du wieder frei bist.

Die Willkür von all dem, die Unlogik, versetzte Peggy fast in Raserei. Als ob es auch nur den geringsten Unterschied zwischen einem 16jährigen gäbe und einem Burschen, der 15 Jahre und 356 Tage alt ist! Der Umstand, daß Ronald in 42 anderen Staaten der USA als ein Erwachsener abgeurteilt werden und eine lebenslängliche Zuchthausstrafe erwarten könnte (in einer zunehmenden Anzahl von Staaten auch die Todesstrafe), brachte nicht nur Peggy in Wut, sondern auch die anwachsende Legion von Kritikern des Jugendstrafverfolgungssystems in Kalifornien. Ronalds Fall war in der Tat schon zu einem Kriegsruf geworden und wird in der kalifornischen Regierungsstadt Sacramento wie auch in Washington als Beispiel für eine dringend erforderliche Änderung zitiert.[1]

»Wir müssen damit leben«, klagt Peggy bei einer Besprechung mit ihrem juristischen Personal am Ende des Arbeitstages, »einfach weil jemand irgendwo vor Jahrzehnten aufgrund von Überlegungen, die jeder wissenschaftlichen Grundlage entbehren, entschied, daß nur ein mindestens sechzehnjähriger Verbrechen begehen kann, die dem Erwachsenenrecht unterliegen, und daß jemand, der neun Tage unter dieser Marke liegt, einem Recht unterstellt bleiben muß, das geschaffen worden war, um Kindern, die vom rechten Weg abgekommen waren, zur Besserung zu verhelfen, und nicht, um bewaffnete Räuber und Mörder in Schach zu halten und zu bestrafen. Das ergibt einfach keinen Sinn. Mir wird regelrecht übel dabei.«

Dazu kam noch, daß Ronald für die verübte Scheußlichkeit nur eine verhältnismäßig milde Strafe bekommen konnte, wenn es überhaupt zu einer Verurteilung käme – und dessen konnte sich Peggy auch noch nicht einmal sicher sein. Sie hatte den Fall erst für bombensicher angesehen: Sie hatte doch einen Zeugen, der schwor, daß ein blutüberströmter, eine Flinte schwingender Ronald ihm am Abend der Morde gewunken hatte, mit seinem Lieferwagen anzuhalten. Da war ein Freund aus der Schule, der schwor, daß ihm Ronald am Tag nach den Morden gestanden hatte, seine Arbeitgeber umgebracht zu haben. Und dann war da noch das Filetstück ihrer Beweise: die Tonbandaufzeichnung des Geständnisses auf der Polizeistation.

Aber da lag das Problem: Die gleiche Jugendgerichtsbarkeit, die Ronald keine Erwachsenenstrafe erteilen konnte, gewährte ihm alle Rechte eines Erwachsenen – und erlegte Peggy all die gleichen juristischen Bürden auf. Der Fall würde trotz allem bis über den letzten vernünftigen Zweifel hinaus zu beweisen sein. Ronalds Verteidiger waren gerade dabei, die Glaubwürdigkeit des Schulkameraden und des Lieferwagenfahrers – von dem sie behaupteten, er sei kein unbewußter Komplize gewesen, sondern der Mörder – brutal anzugreifen. Was für Peggys Fall noch schlimmer war: Wegen des tölpelhaften Hinweises von Polizisten auf die Todesstrafe, die Jugendliche in Kalifornien gar nicht erhalten können, hatte die Verteidigung sehr gute Erfolgsaussichten auf einen Versuch, Peggy daran zu hindern, Ronalds Geständnis vor Gericht zu verwenden. Dies könnte ›unterdrückt‹ werden, um die juristische Bezeichnung dafür anzuwenden – zusammen mit Peggys gesamter Argumentation.

»Wir geben Millionen von Dollars aus, um gegen Jugendliche mit Geständnissen auf Tonband eine Verurteilung zu erwirken«, schimpft sie bei ihren Mitarbeiter-Versammlungen in der Absicht, bei ihrem kleinen Stab von Staatsanwälten Unterstützung zu erhalten, ihren Widerstand zu wecken. Ausgebrannt, mit glasigen Augen und mutlos an jedem Dienstende wegen der schieren Anzahl zu verfolgender Kinder und Jugendlicher hören die ihr zu. »Wir verschwenden all dieses Geld auf Verhandlungen und Verfahren und stellen sicher, daß die Rechte von jedermann gewahrt werden, auch wenn wir sicher sind, absolut sicher, daß das Kind es gewesen ist. Das macht aber keinen Sinn, denn wir haben doch schon beschlossen, ihn als einen Jugendlichen zu behandeln. So helfe uns Gott – er hat ja schon gewonnen. Doch wir verschwenden trotzdem all diese Zeit und dieses Geld, unsere Anklage zu beweisen, unseren Fall zu verteidigen, darum zu kämpfen. Für die Kinder aber, die wirklich Hilfe brauchen, die wegen eines Autodiebstahls oder eines Einbruchs hierhergebracht werden, ist dann nichts mehr übrig. Wir schicken sie wieder weg mit nicht mehr als einem Klaps auf den Rücken: ›Geht zurück zu euren Banden und verkorksten Familien‹. Und dann sind wir alle so überrascht, wenn sie wegen eines weiteren Delikts zurückkommen – oder wenn sie zu einem Ronald Duncan werden. Das System ist dämlich - völlig dämlich!«

Ihre Staatsanwälte sitzen um den mit Papieren übersäten Konferenztisch und starren mit großen Augen zurück auf ihre normalerweise so reservierte Chefin. Sie wissen, daß sie sich dem Zerreißpunkt nähert – bald soweit ist, wegzugehen. Die meisten sind ja sowieso schon zu der Ansicht gekommen, daß das Jugendstrafverfolgungssystem jenseits jeder Hoffnung ist, und auch sie zählen einfach die Tage bis zum Ende ihrer einjährigen Pflichtzeit in dieser Jugend-Staatsanwaltschaft, damit sie die Leiter zu anderen Posten im Amt der Bezirksstaatsanwaltschaft aufsteigen können.

Nachdem ihr Jahr in dieser am wenigsten begehrten Dienstposten-Zuweisung beendet ist, werden sie das Gefühl haben – wie sie jetzt schon wissen –, mehr Zeit im Jugendstrafverfolgungssystem abgeleistet zu haben als die meisten der straffällig gewordenen Kids.

»Oh Gott, wie ich diesen Job hasse«, murmelte Peggy nach der Versammlung vor sich hin, als sie so in ihrem mit Akten vollgestopften Büro steht. Die Aspirinflasche ist leer, ihre Tasse mit Tee schon längst kalt geworden, und der Kopf dreht sich ihr vor all den Dingen, die zu tun sind. Sie reibt sich das Gesicht mit Händen, die so kalt werden, daß sie Handschuhe zur Arbeit mitbringt, obwohl die Temperaturen in dieser Woche auf 20 Grad Celsius gestiegen sind. Sie hat genug von den grünen Staatsanwälten, die für sie arbeiten, genug von den Verteidigern, die verzögern und verwirren, und auch genug von den Polizisten, die sie nicht zurückrufen. Aber am meisten haßt sie die chaotischen Aktenhaufen, die überall in ihrem Bürozimmer liegen, denn so schnell sie sie auch bearbeitet, so viele junge Raubtiere sie auch aus dem Verkehr ziehen mag, um so mehr nehmen ihren Platz ein. Sie denkt oft daran, diesen Job aufzugeben. Sie hatte ein paar Jahre zuvor sogar schon an das Friedenscorps geschrieben, in der Annahme, sie könne dem ganzen Zeug eine Weile auf einem fernen Außenposten entrinnen – aber sie mußte erfahren, daß sie für solchen Freiwilligendienst nicht qualifiziert war. Alles, was sie kann, ist, eine Juristin zu sein – die einzige Fähigkeit, die im Friedenscorps nicht gebraucht wird.

Peggy hatte mal eine einfachere, saubere Aufgabe bei der Bezirksstaatsanwaltschaft, die sie bei weitem vorgezogen hatte. Sie verfolgte Sexualverbrechen: sexuelle Überfälle, Belästigungen und Vergewaltigungen. Die Hälfte ihres damaligen Jobs bestand darin, schreckliche Typen einzusperren; alle waren erwachsen. Sie war mit einer Art grimmiger Freude darangegangen, die sie niemals so richtig bei der Strafverfolgung von Jugendlichen aufbringen konnte. Die andere Hälfte ihrer Aufgaben hatte sich darauf erstreckt, sich um die gebrochenen Opfer dieser Verbrechen zu kümmern, sie schützend durch das Fegefeuer der Zeugenaussage vor Gericht zu begleiten. In vielen ihrer Fälle waren die Opfer – ihre Star-Opfer – Kinder. Peggy fand, daß sie in diesem Job neben der Staatsanwältin auch zu einer Sozialarbeiterin geworden war.

Besonders ein Fall sucht sie immer noch heim. Das Gesicht des kleinen Jungen, um dessen Schutz sie kämpfte, ist in ihre Erinnerung eingebrannt. Sein Name war Peter. Er war sieben, als Peggy ihm zuerst begegnete. Sein Vater hatte ihn jahrelang regelmäßig schwerstens sexuell mißbraucht. Er hatte unter anderem einen Gartenschlauch als sexuelles Folterinstrument benutzt. Es war so schlimm, daß der arme Junge seine After-Schließmuskeln nicht mehr kontrollieren konnte. Als er versucht hatte, seiner Mutter davon zu erzählen, weigerte die sich, ihrem Sohn Glauben zu schenken – und verwarf die medizinischen Beweise.

»Sie ruinieren mein Leben«, sagte Peters Mutter zu Peggy, als die Behörden von dem Mißbrauch erfahren hatten und eingeschritten waren. Peggy wünschte damals, sie hätte diese Mutter genauso wie den Vater belangen können.

Das erste Mal, als Peggy kam, um Peter anzuhören, verbarg er sich unter seinem Bett. Er beantwortete ihre Fragen, aber kam nicht aus seinem Versteck hervor. Dahin verkroch er sich nämlich auch nachts, in der Hoffnung, sein Vater würde ihn nicht finden, wenn er sich in der Dunkelheit eng an die Wand drückte. Daddy fand ihn aber jedesmal. Nach Stunden von Geplauder und sanfter Überredung gelang es Peggy endlich, ihn zu veranlassen, aus den Staubflocken und Schatten aufzutauchen. Sie saß dabei kreuzbeinig auf dem Boden neben dem Bett und bot ihm einen Stuhl an, so daß er höher als sie sitzen konnte, sicher und außer Reichweite. So kletterte er denn auf den Stuhl. Erst nach drei weiteren Sitzungen konnte er ihr direkt in die Augen blicken und solchen Augenkontakt auch aufrechterhalten. Ganz langsam gewann Peggy das Vertrauen des Jungen. Sie knüpften eine freundschaftliche Beziehung, was keine kleine Leistung war angesichts des Umstands, daß von den beiden Erwachsenen, die Peter am besten kannte, einer ihn als sexuelles Spielzeug benutzte und die andere ihn einen schmutzigen kleinen Lügner schimpfte.

Mit der Zeit erzählte Peter Peggy alles. Nichts kann stärker kalten Schauer erzeugen, erzählte Peggy später, als ein Kind von seinen täglichen Qualen berichten zu hören – einen intelligenten, freundlichen Jungen. Nach all dem Mißbrauch konnte er noch nicht einmal Wut ausdrücken, sondern nur Bestürzung. Was habe er denn Schlechtes gemacht, fragte Peter ständig. Warum wurde er denn nur so bestraft? Peggy versicherte ihm ständig, daß er überhaupt nichts Schlechtes getan habe. Peters Fragen taten ihr innerlich sehr weh, denn sie wußte, daß er niemals so richtig an seine Schuldlosigkeit glauben würde. Er würde sich immer vorstellen, daß sein Dad ihn doch als sehr schlimmen Jungen angesehen haben mußte, um solche Dinge mit ihm zu machen. Alles, was Peggy tun konnte, war, ihm zu versprechen, daß ihm so etwas nie mehr zugefügt würde und daß sie im Gericht seine Beschützerin sein wollte.

Es war ein schwieriger Fall, der sich völlig auf Peters Aussagen stützte, und als der Tag der Verhandlung kam, machte sich Peggy Sorgen, daß er nicht in der Lage sein könnte, seine Geschichte zu erzählen; daß er starr werden würde, wenn er seinen Vater auf der Anklagebank sitzen sähe. So etwas war schon in anderen Fällen vorgekommen. Die Kinderschänder verließen sich darauf. Als sie dann in das Gerichtsgebäude hineingingen, hockte sie sich neben ihm nieder, um auf gleicher Höhe mit ihm zu sein, und flüsterte: »Du weißt doch, wie alt ich bin?«

Peter sah sie forschend an. Er wußte alles über Peggy. Sie hatte ihm viel erzählt, denn wie konnte sie ihn bitten, solch unbeschreiblichen Dinge zu erzählen, ohne etwas von sich selbst zu geben? »Ja«, sagte er langsam, »ich weiß das.«

»Nun«, fuhr Peggy fort, »du weißt doch auch, daß alte Leute manchmal etwas vergessen?«

Da lächelte er sie an und nickte: »Klar!«

»Sieh mal, ich habe alles vergessen, was du mir jemals erzählt hast.«

Er lächelte wieder – ein etwas vornübergebeugter kleiner Junge, der so oft traurig aussah, aber der alles tun würde, um seiner Freundin, der Staatsanwältin, zu helfen. »Mach dir man keine Sorgen, Peggy«, sagte das Kind darauf mit gerunzelter Stirn in echtem Bedauern über ihren Gedächtnisverlust. »Ich werde es dir noch einmal erzählen.« Und er klopfte ihr beruhigend auf die Schulter. Wenn sie daran denkt, könnten ihr immer noch die Tränen kommen.

Der Verteidiger hielt Peter zwei Tage lang im Zeugenstand. Der Vater warf dem Jungen Küsse zu, aber Peter blieb standhaft. Die Geschworenen sprachen den Vater jedes Anklagepunkts schuldig. Das war der Sieg in Peggys juristischer Laufbahn gewesen, der sie am meisten befriedigt hatte.

Einige Monate später wurde Peggy von einem Auto angefahren, als sie aus dem Gerichtsgebäude kam – ein wuchtiger Schlag, nach dem sie betäubt auf dem Rinnstein saß, während schemenhafte Gesichter von besorgten Leuten über ihr schwebten wie Festumzugswagen. In dem Nebel und der Verwirrung kam ihr als einziges Bild wieder, wie Peters bestürzter Vater, der nicht begreifen konnte, was ihn da doch noch ereilte, abgeführt wurde. »Alles ist okay auf der Welt«, murmelte sie, als sie so blutend auf dem Bordstein saß. »Wenigstens ist der Hundesohn noch im Kerker.«

Aber dann gab es Verzögerung auf Verzögerung in der Urteilsverkündung. Peggy wurde versetzt, bevor sie den Fall abschließen konnte, so daß ein anderer stellvertretender Bezirksstaatsanwalt den Fall übernahm. Peters Vater nahm sich einen neuen Verteidiger und behauptete, daß sein erster unfähig gewesen sei. Ein Richter gewährte ihm eine neue Verhandlung. Und der neue Staatsanwalt, der kein Gefühl investiert hatte, der nichts von Peter wußte, keine Erfahrungen mit dem finster blickenden kleinen Kerl hatte, der sich unter seinem Bett verkroch, entschied, daß der Fall nicht zu halten sei, und schlug ihn nieder. Der Schänder kam frei, und Peter verschwand im Kinderwohlfahrtssystem. Peggy hörte nichts mehr von ihm und konnte nur beten, daß er nie mehr zu diesem Vater, der ihn folterte, und dieser Mutter zurückgeschickt würde. Damals sah sie dann den Fall als den Tiefpunkt ihrer Arbeit bei der Bezirksstaatsanwaltschaft an.

»Aber jetzt«, sagt sie, »gibt mir mein Job hier beim Jugendgericht jeden Tag so ein Gefühl. Zu viele Fälle enden in dieser Art. Ich kann keinen schützen.«

Peggy kämpft nicht mehr für Kinder, die Opfer von Verbrechen geworden sind. Sie kämpft, um Kinder einzusperren. Diese Ironie ist für sie manchmal geradezu niederschmetternd. Sie weiß, daß viele der Kids, die sie jetzt strafverfolgt, aus Familien kommen, die sich nicht sehr unterscheiden von Peters Zuhause. Allzu viele wurden vernachlässigt, mißbraucht, verstoßen, bevor sie straffällig wurden. Sie kann sich vorstellen, daß Peter selbst ein jugendlicher Straftäter geworden ist – er ist, wie es die Fachleute ausdrücken, ›gefährdet‹.[2] Doch sie verbindet ihren Job nicht mehr mit Sozialarbeit. Sie sieht sich auf ihrer Position als zu benachteiligt an, um noch Mitleid mit den Kids zu haben, die sie jetzt verfolgt. Wenn sie die Peter der Welt nicht retten kann, dann muß sie wenigstens ihr Bestes tun, um die Ronald Duncans aus dem Verkehr zu ziehen. Daran glaubt Peggy jetzt: Die kleinen Monster müssen eingesperrt und die Menschheit unter allen Umständen geschützt werden. Man muß nur solche Bilder wie die des Duncan-Falls oft genug gesehen haben, um zu der Ansicht zu kommen, daß Mord gleich Mord ist – ohne Ansehen des Alters des Killers, ungeachtet, wie traurig seine Geschichte sein mag, ohne daran zu denken, wie sehr du einst danach gestrebt hast, dem Kind, das sich versteckte, zu helfen – denn wenn du erst einmal beginnst, Entschuldigungen für eines von ihnen zu suchen, dann kannst du Gründe finden, allen von ihnen noch eine Chance zu geben. Das sind feste Regeln, nach denen sich Peggy zwingt, von Tag zu Tag zu leben. Und wenn Richter Dorn oder sonst jemand sich weigert, die Dinge auch so zu sehen und sich an die immer härter werdenden Gesetze und Richtlinien zu halten, dann ist es Peggy Beckstrands Aufgabe, ihn damit nicht durchkommen zu lassen.

Peggy hätte sich gern ausschließlich auf den zerbröselnden Fall des *Volkes gegen Duncan* konzentriert, aber kein Staatsanwalt des Jugendgerichts, und erst recht nicht eine Leitende Staatsanwältin, die den Bezirks-Oberstaatsanwalt vertritt, kann sich dieses Luxus erfreuen. Sie muß ihre Staatsanwälte beaufsichtigen, Entscheidungen treffen, schier endlose Versammlungen abhalten und Ausschüssen vorsitzen. Solche Störungen ihrer Fallbearbeitung hören niemals auf – im Gegenteil, sie sind dabei, sich zu verdoppeln.

Nachdem sie die Angelegenheit von Ronald Duncans Verhandlungsdatum geregelt hat, hält Peggy Beckstrand im Flur vor den beiden Gerichtssälen im Obergeschoß an. Neben der Treppe ist dort eine Nische mit mehreren Holzbänken, in der es relativ ruhig ist. Das ist der Ort, wo die Gerichtsgeschäfte getätigt werden: Hier besprechen sich Staatsanwälte mit ihren Zeugen zum ersten Mal, nur Minuten vor der Verhandlung. So spät erst finden sie heraus, ob ihre Fälle stark oder schwach sind – oder ob ein Schlüsselzeuge es nicht der Mühe wert gefunden hat zu erscheinen, ein ständiges Problem beim Jugendgericht. Auf der nächsten Bank kauern Verteidiger mit ihrer kleinen Klientel oder deren Familien und versuchen, mit dem zuständigen Staatsanwalt einen Handel abzuschließen. Dieser Abklatsch von Rechtsvorgängen, bei denen zwei junge, sich in gegensätzlichen Lagern befindende Juristen – von denen die meisten erst ein oder zwei Jahre zuvor die Hochschule verlassen haben – sich mit einem Aktenstapel auf einer Holzbank zusammensetzen und dabei eine halbe Liste von Fällen behandeln, hat letzten Endes oft Folgen, die für die Zukunft eines gestörten Kindes weitreichender sind als eine formale Gerichtsverhandlung oder irgendeine richterliche Entscheidung.[3] Dieses Vorgehen ist häßlich, aber zeitsparend, eher eine Bequemlichkeit, ein Ausweg, als ein zuverlässiges Mittel zur Heilung unserer Jugend oder Wahrung der Gerechtigkeit. Das geschieht, während die jungen Straffälligen und ihre Familien ein wenig abseitsstehend zuschauen und auf etwas warten, was einem ›Daumen rauf oder Daumen runter‹ über die Zukunft eines Kindes gleichkommt.

An diesem Morgen bittet ein stellvertretender Bezirksstaatsanwalt Peggy um ihre Ansicht im Falle eines bewaffneten Raubes, eines ganz ungewöhnlichen Überfalls, an dem ein 16 Jahre alter Musterschüler aus einer wohlhabenden Familie einer Küstenenklave der Gemeinde South Los Angeles County beteiligt ist. Der Bursche hat nach Auskunft des Staatsanwalts keine Vorstrafen. Im Gegensatz zu den meisten Fällen im Jugendgericht ist John Sloans Familie intakt, hilfreich, religiös, mit guten nachbarlichen Beziehungen. Sie ist verzweifelt bemüht, alles zu tun, was ihren Sohn davor bewahrt, in einem Gefängnis des Staates Kalifornien inhaftiert zu werden, das ihn lebendig auffressen würde. Hier liegt das Gegenstück von Ronald Duncan vor. Da er zum Zeitpunkt des Verbrechens 16 Jahre alt war, kann John vor das Erwachsenengericht kommen, wo er zu einer längeren Haftzeit für den Raubüberfall als Ronald für den Doppelmord verurteilt werden könnte. Der von der Familie bezahlte Verteidiger versucht, den Staatsanwalt dazu zu bringen, seine Bemühungen, John der Erwachsenengerichtsbarkeit zu überstellen, aufzugeben.

Peggy schüttelt ohne Zögern den Kopf. In diesem Fall wird es keinen Handel geben. Es ist schon schlimm genug, daß sie Mörder im Jugendstrafverfolgungssystem behalten muß, wenn sie zufällig noch unter 16 sind. Da wird sie bestimmt nicht anderen Gewaltverbrechern wie John Sloan diesen Schutz angedeihen lassen – nicht wenn Kaliforniens extrem hartes ›Eignungsgesetz‹ bei Straftätern über sechzehn eine Überstellung zur Erwachsenengerichtsbarkeit für Staatsanwälte praktisch zu einer Pflicht macht. Außerdem hat sie mit dem Opfer des Überfalls gesprochen. Seine ganze Familie war traumatisiert. Seine kleinen Töchter haben Angst, ihn überhaupt noch aus dem Haus zu lassen, weil sie fürchten, er würde nie wieder heimkommen. Eine nervöse Bewegung am Abzug an jenem Tag, und dies würde ein weiterer Mordfall gewesen sein, erinnert sie den stellvertretenden Bezirksstaatsanwalt. »Wir schreiten zur Eignungsanhörung«, sagte Peggy lakonisch und schaut ihrem Kollegen fest in die Augen. »Amtsrichtlinien. Wir legen die Eignung für das weitere Verbleiben in der Jugendgerichtsbarkeit beziehungsweise die Überstellung zur Erwachsenenstrafverfolgung fest. Wenn Ihr Mandant ein Erwachsenenverbrechen begangen hat, dann verdient er es auch, vor ein Erwachsenengericht gebracht zu werden.«

Diese Antwort hatte der Kollege eigentlich auch erwartet. Die anderen Juristen nicken wie alte Bridgepartner und streben dem Gerichtssaal zu, während Johns Mutter, die in der Nähe sitzt und diesem Gedankenaustausch zugehört hatte, ohne einen Ton vor sich hin weint. Ihre Augen sind rot, die Lider geschwollen; ihre Hände umklammern die Handtasche in ihrem Schoß, als ob sie ein Schutzschild wäre. Sie wartet darauf, daß ein Lautsprecher zu zischen anfängt, den Namen ihres Kindes ausspeit und auch sie aufstehen kann, um in diese schmutzige und hoffnungslose Halle des Rechts einzutreten.

Es hatte nicht immer so geendet. Da gab es mal eine Zeit – als Los Angeles noch nicht begonnen hatte, in der Welle von Jugendkriminalität zu ertrinken –, wo Peggy und ihre Kollegen es nicht für erforderlich hielten, so unflexibel zu sein. Die Staatsanwälte suchten nur die absolut schlimmsten Jugendlichen zur Überweisung an das Erwachsenenstrafverfolgungssystem aus. Noch ein paar Jahre vorher wäre John Sloan noch nicht in die Erwachsenenarena mit ihren theoretisch härteren Strafen geschickt worden. Jetzt aber stellen die Staatsanwälte Eignungsanträge zur Überstellung für fast alle Jugendlichen über 16 aus, die ein schweres Verbrechen begangen haben. Das waren im letzten Jahr 900 – die dreifache Anzahl von der fünf Jahre zuvor. Und das Gesetz ist so hart, daß die Richter – wenn auch unwillig – in dieser Hinsicht fast nur noch eine Art Befehlsempfänger der Staatsanwaltschaft geworden sind. Es ist eine überlegte Trendwende, die in allen Teilen der Vereinigten Staaten von Amerika zu beobachten ist, die Behandlung eines Kindes oder Jugendlichen durch das System nach dem Verbrechen und nicht nach dem Verbrecher zu bestimmen.

Vom heutigen Tag ab ist es auch eine Richtlinie, die Peggy Beckstrand noch mehr davon abhält, sich mit der aktiven Strafverfolgung von Ronald Duncan zu befassen, denn sie führt sie – und den Rest des Jugendgerichts – auf einen Kollisionskurs mit dem neuen Aufsichtsführenden Richter der Zweigstelle Thurgood Marshall, Roosevelt Dorn, Richter am Oberlandesgericht und Prediger des Herrn, dessen selbsternannte Mission in nicht weniger besteht, als das System zu retten, ein Kind nach dem anderen.

Kapitel 4

Richter Dorn

»Meine Mutter und mein Vater machen 'ne Menge Kies damit, Leute auszunehmen und Tricks anzuwenden, wie zum Beispiel das Kassieren von windigen Einkommensteuerschecks. Aber den meisten Kies machten meine Eltern durch den Verkauf von selbst angebautem Marihuana. Wir hatten einen Hinterhof voller Marihuana-Pflanzen, die im Durchschnitt mindestens 4 Fuß (ca. 1,20 m) hoch wurden. Meine Mom und mein Dad saßen zu Hause rum, rauchten den ganzen Tag Marihuana und hatten Sex. Sie haben mir den Rauch ins Gesicht geblasen, bis ich von selbst rausging.«[1]

Geri Vance schaut unsicher von der Geschichte auf, die er da vorliest – Kapitel zwei seiner im Werden begriffenen Autobiographie. Er ist ein gutaussehender Jugendlicher mit großen braunen Augen und einem schon weichenden Haaransatz. In seiner Gefängniseinheit ist er der Friedensstifter, beliebt sowohl beim Personal als auch bei den anderen Kids des ›Zentralen‹. Er ist intelligent und einsichtsvoll, aber es gibt riesige weiße Flecke in seiner Lebenserfahrung: Er ist noch nie in einem Museum, einer öffentlichen Bibliothek, bei einem Baseballspiel oder in einer Arztpraxis gewesen (wenn man vom Krankenrevier des Jugend-Untersuchungsgefängnisses absieht). Er hatte die 16 erreicht, ohne jemals viel geschrieben zu haben, aber unsere Schreibklasse hat eine Tür für ihn geöffnet. Er produziert jetzt 10 bis 20 Seiten pro Tag, wobei er nur von dem strengen Zeitplan des ›Zentralen‹ sowie der Neigung des Aufsichtspersonals, Papiere zur Nacht mit dem Versprechen zu beschlagnahmen, sie am Morgen wieder zurückzugeben, sie aber dann zu verlieren oder zu vernichten, gebremst wird. So muß Geri seine besten Geistesprodukte unter der Matratze verbergen, als handele es sich um eingeschmuggelte Ware.

Der Raum, in dem wir sitzen, ist feucht und muffig, wie ein selten aufgesuchter Verschlag im Keller irgendeines Wohnhau-

ses. Ein Klapptisch und Stühle stehen dort. Ein paar abgegriffene Taschenbuchausgaben und eine Reihe von Gideon-Bibeln bevölkern ein an die blaue Schlackensteinwand geschraubtes Regal – eine Staffage, durch die die Leitung dieses Jugendgefängnisses glaubt, diesem eher abstoßenden Ort das Etikett ›Bibliothek‹ verleihen zu dürfen.

Jetzt zögert Geri in seiner Rezitation und blickt zu den anderen Jungen auf, unsicher, ob er lächeln und stolz auf die soeben gelesene Passage oder beschämt sein sollte. Die anderen Burschen haben genau zugehört, mit neutralem Gesichtsausdruck, obwohl ein wenig gekichert wird, als er die nächste Passage vorliest. Er beschreibt den Tag, an dem er seinen Vater mit einer Prostituierten im Bett ertappte und wie sie auf die Störung reagierten, indem sie ihm befahlen, Brüste und Geschlechtsteil der Frau zu streicheln. Er erinnert sich, daß er zu der Zeit sechs oder sieben Jahre alt war. Das war eine Szene, die sich dann oft wiederholte.

»Ich wußte, daß es schmutzig war«, schreibt Geri, »und ich rannte auf mein Zimmer und fühlte mich jedesmal elend und verwirrt. Aber irgendwie gefiel es mir auch wieder.«

Dann erzählt Geri der Klasse, wie seine Mutter einmal nach Hause kam und ihn nach einem Badewannenspielchen mit der Prostituierten in seinem Zimmer fand, seines Vaters Pistole in der Hand, ein Banditentuch um den kleinen Kopf gewickelt und einen Marihuana-Joint im Mundwinkel. »So wie Dad«, hatte er stolz zu seiner Mutter gesagt. Diese schlug ihn daraufhin mit einer Verlängerungsschnur, bis er blutete. Dann nahm sie die Pistole, fand ihren Mann im Bett mit der Hure, richtete die Pistole auf den Kopf seines Vaters und drückte ab. Wie sich herausstellte, war die Waffe nicht geladen. Geri sah, wie sein Vater sie aus der Hand seiner Mutter schlug und diese dann brutal verprügelte, während die Prostituierte nackt im Bett saß und kicherte – zu benebelt, um sich anzuziehen und zu verschwinden.

Statt dessen flohen Geri und seine Mutter noch am gleichen Abend aus dem Haus und lebten dann während der nächsten Monate in billigen Motels. Das Geld dafür und für einfache Mahlzeiten verdiente seine Mutter als Prostituierte (einen gro-

ßen Teil davon verbrauchte sie allerdings für Crack-Kokain). Geri ging nicht zur Schule, sondern blieb in dem Motelzimmer, um auf seinen jüngeren Bruder Joachim aufzupassen, während seine Mutter auf der Straße Freier aufriß und sich Dope beschaffte. Dieser Lebensstil dauerte, bis Geri acht oder neun war, denn dann wurde seine Mutter verhaftet, weil sie Schecks anderer Leute eingelöst hatte – und Geri kam ins ›Zentrale‹.

»Seitdem bin ich im System«, liest Geri vor und legt das Blatt nieder. »Das ist das Ende dieses Kapitels. Weiter bin ich noch nicht gekommen.«

Ich schaue mich nach dem Rest der Klasse um in der Hoffnung, Erstaunen oder Erschrecken auf einigen der Gesichter zu sehen, in den alten weltmüden Augen. Statt dessen sehe ich verständnisvolle, wissende Blicke von jungen Menschen, die die gleiche Art von Lebenswandel – oder noch Schlimmeres – mit angesehen oder am eigenen Leibe erlebt hatten.

Einer ruft Geri zu: »Die Menendez-Brüder haben dir nichts voraus«, und alles lacht. Der Menendez-Fall war zu der Zeit oft in den Nachrichten – der Fall der zwei betuchten Brüder aus Beverly Hills, die ihre Eltern umbrachten und dann ihre vorsätzliche Tat damit rechtfertigten, daß ihr Vater sie angeblich körperlich und sexuell mißbraucht hatte. Die unbewiesene Geschichte hatte die Geschworenen so unsicher gemacht, daß es zu keinem Urteilsspruch kam – ein Ergebnis, das Geri und meine anderen Schreibschüler verblüfft. Sie, wie viele Kids im Jugendgefängnis, können schrecklichen Mißbrauch für sich in Anspruch nehmen, alles bewiesen und unanfechtbar, aber es nützt ihnen nichts. Vor dem Jugendgericht ist es kein Schutz, ein mißbrauchtes Kind gewesen zu sein.

»Da wird mit zweierlei Maß gemessen. Du mußt reich und weiß sein, damit die Verteidigung funktioniert«, sagt Elias. Er hatte zuvor die Theorie vorgebracht, daß der wichtigste Umstand bei einer Gerichtsverhandlung die Hautfarbe des Angeklagten ist – etwas, was praktisch jedes der Kids im Jugendgefängnis für gegeben ansieht. Elias nickt zu Geris Beschreibung. »Meint ihr vielleicht, einer wird ihn laufenlassen, weil seine Eltern ihm das angetan haben? Ein schwarzes Kid? Verdammt noch mal – nein!«

Geri lächelt verlegen. »Das hat mir mein Pflichtverteidiger auch gesagt«, murmelt er. Dann berichtet er der Klasse über seine Erfahrung mit der entfernten Zweigstelle Pomona des Jugendgerichtshofs vor kurzem. Es war ein wichtiger Tag für ihn gewesen – seine Eignungsprüfung für die Überstellung zur Erwachsenengerichtsbarkeit –, und dennoch war er mit diesem Pflichtverteidiger erst eine Stunde vor der Verhandlung zusammengetroffen. Er hatte ihm gesagt, daß es nichts mehr zu besprechen gäbe, denn das Ergebnis stünde ja schon fest.

»Du stehst unter Mordanklage, du bist 16, du bist schwarz, hattest eine Feuerwaffe in der Hand, und dies hier ist Pomona – das weiße, vorstädtische Mittelklasse-Pomona«, sprach der Pflichtverteidiger, als ob er ein unumstößliches Physikgesetz erklärte. »Der Richter wirft nur einen Blick auf dich – und schon bist du geliefert.«

»Aber ich habe doch niemanden gekillt«, beharrte Geri.

»Ich weiß – aber das tut nichts zur Sache.«

Bei der Anhörung ließ Geri die Blicke über die Anwesenden schweifen, suchte nach einem bekannten Gesicht, fand aber keines. Seine Eltern hatten schon vor langem aufgehört, ein Teil seines Lebens zu sein. Seine Großmutter war zu alt und krank, um sich dorthin schleppen zu können. Sein Verteidiger brachte wenig gegen den Antrag des Staatsanwalts zur Überstellung vor. Es gab keinen Sachverständigen, keine psychologischen Untersuchungen. Niemand befragte Geri nach seiner Vorgeschichte, seiner Bereitschaft, sich zu bessern, nach dem Vertrauen und Lob, das er vom Personal des Jugend-Untersuchungsgefängnisses geerntet hatte. Der ganze Vorgang der Festlegung von Geris Zukunft – der Wahl zwischen zwangsläufiger Entlassung aus dem Jugendgefängnis im Alter von 25 oder zwangsläufigem Leben hinter Gittern als ein Erwachsener – dauerte weniger als zehn Minuten. Ohne daß Geri auch nur einmal zu Wort gekommen war, erklärte der Richter ihn für ungeeignet zum weiteren Verbleib im Jugendstrafverfolgungssystem und wies den Gerichtsdiener an, den nächsten Fall aufzurufen.

»Hätte ich einen anderen Richter gehabt, wäre das wohl anders gelaufen«, meint Geri zur Klasse gewandt. »Ich habe da

von diesem Richter in Inglewood gehört. Der soll ein scharfer Hund sein, wirklich scharf – aber gut!«

»Du meinst den Dorn?« fragt Ronald Duncan. Mehrere der anderen Burschen nicken wissend. Sie haben auch von Richter Roosevelt Dorn gehört.

»Jep, ich wünschte, ich hätt' ihn gehabt«, sagt Geri. »Wer weiß, wie das dann gelaufen wäre.«

»Lesen Sie mir den Terminplan vor«, ruft Richter Roosevelt Dorn um genau 8 Uhr 30. Das sind die ersten Worte, die er an jedem Morgen von sich gibt, nachdem er hinter die Gerichtssaalschranke getreten und in seinen riesigen Ledersessel geklettert ist. Vor ihm ausgebreitet liegen die Akten des Tages wie Tarotkarten. Wenige Jugendrichter (oder auch Erwachsenenrichter überhaupt) in Los Angeles fangen so pünktlich mit ihrer Arbeit an, und so hat Dorns Erscheinen vor kurzem in Inglewood das Gerichtspersonal aus seinem apathischen Trott gerissen. Das Murmeln von einem Dutzend separater Gespräche in der Gerichtssaalgalerie verklingt. Der Gerichtsdiener beginnt, die Namen der an diesem Tage zu verhandelnden Fälle einen nach dem anderen vorzulesen und kreuzt jedesmal ein Kästchen auf der Liste an, wenn ein Junge oder Mädchen mit ›Hier‹ antwortet.

Der Gerichtssaal ist gerammelt voll, wie an jedem Morgen. Wer jetzt kommt, muß sich mit einem Stehplatz zufriedengeben. Man hört ein ständiges Rascheln von Jacken und von Körpern, die sich auf schäbige Stühle niederlassen. Immer wieder werden Köpfe durch die Tür gesteckt von Leuten, die nicht wissen, ob dies der Saal ist, in dem sie jetzt sein sollten. Bei etwa jedem zehnten Namen antwortet keiner, worauf Dorn sofort einen Haftbefehl ausstellen läßt. Dorns Vorgänger war nicht so streng, murren die Verteidiger untereinander. Aber Dorn ist ein Pünktlichkeitsfanatiker, und für viele der Kids wird es das erste Mal sein, daß von ihnen erwartet wird, pünktlich zu einem bestimmten Ort zu kommen. Wenn das Kind dann später am Tage auftaucht, wird es – im Gegensatz zur Vertagung der gesamten Anhörung, was bei etwa einem von zehn Jugendgerichtsfällen geschieht[2] – festgenommen und ein paar Stunden lang eingesperrt, bis der Richter meint, daß er seine Nachricht vermittelt hat. »Du wirst nicht mehr zu spät in Richter Dorns Gerichtssaal kommen!« sagt er zu einem der Nachzügler, der beschuldigt wird, sein ›Zeichen‹ mehrmals auf Autobahnbrücken gesprüht zu haben.

»Ja«, flüstert ein Verteidiger unter den Zuhörern einem anderen zu, »das nächste Mal wird er überhaupt nicht kommen.« Der andere Rechtsanwalt beginnt belustigt zu meckern, aber hört abrupt auf und rutscht unbehaglich auf seinem Stuhl herum, als Richter Dorn, der die Bemerkung gar nicht gehört haben kann, einen kalten, allwissenden Blick in die Richtung des Rechtsanwalts wirft wie der Lehrer, der immer den Ursprung der Papierkugelgeschosse entdeckt, obwohl er den Rücken zugekehrt hat.

Als die Terminaufrufe vorüber sind, beginnt der Ernst der Prozession von Fällen. Verteidiger reihen sich auf in einem Teil des Saals, der einst eine Geschworenenabteilung war (Jugendliche werden aus offensichtlichen Gründen nicht von ihren Mitjugendlichen beurteilt). Sie stehen im Wettstreit miteinander, daß ihre Fälle zuerst verhandelt werden, und warten darauf, vor allen anderen aufzuspringen und ›Bereit‹ zu rufen, als eine Art von verbalem Ellbogenstoßen zum Kopf der Schlange. Das ist kindisch und grob, und die Verteidiger, die dadurch ins Hintertreffen geraten, reagieren beleidigt und beklagen sich. Anhörungen für Kinder und Jugendliche in Gewahrsam sollen eigentlich Vorrang haben, aber da das Bewährungsamt oft mit seinen Bussen und Einlieferungsberichten – der Unterlage eines Kindes für den Eintritt ins System, dem kritischen Paß für Straffälligkeit – recht unpünktlich ist, wird diese Regel oft gebrochen. Neu beschuldigte Kinder und Jugendliche werden zur Anklage vorgeführt und ihre Verhandlungstermine festgelegt. Ältere Fälle werden verhandelt oder, häufiger, verschoben, niedergeschlagen oder durch einen Plädierhandel, der im Flur abgeschlossen wurde, gelöst – so daß die Zeugen, die schon den ganzen Vormittag gewartet haben, wieder nach Hause geschickt werden, ohne daß ihr Erscheinen von irgendeinem Nutzen gewesen ist. Vielleicht kommen sie zum nächsten Termin wieder. Vielleicht auch nicht.

»Rufen Sie den ersten Fall auf«, ordnet Dorn an und schließt für einen Augenblick die Augen. Ein sehr dünner Junge mit dicken Brillengläsern wird von dem Verschlußraum hinter dem Gerichtssaal zum Angeklagtentisch im Gerichtssaal geführt. Er setzt sich hin. Die Füße baumeln, so daß er mit den Spitzen seiner schwarzen Gefängnisschuhe ohne Schnürsenkel nervös auf den Boden klopft. Dabei starrt er finster die verschiedenen Teilnehmer des Spiels an – den Pflichtverteidiger, der in den Unterlagen der zweiundvierzig Fälle, die er an diesem Vormittag zu bearbeiten hat, wühlt; den Staatsanwalt, der mit einem Zeugen über einen anderen Fall flüstert, den Richter, der seine Brille jetzt auf die Stirn geschoben hat, so daß er sich mit den Handflächen im Gesicht reiben kann. Dorn scheint zu versuchen, die Erschöpfung, die er jetzt schon durch einen frühen Beginn der Arbeit fühlt, wegzumassieren. Er mußte bereits mit den städtischen Bürokraten am Telefon um einen neuen Anstrich und Asbestbelastungs-Überprüfungen seines alten Gerichtsgebäudes feilschen. Der schäbige Gerichtssaal mit seinem gesprungenen Linoleumfußboden und keuchendem Wasserkühler ist immer noch mit Eltern und Kindern gefüllt. Mütter versuchen, kreischende Kleinkinder mit Zischlauten zum Schweigen zu bringen. Da sitzen mürrische Teenies in grotesk bauschigen Hosen mit Tätowierungen, die sich ihre Handgelenke oder Arme hochranken, und Polizisten mit verschränkten Armen, die wissen, daß sie den ganzen Tag warten müssen, um in Fällen auszusagen, die fast mit Sicherheit an einem anderen Tag fortgesetzt werden. Opfer von Verbrechen beäugen mißtrauisch die Jugendlichen, die angeklagt sind, diese Verbrechen an ihnen begangen zu haben. Während einer Flaute in dem täglichen Lärm, wenn die Kakophonie der Geräusche und Stimmen im Korridor und die dröhnende Lautsprecheranlage des Gerichtsgebäudes einen Moment lang abebben, kann man das schwache Sandpapiergeräusch der trockenen Haut der Hände des Richters hören, der sein Gesicht reibt. Der Junge beginnt, seine ›Knastschleicher‹ im Rhythmus der Reibgeräusche zusammenzuschlagen. Keiner schaut ihn an, spricht mit ihm oder scheint sich überhaupt bewußt zu sein, daß er da ist, außer dem Gerichtsdiener in khakifarbener Uniform in seiner Nähe, der aufpaßt, daß er keinen Fluchtversuch oder noch Schlimmeres begeht.

Der Junge sitzt zur Anklageerhebung vor Dorn – sein erstes Erscheinen vor Gericht, ein formelhaftes und absichtlich ereignisloses Ritual. Die Anhörung besteht aus kurzem Vorlesen der Anschuldigungen und einer sogar noch kürzeren Besprechung dessen, was das Jugendgefängnis-Einlieferungsformular beinhaltet, ein notorisch oberflächlicher, manchmal ungenauer zweiseitiger Bericht, der die Gesamtsumme des Wissens über ein Kind darstellt, das zum ersten Mal in das Strafverfolgungsverfahren eingetreten ist. Dies ist es, was die bei der Einlieferung anwesenden Beamten des Jugend-Untersuchungsgefängnisses und die Angehörigen einiger Polizeistationen nach Eröffnung jeder Verhandlung vorlegen. Anhand dessen muß der Richter entscheiden, was mit dem Kind zu tun ist, während sich der Fall langsam abwickelt.

»Das ist ein 245er, Euer Ehren«, setzt der Bewährungshelfer den Richter in Kenntnis, der Dorns Gerichtssaal zugeteilt ist. Er spricht damit Paragraph 245 des Strafgesetzbuchs von Kalifornien an, der den Titel ›Angriff mit einer tödlichen Waffe oder tödlichem Gegenstand‹ trägt. Als er die Quälereien eines Kerls in der Schule nicht mehr aushalten konnte, schlug er ihm mit einem Rohrstück über den Schädel. Angeblich griff er dann auch noch in seiner Raserei einen Lehrer an, bevor er gebändigt werden konnte. Es war der vierte gewalttätige Wutanfall des Jungen in den letzten Monaten, wenn auch der einzige, der eine schwere Verletzung zur Folge hatte. Das Jugendgericht und sein Überwachungsarm, das Bewährungsamt, hatten es abgelehnt, bei den vorherigen drei Vorfällen einzugreifen. Geld und Personal sind zu karg bemessen, um ›geringfügigen‹ Gesetzesverletzungen viel Aufmerksamkeit widmen zu können. Also wartet das System, bis jemand ernsthaft verletzt wird, bevor es sich wie ein betagter Zoolöwe in Gang setzt. Der Junge ist ein zwölf Jahre altes Bündel Wut.

Der Richter liest die kurze Zusammenfassung, die ihm zur Verfügung steht. Es scheint, daß der Junge einmal ein begeisterter Schüler war, aber daß ein gestörtes Heim – der Weggang seines Vaters und eine Mutter, die nur daran interessiert ist, sich einen neuen Mann zu suchen – ihre Spuren hinterlassen haben. Dorn kann erkennen, daß der Junge Stabilität, jemanden, der sich um ihn kümmert, braucht. Er weiß, daß die größten Förderer von Jugendkriminalität ein Zuhause mit nur einem Elternteil und eine fehlgeschlagene Bildungserfahrung sind. Studien über Jugendstraftäter haben dies seit Jahren bestätigt. Als ob es Forscher und Akademien gebraucht hätte, um ihm etwas zu beweisen, das er jeden Tag auf dem Richterstuhl erlebt: Praktisch jeder Straftäter, der vor ihm erscheint, fällt in eine oder beide dieser Kategorien. Aber solange der Fall nicht abgeschlossen ist, hindert das Gesetz – die Rechte des Jungen auf einen ordnungsgemäßen Prozeß – Dorn daran, etwas Wirksames zu tun. Das wäre nur möglich, wenn der Pflichtverteidiger auf der Stelle auf schuldig plädierte. Aber die Taktik der Pflichtverteidiger läßt das nicht zu – erst müssen sie versuchen, die Anschuldigung zu entkräften oder wenigstens die Anklageerhebung zu verzögern. Sie führen an, daß sie Rechtsanwälte sind, keine Sozialarbeiter, und daß ihre erste Pflicht darin besteht zu versuchen, einen Freispruch zu erreichen – auch wenn in Wirklichkeit die Freilassung ihrer Mandanten nicht in deren bestem Interesse ist. Ihre harte Haltung provoziert die Staatsanwaltschaft wiederum zu ihrer kompromißlosen Einstellung, wonach ›die kleinen Monster alle eingesperrt werden müssen‹ – und umgekehrt. Und so hat Dorn nur zwei Möglichkeiten: Er kann den ›Röhrenschläger‹, wie ihn ein Staatsanwalt auf dem Korridor nannte, nach Hause gehen lassen, oder er kann ihn für die Monate, die es dauern wird, diesen Fall abzuschließen, im Jugend-Untersuchungsgefängnis einsperren. Er kann es damit begründen, daß der Junge zu gefährlich sei, um frei herumzulaufen. Das Jugend-Untersuchungsgefängnis ist nur eine vorübergehende Verwahreinrichtung – obwohl es die neue Ära der von Jugendlichen und Kindern verübten schweren Gewaltverbrechen weit weniger vorübergehend gemacht hat, als ursprünglich beabsichtigt worden war. Denn die Aufenthalte erstrecken sich mittlerweile über Monate und sogar Jahre statt über Tage oder Wochen. Die Hilfeleistungen für die gemütsgestörten Kids in dieser Einrichtung sind bestenfalls minimal und bestehen in der Hauptsache aus der Verabreichung von Beruhigungsmitteln vor dem Schlafengehen, was den zusätzlichen Vorteil für das Aufsichtspersonal hat, daß störrische Kids fügsamer werden. Der Röhrenschläger macht solch einen pathetischen Eindruck, daß Dorn sich vorbeugt und ihn nach Hause schickt – aber da mischt sich die Mutter ein:

»Ich kann ihn zu Hause nicht mehr haben«, teilt sie dem Gericht mit. Der goldene Ohrring in ihrer Nase zittert dabei. Ihre Stimme ist hoch und gereizt. Ihr Freund sitzt neben ihr in seinem grauen Budweiser-T-Shirt und starrt auf seine Hände, die über seinem Schmerbauch gefaltet sind. Die Mutter sieht kaum älter aus als ihr Sohn. »Er will nicht hören«, faucht sie. »Ich halte es jetzt einfach nicht mehr mit ihm zu Hause aus.«

Der Kopf des Jungen scheint sich wie bei einer Schildkröte in die Schultern einziehen zu wollen. Irgend jemand im Saal klickt mißbilligend mit der Zunge, und die Mutter starrt finster in die Richtung, aus der dieser Tadel kam. Der Richter nickt, ohne sie oder den Jungen anzusehen. »Zum Schutz und zur Besserung des Minderjährigen sowie zum Schutz der Gesellschaft wird der Minderjährige in Gewahrsam genommen«, verkündet er mit der Singsang-Stimme, die Leute unbewußt annehmen, wenn sie die gleichen Sätze immer wieder aussprechen und schon seit langem selbst nicht mehr hören. Dann wendet er sich wieder der Durchsicht der Akten und dem Reiben seines Gesichts zu. Die Mutter nickt zufrieden.

»Wir bezeichnen Kinder wie dieses mit KBC«, flüstert eine Drogenfahnderin einem anderen Zuschauer in der Gerichtssaalgalerie zu. »Die sehe ich ständig. Ein Blick auf das, was sie tun und wer ihre Eltern sind, sagt einem alles. Dieser arme Bursche ist ein KBC – ›Keine beschissene Chance‹.«

Drei Minuten, nachdem er den Gerichtssaal betreten hat, ohne einmal ein Wort geäußert zu haben und ohne daß das Gespräch des Staatsanwalts mit seinem Zeugen oder das Kramen des Verteidigers in seinen Akten unterbrochen wurde, wird der Junge wieder in den ›Wartekäfig‹ geführt. Keiner hat mit ihm gesprochen oder überhaupt zu verstehen gegeben, daß er von seiner Anwesenheit Kenntnis genommen hat. Dem haftet eine absichtliche Anonymität an, gefördert durch die Praxis, das Kind nie bei seinem Namen zu nennen, auch wenn es stumm im Gerichtssaal sitzt, während sein Leben offen zur juristischen Sezierung daliegt. Im Jugendgericht wird ein Kind immer nur als ›der Minderjährige‹ bezeichnet.[3]

Klein, in sich zusammengesunken, verwirrt, weicht der Minderjährige den Augen der Mutter, die ihn nicht haben will, aus, als er aufsteht, um hinausgeführt zu werden. Bevor er noch den Saal in Begleitung des Gerichtsdieners verlassen hat, ruft Richter Dorn schon den Namen des nächsten Falls auf der Terminliste auf. Ein fünfzehnjähriges Mädchen, sichtbar schwanger, erhebt sich aus der Zuschauerschar und nimmt auf dem Angeklagtenstuhl Platz, der noch warm ist. Dorn seufzt und schaut in die betreffende Akte.

So geht es bei den meisten Anhörungen des Jugendgerichts vor sich: wenig Substanz, viel juristisches Ritual –

alles Ablaufsteuerung. Der Richter sitzt auf seinem Sessel wie ein Fluglotse und hält die Dinge in Bewegung. Es war nicht immer so, aber die Markstein-Entscheidung des Obersten Gerichtshofs im Gault-Fall hat das Jugendgericht von einem formlosen Forum für Kinder zu einem formalen Gerichtshof gemacht, wo die Betonung mehr auf Verfahren und juristischen Einzelheiten liegt als auf dem Wohlergehen von Kindern und dem Schutz der Gesellschaft.

Lassen Sie uns einen Blick in die Zukunft werfen: Sechs Monate werden vergehen, bevor der Fall des ›Röhrenschlägers‹ endgültig abgeschlossen sein wird – eine Ewigkeit für einen Zwölfjährigen. Er wird seinen dreizehnten Geburtstag im Jugend-Untersuchungsgefängnis begehen, nachdem das Verhandlungsdatum dreimal verschoben wurde. Der ihn vertretende Pflichtverteidiger wird das Jugendgericht-Verzögerungsspiel spielen, in der Hoffnung, daß einer der Hauptzeugen der Anklage – das Opfer oder der Polizist, der die Untersuchung führte – eine Morgens nicht mehr erscheinen wird, so daß die Anklage zurückgezogen werden muß, was hier häufig geschieht. Diesmal wird diese Taktik aber keinen Erfolg haben. Die Zeugen werden auch zum dritten Mal erscheinen – nur um zu hören, daß sie endgültig nach Hause gehen können. Der Junge wird schließlich auf schuldig plädieren. Dann wird er zu Pflegeeltern geschickt, zu denen Richter Dorn ihn schon zu Anfang gesandt hätte, wenn es ihm per Gesetz möglich gewesen wäre. Aber bis dahin wird der ›Röhrenschläger‹ so von Wut erfüllt sein, daß er ein paar Wochen danach eine weitere Körperverletzung und einen Raubüberfall begeht, so daß der ganze Vorgang von neuem starten muß. Dies ist das nutzlose Schema, das so viel Energie und Zeit beim Jugendgerichtshof verschlingt.

Vielleicht ist der Feind hier mehr als alles andere die Zeit. Jeden Tag ist Dorns Terminkalender, wie der der meisten Jugendrichter, angeschwollen von einer Arbeitslast, die weitaus größer ist, als sie Erwachsenenrichter hinnehmen würden – 50 oder 60 Fälle am Tag sind nicht ungewöhnlich. Kein Richter kann eine solche Flutwelle menschlicher Tragödien in vernünftiger, wirksamer Weise bewältigen. An einem geschäftigen Tag bleiben dem Richter in Anbetracht der neunminütigen Mittagspause und der häufigen kleinen Unterbrechungen, die die meisten Richter vornehmen, im Durchschnitt vier bis fünf Minuten pro Kind oder Jugendlichen.

An diesem Tag wird Richter Dorn insgesamt zweiunddreißig Kids ›verarzten‹ – von denen vier des bewaffneten Raubüberfalls, zwei des Mordversuchs, zwei der schweren Körperverletzung mit einer tödlichen Waffe, sieben des Graffiti-Vandalismus, vier des Autodiebstahls, vier des einfachen Diebstahls, drei der Bewährungsauflagen-Übertretung, eines der Zeugeneinschüchterung, eines des Widerstands gegen die Staatsgewalt bei der Festnahme, eines der Erregung öffentlichen Ärgernisses, drei der einfachen Körperverletzung und eines des Tragens einer verborgenen Waffe beschuldigt oder angeklagt sind. Ein Mädchen widersetzt sich der Überführung an das Erwachsenengericht. Diese Kinder sind zwischen zwölf und siebzehn Jahre alt. Bis zum Ende des Diensttages wird Richter Dorn drei Fälle abweisen, weil Zeugen nicht erschienen (einer von ihnen war ein Polizist), drei Kinder auf Bewährung nach Haus entlassen, ein anderes zu Pflegeeltern schicken, vier einem Bewährungslager der Gemeinde Los Angeles überstellen, die Empfehlung, zwei Kinder in die Erziehungsanstalt des Staates Kalifornien zu stecken, ignorieren, vier Plädier-Vereinbarungen annehmen, eine wirkliche Hauptverhandlung führen, zehn Fälle zur Fortsetzung in den folgenden Monat vertagen und die Neubeschuldigungen von drei Mädchen und zwei Jungen anhören. An einem Vormittag – nach Jugendgerichtsmaßstäben noch ein verhältnismäßig angenehmer – hat Dorn dann mehr Fälle bearbeitet, als die meisten Erwachsenengerichte von Los Angeles in einer Woche.

Und er ist nur einer von etlichen Richtern in einem umfangreichen System. Beinahe 1100 Anhörungen der einen oder anderen Art werden an diesem Tage die Zweigstellen des Jugendgerichtshofs von Los Angeles in 28 Gerichtssälen durchgeführt haben, jede von ihnen eine separate Domäne mit anderen Normen, anderen Philosophien und bestürzend unterschiedlichen Urteilen für gleichartige Fälle. Die häufigste Verfügung der Jugendgerichte während dieser Flutwelle von Anhörungen wird eine Vertagung sein, was Monate der Verzögerung in einem System erzeugt, das den sozialen Abstieg junger Leute mit der Geschwindigkeit und Wirksamkeit einer Krankenhaus-Notaufnahme stoppen soll. Aber es gibt keinen Gerichtssaal in diesem System, der sich nicht meistens weigert, zu einem Fließband zu werden. Einer der wenigen Gerichtssäle, in denen Vertagungen nicht häufiger als andere Verfügungen vom Richterstuhl sind, ist Richter Roosevelt Dorns.

An diesem ersten Tag, an dem Richter Dorn zum Jugendgericht zurückkam, hatte er schon eine ganze Minute lang an die Tür des Gerichtsgebäudes geschlagen, bis jemand ihn schließlich einließ. Der unglückliche Bezirkspolizeichef, ein sogenannter Marshal, der kurz vor 8 Uhr an diesem ersten Geschäftstag des neuen Jahres gekommen war, um die Stahltür aufzuschließen, mußte sich schweigend anhören, wie der kleine, beleibte Mann in dem grauen Geschäftsanzug ihn herunterputzte, weil er das Gebäude nicht pünktlich geöffnet hatte. Niemand, der in dieser Zweigstelle des Jugendgerichtshofs arbeitete, hatte jemals zuvor einen Richter so früh am Morgen zu Augen bekommen. Aber Dorn ließ keine Entschuldigung gelten.

»Von jetzt ab werden sich die Dinge hier ändern!« bellte er und stürmte nach oben, um seinen neuen Gerichtssaal zu inspizieren. Der Marshal hörte die Stimme des Richters weiter dröhnen, während dieser die Treppen hinaufstieg. An keine bestimmte Person gerichtet, stellte er fest: »Mein Gott, der Zustand dieses Gerichtsgebäudes ist eine Schande!« Eine Stunde später lief der Gebäudeverwalter in Dorns Kielwasser dahin, steckte den Kopf in mit Graffiti übersäte Toiletten und um schmierige Ecken und machte Notizen von dem, was der Richter zu streichen, umzustellen, zu entfernen, zu wachsen und sonstwie nach Dorns unverrückbaren Normen erträglich zu machen anordnete.

»Bei einigen dieser Sachen könnte es Probleme mit den Haushaltsmitteln geben«, führte der Verwalter kleinlaut an. Das Gerichtsgebäude schlampte schon seit Jahren so langsam vor sich hin, ohne daß die Gemeinde etwas unternahm oder sich überhaupt darum kümmerte. In einer Ära der Steuerreduzierungen und Haushaltskrisen hatte dieser Ort keinen Platz auf der Vorrangliste.

»Ich möchte nichts von Haushaltsmitteln hören!« schnaufte Dorn. »Dies ist der Ort, an den junge Menschen kommen, um Gerechtigkeit zu erfahren. Hier müssen wir ihnen zeigen, daß wir uns um sie kümmern. Und dieses Gebäude sieht so aus, als ob sich niemand darum kümmert, was darin geschieht! Nun, mein Freund, das wird sich ändern.«

Als anspruchsvoller Diktator, der die Dinge nur nach seiner Art anpackt, kam Dorn; mit dem Ruf eines Mannes, bei dem Mitgefühl mit unnachgiebiger Härte gepaart war, der in einem Moment in seiner dröhnenden Rednerstimme Liebe für seine jungen Anvertrauten predigte und sie dann im nächsten Moment wegen geringer Übertretungen zu langen Aufenthalten im Jugendgefängnis verurteilte. »Du gehörst jetzt zu Richter Dorn«, erklärte er gern mit einem vielsagenden Lachen. Diejenigen, die sich noch an seine letzte Tätigkeit im Jugendgericht vor fünf Jahren erinnerten, dachten daran, wie die mürrischsten Kids aus dem Gerichtssaal mit ›Jawohl Sir‹ und ›Danke, Sir‹ gingen, auch wenn sie für Taten eingesperrt wurden, die andere Richter gewöhnlich routinemäßig niederschlugen. Einmal hatte Dorn die Bewährung eines Jungen annulliert und ihn für sechs Monate in ein Erziehungslager geschickt, weil er der Anweisung seiner Mutter, den Müll hinauszutragen, nicht gehorchen wollte. »Ich gebe

Ihnen jetzt die Zügel dieses Jungen zurück«, hatte er zu der Mutter gesagt und den wie betäubten Teenager vor sich dabei drohend angeblickt. »Das nächste Mal, wenn Sie ihm sagen, er soll den Müll rausbringen, soll er es mal wagen, wieder nicht zu spuren!«

In den Jahren danach hatten Dorns eigenmächtige Art und seine strengen Urteile das Pflichtverteidigeramt so gründlich provoziert, daß seine Rechtsanwälte es glattweg ablehnten, vor ihm zu plädieren, so daß ein riesiger Rückstand im Jugendgerichtshof entstand. Gleichzeitig machte ihn seine Abneigung, Straffällige zur Youth Authority, dem problemgeplagten Erziehungsanstaltssystem des Staates Kalifornien zu schicken, und seine Abscheu, Kinder als Erwachsene abgeurteilt zu sehen, fast genauso unbeliebt beim Amt des Bezirksstaatsanwalts. Als sein Terminkalender austrocknete, weil kein Verteidiger mehr mit ihm zu tun haben wollte, berief sich Dorn auf eine wenig angewandte Bestimmung im Gesetz des Staates Kalifornien und erklärte ›Offenes Gericht‹, wobei er Eltern, die Schwierigkeiten mit ihren Kindern hatten, einlud, sie selbst zu ihm zu bringen, damit er die Dinge regeln könne.

Verzweifelte Eltern kamen in Scharen, nicht nur aus dem Gebiet, für das diese Zweigstelle zuständig war, sondern aus allen Teilen der Großgemeinde Los Angeles. Richter Dorn machte ihre Kinder zu Mündeln des Gerichts. Seine Entscheidungen waren rechtlich fragwürdig, aber seine väterliche Herrschaft war den Müttern und Vätern, die nicht wußten, wohin sie sich sonst wenden sollten, sehr willkommen. Lehrer in einigen der Schulen von L.A. mit den schwierigsten Schülern schworen, daß die von Richter Dorn kommenden Kinder sich besser machten als andere Problemschüler. Schließlich wurde Dorn aber unter seinen heftigen Protesten zu einem Erwachsenengericht der Innenstadt versetzt, weil Kritiker ihn Übergriffen sowie Interessenkonflikten bezichtigten und ihm vorwarfen, zur Wahl einiger weniger ihm genehmer Verteidiger zu neigen, die die gleiche Ansicht wie er vertraten. Dorn stritt vehement ab, irgend etwas falsch gemacht zu haben. Sein Ziel sei nur gewesen, Bürokraten zu zwingen, die Ärmel hochzukrempeln, einen vollen Tag zu arbeiten und dabei einige Kinder zu retten. Er focht einen vier Jahre langen Kampf aus, um zu der Zweigstelle des Jugendgerichtshofs in Inglewood, die er einst regiert hatte, zurückzukehren. Der Zweck der Erwachsenengerichte sei es, Verbrecher wegzuschließen, sie regelrecht zu speichern, so klagte er, aber im Jugendgericht könne das Leben von jungen Menschen noch zum Besseren geändert werden.

Jetzt ist er endlich wieder zurück, mit einer umgeschnallten Pistole, als Protest gegen nicht existierende Sicherheitsmaßnahmen im Gerichtsgebäude, und einer langen Liste von neuen Programmen, die er ausprobieren will, ob Staatsanwälte und Pflichtverteidiger sie mögen oder nicht. Oben auf seiner Liste steht die Absicht, weniger – nicht mehr – Kids den Erwachsenengerichten und -gefängnissen zu überstellen. »Beschweren Sie sich doch über mich – versuchen Sie's!« fordert er Gegner gern heraus.

Richter Dorn sieht sich als eine Art Lehrer – im Gerichtssaal an Werktagen, an Sonntagen in der Bibelklasse einer der größten und ältesten schwarzen Kirchen von L.A. Er ist aktiv in der schwarzen Gemeinde, Präsident der Ortsgruppe einer philanthropischen Vereinigung von Angehörigen höherer Berufe, die sich ›Hundert Schwarze Männer‹ nennt. Auch bei einer Handvoll von afro-amerikanischen Führern der Bürgerbewegung war er beteiligt, die sich mit dem Bezirks-Oberstaatsanwalt von Los Angeles, Gil Garcetti, trafen, um darauf hinzuwirken, daß der vom Footballstar zum Mordangeklagten gewordene O.J. Simpson nicht diskriminiert würde – besonders in Hinsicht auf Androhung der Todesstrafe, die Garcetti nach Überlegungen schließlich auch ausschloß. (Bei zwanglosen Unterhaltungen erklärte Dorn schon lange vor Simpsons Freispruch unverblümt seine Besorgnis, daß ›die Beweise gegen O.J. künstlich gestellt sein könnten.‹)

Als eines von neun Kindern war Dorn im ländlichen Oklahoma aufgewachsen, wo seine Eltern, ein Barbier und eine Krankenschwester, das Evangelium der Bildung und den Wert des festen Willens predigten. Dorn weist sich als ein Beispiel dafür aus, daß beides zum Erfolg führt – sogar für einen schwarzen Mann, der in einer Zeit und einer Gegend aufwuchs, in der Schilder mit der Aufschrift ›Nur für Weiße‹ so häufig waren wie die Sommergewitter über den Ebenen. Wenn er einem schuleschwänzenden Kind nach dem anderen erzählt: »Ohne Bildung verurteilst du dich selbst zu einem Leben der Erniedrigung und Armut«, so spricht er aus persönlicher Erfahrung.

Nachdem er von der Luftwaffe entlassen worden war und sich in Kalifornien niedergelassen hatte, studierte er Jura, während er als Gerichtsdiener arbeitete. Seine Haupterfahrung als junger Jurist machte er in der Funktion eines Stadtstaatsanwalts von L.A., wo er den Ruf eines harten und unnachgiebigen Eiferers für Recht und Ordnung, der nie Gnade walten ließ, erntete. Als er 1979 zum Richteramt der Gemeinde und ein Jahr später zum Oberlandesgericht berufen wurde, war sein politischer Protektor der frühere Gouverneur von Kalifornien, Jerry Brown – was eigentlich nicht so recht zusammenpaßte angesichts der liberalen Einstellung von Brown und Dorns Verurteilung von Kriegsgegnern, die während des Vietnamkriegs den Betrieb von Universitäten lahmgelegt hatten. Als er erst einmal auf dem Richterstuhl saß, beantragte Dorn, der Abteilung für Jugendkriminalität des Oberlandesgerichts zugeteilt zu werden – etwas, worum sich sehr wenige Richter bewerben –, und machte seine Art von Kinderwohlfahrt zu seinem Lebenswerk. Er wandelte sich dabei von einem konservativen Staatsanwalt zu einem unermüdlichen und zielstrebigen Anwalt für Kinder.

Die Schuld für die Probleme der heutigen Jugend gibt er – in keiner besonderen Rangordnung – schlechten Lehrern, unfähigen Eltern, einer aufgeblasenen und dennoch unwirksamen Bürokratie, besonders in Bewährungsfragen, Politikern, die populäre ›Lösungen‹ für Jugendkriminalität anpreisen, selbst wenn Beweise vorliegen, daß solche Taktiken nicht funktionieren – und dem Fernsehen (›dem größten Übel der heutigen Gesellschaft‹). Die Antwort, glaubt er, besteht darin, die Kids von den Straßen zu holen und sie zu zwingen, wieder in die Schule zu gehen, wo sie lernen können, wie man im Leben vorwärtskommt. Geh zur Schule oder ins Gefängnis, ist die Wahl, die er bietet. Dieser Richter fördert absichtlich seinen Ruf für Strenge, damit – wie er sagt – »die Minderjährigen, die Eltern und die Verteidiger wissen, daß es Richter Dorn ernst meint«.

Man kann wohl sagen, daß Richter Roosevelt Dorn weit über den Punkt der selbstbewußten Forschheit hinaus an sich glaubt – er ist ein Prophet. Seine Worte scheinen gleichermaßen zu einer Sonntags-Fürbitte wie zu einer Strafpredigt im Gerichtssaal zu passen. Obwohl er sich eine Pistole umgeschnallt hat, sagt er: »Ich fürchte keinen Menschen. Die können nur meinen Körper töten – und mich dadurch freisetzen. Ich fürchte nur meinen göttlichen Vater.«

Die Juristen, Polizisten, Bewährungshelfer, Eltern und selbst die Straffälligen haben der Rückkehr Dorns mit einer Mischung von Besorgnis und Hoffnung entgegengesehen. Alles, was die Dinge aufrüttelt, ist hilfreich, meinen viele. Andere, darunter besonders Peggy Beckstrand, sind da nicht so sicher. »Meine Anweisungen bestehen darin, ihm eine Chance zu geben«, erklärte sie ihren Staatsanwälten, wobei jede Spur von Begeisterung in ihrer Stimme bewußt fehlte.

»Ja, auch wir werden ihm eine Chance geben«, verkündete Peggys Gegenstück im Pflichtverteidigeramt, Oksana Bihun, ihren Rechtsanwälten in Dorns erster Woche. »Wir geben ihm eine Chance – sich aufzuhängen.«

»Also«, spricht Richter Dorn, nachdem er einen kleinen Dieb zu einer Strafe auf Bewährung und drei engelsgesichtige kleine Mädchen, von denen das älteste zwölf ist, des bewaffneten Raubüberfalls angeklagt hat, »sind wir bereit für die Eignungsanhörung?«

Es geht um John Sloan, jenen Jungen, in dessen Fall Peggy Beckstrand einen Verzicht auf die Eignungsprüfung ausgeschlagen hatte. John Sloans Verteidiger und der Dorns Gerichtssaal zugeteilte Staatsanwalt stehen auf und erklären sich bereit. Dorn weist seinen Gerichtsdiener an, John aus dem Wartekäfig zu holen. Währenddessen schiebt der Richter einen Aktenstoß zur Seite und fängt an, wieder seine Augen zu reiben und seine Stirn zu massieren, ein die Zuschauer verwirrendes Gehabe, das er sich erst hinter der Richterschranke angewöhnt hatte – als ob er erschöpft wäre oder unter schweren Kopfschmerzen litt. Peggy fragte ihn einmal, ob das so sei, und er versicherte ihr, daß er keine Schmerzen habe, sondern daß er nur um die Weisheit bete, einen Fall richtig zu entscheiden. Bei Anhörungen zur Eignungsfeststellung für die Überstellung zur Erwachsenengerichtsbarkeit oder das Verbleiben beim Jugendgerichtshof wird das Reiben besonders heftig. Die meisten Jugendrichter mögen dieses Gesetz zur Eignungsfeststellung nicht, weil es sie fast immer dazu zwingt, zu tun, was die Staatsanwälte wollen – Kinder ins Erwachsenengericht zu schicken, ob sie nun damit einverstanden sind oder nicht. Der Gesetzgeber hatte damit beabsichtigt, die Richter in solchen Fällen ihrer Ermessensfreiheit zu berauben. Die wurde dafür den Staatsanwälten gegeben, auf die man sich verlassen konnte, stärker für Recht und Ordnung einzutreten. Die meisten anderen Richter knirschen mit den Zähnen und fügen sich diesem Gesetz, auch wenn sie sich im Innern gegen die Pauschallösung, die das Vorgehen so vielen Fällen auferlegt, auflehnen. Aber Richter Dorn verachtet dieses Verfahren ganz offen. Für ihn ist jede Eignungsanhörung eine Schlacht.

Der Gerichtsdiener holt den Jungen aus dem Wartekäfig. Auf dem langen Weg zum Angeklagtentisch hält dieser die Hände auf dem Rücken verschränkt. Die Menge im Gerichtssaal hat sich etwas ausgedünnt, aber es sind immer noch Leute in jeder Reihe, und ihre Augen folgen John, als er sich setzt und sein Starren sofort auf den grauen Angeklagtentisch konzentriert.

Der Richter öffnet die Augen und schaut den schweigenden, auf dem Stuhl herumrutschenden Teenager lange abwägend an. Er ist ein kleiner, schlanker, äußerst blasser Jugendlicher koreanischer Abstammung, mit einem Schopf schwarzer Haare, der ihm über die Stirn fällt. Über seiner orangefarbenen Gefängniskombination trägt er eine braune Jacke. In der Stille dieser Pause schaut John – nicht wahrnehmend, daß Dorn ihn prüfend ansieht – über die Schulter zu seiner Familie, einer ganzen Reihe von Eltern, Tanten, Onkeln, einem jüngeren Bruder und einer jüngeren Schwester, alle in Anzügen mit Krawatte oder Kleidern. Sie tauschen Anflüge von Lächeln mit John aus. In diesem schäbigen Gerichtsgebäude mit seinen unidentifizierbaren Schmierereien und Gerüchen scheint die Sloan-Familie aus Predigtstühlen einer Kirche hierher ›gebeamt‹ worden zu sein. Der Richter mustert sie anerkennend mit der gleichen Miene der Befriedigung, mit der er seine Bibelklasse anschaut. Johns Mutter weint wieder leise, und ihre Kinder trösten sie.

»Der Minderjährige wird vor Gericht durch seinen Anwalt vertreten«, verkündet Dorn und setzt das alte Ritual in Gang. »Das Volk ist vertreten, und die Angehörigen des Minderjährigen befinden sich auch im Gerichtssaal.«

Die Sezierung von John Sloans Leben, Motiven und Handlungen steht bevor. Dies sind die am meisten beobachteten und spannungsgeladenen Vorgänge, die das Jugendgericht zu bieten hat. Die Eignungsanhörung liegt im Kern der Debatte, die zur Zeit durch die Jugendgerichte wirbelt – eine Debatte, die jetzt schon darum geht, ob es überhaupt ein Jugendgericht geben sollte. Das erklärte Ziel der Eignungsanhörung besteht darin, einige

Kinder zu retten und den Rest fallenzulassen, für immer – dreiste Ketzerei in einem System, das vor so langer Zeit auf der Vorstellung aufgebaut worden war, daß es so etwas wie ein schlechtes Kind nicht gibt.

Die offiziellen Verhandlungsaufzeichnungen werden ausweisen, daß die Anhörung in Sachen *Das Volk gegen John Sloan* auf Beweisen, sich aus Fakten ergebenden Feststellungen und all den anderen so schön klingenden rechtlichen Begriffen beruht. Doch wird das Schicksal des Jungen nach einer einfachen Formel bestimmt werden: das Kind nach der Schwere des Verbrechens, das es verübt hat, beurteilen und das Gesamtergebnis dann durch Dorns Bereitschaft, sich dem Gesetz zu widersetzen, dividieren. Denn nur eine glatte Weigerung, ein Gesetz des Staates Kalifornien, das seine Überstellung an ein Erwachsenengericht praktisch vorschreibt, zu vollstrecken, kann John jetzt noch retten.

Die wirkliche Frage, die Dorn für sich beantworten muß – diejenige, die jeder hier im Gerichtssaal kennt, aber die keiner auszusprechen wagt – ist doch die, ob John Sloan wirklich der ganzen Mühe wert ist.

»Rufen Sie Ihren ersten Zeugen«, ordnet der Richter an, und das Verfahren beginnt.

Kapitel 5

Lümmel

»Santos soll seine Geschichte zuerst vorlesen«, sagt mir Geri eines Abends. »Sie haben ihm nämlich gesagt, daß er heute abend noch zur ›Gemeinde‹ geht.«

›Gemeinde‹, das ist das Gefängnis der Gemeinde Los Angeles, der Erwachsenenknast. Wenn nicht noch ein Richter eingreift, werden ältere Jugendliche wie Luis Santos, auf der Straße ›Cartoon‹ genannt, zur ›Gemeinde‹ geschickt, nachdem sie dem Erwachsenenstrafrecht unterstellt wurden. Ein Bett oder eine Matte auf dem Boden wird wieder für einen anderen Jugendlichen frei werden. Von heute abend ab wird er sich unter den erwachsenen Verbrechern, die zu Tausenden im Gemeindegefängnis zusammengepfercht sind, behaupten müssen.*

Cartoon sieht mich scheu an. Er hat ein dunkles, schiefes Gesicht mit einem Spitzbart und dicken, buschigen Augenbrauen, die sich fast mit seiner Nase treffen. Ein anderes Gesicht würde wegen dieses schwarzen V über seinen Augen finster aussehen, aber Cartoons Gesicht ist voller Frohsinn und Intelligenz. »Wenn Sie nichts dagegen haben«, sagt er, »möchte ich meine Geschichte dann doch zuerst vorlesen. Sie handelt von dem Tag, wo ich ›tocido‹ ging, fertiggemacht wurde. Ich weiß ja nicht, wie lange ich noch hier sein werde. Die haben gesagt, der Bus kann jeden Moment kommen.«

Cartoon sieht sich ängstlich in der Runde um. Das wird das erste und letzte Mal sein, daß er uns etwas vorliest. Er hat nie zuvor eine Geschichte geschrieben, wie er uns erklärt. »Also lacht nicht!«

> Nun, das fing alles so an: Damals lebte ich mit meiner Gangschwester Smiley zusammen. Ein paar Gangboys und Gangmädchen waren da und mach-

* Anm. d. Übers.: etwa: Comic-Figur

ten sich fertig für 'ne Party. Die Gangboys bügelten ihre Khakis und Pendletons, polierten ihre Stacey Adams, und diejenigen, die Haare hatten, machten Three Flowers rein. Im Nebenraum hatten die Girls ihr eigenes *pedo* (Getue). Als sie rauskamen, sahen sie jedenfalls toll aus. Auch ihre Haare rochen *bueno.* Und dann sehe ich die Gangschwester Tiny*.

Cartoons Stimme sinkt fast auf ein Flüstern ab, während er das liest und sich an die Partyvorbereitungen und seinen ersten Blick auf Tiny hinter den anderen Mädchen erinnert. Die Vorstellung von Bandenmitgliedern, die ihre Kleidung bügeln und sich mit Haartonic besprühen, läßt all die Jungen in dem Raum für einen Moment ihre schäbige Umgebung vergessen.

Tiny! Diese *ruka* ist 'ne geile Nummer. Ich hab' gleich auf alles gestanden an ihr – ihr Gesicht, ihre Augen, Körper, Lachen, Bewegungen. Alles, was du dir denken kannst, war prima an der. Ich übertreibe da bestimmt nicht.

Ja, also ich gehe auf sie zu und quatsche sie an: »Qué vole, mija, como estás?»*

»Ganz dufte, meine ich«, antwortet sie mir. Ich war entschlossen, sie noch an diesem Abend zu bitten, meine *hina* zu werden. Ich bitte sie also, zur Couch zu kommen, wo wir ein bißchen reden können. Sie sagt ›In Ordnung‹. Also schieben wir uns durch das jetzt vollgepackte Zimmer bis zu der Couch mit Kunststoffüberzug. Der Überzug war deswegen, weil die Jungs ja immer Bier verschütten oder kotzen oder so.

Ich quatsche also so um den Brei herum, um Mut aufzubauen, sie zu fragen, was ich mir vorgenommen hatte. Dann fühle ich, wie so ein Mutanfall kommt, und ich rücke meine Hand langsam zu ihrer

* Anm. d. Übers.: die Kleine
* Anm. d. Übers.: »Wie geht's denn so, Schnecke?«

hin, die auf ihrem Schoß liegt. Endlich komme ich bei ihrer Hand an. Sie scheint nichts gegen Händehalten zu haben, also fang ich an, gleich zur Sache zu kommen. Ich sage: ›Tiny, würdest du …‹

›CARTOON, CARTOON! Wo bist du denn?‹

Verdammt, mein Gangbruder Payaso kommt in das Zimmer gestürmt, so daß ich meinem Baby den Vorschlag nicht machen kann. Er ruft: ›He, wir müssen da schnell was erledigen – komm!‹

So sage ich zu Tiny, ich werde gleich wieder da sein. ›Okay, Mija? Aber wenn ich zurück bin, müssen wir mal im Ernst reden, ja?‹

Ich fühlte mich recht mies, daß ich nun gehen sollte, und ich glaube, sie auch. Na, als wir aus dem Haus heraus waren, sagt mir mein Gangbruder, daß wir etwas, was uns gehört, von jemandem holen müssen, und ich meinte: ›Na klar.‹ Wir stiegen in den Wagen. Ich fand's aber etwas komisch, daß Tiny dann zum Wagenfenster kam und sagte: ›Cartoon, geh nicht!‹ Sie wollte mich nicht gehen lassen, aber mein Gangbruder fuhr los. Ich sah, wie sie langsam im Schein der Straßenlaternen verschwand. Ich hasse es, zugeben zu müssen, daß ich 'ne Träne im Auge hatte. Ich weiß nich warum, aber es war so.

Mein Gangbruder sagte: ›Du stehst auf die Tiny, Kumpel?‹ Ich sagte ›Klar‹, und er sagte: ›Gut, von morgen an kannst du mit ihr und deiner kleinen Tochter zusammenziehen.‹ (Ich habe nämlich 'ne kleine Tochter, falls ich es noch nicht erwähnt habe.)

So fuhren wir dann nach South Gate, um ›Spritzen‹ zu holen – eine Pistole und ein Gewehr. Danach fuhren wir auf die Autobahn. Mein Herz bummerte nicht nur vor Aufregung über das, was wir tun würden, sondern auch, weil mein Kumpel mit 70 bis 80 Meilen pro Stunde* losraste.

* Anm. d. Übers.: 60 Meilen ist in der Regel Höchstgeschwindigkeit

Inzwischen erzählte er mir kurz, was wir tun würden – eine Wohnung ausrauben. Ich hatte das Gewehr, er die Pistole. So kamen wir zu diesem alten Mietshaus. Wir parkten den Wagen in einer Seitenstraße und gingen zu Fuß hin. Dabei sagte ich nich viel, hatte zuviel Schiß. So kamen wir zur Tür von der einen Wohnung, die offen war. Ich holte das Gewehr unter meiner Jacke hervor, und mein Gangbruder nahm seine Pistole, und wir gingen rein.

Drei Typen waren da drin. Denen befahlen wir, sich auf den Boden zu legen, was sie taten. Mein Kumpel griff den einen Typen beim Hemd und zog ihn in das Nebenzimmer. Nach fünf Minuten kamen sie wieder. Mein Kumpel hatte vier Unzen *Yeska*-Stoff, Goldketten und Geld. Als ich mich umschaute nach dem, was er hatte, ergriff einer der Typen mein Gewehr, und ich rang mit ihm und schrie nach meinem Kumpel. Aber der war weg.

Cartoons Geschichte wird durch einen bulligen Wärter unterbrochen, der den Kopf hereinsteckt. Er mustert jeden der Burschen mit dem abschätzenden Blick, den alle Polizisten und Gefängniswärter so an sich zu haben scheinen. Der Blick bleibt an Cartoon hängen. »Santos, Zeit zu gehen!«

Ein Chor von Protestrufen der anderen Kids erzeugt einen verärgerten Blick von ihm. Ich bitte um noch fünf Minuten. Nach einem Moment läßt der Mann sich erweichen, schüttelt aber den Kopf, als ob er ausdrücken will, daß wir doch alle unsere Zeit hier verschwenden. Aber Cartoon kann seine Geschichte beenden.

So war ich denn allein da mit den drei Typen. Mit denen kämpfte ich um mein Leben. Sie schlugen mich, bis ich auf dem Boden lag. Ich hatte noch mein Gewehr, aber sie hauten mit Flaschen und Baseballkeulen auf mich ein. Schließlich konnten sie mir das Gewehr aus der Hand reißen.

Ich lag auf dem Boden, betäubt von den Schlägen. Einer der Typen steckte den Lauf des Gewehrs in meinen Mund. In diesem Moment sah ich meine kleine Tochter, meine Mamma, meinen Kiez und das Mädchen, das ich liebte. Ich wußte, daß ich sterben würde, und ich zeigte, so gut es noch ging, mein *barrio**.

Ich hörte einen der *vatos*, der Typen, sagen: ›Mach ihn kalt, mach ihn kalt!‹ Ich sah, wie der Kerl die Knarre vor mein Gesicht hielt und den Abzug zog. Es machte ›Klick … klick, klick, klick.‹ Die Knarre hatte doch tatsächlich 'ne Hemmung!

Dann haben sie die Polizei angerufen. Ich lag da halbtot von den Schlägen auf dem Fußboden und fragte mich, warum das Gewehr nicht funktioniert hatte und warum mein Gangbruder weggegangen war. Aber am meisten dachte ich an mein Töchterchen – von Tiny gar nicht zu reden. An die denke ich immerzu.

Die Bullen kamen, schleppten mich zum Streifenwagen und fuhren mich in das nächste Krankenhaus. Da war ich dann drei oder vier Stunden lang. Die machten allerlei Untersuchungen. Nichts war gebrochen außer meinem Herzen, denn ich wußte, daß ich für lange Zeit in harten Knast komme.«

Cartoon schaut auf und sagt: »Das ist nun das Ende.«

Alle im Raum sind still. Jede Seite – und der blaue Deckel – in dem kleinen blauen Collegeheft, das Schwester Janet für jeden der Burschen inoffiziell abgezweigt hat, ist vollgekritzelt, voll von dieser Welt, in der Cartoon gelebt hatte. Eine Welt, in der die unendlichen Gegensätze, zu scheu zu sein, die Hand eines Mädchens zu halten, aber mit einem Gewehr bewaffnet in eine Wohnung stürmen zu können, als nicht außergewöhnlich gelten, und wo es als ehrenhaft angesehen wird, sterbend sein ›barrio zu zeigen‹ (das Handzeichen seiner Gang zu machen). Seit seinem elften Lebensjahr ist er ein Bandenmitglied. Er kennt

* Anm. d. Übers.: das Handzeichen der Gang

keine andere Welt. Er war siebzehn zur Zeit seiner Festnahme, ist immer höflich, hat eine milde Stimme und kann sich gut ausdrücken – ein Abgänger aus der elften Klasse mit einer langen Liste von geringen Jugendstraftaten, von denen alle impulsiv und ungeplant waren, von anderen hervorgerufen wurden – wie auch diese letzte Straftat mit der Anklage wegen bewaffneten Raubüberfalls, für die er sich nun im Erwachsenengericht verantworten muß.

Einer nach dem anderen beginnen die Burschen der Schreibklasse, seiner Geschichte Beifall zu zollen. Cartoon strahlt. Das ist die erste Geschichte, die er jemals geschrieben hat. Das ist das erste Mal, daß ihm etwas, was entfernt mit Lernen zu tun hat, Spaß macht.

»Ich wußte gar nicht, daß ich das kann«, kommentiert er fast atemlos. »Glauben Sie, ich soll mehr schreiben?«

Ich antworte ihm natürlich, daß er das auf jeden Fall tun solle, und lobe seine Arbeit mit Begeisterung. Ich sage ihm, er habe ein Beispiel für die Klasse abgegeben, er habe den Jungs mit Anstrengung und Liebe zum Werk gezeigt, daß sie alle Geschichten mit Drama, Humor und Gefühl schreiben können. Eine Zeitlang sieht er so aus, als wolle er in Weinen ausbrechen. Er habe nicht erwartet, daß irgend jemand mögen würde, was er geschrieben hat, sagt er. Jetzt verspricht er, mehr Geschichten von der ›Gemeinde‹ zu schicken.

Zwei Überführungswärter stellen sich mit verschlungenen Armen an der Tür auf. »Komm, Santos», ruft einer. »Du gehörst nicht mehr hierher.« Die fast euphorische Stimmung verpufft augenblicklich. Cartoon verläßt das Zimmer, und die Erregung, die seine Geschichte erzeugt hat, verfliegt mit ihm wie die Luft aus einem Ballon. Die anderen Jungen versinken in Schweigen. An diesem Abend werden keine Geschichten mehr geschrieben oder vorgelesen.

Etwas später verlasse ich das Zentrale Jugend-Untersuchungsgefängnis. Es ist fast neun Uhr abends, und eine für Kalifornien kalte Welle hat das Becken von Los Angeles ergriffen, so kühl und feucht, daß ich meinen Atem sehen kann. An der ›Verladerampe‹ sehe ich acht Jungen, denen man ihre orangefarbenen Jugendgefängnis-Kombinationen zusammen mit ihrem rechtlichen Status als Jugendliche weggenommen hat, in dieser Abendkühle warten. Sie tragen jetzt nur noch weiße T-Shirts und graue Baumwollhosen und sind mit dicken Hüftketten aneinander gefesselt. Sie frösteln in der Dunkelheit, treten von einem Fuß auf den anderen und warten darauf, in einen schwarz-weißen Sheriff-Transporter verladen und zum L.A.-Gemeindegefängnis gekarrt zu werden. Ich höre einen von ihnen weinen – und was bis jetzt eine abstrakte Konzeption für mich gewesen war, diese Vorstellung des Aburteilens von Jugendlichen als Erwachsene, wird mir plötzlich so richtig bewußt. So läuft das also ab – kalt, klinisch, als ob Waren von einem Lagerhaus zu einem anderen transportiert werden. Ich erspähe Cartoon unter diesen neuen ›Erwachsenen‹. Er hatte keine persönlichen Gegenstände mitnehmen dürfen – nicht seine Geschichte, seine Briefe, einfach gar nichts –, nur einen Deodorantstift und eine Zahnbürste, was immer er oben in seine Socken stopfen konnte. Man darf bei diesen Überstellungstransporten nämlich nichts bei sich tragen, und die Kleidung hat keine Taschen.

Etwas läßt Cartoon aufschauen – er hatte auf seine Füße hinuntergestarrt –, und er erblickt mich, wie ich ihn durch den Maschendrahtzaun ansehe. Er winkt mir zu und lächelt schwach – und ich frage mich, was wohl aus ihm werden wird.

Später erfahre ich, daß ein Richter ihn für vier Jahre ins Gefängnis geschickt hat. Ich habe dann nichts mehr von ihm gehört.

Die vor Richter Dorn liegenden Beweise sind eindeutig.

Drei Wochen vorher verließ John Sloan das Warenhaus, in dem er als Verkäufer arbeitete, um sich mit seinem *Buddy,* seinem Kumpel Richard zu treffen. Sie hatten vor, durch die nächtlichen Straßen der Küstenstadt, in der John wohnte, zu streifen, wie sie es schon oft getan hatten. Diesmal aber wollten sie nicht nach Mädchen, Parties oder Stellen zum Herumhängen Ausschau halten. Sie waren auf der Suche nach einem passenden Opfer, das sie berauben und terrorisieren konnten.

Die beiden Teenager hatten das gut geplant – so dachten sie. Sie hatten sich sogar wie Bandenmitglieder ausstaffiert, in dunkler, bauschiger Kleidung, obwohl dieser gefährliche Eindruck, den sie vermitteln wollten, durch ihr Transportmittel etwas beschädigt wurde. Wirkliche Bandenstrolche würden sich einen G-Trip geleistet haben – die heißeste Karre, die sie stehlen könnten, wobei das ›G‹ für Gangster steht –, doch John hatte nur seinen gelben Karmann-Ghia-Volkswagen, ein gefälliges, aber untermotorisiertes Geschenk von Dad.

John konnte aber in seinem Gürtel das ermutigende und aufregende Gewicht des stahlblauen 0,380er Revolvers, den er für hundert Piepen auf der Straße in L.A. erstanden hatte, fühlen. Er hatte in der Schule herumgefragt und bald herausgefunden, wie man einen Waffenhändler finden kann, der ›Ballermänner‹ an Jugendliche verkauft – einen namenlosen Mann, der sich in gewissen Gegenden mit einer Lastwagenladung gestohlener Feuerwaffen aufhielt und alles von ›Samstagabend-Spezialüberraschungen‹ bis zu AK-47-Schnellfeuergewehren an Bandenkämpfer und jeden anderen mit Bargeld und dem Willen zu töten, verkaufte. Dieser Händler legte noch Patronen dazu, fünf davon, als ihm John das Geld gab. Eine Computerüberprüfung der Seriennummer auf der Waffe, die John so erstand, ergab später keinen registrierten Eigentümer, was bedeutete, daß sie irgendwo zwischen dem Hersteller und dem Endverkäufer gestohlen worden war. Kisten voller Waffen verschwinden immer wieder von Docks des UPS und anderer Transportunternehmen, von denen dann viele in die Hände von Kids gelangen – einer der vertuschten Skandale der Waffenindustrie, Feuerwaffen können mit nicht mehr Sicherheitsmaßnahmen als Seifenpulver versandt werden. Auch für einen Burschen wie John, ohne kriminelle Vergangenheit und ohne wirkliches Straßen-Know-how, ist es entsetzlich einfach, sich Feuerkraft zu besorgen.

»Wie wär's denn da drüben?« schlug Richard vor und zeigte auf ein Parkhaus für ein Shopping-Center und ein Postamt. Es war an einem Samstagabend, nach 22 Uhr, und der Platz lag verlassen da. Nur ein Mann kam gerade gefahren, wahrscheinlich, um Briefe beim Postamt-Briefkasten einzustecken. Er war allein. Perfekt!

»Laß uns mal sondieren«, stimmte John zu und hielt einen Block entfernt vor dem Parkhaus an. Aus Gewohnheit schloß er seinen Wagen ab, denn er dachte in diesem Augenblick mehr an seine Auto-Stereoanlage als an eine Fluchtmöglichkeit, und die beiden Jungen flitzten auf die untere Etage des offenen Parkgebäudes. Sie versteckten sich hinter einem grünen Pontiac in der Nähe des Postamts.

Jeder Junge trug chirurgische Gummihandschuhe, die John seinem Vater entwendet hatte, Ärzte haben immer Gummihandschuhe im Haus herumliegen. Sie hatten auch Tücher um den Hals, die sie nun in alter Wildwest-Manier über ihre Nasen schoben. Es war die Art von altmodischen Halstüchern, die Radler und Cowboys gerne in ihre Gesäßtaschen stecken. Johns Hände zitterten, obwohl er sich sicher war, daß er niemals gestellt werden würde. Dazu war er doch zu schlau – schon immer gewesen, seit jenen Tagen in der privaten Grundschule, wo seine auswendig gelernten Bibelpassagen ihm ein rotes Ehrenband nach dem anderen eingebracht hatten.

Selbst damals war er schon unter Druck gewesen. Die roten Ehrenbänder brachten ihm zu Hause kein Lob – sie waren selbstverständlich, wie die Einser auf seinen Zeugnissen. Er war das älteste Kind seiner Eltern, der Standartenträger, der perfekte Sohn.

»Schnappen wir ihn uns gleich am Wagen«, schlug Richard vor, als sie einen Lationomann mittleren Alters seinen Wagen parken sahen. John nickte. Sie würden warten, bis der Mann aus dem Auto heraus war, verwundbar und ungeschützt.

Die Dinge waren so kompliziert geworden. Sein Vater war der typische Selfmademan, der im Alter von 17 mit seinen Eltern aus Korea nach Amerika gekommen war, ungefähr in Johns Alter. Dads Vater stürzte sich damals sofort in geldbringende Arbeit, bis er genug für die Medizinische Hochschule zusammen hatte. Nach deren Absolvierung hatte sein Dad eine florierende Praxis eröffnet und ein Haus in einer der feinsten und sichersten Gegenden von Südkalifornien gekauft. Dann war John dran gewesen, den guten Namen der Familie weiterzuführen.

Über längere Zeit hatte er sich gute Schulnoten verdient, aktiv an Kirchenaktivitäten teilgenommen, seine jüngeren Geschwister beaufsichtigt. Er beeindruckte seine Lehrer als ein scheues, empfindsames, intelligentes Kind, hatte künstlerische Begabung, konnte alles zeichnen. Abends vor dem Schlafengehen lasen er und seine Mutter zusammen in der Bibel.

»Sollen wir warten, bis er die Briefe einsteckt, oder ihn uns gleich hier schnappen?« zischte Richard.

»Laß uns warten«, meinte John. Er wollte eben noch etwas mehr Zeit zum Denken haben.

Da war das Problem: John sah sich als amerikanischen Jungen, der in Fritten, Skateboards und Wiederholungssendungen von *Gilligans Insel* hineingeboren worden war. Aber seine Eltern waren traditionelle koreanische Einwanderer mit Werten, die sie zu Außenseitern machten, so sehr John sich auch wünschte, das sich seine Familie assimilieren würde. Sie konnten nicht einsehen, daß er nicht in die Fußstapfen seines Vaters treten wollte, daß er es satt hatte, der perfekte Sohn zu sein, daß ihre Erwartungen an ihn, einst eine Quelle des Stolzes, ihm nun wie eine Zumutung vorkamen.

Eine vor kurzem stattgefundene Zusammenlegung von drei kleineren Schulen zu einer großen hatte die Dinge für John noch schlimmer gemacht. In seiner neuen Schule herrschte eine Rassenpolarisierung, wodurch er es als noch wichtiger empfand, das Immigranten-Image zu verlieren. An dieser Schule verkehrten Anglos mit Anglos*, Latinos mit Latinos und Asiaten mit Asiaten. Es hatte Schlägereien gegeben – sogar so etwas wie einen Rassen-

* Anm. d. Übers.: eigentlich Weiße angelsächsischer Abstammung, aber auch als Oberbegriff für Weiße benutzt

krawall. John war von einigen Latinokids, die er für Bandenangehörige hielt, belästigt worden. Nur Kids mit Bandenzugehörigkeit schienen sicher und furchtlos zu sein, stellte er fest. Deren Leben war mit Einsatz für eine Sache und einem Zugehörigkeitsgefühl ausgefüllt. Im Laufe der Zeit erkannte er, daß er auch zu so etwas gehören wollte.

Zu der Zeit kam er mit Richard zusammen. Johns neuer Freund war schon weit auf dem Verliererweg, eine Null im Schulunterricht, ein chronischer Schuleschwänzer mit einer Festnahme wegen Diebstahls. Man hatte ihn aus Johns High-School hinausgeworfen, so daß er nur noch, zwangsweise, eine Sonderschule besuchte – einen schulischen Beschäftigungsspeicher mit einer obligatorischen Anwesenheit von zwei Stunden täglich, wo die Betonung auf dem Herunterreißen von Zeit durch ›unabhängige Studien‹ liegt. Für John aber bedeutete Richard Freiheit. Das war einer, dem seine Familie, die Schule und die Zukunft scheißegal waren. Ebenfalls Kind eines eingewanderten Vaters, verachtete er Traditionen ganz ungeniert. Aufgrund seines kurzen Aufenthalts im Jugend-Untersuchungsgefängnis wegen einer Diebstahlbeschuldigung behauptete er, alles über Banden zu wissen – wie man sich ausstaffiert, sich großspurig gibt und sich mit anderen zusammentut, die die gleiche Hautfarbe haben, um sich zu schützen. Zu lernen, diese Kleidung, Haltung und Denkweise von Bandenangehörigen zu imitieren, war für John nicht nur ›in‹, sondern ein Auftrieb des Selbstgefühls. In einem Zeitraum von ein paar Monaten wurde John zu einem verschlossenen Schüler mit Vierer-Zeugnisnoten. Die Ehrenpreise wurden eine Angelegenheit der Vergangenheit. Lehrer und Sozialarbeiter begannen ihn in die Kategorie ›Gefährdet‹ einzuordnen, wenn sie seine Leistungen besprachen – gefährdet, in der Schule völlig zu versagen oder für Schlimmeres. Sie redeten auf ihn ein, sich doch wieder entsprechend seiner Begabung einzusetzen, aber er zog es vor, mit Richard herumzuhängen, von dem er erst lernte, ihn dann aber ein- und schließlich überholte. Er brauchte kein Geld, er hatte genug zur Verfügung – und dennoch befand er sich hier in dem Parkhaus und belauerte ein potentielles Opfer, bereit, es mit vorgehaltener Waffe zu berauben.

»Okay, machen wir's jetzt!« flüsterte John, und sie sprangen auf, rannten um den Pontiac herum und überraschten einen Mann mittleren Alters, der gerade die Tür seines Wagens öffnete. John hatte seinen Revolver in der Hand – er konnte sich nicht einmal daran erinnern, ihn aus dem Gürtel gezogen zu haben – und sah, daß er auf den Mann gerichtet war. Er bemerkte, wie sein Opfer vor Angst die Augen weit aufriß, und verstand zum ersten Mal so richtig das Verführerische an einem Bandenüberfall: die schiere Macht. Der Kerl da war drauf und dran, sich vor Angst in die Hose zu pissen – seinetwegen!

»Das ist 'n richtiger Überfall!« fauchte John. »Wir spielen hier nicht, du mexikanischer Scheißer.«

»Was ist denn los?« stieß der Mann hervor, als ob es noch einen Zweifel gäbe. Dann flehte er: »Ich gebe euch alles, was ihr wollt, aber bitte tut mir nichts!«

Richard, der ein Springmesser in seiner behandschuhten Hand hielt, machte damit eine halbherzige Bewegung zu dem Mann hin, aber berührte ihn nicht. Der andere sprang daraufhin zurück. Richard fauchte ihn wieder an: »Gib uns deine Brieftasche, mexikanischer Scheißer!«

Der Mann reichte ihm seine Brieftasche. Das war ja beinahe zu einfach, dachte sich John. Dann, als ihm einfiel, daß der Mann einfach in seinen Wagen springen und ihnen folgen könnte, verlangte John die Wagenschlüssel von ihm. »Keine Angst, wir werden deinen Schrotthaufen nicht klauen«, sagte er verächtlich. Er schleuderte den Schlüsselring zum anderen Ende der Parkfläche, damit sein Opfer später erst danach suchen müßte. Alles war wie am Schnürchen gegangen, genau wie er geplant hatte.

Erst als John die Brieftasche aufklappte, fiel seine Begeisterung zusammen wie ein Kartenhaus. Das war ja gar keine richtige Brieftasche, sondern eine Art Lederetui. Drinnen war, so glänzend wie ein neuer Penny, eine große goldene Polizeimarke.

Jetzt war es an John, sich um die Kontrolle seiner Blase Sorgen zu machen. Er mußte sich mit aller Gewalt zusammennehmen, um nicht laut herauszuplatzen: ›Oh mein Gott, da rauben wir ja einen Bullen aus!‹ Er sah sich schon verhaftet, bei der Fingerabdrucknahme und seine Eltern hohläugig vor bitterem Vorwurf durch ein Besucherfenster auf ihn starren. Die ganze Angelegenheit begeisterte ihn nun nicht mehr.

Es gab nur eins zu tun: Er und Richard prallten zurück, drehten sich dann um und rannten so schnell sie konnten, wobei ihre Tritte in dem leeren Parkhaus dröhnten.

Während Richter Dorn den Fall des John Sloan durchdenkt, geht Joseph Gutierrez, das Opfer dieses Raubüberfalls, in dem Korridor voller Wartender auf und ab und seufzt. Das ist nun das vierte Mal, daß er als Zeuge des bewaffneten Raubüberfalls ins Jugendgerichtsgebäude kommt. Er hatte nicht innen Platz nehmen und zusehen dürfen. Bei einigen Anhörungen ist die Öffentlichkeit ausgeschlossen, und als geladener Zeuge hätte er sowieso nicht andere bei Aussagen beobachten dürfen. Hinter dieser Regelung steht, daß er dadurch beeinflußt werden oder seine eigene Aussage ändern könnte. Jedesmal hatte er einen Arbeitstag verloren. Jedesmal war ihm gesagt worden, erst hereinzukommen, wenn er gerufen würde. Jedesmal war ihm dann nach stundenlangem Warten mitgeteilt worden, daß eine Verzögerung in dem Fall *Das Volk gegen John Sloan* eingetreten sei, daß er nach Hause gehen und nach Aufforderung zurückkommen müsse – ohne ein Wort der Erklärung oder Entschuldigung.[1]

»So behandelt man nun Zeugen beim Jugendgericht!« klagt er, zu einem uniformierten Polizisten gewandt, der gleichfalls wartet, um eine Zeugenaussage abzulegen. »Das ist ja, als ob *wir* die Verbrecher wären.« Der Polizist nickt geistesabwesend und wendet sich dann wieder dem Taschenbuch mit dem Titel *Es ist von Unschuld auszugehen,* das er mitgebracht hat, zu.

»Ich habe schon drei Tage Arbeit versäumt«, begehrt eine Frau, deren Mercedes vor sechs Monaten gestohlen wurde, von einer der Bänke in der Nähe aus auf. »Jetzt haben sie mir verkündet, daß der Fall einem anderen Gericht übertragen wurde – einem, das für den Strolch, der meinen Wagen gestohlen hat, näher liegt. Die wollen die Angelegenheit also für ihn leichter machen! Und ich soll zu einem anderen Gericht gehen und alles wieder von vorn anfangen!« Während sie das mehr zu sich selbst als zu ihrer Umgebung sagt, kramt sie in ihrer Handtasche. Dann steht sie auf, um zu gehen. »Das kommt einem doch zum Halse raus. Ich bin drauf und dran, die ganze Sache zu vergessen. Sollen die doch sehen, wie sie ohne mich mit dem Früchtchen fertig werden!«

Natürlich können ›die‹ das nicht. Wenn sie nicht wieder vor Gericht erscheint, wird der Fall niedergeschlagen, und der Junge, der den Wagen stahl, laufengelassen. Das ist es ja, warum die Verteidiger immer wieder verzögern, verschieben, Fälle an andere Gerichte übertragen lassen und auf nutzlosen weiteren Anhörungen bestehen. Sie hoffen, daß die Zeugen schließlich so verärgert sind, daß sie nicht mehr kommen. Die Verteidiger in der Jugendgerichtsbarkeit nutzen Eigentümlichkeiten im Gesetz aus, die die Staatsanwaltschaft zwingen, das ganz Offensichtliche zu beweisen – zum Beispiel, daß ein Kid, das einen Wagen stahl, vom Besitzer nicht die Erlaubnis hatte, ein Fenster zu zerschmettern, das Schaltbrett zu zerhacken, die Zündung kurzzuschließen und wegzufahren. Das bedeutet nämlich, daß der Besitzer vorgeladen werden und stunden- oder tagelang warten muß, um eine dreißig Sekunden dauernde Aussage zu machen, die daraus besteht: ›Nein, er hatte keine Erlaubnis, mein Auto zu beschädigen und damit wegzufahren.‹ In einem Fall von Graffiti-Schmiererei muß der Eigentümer einer Wand, auf die Bandensymbole gesprüht worden sind, vorgeladen werden, um das auf der Hand Liegende zu bestätigen: daß er den Vandalen, die sein Eigentum verschandelten, keine Erlaubnis dazu gab. Besteht dieses Eigentum aus einer

Autobahnüberführung, muß ein Vertreter des Staates Kalifornien erscheinen, um zu erklären, daß der Staat seine Erlaubnis für die Botschaft ›FUCK HOOVERS‹ (Die Hoovers sind Ärsche!), die in sechs Fuß hohen Lettern in Neonfarbe über der Autobahn 405 prangt, nicht gegeben hat. Es braucht ja wohl nicht erwähnt zu werden, daß der Staat Kalifornien Nützlicheres zu tun hat, als eine solche Zeugenaussage vor der Zweigstelle Thurgood Marshall des Jugendgerichts abzugeben. Eigentümer von privaten Immobilien in bandenverseuchten Gegenden hegen verständlicherweise keine große Bereitwilligkeit, Aussagen in einer offenen Verhandlung zu machen. Es nützt aber alles nichts – die Pflichtverteidiger verfolgen die Methode, auf solchen Aussagen zu bestehen; eine Gesetzeslücke, die die Niederschlagung der Hälfte solcher Fälle bewirkt. Sie haben richtig gelesen – ja, der Hälfte![2]

»Wir sind doch keine Sozialarbeiter«, erklärt einer der Verteidiger dazu. »Wir können uns nicht darum kümmern, was geschieht, nachdem wir gewonnen haben. Wenn wir ein Kind oder einen Jugendlichen freibekommen, und es oder er tötet dann jemanden, so ist das doch nicht unsere Schuld. Die Staatsanwaltschaft hätte eben besser arbeiten müssen!«

Gutierrez hat diese Logik schon vorher gehört. Er schüttelt den Kopf. »Dieser Ort hier ist wie eine große, funktionsgestörte Familie«, sagt er, während er immer noch auf und ab geht. »Ich bin das Opfer. Dieses Kid hielt mir einen Revolver vors Gesicht, und ich darf noch nicht einmal hineingehen und zuschauen, was sich da tut!«

Der in der Nähe sitzende uniformierte Polizist schaut wieder von seinem Buch auf. »Das würde ich Ihnen auch nicht raten«, meint er ruhig, »denn das würde Sie nur noch wütender machen.«

Kurze Zeit später wird Joseph Gutierrez in den Gerichtssaal gerufen, um zu beschreiben, wie John Sloan ihn überfiel.

»Hatten Sie Angst, Mr. Gutierrez?« fragte der Staatsanwalt.

»Natürlich«, antwortete der Mann im Zeugenstand und erinnert sich an den Moment im Parkhaus, in dem er dachte, er würde sterben. Er schaut unbehaglich zu Richter Dorn hinüber, der wieder seine Augen reibt. Das Augenreiben des Richters kann eine Menge von verschiedenen Gefühlen und Stimmungen ausdrücken. In diesem Augenblick scheint es eine Geste der Ungeduld, wohl sogar des Ärgers zu sein.

»Und was geschah dann?«

Die goldene Marke, die Joseph Gutierrez bei sich trug, sei keine Polizeimarke, sondern das Erkennungszeichen eines Stadtinspektors für Elektroanlagen, so berichtet er dem Gericht. Die beiden Jungen hatten das offenbar nicht erkannt. Aber obwohl er kein Polizist sei, berichtet er, habe sich seine ursprüngliche Furcht, so mit einer Schußwaffe bedroht zu werden, in Wut verwandelt, als die Banditen von ihm abgelassen hatten. Er tat dann etwas Außergewöhnliches – etwas, wofür Polizisten bezahlt werden, aber Normalbürger wie er gewöhnlich nicht wagen.

»Ich rannte zu der Stelle, wo der Bursche das Schlüsselbund hingeworfen hatte, ging dann zu meinem Wagen und nahm aus dem Kofferraum meine 0,45-Ruger-Automatik heraus. Ich lud sie, ließ den Motor an und fuhr los in die Richtung, in die sie gelaufen waren.«

Joseph Gutierrez hatte an diesem Abend sein Heim nur verlassen, um ein paar Briefe beim Postamt in der Nähe seines Hauses einzuwerfen. Die Gegend ist eine der schönsten und wohlhabendsten des Stadtgebiets von Groß-L.A. Sie liegt hoch auf einer grünen Halbinsel mit Blick auf die umschäumten Felsen der South Bay. Dort befinden sich die Anwesen solcher Bekanntheiten wie Ronald Reagan und Tom Petty. Sie kann mehr Millionäre pro Einwohnerzahl aufweisen als irgendeine andere Gemeinde von Südkalifornien, einschließlich Beverly Hills. Gutierrez war mit seiner Familie in einen der bescheideneren Teile dieses Gebiets gezogen, weil er dachte, dort vor Verbrechen geschützt zu sein.

»Sicherer könnt ihr es nicht haben«, hatte er seiner Frau und seinen Töchtern stolz verkündet, als sie dort ein Haus gefunden hatten, das sie sich leisten konnten.

Dieses Gefühl von Behagen und Sicherheit hatte sich verflüchtigt, nachdem John Sloan und sein Freund hinter einem dunkelgrünen Pontiac mit Tüchern vor der Nase, Schußwaffen in den Händen und rassistischen Flüchen im Mund aufgetaucht waren – offensichtlich voller Haß und Gewaltbereitschaft.

Sie hatten ihn erwischt, als er halb aus dem Wagen heraus war und nach den Briefen auf dem Beifahrersitz langte – vollkommen wehrlos. Er hatte sich verzweifelt nach Hilfe oder einer Fluchtmöglichkeit in dem Parkhaus umgesehen, aber nichts dergleichen entdeckt. Er konnte niemanden um Hilfe anrufen, nirgendwo hinlaufen. Es war ein schrecklicher, ihm unmöglich lang erscheinender Moment der Stille, ein Standbild, eingefroren, in dem Gutierrez gleichzeitig Gott dankte, daß seine Frau und Kinder zu Hause in Sicherheit waren, betete, daß er sie wiedersehen dürfte, und sich wunderte, was denn die beiden asiatischen Gangster in dieser Gegend zu suchen hatten. Als sie ihn dann noch »mexikanischen Scheißer« nannten, dachte er, er würde nun dort sterben, auf einer leeren Parkfläche, nur wegen einiger Briefe, nur weil ihre Vorfahren über den Pazifik gekommen waren und seine von der anderen Seite des Rio Grande. Als sie aber wegliefen, überkam ihn die Wut. Er fand dieses rassistische Schimpfwort besonders beleidigend, weil seine Frau asiatischer Abstammung ist. Er hatte es sich doch immer zur Regel gemacht, seine Kinder zu lehren, Menschen nicht nach ihrer Hautfarbe oder nationalen Herkunft zu beurteilen. Deshalb sah er das hier als ein von Haß beeinflußtes Verbrechen an, bei dem er nur deshalb das Ziel gewesen war, weil er Latino ist. Dachte, daß der wahre Zweck des Überfalls nicht Geld war, sondern einen Amerikaner mexikanischer Abstammung zu demütigen. Und ohne richtig über die möglichen Folgen nachzudenken, verfolgte er sie, die Pistole in der Hand.

Als er seine Schlüssel holte, sah er durch das offene Parkhaus, wohin sie liefen, die Halstücher jetzt nur noch um den Hals – zu einem gelben Volkswagen des Typs Karmann-Ghia, dem einzigen Auto in Sichtweite. Gutierrez fuhr um die Ecke und ließ die beiden Räuber in seinem blendenden Scheinwerferlicht erstarren. John hantierte noch an der Tür seines Wagens, die er dummerweise abgeschlossen hatte. Gutierrez lehnte sich aus dem geöffneten Wagenfenster, richtete seine Waffe auf sie und schrie sie an, sich mit dem Gesicht nach unten auf den Gehsteig zu legen. Nachdem sie dem Folge geleistet hatten, nahm er Johns Revolver an sich und befahl seinen Gefangenen, die Hände hinter dem Kopf zu falten. Ein paar Minuten danach benachrichtigte ein vorbeikommender Autofahrer die Polizei durch sein Handy.

»Sahen Sie sich die Gesichter der beiden genau an?« fragt der Staatsanwalt.

Gutierrez sieht John an, der fast genau vor dem Zeugenstand sitzt. John aber schaut ihn nicht an. Er hat während dieser Anhörung den Blick kaum von der Tischplatte gerichtet. »Ja«, antwortet der siebenunddreißig Jahre alte Stadtinspektor, »mehrmals – das da ist der mit dem Revolver.«

»Keine Frage mehr.« Der Staatsanwalt lehnt sich zufrieden zurück. Er ist sich nun sicher, daß er mehr als die gesetzlichen Erfordernisse für das Hinauswerfen eines Jugendlichen aus der Jugendgerichtsbarkeit erfüllt hat – Erfordernisse, die wenig mehr beinhalten, als das Alter des Jugendlichen und den Umstand, zu beweisen, daß die Straftat, derer er angeklagt ist, in einer Liste von vierundzwanzig Verbrechen enthalten ist, für die die Gesetzgebung des Staates Kalifornien die Unterstellung unter das Erwachsenenstrafrecht zuläßt.[3] Bei einer Änderung zur Unterstellungseignung braucht die Staatsanwaltschaft die Schuld nicht zu beweisen, und Unschuld ist keine Verteidigung (denn die Theorie lautet, daß kein Schaden angerichtet wird, wenn ein Kind einem Erwachsenengericht überstellt und danach für nicht schuldig befunden wird – der Gerichtsbarkeitswechsel kommt nur zum Tragen, wenn der Angeklagte überführt und bestraft wird). Rechtlich gesehen mußte davon ausgegangen werden, daß John ungeeignet für den weiteren Verbleib in der Jugendgerichtsbarkeit war, als er den Gerichtssaal betrat – eine der wenigen rechtlichen Annahmen in der Strafverfolgung, die nicht den Angeklagten begünstigt. Das Gesetz fesselt Richter Dorn praktisch an die Staatsanwaltschaft – und das ist es, warum er die Eignungsanhörungen so sehr haßt.

Johns Verteidigerin Angela Oh muß versuchen, diese rechtliche Annahme zu widerlegen, wenn John vor einer Erwachsenenstrafe bewahrt werden soll – und deshalb muß sie eine neue Art der Befragung beginnen. Sie fragt Joseph Gutierrez, ob er der Ansicht ist, daß John und sein Komplize Lümmel sind.

Der Zeuge schaut verwirrt zu ihr hin: »Was?«

»Da war doch etwas in ihrer Handlung, das Sie glauben ließ, daß es sich bei ihnen um Lümmel handelte, nicht wahr?« fragt die Verteidigerin.

Richter Dorn beobachtet dies amüsiert und interessiert, und der Staatsanwalt wird nervös, denn er erkennt, worauf die Verteidigung hinaus will. Damit die Verteidigung eine Eignungsanhörung gewinnt, darf das Hauptgewicht ihrer Argumentation nicht auf Abweisung der Beschuldigungen liegen – eine Falle, in die einige Verteidiger fallen –, sondern auf einer rechtlichen Prüfung, die sich auf folgende fünf Faktoren erstreckt: die Vorstrafen des jungen Menschen, die Zeit, die noch zur Rehabilitation zur Verfügung steht, die Ergebnisse früherer Besserungsversuche, seine kriminelle Energie und Findigkeit – was man als verbrecherische Fachmännigkeit bezeichnet – sowie die Schwere der Straftat.[4]

Niemand zweifelt daran, daß ein Schüler mit Ehrenpreisen, einer ihn unterstützenden Familie und ohne Vorstrafen ein guter Kandidat für eine Rehabilitation oder Besserung ist. Damit hat er schon zwei Drittel der Prüfung geschafft. Aber die Staatsanwaltschaft hängt ihre Argumentation, wie sie es in fast allen Eignungsanhörungen tut, an den beiden verbleibenden Punkten auf – bewaffneter Raubüberfall mit seinem Potential für Verletzungen oder Tod wiegt an sich unbestreitbar schwer. Ein Jugendlicher, der dazu eine Schußwaffe auf der Straße von einem ambulanten, illegalen Waffenhändler kauft und dann eine Maske und Handschuhe verwendet, um Entdeckung zu vermeiden, beweist, daß er die kriminelle Energie und Fähigkeit besitzt, ein anspruchsvolles Verbrechen zu planen und auszuführen. Kriminelle Energie und ein schweres Verbrechen sind alles, was die Staatsanwaltschaft braucht, denn Erfüllung eines einzigen der fünf Punkte erfordert, daß der Richter einen Jugendlichen der Erwachsenengerichtsbarkeit unterstellt. Deshalb gewinnt auch die Staatsanwaltschaft neun von zehn Eignungsanhörungen in Los Angeles. Dies ist das drakonische Resultat, das die Gesetzgeber beabsichtigten, als sie in den 80er Jahren das Gesetz unter der Annahme änderten, daß vorher zu wenige Jugendliche im Erwachsenengericht gelandet waren. Und deshalb versucht Angela Oh verzweifelt, John Sloan als einen Lümmel darzustellen. Lümmel, so argumentiert sie, sind unfähig, ein ausgeklügeltes Verbrechen, das hohe kriminelle Findigkeit verlangt, auszuführen.

»Verstehen Sie, was mit dem Wort ›Lümmel‹ gemeint ist?« beharrt die Verteidigerin.

Der Staatsanwalt, stellvertretender Bezirksstaatsanwalt Hyman Sisman, beschließt, daß es an der Zeit ist, dem ein Ende zu bereiten. Also begehrt er auf: »Einspruch! Das gehört nicht zur Sache.«

Richter Dorn gibt diesem Einspruch statt. »Der Umstand, daß jemand eine Person als einen Lümmel ansieht«, bemerkt er mit der Betonung auf dem Wort ›Lümmel‹, das er ungewöhnlich langzieht, »bedeutet nicht, daß diese Person nicht die kriminelle Fähigkeit besitzt, ein ausgeklügeltes, fachmännisches Verbrechen auszuführen.«

Sisman setzt und entspannt sich wieder. Er scheint aber die wirkliche Botschaft hinter Dorns Bemerkung nicht verstanden zu haben. Was der Richter wirklich meinte, ist, daß es nicht wichtig sei, was Mr. Gutierrez von John denkt. Dorns Körpersprache ist während der Anhörung des Zeugen zunehmend feindlich geworden. An einem Punkt stand er sogar auf, stellte sich hinter seinen Stuhl und beobachtete Gutierrez aus dieser etwas größeren Entfernung, als ob er dem Hauptzeugen der Anklagevertretung nicht zu nahe sein wollte. Das machte den Mann im Zeugenstand nervös, wovon aber Sisman keine Notiz zu nehmen schien.

Ein paar Minuten später zeigt Dorn seine Ansicht über Gutierrez sogar noch unverhohlener. Die Verteidigerin argumentiert, daß Gutierrez' Bereitschaft, zwei bewaffnete Räuber zu verfolgen, doch zeigt, daß er der Ansicht war, daß es sich um Lümmel und keine Gangster handelte und daß sie deshalb doch unter dem Jugendstrafrecht bleiben sollten. Seine Freunde hatten Gutierrez als einen Helden gefeiert, weil er diejenigen, die ihn überfallen hatten, festgenommen hatte, aber Dorn nannte dies »eine Handlung, die keine vernünftige Person je ausgeführt haben würde.« Das ist eine seltsame Attacke gegen das Opfer eines Verbrechens, besonders von einem Richter, der selbst eine Schußwaffe trägt, sogar im Gerichtssaal, und sie sollte dem Staatsanwalt wie ein rotes Warnzeichen vorgekommen sein. Der aber scheint die Äußerung nicht so aufzufassen, daß er seinem Fall dringend mehr Nachdruck verleihen sollte, und erklärt seine Beweisaufnahme etwas später für abgeschlossen.

Die Verteidigung läßt Johns Vater, Dr. Sloan, in den Zeugenstand rufen. Dieser ist steif und ernst – gedemütigt, daß er unter diesen Umständen vor Gericht erscheinen muß. Er sagt aus, daß die ganze Familie wegen Johns Tat niedergeschmettert sei. Sie seien alle äußerst bestürzt und verwundert über sein Verbrechen. Er versichert dem Richter, daß Johns Verhalten an jenem Abend völlig abartig gewesen sei, daß nicht das kleinste Anzeichen darauf hingedeutet habe. Es sei keine Schußwaffe im Hause gewesen, sagte der Arzt, und John habe davor nie ein Interesse an solchen gezeigt. Er, Dr. Sloan, könne das überhaupt nicht verstehen.

So suchte er dann nach einer Erklärung und habe, in einem gewissen Maße, auch eine gefunden, sagt der Arzt. Johns Vater beschreibt dann, wie er kurz davor mit seinem Sohn das Zentrale Jugendgefängnis besucht hatte. John habe danach über Dinge gesprochen, die er nie zuvor erwähnt hatte – über gewisse Belastungen in der Schule, über Banden, rassistische Spannungen und seine Furcht, von Latinos und Schwarzen angegriffen zu werden. Er erzählte davon, wie er ein Jahr zuvor bei einem Taco-Bell-Restaurant von einigen Latinoteenies mit Pistolen bedroht worden war. In jüngster Zeit seien er und drei Freunde von Latino-Bandenmitgliedern umringt worden. Mehrere von ihnen hätten Schußwaffen auf sie gerichtet, so daß sie nicht zurückschlagen konnten. John schien gefühlt zu haben, daß er deshalb das Ziel eines solchen Überfalls gewesen war, weil seine Vorfahren aus Asien stammten. John habe zu Hause nie zuvor von diesen Vorfällen erzählt.

Statt dessen habe er, wie der Arzt Dorn weiter berichtet, sich eine Schußwaffe zum Schutz gekauft. »John sagte, er dachte, mit einem Revolver würden ihn die Banden nicht mehr belästigen.«

John selbst macht über all das keine Aussagen, obwohl er dem Gericht einen Brief übergibt, in dem er anführt, er habe sich zu dem Bandenverhalten hingezogen gefühlt, weil er das als »cool« angesehen habe. Es ist schwierig zu erkennen, ob er überhaupt verfolgt, was um ihn herum vorgeht, so in sich gekehrt und teilnahmslos sitzt er da. Aber die Strategie der Verteidigung ist klar – John wird hier als Opfer dargestellt, von Banden und Rassismus. Dieser Raubüberfall sei völlig untypisch, ein verwirrter

Versuch, gegen eine Kategorie von Leuten zurückzuschlagen, die ihn gequält hatten, ein Schrei nach Hilfe von einem jungen Menschen, der sich zu Hause und in der Schule nicht mehr zurechtfand. So argumentiert jedenfalls Johns Verteidigerin.

Diese Argumentation bietet Angriffspunkte. Man könnte, unter anderem, fragen, wie es denn dazu gekommen sei, daß sich John auf einmal so zweckdienlich daran erinnerte, ein Jahr zuvor von Bandenmitgliedern überfallen worden zu sein – ein Vorgang, den er vorher nie bei irgend jemandem erwähnt hatte und der von niemand anderem bestätigt wird. Oder wie denn die Umstände, daß er einen Revolver kaufte, sich Handschuhe anzog, sich maskierte und eine unschuldige Person überfiel, zum Bild Johns als Opfer passen. Aber der Staatsanwalt verfolgt diese Punkte nicht. Er hat keine Frage an Johns Vater. Er macht auch keine Anstalten, den Bewährungshelfer eine Gegenaussage machen zu lassen. Dieser schrieb nämlich Johns Einlieferungsbericht und hörte, wie John gestand, daß der einzige Grund für den Überfall die Beschaffung von etwas Geld gewesen war. Statt dessen verfällt Staatsanwalt Sisman, ein dünner, bärtiger Rotkopf mit leidenschaftslosem Gerichtsauftreten, sofort in sein Schlußplädoyer.

»Das hat sich doch nicht zufällig zugetragen«, argumentiert er mit milder, gemessener Stimme. »Dieser Jugendliche und sein Komplize versteckten sich doch bei Dunkelheit in einem Parkhaus mit verdeckten Gesichtern und Gummihandschuhen an den Händen. Sie stießen rassistische Schimpfworte aus ... Der Umstand, daß ein umsichtiger Bürger sie danach stellte, ist doch hier nicht mildernd. Es zeigt doch nur, daß diese Jugendlichen sich das falsche Opfer ausgesucht hatten.

Der Jugendliche denkt, wie ein Gangster zu handeln, sei eine ›coole‹ Angelegenheit. Wenn er so denkt, muß er auch bereit sein, den Preis dafür zu zahlen. Der richtige Platz für diesen Jugendlichen ist im Erwachsenengericht ... Nach dem Gesetz gibt es keine andere Wahl, als ihn für ungeeignet zu erklären, weiterhin dem Jugendstrafrecht unterstellt zu bleiben.«

Richter Dorn schaut Sisman kaum an. Er haßt es regelrecht, wenn ihm jemand erzählt, er habe keine Wahl.

»Gegenargumentation der Verteidigung?«

Johns Verteidigerin, die sich Dorns philosophischen Neigungen wohlbewußt ist, versteht es, genau das Richtige anzubringen. Sie springt geschickt in die Bresche, die der Staatsanwalt gelassen hat. Ihre ersten Worte betonen nicht, was der Richter tun muß, sondern die Kompetenz, die er besitzt, um zu tun, was er als das Beste erkennt. »Das Gericht hat die Autorität«, führt sie aus, »nach eigener Wahl so zu entscheiden, daß dieser Minderjährige schließlich gerettet werden kann ... Er ist nie zuvor mit dem Gesetz in Konflikt gekommen und deshalb auch noch nie *Richter Dorn* unter die Augen getreten. Er wird bestimmt positiv auf die Überwachung durch Euer Ehren reagieren.«

Dorn kann die Freude über diesen Ausdruck der Ehrerbietung nicht verbergen. Er reibt jetzt nicht seine Augen und fingert auch nicht an seinen Akten herum, wie er es bei einigen anderen Plädoyers tut. Er sitzt gerade aufgerichtet auf seinem großen Stuhl, verfolgt Angela Ohs Ausführungen aufmerksam und macht gelegentlich Notizen auf einem gelben Amtsschreibblock. Die Rechtsanwälte unter den Zuschauern nicken anerkennend zu Ohs meisterlicher Darbietung. Sismans Mund ist zu einer dünnen Linie zusammengepreßt. Endlich erkennt er, daß er sich in Schwierigkeiten befindet.

»John bekam früher Einser-Zeugnisnoten, aber jetzt ist er gerade noch Durchschnitt«, fährt Oh fort. »Ich weiß nicht, was mit John geschehen ist, aber etwas ist eben geschehen – und niemand hat darauf geachtet. Er kommt aus einer hochmoralischen Familie, einer frommen Familie, die keine Ahnung hatte ... Was er tat, war dumm, naiv – und Gott sei Dank wurde niemand dabei verletzt. Aber auch jetzt scheint er noch nicht begriffen zu haben, daß er das Leben von anderen Personen beeinträchtigt hat.

Im Grunde genommen ist er aber ein anständiger Bursche. Wir haben hier einen Minderjährigen, der am Scheideweg steht. Er kann noch gerettet werden. Dieses Gericht kann ihn retten.«

Richter Dorn nickt Oh zustimmend zu. Diese perfekt gestylte Rechtsanwältin mit einer Praxis im Zentrum von Los Angeles wird von der Familie Sloan bezahlt. Sie ist eine Seltenheit im Jugendgericht, wo die große Mehrzahl von Kids überarbeitete, vom Gericht zugewiesene Pflichtverteidiger bekommt, die vom Staat bezahlt werden. Die meisten Kinder und Jugendlichen werden für minderbemittelt erklärt, so daß ihre Eltern nicht gezwungen werden können, die Anwaltskosten zu bezahlen – auch nicht, wenn sie dazu in der Lage sind. Die Verteidigerin Oh hatte den Richter schon vorher beeindruckt, weil sie umfangreiche schriftliche Anträge gestellt sowie eidesstattliche Erklärungen und ein von den Eltern bezahltes, günstiges psychologisches Gutachten vorgelegt hatte. Darin wird John als idealer Kandidat für eine Rehabilitierung unter dem Jugendstrafrecht dargestellt. All dies wurde in einer ansprechend gebundenen Akte mit übersichtlichen Indexzungen präsentiert – auch das eine Rarität im Jugendgericht. Der Zeitdruck aufgrund der unzähligen Fälle ist so stark, daß die meisten Kids von Glück sagen können, wenn sie vor der Verhandlung überhaupt mit ihren Verteidigern zusammentreffen – von sorgfältig vorbereiteten, recherchierten Plädoyers ganz zu schweigen. Dorn kritisiert regelmäßig Verteidiger, weil sie Fälle mit wenig oder keiner Anstrengung ›runterreißen‹. Diejenigen, die wie die Dame Oh in das Jugendgericht treten, von der abblätternden Farbe und grassierenden Zwecklosigkeit keine Notiz nehmen und es statt dessen behandeln, als sei es das wichtigste Forum im Land, haben bei Richter Dorns Gericht schon einen Stein im Brett.

Nun bittet die Verteidigerin Richter Dorn – leidenschaftlich und mit dem Tonfall tiefster Anteilnahme –, John doch einmal mit den meisten der anderen Kids zu vergleichen, die sonst so vor ihm erscheinen: vom Schicksal benachteiligte und verarmte Kinder, die mißbraucht worden sind, Drogenprobleme haben und deren Vorbilder Bandenhelden und Verbrecher sind.

»Wir verstehen, warum diese Kinder hier enden, oder wenigstens glauben wir, daß wir es verstehen«, erklärt die Verteidigerin. »Aber Kinder wie John passen in keine Schablone unseres Jugendstrafverfolgungssystems. Es erscheinen aber immer mehr Kinder wie dieses hier vor Gericht, die nicht aus dem traurigen Milieu der anderen kommen – und das ist besorgniserregend. Es gibt keine einfache Erklärung für ihr Verhalten, aber es ist ein Phänomen, das immer öfter vor uns auftaucht. Wir müssen damit fertig werden ...

Gefängnis ist aber nicht die richtige Antwort. Das Erwachsenengefängnis wird diesem Jungen überhaupt nicht helfen. Er muß ja eines Tages in die Gesellschaft zurückkehren. Die Frage ist hier, wollen wir ihm helfen oder ihn als Schwerverbrecher zurückkommen lassen?«

Angela Oh setzt sich nieder; ihr Plädoyer ist beendet. Alles, was sie gesagt hat, ist unbestreitbar. Das Staatsgefängnis mit seinen verhärteten Verbrechern, den dort ihr Unwesen treibenden Vergewaltigerbanden, die auf junge Burschen lauern, seiner grassierenden AIDS-Ansteckungsgefahr, ist kein Ort für einen gertenschlanken Siebzehnjährigen. Angesichts einer intakten Familie, die begierig darauf wartet, mit Dorn bei der Rehabilitierung zusammenarbeiten zu können, angesichts seiner vorhandenen Begabung, seiner früheren Teilnahme an Kirchenaktivitäten hat er ungleich mehr, was für ihn spricht, als die meisten Jugendlichen, die nur wegen ihres Geburtstags als Jugendliche behandelt werden müssen. Er ist der Typ von Jugendlichem, der nach allgemeiner Ansicht die größten Aussichten hat, vom Jugendgerichtsbarkeitssystem gebessert zu werden – und auch die meisten, zerstört zu werden, wenn man ihn als Erwachsenen aburteilt.

Es gibt da nur ein Problem: Das Gesetz hat sich geändert, seit Dorn das letzte Mal im Jugendgericht saß. Es ist nicht mehr daran interessiert, John zu reformieren. Das Gesetz sagt ganz klar, daß ein bewaffneter Räuber über sechzehn als Erwachsener abgeurteilt werden muß, wenn nicht Beweise vorliegen, wonach das Verbrechen weder schwer noch genau vorbedacht war. Wäre der Revolver nur eine Attrappe gewesen oder hätte Richard John gezwungen, an dem Raubüberfall teilzunehmen, hätten sie ihre Handschuhe und Maskierungstücher vergessen gehabt oder plötzlich ihr Vorhaben abgebrochen und sich bei Gutierrez entschuldigt – wäre das Verbrechen also klar und beweisbar *kindisch* gewesen, dann hätte Dorn – vielleicht – eine gesetzliche Grundlage gehabt, John unter dem Jugendstrafrecht zu belassen. Es liegen aber keine solchen Beweise vor, und jeder im Gerichtssaal weiß das. Es hatte die Möglichkeit einer ernsten Verletzung oder sogar Tötung bestanden. Es war ein kühl vorbedachtes und – mit Ausnahme des abgeschlossenen Fluchtwagens – wohlgeplantes Verbrechen, erwachsenenmäßig in seiner Durchführung, wenn auch nicht in seinem Ausgang, mit möglichen fatalen Folgen, die nur einen Fingerdruck entfernt waren, und mit keinen wirklich mildernden Umständen.

Sisman meldet sich zum letzten Mal in dieser Argumentation mit einem forschen Kommentar zu Wort: »Der Umstand, daß dieser junge Mann aus einer intakten Familie kommt und gute Schulzeugnisse hatte, ist keine Rechtfertigung für sein Verhalten. Es macht im Grunde genommen seine Tat um so verwerflicher.«

Dorn räuspert sich schnell. Das ist die Art von Kommentar, dem wohlbedachte Richter, die hoffen, lange im Amt zu bleiben, eigentlich zustimmen müssen. »Natürlich gibt es nie – wirklich nie – eine Rechtfertigung für solch ein Verhalten«, erklärt Dorn. Darüber bricht Johns Mutter wieder in Weinen aus, denn dieser Ausspruch hört sich so an, als ob der Richter zur Ansicht der Staatsanwaltschaft hinneigt – bis Dorn seinen Gedanken erweitert: »Aber die

Frage ist hier doch: Wo soll die Tat dieses Minderjährigen verhandelt werden?«

Daraufhin unterbricht ihn Sisman schnell, wofür er einen wütenden Blick von Dorn erntet: »Der Gesetzgeber sagt, daß diese Art von Verbrechen als eine Erwachsenenstraftat zu behandeln ist, wenn nicht einige schwerwiegende Gründe dagegen sprechen. Diese konnten hier aber nicht dargelegt werden.«

Das ist die letzte Erklärung, die der Staatsanwalt machen darf. »Nun, es gibt *doch* einige schwerwiegende Gründe in diesem Fall«, dröhnt Dorn. »Bei dem, was da geschah, handelt es sich nicht um ein ausgeklügeltes Verbrechen, das große kriminelle Umsicht verlangt. So etwas geschieht doch jetzt täglich. Man sieht doch immer wieder Personen mit Schußwaffen und Maskierungen. Daran ist doch nichts verbrecherisch Fachmännisches.«

Da nun die Frage der verbrecherischen Fachmännigkeit pauschal abgetan worden ist – offenbar weil bewaffneter Raubüberfall durch Jugendliche so erschreckend häufig vorkommt –, wendet sich Dorn der Frage der Schwere der Straftat zu, dem anderen Punkt der Eignungsprüfung, den John Sloan bestehen muß. Ja, ein bewaffneter Raubüberfall sei ein sehr schweres Verbrechen, sagt Dorn, aber das würde durch die Tatsache ausgeglichen, daß er beim Erwachsenengericht wahrscheinlich eine sehr leichte Strafe zu erwarten habe, ein oder höchstens zwei Jahre, wegen seiner Jugend und fehlenden Vorstrafen. Unter dem Jugendstrafrecht, meint Dorn, könne er ihn, falls notwendig, bis zum Alter von fünfundzwanzig eingesperrt halten. Das sind immerhin acht Jahre, und nach dem Erwachsenenstrafrecht würde er in kein Besserungsprogramm kommen, wie es unter der Jugendgerichtsbarkeit der Fall wäre.

»Wenn Sie nur an einem Pfund Fleisch interessiert sind*, nur nach Rache trachten, dann bekommen Sie doch im Endeffekt das, was Sie erst recht nicht wollen. … die

* Anm. d. Übers.: so forderte es die Shakespearefigur Shylock.

Staatsanwaltschaft ist immer darauf aus, die Eignung für das Erwachsenenstrafrecht durchzusetzen … Aber ich kann keinen Nutzen darin sehen, daß er wie ein Erwachsener abgeurteilt wird – überhaupt keinen Nutzen … Ich finde, daß der Minderjährige ungeeignet ist, der Erwachsenengerichtsbarkeit überstellt zu werden.«

Dorns Argumentation ist sehr einfühlend, leidenschaftlich und anscheinend unbestreitbar. Seine Voraussage der geringeren Strafe nach dem Erwachsenenstrafrecht beruht auch auf Erfahrung: Kaliforniens hartes Gesetz in bezug auf Eignung für Unterstellung unter das Erwachsenenstrafrecht beziehungsweise Verbleiben in der Jugendgerichtsbarkeit hat in vielen Fällen zu kürzeren Haftstrafen geführt, nicht zu längeren – genau das Gegenteil von dem, was beabsichtigt worden war. Abgesehen von Mordfällen verbüßen die Kinder und Jugendlichen, die vom Jugendgericht zu Strafen in der Jugend-Erziehungsanstalt verurteilt werden, gewöhnlich längere Zeiten als die für die gleichen Straftaten in Erwachsenengerichten abgeurteilten. Dies ist den Straferlässen »für gute Führung« und anderen Kniffen zu vorzeitiger Entlassung zuzuschreiben, die erdacht wurden, um die Überfüllung der Erwachsenenhaftanstalten durch Verkürzung der Haftzeiten bis auf die Hälfte zu verringern – Vorteile, die Jugendlichen nicht zuteil werden.

Ironischerweise wird die große Mehrzahl der Teenager, die als Erwachsene zu Gefängnisstrafen verurteilt wurden, sowieso in den Erziehungsanstalten untergebracht, damit sie ihre kürzeren Strafen sicher vor dem Risiko der Gewalttaten in Erwachsenenhaftanstalten absitzen können.

Dorns Entscheidung hat nur einen Fehler: Sie widerspricht dem Gesetz.[5] Vor zehn Jahren wäre seine Argumentation mustergültig gewesen, aber jetzt untersagt das Gesetz den Richtern ausdrücklich, einen Teil der Eignungsprüfung – in diesem Falle die Länge der Zeit, die John im Jugendstrafverfolgungssystem gehalten werden kann – gegen andere Überlegungen abzuwägen. Wenn bewaffneter Raubüberfall eine schwere Straftat ist – etwas, was jeder andere Richter beim Jugendgerichtshof von Los Angeles festgestellt hat –, dann sollte John jetzt auf dem Wege zum Erwachsenengericht sein. Richter, die sich in der Vergangenheit nicht daran hielten, wurden mit Berufungen konfrontiert und in Verlegenheit gebracht – einschließlich Dorns Vorgänger, der infolgedessen sogar abgesetzt wurde.

Sisman versucht, das zur Sprache zu bringen, aber Dorn bringt ihn zum Schweigen, während seine Kniegelenke noch vom Aufstehen knacken: »Herr Staatsanwalt, ich habe Ihre Argumente gehört. Jetzt treffe ich meine Entscheidung!« ruft Dorn. Der Richter wendet sich der Gerichtsschreiberin zu und weist sie an, einen Termin für die Hauptverhandlung des Falls bei seinem Jugendgericht herauszusuchen. Sisman steht vor Entrüstung stotternd da.

Neben ihm flüstert die Verteidigerin Oh kurz mit ihrem Mandanten, und ehe noch die Gerichtsschreiberin die Bleistifteintragungen in ihrem abgegriffenen Schreibtischkalender durchgegangen ist, steht die Verteidigerin auf und erklärt, daß John bereit sei, sich aller Anklagen für schuldig zu bekennen – als Jugendlicher.

Richter Dorn verkündet darauf, daß er dem gern stattgeben werde. Er sagt Sisman, er solle dem Angeklagten »die Verzichtserklärung abnehmen«, eine lange Reihe von gesetzlich vorgeschriebenen Fragen, die die Jugendlichen vor erzwungenen oder in Unkenntnis der Folgen abgegebenen Schuldbekenntnissen schützen sollen. Sie besteht aus fünfzehn frustrierenden Minuten monotoner Erkundigungen durch den Staatsanwalt, Einsprüchen des Verteidigers und »Mhm« des Jugendlichen. *Weißt du denn, was eine Gerichtsverhandlung bedeutet? Jep. Verzichtest du auf das Recht zu einer Gerichtsverhandlung? Mhm. Weißt du, wer Zeugen in deinem Namen aufrufen kann? Verzichtest du auf dein Recht, Zeugen aufzurufen? Mhm …* Sisman geht diese abstumpfenden Rezitationen mindestens fünfundzwanzigmal am Tag durch, wie alle anderen Staatsanwälte auch. Da hier keine Verweigerungen oder Zögern von seiten des Angeklagten auftreten, rattert er alles wie ein Automat herunter – mit flacher und uninteressierter Stimme. John beantwortet jede Frage positiv – die einzigen Laute, die er während der gesamten neunzigminütigen Anhörung von sich gibt –, wonach Dorn des Jungen Schuldbekenntnis annimmt, und ihn für unter Vormundschaft des Jugendgerichtshofs stehend erklärt.

John sieht mehr verwirrt als erleichtert aus, als er formlos zum Wartekäfig zurückgeführt wird. Aber seine Familie ist überglücklich. Sie lächeln, umarmen sich und schütteln ihrer Verteidigerin begeistert die Hand. Dorn setzt die Strafverkündung auf einen Tag in drei Monaten fest. Damit bleibt ihm Zeit für ausführliche diagnostische Recherchen, um zu entscheiden, was mit John geschehen soll.

Der stellvertretende Bezirksstaatsanwalt Sisman verläßt unterdessen bei der ersten Gelegenheit den Gerichtssaal und geht über die Straße zu seiner Dienststelle. Er will sich bei Peggy beschweren und um Erlaubnis bitten, Berufung einzulegen. Dorn sieht ihn gehen, aber er ist nicht beunruhigt, denn er ist von der Richtigkeit seiner Auffassung von Gerechtigkeit überzeugt. Er gratuliert Angela Oh zu einer guten Arbeit und lächelt dabei hintergründig, als ob die beiden ein Geheimnis teilen.

Aber der Richter scheint dem Blick eines massigen Mannes auszuweichen, der wie vom Blitz getroffen hinten im Gerichtssaal steht – ein Mann, der eine völlig andere Meinung von der Schwere einer Tat hat, bei der er mit vorgehaltener Schußwaffe überfallen wurde; ein Mann, der sich in seinem Wohnviertel nie mehr sicher fühlen wird und dessen Töchter weinen, wenn er das Haus verläßt.

Statt dessen ergreift Dorn eine Akte und ordnet an: »Rufen Sie den nächsten Fall auf.« Als dann einen Moment später eine andere Gruppe von Juristen vortritt, um das Ritual von neuem zu beginnen, fordert der

Gerichtsdiener das Opfer von John Sloan auf, doch bitte den Gerichtssaal zu verlassen, da nun ein anderer Fall verhandelt wird.

»Oh Gott, das macht mich rasend!« ruft Peggy Beckstrand, als ihr Sisman etwas später von dem Vorgefallenen berichtet. »Was nimmt der sich heraus – weil bewaffnete Überfälle so oft vorkommen, sei das nichts Besonderes mehr? Das bedeutet ja, daß es ein annehmbares Verhalten für einen Jugendlichen ist, jemandem eine Schußwaffe vors Gesicht zu halten und sein Leben zu bedrohen, weil das eben jeder tut! Kann man sich vorstellen, daß ein *Richter* so etwas von sich gibt?«

Sie ist aufgestanden und geht jetzt hin und her, mit lauter werdender Stimme und gestikulierenden Händen. Im Geiste geht sie schon die juristischen Schritte durch, die sie unternehmen könnte. »Bei einer Berufung können wir einfach nicht verlieren. Wir müssen eine Aufzeichnung der Verhandlung haben.« Dann blickt sie ihren Staatsanwalt durchdringend an und fragt mit langsamerer, gedämpfterer Stimme: »Sie haben doch wohl eine Aussetzung beantragt?«

Plötzlich schaut Sisman zur Seite, und Peggy fühlt, daß eine Berufung in diesem Fall wohl doch keinen Erfolg haben würde. Sie klingt wie eine entrüstete Lehrerin, die einen ungebärdigen Schüler abkanzelt, als sie sagt: »Sisman, wir hatten doch gerade eine Besprechung über solche Dinge – wie man bei solch einer Eignungsanhörung vorgeht. Wir wußten doch, was wir mit Dorn zu erwarten hatten. Sagen Sie mir, daß Sie eine Aussetzung beantragt haben.«

Nach einem Moment des Schweigens antwortete Sisman: »Nein, das habe ich nicht. Der Minderjährige bekannte sich nach 211 schuldig.«

»Und Sie haben ihn gelassen?« fragt Peggy erstaunt. Darüber hat Dorn wohl im Gerichtssaal gelächelt – er wußte, daß der Staatsanwalt einen fundamentalen Fehler begangen hatte. Seine Entscheidung wurde dadurch unangreifbar gemacht, wie ungünstig die juristische Sachlage für Dorn auch sein mochte. »Und Sie haben keinen Einspruch erhoben?«

Sisman schüttelte den Kopf. Im Gegensatz zu dem weitgreifenden Recht eines Angeklagten, gegen alles und jedes Berufung einzulegen, haben Staatsanwälte nur einen sehr beschränkten Rahmen, in dem sie versuchen können, eine für sie ungünstige Gerichtsentscheidung zu Fall zu bringen. Sisman hätte sofort aufstehen und eine Aussetzung aller Verfahren in diesem Fall beantragen müssen. Dorn wäre gezwungen gewesen, dem stattzugeben. Aber durch die Teilnahme an Johns Schuldbekenntnis verlor Sisman diese Möglichkeit. Johns Verteidigerin hatte die Verurteilung als Jugendlicher schlau eingeschoben, als Sisman noch von Dorns Entscheidung regelrecht betäubt war – und bevor irgendeine Berufung dem Jugendgericht die Zuständigkeit für diesen Fall entwinden konnte. Ihn jetzt für das gleiche Verbrechen als Erwachsenen anzuklagen, würde ein ungesetzliches juristisches *Doppelrisiko* für den Angeklagten bedeuten. Dorn und die Verteidigerin hatten den Staatsanwalt ausgetrickst.

»Wenn Sie jetzt zu mir kommen«, belehrt ihn Peggy, »so ist das doch, als ob Sie im Erwachsenengericht erklären: ›Die Geschworenen haben ihn freigesprochen, gehen wir in die Berufung.‹«

Sie besprechen die Angelegenheit weiter, und Peggy entschließt sich, den Fall an die Berufungsabteilung der Bezirksstaatsanwaltschaft weiterzuleiten, um herauszufinden, ob es noch einen Weg um diese Hürde herum gibt – aber sie weiß eigentlich jetzt schon, daß es hoffnungslos ist. Sisman schleppt sich hinaus, entmutigt und mit der Auflage, seine Staatsanwaltsvorschriften noch einmal richtig durchzulesen, weil er darin genau erklärt finden werde, was er heute im Gericht hätte tun müssen. Während andere Jugendliche am gleichen Tag wegen gleich schwerer Straftaten dem Erwachsenengericht überstellt wurden, bekam John Sloan die Garantie für eine weit günstigere Behandlung. Richter Dorns Vorstellung von dem, was richtig ist, hatte über das Diktat der Statuten gesiegt.[6]

Und damit hatte ein ernster Krieg zwischen der Bezirksstaatsanwaltschaft und dem Jugendrichter begonnen.

Kapitel 6

Vom Staat aufgezogen

George Trevino hält die Hände auf dem Rücken verschränkt, als ob sie durch unsichtbare Handschellen gefesselt wären. In dieser vorgeschriebenen Haltung für Strafgefangene im Jugendgericht schlurft er vor dem Gerichtsdiener her zum Gerichtssaal. In diesem Moment würde er so ungefähr alles dafür geben, an der Stelle von John Sloan zu sein – die gleichen Möglichkeiten, das Zuhause und die Familie zu haben. Am meisten die Familie.

George verbringt viel von seiner unbeschäftigten Zeit – und davon gibt es im Jugend-Untersuchungsgefängnis eine Menge – damit, sich vorzustellen, wie es wäre, eine Mom und einen Dad zu haben – und ein eigenes Bett, das ihm keiner mehr nehmen kann. Der düstere Gang mit seinem abgetretenen Linoleumfußboden und dem Geruch von Schweiß und Desinfektionsmitteln ist ihm eine so vertraut gewordene Umgebung, daß er ihre Abwesenheit mehr als ihre Gegenwart bemerken würde. Im Gehen wandern seine Gedanken wieder einmal zu dem Zufluchtsort ›Was wäre, wenn?‹

Was wäre, wenn er nie ein ›300er Kind‹ gewesen wäre. George hatte Gott schon so oft die Frage gestellt, warum er mit dieser unglücklichen Einstufung leben mußte, aber das ist schon lange her. Im Laufe der Jahre, so erzählt er mir, sind große Blöcke seiner frühen Kindheit von seiner Erinnerung abgeschmolzen. Er könnte sich jetzt nicht mehr daran erinnern, klein gewesen und mit Spielsachen gespielt zu haben – oder daran, ob er jemals solche gehabt hatte, um damit spielen zu können. Das Gesicht seiner Mutter, seines Bruders und seiner Schwester – alles war in irgendein schwarzes Loch in seinem Kopf geglitten. Daran zu denken, ist zu schmerzlich. Der Gedanke, daß deine Familie verschwinden kann, nicht nur in der Realität, sondern auch in deinem Innern, war lähmend. Wenn er sich davon überfallen ließ, saß er gewöhnlich stundenlang da und heulte. Deshalb füllt er das Vakuum jetzt mit Wachträumen davon, ein Zuhause mit einer Mutter und einem Vater zu haben. Leute, die sich darum kümmern, daß er gekleidet und ernährt wird, die ihn loben, wenn er etwas gut gemacht hat, mit ihm schimpfen, wenn er etwas anstellte. Als er dann blinzelnd im Gerichtssaal steht, fragt sich George, wie es wohl sein würde, eine Mom und einen Dad zu haben, die sich genug um ihn kümmern, um überhaupt zu schimpfen. Seltsam, denkt George, daß er sich danach sehnt, aber er tut es. Die meisten Kinder wissen nicht, wie gut sie es eigentlich haben. George weiß es.

Seine Mutter war eine Flüchtige vor dem Gesetz, die man später wegen Totschlags verhaftete. Als ein Polizist ihn in einem schmutzigen Dodge-Transporter, seinem einzigen Zuhause, fand, wurde George Trevino zu einem »300er Kind«. So bezeichneten sie ihn vor allen Leuten im Gerichtssaal – eine dieser unbeabsichtigt entmenschlichenden mündlichen Abkürzungen, die in der Jugendgerichtsbarkeit so häufig sind. Als er heute den Gerichtssaal betritt, hört er den Richter und den Bewährungshelfer seinen Fall mit leisen Stimmen besprechen. »Oh, er war also in der 300er Kategorie vor dieser Sache hier«, sagte der Richter mit einer wissenden, traurigen Endgültigkeit, und jeder der Umstehenden nickt, als ob er sagen will: »Na, das erklärt es ja!«

Die Bezeichnung »300er Kind« bedeutet Pflegekind, unter Vormundschaft gestelltes Kind, geschlagenes und mißbrauchtes Kind. Sie basiert auf dem Paragraphen 300 des Kalifornischen Wohlfahrts- und Verwahrungsgesetzes, der den Jugendgerichtshof ermächtigt, mißbrauchte und vernachlässigte Kinder zu schützen, sie von ihren Familien wegzunehmen und als Pflegekinder dem Jugendgericht zu unterstellen. Dieses wird dadurch im Grunde zu den neuen Eltern des Kindes. Einige der so auseinandergerissenen Familien werden eines Tages wieder zusammengeführt. Andere, wie die von George, werden nie mehr vereint. George wurde vom Staat aufgezogen.

Und der Staat machte George zu dem, was er heute ist. Unter der Lenkung und dem Schutz des Jugendgerichts – als ein Opfer, kein Täter – wurde ein gesetzestreuer Musterschüler mit einem Hang zum Schreiben von Gedichten zerstört. Zehn Jahre lang wurde er von einem vorläufigen Zuhause zu einem anderen geschoben. Man trennte ihn von seinem älteren Bruder und seiner jüngeren Schwester. Er wurde achtlosen, drogenabhängigen Pflegeeltern anvertraut. Er konnte auf den Straßen herumlungern, Bekanntschaft mit Drogen machen, aus der Schule hinausgeworfen werden – alles unter der Pflege und Vormundschaft des Staates. Bei jedem neuen Umzug wurden seine mitleiderregend wenigen Habseligkeiten in eine grüne, entsorgbare Hefty-Mülltüte, dem Gepäck der Pflegekinder, gepackt. George, empfindsam und intelligent genug sein Leben kritisch zu betrachten, bezeichnete sie als seine Metapher für sein ganzes Leben. Er betrachtete sich als einen Gefangenen.

»Ich habe mich immer gefragt, was ich denn falsch gemacht habe«, sagt George, »aber keiner wollte mir das je erklären. Ich stellte mir dann einfach vor, die denken, ich würde wie meine Mutter werden, und wollen dem zuvorkommen.«

Und als sich das Unvermeidliche dann schließlich ereignete, als ein zunehmend wütender, wurzelloser Junge Trost auf den Straßen suchte und in Verbrechen verwickelt wurde, setzte sich das System mit all seiner Macht und seinen Programmen in Gang, um zu tun, was es immer in solchen Fällen tut:

Es bereitete sich darauf vor, ihn aufzugeben.

Daß die Eignungsanhörung von George Trevino am gleichen Tag wie die von John Sloan, nur in einem anderen Gerichtssaal, stattfindet, ist ein Beispiel dafür, wie häufig dieser einst unbekannte Vorgang geworden ist. Im Jugendgerichtshof von Los Angeles werden an diesem Tag insgesamt fünf Jugendliche dem Erwachsenenstrafrecht unterstellt. In allen Staaten der USA werden allein an diesem Tag siebenundvierzig Kinder als unrettbar gebrandmarkt.[1]

»Dieser Fall ist mehr als traurig«, erklärt die Jugendgerichtsbeauftragte Jewell Jones, als sie einen Blick auf die dem Gericht vorliegenden Akten geworfen hat. Während sie darauf wartet, daß George aus dem Wartekäfig geholt wird, bespricht sie den Fall mit ihrem Personal. »Das ist eine klassische Verfolgung durch das System. Er bekam nicht, was er brauchte, und das war ja nicht seine Schuld. Und nun schicken wir ihn raus.« Sie macht eine Pause, befingert des Jungen dicke Akte nachdenklich und seufzt dann: »Oh, der hier wird mir noch sehr zusetzen.«

»Würde es helfen, wenn ich einen Psychiater aussagen lasse?« erkundigte sich Georges vom Gericht zugewiesene Pflichtverteidigerin Anna Noriega vor Beginn der Anhörung. »Der hat eine Menge guter Dinge über George zu sagen. Aber ich möchte nicht seine Zeit und die des Gerichts verschwenden, wenn es doch nichts nützt. Ich werde einfach den Bericht dieses Doktors vorlegen.« Der geachtete Kinderpsychologe, der George beurteilt hatte, hatte bescheinigt, daß der Junge in einer stabilen, geordneten Umgebung gut reagieren würde. Der Jugendgerichtshof hatte es in all den Jahren, in denen er Georges Schicksal kontrollierte, nie fertiggebracht, ihm die zu geben.

Aber die Gerichtsbeauftragte schüttelt den Kopf. »Gott weiß, daß ich glaube, daß die meisten dieser Kids besser im Jugendsystem als im Erwachsenengericht aufgehoben wären«, bemerkt sie, »aber unglücklicherweise ist das nicht das von mir in diesem Fall zu beachtende Kriterium. Die Bestimmungen sind so starr, daß es mir wohl sehr schwerfallen wird, ihn als ungeeignet für die Überstellung an die Erwachsenengerichtsbarkeit zu befinden.«

Die Verteidigerin nickt. »Dann werde ich die Aussage des Psychiaters also nicht beantragen. Es ist ja nur, daß dieser Fall so furchtbar traurig ist.«

»Ja«, stimmt die Gerichtsbeauftragte zu, als sich die schwarze Metalltür zum Wartekäfig öffnet und ein großer, blasser Junge in grünen Hosen und einem legeren Hemd in den Gerichtssaal tritt. »Er war ein 300er Kind, wissen Sie.«

Als George Trevinos Mutter ihn verließ und er ein 300er Mündel des Jugendgerichtshofs[2] wurde, hatte das System ein Ziel: für ihn so bald wie möglich ein beständiges Zuhause zu finden, wo ihm Liebe zuteil werden konnte. Im Alter von sechs war das nicht zu spät für George.

Aber er lernte diese Beständigkeit nie kennen. Die Sozialarbeiter schoben ihn ständig von einer vorübergehenden Pflegefamilie zu einer anderen. Seine Mutter, die wegen etlicher Diebstahl- und Drogenanklagen gesucht wurde, weigerte sich, ihn zu besuchen oder dem Mündelgericht anzugeben, wo sie wohnte. Eine Tante, die in Verbindung mit Georges Mutter blieb, während diese flüchtig war, versprach, ihn zu besuchen, kam aber dann doch nicht, so daß George immer wieder bitter enttäuscht wurde. Wie vorauszusehen war, wurde sein Verhalten immer schlechter. Er begann, sich seinen Pflegeeltern in verschiedenen Gruppenheimen tätlich zu widersetzen, so daß diese verlangten, von ihm befreit zu werden. Zwischen den verschiedenen Pflegefamilien verbrachte er lange Zeit in MacLaren Hall, einer Verwahrungsanstalt für mißbrauchte und vernachlässigte Kinder, was einem Waisenhaus in Los Angeles am nächsten kommt. Er hatte Erzieher, aber niemanden zum Lieben oder der ihn liebte.

Georges Hoffnungen stiegen wieder, als eine Tante und ein Onkel in Colorado sich anboten, ihn aufzunehmen. Die Behörden, die für Plazierungen außerhalb Kaliforniens zuständig waren, zogen den Vorgang aber so lange hin, daß sein Umzug dorthin schließlich nicht zustande kam. Danach verfiel George in eine tiefe Depression, und es wurde sehr schwierig, mit ihm umzugehen. Sein Temperament wurde explosiv. »Er sieht sich als grundlegend schlecht und wertlos an und hat ein sehr starkes Schuldgefühl«, schrieb seine Sozialarbeiterin, als er sieben war. Eine andere lockende Chance für ein neues Leben, verbunden mit einer bemerkenswerten Verbesserung seines Verhaltens, kam ein Jahr später. Das Verwahrungsgericht gab unerklärlicherweise seine Haltung auf, daß Georges Mutter Violanda ungeeignet zu seiner Erziehung sei, und versuchte, die Familie wieder zusammenzuführen – trotz des Berichts eines Sozialarbeiters, daß Mrs. Trevino »ein Leben voller Gewalt« führte. Immerhin, Violanda hatte sich der Polizei gestellt und dann einen juristischen Handel für Bewährung abgeschlossen, so daß sie wenigstens theoretisch wieder als Empfängerin des Sorgerechts in Frage kam. Aber am Ende einer sechzig Tage langen Probezeit für das Zusammenleben wurde Georges Mutter wieder verhaftet und eingesperrt. Diesmal wurde sie beschuldigt, jemanden vor einem Spirituosenladen mit einer Schußwaffe tödlich verletzt zu haben.

Georges Mutter blieb im Gefängnis, bis er ein Teenager war. Kaum war sie nach Verbüßen ihrer Strafe für Totschlag freigelassen worden, wurde sie wenig später wieder wegen Fälschung und Bewährungsübertretung verhaftet. Sie gewann das Sorgerecht für George nie wieder, und meistens durfte sie ihren Sohn auch nicht besuchen. Nur manchmal unternahm sie unter einer falschen Identität einen Besuch bei ihm in der Schule oder bei einer Pflegefamilie. Sie starb schließlich in einem Zuchthaus. Er hatte keine Erinnerung an seinen Vater, der an einer Rauschgiftüberdosis gestorben war, bevor er zwei Jahre alt wurde.

Georges kleiner Schwester erging es besser. Weil sie ein niedliches Hätschelkind war, als sie vom System erfaßt wurde, war sie leichter unterzubringen und wurde fast sofort adoptiert. George bekam sie nicht mehr zu sehen nach jener Nacht, als sie aus dem stinkenden Transporter mit den schimmelnden Decken und Fast-Food-Verpackungen gezogen wurden. Ihr neuer Name und neue Anschrift wurden geheimgehalten – auch ihm gegenüber.

Als er älter wurde, dachte George ständig an sie. Er stellte sich das Leben vor, das sie nun wohl führte, und freute sich für sie, war aber auch eifersüchtig auf sie und sehnte sich nach ihr. Nach Jahren des Bettelns darum wurde ihm ein fünfzehnminütiges Treffen mit ihr in einem Park von Los Angeles gewährt. Da war er fünfzehn Jahre alt – neun Jahre, nachdem sie getrennt worden waren. Sie erkannten sich nicht mehr. Es war eine unbehagliche und schweigsame Zusammenkunft, ein Treffen von Fremden, die das gleiche Blut und die gleichen Vorfahren aufwiesen, aber deren Lebensumstände nichts gemein hatten. Sie war nun Teil einer soliden, gesetzesfürchtigen Familie, behütet und beschützt. Sie war eine ausgezeichnete Schülerin, ein Kind mit einer Zukunft, von der George nur träumen konnte.

»Das war das erste Mal, daß ich wieder mit ihr zusammentraf, und auch das letzte Mal«, würde George später erzählen, mit feuchten Augen. Kurz nach diesem Treffen zog die Familie mit dem Mädchen in eine andere Gemeinde, um Georges Mutter zu entgehen, die zu der Zeit auf Bewährung entlassen worden war und versuchte, ihre Tochter zurückzuholen. Nicht lange nach diesem Umzug, an einem Weihnachtstag, wurden Georges Schwester und zwei andere Mitglieder ihrer Adoptivfamilie durch einen betrunkenen Autofahrer getötet. George hörte erst drei Wochen später davon, lange nachdem seine einzige Schwester beerdigt worden war.

Wenn er an seine auseinandergerissene Familie denkt, weint George still vor sich hin, mit roten Augen. Diese Ungerechtigkeiten lassen ihn vor Verzweiflung regelrecht erbeben. Er hat auch seinen älteren Bruder verloren. Anfangs waren sie bei den gleichen Pflegefamilien untergebracht, so daß sie wenigstens sich selbst hatten, aber es endete immer damit, daß sie zusammen wegliefen. George himmelte seinen Bruder an, klammerte sich an ihn als seinen Anker. Er machte alles, was sein Bruder sagte. Aber dieser ältere Junge war sogar noch wütender und schwieriger als George. Manchmal war er gewalttätig, dann wieder weinte er stundenlang untröstlich und rief nach seiner Mutter, daß sie ihn hole. Als George acht war, trennten die Sozialarbeiter die beiden Jungen endgültig. Eine lange Zeit danach rief ihn sein älterer Bruder noch an und schrieb ihm Briefe, aber diese Anrufe und Schreiben wurden dann immer weniger und versiegten schließlich ganz. George weiß nicht, wo sein Bruder jetzt ist. »Er ist irgendwo im System, irgendwo im Gefängnis – das ist alles, was ich noch über ihn weiß«, erzählt George. »Er ist für mich verloren. Wie meine Schwester, meine ganze Familie. Alle weg. Jetzt bin ich ganz allein.«

George hatte nichts Schlimmes getan, um ein »300er

Kind« zu werden. Er hatte nicht um eine mörderische Mutter und eine zerstörte Familie gebeten. Er war nur einer in der täglichen Prozession von mißbrauchten und vernachlässigten Kindern, eines von 25 000, die im Jahr 1983 vom Kinderwohlfahrtssystem von Los Angeles erfaßt waren. Heute sind es mehr als doppelt so viele.

Trotz der Ungewißheiten seiner Zukunft, des Verlustes seiner Familie, des ständigen Wechsels von einem Pflegeheim zu einem anderen, einer Schule nach der anderen, gedieh George eine Zeit lang, während er vom Staat aufgezogen wurde. Wie bei vielen mißbrauchten und vernachlässigten Kindern erforderte das Trauma seines frühen Lebens ärztliche Behandlung und psychologische Fachberatung für Probleme wie Hyperaktivität und Wutanfälle. Bei Gerichtsanhörungen wurde er als »SED«, »severely emotionally disturbed«*, bezeichnet. Über einige Zeit wurde er intensiv medikamentös behandelt. Dann entschied jemand, daß er schließlich doch nicht so gestört sei. Die ärztliche Behandlung wurde gemäßigter, und endlich begann er zu gesunden. Im Schuljahr 1990/91, als George in der siebenten Klasse war, durfte er das ganze Jahr über im gleichen Pflegeheim bleiben. Seine Schulnoten lagen alle im Bereich von 1 bis mindestens 3 bei regelmäßigem Erscheinen und gutem Betragen. Er wurde der Klassenbeste und Vorbild im Gruppenheim ›Helfende Hände‹, dessen Mitglieder sich in Pullover und Fliege kleideten und nach der Schule jüngeren Schülern bei den Schularbeiten und sonstwie halfen. Der Leiter dieses Gruppenheims hätte ihn gern behalten.

Dann aber traf das Jugendgericht eine folgenschwere Entscheidung. Da das Hauptziel des Systems darin bestand, Familien wieder zusammenzuführen, auch für Kinder schädliche, nahm das Jugendgericht George aus dem Gruppenheim, in dem er gedieh, und schickte ihn zu seiner Tante und Onkel, die in der Nähe von Los Angeles wohnten.

* Anm. d. Übers.: schwer gefühlsgestört

Über ein oder zwei Jahre schien alles gut zu gehen. Es gab nur ein Problem: Georges Onkel war ein Drogenhändler, der später selbst der Sucht verfiel und im zweiten Jahr von Georges Aufenthalt in der Familie an einer Überdosis starb. Seine Tante verfiel nach diesem Selbstmord dem Alkohol und Drogen.[3] Sie ließ George unbeaufsichtigt, um ihren Vergnügungen nachzugehen. Der Haushalt war ein Chaos. George reagierte in der einzigen Weise, die er kannte. Er begann, von diesem Zuhause wegzubleiben, schwänzte die Schule, und seine einst ausgezeichneten Noten fielen ab. Dann schloß er sich einer Straßenbande an. All dies geschah, während er ein Mündel des Jugendgerichtshofs war, während diese Institution noch die gesetzliche Verantwortung für seine Erziehung hatte. Der Sozialarbeiter, dem die Kontrolle über George zugewiesen worden war, merkte nichts davon.[4]

Im Laufe der Zeit nahm ein älteres Bandenmitglied George unter seine Fittiche. Dieser ältere Jugendliche war hartgesotten, selbstbewußt, unverschämt im Auftreten – alles, was George sein wollte, aber nicht war. Georges neuer Mentor verletzte einen anderen Jugendlichen mit einer abgebrochenen Flasche. Die Polizei wurde geholt, und alle wurden verhaftet, einschließlich George, der unmittelbar danach wieder freigelassen wurde. Kurze Zeit darauf lud ein anderes Bandenmitglied George und mehrere andere Kids zu einer Fahrt in seinem neuen Wagen ein. An einer Tankstelle kamen zwei Polizisten auf sie zu und nahmen sie alle fest. Das Auto war gestohlen. Von den Insassen sagte nur George die Wahrheit bei der Polizei und gab zu, daß er gewußt hatte, daß das Auto »heiß« war. Er hatte gesehen, daß an der Zündung herumgebastelt worden war, obwohl er selbst an dem Diebstahl nicht teilgenommen hatte.

Trotz seiner minimalen Beteiligung bei beiden Vorfällen – selbst im Polizeibericht wurde er nur als Insasse in dem Wagen und unbewaffneter Zuschauer bei der Schulhofschlägerei erwähnt – wurde George der Körperverletzung mit einer gefährlichen Waffe und, dank seiner Offenheit, des Autodiebstahls beschuldigt. Er wurde zum Jugend-Untersuchungsgefängnis und dann zum Jugendgericht gebracht – nicht zur Verwahrungsabteilung des Jugendgerichts, die er als Pflegekind so gut kennengelernt hatte, sondern zu einer ganz anderen, härteren Stelle. Dieser größere Teil des Jugendgerichtshofs ist für Straffällige zuständig, und Leute wie Richter Dorn und Gerichtsbeauftragte wie Jones sorgen für Ordnung hier.

Er traf mit seiner Verteidigerin zum ersten Mal zusammen, als er sich auf den Stuhl hinter dem Angeklagtentisch setzte. Der Richter sprach mit jemand anderem, und die gehetzt aussehende junge blonde Frau vom Pflichtverteidigeramt flüsterte George zu: »Entschuldigung, daß ich vor der Anhörung nicht mit dir sprechen konnte. Ich habe so furchtbar viel zu tun, aber ich werde dich jetzt hier vertreten.« Sie zog eine Akte aus einem unordentlichen Haufen von Manila-Heftern vor und schaute eine Minute lang hinein. Das war das erste Mal, daß sie Georges Akte sah. Dann fragte sie: »Du bist doch der George, nicht wahr?«

Die Anhörung verging schnell und ohne praktischen Effekt. Es wurde eine weitere Anhörung vor der Hauptverhandlung anberaumt, aber nicht vor mehreren Monaten, wegen des ständigen Rückstaus von Fällen im Jugendgericht. Der Gerichtsdiener gab George ein Stück Papier mit Auskünften für das Bewährungsamt, damit er dort mit einem Sachbearbeiter sprechen konnte – und das war alles.

Trotz der Kürze hatte Georges erste Anhörung als ein beschuldigter Straftäter eine tiefere Bedeutung. Es hatte ihn – wenigstens in den Augen des Gesetzes – von einem Kind in Gefahr zu einem gefährlichen Kind verwandelt. Niemand tadelte die namenlosen Bürokraten, die einen guten Schüler nahmen und ihn in eine Familie steckten, die durch Drogen zerrüttet war, denn solch eine Aufrechnung gibt es in dem System nicht. Keiner fragte, wie ein Mündel des Gerichtshofs ein Bandenmitglied werden konnte, ohne daß jemand das bemerkte. Nur George wurde verantwortlich gemacht. Sein Status als ein 300er

Mündel war beendet, und seine Akte im Verwahrungsgericht wurde mit einem großen roten Stempel versehen: »Beendet«. Offiziell war er nun kein Opfer mehr, sondern ein Verbrecher – und als solcher würde er fortan behandelt werden.

Das Kinderwohlfahrtssystem hatte in Georges Fall kläglich versagt, aber das rief keine Bestürzung hervor. Die Öffentlichkeit erfuhr das nicht, denn der Jugendgerichtshof hütet – im Namen des Schutzes der Kinder – eifersüchtig die Vertraulichkeit von 300er Fällen. Nicht einmal Richter an Strafgerichten bekommen diese Akten zu sehen. Und innerhalb des Systems nahm kein Eingeweihter viel Notiz, denn was mit George geschah, ist so entsetzlich häufig. Jedes Jahr werden 10 000 Fälle aus dem Verwahrungssystem von L.A. ausgeschlossen. Ein Drittel davon erhält den Beendigungsstempel, weil die vom Staat aufgezogenen Kinder dem Verbrechen verfallen sind.

Das sind mehr als 3 000 Kids in Los Angeles, jedes Jahr.

Danach ging es mit George bergab. Wegen der Vertraulichkeit, in die die 300er Kinder eingehüllt sind, erwähnt sein erster Bewährungsbericht noch nicht einmal den Umstand, das er acht von seinen vierzehn Lebensjahren ein Mündel des Verwahrungsgerichts war. Dieser Bericht hörte sich so an, als ob George sich aus keinem ersichtlichen Grund plötzlich ins Verbrechen gestürzt hätte. Die regelmäßige Beratung und Therapie, die er als ein Opfer von Kindesvernachlässigung empfangen hatte, endete damit. Keiner nahm Notiz davon. Jetzt war er einfach ein schlechter Jugendlicher. Er wurde zu einer Tante entlassen, die – wie Bewährungshelfer nachträglich berichteten – schon wegen Drogendelikten inhaftiert gewesen war. George lief weg und erschien nie zu seinen Gerichtsanhörungen, in der Hoffnung, daß das System ihn mit der Zeit vergessen würde.

Und dann geschah etwas Unglaubliches: Die Mutter eines seiner Freunde nahm ihn auf. Ihre Wohnung war klein und recht schäbig, ihr Einkommen mager, aber Kathy Reveles bot George etwas, was er nie erlebt hatte:

Güte, Unterstützung, das Gefühl des Angenommenseins. Sie behandelte ihn wie einen Sohn, ließ ihn wieder in der Schule eintragen, erteilte ihm Aufgaben im Haushalt und ein kleines Taschengeld. Wenn er sich schlecht benahm, sagte sie es ihm, worauf George sich dann entschuldigte und sie flehentlich bat, ihn nicht wegzuschicken. »Das wird nicht geschehen«, sagte sie darauf immer. Das hier ist doch jetzt deine Familie.«

Er wagte nie, wirklich daran zu glauben, jedenfalls nicht völlig, bis zu jenem Tag, an dem er ihr scheu ein Gedicht zeigte, das er geschrieben hatte. Sie umarmte ihn und dankte ihm, als ob er wirklich etwas wert war. George rief darauf aus: »Ich danke *dir*, Mom«, und das hörte sich aufrichtig an. Kathy umarmte ihn wieder fest, und er versteifte sich nicht, stieß sie nicht weg oder benahm sich sonstwie störrisch. George war sich nicht ganz sicher, aber im Alter von 14 dachte er, daß er endlich eine Person gefunden habe, die er liebte. Und vielleicht, nur vielleicht, liebte diese Person ihn auch.

Ein Jahr lang blieb George in der Schule und von Anfechtungen fern, während er im Haushalt der Reveles lebte. Er meldete sich schließlich wieder beim Gericht und erhielt eine Bewährungsstrafe in der alten Anklage wegen Diebstahls und Körperverletzung, und die Gerichtsbeauftragte Jones erlaubte ihm, bei seiner neuen ›Mutter‹ zu bleiben. Einige Monate später aber brach ein Mitglied des Reveles-Haushalts in ein Haus in der Nachbarschaft ein. In Georges Zimmer fand man einen gestohlenen Videorecorder, und auch George wurde festgenommen und angeklagt. Ein neuer Bewährungshelfer, dem der Fall zugeteilt wurde, entschied, daß Kathy Reveles' Haushalt ein schlechter Einfluß, ihre Wohnung überbelegt und unordentlich sei, so daß George daraus entfernt werden müsse. »Sie ist doch alles, was ich habe. Bitte, ich werde brav sein und noch besser lernen«, bettelte George und schluchzte heftig während des Gesprächs mit dem Bewährungshelfer. »Bitte lassen Sie mich doch nach Hause zurückgehen!«

Aber der Bewährungshelfer blieb unerbittlich, und die

Gerichtsbeauftragte Jones stimmte ihm zu. George wurde in ein Gruppen-Pflegeheim bei Los Angeles gesteckt, viele Meilen von der Wohnung der Reveles entfernt. Zu der Zeit, wie es aus Georges Gerichtsakten hervorgeht, fiel es jemandem endlich auf, daß George Beratung brauchte: abwechselnd wurde er von Wut und Depressionen gepackt, warf einmal den Lehrern Flüche an den Kopf und weinte dann wieder untröstlich. Der Bewährungshelfer berichtete, daß George während ihres Gesprächs »hysterisch« wurde. Sein Schulsozialarbeiter bat das Gericht, George in ein Intensiv-Behandlungsprogramm aufzunehmen, bevor etwas Schreckliches geschehen würde. Das Bewährungsamt führt solch ein Ortsprogramm durch mit behüteten Plätzen für etwa 100 Kinder und einer Warteliste von bis zu sechs Monaten für die Aufnahme. Aber George wurde noch nicht einmal dafür vorgesehen. Er empfing weder dort Beratung noch irgendwo anders.

George haßte sein neues Gruppenheim. Er war dort das einzige Latinokind. Alle anderen waren schwarz, so daß sich George wie eine Mißgeburt, ein Versager fühlte, der unerwünscht war und deshalb gehänselt wurde. Nach ein paar Monaten lief George weg. Er kehrte in sein altes Bandenviertel zurück und schloß sich bald einem 20 Jahre alten Bandenstrolch mit Namen Frank Villa an. Villa und George überredeten zwei andere Jugendliche auf Bewährung zur Teilnahme an einem Überfall auf ein Haus. Ihr Ziel war ein Gebrauchtwagenhändler mit dem Spitznamen Shorty, von dem gesagt wurde, daß er große Bargeldbeträge zu Hause hatte.[5] Villa bewaffnete sich mit einem Revolver, George mit einem 0,22er Gewehr und einer der anderen Jugendlichen, Jojo, mit einem weiteren Revolver. Ein Mädchen, Bambi genannt, hatte den Auftrag, an die Tür zu klopfen und nach einem von Shortys Söhnen zu fragen. Sobald sich die Tür öffnete, sollten die anderen in das Haus stürmen, Shorty und seine Familie mit den Waffen bedrohen und dann mit dem Geld abziehen, befahl Villa.

Statt dessen schoß Shorty Villa ins Bein, der Rest der

Familie stürzte sich auf ihn, bearbeitete ihn mit Fußtritten und Schlägen, und die drei Kumpane Villas rannten davon.

Hinter Gittern verriet Villa schnell die Namen der anderen und gab George viel von der Schuld, in der Hoffnung, durch diese Bereitwilligkeit eine mildere Strafe zu bekommen. Die Polizei fand George in Kathy Reveles' Wohnung. Seine anderen Partner in diesem Verbrechen wurden in der Nachbarschaft aufgegriffen. Die Anklagen waren gewaltig: Es waren sechs Menschen in dem überfallenen Haus gewesen, einschließlich eines Kleinkindes, was sechs Anklagen wegen Versuchs eines bewaffneten Raubüberfalls bedeutete. Da Villa seinen Revolver abgefeuert hatte, wurden auch Anklagen wegen Mordversuchs in Betracht gezogen.

Zu diesem Zeitpunkt hatte George seinen sechzehnten Geburtstag erreicht. Der Gerichtshof, der ihm immer so wenig Beachtung geschenkt hatte, untersuchte seine Vorstrafen jetzt in allen Einzelheiten. Als Rechtfertigung dafür, ihn als Erwachsenen behandeln zu können, gab ein wiederum anderer Bewährungshelfer – der sechste, seit er vom System erfaßt worden war – seinem Hintergrund einen neuen Anschein. In der Vergangenheit war Georges Beteiligung an Verbrechen – Körperverletzung, Autodiebstahl und Einbruch – immer als minimal angesehen worden, weshalb ihm auf die Strafen Bewährung mit praktisch keiner Beaufsichtigung oder sonstigen Leistungen des Jugendgerichtshofs gewährt worden war. Jetzt aber schrieb der neue Bewährungshelfer: »Die Vorstrafengeschichte des Minderjährigen scheint ernst zu sein. Es liegt schon eine vorherige Körperverletzung mit einer tödlichen Waffe vor ... Also liegt es auf der Hand, daß er eine Bedrohung für die Sicherheit anderer ist.«

Wie schon zuvor gab es keine Diskussion über diesen neuesten Bericht seiner dem Staat anvertrauten Kindheit. Die erfolglosen Bitten, daß George psychologische Beratung erhalte, nachdem er straffällig geworden war, wurden überhaupt nicht erwähnt. Es gab nur eine strenge

Empfehlung: Überstellung an das Erwachsenengericht und Bestrafung mit aller möglichen Härte des Gesetztes.

Nun mußte Jewell Jones entscheiden.

Im Gerichtssaal rutscht George auf seinem Stuhl herum und schaut düster auf den leeren Stuhl neben ihm, der mit »Elternteil« gekennzeichnet ist. Der Gerichtsdiener spricht in die Lautsprecheranlage: »Die Eltern von Geroge Trevino mögen bitte dem gelben Strich bis zur Abteilung 251 folgen.« Dann, nach einer geflüsterten Anweisung von der Gerichtsbeauftragten Jones, fügt er hinzu: »*Vormund* von George Trevino bitte zu 251 kommen.« Nach einem Moment tritt Kathy Reveles ein, blond, füllig, mit einem faltigen, gütigen Gesicht. Sie setzt sich schwerfällig neben George hin und beginnt dann, ihm tröstend die Schulter zu tätscheln, während er seine Tränen mit dem Ärmel abwischt. »Ich bin alles, was er noch hat«, erzählt sie dem Gericht.

Georges Verteidigerin Anna Noriega bittet die Gerichtsbeauftragte eindringlich, doch einen Grund zu finden, George im Jugendstrafsystem behalten zu können. Im Gegensatz zu John Sloan, der so viele Vorteile im Leben gehabt habe, bevor er der Anführer eines verpfuschten Raubüberfalls wurde, sei George doch nie viel mehr als ein Zuschauer bei Verbrechen gewesen, argumentiert die Verteidigerin. Er habe doch nie jemandem körperliche Schmerzen zugefügt. Er sei ein einfacher, minderer Mitspieler in einem törichten Raubüberfall gewesen, der von einem Erwachsenen geplant und geleitet worden sei, sagt sie, und sei voller Reue.

»Er ist ein Opfer des Systems. Es ist doch zu früh, diesen Minderjährigen aufzugeben. Er hat doch den Willen, die Folgen seiner Taten zu akzeptieren. Er möchte nicht in seine alte Umgebung zurückgehen. Er möchte sich bessern. Das ist eine Einstellung, von der wir mehr hier im Jugendgericht brauchen. Geben wir ihm doch noch eine Chance!«

Der Umstand, daß er eine Schußwaffe besessen habe, bedeute doch nicht mehr viel in Los Angeles, fügt sie hinzu. »Wenn man der Verbrechensstatistik Glauben schenken kann, haben unsere Kinder doch viel zu leichten Zugang zu Waffen.«

George zieht sie am Ärmel und spricht leise auf sie ein: »Sagen Sie ihnen, daß der Revolver ungeladen war. Das habe ich der Polizei auch schon gesagt. Er war ungeladen. Ich hätte also gar keinen verletzten können.« Aber die Verteidigerin setzt sich. Sie hat genau die gleiche Methode gegenüber der Gerichtsbeauftragten Jones angewandt, wie John Sloans Verteidigerin gegenüber Richter Dorn. Aber dies war ein anderer Gerichtssaal, ein anderer Tag.

Die dem Fall zugeteilte Staatsanwältin steht auf. Sie sieht aus, als ob sie sich unbehaglich fühlt. Sie ist keine gefühllose Frau, aber sie vertritt eine gewisse Ansicht im System, eine, die von der Vorstellung ausgeht, daß die Strafe dem Verbrechen angemessen sein sollte. Sie blickt George an, setzt sich über den Knoten in ihrem Magen hinweg und macht ihren Job. »Ja, alles, was in seinem Leben geschah, mag wohl schrecklich gewesen sein«, sagt sie, »aber es kommt immer ein Zeitpunkt, an dem man persönliche Verantwortung trägt ... Der Junge brauchte Hilfe. Er hatte ein schlimmes Leben – das bestreite ich nicht. Aber an jenem Tag traf er eine persönliche Entscheidung. An jenem Tag zeigte er kriminelle Energie und Findigkeit. Dafür ist er verantwortlich, nicht das System. *Er* war es doch, der das Verbrechen beging – nicht das System ... Die Leute in jenem Haus waren entsetzt. Es befand sich ein Kleinkind darin, als die Kugeln pfiffen. Wenn das keine schwere Straftat ist, weiß ich nicht, welche es dann überhaupt sein soll.«

Das ist ein häufiges Argument – und wahr. Selbst George gibt das zu. »Ich traf die Entscheidung, das ist wahr«, sagt er später. Ich war da, und ich ging da rein. Keiner zwang mich dazu. Ich war es, der freiwillig diesen Mist gebaut hat. Aber Sie müssen doch verstehen – das waren meine Freunde. Sie waren alles, was ich hatte. Ich habe niemals jemanden verletzt. Ich wollte niemals jemandem weh tun. Aber man verläßt seine Freunde nicht.«

Es dauerte etliche Zeit dort im Jugendgefängnis, bis George diese Gedanken im Geist klar formuliert hatte. Aber im Gerichtssaal stolpern die Worte in seinem Kopf durcheinander. Als sich die Staatsanwältin setzt, möchte er Jewell Jones zurufen, sie anflehen, erklären, schimpfen. Er möchte ihr klarmachen, daß er kein hoffnungsloser Fall ist, daß er nicht voller Haß oder Gewalt ist, keine Nummer ist – eine 300, 600 oder sonstwas –, sondern ein Junge, der keinen und nichts hat und der alles tun würde, um das zu ändern. Sagen Sie mir doch nur, wie ich das machen soll, möchte er schreien. Er möchte ihr erzählen, wie es ist, wenn man Nacht für Nacht den gleichen Traum hat: daß man mit seiner kleinen Schwester Fangen spielt, lacht, glücklich ist – und dann aufwacht und nicht weiß, ob dieses Bild im Kopf eine schwache Erinnerung oder nur etwas ist, was sein Hirn sich ausgedacht hat, um das schwarze Loch zu füllen. Wissen sie, wie das ist, keine Vergangenheit zu haben, möchte er fragen. Und hinter all dem, wie ein Klingen in den Ohren, steht die Frage, die ihn die ganze Zeit am meisten bewegt, die ihn gequält hat, seit er sechs Jahre alt war und seine Familie einfach wie Nebel verschwand. Er möchte sie immer wieder stellen – hier und dort und jederzeit: »Was machte ich damals falsch? Was habe ich getan, um dieses Leben zu verdienen?«

Aber er spricht nichts davon aus. Wie könnte er auch? Und was würde es nützen, wenn er es täte? Als sich die Staatsanwältin wieder gesetzt hat, starrt er nur weiter auf den tränenfeuchten Tisch, mit den unausgesprochenen Worten wie Galle in seiner Kehle. Er beginnt wieder zu schluchzen, wortlos, während Kathys warme, große Hand sanft seinen Rücken streichelt.

Die Gerichtsbeauftragte Jones ist einen Augenblick lang still. Sie ist eine stämmige Frau Mitte Fünfzig, mit ungebärdigen rötlich-braunen Haaren und einer Vorliebe für helle Lippenstifte, noch helleren Nagellack und große, baumelnde Ohrringe, die hypnotisch schwingen, während sie spricht. Sie begrüßt jeden, der ihren Gerichtssaal betritt, mit einem munteren »Hello«, anstatt auf Justizwürde zu bestehen. Alle Stühle in ihrem Saal sind mit Etiketten in Druckbuchstaben gekennzeichnet – einer davon für den ›Minderjährigen /Angeklagten‹. Die Eltern bekommen ein Stuhlpaar gleich neben dem Beschuldigten am Verteidigertisch. So werden sie zu einem Teil des Prozesses, statt in den Zuschauerteil verbannt zu sein wie in Dorns Saal und den meisten anderen des Jugendstrafsystems. Als ehemalige Bewährungshelferin ist Frau Jones unerschütterlich das, was andere abfällig ›eine Sozialarbeiterin auf dem Richterstuhl‹ nennen. Sie hat den größten Teil ihrer juristischen Laufbahn im Verwahrungsgericht mit der Bearbeitung von Fällen der 300er Kinder zugebracht, so daß sie sich sehr wohl bewußt ist, welche Kräfte in Georges kurzem, traurigen Leben am Werke waren – und sie haßt es, solche Kinder zum Erwachsenengericht zu schicken. Aber die Staatsanwälte hatten vor nicht allzu langer Zeit versucht, ihr die liberale Einstellung auszutreiben, indem sie sie ›durch Papierkrieg fertigmachen‹ wollten. Sie stellten bei jedem Fall von Entscheidung über Unterstellung unter das Erwachsenenstrafrecht einen Antrag auf ihre Absetzung von diesem Fall wegen Befangenheit. Eine Flut von Befangenheitsanträgen gegen Richter Dorn seitens der Pflichtverteidiger hatte das unterbesetzte Jugendstrafsystem Jahre vorher regelrecht gelähmt und schließlich Dorns Versetzung aus dem Jugendgerichtshof bis zu seiner vor kurzem erfolgten Rückkehr erzwungen. In Jones' Fall stellte die Bezirksstaatsanwaltschaft diese Versuche nach ein paar Monaten wieder größtenteils ein, aber die Staatsanwälte behandeln sie immer noch wie ein Kind auf Bewährung. Entscheidungen in Fällen wie George variieren stark von einem Gerichtssaal zum anderen je nach Richter, Staatsanwalt, Verteidiger, sogar nach Terminrückstand oder den vorhandenen Plätzen in irgendeinem Programm oder Heim. Es ist keine Übereinstimmung vorhanden – nur das Glück oder Unglück der vorherrschenden Umstände entscheidet. An diesem Tag ist eben der Druck auf Jewell Jones, eine harte Richtung einzuschlagen, enorm.

»Dieser Fall beruht allerdings auf Verantwortung«, nimmt Jewell Jones den Gedankengang der Staatsanwältin auf, »und die Leute, die für George verantwortlich waren, mich eingeschlossen, trafen nicht die richtigen Entscheidungen für ihn … Gott weiß, daß die Umstände seines Lebens schrecklich sind … Gott weiß, daß das System besser gehandelt haben sollte.«

Es scheint so, als ob die Gerichtsbeauftragte George dann doch für ungeeignet zur Überstellung an die Erwachsenengerichtsbarkeit erklären wird. Die Staatsanwältin krampft sich innerlich zusammen – vielleicht hat die Staatsanwaltschaft doch zu früh aufgehört, der Jones mit Papierkrieg zuzusetzen. Sie nimmt ihren Kugelschreiber auf, bereit, alles zu notieren, was die Gerichtsbeauftragte von sich geben wird – für eine Berufung. Die Verteidigerin beugt sich indessen auf ihrem Stuhl vor. Sogar George schaut für einen Moment auf und unterbricht sein Schluchzen. Die Jones ist offensichtlich unschlüssig, wie sie entscheiden soll, dort in der offenen Anhörung.

Dann ist dieser Moment vorbei. Die Gerichtsbeauftragte sieht Kathy Reveles direkt in die Augen und sagt: »Es tut mir leid.« Die Staatsanwältin entspannt sich, und Frau Jones vermeidet es, George anzusehen, der wieder zu schluchzen angefangen hat. Dieses Schluchzen ist nicht mehr leise. Seine Schultern heben und senken sich jetzt heftig, und er legt den Kopf auf die eingekerbte Holzplatte des Anklagetischs. Die Staatsanwältin reicht ihm ein Papiertaschentuch.

»Es sind eine Menge Fehler begangen worden«, fährt Mrs. Jones fort, »aber leider reicht das nicht. Das Gesetz ist sehr, sehr streng. Wenn es eine Möglichkeit geben würde, Jugendlichen das positiv anzurechnen, was Erwachsene ihnen angetan haben, dann würde für George eine Menge Positives auf die Waagschale zu legen sein. Unglücklicherweise kann ich das nicht tun.

George ist nett, hat ein gewinnendes Wesen, ist lieb und

bat mich seinerzeit, ihn zu Ihnen zu schicken«, sagt Jewell Jones und schaut dabei immer noch Mrs. Reveles an, um ihr ihre Beweggründe zu erklären. »Ich tat es und sollte es wohl nicht getan haben. Vielleicht hätte ich die Kröte schlucken und ihn damals ins Bewährungslager schicken sollen. Vielleicht wäre er dann jetzt nicht hier. Glauben Sie mir, ich liege nachts wach und frage mich solche Dinge wie diese hier.

Es tut mir leid«, wiederholt sie und schaut jetzt den 16jährigen vor sich an, »aber ich habe keine Wahl.« George müsse wie ein Erwachsener abgeurteilt werden, entscheidet sie.

»Das entspricht der Gerichtsordnung«, sagt Jewell Jones müde. Es ist die erwartete Entscheidung, das, was das Gesetz fordert. Niemand wird versuchen, dagegen Berufung einzulegen. Wenn die Gerichtsbeauftragte Jones nicht überzeugt werden konnte, wird kein Berufungsgericht George eine Chance geben. Doch die Verteidiger, Schreiber, Bewährungshelferin und Richter, sogar die Staatsanwältin, alle sehen aus, als ob man ihnen gerade in den Magen geboxt hätte. Das ist wieder mal so ein typischer Jugendgerichtsfall: Niemand ist der Gewinner.

Von den vier Jugendlichen, die an dem vereitelten Raubüberfall auf Shortys Haus beteiligt gewesen waren, ergeht es George am schlimmsten. Bambi und Jojo, deren kriminelle Vorgeschichte nicht besser oder schlechter als die von George ist, waren unter sechzehn. Das Mädchen Bambi wurde auf Bewährung freigelassen, Jojo für sechs Monate in ein Lager des Bewährungsamts in den Bergen außerhalb von Los Angeles geschickt. Der Erwachsene Villa ging eine Plädierabmachung ein und erhielt eine Gefängnisstrafe von acht Jahren. So bleibt also nur noch George übrig als Zielscheibe für den Erwachsenenstaatsanwalt, damit dieser mit Argumenten auf ihn einschlagen, ihn als Bandenmitglied, als gewalttätigen Verbrecher, als eine sechzehn Jahre alte Gefahr für die Gesellschaft brandmarken kann. Wenn er aller hier möglichen Anklagepunkte für schuldig befunden wird, kann er mit einer

Strafe von neunundzwanzig Jahren bis lebenslänglich in einem Staatsgefängnis rechnen.

Als er vom Gerichtsdiener aus dem Gerichtssaal von Mrs. Jones geführt wird, fällt George, dessen Augen geschwollen und feucht sind, etwas ein. Er dreht sich zu seiner Verteidigerin um und sagt ruhig und ohne eine Spur von Ironie: »Danke, daß Sie sich die Zeit genommen haben.«

Alle verlassen ohne ein Wort den Gerichtssaal.

Kapitel 7

Krieg

Wenn die Latinobanden sich nicht mehr gegenseitig zerfleischen, könnte schwarzen Straßenbanden – den »Crips« und den »Bloods« – ein lukrativer Block des Drogenhandels entrissen werden. Kämpfe gegen schwarze Banden sollten auch während des von der mexikanischen Mafia befohlenen Waffenstillstands weitergeführt werden. Polizeiagenten erlangten Kenntnis von zusätzlichen Anweisungen an junge Latino-Bandenmitglieder, Rassenkrawalle in Schulen, Jugendgefängnissen, Bewährungslagern und Erziehungsanstalten zu provozieren. Dieser Waffenstillstand ist nur ein Deckmantel für einen Machtkampf auf den Straßen von Los Angeles. Eine riesige Versammlung ist in Venice, Kalifornien, anberaumt worden, um diese Richtlinien zu verkünden. Delegierte von jeder größeren Latinobande in Südkalifornien sind abzusenden, um diesen neuen Befehl zur Kenntnis zu nehmen. Als Reaktion sind die Polizeistreifen verstärkt worden mit der Anweisung, jeden Vorwand zu benutzen, um Bandendelegationen anzuhalten und zu verhören. Dies ist nicht streng gesetzlich, aber die Bandenangehörigen sind ja auch nicht gerade in der Lage, auf ihre verfassungsmäßigen Rechte zu pochen. Das ist ein Teil des Spiels.

Am Tag dieser Zusammenkunft halten zwei Hilfssheriffs der Gemeinde Los Angeles einen weißen Chevrolet Blazer an, der mit vier männlichen Insassen und einem Mädchen auf dem Weg nach Venice ist, alle mit Bandanna-Tüchern um die Stirn, übergroßen bauschigen Hosen, Pendleton-Hemden und großen schwarzen Monteurstiefeln. Die Hilfssheriffs befehlen den Insassen auszusteigen, und sie kriechen widerwillig heraus und lümmeln sich in der Gewißheit, daß man ihnen nichts anhaben kann. Da die mexikanische Mafia erwartet hat, daß die Polizei verstärkt Streifen fahren wird, haben die Abgesandten den Befehl erhalten, auf keinen Fall Waffen oder Drogen zu dem Treffen mitzubringen. Das Mädchen beeindruckt die Polizisten besonders – so jung und doch schon so hartgesotten wie irgendeine »Veterana«. Sie protestiert kalt gegen dieses Anhalten durch die Polizei und gibt dann nach Aufforderung widerwillig ihren Namen als Sylvia Mercado an. Sie sieht kaum wie 16 aus, aber etwas in ihrem Gesicht, die Bandanna tief über die Stirn gezogen, der furchtlose Blick in ihren Augen, macht sie bemerkenswert. Die Hilfssheriffs müssen sie alle weiterfahren lassen – der Fahrer und die Fahrgäste haben keine Gesetzte gebrochen –, aber eingedenk der nicht schriftlich niedergelegten Richtlinie, Bandenmitglieder wo immer möglich zu belästigen, machen die Beamten Schnappschüsse von der ganzen Autofracht. Alle Bandenangehörigen ziehen ihre Hemden für die Aufnahme hoch, einschließlich Sylvia, um die großen Tätowierungen auf ihren Bäuchen zu zeigen, die verkünden, daß sie Mitglieder der Bande »Tepa 13« sind.

Zurück auf dem Polizeirevier erzählt einer der Streifen-Hilfssheriffs einem Beamten, der Bandenfachmann ist, von ihrer Begegnung: »Wir trafen auf dieses Mädchen. Das ist zweifellos eine der hartgesottensten Gangstermiezen, die wir je gesehen haben.« Der Hilfssheriff holt dabei die Polaroidaufnahmen, die sie gemacht haben, heraus und zeigt sie dem Experten. »Sieh dir mal die da an. Ihr Name ist Sylvia Mercado.«

»Die heißt nicht Sylvia Mercado«, entgegnet der andere Polizist. »Das ist doch Carla James! Die hatte ich letztes Jahr wegen einer Vorbeifahrschießerei verhört.«

Die Erkenntnis, daß Carla einen anderen Namen benutzt, sich wie eine Gangsterin kleidet, zu einem großen Bandentreffen fährt und sich mit einer riesigen Tätowierung brüstet – kurz, daß sie so ziemlich jede Auflage ihrer Bewährung verletzt –, setzt eine zweiwöchige Jagd der Bewährungsbeauftragten Sharon Stegall nach ihr in Gang. Sie wird ihrer schließlich bei einer ihrer unregelmäßigen Besuche zu Hause habhaft. Als Carla eines Morgens auftaucht, ruft ihre Mutter ruhig die Bewährungsbeauftragte an, während das Mädchen duscht, und kurze Zeit später stehen sich Bewährungsbeauftragte und unter Bewährung Stehende gegenüber. Sharon zwingt Carla, ihre Tätowierung zu zeigen, was eine gesetzliche Handhabe für die sofortige Festnahme darstellt.

»Du hast das Recht zu schweigen, verstehst du?« erklärt Sharon Carla, als sie ihr Handschellen anlegt. »Du hast das

Recht auf einen Anwalt. Und du hast offensichtlich das Recht, dumm zu sein.«

»Das ist doch mein Körper«, antwortet Carla ruhig. »Ich kann doch mein Bandenzeichen tragen, wenn ich will.«

Eine Woche später suche ich Carla in der Zweigstelle Sylmar des Jugend-Untersuchungsgefängnisses auf, wo sie darauf warten muß, was das Jugendgericht nun mit ihr machen wird. Sie hat wieder ihre gewöhnliche Vertrauensstellung in ihrer Gefängniseinheit aufgenommen, die dem Aufsichtspersonal hilft, die Ordnung aufrechtzuerhalten, Mahlzeiten zu verteilen, Aufgaben zu erteilen und Schlägereien zu beenden. Nach außen hin ist sie reumütig und betont, sie wolle ihre Akte nun verbessern. Sie hat auch schon die notwendigen Formalitäten eingeleitet, um ihre Tätowierung chirurgisch entfernen zu lassen, obwohl sie irgendwie nie dazu kommt, ein Datum für die Operation festzulegen. Sie gibt an, sie wolle einen Privatarzt dafür, nicht »einen Krankenhausschlächter von der Gemeinde«.

Wir sitzen in einem leeren Korridor auf Plastikstühlen außerhalb der Hörweite des Aufsichtspersonals, und Carla entspannt sich etwas und gibt zu, daß sie gar nicht so fest entschlossen ist, das Bandenleben aufzugeben, wie sie vorgibt.

»Man muß denen eben erzählen, was sie hören wollen«, meint sie. »Ich möchte die Zeit so gut wie möglich hinter mich bringen, also tue ich alles, was sie wollen. Ich bekomme alle Vorrechte, die möglich sind. Man wäre doch verrückt, wenn man das nicht machen würde. So funktioniert das System eben. Sie wollen mir eine Lehre erteilen. Also sage ich, ich habe meine Lektion gelernt. Würden Sie das nicht auch tun?«

Als ich nicht antworte, schüttelt sie den Kopf. Die Leute in dem System, sagt sie – die Erwachsenen – verstehen doch ihre Welt nicht. Das ist doch nicht mehr so wie zu der Zeit, als sie Kinder waren, als das schlimmste, härteste Kind in der Schule vielleicht ein Springmesser trug. Heutzutage hat jeder eine Schußwaffe, ist jeder reifer. Und keiner von ihnen versteht unsere Banden. Das ist doch nicht alles nur Schießerei und Verbrechen. Dazu gehört doch auch 'ne Menge Ehre, Treue und das

Bemühen um etwas Größeres als das eigene Selbst. In einer Bande fühlt man sich willkommen, man öffnet sich dir, du bist ein Teil von etwas, du hast dich verpflichtet, du hast Macht. Hier verstehen die das nicht. Die denken nur, wir sind alle Monster.

Aber was ist denn mit den schrecklichen Vorbeifahrschießereien, frage ich, und den Leuten, die dabei getroffen werden, die sterben? Ist es denn nicht aus diesem Grunde, daß die Leute denken, Banden seien etwas Entsetzliches? »Du warst an Vorbeifahrschießereien beteiligt, auf beiden Seiten von der Waffe. Wie kannst du denn das rechtfertigen?«

»Das ist etwas anderes. Eine Vorbeifahrschießerei ist nicht wie ein Mord, wenn man vor jemandem auftaucht und ihn absticht oder so. Das ist zu kaltblütig. Das könnte ich nie tun. Das ist schlecht.«

Ich gebe zu, daß mich das regelrecht verwirrt, und Carla sieht mich an, als ob ich hoffnungslos rückständig sei.

»Bei einer Vorbeifahrschießerei«, erklärt sie, »siehst du nicht, was geschieht. Du ziehst einfach den Hahn – Pam, Pam, Pam, und dann bist du weg. Vielleicht hast du einen getroffen, vielleicht nicht. Du zielst da auf keinen im besonderen. Du bist schon wieder weg, bevor du auch nur siehst, was geschehen ist.«

»Wenn aber jemand ins Herz geschossen wird, ist er doch genauso tot, als wenn du ihm ins Auge gesehen hättest, nicht wahr?«

»Das ist kein Mord«, beharrt Carla. »Ich kann einfach nicht glauben, daß Sie das nicht verstehen. Wenn du nicht siehst, was passiert, wie kann das denn Mord sein?«

Ich frage, wie es denn wäre, wenn ihr Bruder in einer Vorbeifahrschießerei zu Tode käme. Würde das dann auch kein Mord sein?

Sie denkt kurz nach und, was man ihr immerhin anrechnen muß, gibt zu, daß sie das bis jetzt noch nicht von dieser Seite überlegt habe. Vielleicht, meint sie, sei doch mehr daran, als sie dachte. »Schauen Sie, ich sage ja nicht, daß Vorbeifahrschießereien gut sind oder daß ich sie mag oder so. Nein, das tue ich nicht. Ich meine nur, daß sie nicht das gleiche sind wie kaltblütiger Mord und daß das Gericht sie nicht wie solch einen Mord behandeln sollte.«

Dann aber wird sie wieder munterer. »Aber lassen Sie mich Ihnen sagen: Wenn mein Bruder erschossen wird, muß ich mich aufmachen und nach dem suchen, der das getan hat. Ich muß dann Rache nehmen. Ich würde dann auch eine Vorbeifahrschießerei unternehmen müssen, um der Bande, die das getan hat, ans Fell zu gehen. Und ich weiß, daß das kein Mord sein würde.«

Ein Teil von mir möchte es dabei belassen, aber ich muß doch die Frage stellen: »Wenn das kein Mord wäre, Carla, was wäre es dann?«

Carla lächelt: »Gerechtigkeit.«

•

»Vier Jahre lang hat sich das Gericht nun schon mit diesem Minderjährigen beschäftigen müssen, und nichts ist mit ihm getan worden – nichts!«

Richter Dorn ist an diesem Vormittag in einer bissigen Laune, offenbar auf dem Kriegsfuß mit allen Parteien seines Gerichtsgebäudes. Er hat schon einen Pflichtverteidiger wegen unpünktlichen Erscheinens, Unfähigkeit und Unaufmerksamkeit getadelt und gedroht, ihm die Pfründe künftiger Zuweisungen von Fällen zu nehmen. Dann hat er gedroht, einen Bandenmordfall abzuweisen, weil ein grauhaariger Polizei-Sergeant sich weigerte, dem Pflichtverteidiger Zugang zu einem Schlüsselzeugen, dessen Leben gefährdet ist, zu gewähren. »Ich dulde nicht, daß man sich meinen Anordnungen widersetzt!« bellt der Richter und verweigert dem Polizisten das Wort. »Sie werden diese Information jetzt geben. Auf der Stelle!« Dann, obwohl diese Entscheidung günstig für die Verteidigung war, brachte er es fertig, das ganze Pflichtverteidigeramt gegen sich aufzubringen, indem er die vorher häufige Praxis, informelle, unbeaufsichtigte Bewährung für geringfügige Gesetzesverletzungen zu erteilen, abschaffte und sich dann weigerte, Fälle anderen Richtern zu übertragen, die sich, wie er es ausdrückte, mit »Handklapsstrafen« begnügten. Als dann eine Pflichtverteidigerin auch noch darauf bestand und auf ihr gesetzliches Recht pochte, einen anderen Richter zu beantragen – um Dorn mit Papierkrieg zuzusetzen –, bestrafte er sie, indem er den Fall an die entfernteste Zweigstelle des Jugendgerichtshofs von L.A. verwies: Pomona, das mindestens eine Autostunde entfernt liegt. Dabei hätte der Richter im Erdgeschoß Platz für diesen Fall auf seinem Terminkalender gehabt.

Im Laufe des Vormittags brachte er außerdem Bewährungshelfer zum Murren, denn er beschloß, daß sie ihm mindestens alle zwei Monate Fortschrittsberichte über die ihnen Anvertrauten vorlegen müssen, statt nur ein- oder zweimal pro Jahr, wie andere Richter fordern. Die Methode sollte die Bewährungshelfer zwingen, die Kids viel genauer zu beaufsichtigen, als es vielen recht ist. Für die Bewährungshelfer bedeutete dies einen ungeheuren Mehraufwand an Arbeit. »Gewöhnen Sie sich daran!« polterte Dorn, als er sah, wie eine Bewährungshelferin darauf mit den Augen rollte. »Sie werden Richter Dorns Minderjährige richtig beaufsichtigen, oder ich werde Ihren Amtsleiter herzitieren, damit er mir erklärt, warum das nicht geschieht.« Dies ist eine beliebte Drohung von Dorn, denn er stellt sich vor, daß ein Bürokrat wohl fast alles tun wird, um zu vermeiden, zum Gericht zitiert zu werden, um dort verbale Prügel zu beziehen. Er nutzte dies auch schon, um neue Anstriche, neue Polsterungen und neue Armaturen für sein lange vernachlässigtes Gerichtsgebäude durchzusetzen.

Als nächstes ging das Wort von Dorns Büro aus, daß er eine enorme Versammlung von Polizeichefs, hohen Bewährungsfunktionären, Amtsleitern, Schulräten und Jugend-Sozialbeauftragten für Anfang Februar einberufen wolle. Dort würde er einen Plan zur Reformierung der Jugendgerichtsbarkeit verkünden und alle Anwesenden zur Teilnahme zwingen. Die Bezirksstaatsanwaltschaft und das Pflichtverteidigeramt wurden nicht dazu eingeladen, was seine Geisteshaltung erraten läßt. Die beiden letzteren Institutionen begannen deshalb, Spione anzuwerben, nachdem sie stibitzte Exemplare der Gästeliste erhalten hatten. Sie wollten sich auf das, was Dorn so im Schilde führte, vorbereiten.[1]

Danach setzte er diesem geschäftigen Vormittag die Krone auf, indem er wieder seinen Lieblingsprügelknaben, den stellvertretenden Bezirksstaatsanwalt, Hyman Sisman, tadelte, weil dieser einen sehr wichtigen Zeugen nach Hause geschickt hatte, obwohl er noch zum Abschluß eines Falles gebraucht wurde. Dorn verweigerte dem Staatsanwalt eine Unterbrechung, um den Zeugen zum Gericht zurückholen zu lassen, und sprach statt dessen zwei Burschen frei, die einen Pizzaausträger zusammengeschlagen und beraubt hatten, dann auf ihrem wehrlos daliegenden Opfer herumgetanzt, das geraubte Geld gezählt und die Pizza mit Extra-Peperoni, die sie vom Telefon ihrer Wohnung aus bestellt hatten, in aller Seelenruhe verspeist hatten. »Ich muß euch freisprechen, weil das Volk, das heißt die Staatsanwaltschaft, seine Arbeit nicht richtig getan hat«, erklärte Dorn, so daß alle im Gerichtssaal es hören konnten. Dann wandte er sich an Sisman: »Das nächste Mal, Herr Staatsanwalt, wenn Sie erklären, daß Sie bereit sind fortzufahren, dann geben Sie gefälligst acht, daß Sie auch wirklich bereit sind.« Die beiden Burschen, frech in bauschigen Gangsterklamotten gekleidet, hüpften aus dem Gerichtsgebäude wie Schulkinder beim Pausenzeichen. Der auf diesen Fall angesetzte Kriminalbeamte Mark Fuhrman, der später wegen seiner rassistischen Tonbandäußerungen und seiner Rolle im Fall O.J. Simpson berüchtigt werden sollte, beglückwünschte sie sarkastisch und stolzierte dann angeekelt hinaus.

Kurz gesagt, Dorn genießt diese Art von Vormittag, der die Pflichtverteidiger dazu bringt, ihn einen zu strengen Richter zu nennen, die Staatsanwälte und Polizisten, ihn als viel zu nachsichtig zu tadeln, und der jeden im System sich fragen läßt, was dieser Richter wohl als nächstes anstellen wird.

Seine nächste Zielscheibe ist wieder das Bewährungsamt – und dessen Verhalten in dem vier Jahre alten Fall von Eric Davis. »Nichts ist mit diesem Minderjährigen geschehen«, bellt er wieder.

Eric ist ein unscheinbarer, vom Autodieb zum bewaffneten Autoräuber aufgestiegener Siebzehnjähriger, dessen kriminelle Laufbahn erst unter der Aufsicht der Jugendgerichtsbarkeit und ihres ausführenden Arms, des Bewährungsamts, so richtig gediehen war.

Dorn beugt sich vor, einen Ausdruck des Widerwillens auf dem Gesicht. Er läßt so viel Erstaunen in seinen seidigen Bariton einfließen, als sehe er gerade den Grand Canyon zum ersten Mal. Während er spricht, starrt er abwechselnd Eric und dessen dicke Jugendgerichtsakte vor sich an, einen Haufen von rosafarbenen, gelben und weißen Formblättern, die dem Uneingeweihten unverständlich sind, aber für Richter Dorn eine deutliche Straßenkarte des Versagens darstellen.

»Das hier ist doch ein klassisches Beispiel dafür, was mit unserer Behandlung von ›geringen Straftätern‹ nicht in Ordnung ist«, kommentiert Dorn. »In ein paar Monaten wird er achtzehn sein, und dann geht er ins Nichts – oder noch Schlimmeres.«

Niemand im Gerichtssaal sagt etwas dazu, obwohl Dorn jeden amtlichen Beteiligten an diesem Fall herausfordernd ansieht. Erics Verhalten ist so wenig zu entschuldigen wie das des Systems. Daß dies von den Staatsanwälten, Verteidigern und Bewährungshelfern in diesem Gerichtssaal als Selbstverständlichkeit hingenommen wird, daß niemand sich genug an der Ehre gepackt fühlt, um zu antworten, spricht Bände.

»Schauen Sie doch mal dieses Register an«, sagt Dorn und weigert sich, den Aktenhaufen zur Seite zu schieben, wie es andere Jugendrichter oft tun. Er hat beschlossen, in Erics Fall ein Exempel zu statuieren. »Oktober 1989, der Bursche ist 13. Er schlägt einen anderen Jungen mit einer Baseballkeule und wird wegen Körperverletzung mit einer tödlichen Waffe festgenommen. Aber er wird nie dafür vor Gericht gebracht. Das Bewährungsamt in seiner unendlichen Weisheit entläßt den Minderjährigen in unbeaufsichtigte Bewährung – für eine Körperverletzung, die sehr ernste Folgen hätte haben können! Das ist doch empörend! Deshalb werde ich nicht erlauben, daß noch mehr Mißbrauch mit unbeaufsichtigter Bewährung getrieben wird!«

Seit seiner Rückkehr auf den Jugendrichterstuhl hat er genüßlich die Praxis seiner Amtsbrüder über den Haufen geworfen – und dabei besonders die Pflichtverteidiger in Rage gebracht –, indem er sich konsequent weigert, formlose, unbeaufsichtigte Bewährung für geringe Gesetzesverletzungen, genannt »654er Bewährung« nach dem entsprechenden Paragraphen des kalifornischen Strafgesetzbuchs, zu gewähren. In den letzten Jahren ist der Paragraph 654 zu einer Hauptstütze des Systems geworden. Er hat den Kids überhaupt nicht geholfen. Im wesentlichen lief es doch darauf hinaus, daß der Autodieb, Graffitisprüher oder Ladendieb, dem Bewährung nach Paragraph 654 gewährt worden war, nach Hause ging. Wenn er anschließend sechs Monate lang eine Verhaftung für andere Delikte, die er dann beging, vermeiden konnte, wurde der Fall abgeschlossen. Es war dann so, als ob überhaupt nichts geschehen sei. Im Grunde genommen ist der 654er eine arbeitssparende Einrichtung für das Bewährungsamt und den Rest der Gerichtsbürokratie – mit einer hohen Versagensrate, weil – wie es in seinem Wortlaut festgelegt ist – keinerlei Beaufsichtigung, Beratung des jungen Straftäters oder andere Leistungen erfolgen. Dennoch, die meisten Richter gewähren ihn regelmäßig – mit Ausnahme von Richter Dorn.[2]

»Zeitverschwendung!« schimpft er. »Alles verlorene Zeit! Der 654er hat nie etwas Gutes für einen Minderjährigen gebracht. In diesem Stadium müssen wir ja gerade mit ihnen arbeiten, weil sie dann alle Aufmerksamkeit brauchen, die wir ihnen geben können – bevor es zu spät ist!«

Dorn schaut den Jungen über seine Brille hinweg an. Dieser kann ein Grinsen nicht recht verbergen. Der Pflichtverteidiger stößt ihn mit dem Ellbogen an, aber er rückt nur von ihm weg. Der Richter wendet sich wieder dem Aktenstoß zu.

»Fünf Monate später ist er wieder da, diesmal für Schweren Kraftfahrzeugdiebstahl. Er wird wieder auf Bewährung nach Hause geschickt, angeblich unter Aufsicht, aber es wird immer noch nichts getan. Das Bewährungsamt prüft noch nicht einmal, ob er regelmäßig zum Schulunterricht erscheint – was keineswegs der Fall ist. Er hätte dann sofort in Gewahrsam genommen werden müssen.« Wieder ein vorwurfsvoller Blick Richter Dorns. Eric schüttelt den Kopf mit höhnischer Traurigkeit und Ungeduld.

»Mit 15 wird er wieder festgenommen, diesmal für das Tragen einer Schußwaffe – ein Vergehen«, betont Dorn und schneidet damit eine seiner Lieblingsvorwürfe an, nämlich die rückgratlose Verweigerung der kalifornischen Gesetzgebung, sich den Zorn der Schußwaffenlobby zuzuziehen, indem sie den Besitz einer verborgenen Schußwaffe durch einen Jugendlichen zu einem Verbrechen deklariert. Bei Springmessern, Dolchen, Schlagringen ist das ein Verbrechen, aber nicht bei Schußwaffen, die am meisten bei Tötungsdelikten und Körperverletzungen durch Jugendliche benutzt werden.[3] Indem der Besitz einer Schußwaffe lediglich ein Vergehen bleibt, ist auch die Dauer, für die das Gericht ein Kind unter Aufsicht stellen kann, weiterhin sehr beschränkt.

»Endlich wird der Minderjährige für sechs Monate in ein Bewährungslager geschickt«, führt Dorn fort. »Als er wieder nach Hause kommt, verfällt er gleich wieder in seine alten Gewohnheiten. Das bringt uns dann hierher.«

Eric steht jetzt wegen Autodiebstahl und Widerstands gegen die Staatsgewalt vor Gericht. Er und ein Freund waren in einer wilden Hochgeschwindigkeitsjagd in einem geraubten Wagen vor der Polizei durch Los Angeles geflohen. Dieses Auto hatten sie einige Stunden vorher einer entsetzten Frau an einer auf Rot stehenden Verkehrsampel mit vorgehaltener Schußwaffe abgenommen. Eric wäre des weitaus schwereren Verbrechens des Auto*raubs* angeklagt worden, aber die Frau konnte nur Erics Freund einwandfrei identifizieren. Den zweiten Burschen hatte sie nicht genau zu Gesicht bekommen. Die Wahrscheinlichkeit, daß es sich bei Eric um den zweiten Autoräuber handelte, war groß, aber es war kein Beweis vorhanden, der einem angemessenen Zweifel standhalten konnte. So bekannte sich Eric nur des Diebstahls schuldig. Die niedrigere Anklage gab seinem Bewährungshelfer die Möglichkeit zu empfehlen, ihn auf Bewährung nach Hause zu entlassen. In den Monaten nach seiner letzten Festnahme hatte der Bewährungshelfer Richter Dorn einen Bericht gesandt, nach dem sich Eric gut in der Schule machte und seinen Lebensweg geändert zu haben schien.

Dorn wirft diese Empfehlung angewidert zur Seite. »Dieser Bewährungsbericht ist nicht das Papier wert, auf dem er geschrieben wurde«, bemerkt er dazu. »Schauen Sie sich doch das mal an – da sind doch Schreib- und Grammatikfehler drin. Sogar der Name des Minderjährigen ist falsch geschrieben. Der Bewährungshelfer nahm sich noch nicht einmal die Zeit, die Regelmäßigkeit des Schulbesuchs dieses Minderjährigen zu überprüfen. Besucht dieser junge Mann eine Schule oder nicht?«

Schweigen. Erics Verteidiger schaut diesen an, aber der sagt keinen Ton. Der Richter blickt zu der Mutter des Jungen hinüber, die hinten im Gerichtssaal sitzt, in Jeans und einer schwarzen Lederjacke gekleidet. In einem ihrer Nasenlöcher zittert ein kleiner Ohrring. Sie hatte dem Bewährungsamt erzählt, daß ihr Sohn ein guter Junge sei, dessen einziges Problem darin bestünde, daß er Freunde habe, die Autos stehlen und ihn zu Fahrten darin einladen – Angaben, über die sich Dorn unverhohlen lustig machte. Jetzt bohren sich seine Augen in sie hinein, so daß die Frau den Blick in ihren Schoß senkt. Er wiederholt seine Frage, diesmal lauter: »Besucht dieser Junge nun eine Schule oder nicht?«

»Er ist nicht eingeschrieben«, murmelt seine Mutter schließlich. »Er ist seit fünf Monaten nicht mehr zur Schule gegangen.«

»Er ist nicht eingeschrieben«, äfft ihr Dorn angewidert nach. »Er ist also seit fünf Monaten nicht mehr in einer Schule gewesen – seit dem Tag seiner Festnahme in diesem Fall. Und dennoch berichtet der Bewährungshelfer, daß der Minderjährige die Schule besuche und seine Pünktlichkeit und Noten gut seien. Mit anderen Worten, der Minderjährige log einfach. Und der Bewährungshelfer verließ sich auf sein Wort, ohne es nachzuprüfen. Das ist doch unglaublich!«

Einen Moment später verkündet er, daß die Bewährungsempfehlung nicht beachtet würde. »Das Bewährungslager ist der Platz für diesen jungen Mann«, entscheidet Dorn, »und dort wird er nun auch hingehen.«

Eric scheint wie vom Blitz getroffen. Nach der Leichtigkeit, mit der er den Bewährungshelfer zum Narren gehalten hatte, erwartete er wie immer davonzukommen. Erics Mutter beginnt, verärgert und unzusammenhängend im Hintergrund des Saales zu murmeln, aber Dorn bringt sie mit einem steinernen Starren zum Schweigen. »Die Mutter hat offensichtlich keine Ahnung, was mit diesem Minderjährigen vorgeht. Keine Ahnung. Sie erhält deshalb die Auflage, an mindestens zehn Elternberatungsabenden teilzunehmen.« Nun ist die Mom an der Reihe, bestürzt dreinzuschauen. Sie flüstert vor sich hin: »Darf der das eigentlich?« Ein Rechtsanwalt neben ihr zischt ihr zu, still zu sein, damit sie Dorn nicht noch mehr verärgert.

Der Richter wendet sich wieder an Eric. Dem sieht man nicht an, daß er in sechs Monaten achtzehn Jahre alt wird. Er sieht mehr nach Bar-Mizwa* als nach Wahlalter aus, mit diesem Ausdruck der Ungläubigkeit, der auf seinem Gesicht geschrieben steht statt der einstudierten Bandenschläger-›Coolheit‹, die er normalerweise zur Schau stellt.

»Sehen Sie es doch mal von dieser Seite an«, spricht der Richter und lehnt sich in seinem Stuhl zurück mit nach oben gespreizten Händen, als Beginn eines Vortrags, den er ausgefeilt und schon so manches Mal in Gerichten und außerhalb an Mann und Frau gebracht hat. »Praktisch jeder Erwachsene mit Vorstrafen, praktisch jeder Insasse im Staatsgefängnis, jeder Mörder in der Todeszelle hat seine verbrecherische Laufbahn unter den Fittichen des Jugendgerichts begonnen. Was man auch immer mit ihnen zu jener Zeit tat, zu der Zeit, als sie noch unter der Aufsicht der Jugendgerichtsbarkeit standen, hat offenbar keinen Erfolg gehabt. Warum? Weil unsere Prioritäten nach hin-

* Anm. d. Übers.: feierliche Aufnahme jüdischer Knaben in die jüdische Gemeinde nach Vollendung des 13. Lebensjahrs

ten gerichtet sind«, erklärt er, immer noch zurückgelehnt und sich an dem Thema erwärmend. »Das ist der Grund, warum das Verbrechen grassiert, warum von Jugendlichen begangene Gewaltverbrechen von 1987 bis 1991 um 50 Prozent angestiegen sind – das Doppelte der Zuwachsrate bei Erwachsenen – und warum die Anzahl der wegen Mordes festgenommenen Minderjährigen in diesen Jahren sogar um 35 Prozent zugenommen hat.« Dies, so glaubt Dorn, sei eine direkte Folge des Umstands, daß sich die Jugendgerichtsbarkeit auf die schlimmsten Straftäter konzentriert und die Ersttäter überhaupt nicht beachtet.

»Statt Zeit und Geld auszugeben, wenn Kinder das Gesetz zum ersten Mal übertreten – und wenn man ihnen helfen und sie auf einen besseren Weg bringen kann –, warten und warten wir und tun nichts, bis es zu spät ist und sie Verbrechen begehen, die so schwer sind, daß die ganze Gesellschaft sie nur noch strafen und nicht mehr bessern will.« Dorns Miene nimmt jetzt den Ausdruck äußerster Abscheu an. »Und dann kommt das Gezeter der Politiker, daß wir Kinder wie Erwachsene aburteilen müssen, um das Verbrechen zu bekämpfen – Sechzehnjährige, Vierzehnjährige. Wer weiß, wo das enden wird? Die Ursache ist doch aber, daß die Politiker nie die Mittel zur Verfügung gestellt haben, die wir brauchen, um das Verbrechen in seinen Anfängen, auf der Ebene des Jugendgerichts, zu stoppen.«

Er weist auf die neueste, vom Bewährungsamt durchgeführte Untersuchung der Jugendstrafverfolgung hin – diese berüchtigte »16-Prozent-Studie«. Darin wird diese hohe Versagensrate und die Nutzlosigkeit festgestellt und bewiesen, daß die gewalttätigsten und unzugänglichsten 16 Prozent der jugendlichen Straftäter den Löwenanteil der Zeit und Energie des Systems verschlingen. Das sei alles furchtbar falsch, meint Dorn. Das System dann noch strenger zu gestalten, würde die Dinge schlimmer und nicht besser machen.

»Statt Milliarden von Dollar für immer mehr Gefängniszellen auszugeben, was unsere Nation in die Pleite treibt, sollten wir einen Bruchteil dieser Summe hier für diese Minderjährigen verwenden und dadurch die Verbrechensrate halbieren. Jeder hier ausgegebene Dollar würde zehn Dollar auf dem Wege zu den Gefängniskosten einsparen – da besteht gar kein Zweifel. Und dennoch bleibt die Jugendgerichtsbarkeit das ungeliebte Stiefkind des Systems. Man redet schon davon, sie ganz abzuschaffen, was dann einem Vertuschen der wahren Umstände gleichkommen würde – einer Katastrophe. Nun, ich habe jetzt die Absicht, den Leuten reinen Wein darüber einzuschenken, wie es mit dem System in Wirklichkeit steht und was es tun könnte. Ich bin das quietschende Rad. Man wird mir Gehör schenken!«

Das bringt Dorn zu seinem anderen Hauptanliegen: Offenheit. Die Tür zum Jugendgerichtshof müsse der Öffentlichkeit aufgerissen und die traditionelle Vertraulichkeit, die die Mittelmäßigkeit und ständigen Fehlschläge vor den Blicken des Volkes verbirgt, zur Seite gefegt werden. »Die Öffentlichkeit hat doch keine Ahnung, wie wichtig dieser Jugendgerichtshof ist oder von den beklagenswerten, ja empörenden, Zuständen, die in diesen Gerichtsgebäuden bestehen – oder welchen Erfolg dieser Gerichtshof mit den richtigen Richtern und dem richtigen Programm haben könnte. Ich will die Öffentlichkeit darüber informieren!«[4]

Da er davon überzeugt ist, daß die wichtigste Aufgabe der Jugendgerichtsbarkeit darin besteht, mit den Kindern und Jugendlichen zu arbeiten, fühlt Dorn heftige Bitterkeit gegen die meisten seiner Juristenkollegen, die – als Gruppe – das Jugendgericht als einen zugewiesenen Posten mit geringem Prestige ansehen, ja sogar als eine Strafe. Die Postenzuweisungen, die von diesen Brüdern auf den Richterstühlen am meisten geschätzt werden, liegen weit vorn in der Weiße-Kragen-Welt der Zivilgerichte, wo der Ablauf gemessener ist, die Klienten, besonders die Repräsentanten der großen Konzerne, sauber und wohl gebügelt sind, der Streit sich immer um Geld handelt – gewöhnlich große Summen – und ein Richter leicht vom Amtsstuhl auf die Partnerschiene einer der großen Rechtsanwaltsfirmen von L.A. springen kann. Dort möchten die meisten der Juristen sein – so weit entfernt von den Realitäten der Jugendgerichtszweigstelle Thurgood Marshall wie nur möglich. Sie scheuen sich vor Dorns schäbiger Domäne, weshalb nur acht von achtundzwanzig L.A.-Jugendgerichtssälen mit Oberlandesrichtern besetzt sind. Der Rest hat zugewiesene Gerichtsbeauftragte und Schiedsrichter, das heißt Juristen tieferer Kategorien, die die Funktionen von Richtern wegen vorübergehenden Richtermangels ausführen, welcher in Wirklichkeit aber Dauerzustand ist.

Einige der acht Ordentlichen Richter am L.A.-Jugendgerichtshof sind hoch geachtet und sehr fleißig, aber die Beurteilung anderer ist nicht sehr schmeichelhaft. Zwei sind schon jahrelang von Anwälten wegen ihres geringen Arbeitseifers kritisiert worden – einer davon ist regelrecht berüchtigt wegen seines vierstündigen Arbeitstages, ständigen Vorsichhinschiebens praktisch jeden Falles und der Weigerung, mehr als einen Fall pro Tag zu verhandeln. (Im Gegensatz dazu führt Dorn regelmäßig zehn oder mehr Hauptverhandlungen pro Tag, wozu noch dreißig bis vierzig andere Angelegenheiten treten. Da es keine wirksame Methode zur Disziplinierung von Richtern gibt – wie Feudalherren im Mittelalter kann niemand ihnen vorschreiben, was sie innerhalb ihrer eigenen Gerichtssaal-Zuständigkeit zu tun haben –, bleiben solche Richter eigentlich ungestraft, wenn sich nicht die Anwälte massenweise weigern, vor ihnen zu plädieren.

Die Ansicht, daß ein zugewiesener Posten im Jugendgericht eine unerwünschte Ernennung ist, erstreckt sich nicht nur auf die Richterstühle. Einige Verteidiger auf der Zuweisungsliste sind nicht viel mehr als warme Körper, die einen Stuhl einnehmen, während ihre Mandanten sich der Anklagepunkte schuldig bekennen. In den meisten Fällen sind die einzigen Schriftstücke der Pflichtverteidiger in den Fallakten ihre Rechnungen an die Gemeindekasse. Diese vom Gericht ernannten Rechtsanwälte erhalten viel geringere Honorare als ihre Gegenparts an den Erwachsenengerichten, und das Maß an Kompetenz und Erfahrung unter ihnen kann erschreckend niedrig sein. Die Verteidiger von O.J.

Simpson sind in diesen Hallen nie zu sehen, und auch nicht die anderen Koryphäen der Jurisprudenz von Los Angeles. Solche Rechtsanwälte würden niemals für das vom Jugendgericht gebotene magere Honorar arbeiten – 45 Dollar pro Stunde mit einer Obergrenze von 2500 Dollar auch für Mordfälle, im Vergleich zu einer Obergrenze von 60 000 Dollar für Mordfälle an Erwachsenengerichten. Dafür tadeln Dorn und die anderen Jugendrichter und Gerichtsbeauftragten die Rechtsanwälte in offenen Verhandlungen wegen ihrer Unfähigkeit und mangelnden Vorbereitung – und ernennen sie trotzdem wieder, da ihnen keine anderen zur Verfügung stehen.

Das Amt des Bezirksstaatsanwalts, dem ein Kader von Untersuchungsbeamten, gerichtsmedizinischen Sachverständigen, Zeugenkoordinatoren und Opferberatern, allesamt der Erwachsenengerichtsbarkeit zugeteilt, zur Verfügung steht, gewährt seinen hart bedrängten Jugendgerichtsstaatsanwälten oder den Jugendkriminalitätsopfern, die jeden Tag die Jugendgerichte bevölkern, solche Hilfen nicht – ein weiteres krasses Anzeichen für die Prioritäten dieses Systems. Hochtechnische Untersuchungen von Haaren, Blut und DNA, die im Erwachsenengericht eine so große Bedeutung haben, sind bei den Jugendgerichten von Los Angeles nie angewendet worden – nicht weil sie nicht gebraucht worden sind, sondern weil das System es sich nicht leistet, dafür zu zahlen. Abgesehen von den Aufsichtführenden Staatsanwälten an der Spitze der Staatsanwaltschaft jedes Jugendgerichts sind die ihnen unterstellten Staatsanwälte meistens diejenigen mit der geringsten Erfahrung, manchmal nur ein Jahr aus der Hochschule heraus. Diese verfolgen dann Mordfälle und treffen Entscheidungen über die Zukunft eines jungen Menschen. Viele von ihnen sind dennoch fähig und eifrig, aber bei Erwachsenengerichten muß ein Staatsanwalt über jahrelange Verhandlungspraxis verfügen, bevor man ihn auf einen Mordfall ansetzt. Das Jugendgericht ist praktisch genausogut ein juristisches Übungsfeld wie ein Rechtsforum. Fehler werden dort leichter vergeben und

Problemjuristen leichter vor der Öffentlichkeit verborgen.

Die gleichen Schwächen bestehen beim Bewährungsamt, der Polizei und jeder anderen Institution, die im Rahmen der Jugendstrafverfolgung arbeitet. Die Jugendbelange werden immer hintangestellt, beklagt sich Dorn bitter.

»Aber ich habe die Antworten auf diese Probleme. Ich kann nicht das ganze System verändern – jedenfalls noch nicht –, aber ich kann die Dinge in meinem eigenen Gerichtssaal ändern. Nennen Sie es ein Pilotprojekt oder was Sie auch immer wollen, aber die Veränderung beginnt hier. Und sie wird Erfolg haben, wenn wir sie auf das ganze System ausdehnen können. Jedenfalls wird es Veränderungen in diesem Gerichtsgebäude geben. Darauf können Sie sich verlassen!«

Richter Dorns Hauptänderung, wie es bald offenbar wird, besteht darin, mehr Kids schneller wegen geringerer Straftaten vor Gericht zu bringen.

»Wir müssen so früh wie möglich zu diesen Minderjährigen vordringen«, erzählt er Bewährungshelfern, Staatsanwälten, Eltern – allen, die es hören wollen. Er ließ sein Personal Mitteilungen an Kirchen, Beratungseinrichtungen, Polizeibehörden usw. schicken – an alle Institutionen, die mit gestörten und störenden Kindern in Berührung kommen. Darin wird ihnen zur Kenntnis gegeben, daß Richter Dorn wieder in Inglewood im Amt ist und wieder offene Verhandlungen abgehalten werden. Er gibt Presseerklärungen ab, erscheint bei Radio-Talk-Shows, gewährt Zeitungsinterviews, hält Vorträge vor Bürgerrechtsorganisationen und verbreitet so seine Nachricht: Eltern, die die Kontrolle über ihre Kinder verloren haben und nicht mehr wissen, wohin sie sich wenden sollen, können in den ersten Reihen der Zuhörerbänke im Jugendgerichtssaal 240 Platz nehmen, ohne daß Fragen gestellt werden. Die Statusverletzung wird wieder angewendet, und Richter Dorn hat einen neuen Dreh, der dem Gesetz wieder neuen Biß verleiht, verspricht er.

Dorn weiß, daß es einige Zeit dauern wird, die Schlange von Eltern und Kids wiederherzustellen, die früher zu seiner Tür trottete und die ihn während seiner ersten Amtszeit im Jugendgericht in den 80er Jahren berühmt machte. Aber er wird sich nicht einfach zurücklehnen und warten, bis sie langsam wieder eintrudeln. Sein nächster Angriffspunkt ist das ständige Problem von abgewiesenen Fällen im Jugendgericht – die tägliche Entdeckung, daß Zeugen nicht anwesend sind und deshalb Beschuldigungen nicht bewiesen werden können. Viele dieser Abweisungen erstrecken sich auf Erstbegeher von geringen Straftaten, eben die Kinder, die Dorn am stärksten retten möchte. Obwohl es Myriaden von Gründen für dieses ständige und erschreckend umfangreiche Problem gibt, richtet sich Dorns Zorn voll auf das Amt der Bezirksstaatsanwaltschaft, das nach dem Gesetz verpflichtet ist, Straftaten vor Gericht zu bringen.

Nicht lange nach der Abweisung des Pizzaraubfalls mußte Dorn die Klage gegen einen Fünfzehnjährigen mit Namen Rafi abweisen, der ein Levi's-Hemd aus einem Warenhaus gestohlen hatte und bei dem man dann nach der Festnahme scharfe Schußwaffenmunition fand. Der Fall war sechs Monate lang in der Schwebe gewesen, aber die Staatsanwaltschaft hatte den Polizisten, der Rafi festgenommen hatte, und die Kaufhauswächter, die gesehen hatten, wie der Junge und ein Freund das Hemd in seine Rückentasche gepackt hatten, nicht vorgeladen.

Der stellvertretende Bezirksstaatsanwalt Sisman hatte sich mit keinem Zeugen in Verbindung gesetzt, bis Rafi am Tage der Hauptverhandlung im Gerichtssaal saß. Die von seiner Dienststelle in diesem Fall wie üblich ausgestellten Vorladungen wurden niemals persönlich zugestellt. Der Versuch der Staatsanwälte, diesem Mißstand abzuhelfen, besteht darin, von einem Gerichtssaaltelefon aus das Sicherheitsbüro des Kaufhauses anzurufen, wo niemand antwortet. Der Staatsanwalt muß also erklären: »Das Volk ist nicht in der Lage fortzufahren.« Der Junge grinst, und Dorn muß die Klage abweisen.

»Aber, Herr Richter«, fleht Rafis Mutter, die nicht versteht, wie dies geschehen konnte, »er geht doch jetzt gar nicht mehr zur Schule. Er tut nichts mehr, als auf die Mattscheibe zu starren. Ich fühle, daß er eine Art von Aufsicht braucht. Er macht nichts mehr und hört auch nicht auf mich.«

Dorn wirft Sisman einen eisigen Blick zu und sagt dann: »Zur Zeit kann ich nichts tun, weil der Bezirksstaatsanwalt seine Zeugen nicht ins Gericht gebracht hat. Ich nehme an, es wird Beschwerde eingelegt. Ich kann jedenfalls nichts tun, bis der Junge diesem Gericht als Mündel unterstellt wird ... offensichtlich brauchen Sie Hilfe für diesen jungen Mann, aber ich muß Ihnen sagen, daß ich sie Ihnen nicht geben kann.«

Während der Junge seiner Mutter einen haßerfüllten Blick zuwirft und aus dem Gerichtssaal schlendert, weist Dorn seinen Bewährungshelfer an, Rafis Mutter einige Formulare zur Beschuldigung ihres Sohnes wegen einer Statusverletzung, was ja ein Teil von Dorns neuem Änderungsprogramm ist, zu geben. Zur Zeit jedoch sind Formulare alles, was das Jugendgericht der Mutter bieten kann, die nicht versteht, was in ihrem Sohn vorgeht.

Inzwischen füllt Sisman ruhig einen Verfügungsbericht zu dem Fall aus und kreuzt ein Kästchen am Fuß mit der Erklärung »Keine weitere Maßnahme« an. Damit wird der Fall endgültig niedergeschlagen. Es wird keine Berufung geben, Rafis Mutter steht wieder allein da.

»Wenn dies in einem Erwachsenengericht passiert wäre, Mr. Suseman« – Dorn spricht gelegentlich Sismans Namen falsch aus, und man kann sich nicht sicher sein, daß das so völlig unabsichtlich ist –, »würden Köpfe rollen. Was ist bloß in Ihrem Büro los?«

Sisman führt an, daß es Gründe für diese Abweisungsprobleme gibt. Erwachsenenstaatsanwälte haben Zeugenkoordinatoren, die die Zustellung von Vorladungen und die Zeugenlisten überwachen. Jugendgerichtsstaatsanwälte müssen überlastete Sekretärinnen dazu anhalten, neben all ihren anderen Aufgaben die Vorladungen zu tippen. Danach kommt es darauf an, ob das Sheriffbüro die Zeit findet oder es ihm gelingt, eine Vorladung rechtzeitig an den Mann oder die Frau zu bringen. Etwa ein Drittel der Vorladungen zum Gericht werden *nach* dem betreffenden Vorladungsdatum oder überhaupt nicht zugestellt. Diejenigen Zeugen, die wirklich die Vorladung erhalten haben, werden dann oft vor Gericht schäbig behandelt, auch wenn sie Opfer von Verbrechen sind, eben wegen der Verzögerungstaktiken einiger Verteidiger. Mit genügend Verschiebungen und Unbequemlichkeiten kommen dann Zeugen nicht mehr, so daß die Verteidiger eine Abweisung der Klagen erreichen. Hunderte von Fällen werden monatlich auf diese Weise im Jugendgerichtshof von Los Angeles abgewiesen – fünfundzwanzig allein in Inglewood in einem Zeitraum von nur zwei Wochen. Gefährliche Minderjährige und solche, die Hilfe brauchen, werden entlassen – unbeschränkt und unbeaufsichtigt.

Die schlimmste solcher Freilassungen sucht Peggy Beckstrands Büro in dieser Woche heim. Es handelt sich um einen Burschen namens Norvin, 14 Jahre alt und außer Kontrolle. Monate zuvor war er festgenommen worden, weil er einen Polizeibeamten angeschossen hatte. Er wurde des Mordversuchs angeklagt und ins Jugend-Untersuchungsgefängnis gebracht. Sein Verteidiger beantragte eine Verschiebung nach der anderen, bis schließlich die zwei Hauptzeugen in dem Fall, zwei Polizeibeamte, beschlossen, endlich ihre Pläne für einen Urlaub im Ausland zu verwirklichen. Sie sahen zwar voraus, daß sie dann zum nächsten Verhandlungstermin keine Aussage machen könnten, aber sie meinten, das würde wohl nichts ausmachen. Es würde ja doch eine weitere Vertagung anberaumt werden. Schließlich war es ja nur das Jugendgericht.

Norvins Pflichtverteidiger, der tatsächlich eine weitere Verschiebung beabsichtigt hatte, bestand dann auf sofortiger Hauptverhandlung, als er sah, daß die beiden Polizisten nicht vor Gericht erschienen waren. Der Staatsanwalt sah sich gezwungen, den Fall niederzuschlagen. Obwohl sofort Berufung eingelegt wurde, mußte Norvin freigelassen werden. Denn das Jugendstrafrecht erfordert, daß Jugendliche in jedem Berufungsfall aus der Haft zu entlassen sind, auch wenn sie eines Gewaltverbrechens angeklagt waren – sogar ein Bursche wie Norvin, der bei seiner Festnahme zugegeben hatte, daß sein Ehrgeiz darin bestand, einen ›Bullen‹ kaltzumachen.

Innerhalb einer Woche nach seiner Freilassung wurde Norvin wieder verhaftet, wegen Beteiligung an einem Mord. Ein siebzehnjähriger Junge, der auf der Straße vorbeigegangen war, hatte den Fehler gemacht, Norvin und seinen Freund nicht gerade mit Bewunderung anzuschauen, so daß beide entschieden, er müsse dafür sterben. Ein gleichartiges Szenario hätte im Erwachsenengericht zu einem Aufschrei der Öffentlichkeit, Untersuchungen und Entlassungen geführt – nicht so unter der Jugendgerichtsbarkeit, wo der Fall keine Kreise zog. Keiner außerhalb des Systems erfuhr nämlich davon.

Einige Minuten nach Rafis Weggang mußte Dorn noch eine andere Anklage abweisen. Es handelte sich um einen Bandenschläger, der wegen dreifachen bewaffneten Raubüberfalls angeklagt war. Wieder war keiner der Augenzeugen in diesem Fall, der eigentlich völlig klar war, vorgeladen worden. Sisman hatte den Fall trotzdem verhandeln lassen, aber der eine Zeuge, den er dann doch noch ins Gericht brachte, war der falsche – er konnte den Angeklagten nicht identifizieren. Damit waren Dorns Hände wieder einmal gebunden.

Er ist außer sich. »Ich weiß nicht, was da in Ihrem Büro vor sich geht, aber etwas muß sich ändern«, erklärte der Richter so laut, daß jeder im Gerichtssaal von seinen eigenen Beschäftigungen erstaunt aufschaut. Sisman beginnt zu protestieren, daß er hilflos ist, wenn Zeugen nicht wie vorgeladen erscheinen, aber Dorn unterbricht ihn: »Was hier in diesem Gerichtssaal geschieht, ist doch eine Art von Komödie. Eine Karikatur für die Minderjährigen und für das Volk. Das ist unfair gegenüber den Minderjährigen, den Eltern und allen Bürgern. Fall auf Fall mußte abgewiesen werden, weil die Staatsanwaltschaft keine Beweise erbringen kann. Heute sind es schon zwei solcher Fälle, und der Tag ist ja noch nicht vorbei … Ihr Büro programmiert diese Kinder für den Friedhof oder das Zuchthaus. Sie sagen ihnen doch praktisch, daß es in Ordnung ist, das Gesetz zu brechen.«

»Wir haben Schwierigkeiten, Vorladungen zuzustellen«, entgegnet Sisman vorsichtig.

»Ich werde Garcetti anrufen«, droht Dorn, der durch die scheinbar ungerührte Antwort des Staatsanwalts noch mehr verärgert ist. Gil Garcetti ist nämlich der gewählte Leiter der Bezirksstaatsanwaltschaft. »Ich werde mich auch an die Presse wenden. Jemand bei der Bezirksstaatsanwaltschaft spurt doch da nicht richtig … In der Innenstadt kommt das nur selten vor, hier die ganze Zeit über.«

Ein anderer Staatsanwalt, Kevin Yorn von der Spezialgruppe der Bezirksstaatsanwaltschaft für die Verfolgung von Bandenverbrechen, der wartet, daß sein Fall aufgerufen wird, kann sich nicht enthalten aufzustehen, um zu versuchen, den Ruf seines Amts zu verteidigen. »Ich widerspreche Ihrer Ansicht«, fängt er zu sprechen an, aber Dorn schneidet seine Rede mit einer Bewegung seiner rechten Hand ab, die wie ein Karateschlag aussieht.

»Ich habe diese Erklärung nicht gemacht, damit Sie dem zustimmen oder nicht. Ich kann einfach nicht glauben, daß Sie Zeugen in Inglewood nicht vorladen können, sehr wohl aber in der Innenstadt. Dieses Gericht hier muß genauso ernst genommen werden wie das Erwachsenengericht – und sogar noch ernster!«

Im nächsten Moment weist er seinen Schreiber an, Peggy Beckstrand anzurufen. »Ich möchte, daß sie morgen früh in meinem Büro erscheint. Es muß etwas gegen diese Fallabweisungen getan werden, oder ich berufe eine Pressekonferenz ein. Dieses traurige Schauspiel muß beendet werden – auf die eine oder andere Art!«

Kapitel 8

Jonglierakt

Peggy ist in Schwierigkeiten.

Es ist an der Zeit, mit der Hauptverhandlung gegen Ronald Duncan wegen Doppelmordes zu beginnen. Sie hat sich wie eine Besessene auf diesen Tag vorbereitet. Am letzten Abend schleifte sie einen Schaukelstuhl und eine Decke ins Badezimmer, mit all ihren Unterlagen, um ihren Ehemann nicht zu stören. Dieser ist Steven, ein Seniorstaatsanwalt im Innenstadt-Erwachsenengericht. Er erlebt die vielen Arbeitsstunden und die Besessenheit, die diese Tätigkeit mit sich bringt, ständig am eigenen Leibe. Aber selbst er hat seine Frau noch nicht so sehr mit einem Fall beschäftigt gesehen. Er fand sie am nächsten Morgen um sechs Uhr immer noch im Badezimmer, steif und im Schlafe fröstelnd. Sie hatte Fotos auf einen Pappdeckel als Gerichtssaal-Schaustück geklebt – die Leitende Staatsanwältin einer ganzen Bezirkszweigstelle degradiert auf Hantieren mit Alleskleber und einem Magic-Marker-Stift auf den harten Fliesen ihres Badezimmers, weil in der Jugendgerichtsbarkeit die Staatsanwälte entweder ihre eigenen Schaustücke in ihrer Freizeit herstellen oder bei der Hauptverhandlung ganz ohne auskommen müssen. Und Peggy gehört nicht zu denen, die ohne auskommen wollen.

Aber dennoch, trotz aller schlaflosen Stunden, Vorbereitungen und Zweitüberlegungen hält sie ihren Fall für schlecht vorbereitet. Die Hilfssheriffs, die den Mörder Ronald festgenommen hatten, weichen ihren Anrufen aus, weil sie angeblich zu beschäftigt mit ›wirklichen‹, nämlich Erwachsenenfällen, sind. Ein Hauptzeuge, Ronalds Freund Marvin, konnte immer noch nicht aufgetrieben werden. Ronalds neuer, privater Verteidiger hat sie überzeugt, daß das so hochwichtige, von der Polizei auf Tonband aufgenommene Geständnis, ein konkreter Beweis für Ronalds Schuld, wahrscheinlich wegen eines Formfehlers nicht zugelassen wird. Um das dadurch entstehende klaffende Loch in ihrer Beweisführung zu füllen, muß Peggy jetzt in Betracht ziehen, einem jungen Mann namens Jason Gueringer Immunität zu gewähren, denn dieser hatte Ronald mit blutverschmierter Kleidung in der Mordnacht zufällig getroffen und ihn nach Hause gefahren. Das macht ihn zu einem gesetzlichen Mittäter, was ein Verbrechen, obwohl ein verhältnismäßig geringes, darstellt, für das er nicht festgenommen worden war. Peggy war lange dagegen gewesen, Jason Immunität zu gewähren – wegen einer Reihe von Gründen. Es besteht schließlich die Möglichkeit, daß er lügt, daß er selbst an der Tat teilgenommen hatte, nicht nur ein Zeuge gewesen war und dieses bisher verschwiegen hatte. Offiziell bleibt er ein Verdächtiger in diesem Mordfall, deshalb wurde er nicht des geringeren Verbrechens angeklagt. Mit Ronalds Geständnis hatte sie ihn nicht gebraucht. Aber jetzt …

Während sie mit all dem den Kopf voll hat, muß die endlose Reihe von anderen Krisen und Schwierigkeiten ihrer Dienststelle auch noch bewältigt werden. Vier andere Mordfälle erreichen jetzt das kritische Stadium – Schuldbekenntnishandel oder Hauptverhandlung –, einschließlich der eines Jungen, der seine Mutter totschlug, weil sie ihn wohl belästigte. Peggy verfolgt diese Fälle nicht selbst, aber sie muß jede wichtige Entscheidung ihrer Untergebenen billigen oder ablehnen. Dann geht da ein Kampf zwischen dem feurigen Gerichtsbeauftragten Polinsky und dem seinem Gerichtssaal zugeteilten jungen Staatsanwalt vor sich. Jeder von ihnen möchte mit Peggy eine Liste von Beschwerden über den anderen durchsprechen, von denen einige wesentlich sind, aber die meisten anderen Stil- und Persönlichkeitsangelegenheiten betreffen, denn sie verachten sich gegenseitig. Sie muß einen Weg finden, mit Prozeßzuweisungen zu jonglieren, um die beiden zu trennen. Dann sind die gewöhnlichen, vielfältigen Plädierabmachungen zu bestätigen, Rechtsanwälte zu hätscheln und zu beschwichtigen, Memos zu beantworten und zu schreiben – und schließlich noch die Schwierigkeiten, die durch die alle paar Stunden gestörten Computer auftreten, zu bekämpfen. Eine Computerstörung bedeutet, daß das von den Druckern ausgespuckte Papierfließband anhält, so daß die Papierkommunikation unterbrochen wird, wodurch Vorladungen zu spät (oder überhaupt nicht) herausgehen. Das wiederum bedeutet, daß Zeugen nicht erscheinen, mehr Fälle abgewiesen werden, was zu mehr Schimpfen, mehr Besprechungen, mehr Memoranden führt – und dazu, daß mehr verächtliche Kinder und Jugendliche mehr Verbrechen begehen, ohne dafür belangt werden zu können.

Das bringt Peggy zum ersten Punkt ihres Arbeitsplans für diesen Vormittag – der Besprechung mit Richter Dorn wegen der Fallabweisungen. Ihr Chef hat schon den ehemaligen Aufsichtführenden Richter der Zweigstelle Thurgood Marshall in den Abendnachrichten auf dem Bildschirm gesehen, wie er sich beklagte, daß die Staatsanwaltschaft es zu einer Praxis macht, Kinder für das Zuchthaus zu programmieren und dennoch Begeher von Gewaltverbrechen freizulassen. Das sei nicht die Art von Publizität, die sich der (vom Wähler abhängige) Bezirksstaatsanwalt wünscht, wurde Peggy unmißverständlich klargemacht. »Tun Sie was dagegen!« wies sie ihr Boß an.

»Geben Sie mir mehr Leute, und ich werde es tun«, schoß sie zurück.

Als sie in Dorns Büro Platz nimmt, geht er sofort zum Angriff über. »Die Staatsanwaltschaft macht ihre Arbeit nicht. Zeugen erscheinen nicht, Minderjährige erscheinen nicht. Die Pflichtverteidiger warten doch nur und gewinnen dann Anklageabweisungen. Denen kann man es nicht verdenken. Aber das Ergebnis ist katastrophal, nicht nur für das Volk, sondern auch für die Minderjährigen.«

Peggy nickt nur, worauf Dorn noch verärgerter wird.

»Sie sind hier unterbesetzt, und Garcetti kümmert das nicht. Ich werde damit zur Presse gehen. Ja, ich werde eine

Pressekonferenz einberufen. Denken Sie ja nicht, daß ich das nicht tun werde! Sie bereiten die Minderjährigen ja für das Zuchthaus vor!« Er hat nun zu schreien begonnen.

Peggy sträuben sich dabei die Nackenhaare. »Eine Menge von dem, was Sie da sagen, ist richtig, Richter, aber ich werde keine Verantwortung für die Verbrechen dieser Minderjährigen übernehmen. Ich komme ins Spiel, *nachdem* sie ihre ekelhaften Taten begangen haben. Wenn da eine Programmierung besteht, dann ist das geschehen, bevor sie ins Leben getreten sind.«

»Oh ja, ich weiß das«, gibt er zu und schraubt damit ein wenig zurück, sieht nicht mehr so wütend aus. Richter Dorn neigt dazu, wie eine Dampfwalze über Leute in seinem Wege zu rollen, aber er hat – bis zu einem gewissen Punkt – auch Achtung vor denjenigen, die ihm die Stirn bieten. »Aber was ich Ihnen hier sagen will, ist, daß diese Zeugenprobleme dem Gericht bei der Verurteilung dieser Minderjährigen die Hände binden. Da muß unbedingt etwas geschehen!«

»Damit haben Sie natürlich recht«, antwortete Peggy schlicht, und diese Zustimmung nimmt Dorn noch mehr den Wind aus den Segeln. Sie sagt dann, sie werde mit den Chefs in der Innenstadt sprechen, um zu versuchen, einen Zeugenkoordinator loszueisen, so daß sie mit der riesigen Zahl von Verhandlungen, die Dorn täglich ansetzt, Schritt halten könne.

»Seh'n Sie, so was möchte ich hören!« bemerkt der Richter dazu. »So wird ja auch im Erwachsenengericht verfahren. Hier sollte das doch nicht anders sein.« Er lächelt nun breit und verspricht, ein Memorandum an Bezirksstaatsanwalt Garcetti zu schicken, um die Sache auf den Weg zu bringen. Das ist seine Art, einen Waffenstillstand zu verkünden. Peggy fragt sich, wie lange der anhalten wird.[1]

Sie läuft über die Straße zurück zu ihrem Büro, wühlt sich durch Unterlagen, erklärt einem ihrer Staatsanwälte, daß sie sich nicht leisten können, Berufung gegen eine schlechte Entscheidung bei einem Ladendiebstahl einzulegen, wie sehr sich auch der Gerichtsbeauftragte geirrt haben mochte, und bereitet sich dann darauf vor, wieder zum Gericht zurückzueilen, um mit der Mordverhandlung zu beginnen. Sie zieht ein Paar neuer Schuhe aus einer Einkaufstüte und schlüpft hinein – eines ihrer Rituale vor einer Hauptverhandlung. Sie muß sich einfach ein Paar neue Schuhe anziehen, bevor sie eine Hauptverhandlung beginnt, obwohl im Jugendgericht ja keine Geschworenen zu beeindrucken sind. Das soll Glück bringen – eine Manie, die sie sich schon früh in ihrer Laufbahn zugelegt hat. In ihrer Brieftasche steckt ein glückbringender Hundert-Dollar-Schein, den ihr ihre Mutter bei ihrem letzten Besuch zu Weihnachten in El Paso schenkte. Sie würde eher hungern, als dieses Geld auszugeben.

Peggy läßt eine Bürste durch ihr langes, glattes Haar gleiten, reibt sich die kalten Hände, nimmt dann die Duncan-Unterlagen auf, drückt sie an die Brust und macht sich auf den Weg.

In diesem Moment schrillt ihr Telefon und bringt ihr die erste gute Nachricht des Tages. Es ist der staatsanwaltliche Ermittler, den sie sich mit einer anderen Gruppe von Jugendgerichtsstaatsanwälten teilt und dessen Hauptaufgabe darin besteht, Vorladungen persönlich zu übergeben, der aber auch Überstunden einlegt, um lose Enden in Peggys Fällen zusammenzufügen, wenn er dazu kommt.

»Ich habe Marvin gefunden«, berichtet er ihr. »Er stand in einer Telefonzelle, genau da, wo mir Freunde von ihm gesagt hatten, daß ich ihn finden werde. Er und sein Vater werden heute kommen.«

»Das ist ja wunderbar!« ruft Peggy. Sie hatte ein unangenehmes Gefühl gehabt, ohne Marvin vor Gericht zu gehen. Sie hatte Furcht, mit ansehen zu müssen, wie ihr Fall zerfetzt würde, so daß sie den Angehörigen der Opfer mit beschämtem Gesicht sagen müßte: »Es tut mir leid, ich hab's nicht geschafft.«

»Seien Sie aber darauf gefaßt, daß Marvin nicht gerade ansprechend aussieht, wenn er aufkreuzt«, warnt der

Ermittler und läßt dadurch das Glücksgefühl, das sie für einen Moment befallen hatte, wieder abebben.

Peggy hängt ein und fragt sich, was ihr da wohl bevorsteht. Marvin war immer ein adretter, gutaussehender Bursche gewesen, ein perfekter Zeuge – aber da hatte er bei seiner Mutter gewohnt. Jetzt hat Dad die Kontrolle, ein Mann, der bestimmt nicht begierig war, daß Marvin aussagt, und der es als so etwas wie einen Kumpelverrat anzusehen schien, über Ronalds Mordgeständnis vor Gericht auszusagen. Sie nimmt ihre Unterlagen wieder auf und hastet über die Straße, mit Furcht vor dem, was ihr bevorsteht; die Hände kalt wie Eis.

Peggy Beckstrand hätte über das Wochenende beinahe aufgegeben. Sie war nur einen Anruf entfernt davon, alles hinzuwerfen. »Wenn das Friedenscorps mich nicht abgewiesen hätte, würde ich jetzt schon auf dem Wege nach Afrika sein«, sagte sie zu ihrem Mann.

Sie hatte ihre Vorbereitung für die Duncan-Verhandlung über das Wochenende unterbrochen und war am Sonnabend zu ihrem Büro gefahren, um sich mit anderen Schriftstücken zu beschäftigen, die immer mehr außer Kontrolle zu geraten drohten. Die Aktenansammlung des letzten Jahres war aus den Aktenschränken genommen und über das Konferenzzimmer verteilt worden, um Platz für das neue Jahr zu machen. Sie lagen in Stapeln auf den langen Tischen dieses Raums, Hunderte von Heftern in grobalphabetischer Reihenfolge angehäuft, und warteten auf Peggys Durchsicht, damit sie in Kartons verpackt und für drei Jahre gespeichert werden konnten, um danach in den Reißwolf gefüttert zu werden. Sie hatten schon seit Wochen dort gelegen und ihr keine Ruhe gelassen, als stündliche Erinnerung daran, mit was für einer Flut von jugendlichem Verbrechen sie täglich konfrontiert wird. Diese Akten mußten in Kartons von der Größe und Form einer großen Aktenschublade gelegt werden. Es würden mehr als 50 davon werden, bis Peggy damit fertig sein würde. Eine jährliche Ernte jugendlicher Kriminalität einer einzigen Zweigstelle des Jugendgerichtshofs von L.A. – ein demütigender Anblick.

Da war also die Leitende Staatsanwältin einer der geschäftigsten Jugendgericht-Zweigstellen von Los Angeles drauf und dran, am Wochenende in ihren Blue Jeans auf dem Boden zu kriechen und Akten in Kartons zu verstauen. Das war eine zeitraubende Hilfsarbeiter-Tätigkeit, aber man war ja beim Jugendgericht. Es war niemand anderes da, der ihr das abnehmen konnte. Entweder Peggy machte sich daran, oder die Akten blieben dort liegen und sammelten Staub und Kaffeeflecke an, wenn ihre Staatsanwälte versuchten, Platz für ihre Mittags-Kaffeetassen auf den Tischen zu finden. Außerdem mußte sie jede Akte überfliegen, bevor sie sie einpackte, besonders die Abweisungen, um sich zu vergewissern, was die Richter und Gerichtsbeauftragten ihren Staatsanwälten im letzten Jahr angetan hatten. Gelegentlich hefteten Staatsanwälte Zettel an die Aktendeckel, wie zum Beispiel: »Das ist einfach unerhört!!« oder »Wieder einmal – dies zeigt doch, daß dieser verantwortliche Jurist das Gesetz nicht kennt«. Sie behält solche Exemplare in einem besonderen Schrank in ihrem Büro zurück – den ›Entrüstungshaufen‹ –, so daß sie eine Liste davon zusammenstellen kann, um sie Höhergestellten in der Innenstadt zu senden, zu Zwecken, die ihr selbst nicht ganz klar sind. Sie hatte nur die Anweisung empfangen, ›eine Liste darüber zu führen‹, so daß wohl der Bezirksstaatsanwalt zu gegebener Zeit, wenn die Wiederernennung von Gerichtsbeauftragten oder Wiederwahl von Richtern ansteht, Munition bekommt. Möglicherweise kann er damit diejenigen ausbooten, die sich am meisten staatsanwaltsfeindlich benommen haben. Die Pflichtverteidiger gehen natürlich genauso vor.

Peggy parkte ihre weiße Corvette im Städtischen Parkhaus und ging dann zur Straßentür des Komplexes, um nach der Sicherheitswache in dem sonst leeren Gebäude zu klingeln und eingelassen zu werden, mit der Aussicht, nun acht Stunden Akten-Ordnen vor sich zu haben. Aber als sie zu dieser Eingangstür kam, fand sie dort einen Obdachlosen auf den Stufen ausgestreckt, so daß sie nicht bis zur Tür vordringen konnte. Zuerst dachte sie, er schliefe oder sei betrunken – nichts Ungewöhnliches in dieser Nachbarschaft. Sein Gesicht war von einem Gewirr verfilzter Haare verdeckt, und er steckte in Kleidungsstücken, die so schmutzig waren, daß sie die Farbe von nassem Zement angenommen hatten, abgesehen von den grotesken roten Schuhen – große, unförmige Dinger. Dann erblickte Peggy ein zerschlissenes Paar Stiefel auf den Stufen neben der zerlumpten Gestalt und erkannte mit Entsetzen, daß diese Dinger keine roten Schuhe, sondern gräßlich geschwollene und entzündete Füße waren, die nach Brand stanken. Sie rüttelte den Mann und schrie ihn an, damit er zu sich kommen würde, aber er konnte sich nicht bewegen und auch nicht zusammenhängend sprechen. Er murmelte nur etwas wie, er sei aus seinem Pappunterschlupf, wo er bis zu diesem Vormittag gehaust hatte, herausgekrochen, um nach Hilfe zu suchen. Er habe gerade noch die Treppen erreichen können, aber dann nicht mehr die Kraft gehabt, sich aufzurichten und nach der Wache zu klingeln. »Meine Füße schmerzen«, stöhnte er, »meine Füße!«

Peggy wußte nicht so richtig, was sie mit ihm anfangen sollte, und versuchte, ihm etwas Geld zu geben, aber er konnte es nicht in der Hand behalten. Sie klingelte nach der Wache und brach dann ein Stück von dem U-Boot-Sandwich ab, das sie als Mittagessen mitgebracht hatte. Es gelang ihm, etwas davon in seinen Mund zu stecken, worauf er krächzte: »Ich habe seit zwanzig Tagen nichts mehr gegessen.« Peggy konnte es kaum glauben.

Nach einer Weile kam der Wachmann herbeigeschlendert und öffnete die Tür. »Ich glaube, der Mann stirbt«, sagte Peggy zu ihm. »Och, der da?« meinte der Wachmann und schaute ausdruckslos auf den Mann hinunter. »Der hat schon die ganze Zeit über da gelegen.«

Peggy sah auf ihre Armbanduhr. Es war Mittag. Sie war

empört, daß dieser Wachmann den armen Kerl stundenlang dort liegen gelassen hatte. »Rufen Sie den Ärztlichen Notdienst an. Sofort!« Recht widerwillig schlurfte der Wachmann zum Telefon und forderte einen Krankenwagen an. Eine halbe Stunde später wurde der Mann abgeholt. Peggy ging zu ihrem Büro hinauf und schleuderte den Rest des Sandwiches in einen Papierkorb. Der Appetit auf Nahrung und Aktensortieren war ihr vergangen. Sie versuchte sich vorzustellen, daß ein Krankenhaus den Mann aufgenommen hatte, ihn mit Achtung und Freundlichkeit behandelte und ihn in einem warmen Bett, umgeben von Menschlichkeit schließlich sterben ließ. Aber diese Phantasie dauerte nur ein paar Sekunden. Ebenso wahrscheinlich war, daß ein gehetzter Notaufnahme-Arzt oder -Pfleger einen Blick auf seine stinkenden, fleckigen Kleidungsstücke und verfilzten Haare werfen und ihm ein Antibiotikum gegen die Entzündung seiner Füße sowie vielleicht noch einen Gutschein für etwas Nahrung für seinen ausgezehrten Körper geben und ihn dann wieder aussetzen lassen würde, daß er in seinem Pappunterschlupf sterben würde.

Plötzlich brach Peggy in Tränen aus und starrte auf die Akten, von denen jede ein Kind oder Jugendlichen darstellte, die Papierspur von weiteren verlorenen Seelen, denen sie nicht helfen konnte. Der Mann auf den Stufen erschien ihr wie die perfekte Metapher für all das. Warum war er zu den Stufen des Jugendgerichts gekommen, um Hilfe zu holen? War er schon vorher einmal dort gewesen? Als Vater? Er hatte aber eigentlich nicht so alt ausgesehen. Vielleicht war er schon einmal als Straftäter dagewesen. Peggy konnte den Gedanken nicht abschütteln, daß auch sein Leben einmal auf einen Manila-Hefter, den man irgendwo in diesem Gebäude in einen Karton gestopft hatte, reduziert worden war. Sie ging zu ihrem Computer und begann, ein Kündigungsschreiben zu tippen. Wer konnte eigentlich so eine Arbeit für den Lebensunterhalt machen? Was konnte sie da schon an Gutem bewirken?

Dann hielt sie inne, saß einen Moment lang still und

beruhigte sich. Sie zwang sich dazu, die oberste Schublade ihres Schreibtischs zu öffnen und die Tatortszenen-Fotos von Ronald Duncans Verbrechen herauszunehmen. Sie starrte sie über eine geraume Zeit an: Chuck und Ada Rusitanonta, ihre Körper gebrochen und verlassen, starrten zurück mit toten Augen, die noch nicht vom Leichenbestatter geschlossen worden waren. Sie hatte ihren Laden aufgesucht, mit der Schwester und dem Schwager gesprochen, die das Geschäft übernommen hatten. Sie hatten Peggy jedesmal wie eine Hoheit behandelt, wenn sie sie besuchte, um sie über den Fortschritt des Falles zu informieren, und sie ›unsere Anwältin‹ genannt. »Wir wissen, das Sie denjenigen, der das tat – wer es auch immer gewesen sein mag – strafen werden. Wir danken Ihnen dafür«, hatten sie immer gesagt.

Dann legte Peggy die Fotos in die Schublade zurück und löschte das Kündigungsschreiben, das sie eingegeben hatte, aus ihrem Computer. Anschließend ging sie zu einem der Tische voller Akten, nahm eine auf und begann zu lesen. Sie war erst bei ›B‹. Es lag noch eine Menge vor ihr.

Als sie fünf Stunden später das Gebäude verließ, war es draußen schon dunkel; die Straße kühl und leer. In ihrem Konferenzraum waren dreiundfünfzig in ihrer fließenden Handschrift gekennzeichnete Kartons sauber aufgestapelt und warteten auf den Speicher, um eines Tages im Reißwolf zu landen. Dann fuhr sie nach Hause. Sie mußte sich ja noch auf eine Mordverhandlung vorbereiten.

»Bringen Sie den Minderjährigen herein«, weist Richter Charles R. Scarlett in seiner milden, etwas zerstreut wirkenden Art den Gerichtsdiener an, und dieser erhebt sich, um Ronald Duncan aus dem Wartekäfig zu holen. Peggy hantiert nervös mit ihren Papieren, nimmt beiläufig das fortwährende Gerichtssaalraunen von Anwälten, Eltern, Kids und Cops auf, die auf unbehaglichem gemeinsamem Boden zusammengekommen sind. Als

Leitende Staatsanwältin hat sie seit langem schon keine Hauptverhandlung mehr selbst geführt und sich nun recht beklommen auf dem Stuhl des Anklagevertreters gefühlt. Da half es natürlich nicht gerade, daß Scarlett einmal einer der führenden Bürgerrechtsanwälte von Los Angeles gewesen war und nun einer der dienstältesten Richter im Jugendgerichtshof, der sich standhaft den Härtere-Hand-Richtlinien in der Jugendgesetzgebung widersetzte. Es konnte von ihm erwartet werden, daß er sich in allen Zweifelsfällen gegen die Staatsanwaltschaft entscheiden würde. Er war ein Jahr zuvor in den Ruhestand getreten, womit er den Platz des Aufsichtführenden Richters für Dorn freigemacht hatte, aber das entfernte ihn nicht vom Jugendgericht, denn er wurde sofort ein ›im Ruhestand reaktivierter Richter‹. Ein inoffizielles Pensionssystem, das die Richter in Kalifornien sich selbst geschenkt haben, ermöglicht es ihm, seine Juristenpension einzustreichen und dennoch als vollbezahlter Vollzeitrichter weiterzuarbeiten. Er behielt sogar noch seinen alten Gerichtssaal.

Es war auch nicht zuträglich für Peggys Sache, daß Duncans privater Verteidiger, der ehemalige Chef-Pflichtverteidiger von Inglewood und jetzt sehr beliebt im Jugendgericht, in entspannter und jovialer Stimmung war und mit anderen Verteidigern scherzte, die sich erwartungsvoll hinten im Gerichtssaal versammelt hatten, um zu sehen, ob Duncans Geständnis abgeschmettert werden oder Peggy Ronalds Fluchtwagenfahrer Jason rechtliche Immunität gewähren würde. Solche juristischen Manöver, die beim Erwachsenengericht häufig sind, kommen im Jugendgerichtshof verhältnismäßig selten vor – wenige Verteidiger haben die Zeit, viele Anträge zu stellen, geschweige denn Schriftsätze zu verfassen, Eingaben zu machen oder Recherchen vorzunehmen. Dieser Fall zog fachkundige Zuschauer an, und der von Ronalds Eltern bezahlte Verteidiger Ronald Cooper genoß offensichtlich die ihm zuteil werdende Beachtung, diskutierte einen neuen Film mit dem Richter, irgendwelche juristische

Besonderheiten mit einigen jungen Anwälten und warf Peggy gelegentliche Sticheleien zu wie: »Sie werden doch Jason Gueringer nicht wirklich Immunität gewähren, nicht wahr? Wissen Sie denn nicht, daß er es ist, gegen den Sie eigentlich hier vorgehen sollten?«

Peggy windet sich innerlich unter diesem Kommentar – reine psychologische Kriegsführung, so vordergründig wie wirksam.

Sie hatte sich immer noch nicht entschieden, ob sie dem Fluchtwagenfahrer eine freie Fahrt gewähren sollte, obwohl sie weiß, daß Cooper sowieso versuchen würde, den älteren Jungen anstelle von Duncan zur Anklage zu bringen, wie sie sich auch entscheiden mochte. Bevor sie noch eine treffende Erwiderung gefunden hat, erzählt Cooper dem Richter bereits wieder einen Witz, womit er Glucksen in der Runde erntet. »Alles ist für diesen Kerl eine Cocktailparty«, murmelt Peggy. »Der lacht, scherzt, und jeder amüsiert sich, und bald wird sich auch der Richter wie auf einer Cocktailparty fühlen und vergessen, worum es sich hier wirklich handelt. Cooper möchte alle vergessen machen, daß zwei Leute umgebracht wurden. Er ist ein Genie darin.«

In dem Moment öffnet sich die schwere Tür auf der Hinterseite des Gerichtssaals. Echos dringen aus dem Wartekäfig, das Geräusch von Metallscheppern und von Füßen, die auf dem Linoleumfußboden schlurfen. Dann erscheint Ronald Duncan und blinzelt. Er trägt Handschellen und hat einen nachdenklichen Ausdruck auf dem Gesicht, wie er so von einem Gerichtsdiener in Khakiuniform zu dem Stuhl neben seinem Verteidiger geführt wird. Dort werden ihm die Handschellen mit einem munteren Klirren abgenommen. Er kichert und grinst über die Schulter zu seinen Eltern hinüber, die hinten in dem alten Gerichtssaal sitzen, in dem einem ein Hauch von Schimmel und altem Papier in die Nase steigt. Ronalds Miene steht wie gewöhnlich in einem Gegensatz zu der schweren Anklage gegen ihn, der ein Frösteln erzeugt. Cooper legt seinen Arm um den Jungen und flüstert ihm etwas zu, worauf Ronald sich aufrichtet und einen ernsten Gesichtsausdruck annimmt.

Seine Mutter und sein Vater hinten im Saal machen sich klein und unauffällig, strahlen Hoffnungslosigkeit und Wut aus und starren gelegentlich feindselig in Peggys Richtung. Ronalds Mutter ist verhältnismäßig jung und scharfgesichtig, mit einer Neigung, den Kopf zu schütteln und zu murren, wenn sie die Staatsanwältin etwas Ungünstiges über ihren Sohn erzählen hört. Sein Vater, der von der Frau geschieden ist, aber noch in der gleichen Wohnung mit ihr lebt, ist viel älter als Ronalds Mutter, ruhig, verhärmt, mit schütterem grauen Haar und in Cowboystiefeln. Eine abgetragene Mütze hängt über seinem linken Knie. Mutter und Vater sitzen in verschiedenen Reihen und scheinen nur selten miteinander zu sprechen. Sie haben noch andere Kinder, von denen mindestens noch eines mit dem Gesetz in Konflikt gekommen ist. Aber doch nicht Ronald! Er ist doch ihr Baby. Das Kind, das ihnen niemals eine Minute Ärger bereitet hat. Ihre Hoffnung für die Zukunft. Sie können einfach nicht akzeptieren, was ihr Sohn getan hat. Er erzählte ihnen, er sei unschuldig, und sie glauben ihm. Sie glauben, daß alles eine Verschwörung sei, alles Rassismus, weil sie schwarz sind, alles Gewaltanwendung gegen ihren Sohn und Bevorzugung Jasons. Denn der ist das Patenkind eines Polizisten, ein weiterer Grund, aus dem Peggy zögert, ihm Immunität zu gewähren. Der Anschein von Bevorzugung würde überwältigend sein und scheinbar alles bestätigen, was Ronalds Eltern annehmen. Man muß es allerdings dem Verteidiger Cooper positiv anrechnen, daß er Ronalds Eltern so schonend wie möglich beibringt, es sei unwahrscheinlich, daß ihr Sohn freigesprochen wird. Die Duncans aber schauen verständnislos drein, wenn er solche Dinge sagt. Sie hatten doch diesem Mann vertraut, sie hatten ihm das kostbare Leben und Schicksal ihres Sohnes anvertraut – aber jetzt, bei dieser Aussage, glauben sie ihm auch nicht mehr.

»Mein Sohn sagt doch, daß er unschuldig ist, und ich

weiß, daß er so eine schreckliche Sache nicht getan haben kann!« sagt Ronalds Vater noch einmal unmittelbar, bevor die Anhörung beginnt. Seine Stimme ist ruhig, aber bebend; er hält die schwieligen Hände mit den Handflächen nach oben in einer Geste der Bestürzung – ein Mann, der aus dem Herzen spricht, mit der felsenfesten Überzeugung von der Unschuld seines Jungen, den er über die Macht irgendeines Gesetzes oder Beweises hinaus liebt. Er ist kein kleiner Mann, aber in diesem Moment sieht er zerbrechlich und vom Kummer ausgehöhlt aus, als ob ein starker Wind ihn wie ein abgefallenes Blatt durch den Gang fegen könnte. »Der Richter wird das erkennen. Gott wird es so walten lassen. Er wird erkennen, daß mein Sohn unschuldig ist!«

Das Geraune im Gerichtssaal hört allmählich auf, als die herumquirlenden Anwälte und anderen Zuschauer sich gesetzt haben. Peggy steht auf. Sie hat die Wahl, vor Verhandlungsbeginn oder während der Verhandlung für die Zulässigkeit von Ronalds Geständnis zu plädieren. Sie entscheidet sich für das letztere. Sie möchte, daß Richter Scarlett erst mehr über den Fall erfährt – und was auf dem Spiele steht –, bevor sie ihn bittet, solch eine wichtige juristische Entscheidung zu treffen. Er soll erst die Tatortfotos sehen, meint sie. Theoretisch sollten sie seine Entscheidung über den separaten Punkt der Freiwilligkeit dieses Geständnisses nicht beeinflussen, aber Peggy weiß es besser. Richter sind schließlich auch Menschen.

»Das Volk ist bereit«, verkündet Peggy. »Soll ich eine Eröffnungserklärung abgeben, Euer Ehren?« fragt sie.

»Nein, wir brauchen keine Eröffnungserklärung, denn es sind doch keine Geschworenen hier«, entgegnete Richter Scarlett mit einem Wink seiner rechten Hand. Eröffnungserklärungen sind ein Teil des Theaterdramas bei Erwachsenen-Hauptverhandlungen, so etwas wie eine Filmvorschau – Glanzpunkte ohne Substanz, die den Zweck haben, Geschworene zu beeinflussen. Man hört sie kaum im Jugendgericht, weil dort keine Zeit für solche

Schnörkeleien ist. Scarlett lehnt sich in seinen Stuhl zurück und spreizt die Finger: »Fahren wir fort.«

So beginnt Peggy mit einer Mordfallpräsentation wie aus einem Lehrbuch, wobei sie die Beweise wie eine Zwiebel aufführt, jede Schale abpellt – zuerst die Entdeckung der Leichen, dann eine Untersuchung der physischen Beweise, danach die Prozession der Aussagen, Vorfälle und Gegenstände, die unweigerlich zu dem Angeklagten führen. Auf diese Weise wird praktisch jeder Mordfall vorgetragen, eine altbewährte Methode, die sowohl im Jugendgericht als auch in der Erwachsenenwelt angewandt wird.

Zuerst tritt ein Mann in den Zeugenstand, der in der Umgebung der Stelle wohnt, an der die Leichen gefunden wurden. Er sagt aus, er habe etwas gehört, was er für die Fehlzündungen eines Kraftfahrzeugs hielt, aber von dem er jetzt annimmt, daß es Gewehrschüsse waren, gefolgt von dem Geräusch eines auf etwas auffahrenden Autos. Er sei auf seine Veranda gelaufen und habe gesehen, daß der Kombiwagen von Chuck und Ada nicht weit von ihm an eine Straßenlaterne gefahren war. Dann habe er einen jungen schwarzen Burschen von der Rücksitzbank des Kombis steigen und weglaufen sehen. Er selbst sei auf den Kombi zugegangen, habe die ermordeten Leute darin erblickt und sei dem Flüchtenden nachgelaufen. Aus sicherer Entfernung habe er gesehen, wie der Mörder in einen blauen Transporter gestiegen sei. Der Zeuge hatte den Eindruck, daß der Transporter dort auf den Schützen gewartet habe, war sich dessen aber nicht sicher.

Was den Flüchtigen anging, so könnte es Duncan gewesen sein, meinte der Zeuge, aber er habe ihn nur von hinten gesehen. Deshalb könne er nicht sicher sein. Peggy ist jedoch zufrieden. Diese Aussage ist wie eine szenische Einführung, wie die Eröffnungsszene eines Kinofilms, die dem Richter Zeit und Ort angibt.

Danach kommt der zuerst am Tatort eingetroffene Hilfssheriff, der den Zustand der Körper von Chuck und Ada beschreibt und die rechtliche Basis für die Aufnahme der blutigen Tatortfotos in die Beweise liefert. Peggy meint, sie könne die Cocktailparty-Stimmung damit ersticken, denn schließlich hatte sie ja bis früh am Morgen diese Bilder sorgfältig auf eine Pappunterlage geklebt und dann jedem mit schwarzem Markierungsstift einen Titel gegeben. Sie hatte sich dabei wie ein Kind bei eine Projektaufgabe in der Grundschule gefühlt. Es zahlt sich aber aus. Scarlett steht auf und schreitet zu der entfernten Seite seines Podestes, neben den Zeugenstand, so daß er das Schaustück genau betrachten kann. Peggy läßt währenddessen den Hilfssheriff einen Kommentar zu jedem Bild abgeben. Der Gesichtsausdruck des Richters bleibt neutral, als er die Fotos von Chuck und Ada in ihren Baskin-Robbins-Hemden und mit völlig entstellten Köpfen – deren Gehirnteile und Blut überall verspritzt sind – aufmerksam anschaut. Als er auf seinen Stuhl zurückkehrt, vermeide er aber, Ronald anzuschauen, was nicht so einfach ist, wie es hier erscheint, denn der Junge sitzt direkt vor dem Richter.

Aber gerade als Peggy fühlt, sie habe etwas an Boden gewonnen, macht sich das im Jugendgericht so häufige Chaos bemerkbar. Auf halbem Wege durch die Aussage des Hilfssheriffs, gerade als er die Worte ›schweres Schädeltrauma‹ ausspricht, gehen die Lichter im Saal und auch im ganzen übrigen Gerichtsgebäude aus – eine Nachwirkung des verheerenden Erdbebens, das das Gebiet von Los Angeles einen Monat zuvor heimgesucht hatte. Sogar die roten Notausgangsleuchten erlöschen, so daß der Saal in völlige Dunkelheit getaucht ist. Bestürzte Ausrufe der Zuhörerschaft und ein albernes Kichern von Duncan sind zu hören. Der Gerichtsdiener steht auf, um sich zu Duncans Bewachung vor diesen zu stellen, aber der Hilfssheriff auf dem Zeugenstand bringt Licht in den Gerichtssaal, indem er eine große Taschenlampe von seinem Gürtel nimmt, deren Schein im Saal herumschweifen und schließlich auf dem Jungen in der orangefarbenen Gefängniskombination ruhen läßt.

Acht Minuten später flackern die Leuchten wieder, aber

es dauert noch einmal eine halbe Stunde, bis die Zuschauer, die Zeugen, die Anwälte, Duncan und auch der Richter wieder ihre Plätze vollständig für die Duncan-Verhandlung eingenommen haben. Mehrere Anwälte nutzten nämlich diese Unterbrechung, um nach vorn zu eilen und Scarlett zu bitten, ein paar kurze Anhörungen von anderen Jugendlichen durchzuführen, was Scarlett auch tut. Peggy führt die Zeugenaussage des Hilfssheriffs schließlich zu Ende, aber der Elan ist verpufft, der Pappdeckel mit den Fotos wird zur Seite geschoben. Scarlett ist nach dem Stromausfall so zerstreut, daß er vergißt, wer Duncan ist und ihn für einen anderen Burschen, der des einfachen Diebstahls angeklagt ist, hält.

Peggy präsentiert schnell eine Reihe von Zeugen, die von Blut reden – Blut auf Ronalds Büchertasche, auf Hosen von Ronald, die zusammengeknüllt auf dem Boden des Fluchttransporters lagen, Blut an Teilen des Transporters und auf einem Baskin-Robbins-Hemd, das ein Jogger auf einer Straße zwischen Ronalds Zuhause und dem Tatort fand. Diese kritischen Blutspuren wurden keinem komplizierten DNA-Test unterzogen, wie sie routinemäßig in Erwachsenenmordfällen erfolgen. Aber die weit weniger belastenden Bluttypprüfungen zeigten, daß die Flecke von Chuck und Ada stammen können. Peggy hofft, das wird genügen.

Nach diesen Vorspielen schreitet Peggy zum Kern ihres Falls: Ronalds Freund Marvin, der gerade von ihrem Amtsuntersucher gefunden worden ist, nachdem er monatelang verschollen war.

Peggy hatte Marvin immer gemocht. Er war ihr Held, eine Erinnerung daran, daß nicht alle Kinder in ihrer Welt Monster sind. Marvin hatte das Richtige getan, als es viel leichter gewesen wäre, einfach alles laufen zu lassen. Er hätte still bleiben und die 40 Dollar annehmen können, die ihm Ronald angeboten hatte, als er begann, am Tage nach dem Mord an seinen Arbeitgebern in der Schule triumphierend das erbeutete Geld zu zeigen. Sie wußte nicht, was Marvin anders als Ronald machte. Er war es aber –

und sie hatte Hoffnung, solange es noch Marvins auf der Welt gab. Hoffnung stirbt schnell, wenn man 2900 jugendliche Straftäter in einem Jahr verfolgen muß.

Aber sie hatte ihn fast ein Jahr lang nicht mehr gesehen. Nun schlendert ihr Hauptzeuge mit für sie ungewohnt wiegendem Gang in den Gerichtssaal, begleitet von seinem zerzausten Vater, der sich in die hinteren Reihen des Saals setzt, eine schmutzige Baseballmütze tief über die Augen gezogen – bis ihm der Gerichtsdiener sagt, er solle sie abnehmen. Vater und Sohn tragen die gleichen Goldohrringe im linken Ohr. Der Ermittler hatte recht gehabt in bezug auf Marvins Erscheinung. Peggy runzelt die Stirn, als sie die Ausstaffierung des Jungen erblickt – Jeans und ein übergroßes schwarzes T-Shirt. Darauf befindet sich eine Comiczeichnung eines Mannes mit einem Zylinderhut, der einen großen Hammer hinter seinem Rücken verborgen hält, als warte er darauf, einem ahnungslosen Opfer den Schädel einschlagen zu können. Sie hatte ihn doch gebeten, seine Sonntagskleidung anzulegen. Seinetwegen hofft sie nun, daß es sich hier nicht um diese handelt.

Aber trotz dieses nun wirklich nicht idealen Aufzugs ist Marvin ein so mild sprechender und überzeugender Zeuge geblieben wie zu der lange zurückliegenden Zeit, als sie ihn zum ersten Mal befragt hatte. Er berichtet ruhig, wie er Ronald am Tag nach den Morden mit einem Packen Geldscheine in der Schule sah und wie dieser sich mit seiner Tat brüstete.

»Er sagte: ›Ich habe Chuck umgelegt, Chuck und seine Freundin.‹ Und ich sagte: ›Ja, stimmt.‹ Aber ich glaubte ihm nicht. Ich lachte dann und so. Er erzählte, er versteckte sich hinten in dem Kombi und erschoß erst Chuck. Seine Freundin schrie, und er erschoß sie auch. Und er rannte zu einem Transporter, einem Transporter, der da gewartet hatte. Er sagte, er war mit Blut bespritzt und mußte sich ausziehen und in seinen Unterhosen nach Hause laufen.«

Marvins Zeugenaussage war ein erdrückender Schuldbeweis. Diese Aussage – die er mit den gleichen Einzelheiten auch bei der ersten Befragung durch die Polizei neun Tage nach den Morden (genau an Ronalds sechzehntem Geburtstag) gemacht hatte – paßte perfekt zu den physischen Beweisen. Das Blut im Transporter, das blutige Hemd auf der Straße, Ronalds blutige Kleidungsstücke – alles entspricht dem, was Marvin schwor, daß Ronald es ihm erzählt habe. Was aber am wichtigsten ist, Marvins Aussage deckt sich mit Ronalds eigenem Geständnis bei der Polizei – bis zu der Einzelheit, daß Ada nach dem ersten Schuß schrie und Ronald sie nach dem Wiederladen mit dem zweiten Schuß zum Schweigen brachte. Peggy erinnert sich noch mit einem kalten Schauder an Ronalds Kommentar auf der Polizeistation: »Nein, ich habe sie nicht gehaßt – ich habe sie eigentlich gern gehabt.«

Marvin hätte sich solch eine genaue Geschichte nicht ausdenken können. Ronald mußte ihm die Einzelheiten geliefert haben. Sie ist zuversichtlich, daß Marvin dem zu erwartenden Angriff auf seine Glaubwürdigkeit durch den Verteidiger widerstehen wird. Das einzige, was ihr Sorgen macht, ist die uninteressierte Miene des neunundsechzigjährigen Scarlett. Während des größten Teils von Marvins Aussage blickte er gelangweilt und zerstreut drein. An einem Punkt rutschte der Richter so weit auf seinem Stuhl zurück, daß er hinter der Schranke kaum noch zu sehen war. Nur noch seine Glatze ragte heraus und zeigte damit jedermann an, daß er noch da war.

Aber Ronalds Verteidiger, der sich der Beweiskraft von Marvins Aussage bewußt geworden war, überrascht Peggy dennoch. Cooper versucht nicht, Marvin als einen Lügner darzustellen; er versucht vielmehr zu zeigen, daß *Ronald* der Lügner war, und konzentriert sich dabei schlau auf etwas, was Marvin damals der Polizei erzählt hatte – wie er anfänglich gedacht habe, daß sein Freund Ronald Märchen erzählte. Im Kreuzverhör gibt Marvin bereitwillig zu, daß er zuerst nicht an das glaubte, was Ronald ihm erzählte, daß er seine Mordgeschichte als reine Angeberei ohne wirklichen Hintergrund abgetan hatte. Erst als dann die Morde am Abend in den Fernsehnachrichten erwähnt wurden, habe er begonnen, Ronald Glauben zu schenken, und dann seiner Mutter und danach der Polizei erzählt, was er wußte. Cooper deutet an, daß Marvin beim ersten Mal recht hatte – vielleicht gab Ronald wirklich nur an. Das sei der wahre Grund, weshalb Marvins Bericht und Ronalds Geständnis sich deckten. Ronald erzählte nicht die Wahrheit, sondern die gleiche Lüge sowohl Marvin als auch den Polizisten, will Cooper argumentieren. Um all dies noch glaubhafter erscheinen zu lassen, gibt der Verteidiger eine Erklärung, warum Ronald wohl seinem Freund eine solch grotesk falsche Geschichte aufgetischt habe.

»Ihr gehört doch beide zur gleichen Graffitisprühergruppe, nicht wahr?« fragt Cooper.

Marvin nickt.

»Und manchmal gebt ihr doch vor euren Kumpels in der Gruppe an, ja?«

»Jep, wir sind beide in ›BSA‹, Beyond Street Artists*«, erwidert Marvin. »Man gibt an, man übertreibt, um Achtung zu schinden.«

»Und wenn jemand jemanden umbringt oder aus einem fahrenden Wagen schießt, dann schindet er mehr Achtung, ja?« fragt Cooper.

Da braucht Marvin überhaupt nicht nachzudenken. Auf der Stelle antwortet er: »Klar.«

Peggy windet sich innerlich. Nicht so sehr wegen des Schadens, den dieses Verhör ihrer Sache zufügt, sondern wegen dem, was es über Marvin aussagt. Er ist ein Kid am Kreuzweg. Vor einem Jahr hatte er seiner Mutter und der Polizei von den Morden erzählt, weil das eben das Richtige war. Jetzt aber redet er von Mord als einer Sache, die Achtung erzeugt. Er hat einen Vater, der sich bitter darüber beklagte, daß sein Sohn vor Gericht geht, ernannte ihn einen »Verpetzer« und behandelte ihn verächtlich, weil »er seine Schnauze nicht halten konnte«. Jetzt hatte

* Anm. d. Übers.: etwa ›Künstler der abgelegenen Straßen‹

dieser Vater das Sorgerecht für ihn. Würde Marvin auch bald auf dem Angeklagtenstuhl sitzen, fragt sich Peggy, als Cooper weiter mit seinen Fragen bohrt, um zu zeigen, daß Ronald nur ein lügender Angeber war, kein Mörder.

»Hat man jetzt mehr Achtung vor Ronald in eurer Gruppe?« fragt Cooper. »Jetzt, wo er in diesem Fall hier angeklagt ist?«

»Ja.«

Richter Scarlett, der während Marvins Aussage nie den Ausdruck der Interesselosigkeit verloren hatte, setzt sich plötzlich auf und sieht zu dem Zeugen hinüber. »Du sagtest, du seiest in einer Graffitisprühgruppe. Sprüher begehen doch keine Gewalttaten, nicht wahr?«

Marvin lächelt und belehrt den Richter und den Rechtsanwalt dann stolz: »Wir sind nicht nur Sprüher. Wir sind Sprühschläger. Wir haben Mitglieder, die an Schießereien beteiligt sind.«

»Also seid ihr nur eine Vandalenbande?« erkundigt sich Cooper.

Marvin platzt fast vor Stolz. Er und Ronald grinsen sich an. »Nicht mehr.«

Der erste Tag der Hauptverhandlung geht seinem Ende zu, aber nicht bevor die Angelegenheit von Ronalds Geständnis geregelt ist. Als Peggy versucht, die nächste Schale ihrer Beweiszwiebel abzupellen – indem sie sich anschickt, die bei der Polizei abgegebene Tonbandaussage Ronalds vorzuführen –, erhebt der Verteidiger erwartungsgemäß Einspruch. Cooper springt auf und erklärt, dies Geständnis sei durch Drohungen, Ronald würde die Todesstrafe erhalten, wenn er nicht spure, erzwungen worden. Nachdem er erklärt hat, warum Ronald Marvin wegen der Morde angelogen haben könnte – nämlich um Achtung zu gewinnen –, will Cooper jetzt zeigen, warum er die gleiche Lüge dann auch der Polizei erzählte: aus Selbsterhaltungstrieb.

»Ronald leugnete eine Schuld. Dann wurde das Tonbandgerät abgeschaltet. Als es wieder angeschaltet wird, gesteht er.« Cooper zieht die Augenbrauen hoch und zuckt die Achseln, als ob er sagen will: *Wir alle wissen doch, was in Verhörzimmern vor sich geht, wenn die Cops das Aufnahmegerät abschalten – nichts Gutes, nichts Gesetzmäßiges.*

»Das war nicht so!« entgegnet Peggy erbittert.

»Der Beweis ist auf dem Band selbst, Euer Ehren«, schießt Cooper zurück. »Hören Sie es sich mal an.«

»Wenn man ihm versprach, daß er nach einem Geständnis keine Todesstrafe bekommen würde, dann ist das Geständnis erzwungen, das ist richtig!« ruft Scarlett erregt aus und stellt sich damit auf die Seite Coopers. Er sitzt jetzt aufrecht und groß auf seinem Richterstuhl. Noch hat er das Band mit dem Geständnis oder irgendeine Aussage darüber nicht gehört, aber schon hat er Stellung bezogen, mit einem schwachen Grinsen auf den Lippen. »Er kann doch sowieso nicht zum Tode verurteilt werden, weil er ja ein Jugendlicher ist.«

»Nun, hören Sie sich doch mal das Tonband an, Euer Ehren«, entgegnet Peggy, wobei Bitterkeit in ihre Stimme kriecht. Der Richter macht eine Handbewegung als Zeichen, daß die Anwälte fortfahren sollen.

Beim Abspielen des Tonbands stellt sich heraus, daß da wirklich eine Pause von fünf Minuten an einem Punkt in der über zwei Stunden und zwanzig Minuten dauernden Aussage Ronalds vorhanden ist. In der ersten Hälfte der Aufzeichnung stritt Ronald ab, an den Morden beteiligt zu sein, und erzählt dafür eine Geschichte – voller Lücken und leicht widerlegbar –, daß er beraubt und verletzt worden sei, als er auf einem Umweg nach Hause gegangen war. Dies war ein Versuch, das Blut auf seinen Sachen zu erklären. Als er sich weigerte, von dieser Geschichte abzugehen, beendeten die Kriminalbeamten das Verhör und schalteten das Gerät ab.

Was danach geschah, hängt von dem ab, der die Geschichte erzählt. Die beiden Kriminalbeamten sagen, sie erklärten Ronald nur, daß er verhaftet sei und ins Jugend-Untersuchungsgefängnis eingeliefert würde. Es sei dann so gewesen, sagen die Kriminalbeamten, daß Ronald freiwillig seine Aussage änderte. Also schalteten sie das Tonbandgerät wieder ein. Das, so schwört einer der beiden Ermittlungsbeamten auf dem Zeugenstand vor Scarlett, sei der einzige Grund für die Pause auf dem Band.

Ronald hat da eine ganz andere Version.

Er tritt nach vorn in den Zeugenstand und läßt sich mit einem Lächeln den Eid abnehmen. Der Junge stützt das Kinn in eine Hand und nimmt einen Ausdruck äußerster Konzentration an, als er das Argument seines Verteidigers wiederholt und erklärt, sein Geständnis der Morde sei eine Lüge gewesen, zu der ihn die Polizei gezwungen habe.

»Sie stellten das Band ab und sagten: ›Das ist ein Doppelmord. Dafür kannst du die Todesstrafe bekommen‹«, schwört Duncan. »Wenn ich gestehen würde, würden sie nicht darauf dringen, daß ich die Todesstrafe bekomme. Dann stellten sie das Gerät wieder an.«

Als Ronald seine Erklärung beendigt hat, läßt Cooper das Ende der Aufzeichnung ablaufen, das letzte Spiel von Frage und Antwort zwischen den Verhörenden und ihrem »Opfer«.

»Bist du bedroht worden, oder hat man dir irgend etwas versprochen?« fragte der Hilfssheriff Robert Carr Ronald auf dem Band, nachdem dieser sein Geständnis der Morde beendet hat. Das ist eine Art von Routinefrage am Ende fast jedes Polizeiverhörs.

»Nein«, antwortete Ronald auf dem Band. »Man hat mir nur versprochen, daß ich nicht sterben muß, das ist so etwa alles.«

Das war es! Eine unerklärliche Aussage von Ronald, die von den Ronald damals gegenübersitzenden Verhörern törichterweise unbeachtet und nicht beanstandet worden war. Weder Carr noch sein Partner hatten darauf reagiert. Alles, was sie getan hatten, war Zeit und Datum zu rezitieren und dann das Gerät endgültig abzuschalten. Sobald Peggy das beim Lesen der Tonbandüberschreibung erblickt hatte, wußte sie, daß es Ärger bedeuten würde. Sie war sich genau bewußt gewesen, was im Gericht geschehen würde. Dieser letzte Satz von Ronald schien anzudeuten, daß ihm wirklich etwas versprochen worden war, oder wenigstens, daß er dachte, ihm sei etwas versprochen worden.

»Sie sagten, ich werde keine Todesstrafe bekommen, wenn ich sage, daß ich es war. So habe ich es eben gesagt«, berichtet Ronald Richter Scarlett beinahe ein Jahr, nachdem diese Tonbandaufnahme gemacht wurde. Seine Miene und sein Tonfall sind leicht sarkastisch, als ob er einem anderen Kid diese Lebensweisheit verrät: »Alles ist besser, als zu sterben.«

Als Peggy mit dem Kreuzverhör Ronalds an der Reihe ist, geht sie ausführlich auf jede Lüge ein, die er in der ersten Hälfte des Tonbands von sich gegeben hatte, in der Hoffnung, seine Glaubwürdigkeit zu erschüttern. Er log, daß er beraubt worden war, er log Marvin an, er log hinsichtlich der Umstände der Morde. Ronald wird unter der eindringlichen Befragung mürrisch und schweigsam, fühlt sich aber gezwungen, zu antworten: »Ja, ich habe da immer wieder gelogen, aber ich sage jetzt die Wahrheit.« Er wiederholt mehrmals: »Alles ist doch besser als sterben!« Nach zehn Minuten, wobei Ronald in Ärger gerät und bei jeder Frage trotzig die Unterlippe vorschiebt, ändert Peggy plötzlich die Gangart mit einer milden Frage: »Wie oft«, möchte sie wissen, »wurde die Todesstrafe denn im Verhörzimmer erwähnt?«

»Einmal«, antwortet Ronald, ohne zu zögern. Einmal war doch genug.

Das ist aber die Antwort, auf die Peggy gehofft hatte. Dann spielt sie einen Teil des Tonbands ab, in dem die Todesstrafe erwähnt wird, aber in einem harmloseren Zusammenhang als Ronald ihn noch im Gedächtnis hatte – und lange vor der Pause in der Aufzeichnung, in der Ronald vorgibt, bedroht worden zu sein. Auf dem Band erwähnt der Verhörer nur, daß Mord mit dem Tod bestraft werden kann. »Auch ich?« fragte Ronald darauf, und der Verhörer antwortete: »Wer immer das Verbrechen begangen hat.« Wenn die Todesstrafe nur einmal während des Verhörs zur Sprache gekommen war, dann war es doch das – auf dem Band festgehalten, nicht in einer fünfminütigen Pause geflüstert. Was auf dem Band war, stellt doch keine Bedrohung dar, jedenfalls nicht in der Art, wie Ronald es beschrieben hat. Und außerdem stritt Ronald ja nach dieser Erwähnung der Todesstrafe weiterhin zwanzig Minuten lang auf dem Band ab, etwas mit den Morden zu tun gehabt zu haben. Wenn seine letzte Aussage also wahr ist – daß die Todesstrafe nur einmal während des ganzen Verhörs erwähnt wurde –, dann konnte sie doch nicht in einer drohenderen Weise während der Pause in der Bandaufzeichnung erwähnt worden sein. Peggy hatte Ronald bei einer weiteren Lüge ertappt.

Aber Scarlett läßt sich nicht so leicht überzeugen. Die Todesstrafe hätte überhaupt nicht erwähnt werden dürfen, sagt er. Es sei falsch, sie einem Jugendlichen gegenüber zu erwähnen. Der Richter entscheidet, daß der Zeitpunkt keine Rolle spiele. Ronalds Geständnis sei zu detailliert, um etwas anderes als die Wahrheit zu sein. Ronald könne durch etwas gezwungen worden sein, was er für eine Drohung angesehen hatte, meint Scarlett.

Peggy versucht, Gegenargumente vorzubringen, aber der Richter verliert schnell das Interesse und unterbricht sie wiederholt, um andere Gerichtsangelegenheiten zu erledigen.

Hauptverhandlungen im Jugendgericht, sogar bei Mordanklage, sind nicht die feierlichen Vorgänge, die man im Erwachsenengericht zu sehen bekommt, wo Unterbrechungen – sogar nur ungewöhnliche Geräusche – Richter zu Wutanfällen bringen können. Im Erwachsenengericht wäre es undenkbar, daß eine Aussage oder eine Argumentation in einer Hauptverhandlung wegen anderer Angelegenheiten unterbrochen wird, einfach undenkbar. Es gibt außer der Gerichtssaalwürde noch einen einfachen Grund: Wenn Leben, Freiheit und die öffentliche Sicherheit auf dem Spiel stehen, wenn der

Fall sowohl für den Angeklagten als auch für die Gesellschaft als Ganzes von großer Wichtigkeit ist, muß man doch erwarten können, daß das Gericht dem vorliegenden Fall seine ungeteilte Aufmerksamkeit widmet.

Das Jugendgericht genießt solchen Luxus nicht und erhält auch solche Illusionen nicht aufrecht. Das geschäftige Treiben in den Gerichtssälen hört nie auf. An der Seite stehende Anwälte flüstern in Telefone oder kauern sich zu Gesprächen zusammen. Richter jonglieren viele Fälle gleichzeitig, obwohl ihre Aufgabe doch viel komplizierter als die eines Erwachsenenrichters ist. Die Richter an Jugendgerichten müssen gleichzeitig als Richter und Geschworene fungieren, sowohl die rechtlichen als auch die Tatsachenfragen eines Falles entscheiden – doch sie werden ständig abgelenkt.

Während Peggy versucht zu argumentieren, daß Ronald doch gelogen hat, als er behauptete, im Polizei-Verhörzimmer mit Worten bedroht worden zu sein, unterbricht sie Scarlett nicht weniger als fünfmal, um sich anderen Angelegenheiten zuzuwenden. Er gewährt einem dreizehn Jahre alten Jungen, der des Graffiti-Vandalismus angeklagt ist, eine Bewährungsstrafe. Er gratuliert einem Absolventen aus einem Erziehungslager auf dem Lande, der gerade die Aufnahmebestätigung eines Gemeinde-College erhalten hat. Er beschwichtigt einen verärgerten Vater, der schon eineinhalb Tage auf die Verhandlung des Falles seines Sohnes gewartet hat, und bittet ihn, doch noch etwas länger zu warten. Dann kommt Max, ein kleingewachsenes Bürschlein von nicht mehr als zehn Jahren mit dünnen Flüchtlingsarmen und hohlen Augen, um eines Angriffs auf seine Mutter beschuldigt zu werden. Er sitzt schon seit mehreren Tagen im Zentralen Jugend-Untersuchungsgefängnis, und sein Pflichtverteidiger dringt darauf, ihn nach Hause zu schicken. »Aber ich möchte doch im ›Zentralen‹ bleiben«, flüstert der Junge. Die Art, in der er das herausbringt, so kläglich und flehentlich, läßt einen Moment lang alle im Gerichtssaal nach ihm aufblicken – nach dem Kind, das im Knast bleiben möchte. Der Pflichtverteidiger zuckt die Achseln und meint: »Na, dann gut.« Max kann im Jugend-Untersuchungsgefängnis bleiben, dem für ihn glücklichsten Ort, den er seit Jahren kennengelernt hat.

»Okay, fahren Sie fort«, ruft Scarlett schließlich Peggy zu, als Max den Gerichtssaal verläßt. Sie wirft einen einzigen Blick auf die saure Miene des Richters und wickelt ihr nutzloses Argument schnell ab. Ein paar Minuten lang hört der Richter dann Ronalds Verteidiger zu, nickt und stimmt die ganze Zeit über zu; wiederholt sogar manchmal das, was Cooper gesagt hat.

»Es hat kein Grund bestanden, von der Todesstrafe zu reden«, sagt Cooper. »Warum kam die überhaupt zur Sprache?«

»Ja, warum kam die überhaupt zur Sprache?« wiederholt Scarlett und starrt Peggy an.

Scarlett ist eigentlich ein umgänglicher Mensch, der sich nicht so schnell ärgert und mit dem man gut auskommen kann. Aber zusammen mit dem Ruf, daß er bei der Verurteilung von Kindern und Jugendlichen Milde walten läßt, ist er auch dafür bekannt, für Untersuchungsbeamte der Polizei einen sehr hohen Standard anzusetzen – zu hoch, wie manche Staatsanwälte behaupten, obwohl die Verteidiger widersprechen. Er straft sie ungerührt, wann immer er der Meinung ist, daß die Polizei sich falsch verhalten hat. Er entscheidet, daß Drohungen und Zwang zu dem Geständnis von Ronald Duncan führten. Trotz Ronalds Aussage, daß die Todesstrafe nur einmal erwähnt wurde, folgert Scarlett, daß sehr wohl eine Drohung während der Pause im Tonband ausgesprochen wurde und daß die Polizisten darüber lügen. Unter Anwendung der Regeln für die Beweisführung, die sich aus dem Gault-Fall so viele Jahre davor ergaben, trifft Scarlett folgende Entscheidung: »Es gibt nur eine Möglichkeit zu interpretieren, was er am Ende des Tonbands sagt. Ich glaube dem Minderjährigen … Es wurde etwas versprochen. Drohungen wurden ausgesprochen. Die Aussage wird ausgeschlossen.«

Etwas später wird die Verhandlung bis nach dem nächsten Wochenende vertagt. Die Pflichtverteidiger, die sich im hinteren Teil des Gerichtssaals zusammengeschart haben, gehen mit Cooper auf den Gang hinaus und gratulieren ihrem ehemaligen Boß zu diesem Sieg, ungeachtet der Tatsache, daß diese Entscheidung Freiheit für einen Killer bedeuten kann. Auch Peggy gratuliert ihrem Gegenspieler. Als dann Ronalds Eltern sie mit unverhülltem Haß anstarren, wobei die Mutter auch noch laut stöhnt, verkündet Peggy, daß sie nun dem Fluchtwagenfahrer Jason rechtliche Immunität gewähren müsse. Er würde ihr nächster Zeuge sein.

»Sie machen doch wohl einen Witz«, entgegnet Cooper. »Der ist es doch, den Sie verfolgen sollten! Sie wollen also jemandem Immunität gewähren, der bei einer Verurteilung die Todesstrafe erwarten kann, damit sie ein Kind anschwärzen können, das in acht Jahren sowieso wieder rauskommt? Also hören Sie, Peggy – das macht doch keinen Sinn!«

»Sie haben mir keine andere Wahl gelassen«, erklärt sie Cooper ruhig. Sie blickt zu Duncans Familie hinüber und hört Ronalds Mutter etwas sagen wie: »Eine Polizeikrähe kratzt der anderen kein Auge aus«, eine Anspielung darauf, daß Jason das Patenkind eines Polizei-Sergeanten ist. »Ich will den Ronald. Er ist es, der zwei Menschen den Kopf abgeschossen hat, und nicht der Jason. Es handelt sich doch hier nicht darum, wer am längsten sitzen müßte, sondern darum, wer am meisten Schuld hat!«

Cooper weist mit dem Kopf zu den Duncans hin. »Die verstehen das nicht. Die meinen doch, Jason sollte nicht laufengelassen werden.«

»Nun«, bemerkt Peggy, »dann müssen Sie ihnen eben sagen, daß das Ihre Schuld ist. Sagen Sie ihnen doch, daß Sie ein zu guter Anwalt sind.«

Sie marschiert davon, ein ärgerliches Geraune hinter sich und ein langes Wochenende mit viel Arbeit vor sich.

Jetzt ist Jason Gueringer der Schlüssel zu Peggys Fall. Die Ermittlungsbeamten fanden ihn einen Tag nach den Morden, als ein Polizei-Sergeant namens Harold Moret sich mit einer bizarren Geschichte meldete. Moret erzählte den Kriminalbeamten, daß sein Sohn Peter einmal in der Eisdiele der Opfer gearbeitet hatte. Ein paar Wochen vor den Morden habe ein Junge aus der Nachbarschaft, Ronald Duncan, der Peters Job in der Eisdiele übernommen hatte, Peter erzählt, daß er über die Eisdielenbesitzer verärgert sei, weil sie ihm Geld von seinem Lohn für Zuspätkommen abziehen würden. Er sagte dann zu Peter, er plane, sie zu töten. Moret erzählte, daß Ronald sogar fragte, wo er einen Transporter als Fluchtfahrzeug borgen könne. Der Sergeant hatte nämlich die nach den Morden angeklebten Suchplakate gesehen. Der Transporter, den die Polizei in diesem Fall suchte, kam ihm ganz so vor wie jener, der einem Freund seines Sohnes gehörte, einem gewissen Jason Gueringer, der zufälligerweise auch Morets Patenkind war. Ronald, so erzählte Moret, habe oft versucht, sich den älteren Jungen Peter und Jason anzuschließen.

Die Ermittlungsbeamten fuhren dann den Block hinunter zu Jasons Haus, wo sie zu ihrer Überraschung den achtzehn Jahre alten Luftwaffenkadetten antrafen, wie er eifrig das Innere seines Transporters schrubbte. Er sah auf und schien erschrocken beim Anblick der beiden Kriminalbeamten, die auf ihn zukamen. Dann bemerkten sie, daß der Schwamm und ein Eimer voll von blutrot gefärbtem Wasser waren.

Als ihm sofortige Festnahme angedroht wurde, gab Jason zu, daß er Spuren verwischen wollte. Er sei am Mordabend von seiner Freundin nach Hause gefahren, als Ronald auf die Straße gelaufen kam und ihm winkte, anzuhalten. Nachdem er an der Bordsteinkante gestoppt hatte, sei Ronald in seinen Transporter gestiegen, voller Blut an der Kleidung und eine Schrotflinte in der Hand. Ronald habe dabei gerufen: »Fahr, fahr, Mann! Bring mich nach Hause. Mann, ich habe gerade jemanden umgelegt.« Als Jason voller Panik weitergefahren sei, habe sich

Ronald sein blutgetränktes Hemd vom Leibe gerissen und aus dem Autofenster auf die Straße geworfen.

Jason sagte, er habe danach aus Angst geschwiegen, da er mehr wie ein Komplize als ein zufällig Hinzugekommener erscheinen würde – womit er ja recht hatte. Das ganze letzte Jahr über hatte er auf dieser Aussage beharrt, aber er würde sie nur auf dem Zeugenstand wiederholen, wenn ihm rechtliche Immunität garantiert würde. Denn das Verhalten, das er dann zugeben müßte, sei ja ein Verbrechen. Indem er angeben würde, daß er wissentlich einen Mörder nach Hause gefahren und danach die blutigen Spuren beseitigt habe, würde er doch gestehen, ein Komplize gemäß rechtlicher Sachlage zu sein. Auf diesem Stand war die Angelegenheit dann das vergangene Jahr über geblieben. In der Zwischenzeit hatte Jason die High-School beendet und bei der Luftwaffe angemustert.

Daß man ihn niemals angeklagt hatte, war für die Duncans ein weiteres Anzeichen für Bevorzugung. Die Untersuchungsbeamten erklärten jedoch, daß sie sich bisher von der verhältnismäßig geringfügigen Anschuldigung des Komplizentums zurückgehalten hätten, weil sie den Verdacht hegten, daß Jason viel tiefer in den Fall verstrickt sei. Zum einen hatten sowohl der Zeuge aus der Nachbarschaft als auch Marvin ausgesagt, daß der Transporter auf Ronald gewartet habe. Zum anderen gab Jasons Freundin an, sie habe Jason an jenem Abend nicht zu Gesicht bekommen. Anfangs hatten die Untersuchungsbeamten des Sheriffs Ronald zu verstehen gegeben, daß sie Ronald Vorteile gewähren würden, wenn er die Wahrheit über Jason aussagen würde. Sie machten damit deutlich, daß Mangel an Beweisen, nicht Bevorzugung, die Ursache dafür war, daß das Patenkind eines Polizisten nicht angeklagt wurde. Ronald weigerte sich jedoch, gegen seinen erwachsenen Freund auszusagen. Die Kriminalbeamten hatten keine konkreten Beweise gegen Jason finden können, so daß er nie der Mittäterschaft beschuldigt werden konnte. Der Verdacht gegen ihn bestand aber weiter.

Jetzt fühlte Peggy, daß sie ihn brauchte, und sie wollte

das Risiko eingehen, ihm zu glauben, trotz gewisser Probleme mit seiner Geschichte. Sie mußte ihren unmittelbaren Vorgesetzten übergehen, um die Zustimmung zu dem Immunitätsangebot zu erhalten und ihn dann per Flugzeug von seinem Luftwaffen-Stützpunkt in Colorado nach Los Angeles zu holen. Peggy fuhr selbst zum Flugplatz und holte den schlaksigen Teenager ab, ging seine Aussage mit ihm und dem Ermittler Carr noch einmal durch und setzte ihn dann ab, zufrieden, daß er konsequent bei seiner Geschichte geblieben war. »Sagen Sie nur die Wahrheit«, warnte sie ihn, als sie den Abend beendeten, »und Sie werden gut da rauskommen. Das einzige, was Ihnen jetzt noch schaden kann, wäre zu lügen.«

Jason sagte nichts dazu. Er nickte nur.

Gegen 24 Uhr in der Nacht zum Montag, als Peggy gerade vier Aspirintabletten genommen hatte und voller Sorge vor dem nächsten Tag ins Bett gekrochen war, ruft Jason an, denn Peggy hat es sich zur Gewohnheit gemacht, allen ihren Hauptzeugen ihre private Telefonnummer zu geben.

»Bekomme ich meine Immunitätsgarantie schriftlich?« fragt er, wobei vor Erregung, vielleicht sogar Panik, seine Kehle zugeschnürt ist. Peggy fühlt, wie sich ihr Magen zusammenknotet. »Wir machen eine Aufzeichnung in einer offenen Verhandlung. Wir werden Sie nicht reinlegen, Jason. Die einzige Sache, vor der Sie nicht geschützt sein werden, ist eine Lüge.«

Jason bleibt längere Zeit still. Peggy wartet mit dem Hörer in der Hand. Schließlich sagt Jason: »Darüber müssen wir uns unterhalten.«

»Hat das nicht bis morgen Zeit?«

»Nein, ich möchte das jetzt klären.«

»Aber *ich* kann jetzt nicht«, entgegnet Peggy. »Ich kann ohne Anwesenheit des Ermittlungsbeamten nicht mit Ihnen sprechen. Kommen Sie um sieben Uhr dreißig in mein Büro.«

Jason stimmt widerwillig zu. Peggy weiß, daß sie nun in dieser Nacht nicht schlafen wird.

Das erste, was sie Jason am nächsten Morgen fragt, ist: »Sie haben sie doch nicht etwa erschossen?«

»Nein.«

»Sie haben nicht gewußt, daß Ronald die Leute erschießen wird, nicht wahr?«

»Nein.«

»Na, was gibt es denn noch?« fragt Peggy und gestattet sich nicht, Erleichterung über die beiden Antworten zu den Fragen zu fühlen, die sie in der vergangenen Nacht gequält hatten.

»Ich wußte, daß er sie berauben wollte. Ich war eingeweiht. Ich wartete auf ihn. Ich war der Fluchtwagenfahrer.«

Peggy erbleicht. Jason hat eben zugegeben, an einem bewaffneten Raubüberfall, der in Mord endete, teilgenommen zu haben. Jason, ein Erwachsener, der die Todesstrafe für ein Schwerstverbrechen erwarten kann, hat praktisch ein Mordgeständnis abgelegt.

Und in ihrem Eifer, Ronald Duncan zu ›bekommen‹, weiß sie, daß sie trotzdem diesem Mordkomplizen die Freiheit gewähren wird. So schlecht auch Jason sein mag – Ronald ist schlimmer.

Sie stakst aus ihrem Büro, dann aus dem Gebäude, um in der kühlen Morgenluft hin und her zu wandern, wobei sie ihren Job mehr als jemals haßt und der vernünftige Teil in ihr darauf besteht, daß sie keine Wahl hat. Aber sie hat dennoch das Gefühl, daß nichts in diesem Jugendstrafsystem funktioniert, das Gefühl, zu ertrinken.

Teil Zwei

Das Aufweichen

Ich wurde an meinem bevorzugten Ort geboren.
Er ist angenehm oder mies, dunkel oder hell,
lustig oder traurig.
Ich kann dahin gehen, wann ich will, wie ich will
und mit wem ich will.
Dieser Ort kerbt mein Herz mit Gutem und Bösem ein.
Dieser Ort ist in meinem Gehirn.

Elias Elizondo,
Zentrales Jugend-Untersuchungsgefängnis

Kapitel 9

Die große Lösung

Bellflower, Kalifornien
Behindertenschule Pace
Frühling 1994

Da ist sie. Andre kann sie durch das Busfenster sehen. Der Walkman hängt an einer Schnur um ihren Hals, und aus den Kopfhörern dringt Musik in gehirnerweichender Lautstärke. Ihr Körper zuckt und wackelt im Rhythmus. Er beobachtet sie, wie ihre Augen sich auf seinen gelben Bus heften, wobei der leere Ausdruck von ihrem runden Gesicht verschwindet und durch ein enormes Lächeln ersetzt wird. Er sieht, wie sie sich bemüht, daß ihr Kopf nicht wackelt und ihre Hände nicht nutzlos an den Seiten schlenkern. In gewisser Weise gelingt ihr das auch, wie Andre freudig erkennt. Dann sieht er, wie ihre Lippen das Wort »Andre« bilden, und weiß, daß sie ihn ruft mit ihrer kleinen Stimme, die von dem Lärm des Dieselmotors und den zischenden Druckluftbremsen, als der Bus quietschend anhält, übertönt wird.

Er fühlt, wie er in einer Weise lächelt, die ihm einst unmöglich gewesen ist, beflügelt von dem Anblick, daß sie ihn so sehnlich erwartet. Darauf wartet, daß er ihre Wange zur Begrüßung küßt, wartet, daß sie ihm zurufen kann; »Rock 'n' Roll!«, immer wieder, während er ihren Rollstuhl schiebt, in der Gewißheit, daß er lächeln und ihr Beifall spenden wird, diese Worte gemeistert zu haben; darauf wartet, daß er sie zum Unterricht schiebt, daß er sie zum Mittagessen füttert, ihr das Kinn abwischt, ihren Rollstuhl genau an die richtige Stelle stellt. »Unser Spezialplatz«, flüstert Andre jeden Tag, an dem die Sonne ihr Gesicht erwärmt. Wenige Freuden gibt es in Miriams kleiner, begrenzten Welt. Die wenigen, die möglich sind, versucht Andre ihr zu geben.

Die Bustür quietscht beim Öffnen. Als Andre von seinem

Sitz aufsteht und sich mit den anderen straffällig gewordenen Jungen zur Tür schiebt, wird er von einem bekannten Gefühl ergriffen, dem Gefühl, daß dieser Bus sein Korridor zwischen zwei sich bekämpfenden Welten ist. Das schnaufende Geräusch des zur Ruhe kommenden Busses erinnert ihn an einen Film, den er einmal gesehen hatte. Es ging um einen Außenposten tief unter dem Meeresspiegel, wo die Besatzung Stunden in einem platzangsterzeugenden gelben Tank, der nicht groß genug für die sechs Leute war, verbringen mußte, um sich dem gewaltigen Druck anzupassen – Bilder von gedrehten Ventilrädern, Zischen aus Metallröhren. Andre stellt sich vor, der Bus sei seine Dekompressionskammer. Er steigt hinunter als Mitglied von »Varrio Norwalk«, der Beherrscherbande der belebten Einbahnstraßen, die den Kern seines ›Kiezes‹ bilden, wo ein Vato *mit starkem Herzen und schnellen Händen Achtung gebietet. Andre weiß, wie man in sechsundvierzig Sekunden ein Auto aufbrechen und die Zündung kurzschließen kann – er hatte das mal gestoppt, als er dreizehn war. Er kann diese gestohlenen Wagen durch die Einbahnstraßen fahren, so daß kein Bulle ihn kriegt – abgesehen von den letzten paar Malen. Seltsame Gedanken und Ablenkungen hatten begonnen, ihn mit erschreckender Regelmäßigkeit zu überfallen, so daß er unachtsam wurde. Er weiß auch, wie man langsam fährt, mit Absicht, während seine Bandenkumpels durch die getönten Scheiben nach Feinden von der Gegenbande ausspähen, um zuerst schießen zu können.*

Jetzt guckt er aus einem ganz anderen Fenster mit einem ganz anderen Eifer, schaut aus nach einem kleinen behinderten Mädchen, das von ihm abhängig ist, ihn liebt und ihn für die beste Sache hält, die ihr je passiert ist. Er hatte sich über den doofen Bus lustig gemacht, als er zum ersten Mal in ihn steigen mußte, diesen rollenden Kasten von der Farbe der Fernstraßenmarkierungen, klein und mit zu vielen Kids darin – keine standesgemäße Fahrt für einen Bandenhelden seiner Güte. Zuerst hatte er sich auch über diese Schule für Blöde und Halbmonster lustig gemacht, in die ihn der Bus jeden Vormittag für zwei Stunden brachte. Was hatten sich denn dieser Staatsanwaltspenner und dieser eingebildete Jugendrichter dabei gedacht, so einen wie ihn zu so einem Zoo zu schicken? Andre wußte was von Leben, Tod und Respekt. Er hatte junge Männer sterben, Blut über heißen Sommerzement rinnen sehen. Er hatte eine Vorstrafenliste von etlichen Autodiebstählen und Hochgeschwindigkeitsjagden, und er hatte auch schon schlimmere Dinge getan, derer er verdächtigt, aber nie angeklagt worden war. Er hatte ›sein Zeichen gesetzt‹ – sich der vorherrschenden Bande angeschlossen – und hatte deren Tätowierungen auf Armen und Rücken, um das zu beweisen. Mit 16 war er doch wer. Wozu sollte das schon gut sein, ihn zu dieser Schule für Behinderte zu schicken? Das war doch bescheuert!

Dann war allmählich, unerwartet, etwas geschehen. Andre begann zu begreifen, daß diese Kids in der Sonderschule doch keine Blöden und Halbmonster waren. Die brauchten nur jemanden. Die brauchten IHN. Und da kam ein ganz neuer Kick über ihn, besser als »Bandenstrolcherei«, Schießüberfälle im Vorbeifahren oder Schuleschwänzen – etwas, worauf er stolz sein konnte. Zu Hause ertappte er sich dabei, wie er über Miriam und die anderen Kids erzählte, wie er ihnen half, sich fortzubewegen, sich anzuziehen oder zur Toilette, zum Supermarkt oder zum Klamottenladen zu gehen. Er fing an, sie vor schäbigen Witzen anderer Bandenmitglieder in Schutz zu nehmen, sich nach kleinen Geschenken umzusehen, die er ihnen bringen konnte – etwas, das sie zum Lächeln bringen würde. Er fing an, gern zu Miriams Schule zu fahren, und freute sich schon jeden Morgen darauf. Jetzt fährt er nicht mehr gern zu den Einbahnstraßen, zum »vida loca«, dem verrückten Leben, zurück.

Es hatte lange gedauert, bis er sich das selbst eingestand. Aber allmählich änderten sich seine Kleidungsstücke, von bauschigen Bandenklamotten zu zugeknöpften Hemden und gebügelten schwarzen Hosen. Er hat aufgehört zu rauchen, zu trinken und Schußwaffen mit sich herumzutragen. Er schleicht sich von seinen Freunden weg, um sich College-Bewerbungen anzusehen, von einer Zukunft zu träumen – jeder Art von wirklicher Zukunft. Zur Überraschung seiner Lehrer und seines Bewährungshelfers ist er ein anderer geworden – genau zu der Zeit, als das System sich anschickte, ihn aufzugeben. Schließlich hatte doch keine der routinemäßigen Maßnahmen wie Verhaftungen, Arrest, Bewährungsstrafen und Bewährungslager ihn auch nur ein wenig von seinem selbstzerstörerischen Kurs abkommen lassen. Straffällige zu dieser Schule zu schicken, wo sie nicht anders konnten, als behinderten Kindern zu helfen, war aus einem Hintergedanken entstanden. Dieses Programm war von keinen Fachleuten oder Komitees erdacht worden oder aus Studien hervorgegangen – es war von zwei engagierten Lehrern zusammengeschustert worden, die genug hatten von Erfolglosigkeit und Bürokratie und die eine Kraft spürten, die entstand, indem die Hilflosigkeit eines Kindes mit der Ziellosigkeit eines anderen zusammengebracht wurde.

»He, Miriam! Qué pasa (Wie geht's)?« ruft Andre, als er aus dem Bus springt und um mehrere andere Jungen herumläuft, um zum Rollstuhl des kleinen Mädchens zu gelangen.

*»Andre, Andre«, singt sie, als er ihre rechte Wange küßt. »Rock 'n' Roll!«**

»Rock 'n' Roll, Miriam«, stimmt er ein und schiebt sie dann zum Unterricht, nachdem er einen schnellen Blick zurück auf den Bus geworfen und gewünscht hat, er würde abfahren und nicht mehr wiederkommen. Doch gleich überfällt ihn wieder die Gewißheit, daß er in zwei Stunden in ihn steigen wird. In zwei Stunden, weiß er, wird er auf seinem Weg zurück zu den Einbahnstraßen sein. Dann wird ihn der Druck wieder überfallen, der Druck, in eine andere Haut zu schlüpfen, wenn die Kumpels kommen, ihn einen Feigling nennen und ihn auffordern, das zu sein, von dem die Richter, die Bullen und die Bewährungshelfer sagen, er dürfe es nicht sein. Die Leute da im Gericht haben gut reden. Sie müssen ja nicht in dieser Welt leben, wo die Bandenmitgliedschaft lebenslänglich ist und ein Ausscheiden fatale Folgen hat.

Aber heute, jetzt, hat er zwei Stunden – und Miriam.

In diesem Jahr ist plötzlich jeder ein Reformer.

Bis jetzt war der Jugendgerichtshof von Los Angeles,

* Anm. d. Übers.: in seiner Grundbedeutung soviel wie »Schaukeln und Rollen«, also wohl eine gutmütige Anspielung auf die Bewegungen, die er der kleinen Behinderten beigebracht hat.

wie die im übrigen Kalifornien und im größten Teil der ganzen Vereinigten Staaten, dreißig Jahre lang im wesentlichen unverändert geblieben, abgesehen von Gesetzen, aufgrund derer mehr Kinder zum Erwachsenengericht gesandt werden – was nicht so sehr eine Neuerung als eine Rückkehr zu früheren Praktiken darstellt.

Jetzt jedoch möchte eine außergewöhnliche Phalanx von Interessengruppen, Politikern und Lobbyisten das Jugendstrafsystem umformen. Nachdem das Jugendstrafrecht jahrzehntelang wie ein ungewolltes Stiefkind angesehen worden war, mit seinen von anderen Institutionen abgelegten Einrichtungen, »grünen« Anwälten, überlasteten Bewährungshelfern und schwindsüchtigen Haushaltsmitteln, wundern sich die Richtlinienbeauftragten nun laut, warum die Jugendkriminalität dreimal so schnell wie die der Erwachsenen zunimmt und warum der Jugendgerichtshof damit nicht fertig wird. Plötzlich wetteifert man, die Große Lösung zu finden.

Diese abrupte Erkenntnis war den Eingeweihten des Jugendstafsystems schon lange klar gewesen, und sie hatten sich seit Jahren schon darüber vergeblich beschwert, daß nichts geschah. In den 90er Jahren scheint sie mehr oder weniger gleichzeitig über die ganze Nation geschwappt zu sein. Wichtige Reformen des Jugendstrafsystems haben begonnen, in den meisten Staaten der USA in Erscheinung zu treten.

Der Drang, das System zu sanieren, scheint in diesem Jahr das Gebiet von Los Angeles besonders stark getroffen zu haben. Die konkurrierenden Reformkräfte haben sich schon in den Haaren wie rivalisierende Banden, die sich um Einflußgebiete keilen: Richter Dorn, zum Beispiel, ist dabei, seine eigene Einsatztruppe aufzustellen, ein eigenartiges kleines Schattengericht aufzubauen, das innerhalb des großen Systems von Los Angeles nach seinen eigenen Regeln und Schwerpunkten arbeitet und sich auf Personen, die geringere Gesetzesverletzungen begehen und die der Rest des Jugendgerichtshofs eher ignoriert, konzentriert. Für ihn ist das Jugendgericht der letzte, beste Apparat gesellschaftlicher Veränderung, der mit nur wenigen vom gesunden Menschenverstand diktierten Verbesserungen wieder blitzblank gemacht werden kann.

Der Gouverneur* von Kalifornien, der die treibende Kraft für ein Haushaltsmittel-Streichungsprogramm für Gefängnisbauten (Betriebskosten 3,8 Milliarden Dollar jährlich mit ansteigender Tendenz) war, verfolgt derweil genau den entgegengesetzten Kurs, indem er ein Bündel von neuen Gesetzen vorantreibt, die die Erwachsenengerichte und -zuchthäuser mit Jugendlichen füllen sollen. Für ihn ist der Jugendgerichtshof eine nicht funktionierende Reliquie, die jungen Raubtieren erlaubt, das Recht zu verhöhnen und straflos zu töten – eine Haltung in bezug auf ›Gesetz und Ordnung‹, die so schön zu seinen neuerlich geäußerten Aspirationen auf den Präsidentenstuhl der USA paßt.

Das Bewährungsamt der Gemeinde Los Angeles hat seine eigene separate Initiative in Gang gesetzt. Man ist bemüht, die quälende Untersuchung über Wiederholungstäter, die ergab, daß statistisch gesehen der Jugendgerichtshof keine Wirkung zur Verhinderung der Jugendkriminalität zeigt, in ein nützliches neues Werkzeug umzuformen. Durch Aufstellung eines detaillierten Profils von Wiederholungstätern hofft dieses Amt zu lernen, wie es die potentiell schlimmsten Delinquenten erkennen und ihnen helfen kann, *bevor* sie die tatsächlich schlimmsten werden – eine vielversprechende Idee, die aber mit einigen ethischen Problemen verbunden ist. Das geringste davon ist nicht die Vorstellung, Kinder und Jugendliche aufzuspüren, die in Zukunft Verbrechen begehen *könnten*. Angestrebt ist, ein System zu finden, das Straftaten vermeidet, bevor die meisten Kids überhaupt vor dem Jugendgericht erscheinen müssen – die Realisierung einer alten Absicht, die jeder willkommen heißen würde. Wünschenswert wäre auch, wenn die Früchte dieser Untersuchung wenigstens eine Neuordnung von Prioritäten

* Anm. d. Übers.: oberster Verwaltungsbeamter

innerhalb des Jugendgerichtshofs rechtfertigen würden, so daß Ersttäter mit Nachdruck in die Schranken verwiesen würden. Statt dessen wird ihnen bislang ein Freifahrtschein nach dem anderen ausgestellt, bis jemand verletzt oder getötet wird.

Schließlich gibt es da noch die Initiative der Bezirksstaatsanwaltschaft von Los Angeles, die das Jugendstrafverfolgungssystem ein für alle Mal sanieren oder zerschmettern kann.

Inmitten der Mordverhandlung des Ronald Duncan und all dem, was dieser ›Fall der 31 Aromen‹* über den Zustand der Jugendstrafgerichtsbarkeit in Amerika zu Tage treten ließ, ist Peggy Beckstrand zu einer Besprechung mit ihrem Chef zitiert worden. Der Bezirksstaatsanwalt Gil Garcetti versammelt seine Leitenden Jugendstaatsanwälte jeder Zweigstelle des Jugendgerichtshofs von L.A., um einen neuen Versuch zu besprechen, den Ruf der Jugendgerichtsbarkeit reinzuwaschen. Dies ist, bei weitem, die ehrgeizigste und weitreichendste der Initiativen zur Erneuerung des Jugendstrafsystems von Kalifornien. Garcettis Verbündete in der Hauptstadt des Staates warten schon darauf, sich ihm anzuschließen, um neue Gesetze durchzusetzen, die jedes Jugendgericht im Staate verabschieden und ... es durch etwas Neues ersetzen wird. Niemand ist sich bis jetzt so richtig darüber klar, was dieses Neue sein wird, abgesehen von der Forderung, daß es weit über bloße Bastelei an dem bestehenden System hinausgehen muß. Es muß umfassend sein, eine völlig neue Struktur, die auf dem aufgebaut werden könnte, was der Gouverneur, Richter Dorn und das Bewährungsamt tun – oder diese Initiativen völlig außer acht läßt, um Platz für etwas ganz Neuartiges zu schaffen. Garcetti dringt auf eine Spezialgruppe, die im ganzen Staat untersuchen soll, wie das bewerkstelligt werden kann. Fachleute auf jeder Seite des Systems, sowohl Befürworter als auch Gegner,

* Anm. d. Übers.: eine Anspielung auf die Werbung der Eiskremfirma, zu der die Eisdiele der Ermordeten gehörte.

müssen befragt werden, um schließlich das Jugendstrafrecht von Anfang bis Ende völlig umzuschreiben.

»Und das wollen wir heute hier besprechen«, erläutert Garcetti gegenüber Peggy und ihren sieben Kollegen der anderen Zweigstellen der Staatsanwaltschaft des L.A.-Jugendgerichtshofs, die er zusammengerufen hat. »Sie kennen das System besser als sonst jemand.«

Garcetti ist ein großer, dünner Mann mit rötlicher Gesichtsfarbe, der zwei Jahre zuvor gewählt worden war, um einen unbeliebten Vorgänger abzulösen, unter dem er einst als Hauptstellvertreter gearbeitet hatte. Dieser Job macht ihn zum am stärksten im Brennpunkt stehenden Bezirksstaatsanwalt in den USA dank Michael Jackson, den Menendez-Brüdern, O.J. Simpson und dem Gerichtsfernsehen. Aber neben dem Aufsehen hat er auch eine Organisation mit einem zusammengestrichenen Haushalt, in den Keller gesunkener Moral und einem Ruf geerbt, die großen Hürden nicht nehmen zu können. Verwiesen wird dabei auf eine Reihe von medienwirksamen Fällen, vom Vorschulkinder-Mißbrauchsfall McMartin über den Elternmordprozeß der Menendez-Brüder und die gerichtliche Verfolgung der Cops, die Rodney King geschlagen hatten, bis zu der Untersuchung des Superstars Michael Jackson wegen Mißbrauchs von Kindern. Inmitten von dem, was schließlich seine größte Niederlage werden würde, dem Fall O.J. Simpson, hat er sich entschieden, daß das Erbteil, das er wirklich hinterlassen möchte, auf dem Gebiet des so lange vernachlässigten Jugendstrafrechts liegen soll.

Zu seinen Gunsten muß angeführt werden, daß sich Garcetti als Inhaber eines der höchsten politischen Ämter von Los Angeles beträchtliche Mühen gemacht hat, indem er mit Richtern, Anwälten, Kinderentwicklungsfachleuten und, was für einen Staatsanwalt höchst ungewöhnlich ist, mit einigen der Kids, die sein Amt in das Jugend-Untersuchungsgefängnis brachte, sprach. Staatsanwälte sind ja nicht dafür bekannt, daß sie auf das hören, was Verbrecher ihnen erzählen, aber Garcetti erkannte, daß die Minderjährigen ihm einige Aufschlüsse über die Innenseite des Systems geben konnten. Das führte ihn zu einer besonders erbaulichen – und anstrengenden – Frage- und Antwort-Sitzung mit einigen der Jugendlichen aus der Einheit K/L des Zentralen Jugend-Untersuchungsgefängnisses, wo die meisten der Schreibklasse untergebracht sind.

Die Kids haben nicht oft die Möglichkeit, mit einem zu reden, der wirkliche Macht besitzt. Da sind natürlich die Richter, aber die werden als in Roben gehüllte Symbole weit außerhalb jeder Reichweite angesehen, die ›auf mich hinunterblicken wie ein großer weißer Gott‹ wie es eines der Kids in der Klasse schrieb. Deshalb prasselten die Fragen nur so: Warum haben alle Angst vor uns? Warum wollen sie uns mit erwachsenen Knackis einsperren? Warum glaubt denn jeder, daß man schon ein Verbrecher ist, nur weil man einer Bande angehört? Aber da war etwas, was einer der jüngeren Burschen sagte, über das Garcetti noch lange, nachdem er das Jugendgefängnis verlassen hatte, nachdenken mußte. Es war ein Junge, der immer wieder Fragen über Mord stellte. Er war 14 Jahre alt, obwohl ihn der Bezirksstaatsanwalt eher für acht oder neun gehalten hätte, glattwangig und engelsgesichtig, was seine Fragen um so fürchterlicher machte.

»Wenn ich jemanden umbringe, kann ich dann in die Gaskammer geschickt werden?«

Als Garcetti dies verneinte und sich einem anderen Jungen zuwandte, beharrte der frischgesichtige Junge: »Auch wenn ich mehr als einen umlege? Müssen Sie mich dann auch gehen lassen, wenn ich 25 bin?«

»Das stimmt. Das fordert das Gesetz. Bis jetzt wenigstens. Aber das wird sich wohl ändern.«

»Aber jetzt noch, auch wenn ich zehn Leute kaltmache, können die mich nicht in die Gaskammer schicken – sie müssen mich nach einiger Zeit wieder freilassen?«

Garcetti wechselte dann das Thema, aber diese Begegnung beschäftigte ihn weiter. Er erzählt jedem seiner Jugendstaatsanwälte, mit dem er zusammenkommt, wie dabei die Erkenntnis über ihn gekommen war, daß die

Minderjährigen auf jeder Ebene des Systems wissen, daß das Jugendgericht sie oft nicht angemessen bestrafen kann. »Man spricht mit den Kids«, wird er später sagen, »und sie erzählen einem, daß sie mit so vielem davongekommen sind – daß sie Verbrechen begehen und nicht verhaftet werden, und wenn sie verhaftet und vors Gericht gebracht werden, daß nichts geschieht. Das weiß einfach jeder von ihnen. Wenn man sich dessen sicher ist, kann man mit einer ganzen Menge davonkommen, was das Verhalten beeinflußt. Man fängt dann an, solche Überlegungen anzustellen wie der Junge im Jugenduntersuchungsgefängnis. Oder man denkt überhaupt nicht mehr über Folgen nach, weil die keine Rolle spielen ... Deshalb möchte ich engagierte Vollzeitfachleute in dieser Spezialgruppe haben, nichts darunter. Ich möchte das nicht mit nur einer Hinterbacke machen. Es ist einfach zu wichtig.«

Auf Peggy und die anderen frustrierten Verantwortlichen für die Jugendstrafverfolgung, die sehen, wie ihre Fälle täglich abgewiesen, falsch behandelt oder verwässert werden, wirkt das genau so, als ob man ein Kind fragt, welche Schokolade es am liebsten mag. Seitdem die Jugendgerichtsbarkeit zum ersten mal um die Jahrhundertwende erdacht wurde, um damit aufzuhören, Kinder zusammen mit Erwachsenen ins Gefängnis zu stecken oder sogar hinzurichten, ist die Bühne nicht mehr für eine solche umfassende Überprüfung sämtlicher Möglichkeiten der Behandlung von jugendlichen Straftätern vorbereitet worden. Es beginnen Vorschläge am laufenden Band hereinzukommen: Senkt das Alter für die Überstellung an die Erwachsenengerichtsbarkeit. Verändert den Beweiszwang, um leichter Verurteilungen zu erreichen. Schafft ein System mit zwei Schichten – die eine für vom Wege abgekommene Minderjährige, die andere für die Schläger und Mörder, in der nur noch die Bestrafung und nicht mehr Rehabilitation das Ziel ist. Während solche Vorschläge hereinkommen, lehnt sich Garcetti zurück, spricht wenig und begnügt sich damit, Bemerkungen auf einen gelben Amtsnotizblock zu schreiben. Seine Fachleute an der Front erwärmen sich inzwischen für das Thema. »Ich glaube, wir sollten die direkte Anklageerhebung für Mord im Erwachsenengericht ohne Altersgrenzen haben«, schlägt Peggy vor, der der Duncanfall mit der Freiheit des Täters nach höchstens neun Jahren noch schwer auf der Seele liegt. »Bei Mord hört alles auf. Minderjährige, die einen Mord begehen, sollten automatisch ihr Recht verlieren, Minderjährige zu sein.«

»Wie wäre es denn, *alle* Schwerverbrechen im Erwachsenengericht zu verhandeln?« meint ein Kollege und geht damit noch einen Schritt weiter als Peggy. »Warum denn bei Mord aufhören?«

Wieder denkt Peggy an Duncans unausweichliche Entlassung spätestens im Alter von fünfundzwanzig und erinnert die Gruppe daran, daß sie sich nicht nur auf das eine Ende des Strafverfolgungsvorgangs konzentrieren sollte – das Wann, Wo und Wie die Anklagen erhoben und verhandelt werden sollten. Auch das hintere Ende – die Entlassungsbedingungen für Jugendliche sind ebenso bedeutend.

»Mörder sollten doch nicht im Alter von fünfundzwanzig durch die Tür gehen dürfen. Da müßte eine Art von Überprüfung oder vielleicht ein bedingter Straferlaß her – und die Handhabe, sie unbefristet eingesperrt zu lassen, wenn sie noch gefährlich sind. Mörder sollten nicht mit einer von dann ab reinen Weste und ohne jegliche Aufsicht durch die Tür gehen dürfen, nur wegen eines Geburtstags.«

Ähnliche Vorschläge folgen, alle mit dem gleichen Nenner: Das System muß strenger mit Minderjährigen umgehen, sie länger einsperren, mehr Gewicht auf den Schutz der Öffentlichkeit als auf den einer jugendlichen Schuldunfähigkeit, die ja doch nicht mehr vorhanden zu sein scheint, legen. Für diese Gruppe besteht die Lösung darin, das Jugendstrafrecht zurück auf die Ebene des 19. Jahrhunderts zu schieben, wo Kinder und Erwachsene genau gleich behandelt wurden. Die Staatsanwälte scheinen übereinzustimmen, daß jugendliche Straftäter heutzutage mehr kriminelle Energie und Findigkeit entwickeln und weniger reumütig als die vorheriger Generationen sind. Peggy meint: »Die heutigen Kinderverbrecher anders als Erwachsene zu behandeln, funktioniert einfach nicht.«

Der Schauplatz dieser Attacke auf das System ist angemessen trübe: die muffige und düstere Zweigstelle Eastlake, eine vor sich hin schimmelnde burgähnliche Einrichtung, die dem Zentralen Jugend-Untersuchungsgefängnis angegliedert ist – die am stärksten bevölkerte, schwierigste Zweigstelle des Jugendgerichtshofs. Sie besteht aus einem langen, flintenlaufgleichen Korridor, von dem links und rechts ein Kaninchenbaugewirr von Büros und Gerichtssälen abzweigt. Dieser Flintenlauf selbst ist während der Verhandlungsstunden vollgestopft mit Leuten, eng und nach Schweiß riechend wie ein U-Bahnwagen zur Hauptverkehrszeit. Angefüllt ist er mit einem ständigen Stimmengewirr, wo die Verteidiger ihre Klienten befragen, Abmachungen mit Staatsanwälten aushandeln und mit Zeugen flüstern, während sie darauf warten, zu ihren Verhandlungen gerufen zu werden. Es ist ein lärmerfüllter, kunstloser Ort mit schmierigen, farblosen Wänden und einem Eingang, der mit einem Metalldetektor und einer Gepäck-Röntgenanlage ausgerüstet ist, die nicht funktionieren. Als typisches Beispiel für die seltsamen Prioritäten des Jugendgerichtshofs hat keine seiner Zweigstellen funktionierende Metalldetektoren oder gesicherte Eingänge, obwohl deren Notwendigkeit in die Augen springt – bei Minderjährigen, die nach Gerichtsverhandlungen in Gewahrsam genommen werden, findet man gewöhnlich Waffen. Dagegen hat das nach dem neuesten Stand eingerichtete Kinderwohlfahrtsgericht, in dem nur Fälle verhandelt werden, die sich auf das Wohlergehen von Kindern erstrecken, also auf keine Straftaten, in dem sich aber auch die Zimmer des Vorsitzenden Richters des Jugendgerichtshofs befinden, einen ausgeklügelten Checkpoint wie bei Flugplätzen an der Tür, mit Wachposten, funktionierendem Metalldetektor und Röntgenapparat.

Die Zusammenkunft findet im Gegenüberstellungsraum dieses Gerichtsgebäudes statt, wo sich normalerweise jugendliche Verdächtige in einer Reihe aufstellen müssen, um von Zeugen von einem anderen Raum aus durch Einwegspiegelglas betrachtet zu werden. Er unterscheidet sich nicht von Erwachseneneinrichtungen dieser Art auf Polizeirevieren in der ganzen Stadt, so daß er um so angebrachter für eine Diskussion über eine Demontage des Jugendstrafsystems erscheint.

Aber ein Staatsanwalt, der in dieser Besprechung noch kein Wort gesagt hat, nutzt eine kleine Pause in dem Strom der Vorschläge, um sein Unbehagen und seine Ablehnung zum Ausdruck zu bringen:

»Wenn wir uns nicht den Wurzeln dieser Störungen zuwenden, einigen der gesellschaftlichen Probleme, die zur Jugendkriminalität beitragen, wird keine dieser Maßnahmen etwas bewirken«, verkündet Jim Hickey den Anwesenden. Die anderen schauen ihn an, als habe er soeben eine Stinkbombe in das Zimmer gerollt. Hickey blickt auf einige der schockierten Mienen und seufzt: »Jeder sagt, die Kinder der 80er und 90er Jahre seien anders – schlimmer, gefährlicher. Sie sind aber die gleichen wie vorher. Sie verüben schreckliche, unkindliche Dinge, weil sie zehn Jahre lang ein schreckliches, unkindliches Leben führen mußten. Das ist doch wie bei einem Computer: Wenn man Mist eingibt, kommt Mist raus.«

Hickey ist der Aufsichtführende Staatsanwalt in der Jugendgericht-Zweigstelle Los Padrinos. Er ist ein großer, sanfter Mann mit einem dicken Schnurrbart und sanften Augen, von der Art, die jeden Tag das Mittagessen in einer Papiertüte mitbringt, so daß er während der Pause an seinem Schreibtisch arbeiten kann. Er gehört zu jenen, die denken, daß Mörder – wie jung sie auch sein mögen – wie Erwachsene bestraft werden sollten, aber er widersetzt sich der Politik seines Amts, strenge Maßstäbe für die Überstellung an die Erwachsenenstrafverfolgung anzulegen, weil er davon überzeugt ist, daß die geringeren Straftäter eine Chance verdienen und daß die Beschäftigung mit Fällen von Schuleschwänzen genauso wichtig ist wie die mit Verbrechen. »Jedes Kind, das zum Jugendgericht gebracht wird, beginnt mit Schwierigkeiten in der Schule, und das ist es, worum wir uns kümmern müssen«, erinnert er seine Kollegen. Kurz gesagt, er befindet sich nicht im Hauptstrom der staatsanwaltlichen Meinungen im Hinblick auf die Jugendstrafverfolgung – und ist froh darüber.

»Wenn man einige dieser vierzehn oder fünfzehn Jahre alten bewaffneten Räuber im Alter von sechs Jahren zu warmherzigen, guten Pflege- oder Adoptiveltern gebracht hätte, wären die Dinge heute anders«, meint er. »Das wird keine Pauschallösung ändern. Wir müssen anfangen, uns den Ursachen zuzuwenden, sonst ist alles nutzlos, sonst werden wir das System nie wirkungsvoll ändern können.«

Im Zimmer herrscht Schweigen. Einige sehen nach Hickeys Kommentaren betreten zu Boden. Einige der Staatsanwälte werfen sich Blicke zu, einer rollt mit den Augen. Aber Hickey drängt weiter: »Wenn wir einfach nur den Familien helfen, die Kinder in den Schulen und von der Straße weghalten zu können«, argumentiert er, »würden wir mehr zur Verhinderung von Jugendkriminalität tun als hundert neue Gefängnisse. Wir sollten deshalb laut sagen: ›He, wir treten doch für die öffentliche Sicherheit, für die Eindämmung der Verbrechen ein – und dies ist der beste Weg dazu, indem wir Leuten helfen, ein besseres Leben führen zu können.‹«

»Das ist nicht unsere Aufgabe«, fauchen die anderen. »Wir sind doch keine Sozialarbeiter, sondern Anklagevertreter!« Besonders Peggy Beckstrand widerspricht Hickeys Ansichten vehement. »Natürlich«, stimmt sie zu, »wünscht eine Menge von uns, wir könnten denen ein besseres Zuhause geben. Aber das ist uns doch nicht möglich. Wir sind doch am Boden des Fasses. Die Staatsanwaltschaft kann nicht alle diese Leute retten. … Unser Job besteht doch darin, diejenigen zu verfolgen, die den gesellschaftlichen Vertrag brechen. Wir sind doch die Mauer zwischen all den Leuten, die nicht die Grenze überschritten haben und die nach den Regeln und dem gesellschaftlichen Vertrag leben, und den Leuten, vor denen die anderen sich fürchten – die, die über die Grenzlinie getreten sind. Und was wir brauchen, sind die richtigen Werkzeuge dafür.«

In diesem kahlen Gegenüberstellungsraum voller Staatsanwälte hat sich die Debatte über die Jugendgerichtsbarkeit so kristallisiert wie nie zuvor. Hier wird mit dem Finger auf die Mehrdeutigkeit eines Systems gezeigt, das sowohl strafen als auch heilen will. So, wie die Rolle des Verteidigers in dieser Institution ziemlich verschwommen ist, so ist es auch hier schwer, die Rolle des Staatsanwalts genau zu definieren. Ist es denn wirklich im besten Interesse eines wütenden, gewalttätigen, außer Kontrolle geratenen Minderjährigen, einen Freispruch für ihn zu bewirken, damit er frei hinausgehen kann? Ist bei jungen Menschen andererseits immer im besten Interesse der öffentlichen Sicherheit, die traditionelle Lösung des Staatsanwalts anzustreben – die höchstmögliche Strafe? Oder ist der Gesellschaft nicht am besten gedient, wenn man Wege findet, das Los eines Minderjährigen zum Besseren zu wenden, auch wenn das bedeutet, die Gefängnistür zu öffnen?

»Mit Liebe kann man diesen Kids nicht beikommen«, sagt Peggy von den jugendlichen Haupttätern. »Zu dem Zeitpunkt, an dem wir mit ihnen zu tun bekommen, ist es dafür schon zu spät. Alles, was wir noch tun können, besteht doch darin, *die* Leute zu schützen, die sich an die Regeln halten. Das ist doch unsere Pflicht!«

»Da muß ich widersprechen«, entgegnet Hickey. »Gewiß, wir müssen die Soziopathen aufspüren und einsperren. Von dieser Rolle sollten wir auch nicht abgehen. Aber was den Rest angeht – wir reden doch hier noch über *Kinder*. Der Rest ist doch zu retten. Auch das sollte unsere Rolle sein.«[1]

Die Zweigstelle Los Padrinos des Jugendgerichtshofs von Los Angeles, wo Jim Hickey arbeitet, unterscheidet sich im Äußeren und in seiner Philosophie derart von dem Gerichtsgebäude in Inglewood, wo Roosevelt Dorn und Peggy Beckstrand ihr Betätigungsfeld haben, daß beide kaum dem gleichen Strafverfolgungssystem anzugehören scheinen. Sie liegt nicht in einer von Gewalt und Armut verkrüppelten Umgebung, sondern in einer ruhigen Ecke des Vororts Downey, einer Schlafstadt am südwestlichen Rand der Gemeinde Los Angeles. Die hier verhandelten Jugendstraftaten sind oft schwer – Bandenschießereien, Morde und andere Taten unkindlicher Kinder. Hier hatten Richard Perez und George Trevino ihre erste Eignungsanhörung. Aber im großen und ganzen sind die Fälle hier doch nicht so unerbittlich Schauder einflößend wie die im Terminkalender von Inglewood. Hier stehen die Staatsanwälte, Richter und Verteidiger auch nicht ständig auf Kriegsfuß miteinander und finden mehr Raum für Kompromisse, was besonders dem ausgeglichenen, verständigen Ton zu verdanken ist, den Jim Hickey hier angibt. Auch der Name dieses Gerichtsgebäudes hebt es schon von den anderen ab – die einzige Zweigstelle des L.A.-Jugendgerichtshofs, für welche die für solche Dinge verantwortlichen Bürokraten einen lyrischen Namen statt eines funktionalen wählten: Los Padrinos, »Die Paten«.

Ihr Standort ist so ungewöhnlich wie ihr beschönigender Name – nicht umgeben von Bandenterritorien, sondern eingeschoben zwischen einem Komplex rechteckiger, graufarbener Reihenhäuser und einem städtisch betriebenen Golfplatz, von dem aus schon mal Fehlbälle an das kompakte Gerichtsgebäude und sein angeschlossenes Inhaftierungshaus schlagen. Nichts von dem kaum kontrollierten Chaos, das in Inglewood herrscht, ist hier zu finden. Eltern, Kinder und Zeugen werden in einen großen Wartebereich mit Reihen unbequemer, brauner Kunststoffstühle geleitet. Lautsprecher rufen die Teilnehmer nur immer eines Falles auf, weisen Eltern und Minderjährige an, an einer Wache vorbei durch eine schwarze, metallene Doppeltür zu gehen und dann einer der drei farbigen Linien – gelb, rot oder grün –, die in dem abgetretenen schwarzen Linoleumfußboden eingeprägt sind, zu folgen. Jede Linie führt zu einer schweren, schwarzen Metall-Brandschutztür und dahinterliegendem kleinen Gerichtssaal, so daß keine Verwirrung über Zimmernummern, Abteilungen oder Raumanordnung aufkommen kann. Man braucht dazu nicht lesen zu können.

An der Seite, wo die Prozession von Minderjährigen und Eltern entlang den Linien am Boden vorbeizieht, befindet sich Jim Hickeys Büro, bestehend aus einem großen Hauptraum mit einer Reihe von Schreibtischen für zwei Sekretärinnen und zwei andere Angestellte, einem chaotischen Aktenraum, mehreren Nebenzimmern, die sich die Staatsanwälte teilen, und einem Zimmer ganz hinten, in dem Akten zuhauf liegen – Hickeys Privatzimmer.

Gewöhnlich bleibt die Tür zu Hickeys Privatzimmer offen, aber heute ist sie geschlossen. Der Aufsichtführende Staatsanwalt spricht mit einem Mann namens Luis Silvestre, dessen Stiefsohn ermordet wurde. Hickey klagt zwei Jungen dieses Mordes an und ist bestrebt, sie ins Erwachsenengericht zu schicken.

Dieser Stiefsohn, Alfred Clark, hatte in einer Schlange in einem McDonald's-Restaurant gewartet. Ein anderer Bursche hatte sich vor ihm in die Schlange gedrängt und von Alfred dessen Sony-Walkman verlangt. Alfred hatte versucht, das mit einem Lachen abzutun, Alfred, der Senior-Ehrenschüler seiner High School, Alfred, der Spitzensportler der Schule, Alfred, der Junge mit dem Hochschulstipendium, den seine Freundin, die Klassenkameraden und Lehrer so mochten, der für große Dinge bestimmt war. Er hatte den plötzlichen Tod nicht kommen sehen.

Die Kugel fetzte durch seine Halsschlagader, und er starb dort auf dem Boden eines Schnellrestaurants, mit Fritten um ihn herum verstreut, mit flehenden Augen, die voller Unglauben waren, während die anderen Kids in der Schlange auseinanderstoben. Der 17 Jahre alte Bursche, der ihn erschoß und seinen Walkman nahm – ein Wert von kaum 100 Dollar –, wurde am nächsten Tag gestellt. Seine Schuld stand außer Frage. Er zeigte keine Reue. Seine Augen waren tot.

Juan Macias, der 16jährige, der das Fluchtauto gefahren hatte, beteuerte seine Unschuld, sagte, er habe keine Ahnung gehabt, daß sein Kumpel jemanden erschießen würde. Sein Bandenname war aber Scrappy*. Er hatte eine lange Vorstrafenliste mit Autodiebstahl, Einbruch und bewaffnetem Raubüberfall, die seine Glaubwürdigkeit in Frage stellte. Zuerst schien es, als ob er die Wahrheit sagte, aber dann hörte Hickey einen Zeugen aussagen, Scrappy habe ein paar Minuten vor dem Mord in dem Restaurant gestanden und dem Killer Alfred mit dem Finger gezeigt, so daß Hickey beschloß, sich dafür einzusetzen, daß dieser Bursche auch zum Erwachsenengericht geschickt würde.

Alfreds Stiefvater war bis jetzt zu allen Anhörungen erschienen. Er hatte in die hellen Augen der beiden angeklagten Mörder gestarrt und gefühlt, wie eine Welle müden Hasses über ihn schwappte. Er wollte bis zum Ende dabei sein, ein stummes Mahnmal für Gerechtigkeit. Es hatte einmal eine Zeit gegeben, da hatte er nichts von Bandenkrieg, Straßenverbrechen oder der rücksichtslosen Kälte gewußt, die junge Leute dazu treibt, ohne Veranlassung zu töten und danach kein Bedauern zu fühlen. Er ist ein abgehärmter Mann, dessen ruhiges, gesetzestreues Leben ihn nicht auf so etwas vorbereitet hatte.

Heute ist Luis noch nach der Anhörung geblieben, um mit Hickey über sein übermächtiges Gefühl des Verlustes und der Bestürzung zu reden, irgendwie einen Sinn darin zu finden. Aber es gelingt ihm nicht. Er kann nur davon erzählen, welch eine unglaubliche Freude Alfred war, wobei Tränen über seine Wangen fließen, wie jetzt schon so oft. Jeden Tag, so erzählt er Hickey, müsse er an der geschlossenen Zimmertür seines Sohnes vorbeigehen und sich zusammennehmen, nicht zu erschauern. Keiner in

* Anm. d. Übers.: etwa »Schläger«

seiner Familie ist seit dem Mord, der nun schon Monate zurückliegt, in dem Zimmer gewesen. Sie wollen dort keine Andachtsstätte einrichten. Sie können es einfach nicht ertragen, Alfreds Preise, seine Schulbücher und seine Aufnahmezusage für die Universität von Los Angeles auf seinem Schreibtisch zu sehen. Es wäre zuviel des Schmerzes. Da war es leichter, alles so zu lassen – wie Alfred es verlassen hatte.

Nur andere Eltern können so etwas wirklich verstehen, dieses Gefühl, daß man einfach nicht mehr weitermachen könne, sagte Luis. »Deshalb kann ich mit *Ihnen* reden, denn Sie haben ja Kinder.« Das Bild, das Luis mit Worten von seinem Sohn gemalt hat, ist so klar, der schneidende Schmerz der Familie so nackt, daß Jim Hickey sprachlos ist. Er kann nur nicken und die Hand des Mannes fest drücken. Und dann sitzen der kummergebeugte Vater und der berufliche Ankläger sich einfach schweigend in diesem kleinen Zimmer gegenüber, mit feuchten Gesichtern, zusammen weinend, während Hickeys Personal verständnisvoll versucht, nicht durch das Glas in der Tür zu schauen.

Später sitzt Hickey in seinem Büro und diskutiert über die Zukunft des Jugendstrafrechts, ein Thema, das seine Gedanken in diesen Tagen viel beschäftigt und auch seinen Schreibtisch mit Berichten, Zeitungsausschnitten und Memoranden füllt. Sein Mitgefühl für die Angehörigen von Alfred Clark und sein Wunsch, die Mörder hart bestraft zu sehen, mindert aber nicht seinen Glauben, daß die meisten Jugendlichen zu retten sind. Er ist immer noch davon überzeugt, daß die Hauptrolle jedes Staatsanwalts darin besteht, die Ansicht von Leuten wie Alfred Clarks Vater zu vertreten. Das gilt sowohl für den Jugendgerichtshof als auch für das Erwachsenensystem, und in diesem Punkt ist er sich mit Peggy Beckstrand und anderen Aufsichtführenden der Jugendstrafverfolgung einig. Aber da sei doch noch mehr anzustreben als nur dieses traditionelle Ziel, meint Hickey. Die Jugendgerichtsbarkeit verlange doch mehr.

»Sehen Sie sich doch mal die Burschen an, die den Mord an Alfred Clark begangen haben«, sagt er. »Nehmen wir doch mal diesen Scrappy. Er war schon seit Jahren vom System erfaßt gewesen, war zum Mündel des Jugendgerichts gemacht, auf Bewährung entlassen, zweimal in ein Bewährungslager geschickt und danach wieder in die Bewährung entlassen worden. Aber immer wieder geriet er mit dem Gesetz in Konflikt. Jedesmal, wenn man ihn in eine geordnete Umgebung brachte, machte er sich gut, erhielt gute Noten und benahm sich gut. Dann aber wurde er wieder in die gleiche verarmte, von Verbrechen verseuchte Umgebung entlassen, zur gleichen Aufsichtslosigkeit zu Hause, zu seiner Bande und den kriminellen Anfechtungen. Niemand lehrte ihn all die kleinen Dinge, die man wissen muß, um einen Job zu halten, wenn einem an einem Morgen mal nicht zum Arbeiten zumute ist.« Das klingt wie selbstverständlich, aber Hickey weiß, daß den Kids im Jugendstrafsystem solche Selbstverständlichkeiten meistens nicht beigebracht wurden und daß dies auch ein Grund dafür ist, warum ihre schulischen Leistungen so miserabel sind.

Scrappy sei intelligent, er habe Möglichkeiten, erzählt Hickey traurig. »Aber wir haben mit ihm nicht das getan, was wir hätten tun müssen. Er saß seine Zeit ab – und das war's. Und jetzt ist ein Junge tot, und zwei anderen steht ein Leben im Gefängnis bevor. Jeder verliert.«

Dann erzählt Hickey von einem anderen Fall, von einem Burschen mit einer praktisch gleichartigen Vorstrafenliste wie Scrappy und gleichen Alters. Er wuchs in derselben Art von heruntergekommener Umgebung auf, versagte ebenso in der Schule trotz angeborener Intelligenz – ein hartgesottener Bandenangehöriger, dem immer alles egal war, nur ein Verbrechen entfernt vom Erwachsenengefängnis. Hickey redet von Andre. Da ist aber ein Unterschied zwischen den beiden Burschen: Scrappy kam vom Lager heim und wurde in eine schäbige Schule des

Jugendgerichtshofs geschickt, wo straffällig gewordene Minderjährige den ganzen Tag über bleiben, weil normale Schulen sie nicht mehr aufnehmen. Andre dagegen kam zur Rosewood-Schule, wo die straffällig Gewordenen neben dem normalen Unterricht mit behinderten Kindern arbeiten, wo er ein kleines Mädchen in einem Rollstuhl, das auf den Namen Miriam hört, kennenlernte. Scrappy geht jetzt für Mord unter. Andre ist in sechs Monaten drei Klassenebenen aufgestiegen und steht davor, die High School* mit Erfolg abzuschließen, ist schon mehr als ein Jahr straffrei geblieben und steht auf der Warteliste für den Posten eines Gemeindeangestellten.

»Es kommt darauf an, wie man die Sache angeht«, meint Hickey und spielt damit auf die neuerdings beliebt gewordenen militärisch aufgezogenen Straflager und den letzten von kalifornischen Gesetzgebern geförderten Einfall an: Bandenmitglieder in die Leichenhalle zu führen, um sich dort Mordopfer ansehen zu müssen. »Diese Kids sind schon hartgesotten. Die müssen nicht noch härter gemacht werden. Sie müssen im Gegenteil aufgeweicht werden! Sie müssen lernen, das Leben wieder zu achten, denn sie haben das verlernt. Das ist es, was wir ihnen zurückgeben müssen. Wir müssen sie aufweichen.«

Wenn er dieses Thema anschneidet, klingt Hickey oft mehr wie ein Verteidiger als ein Staatsanwalt. Teilweise beruht seine Liebe zu Kindern auf seinem Glauben an das Grundprinzip des Jugendgerichtshofs, nämlich daß die meisten Minderjährigen gerettet werden können. Er hält sich privat wie auch beruflich an diese Philosophie. Die Wände seines Zimmers sind bedeckt mit Bildern seiner Familie – drei Kinder, die er und seine Frau im Ausland adoptiert haben. Kinder, die Waisen in den mitleidlosen Hüttenvierteln von Brasilien waren. Über diese Viertel wurde bekannt, daß sogenannte Aufräumkommandos, die von der Polizei geduldet (und manchmal auch durch

* Anm. d. Übers.: Schule nicht vom Niveau eines deutschen Gymnasiums, aber berechtigt eventuell zum hochschulartigen College

Selbstbeteiligung unterstützt) waren, obdachlose Straßenjungen hinrichten wie Ungeziefer. »Sie sind meine Lieblinge«, erzählt er, »meine Freude.« Er glaubt fest an die Macht des Willens als Grundfunktion des seelischen Lebens, an die Heilkräfte, die einfache Zuwendung erzeugt. Deshalb widmet er so viel seiner Zeit und Kraft als Staatsanwalt Arbeiten mit Schulaufsichtsgremien und Gemeindeeinrichtungen, um zu versuchen, den Teufelskreis des Verbrechens schon in seinen ersten Anfängen zu unterbrechen.

»Wenn Leute sich nicht mehr kümmern, bekommt man den Zustand wie in Brasilien, wo Kinder getötet werden und sich keiner mehr darum schert«, fährt er fort. »Ich will damit nicht andeuten, daß dies jemals hier geschehen könnte, aber wir werden zu Kindern immer hartherziger, und das macht mir Sorgen ... In gewissen Teilen unserer Stadt werden regelmäßig Kinder niedergeschossen. Aber wo bleibt der Aufschrei? Wo sind unsere Prioritäten?«

Hickey erinnert sich daran, wie er vor Jahren in einem Fall vor dem Richter des Oberlandesgerichts in der Innenstadt als Anklagevertreter auftrat. Der Fall war im wesentlichen ein Kampf zwischen einem unterbezahlten Staatsanwalt gegen einen unterbezahlten Pflichtverteidiger, die beide über keine Mittel für kompetente Zeugen, Helfer oder Ermittler verfügten – eine typische Jugendgerichtsszenerie, damals wie heute. Im gleichen Gerichtssaal führte der Richter an diesem Tage Anhörungen in bezug auf eine Klage durch, die der Vorstand eines bekannten Urlaubsparkunternehmens erhoben hatte. In einem Artikel des Magazins *Penthouse* waren den Eigentümern des Unternehmens Verbindungen zu Hauptfiguren des Organisierten Verbrechens nachgesagt worden. Zu der Anhörung kamen sechs Rechtsanwälte, die gut gekleidet waren und Hunderte von Dollar pro Stunde verdienten. Sie wurden noch von einer Schar von Angestellten, Rechtshelfern und juristischen Speichelleckern aller Art unterstützt.

»Das erschien mir symptomatisch«, erinnert sich Hickey. »Hier standen wir, nur wir beide, und versuchten, das Schicksal dieses jungen Mannes, der eines Schwerstverbrechens angeklagt war, zu entscheiden – eine Angelegenheit, von der man doch annehmen durfte, daß sie zu den ernstesten gehörte, mit denen sich das System zu beschäftigen hatte. Und dort standen sich ein Pornomagazin und ein Ferienclub für die Wohlhabenden gegenüber, mit allen Hilfsmitteln, die man sich nur vorstellen kann. Da traten die Prioritäten des Systems für alle sichtbar hervor. Der Richter konnte es gar nicht erwarten, uns hinauszubekommen und sich ›der guten, der aufsehenträchtigeren Sache‹ widmen zu können. Alle Richter kennen doch die Gegebenheiten: Wenn sie sich vom Richteramt pensionieren lassen und als Partner in eine gutgehende Rechtsanwaltsfirma aufgenommen werden oder in die lukrative Welt der Zivilgerichte einsteigen wollen, können sie das nicht vom Jugendgericht aus erreichen. Die Besten und die Intelligentesten, mit sehr wenigen Ausnahmen, wollen doch nicht hier sein. Und Sie können mir glauben, die kommen auch nicht hierher. So nötig wir sie auch brauchen, sie wollen hier nicht her.«

Bezogen auf diesen Gesichtspunkt, scheint das Spezialprogramm der Rosewood-Schule in seinem bescheidenen Maße diese Prioritäten umzukehren, indem es Kindern große Verantwortung überträgt, die nicht mehr daran gewöhnt sind, daß man ihnen überhaupt noch etwas zutraut. Deshalb versucht Hickey, so viele der Minderjährigen, mit denen er es zu tun bekommt, wie möglich in die Rosewood-Schule zu schicken. »Das sind doch Straßenschläger, Verübende schwerer Straftaten – einige von ihnen die schlimmsten Minderjährigen –, die hier durchkommen. Die meisten von ihnen waren schon im Bewährungslager oder in der Erziehungsanstalt und sind noch hartgesottener als vorher geworden. Dann bringt man sie dazu, autistische und an den Rollstuhl gefesselte Kids zu füttern und zu baden, mit ihnen zu arbeiten und sich so um sie zu kümmern, daß diese behinderten jungen Menschen vollständig abhängig von ihnen werden. Zum ersten Mal in ihrem Leben ist jemand abhängig von ihnen.

Und das ändert sie. Das läuft nun schon seit vier Jahren, und es hat nie ein Problem gegeben. Nie wurde jemand vernachlässigt oder in Mitleidenschaft gezogen. Mitglieder rivalisierender Banden gehen dorthin und arbeiten Seite an Seite. Manchmal erscheint es wie ein Wunder.

Es gibt da nur eine Schwierigkeit. Nach einer Weile haben sie die Schule absolviert. Dann gehen sie wieder dahin, wo sie vorher waren. Und die Einflüsse, die sie zu Gesetzesbrechern machten, werden stärker und vielfältiger. Das Einfühlungsvermögen für andere, das sie erlernt haben, kann in einem Moment weggewischt werden. Aber man muß sich die Erfolge dieses Programms doch mal ansehen. *Das* ist die Art von Initiative, die das System braucht. *Das* sollte das künftige System im Auge behalten – diese Kids zu nehmen und sie aufzuweichen!«

Die Rosewood-Schule nimmt einen großen Teil der Straßenfront einer gepflegten Promenade im Vorort Bellflower ein und ist umgeben von einem Gesundheitsclub, Versicherungsbüros, einem Buchladen – und einem typischen Einkaufszentrum. Es gibt dort einen großen Raum mit Schreibtischen, Computern, Büchern und einigen Wandtafeln, in dem zwei Lehrer mit 27 Schülern arbeiten, alle auf Bewährung und die meisten von ihnen Jungen. Er ist sauber und hell. Die Schüler erhalten ein kostenloses warmes Mittagessen, und ein flexibel strukturierter Stundenplan ermöglicht jedem Kind, mit dem ihm angemessenen Tempo fortzuschreiten. Die meisten der Schüler müßten ihrem Alter nach die Junior- oder Senior-High-School besuchen, aber etliche haben anfangs lediglich die schulischen Kenntnisse der dritten oder vierten Klasse. Durch einen sorgsam ausgearbeiteten Befragungsplan können diejenigen Jungen und Mädchen ausgesiebt werden, die nicht bereit sind, sich ernsthaft in diesem Spezialprogramm zu versuchen. Diejenigen aber, die sich engagieren wollen, können in ein paar Monaten zwei oder drei Klassenebenen aufsteigen. Das Ziel ist hier wie bei anderen

Schulen des Jugendgerichtshofs, die Minderjährigen dazu zu bringen, einen Schulabschluß zu erreichen oder ihre Kenntnisse, Lernfähigkeit und ihr Verhalten zu verbessern – bis zu dem Punkt, wo eine normale High School sie wieder aufnimmt. Dann können sie an Bällen, Samstagabend-Discos und all den Dingen teilnehmen, die diese Minderjährigen als außerhalb ihrer Reichweite liegend ansehen. Rosewood hat eine Erfolgsrate, die etwa zweimal höher ist als die anderer Schulen des Jugendgerichtshofs. Es gibt immer noch eine Menge Fehlschläge, aber mehr Kids schaffen es hier besser als anderswo.

Der Hauptunterschied zwischen Rosewood und den anderen Jugendgerichtsschulen tritt gegen Mitte des Vormittags zutage, wenn die Schüler in einen kleinen Bus steigen und eine kurze Strecke zu der PACE-Schule fahren, wo die behinderten Kinder auf sie warten. Unter der Aufsicht von Beratern schließen sich die Straffälligen schnell an Gruppen von PACE-Schülern an, führen einige zum Essen und helfen anderen als Lehrerassistenten beim Unterricht. Für die meisten der Rosewood-Jugendlichen sind diese Besuche die erste Gelegenheit, einem anderen Menschen zu helfen: das erste Mal, daß man ihnen sagt, daß das, was sie zu geben haben, etwas wert ist; das erste Mal, daß die Schule ihnen ein anderes Gefühl als das der Minderwertigkeit vermittelt. Es ist nur ein kleiner Erfolg, einem gelähmten Kind zu helfen, daß es ein Stück Toast ißt, und dennoch ein Erfolg, der für manche der Minderjährigen zu einem anderen führt. »Wenn ich das tun kann«, sagen sich einige, »vielleicht kann ich dann in der Schule auch was schaffen.« Nicht allen gelingt so ein Sprung, aber vielen.

Heute führen Andre und mehrere andere Jungen von Rosewood eine ganze Gruppe von behinderten Kindern zum Supermarkt, um Lebensmittel einzukaufen. Sie helfen ihnen dabei, Waren auszusuchen und mit Lebensmittelcoupons* oder Geld an der Kasse zu zahlen. An diesem

* Anm. d. Übers.: Bezugsscheine, die in den USA vom Sozialamt an Minderbemittelte ausgegeben werden.

Vormittag bemerkt Andre, daß ein sechzehnjähriger hirngeschädigter Junge namens Richard seine übergroßen Hosen weit unten auf den Hüften trägt, damit er wie die ›bauschigen, rauschigen‹ Bandenmitglieder aussieht, die er in der Nachbarschaft beobachtet hatte und die die Vorliebe haben, Hosen und Hemden zu tragen, die zehn Größen zu groß sind.

»He, keine Bauscherei hier«, ruft Andre und tauscht imitierte Faustschläge und Deckungsgesten mit Richard aus, so daß dieser grinsen muß. »Du meinst, du bist dann stark? Nee, so solltest du nicht rumlaufen. Das kannst du mir glauben – ich habe Erfahrung damit.«

Richard schaut beschämt drein, als Andre ihm die Hosen hochzieht und den Gürtel fester schnallt, aber dann schütteln sie sich die Hände und fahren mit dem Einkaufen fort, wobei Andre einen Arm um die Schulter des behinderten Jungen gelegt hat.

»Ich kann einfach nicht glauben, daß dies der gleiche Bursche ist, der hier reinkam, aber daran sieht man, wieviel mit dieser Methode erreicht werden kann«, flüstert Cedric Anderson, einer der Rosewood-Lehrer. Als er das erste Mal mit Andre zusammentraf, hatte der Junge ihm erzählt, daß ihn seine Eltern aufgegeben und ihm geradewegs ins Gesicht gesagt hätten, daß aus ihm nichts werden würde. Die Kommunikation mit ihrem Sohn war, wie bei den meisten der Minderjährigen, die Cedric unterrichtet, zu wenig mehr als Anschreien und Strafen verkommen. »Er war so hart, wie man nur sein konnte«, sagt Cedric, legt seinen Arm um Andre und teilt das Lob aus, das so oft wie möglich in Rosewood erteilt wird. »Jetzt ist er von einem Herz aus Stein zu einem Herz der Gefühle aufgestiegen, von einem harten zu einem weichen Kern. Er wird es schaffen – ein Kid, dessen eigene Eltern ihn abgeschrieben haben. Ich habe gar keinen Zweifel daran, daß er es schaffen wird.«

Doch das Lächeln verschwindet aus Cedrics Gesicht. Die Zukunft macht ihn besorgt. Bisher sei noch kein Versuch unternommen worden, das Rosewood-Programm, das er und ein anderer Lehrer zusammengestellt haben, zu kopieren, teilt mir Cedric mit, wobei er einen bitteren Tonfall nicht unterdrücken kann. Die Haushaltsmittel des Programms sind ständig gefährdet, stehen weit hinter den Programmen zurück, die mehr auf Strafe als Rehabilitation und Vorbeugung abzielen. Es ist ja auch kein Modell, an dem die Reformer zur Zeit besonders interessiert sind. Die anderen dem Jugendgerichtshof unterstehenden Schulen haben keine Versuche unternommen, das Rosewood-Programm einzuführen. Das Bewährungsamt zeigt auch kein Interesse. Richter von Jugendgerichten außerhalb von Los Padrinos haben noch nicht einmal davon gehört.

Staatsanwalt Jim Hickey mag an Rosewood glauben und an die Notwendigkeit, hartgesottene Minderjährige aufzuweichen, aber die Botschaft wird nicht gehört. Sein Chef, Bezirksstaatsanwalt Garcetti, hat seine Versammlung abgeschlossen und Interesse daran gewonnen, ein neues System zu schaffen. Es soll die schlimmsten Minderjährigen von der Jugendgerichtsbarkeit entfernen und wie Erwachsene behandeln lassen. In einem zweischichtigen Programm sollen die schlimmsten Straftäter streng bestraft und die sozialen Dienste für die geringeren Taten reserviert werden.[2] Kids wie Andre müßten sich demgemäß nach ihren ersten Straftaten bessern – was bei Andre nicht der Fall war –, oder sie werden ins Erwachsenensystem abgeschoben.

Wie Dave Disco, der Sprecher für Jugendangelegenheiten der L.A.-Bezirksstaatsanwaltschaft es erklärt, beruht der Plan für dieses zweischichtige System teilweise auf folgender einfacher Vorstellung: Mord, ob von Kindern oder Erwachsenen begangen, wie auch andere Gewaltverbrechen sollten nicht wie ein Antrag auf soziale Leistungen behandelt werden. 75 Prozent der vor die L.A.-Jugendgerichte gebrachten Fälle sind Verbrechen. Das ist nicht, was die Gründungsväter des Jugendstrafrechts im Sinne hatten, als sie ein eher auf Rehabilitation als auf Strafe ausgerichtetes System schufen. Diese Gründer ahnten nicht, daß die Verhaltensprobleme, die den Schulleitern am meisten Sorgen bereiten, in den letzten drei Jahrzehnten von Herumrennen in den Korridoren und Schwatzen während des Unterrichts zu Tragen von Schußwaffen und tätlichen Angriffen auf Lehrer eskalieren würden.[3]

Dieser Zweischichtenplan fordert, daß Jugendstrafrecht nur auf die Sorte von Minderjährigen anzuwenden, für die es ursprünglich bestimmt war: die Radkappen- und Ladendiebe. All die anderen, auch die noch sehr jungen, sollten ins Erwachsenengericht geschickt werden. In der Theorie ist das ein vernünftiges Programm, kostenwirksam, verhältnismäßig einfach und politisch vorteilhaft. Es könnte sogar funktionieren, jedenfalls für einige der Minderjährigen, obwohl es die Gesellschaft zwingt, eine außergewöhnliche Anzahl ihrer Kinder einfach aufzugeben. Denn nach diesem System – das zur Untersuchung und möglichen Annahme durch die Gesetzgebung des Staates Kalifornien vorgelegt wird – werden Minderjährige, die noch zu retten wären, nicht anders behandelt als die, für die keine Hoffnung mehr besteht.[4]

In solch einem System hätten sich Andre und Miriam nie getroffen.

Die Verwaltung des Bewährungsamts der Gemeinde Los Angeles mit ihrer Studie über die Unwirksamkeit der Jugendgerichte und den 16 Prozent Straftätern, die dem gegenwärtigen System den Garaus machen, möchte eine völlig andere Reform schmieden: die Schlimmsten der Schlimmen nicht aufzugeben, sondern sie zu finden, *bevor* sie in ernste Schwierigkeiten geraten, und dann alles, was dem System zur Verfügung steht, auf sie anzusetzen, bevor es zu spät ist. In solch einem System würden die meisten Straftäter – die 84 Prozent, die keine Gewohnheitsverbrecher werden – weder viele Leistungen brauchen noch empfangen. Kostbare Geldmittel und Personal würden gespart, um sie auf die restlichen Minderjährigen anzusetzen, die sie wirklich brauchen. Auf diese Weise würde nach dem Minderjährigen, und nicht nach der Straftat beurteilt, was mit ihm geschehen soll, wenn er in das System eintritt.[5]

Die Aufgabe, herauszufinden, wie man diese schlimmsten Kinder erkennen kann, bevor sie viel Schlimmes anrichten, ist in Los Angeles einem ehemaligen Bewährungshelfer mit sanfter Stimme und dem Namen Roy Sukoda zugefallen. Er vollbringt damit eine prophetische Glanzleistung der Verhaltensforschung, die den Jugendrechtsexperten in fünfundneunzig Jahren nicht gelingen wollte. Er glaubt fest an ein System, das keine Kids aufgibt – ein Kern von Optimismus, den er sich bewahrt, obwohl die Zahlen, die er aus der sich über drei Jahre erstreckenden Studie seines Amts filtert, täglich erschreckender werden. Außer einer Handvoll von ausgewählten Jugendrechtsexperten, an die er sich in gelegentlichen Konferenzen wendet, haben wenige im System – und praktisch niemand außerhalb – überhaupt von diesem Mann gehört. Aber mehr als irgend jemand sonst verfügt Roy Sukoda über die Informationen, die erforderlich sind, um den Jugendgerichtshof zu retten – oder zu vernichten.

»Die 16-Prozenter«, wie er die Kids nennt, von denen die meisten Jugendstraftaten ausgehen, »werden von Anfang an beiseitegeschoben. Es beginnt typisch damit, daß sie in der Schule viel Aufmerksamkeit erfordern – wegen Verhaltensproblemen, Lernschwierigkeiten; sie fallen rapide ab. Allmählich werden sie dann zur Seite geschoben. Das ist das erste Stadium. Wenn sie dann im Alter von neun bis elf, vielleicht auch zwölf sind, begehen sie eine Straftat, gewöhnlich eine geringe Gesetzesübertretung. An diesem Punkt besteht die Tendenz, die Gesetzesverletzung zu übersehen. Die Polizei redet dem Kind ins Gewissen und läßt es dann laufen, oder das Bewährungsamt wirft einen Blick auf den Fall und beschließt, dem Kind eine Chance zu geben. Das ist das zweite Mal, daß es zur Seite geschoben wird – ist also gar nicht eine solche

›Chance‹. Dem jungen Menschen wäre mehr geholfen, wenn man sich dann sofort um ihn kümmern würde mit intensiven Bewährungsauflagen, Beaufsichtigung, Sonderunterricht, Beratung – etwas, um ihn davon abzuhalten, ein Gewohnheitstäter zu werden. Aber das Gegenteil geschieht.«

Nicht bevor die Wiederholungstäter das Alter von vierzehn Jahren erreicht und schon drei oder mehr Straftaten verübt haben, ergreift das System Maßnahmen, indem es harte Strafen austeilt, hat Sukoda ermittelt. Aber dann ist es zu spät für den Minderjährigen und für die Opfer seiner Taten. Manchmal mit den besten Absichten, manchmal durch Faulheit oder bürokratische Gleichgültigkeit, hat das System dann schließlich solche Burschen wie Richard Perez am Hals, die Straftat auf Straftat begehen, bis eine Mordanklage sie stoppt.

Die Antwort darauf bestehe darin, mit diesen Kindern in einem sehr frühen Alter zu arbeiten, vor ihrer ersten Verhaftung, meint Sukoda. Als Theorie ist dies kaum revolutionär. Vor vielen Jahren wurde schon wissenschaftlich festgestellt, daß die Fähigkeit eines Kindes, kriminelles Verhalten zu vermeiden – seine sittliche Einstellung also – im Alter von sechs, höchstens neun, eingeprägt ist und danach nicht mehr leicht verändert werden kann. Im Alter von vierzehn ist diese Aufgabe dann schon äußerst schwierig.[6] Der Jugendgerichtshof kommt jedoch in der Regel mit den Sechzehnprozentern zum ersten Mal zusammen, wenn sie gerade vierzehn geworden sind. Dann vergehen wieder Jahre, bis das System irgendeine vernünftige Maßnahme trifft. Die kriminelle Geisteshaltung ist nun schon bei vielen von ihnen eingewurzelt. Und so wird ein seit langem wohlbekanntes wissenschaftliches Grundprinzip in der Praxis revolutionär, weil es bedeutet, die gesamte Konzeption des Jugendstrafrechts völlig neu zu überdenken. Sukoda ist der Ansicht, daß das Jugendgericht das letzte Mittel statt die erste Stoppstelle werden muß. Dazu ist ein Netz von Bewährungshelfern und Beratern in Schulen und Gemeindezentren erforderlich, um künftige Verübende ernster Straftaten zu ermitteln, bevor sie das Gesetz brechen, und sie dazu zu bewegen, freiwillig an Programmen teilzunehmen, die ihnen helfen, ein Leben des Verbrechens zu vermeiden.

Sukodas Studie, der andere dieser Art in der ganzen Nation vorangegangen und gefolgt sind,[7] hat zu einem Profil des typischen Sechzehnprozenters geführt: ein Kind mit schlechten Schulnoten, einem Zuhause mit nur einem Elternteil (mehr als die Hälfte von ihnen hatten Eltern, die entweder geschieden sind oder nie geheiratet haben, und nur ein Viertel wohnte bei beiden natürlichen Elternteilen), Drogen- und Alkoholprobleme, Verhaltensschwierigkeiten sowohl zu Hause als auch in der Schule und Familieneinkommen unter 20 000 Dollar im Jahr, was im teuren Südkalifornien praktisch unterhalb der Armutsgrenze liegt. Etwas mehr als die Hälfte der Kinder hatte sich vor ihrer ersten Festnahme kriminellen Straßenbanden angeschlossen. Das ist das Zweifache der Rate von Kindern, die nicht Wiederholungstäter werden.[8] Nichts von dem ist besonders überraschend. »Ein guter Bewährungshelfer hat das alles schon jahrelang aus dem Bauch heraus gewußt«, bemerkt Sukoda dazu. Aber aufgrund dieser Statistiken kann eine Art von Checkliste erstellt werden. Dritt-, Viert- oder Fünftklässler, die in diese Schablone passen, könnten in besondere Klassen gebracht werden. Ihren Familien könnte Hilfe – zum Beispiel Beratung, Jobsuchprogramme – angeboten werden. Wenn Bandenmitgliedschaft ein Problem ist, könnte die Antwort darauf darin bestehen, das Kind zu Aktivitäten nach der Schule zu führen, um es von der Straße wegzuhalten. Richter Dorns Anstrengungen, die sogenannten Statusverletzungen wieder anzuwenden, paßt hier hinein, weil man damit viel jüngere Kinder einbeziehen kann, lange bevor sie ernste Straftaten begehen. In nur zehn Monaten sind mehr als 400 Eltern ausschließlich durch Mundpropaganda mit ihren außer Kontrolle geratenen Sprößlingen zum Inglewood-Jugendgericht gekommen und haben Richter Dorn um Hilfe gebeten – ein sicheres Anzeichen für einen riesigen Bedarf. »Es handelt sich doch darum, daß zu warten, bis die Kinder in der alten Weise vom System erfaßt werden, bedeutet, zu warten, bis es zu spät ist«, sagt Sukoda. »Dann aber haben wir sie schon verloren.«

Auf diesem Weg gibt es aber ein paar große Hindernisse: Es muß eine sichere Methode für das Feststellen der Gefährdung dieser Kinder, ohne ihre verfassungsmäßigen Rechte zu verletzen, gefunden werden. Die Wahrscheinlichkeit, daß Checklisten, wie sorgfältig sie auch erdacht sind, als rassistisch, ethisch oder wirtschaftlich voreingenommen getadelt werden, sorgt schon für Aufregung im Bewährungsamt. Und wenn die Kinder einmal ermittelt sind, dann muß eine sichere Methode vorhanden sein, um sie und ihre Familien zu bewegen, freiwillig an Sonderprogrammen teilzunehmen – ein Haupthindernis. Der ins Auge springende Nachteil des gegenwärtigen Systems ist doch gerade seine Unfähigkeit, irgend etwas anzuordnen, bevor ein Verbrechen verübt wird. Und eines der Hauptmerkmale in der Geschichte dieser Kids und ihrer Familien ist doch die Gleichgültigkeit der Eltern und ihre Weigerung anzuerkennen, daß überhaupt ein Problem vorhanden ist, so daß freiwillige Teilnahme an Programmen schwer zu verkaufen wäre.

Aber vielleicht die größte Hürde ist aus Sukodas Sicht die einfache Tatsache, daß Programme, die strafen, weit beliebter sind als solche, die vorbeugen. Den Kurs des Systems jetzt zu ändern würde Geld kosten, viel Geld, und das ohne sofortige Ergebnisse. Unter Sukodas Programm könnte die Jugendkriminalität im Zeitraum der nächsten zehn Jahre abnehmen, aber das würde politisches und wirtschaftliches Engagement erfordern, das keiner einzugehen bereit ist. Wenn man andererseits heute eine Gefängniszelle baut und dann füllt, ist das Resultat sofort erkennbar, wenn sich auch die Verbrechensrate ungebremst fortsetzt.[9]

In der Mitte des Jahres 1994, kurz nachdem Sukoda Richter Dorn und anderen Möchtegern-Reformatoren einen Fortschrittsbericht über seine Studie vorgelegt hatte, wurde sich die Gemeinde Los Angeles bewußt, daß sie auf die Pleite zusteuerte. Die Gemeindeleitung hatte ihren Kredit erschöpft, sogar Hypotheken auf ihre Gerichtsgebäude aufgenommen, und konnte nicht länger an einer altbewährten Praxis des heimlichen buchhalterischen Jonglierens und der defizitären Ausgaben festhalten. Jahrelang hatte man so eine aufziehende Finanzkrise vertuscht. Es wurde eine Anweisung erlassen: Die öffentliche Sicherheit, das heißt Polizei und Gefängnisse, sind aufrechtzuerhalten, aber soziale Programme müssen gekürzt werden. So wurde dann auch beschlossen, daß Vorbeugungsprogramme, einschließlich Sukodas Plan, auf Eis gelegt werden müssen. Er konnte weiterhin Untersuchungen anstellen und Vorschläge machen, aber die Wahrscheinlichkeit, daß sich etwas daraus ergeben würde, fiel auf Null. Man konnte voraussehen, daß die Bewährungsfälle ansteigen und therapeutische Einrichtungen geschlossen würden. Der Fokus des Systems würde darauf gerichtet bleiben, die Gesellschaft vor den besonders gefährlichen Wenigen zu schützen, und es würde noch weniger für die Ersttäter, die noch auf den richtigen Weg gebracht werden könnten, übrig bleiben.

Gerade zu dem Zeitpunkt, als die 16-Prozent-Studie den Beteiligten klarmachte, warum das System nicht funktioniert, wurden eben die Prioritäten festgeschrieben, die den Jugendgerichtshof gefährdeten.

Kapitel 10

Schwester Janet

Als die Schreibklasse an diesem Abend beginnt, bemerke ich, daß Elias fehlt. Die anderen Kids erzählen mir, daß er ›im Kasten‹ sei. Ein Rassenkrawall war zuvor an diesem Tag durch das Zentrale Jugend-Untersuchungsgefängnis gefegt – schwarze Kids hatten sich mit braunen geschlagen, ein Muster, daß mit erschreckender Häufigkeit in den anderen Jugend-Untersuchungsgefängnissen, den Erziehungsanstalten und High Schools überall im Gebiet von Los Angeles auftrat. Beim Wachpersonal wie bei den minderjährigen Insassen kursiert die Meinung, daß die mexikanische Mafia dahintersteckt. Sie habe einigen ausgewählten Störenfrieden die Anweisung erteilt, Haß zwischen den rivalisierenden rassischen Banden zu schüren. Wie dieses neuerliche Handgemenge eigentlich seinen Anfang nahm, bleibt umstritten – meine Schüler sagen, jemand habe plötzlich ›Bohnenfresser‹ gerufen, worauf erst Fäuste, dann Stühle flogen. Andere erinnern sich daran, daß Beschimpfungen von Afro-Amerikanern der Ursprung der Unruhen gewesen seien. Wie das auch begonnen haben mag, das Ende war voraussehbar und unzweideutig: Etwa fünf Wächter stürzten in den Raum und ergriffen die in Reichweite befindlichen Kämpfenden. Elias hatte unverkennbar an der Schlägerei teilgenommen und auch schon einen Ruf als Störenfried. Er war eine leichte Wahl, um ein Exempel zu statuieren.

Ich fragte die Kids, wie es denn im ›Kasten‹ so sei.

»Tja, das is so: Wenn du dir schon Gedanken machst, ob der Rest der Welt vergessen hat, wo und wer du überhaupt bist, dann macht dich der Kasten sicher, daß es so is',« meint Geri.

»Das einzig Mögliche, was du da drin tun kannst, ist grübeln – am meisten darüber, wie beschissen die Dinge doch sind.«

»Manchmal«, fügt Scrappy ruhig hinzu, »ist doch aber das einzige, um da nicht auszuflippen, gar nichts zu denken. Aber

im Kasten ist das nicht möglich. Alles, was man tun kann, ist zu denken: Mensch, wie ich doch den Kasten hasse.«

Der von den Kids benutzte Name ›Kasten‹ ist, wie ich später erfahre, weit treffender als die offizielle Bezeichnung: ›SHU‹ ›Special Handling Unit‹. Es ist ein separates Gebäude am hinteren Ende des Gefängnisgrundstücks, wo Jungen und Mädchen allein in kahle Zellen gesteckt werden, ohne für den größten Teil des Tages irgend etwas zu lesen oder überhaupt zu tun zu haben. Das ist die Jugendeinzelhaft.*

Normalerweise wird nicht gestattet, einen Minderjährigen im ›Kasten‹ zu besuchen. Aber die katholische Gefängnisseelsorgerin, Schwester Janet, hat Mittel und Wege, um solche Regeln zu umgehen, und so schafft sie es auch, Elias aufzusuchen, während wir anderen in der Klasse sind. Sie weiß, er sieht sich vor einem schwierigen Entschluß.

»Mein Verteidiger sagt mir, ich soll einen Plädierhandel eingehen«, erzählt ihr Elias, als sie sich gesetzt haben. Er legt den Kopf auf die verschränkten Arme, die auf der Tischplatte ruhen und schließt die Augen. »Mein Verteidiger sagt, er kann die beste Abmachung, die noch möglich ist, bekommen.«

»Ich weiß«, antwortet Janet. Sie steht mit Elias' vom Gericht ernannten Verteidiger Mike Shannon in Verbindung, seit Elias vor einem Jahr hierherkam. Janet wollte sicherstellen, daß er die unter den Umständen bestmögliche Verteidigung bekam. Der diesem Fall zugewiesene Anwalt sollte verstehen, daß nach ihrer Meinung unter Elias' Wut, den Bandentätowierungen und seinem kriminellen Verhalten doch noch mehr sei. Etwas, das zu retten Zeit und Mühe wert sei. »Er ist ein sehr guter Verteidiger«, versichert Janet Elias, »und auch ein sehr guter Mensch. Ich bin sicher, daß er überzeugt davon ist, daß eine Plädierabmachung am besten für dich ist.«

Sie erzählt ihm aber nicht, daß der Anwalt, als er Anfang dieser Woche mit Janet sprach, so frustriert war,

* Anm. d. Übers.: Sonderbehandlungseinheit

daß er über Elias' Fall fast in Tränen ausbrach. »Dieser sechzehn Jahre alte Bursche soll nun entscheiden, ob es zur Verhandlung kommen soll – wo er nicht gewinnen kann und riskiert, zu lebenslänglich ohne spätere Begnadigung verurteilt zu werden. Oder er kann die von der Staatsanwaltschaft angebotene Abmachung annehmen: ein Urteil von fünfzehn Jahren bis lebenslänglich. Was für eine Entscheidung mutet man da einem Minderjährigen zu! Wenn er dann rauskommt, wird er die Hälfte seines Lebens hinter Gittern verbracht haben. Aber der Druck auf die Staatsanwaltschaft, in diesem Fall streng vorzugehen, ist gewaltig. Die Familie des Opfers ist unerbittlich. Ich kann keine bessere Abmachung für ihn erreichen.«

Janet vermeidet es gewöhnlich, nach den Einzelheiten von Straftaten zu fragen. Sie sagt, sie sei mehr an der Zukunft dieser Kids interessiert als an ihrer Vergangenheit. Aber sie kennt die schrecklichen Umstände, die Elias zu ihr brachten, an jenem Abend in Hollywood, als er und eine Ladung von Bandenjungs und -mädchen auf einem Kleinlaster ›auf Stoßtrupp‹ gingen. So nannten sie ihre bewaffnete Suche nach Raubopfern – eine heroische Bezeichnung, entlehnt aus alten Kriegsfilmen von Jugendlichen, die Krieg mit der Welt führen. Es war aber nichts Heldenhaftes dabei, wie Elias jetzt meint – jeder sei von Hasch und Fusel ›high‹ gewesen, und die Dinge seien aus der Hand geraten. Sie handelten dumm und grausam, und ein unschuldiger Mann, der mit einem Karton Milch von einem Lebensmittelladen auf dem Nachhauseweg gewesen war, wurde wegen lausiger sieben Piepen auf der Straße mit dem Messer traktiert und liegengelassen, so daß er verblutete.

Elias war an jenem Abend mit den anderen in dem Kleinlaster, war einverstanden, den Raub auszuführen, und half, den Mann zu jagen. Aber dann hielt er sich zurück. Drei andere hatten den Mann, der allein auf der Straße gegangen war, angegriffen und beraubt. Elias hatte an dem Überfall mit dem Messer nicht teilgenommen, hatte ihn nicht beabsichtigt oder auch nur erwartet. Er war so überrascht wie alle anderen, als der verrückte Tyelle ein Messer herausholte und es in den Bauch des Mannes stieß. Auch danach hatte Elias nicht gedacht, daß der Mann sterben würde. Als sie wegfuhren, sah er noch, wie das Opfer aufstand und davon wankte, nach Hilfe schreiend. Als die Polizei den Bandentrupp dann Stunden später festnahm und Elias erfuhr, daß niemand gekommen war, dem Mann zu helfen, und daß dieser betäubt und allein umhergewankt war, bis er umfiel und verblutete, brach Elias zusammen und begann, im Verhörungsraum unkontrolliert zu weinen. Er schwor so inbrünstig, daß er nie die Absicht gehabt hatte, irgend jemanden zu verletzen, daß sogar die Polizisten, die ihn wegen Mordes festgenommen hatten, ihm glaubten. Es war seine Reue, mehr als alles andere, die den zuständigen Staatsanwalt dazu veranlaßte, Elias anzubieten, sich des Mordes zweiten Grades mit einer Strafe von fünfzehn Jahren schuldig zu bekennen, was in diesem Zeitalter von Verbrechen und Strafe als ein äußerst großzügiges Angebot angesehen wird. Die anderen, die in diesem Fall als Erwachsene abgeurteilt wurden, bekamen fünfundzwanzig Jahre bis lebenslänglich.[1]

»Aber ein Teil dieser Abmachung ist, daß ich keine ›YA-Nummer‹* bekomme.« Er bezieht sich damit auf eine Lücke im Gesetz, die Erwachsenenrichtern erlaubt, Jugendliche, die es nach ihrer Meinung verdienen, mit dem Urteil wieder in das Jugendsystem zurückzuüberweisen. Jugendliche, die dem kalifornischen Erziehungsanstaltssystem ›zurückunterstellt‹ werden, erhalten wie die anderen Insassen dort eine Nummer, die mit ›YA‹ beginnt. Alle anderen bekommen eine mit ›M‹ beginnende Nummer, was die Abkürzung für ›Male Convict‹** ist. Der Unterschied ist enorm. Jugendliche mit einer YA-Nummer werden im Alter von fünfundzwanzig freigelassen, die mit M-Nummern müssen ihre Strafe absitzen, ohne

* Anm. d. Übers.: Youth Authority – etwa: Erziehungsanstalt

** Anm. d. Übers.: Männlicher Strafgefangener

Altersbegrenzungen. Obwohl M-Nummern vorübergehend in den YA-Erziehungsanstalten untergebracht werden können, haben sie keine Entlassungsgarantie wie die YA-Nummern. Das Staatszuchthaus hat sie ständig im Auge.

»Ich weiß einfach nicht, was ich tun soll, Schwester Janet«, sagt Elias und schaut zum ersten Mal, seit sie in seine Zelle gekommen ist, zu ihr auf. Sie sieht, daß er blaue Ringe um die Augen trägt, als ob er Schläge ins Gesicht bekommen hat. Seine Arme sind dünn, und sein T-Shirt hängt locker hinunter – er hat Gewicht verloren. »Ich war schon bereit, den Handel anzunehmen, als ich zum letzten Mal im Gericht war, aber dann sah ich meine Mutter da sitzen und meine Schwestern und meine Tanten, die ganze Familie. Meine Freundin war da mit unserer kleinen Tochter Ashley – und ich konnte es einfach nicht tun. Ich konnte das vor ihnen nicht eingestehen. Ich konnte sie nicht anhören lassen, wie ich zugebe, ein Mörder zu sein. Sie sehen mich doch nicht als einen an. Und auch ich sehe mich nicht so. Ich habe jetzt noch eine Woche, um mich zu entscheiden.«

Schwester Janet ergreift seine Hand mit einem nur zu gut bekannten Schmerz in ihrer Brust. Sie mag diese Jungen, hat ihnen ihr Leben gewidmet, hatte schon seit Jahren mit Bandenmitgliedern in den Straßen von Ost-L.A. gearbeitet, bevor sie ihre Fürsprecherin im Jugendgericht und Jugend-Untersuchungsgefängnis wurde. Die Staatsanwälte sehen diese Jungen als Monster an; ihre Verteidiger können so abgestumpft und überlastet sein, daß sie kaum ihre Namen behalten; die meisten haben Familien, die sie schon lange aufgegeben haben, wenn sie überhaupt Familien haben. Und so füllt Schwester Janet die Lücke als Gefängnisseelsorgerin. Sie ist grauhaarig, hat eine sanfte Stimme, und wenn sie so durch die Gänge geht, kann es schon vorkommen, daß die abgebrühtesten Bandenstrolche mit dem, was sie gerade tun, aufhören, um ihre Hand zu ergreifen oder sie zu umarmen. Sie ist eine Nonne mit dem Universitätsdiplom einer Filmemacherin, die Drehbücher über das Leben ihrer Jungen schreibt, die Freunde in der Filmindustrie hat und deren Nonnenkutte schon vor langer Zeit durch schicke Strickröcke und moderne Geschäftskostüme ersetzt wurde. Ihre ruhige Zuwendung und ihr Einfühlungsvermögen für Ausgestoßene der Gesellschaft sind unerschütterlich. Wenn sich rassistische Spannungen im Jugendgefängnis aufbauen, scheint Janet zuerst davon Kenntnis zu bekommen. Wenn eine Flucht geplant wird, erzählt ihr oft jemand davon. Wenn der Verteidiger eines dieser Minderjährigen einen Zeugen braucht, der zugunsten von ihm aussagt, ist Schwester Janet bereit. Sie verfügt praktisch über ein Informationsnetz im Jugend-Untersuchungsgefängnis; die Kids erzählen ihr alles.

»Können Sie mir helfen, Schwester?« fragt Elias.

»Ich bete jeden Tag für dich«, antwortet sie automatisch. »Und wenn es Zeit ist, zum Gericht zu gehen, werde ich für dich da sein. Es ist noch nicht alles vorüber.«

Als Elias ein paar Wochen später die Abmachung akzeptiert – allein im Gericht, mit gebeugtem Kopf – und dann zur Urteilsbemessung und -verkündung zurückkommt, sind Schwester Janet und mehrere Freiwillige aus dem Jugendgefängnis gekommen, um den Richter inständig zu bitten, daß er wenigstens den ersten Teil seiner Haftstrafe in der Jugend-Erziehungsanstalt abbüßen kann. Aber Janet bekommt es mit der Mutter des Opfers, Colleen Mansbridge, zu tun, die zu einer eindrucksvollen und verständlicherweise bitteren Eiferin für einen totalen Krieg gegen die Straßenbanden und die härtestmöglichen Strafen für Elias und seine Freunde geworden ist.

»Die Banden streifen wie die Tiere in Schwärmen umher und sind im Grunde genommen feige«, sagt die kummerbeladene Mutter vor dem Gericht. Sie ist eine stämmige Frau in den Sechzigern, mit hellbraunem, dauergewelltem Haar und einer Haltung, die ihren ganzen Körper zu einer geballten Faust zu machen scheint. Sie zittert leicht, als sie das sagt, nicht vor Schwäche, sondern vor Wut. Während dieser Worte sitzt Elias in Handschellen auf einer leeren Geschworenenbank mit einem der anderen verurteilten Mörder. Sein Kopf ist gesenkt, die Augen sind fest geschlossen; er kann der Frau nicht in die Augen sehen. Später sagt er, er habe nicht gewußt, ob er wütend sein oder dieser Frau und ihrem Haß zustimmen sollte.

»Das Leben unseres Sohnes wurde von diesen feigen Mördern grausam aus ihm herausgeschnitten … Sie sind alle schuldig!« ruft Mrs. Mansbridge. »Sie sind alle kaltblütige Killer. Elizondo wird nicht die Strafe bekommen, die er verdient, aber er wird die Strafe abdienen, die er bekommt … Sein Status eines Jugendlichen darf nicht mehr gelten!«

Später, draußen auf dem Korridor, stellt sie sich vor Janet auf und rügt sie, weil sie sich auf die Seite eines Mörders gestellt habe. »Wie können Sie das tun, eine Schwester von Gottes Gnaden?« fragt sie mit wutverzerrtem Gesicht. Sie stößt noch einen Satz hervor und wankt dann davon, bevor Janet etwas entgegnen kann. Dieser Satz ist: »Ich hoffe, Gott kann Ihnen vergeben – ich kann es nicht!«

Mrs. Mansbridge ist die lebende, atmende Personifizierung des Blutopfers, das jugendliche Gewalt der Gesellschaft auferlegt hat, und aus solchen schmerzzerrissenen Stimmen ist ein Chor geworden, der zwar in der Anzahl klein, aber in seiner Inbrunst unübersehbar ist und nun die Debatte über das Jugendstrafrecht dominiert. Janet weiß, daß kein Richter, der mit solch einer schrecklichen Szene konfrontiert wird, einem überführten Mörder einer so von Gram erfüllten Frau gegenüber den Vorzug geben wird. Elias' Verteidiger scheint auch dieser Meinung zu sein. Er bittet, den Rest der Anhörung zu vertagen, und der Richter gibt dem statt.

So hat Janet Zeit, noch mehr Briefe zu schreiben und Anrufe zu tätigen. Sie bittet die Leitung des Jugend-Erziehungsanstaltssystems ihre anfängliche Einstellung zu Elias, ihn mit Erwachsenen und nicht mit Kindern seine

Strafe abbüßen zu lassen, zu überdenken. Sie fleht den Richter an, großzügig zu sein. Sie weiß, daß das meiste davon nutzlos ist – und doch gibt es da einen Hoffnungsschimmer, etwas, das ihr bei ihren ›hoffnungslosen‹ Fällen immer wieder Mut gibt. Auch wenn ihre Briefe wenig Eindruck auf die Richter, die sie erhalten, hinterlassen, so können sie doch für die Kids von großer Bedeutung sein. Denn sie vermitteln ihnen eine hoffnungsvollere Vorstellung von sich selbst als sie zu hören gewohnt sind, eine Art von geistigem Rettungsring, an den sich einige von ihnen jahrelang klammern, Diese bei Gericht vorgelesenen Briefe sind oft die einzigen Töne des Mitgefühls bei den Strafbemessungsanhörungen, bei denen sonst die Minderjährigen als Monster dargestellt werden. So ist es auch bei Elias. Janet hat ihm ein moralisches Rettungsfloß verschafft. Während er noch auf die Strafverkündung wartet, dankt er ihr überschwenglich für ihre Bemühungen. Wenn sie an ihn glaubt, so sagt er, dann könne er es vielleicht auch.

»Ich werde es irgendwie schaffen«, verspricht er. »Bitte beten Sie für mich.«

»Keiner von uns möchte, daß dieser Ort zu einer Wachstumsindustrie wird«, deklamiert der Mann, der sich auf einer Wahlkampagne für eine weitere Legislaturperiode als Gouverneur von Kalifornien befindet, und läßt seinen Blick mit offensichtlicher Abscheu in den ätzenden Gefilden des Zentralen Jugend-Untersuchungsgefängnisses umherschweifen. Mit beiden Händen ergreift er die Kante des Podiums aus imitiertem Holz, das auf den unebenen Boden vor der bescheidenen Gefängniskapelle aufgestellt worden ist, und hebt dann die Stimme: »Diese jungen Strolche müssen zur Verantwortung gezogen werden!«

Pete Wilson, vom Bürgermeister von San Diego zum US-Senator und danach zum Gouverneur aufgestiegen und zu einem populistischen »Außenseiter« geworden, befindet sich mitten in einem Vorgang, der in diesem Jahr als eine Aufstiegswahlschlacht mit der Schatzmeisterin* des Staates Kalifornien, Kathleen Brown, begann. Diese ist Tochter und Schwester von zwei früheren Gouverneuren und kann damit die nächstbeste Position zu einer ›königlichen Familie‹ in Kalifornien aufbieten. In letzter Zeit ist Wilson in Umfragen um die Wählergunst stark gestiegen, weil er seine einst dominierende Gegnerin dazu anstacheln konnte, seiner List zu folgen. Es geht darum, die Kampagne von einer Diskussion über Arbeitsplätze, Bildung und Wirtschaft – ihre starken Themen – zur Notwendigkeit, das Verbrechen stärker zu bekämpfen, zu verlagern. Das ist ein Anliegen, von dem sich der Amtsinhaber als Kandidat der Republikanischen Partei für die neue Legislaturperiode schmeichelt, mehr zu wissen als die National Rifle Association, die Vereinigung der Schießclubs der USA, von Patronen. Im Zuge seines unermüdlichen Feldzugs gegen das Verbrechen und unter Außerachtlassung der Tatsache, daß Gouverneure verhältnismäßig wenig mit der praktischen Durchsetzung von Recht und Ordnung auf der Straße zu tun haben, ist Wilson heute im Zentralen Jugend-Untersuchungsgefängnis erschienen und hat ein Stück des öden Geländes dieses Wegschließinstituts besetzt, um dort eine Pressekonferenz gegen Gesetze abzuhalten, die jugendliche Verbrecher anders als erwachsene behandeln.

Dem wartenden Mediencorps stellt Wilson an einem schwülheißen, trüben Tag zwei Mütter von Kindern vor, die von Jugendbanden getötet wurden, und eine dritte Frau, deren Sohn durch Schüsse aus einem vorbeifahrenden Auto schwer verletzt wurde. Lebendige, klagende Zeugnisse des schrecklichen Blutzolls der ansteigenden Welle von jugendlicher Gewalt. Eine nach der anderen treten die Mütter zögernd an das Mikrophon und machen dann ihrer Verzweiflung Luft, verständlicherweise begierig, Höchststrafen für jugendliche Straftäter zu erreichen. Sie hinterlassen den – unerträglichen – Eindruck, daß die

* Anm. d. Übers.: entspricht einem Finanzminister in Deutschland

kleinen Monster, die ihre Kinder erschossen, irgendwie wegen ihres Alters mit einigen Klapsen davonkommen. So kann Wilson, der diese Ungeheuerlichkeit ändern will, jetzt in Aktion treten.

»Wenn wir kaltblütige Mörder bestrafen, sollte ihr Alter keine Rolle spielen«, erklärt er, während die Bewährungshelfer und Lehrer, die das Jugend-Untersuchungsgefängnis leiten und deren Lebenserwerb davon abhängt, daß das Alter von Straftätern sehr wohl eine Rolle spielt, in unbehaglichem Schweigen das Gewicht von einem Fuß auf den anderen verlagern. »Begehst du ein Erwachsenenverbrechen, soll man sich an dir wie an einem Erwachsenen rächen!«

Das ist eine Botschaft, die widerhallt – eine, der wenige Bürger und noch weniger Politiker zu widersprechen wagen. Darum facht der Fall des Ronald Duncan solche Wut an – es liegt keine Logik darin, 15jährige kaltblütige Mörder anders als 16jährige zu behandeln. Wilson hat sich ein Thema ausgesucht, mit dem er nicht verlieren kann. Aber der Gouverneur unterläßt es geflissentlich, einige Fakten zu erwähnen, die seinen Elan beeinträchtigen könnten: nämlich, daß die Kinder der anwesenden gramerfüllten Mütter Opfer von Jugendlichen *über* 16 sind, die alle in Erwachsenengerichten unter den bestehenden, angeblich zu milden Gesetzen abgeurteilt wurden.

Wilson erwähnt auch nicht, daß das neue Gesetz, auf das er drängt – und das das Alter für die Überstellung an die Erwachsenengerichtsbarkeit auf 14 herabsetzen soll –, die Morde nicht stoppen, aber ganze Bereiche der Jugendgerichtsbarkeit abschaffen würde. Es könnten sogar einige 14jährige Einbrecher zu den Erwachsenengerichten geschickt werden. Es wird auch nicht erklärt, daß die beiden eifrigsten der drei hier erschienenen Mütter, die aus der konservativen, im Süden gelegenen Gemeinde Orange County geholt wurden, nicht wütend sind, weil Mörder davonkommen, sondern weil einige minderjährige Mörder, die als Erwachsene abgeurteilt wurden, den ersten Teil ihrer Strafe in einer Jugend-Erziehungsanstalt des Staates Kalifornien, weg von den älteren, vergewaltigenden Insassen im Erwachsenengefängnis, verbringen dürfen. Es tut auch nichts zur Sache, daß die Bedeutung, die den von Jugendlichen begangenen Morden in der Debatte über die Zukunft des Jugendgerichtshofs zugemessen wird, in keinem Verhältnis zu den Zahlen steht. Morde machen weniger als 1 Prozent aller von Minderjährigen verübten Verbrechen aus – und 94 Prozent dieser Täter sind auch noch *über* sechzehn, was bedeutet, daß die große Mehrzahl von jugendlichen Mördern und anderen Gewalttätern ohne Schwierigkeiten mit den bestehenden Gesetzen in die Erwachsenengerichte geschickt werden kann – was gewöhnlich auch geschieht.[2] Vierzehn und fünfzehn Jahre alte Mörder ins Erwachsenengericht zu schicken, würde Ungeheuerlichkeiten der Strafverfolgung wie im Fall des Ronald Duncan beseitigen, aber das ist nicht die Große Lösung, wie Wilson es darstellt. Statistisch gesehen würde es sich auf die Verbrechensrate überhaupt nicht auswirken, weshalb die vorgeschlagenen Gesetze in aller Stille um weit weniger populäre Bestimmungen erweitert wurden, wie zum Beispiel 14 Jahre alte *Einbrecher* ins Erwachsenengefängnis zu schicken. Das ist auch der Grund, aus dem Wilson Mütter mitgebracht hat, deren Kinder von Sechzehnjährigen erschossen beziehungsweise angeschossen wurden – denn andere konnte er nicht auftreiben. Wilson ließ die Gästeliste zu seinen Gunsten aufstellen, um Widerspruch und Disharmonie zu vermeiden, so daß solche ärgerlichen Einzelheiten überhaupt nicht zur Sprache kommen würden.

Dieses Ereignis ergibt einige enorm gefühlsbetonte Filmclips, die den politischen Werbespots des Gouverneurs hinzugefügt werden können und die man gut für die Anstrengungen in bezug auf das Amt des US-Präsidenten gebrauchen kann, die Wilson schamlos versprochen hatte, nicht weiter zu verfolgen, was er sechs Monate später natürlich nicht einhielt. Auf dem zertretenen Gras, nicht weit entfernt von dem U-förmigen, zweistöckigen Backsteingebäudekomplex, in dem Geri, Elias, Scrappy, Carla und all die anderen Jungen und Mädchen untergebracht sind, für die diese Wegschließanstalt zu einem vorläufigen Zuhause geworden ist, quirlt Wilsons Gefolge von Wahlhelfern umher, stellt Kameraaufnahmewinkel ein, bellt in Handys und schwitzt ausgiebig in seinen Anzügen, Krawatten und dunklen Geschäftskleidern, während Wilson die Medienvertreter auffordert, seine Botschaft über die Notwendigkeit, gegen diese ›jungen Raubtiere‹ vorzugehen, zu verbreiten. Eine Botschaft, die er ein Jahr später während seiner Bemühungen um die Nominierung zum Präsidentschaftskandidaten ständig wiederholen wird.

Hinter dem Feld und sicher eingesperrt in ihren Räumen während dieses Besuchs des Gouverneurs, spähen die Minderjährigen, über die er hier spricht, durch die zerkratzten, unzerbrechlichen Acrylglasscheiben ihrer Räume, die von ganzen Schichten eingekerbter Initialen und Bandenlogos bedeckt sind. Nasen und Hände pressen sich an das Kunststoffglas, während die versuchen, den Grund dieses Schauspiels da unten zu erraten. Sie wissen alle nur zu gut, daß – obwohl dies dort unten offenbar eine Party ›zu ihren Ehren‹ ist – sie dabei nicht willkommen sind. Selbst der freimütige Leiter dieses Juvenile Hall, ›Jugendhaus‹, genannten Untersuchungsgefängnisses, der sich Wilsons Gesetzesvorschlägen widersetzt, steht bei dieser Veranstaltung auf dem Gelände seiner eigenen Einrichtung nicht auf der Gästeliste. Da ist aber etwas, mit dem Gouverneur Wilson nicht gerechnet hatte.

Irgendwie war es Schwester Janet gelungen, eine Einladung zu bekommen.

»Was schlagen Sie denn aber in bezug auf Vorbeugungsprogramme bei all diesen neuen Gesetzen vor?« fragt sie auf dieser Konferenz, die als ›Diskussion am Runden Tisch‹ angekündigt worden war. Niemand erwartete, daß jemand Wilson irgendeine auch nur entfernt kontroverse Frage stellen würde. Janet hat die Art von Stimme, die gleichzeitig sanft und fest ist und den Zuhörer aufmerken läßt, was ihrem Wort nur noch mehr Nachdruck verleiht. »Und warum sollen junge Leute, die nur des Einbruchs angeklagt sind, auch unter dieses Gesetz fallen?«

Wilson schaut unbehaglich drein – aber nur für einen kurzen Augenblick. »Natürlich ist die Vorbeugung eine wichtige Voraussetzung in der Bekämpfung der Jugendkriminalität«, antwortet er. »Die beste Art der Vorbeugung besteht aber darin, die Botschaft eindringen zu lassen, daß Erwachsenenverbrechen auch Erwachsenenpreisschilder tragen.« Er hat es geschafft, wieder zum Thema zurückzukommen – als mit allen Wassern gewaschener Politiker.

Aber eine der Mütter, die einzige aus Los Angeles, will Wilson doch nicht so leicht dieser Frage von Schwester Janet ausweichen lassen. Zur allgemeinen Überraschung sagt sie: »Ich glaube, daß Vorbeugung und Rehabilitation von entscheidender Bedeutung sind, nicht nur die Bestrafung dieser Jugendlichen. Ich glaube auch nicht, daß Einbruch unter diese Gesetze fallen sollte. Das würde dann doch zu weit gehen.«

»Nun, ich meine doch, daß Einbruch in diese Gesetzesvorlage gehört. Aber das ist gewiß etwas, was noch diskutiert werden muß«, erwidert Wilson lahm, sehr wohl wissend, daß sich die kalifornische Gesetzgebung in Sacramento auf einer politischen Schnellstraße befindet und jedes ihrer Mitglieder versucht, das andere im Eifer für die Verbrechensbekämpfung auszustechen. Aber das ist ein ungeplanter und unbehaglicher Moment, so daß das Gefolge schnell mit unübersehbaren Blicken auf die Uhren reagiert. Die Assistenten seines Wahlfeldzugs verkünden denn auch sogleich, daß in einer Stunde eine weitere Wahlrede abzuhalten und es daher Zeit zum Aufbruch sei, worauf die Diskussion abrupt endet.

Doch bevor Wilsons Leute zu ihren wartenden Limousinen schreiten, während er noch unter den Gästen herumgeht, um sich zu verabschieden, taucht Schwester Janet an des Gouverneurs Seite auf. Seine Hand schießt automatisch hervor, um die ihre zu ergreifen, mit dem Werbelächeln auf seinem Gesicht. Schwester Janet aber neigt sich zu ihm und flüstert, daß sie für ihn und die anderen Mächtigen Kaliforniens beten wird, Wege zur Verbesserung der Jugendgerichtsbarkeit mit Anteilnahme und Weisheit zu finden. Viele Jungen und Mädchen, die nun hinter Gittern verenden, könnten gerettet werden, wenn nur die Leute, die die Macht haben, es zulassen würden, erzählt sie ihm. Seine Miene nimmt wieder einen unbehaglichen Ausdruck an, aber er nickt wieder, lächelt und dankt ihr dann: »Ich glaube, wir werden das mit diesen neuen, härteren Gesetzen erreichen«, sagt er automatisch und wendet sich dann schnell ab. Die Leute von den Zeitungen und den Fernsehgesellschaften beginnen sofort, sich für den Abmarsch fertigzumachen, um der Wahlkampagne-Heckwelle zu folgen, während der Gouverneur und sein Stab davonbrausen und in der Eile eine der gramerfüllten Mütter mitzunehmen vergessen.

Eine Fernsehreporterin tritt an Janet heran und flüstert ihr ruhig aus dem Mundwinkel zu: »Was für ein Zirkus!«

»Dann berichten Sie das aber auch«, erwidert Janet, »bitte!«

Es gibt eine Geschichte über Schwester Janet Harris. Sie stammt aus den 70er Jahren, als die Gemeinde von Los Angeles einen kleinen Bundeszuschuß für die Einrichtung eines Programms zur Wiedereingliederung von Bandenjugendlichen erhielt und jemand beschloß, Schwester Janet dafür die Leitung zu übertragen. Ihr wurde damals nur gesagt: »Hier ist ein Schreibtisch, Schwester, und ein Telefon. Nun können Sie sich an die Arbeit machen.« Sie wollte Arbeitsstellen, Berater und Schulprogramme für gegenwärtige und künftige Bandenmitglieder schaffen, aber sie brauchte Unterstützung von der Stadt Los Angeles, was bedeutete, daß sie den damaligen Oberbürgermeister, Tom Bradley, um Hilfe bitten mußte. Sie dachte, daß ein ehemaliger Polizist, der mit bescheidenen Wurzeln zum Politiker und zu einem der ersten schwarzen Bürgermeister einer großen Stadt der Vereinigten Staaten geworden war, glücklich sein würde, seinen Einfluß für ein Programm einzusetzen, das den Zweck verfolgte, arme und unterprivilegierte Kinder davon abzuhalten, sich Banden anzuschließen und Verbrechen zu begehen. Aber Bradley – oder zumindest sein Stab – wiesen Schwester Janet monatelang ab.

Dann erspähte sie eines Abends Bradleys unverkennbare breite Schultern und stämmige Silhouette in einem Restaurant in Beverly Hills. Auf eine plötzliche Eingebung hin fiel sie auf die Knie und rutschte durch das vollbesetzte Restaurant zu ihm hin mit flehend gefalteten Händen, um ihn dazu zu bewegen, an ihrem Bandenverhütungsprogramm teilzunehmen. »Ich bitte Sie inständig, diesen Jungen zu helfen«, sagte Schwester Janet und legte ihre Ellbogen neben sein Weinglas, während der Oberbürgermeister und seine Begleiter vor Erstaunen den Mund aufsperrten.

Sie lacht jetzt wehmütig bei der Erinnerung, etwas verlegen, aber kein bißchen reuevoll. »Es war wichtig. Und ich wollte, daß er mich anhört.« Der Oberbürgermeister hörte sie an, das schon, aber dann, wie Janet erzählt, ließ er sie abblitzen und gab Anweisungen, Schwester Janet von ihm fernzuhalten.

Aber jemand anders gewann Interesse an Schwester Janets Ideen und Engagement – der ehemalige Footballheld und Schauspieler Rosie Greer, der zu einem Geistlichen geworden war. Greer bewirkte, daß Jackie Kennedy etwas später auf der Bildfläche erschien, um zu helfen, Mittel für das Antibandenprogramm zu beschaffen. Die ehemalige First Lady der Nation fuhr schließlich mit Janet in Greers Kombiwagen, in dem Limobüchsen und Fast-Food-Verpackungen herumlagen, durch das *barrio*, die Gegend der Banden. Bevor sie an einer Pressekonferenz und einer Aktion zum Spendenaufruf teilnahmen, stoppten Greer, Janet und Jackie O. im *barrio*, um Domino mit Bandenmitgliedern zu spielen.

»Das Programm kam danach so richtig in Fahrt«, erinnert sich Janet. »Seitdem habe ich nicht aufgehört.«

Schwester Janet Harris ist eine jünger aussehende,

schlanke 63jährige mit kurzgeschnittenem Silberhaar, blaßblauen Augen hinter einer Metallrahmenbrille und mit einer Art, die manchmal abwesend wirkt, so sehr ist sie in das tägliche Leben der Insassen des »Zentralen« eingetaucht. Ihr Arbeitstag beginnt früh und endet spät, angefüllt mit der Anwerbung von Freiwilligen, der Organisation von Tanzveranstaltungen, dem Planen von Gottesdiensten und Bibelstudiengruppen, Einüben von Schauspielen und Musicals – und schließlich auch mit der Beschaffung von alternativen Verteidigern und Sozialarbeitern für die Minderjährigen, wenn sie schlecht mit den ihnen zugewiesenen zurechtkommen. Sie verbringt Stunden täglich damit, durch die verschiedenen Abteilungen oder »Einheiten« des Jugend-Untersuchungsgefängnisses zu streifen, und ist nur selten in dem engen und kühlen Anstaltsseelsorgerbüro neben der Gefängniskapelle anzutreffen. Dieses Büro ist aber einer der wenigen Räume auf dem Gelände, dessen Tür den ganzen Tag offen bleibt. Obwohl Diebstahl in dieser Anstalt grassiert, ist noch nie etwas aus ihrem Büro gestohlen worden.

Sie hatte nie geplant, eine Fürsprecherin benachteiligter Kinder zu werden. Als Teenager in der Bronx, in New York, wollte Janet Schauspielerin werden. Ihr Vater sagte ihr oft, sie würde einmal auf der Bühne stehen. Aber am Vorabend einer Audition für ein Broadwaystück, gerade als ihr Traum realistische Formen anzunehmen begann, entschloß sie sich, den Schauspielerberuf nicht weiter anzustreben. Statt dessen trat sie einem Nonnenorden in Kalifornien bei, den Sisters of the Presentation*. Sie legte das Gelübde ab und ging dann an die Universität von San Francisco. Viele Leute sahen diese beiden Laufbahnalternativen als völlig entgegengesetzt an, aber nicht Janet, die als Nonne ein Diplom als Filmemacherin erreichte und bei verschiedenen Filmprojekten, einschließlich des Films *Zoot Suit* (Geckenanzug), mitarbeitete.

Nach der Universität wurde Janet Lehrerin an einer

* Anm. d. Übers.: etwa ›Schwestern des Opfers Mariä‹

katholischen Grundschule in einem *barrio* von East Los Angeles. Neben ihrem Kloster war ein Heim für chronisch straffällige Jungen, und dort war es, wo Janet ihre wirkliche Berufung erkannte. Aus einer halben Stunde Freiwilligenarbeit jeden Tag nach der Schule in diesem Heim wurden bald drei Stunden und Wochenenden – eine Arbeit, die ihr Auftrieb gab, so daß sie mehr davon haben wollte. Sie begann, Zeit mit Bandenkids zu verbringen, zuerst auf eigenen Antrieb, dann im Rahmen des Antibandenprogramms der Gemeinde L.A. Sie vermied die Standardmethode, die die Kirche immer bei Bandenmitgliedern und ihren Familien angewandt hatte – Bibellesen, Predigten, Gebet, Buße –, und konzentrierte sich statt dessen darauf, Arbeit für Bandenmitglieder zu finden, ihnen zu helfen, ins Junior College oder in berufsbildende Schulen zu kommen und sie mit Freiwilligen und Beratern zusammenzubringen, die ihnen Alternativen zu Gewalt und Verbrechen bieten konnten.

Die Bandenmitglieder waren erst mißtrauisch gegenüber dieser sich einmischende weißen Nonne aus New York. Als sie sich aber weigerte, eine unter dem Siegel der Verschwiegenheit erhaltene Mitteilung an Kriminalpolizisten, die Informationen über einen Bandenmord suchten, weiterzugeben, und dabei selbst eine Gefängnisstrafe riskierte, gewann Janet enormen Respekt bei den Latino-Bandenmitgliedern, zu denen sie durchzudringen versuchte. Mehrere von ihnen meldeten sich dann selbst bei der Polizei mit Informationen, um ihr die Handschellen zu ersparen.

In den 80er Jahren verließ Janet die Straßen und begann, in Jugend-Untersuchungsgefängnissen zu arbeiten. 1989 wurde sie Anstaltsseelsorgerin im Central Juvenile Hall und eines der wenigen Zeichen der Beständigkeit, die die Kids hier erkennen können. Stabilität ist wahrlich von keiner geringen Bedeutung für sie. Die Wahrscheinlichkeit überwiegt, daß ein Wiederholungstäter mit einem anderen Richter, einem neuen Verteidiger, einem anderen Staatsanwalt und einer neuen Reihe von

Bewährungshelfern zu tun bekommt. So mag es etwa bei den Bewährungshelfern einen geben, der ihn vor seiner Verhaftung beurteilt, einen, der seinen Fall vor der Urteilsverkündung untersucht, und noch einen weiteren, der ihn beaufsichtigt, nachdem er freigelassen wurde. Theoretisch soll die Gerichtsakte Stabilität bewirken, das heißt Informationen über die betreffende Person sammeln, so daß der Minderjährige nicht immer wieder neu zu befragen ist. In der Praxis jedoch haben die meisten Richter und Anwälte nicht die Zeit oder Lust, irgend etwas in der Akte zu lesen außer den neuesten Packen von Papieren. Die Unterlagen über die Geschichte eines Gerichtsmündels werden oft ignoriert oder verlegt, wenn mehr als ein Zweig der Gerichtsbarkeit einbezogen ist. Stetigkeit, Zusammenarbeit, Kommunikation, sogar das Teilen von Unterlagen ist eine heikle Angelegenheit zwischen den ungleichen Teilen des ausgedehnten L.A.-Jugendgerichtshofs – Dutzende von Akten, die kompletten und unersetzbaren Unterlagen über die Geschichte eines Kindes, werden jeden Monat verlegt. Einige der zehn Zweigstellen des Gerichtshofs weigern sich einfach, sie zu verschicken, und anderswo lassen Richter dann ihre Angestellten ›Ersatzakten‹ anlegen, eine Bezeichnung, die den spärlichen Inhalt solcher Notbehelfe erahnen läßt. Minderjährige, die ihre Vergangenheit verbergen wollen, können dies problemlos tun, indem sie ein Geburtsdatum oder einen Namen leicht verändern. Gleichzeitig werden Kinder übergangen, die Hilfe haben wollen und brauchen und deren Vergangenheit ihnen helfen sollte, solche zu bekommen. So kann es dann geschehen, daß ein George Trevino mit seinen acht Jahren als Mündel der Kinderwohlfahrt-Zweigstelle des Jugendgerichtshofs auf die Straftäterseite des Gerichtshofs geschoben und behandelt wird, als ob er gar keine Vorgeschichte in dem System habe.

Diese Arten von Kommunikationszusammenbruch wirken sich nach beiden Seiten aus. Für die meisten Kids ist der Jugendgerichtshof nicht mehr als ein langer Aufenthalt in einer muffigen Wartezelle, gefolgt von einigen

Minuten in einem grellen und lauten Gerichtssaal voller namenloser Gesichter, die sich einer juristischen Sprache bedienen, die sie nicht verstehen. Wenn der gesicherte Gefängnisbus sie wieder in den Knast zurückbringt, oft nach acht Uhr abends, können sie nicht genau sagen, was der Zweck der Anhörung, zu der sie vor Gericht gebracht wurden, oder wie der Name des Richters, Staatsanwalts oder sogar des Verteidigers, mit dem sie es an diesem Tage zu tun hatten, eigentlich war. Aber etliche von ihnen kennen Schwester Janets Namen. Sie wissen, daß, wenn sie sie um Hilfe bitten, sie ihr Bestes tun wird, ohne Fragen zu stellen. Sie wissen, daß sie ihre Verbrechen oder Gewalt nicht billigt, aber dennoch zahllose Stunden und endlose Bemühungen für sie aufwendet, um zu versuchen, ein gewisses Maß individueller Behandlung aus einem System herauszuschinden, das sich noch am besten darauf versteht, vertuschende Pauschallösungen für die vielen zusammenzuschustern. Für sie besteht nämlich ein Unterschied zwischen einem einfachen Bandenmitglied und einem Verbrecher. Anders als fast jeder andere in diesem System Mitwirkende hat Janet viele Bandenmitglieder kennengelernt, die nie festgenommen oder eines Verbrechens beschuldigt worden sind. Wenn die Minderjährigen, die Schwester Janet kennengelernt haben, auch nichts anderes von ihrem Aufenthalt in Juvenile Hall mitnehmen sollten, so verlassen sie doch diesen »Knast« mindestens mit einem Gefühl: Eine Person wenigstens ist daran interessiert, was mit ihnen geschieht.

Für nur zu viele, hat Janet herausgefunden, ist dies eine neue und überraschende Offenbarung.

»Das ist einfach nicht annehmbar«, sagt Schwester Janet zu George Trevino an diesem Nachmittag, wobei ihre Stimme vor Ärger bebt, während sie zusammen in einem leeren Klassenzimmer des Schulgebäudes im Jugendgefängnis sitzen. »Ich werde das nicht so durchgehen lassen!«

George nickt und ist froh, Janet als Bundesgenossin zu haben, aber er zuckt auch die Achseln – die Geste eines Kids, das dazu gebracht wurde, die harten Realitäten eines Systems, das ihn sowohl unterstützen als auch zügeln soll, hinzunehmen. »Ach, das ist okay«, erwidert George ruhig und kehrt damit die Seiten um, indem er Janet trösten will.

»Nein, das ist nicht in Ordnung, George. Diese Gedichte sind kostbar. Sie sind wichtig, denn sie *bedeuten* etwas.«

Wie das so oft mit den persönlichen Gegenständen von hier inhaftierten Minderjährigen geschieht, hat das Bewachungspersonal des Jugendgefängnisses Georges Gedichte verloren. Eine gebundene und für den Druck vorbereitete Version von fünfundzwanzig Gedichten, die George sorgfältig zusammengestellt hatte, fehlt jetzt. Ein Bewacher seiner Einheit, der scheinbar von diesen Gedichten, dem kostbarsten Eigentum des Jungen, beeindruckt war, hatte sie ausgeliehen und offenbar verlegt. Ein paar Wochen vorher waren seine handgeschriebenen Originale als unzulässig eingeschmuggelte Schriftsache vom Aufsichtspersonal beschlagnahmt worden, so daß dieser neuerliche Verlust für den Jungen um so schlimmer ist. Schwester Janet machte solch einen Wirbel, daß die Anstaltsleitung begonnen hat, jeden Raum sowie jeden Insassen der Institution, alle neunhundert, durchsuchen zu lassen, in der Annahme, daß jemand den kleinen Band gestohlen hat. Doch Janet hegt den Verdacht, daß hier wohl eher die Unachtsamkeit des Aufsehers schuld ist. Der gleiche Aufseher hatte Janet Monate vorher um Bücherspenden für die Minderjährigen gebeten. Janet hatte darauf einige Wochen lang eine kleine Bibliothek von mehreren hundert Taschenbuchausgaben zusammengestellt, die sie dann mit der Hilfe von Freiwilligen der Einlieferungsstelle des Jugend-Untersuchungsgefängnisses aushändigte. Drei Wochen danach fragte Janet einen Jungen, ob er sich die neuen Bücher schon angesehen habe. »Was für neue Bücher?« erwiderte der Junge. Janet erfuhr dann, daß der Aufseher sich nie die Mühe gemacht hatte, die gespendeten Bücher abzuholen, obwohl er sofort von deren Ankunft benachrichtigt worden war und die Insassen mehrere Tage lang nach Lesestoff verlangt hatten. Als Janet sich aufmachte und nach den Büchern schaute, fand sie sie noch in offenen Kisten auf der Betonrampe stehen, verrottend nach einem Monat Regen und Sonne.

»Die Gleichgültigkeit, die so viele Bedienstete hier den Minderjährigen gegenüber an den Tag legen, ist unglaublich«, sagte Janet und versucht, George zu verstehen zu geben, daß er hier nicht allein gezielt zum Opfer geworden ist. Am Tag vorher, so erzählt sie George, sei ein anderer der Jungen aus der Schreibklasse zum Schreibtisch des Aufsehers seiner Einheit beordert worden. Es handelte sich um Chris, der wegen des Überfalls auf einen Pizzalieferanten mit mehreren anderen Jugendlichen, von denen einer den Mann angeschossen hatte, verurteilt worden war. »Hier«, sagte ihm ein Wächter und warf ihm einen schmutzigen, gebrauchten Manilapapierumschlag zu, ohne von seinen Schreibarbeiten aufzuschauen, »das ist für dich.«

Chris hatte das ganze Jahr über gearbeitet, um seine Schuleschwänzerei und die anderen Schulversäumnisse gutzumachen, hatte gute Noten bekommen und alle Voraussetzungen für ein Abschlußzertifikat der High School erfüllt – eine schulische Leistung, die in dieser Anstalt wahrlich nicht alltäglich ist. Seine Lehrer hatten ihn ermutigt, daran zu denken, aufs College zu gehen. Also hatte er auch eine Art von kleiner Abschlußfeier erwartet, eine kleine Anerkennung. Als er aber den beschädigten Umschlag öffnete, fand er sein High-School-Abschlußzeugnis darin – ohne den geringsten Glückwunsch, ohne einen Händedruck. Da ist also ein Bursche, der auf der Straße aufwuchs, dessen Angehörigen im Gefängnis, durch Mord und Selbstmord verschwunden sind, so daß er niemanden als seine Wärter hat, die ihm ein gewisses Maß von Anerkennung zollen könnten – und dann das! »Man konnte regelrecht beobachten, wie er sich innerlich zurückzog, als er erkannte, was das Bewachungspersonal von seiner Leistung hielt«, bemerkte Janet dazu. »Die Freude an seiner Errungenschaft – und das ist eine große Errungenschaft hier – floß einfach von ihm ab.«

Janet ließ das natürlich nicht auf sich beruhen – erst, indem sie ihm mit Umarmungen und Lob gratulierte, und dann, indem sie sich laut genug bei der Anstaltsleitung beschwerte. Tatsächlich fand sich daraufhin dort jemand bereit, eine kleine Feier für Chris und drei andere Jungen aus der Einheit der Hochrisiko-Straftäter, die auch das Zertifikat errungen hatten, zu organisieren. Es half, ein wenig. »Da wäre denen doch wohl nichts abgebrochen, wenn sie ein wenig Begeisterung gezeigt hätten?« fragt sich Janet laut in Gegenwart von George Trevino. »Wäre das so schwer gewesen, sein Zertifikat wenigstens in einen sauberen Umschlag zu stecken?«

George nickt trübselig. »Man gewöhnt sich daran«, seufzt er.

Georges Fall ist auch nicht gut für ihn gelaufen. Vor ein paar Wochen wurde er im Erwachsenengericht wegen Beteiligung an einem Einbruch mit Raubüberfall, für den er fast ein Jahr zuvor verhaftet worden war, verurteilt. Die Beweise gegen ihn zeigten zwar, daß er mehr ein Mitläufer als ein Anführer war, dennoch sprachen sie eindeutig für seine Beteiligung an einem potentiell tödlichen Verbrechen. Dies war der Fall, in dem er und drei andere Burschen in ein Wohnhaus eingebrochen waren. Der erwachsene Anführer hatte eine Schußwaffe. Sechs unschuldige Menschen, darunter auch Kinder, waren in Gefahr gebracht worden, bevor eines der beabsichtigten Opfer den Anführer anschoß, so daß George und zwei andere Jugendliche um ihr Leben flüchteten. Da sie gegen die beiden anderen Kids nicht viel ausrichten konnten, weil die unter sechzehn waren, häuften die Staatsanwälte Anklagen gegen George auf, als ob sie sich dafür entschädigen wollten: bewaffneter Raubüberfall, Entführungsversuch, Überfall mit einer tödlichen Waffe und Einbruch. Die Geschworenen hörten nie von Georges beklagenswertem

Hintergrund als ein Pflegekind, das vom Staat Drogensüchtigen anvertraut worden war, oder von dem ständigen Versagen des Jugendgerichtshofs, George ein anständiges Zuhause und eine äußerst notwendige Betreuung zu verschaffen. Dies wurde als nicht zur Sache gehörend angesehen. Es war dann auch für keinen eine Überraschung, daß die Geschworenen des Erwachsenengerichts, die George Trevinos Fall angehört hatten, ihn nach einer Beratung von weniger als einer Stunde schuldig sprachen. Ihm wurde mitgeteilt, daß er mit einer Haftstrafe von neunundzwanzig Jahren bis lebenslänglich rechnen könne.

Eine Chance bleibt ihm aber noch. Der Erwachsenenrichter hat die Macht, George zur Jugendstrafverfolgung zurückzuschicken, indem er ihn der California Youth Authority, dem Erziehungsanstaltssystem des Staates Kalifornien, zur Verwahrung überstellt und ihm eine ›YA-Nummer‹ erteilt, die alle ›HROs‹* begehren. Auf Überstellung hofft auch Elias Elizondo, der aber keine Aussicht darauf wegen seiner Plädierabmachung hat. Doch für George ist es noch möglich, und wenn es dazu käme, würde er nach sieben Jahren im Alter von fünfundzwanzig frei sein. Er würde dann wie Ronald Duncan behandelt werden, aber in diesem Falle, weil das System es so *will*, und nicht, weil es *muß*.

Die beiden wichtigsten Faktoren, die bei der Entscheidung des Richters eine Rolle spielen, sind die Meinungen des Bewährungsamts, das aber zuerst die Empfehlung aussprach, ihn zum Erwachsenengericht zu schicken, und der California Youth Authority selbst. George wird dort neunzig Tage lang einer Batterie von Prüfungen, Beratungsstunden und Beurteilungen unterzogen, um festzustellen, ob er noch ein zu rettendes menschliches Wesen ist.

Janet arbeitet darauf hin, daß er diese letzte Chance bekommt, aber George hat kaum Hoffnung. »Ich erwarte

* Anm. d. Übers.: Hochrisiko-Straftäter

das Schlimmste«, meint er – und der Vorgang hat für ihn auch schon nicht gut angefangen. Als er von der Bewährungshelferin, die den Auftrag hat, eine Strafempfehlung zu erstellen, befragt wurde, versuchte George ihr seine Gedichte zu zeigen als ein Beispiel für die positive Arbeit, die er im Jugend-Untersuchungsgefängnis geleistet hat. Aber die Bewährungshelferin schob sie nur zur Seite, wie George Janet erzählt. Von da an ging die Befragung den Bach hinunter. George kam schluchzend zum ›Zentralen‹ zurück und weigerte sich, Anweisungen der Wärter zu befolgen. Dies führte wiederum zu einem Minuspunkt in seiner Akte, der leicht zur Rechtfertigung benutzt werden könnte, ihn zum Erwachsenengefängnis und nicht zur Jugenderziehungsanstalt zu verurteilen.

Seit einiger Zeit hat George immer wieder einen Traum, in dem er mit seiner Schwester spielt. Dabei läuft sie vor ihm weg in eine Straße, wo sie von einem Auto überfahren wird. Mit Tränen in den Augen erzählt er das Janet und beschreibt den Schmerz, den er dann jedesmal wegen seiner auseinandergerissenen Familie fühlt. Er wacht nachts auf, schluchzt in der Dunkelheit und ist sich nicht sicher, ob dieser Traum eine Erinnerung ist oder ein Streich, den sein Geist ihm spielt, indem er ihn den vor kurzer Zeit erfolgten Tod seiner Schwester bei einem Autounfall als seine Schuld erleben läßt.

»Oh Gott, ich habe nicht viel Hoffnung, Schwester«, sagt George, und Tränen treten in seine Augen, als sie den Jungen umarmt und an sich drückt.

Sie sprechen längere Zeit über sein bisheriges Leben. George ist einsichtig genug zuzugeben, daß er Fehler gemacht und öfter eine schlechte Wahl getroffen hat. Gleichzeitig beurteilt er die Unterstützungen durch das Jugendsystem realistisch.

»Das System hat für mich nicht viel getan, aber trotzdem bin ich verantwortlich für meine schlimme Lage. Ich war es, der das Verbrechen beging – es war eben so einfach. Als ich zum ersten Mal verhaftet wurde, bekam ich vom Jugendgericht doch nur einen Klaps. Ich wußte, daß sie mich ins System sogen, das war fast so etwas wie eine Falle, damit ich etwas Schlimmeres anstellte. Dann konnten sie mich so richtig kriegen. Ich wußte das, aber dennoch konnte ich nicht aufhören. Ich ging in die Falle.«

»Was glaubst du, warum das so ist, George?« fragt Janet. Sie versucht immer, die Minderjährigen dazu zu bringen, daß sie überlegen, warum sie etwas tun; die Fragen zu stellen, die sie sich lieber nicht selbst stellen wollen.

»Solche Dinger zu drehen«, erwidert George nach einem Augenblick, »war eben interessanter – ich fühlte mich frei.« Er schüttelt den Kopf, und Bitterkeit wallt in ihm auf. »Jetzt kann ich mich gar nicht mehr daran erinnern, wie das ist, sich frei zu fühlen.«

Kurze Zeit später taucht Georges Gedichtbändchen wieder in der Einheit auf. Er hält seine Gedichte fest in der Hand und bittet Janet dann, ein paar Kopien davon zu machen und bei sich aufzubewahren – für alle Fälle.

Sie überfliegt den Band. Viele der Gedichte sind Oden an die junge Liebe, gewidmet einer der Zwillingsschwestern, die im Jugend-Untersuchungsgefängnis als Lehrerinnen arbeiten und die in ihrer Freizeit seine Gedichte tippten, druckten und zu einem Büchlein banden. Daß jemand das für ihn tat, erschien George so außerordentlich, daß er sich aus dieser einfachen Handlung der Freundlichkeit eine Liebesbeziehung zusammenphantasierte. Aber einige der Gedichte sind auch bittere, wütende Selbstporträts, und eines von diesen greift sich Schwester Janet heraus. »Das ist nun der Junge, den unser System geschaffen hat«, bemerkt sie und beginnt, laut vorzulesen:

Sollte ich dich mögen?
Magst du mich?
Sollte ich jemanden mögen,
den ich nie gesehen habe?
Sollte ich eine Mutter mögen,
die mich allein gelassen hat?

Sollte ich einen Vater mögen,
den ich nie gekannt habe?
Sollte ich eine Schwester mögen,
die ich nie richtig gekannt habe
und die am Weihnachtstag starb?
Sollte ich einen Onkel mögen,
der an AIDS starb,
weil er ein Homo war?
Ich meine, ich sollte es,
aber ich kann es nicht.
Wenn du kurz vor dem Tode stehen würdest,
würdest du meinen, daß es mir
etwas ausmachen würde.
Aber das ist nicht so.

»Ich habe Angst um ihn«, sagt Janet, »denn ich glaube, er geht jetzt für immer verloren.«

Janet arbeitet auch am Fall von Geri Vance. Sie geht in ihr Bürozimmer, um seinen Verteidiger zum dritten Mal in dieser Woche anzurufen und zu versuchen, zu diesem Mann vorzudringen, bevor Geris Fall vor Gericht verhandelt wird. Geri hat sich schon seit Monaten beschwert, daß sein Pflichtverteidiger beim Erwachsenengericht, Al Johnson, sich für ihn überhaupt nicht zu interessieren scheint. Geri glaubt nun, es wäre wohl doch besser, wenn sein Fall vor Gericht verhandelt wird, als diese Plädierabmachung mit der langen Gefängnisstrafe, die Johnson empfahl, einzugehen. Aber vom Jugendgefängnis aus anzurufen oder Anrufe zu empfangen, ist oft schwierig, so daß Geri den Verteidiger am Telefon nicht erreichen kann, um die beiden Möglichkeiten mit ihm zu besprechen.

Geri ist seit seiner Verhaftung unerschütterlich bei seinen Aussagen über den Hergang seiner Straftat geblieben. Er behauptet nicht, daß er unschuldig sei, aber beharrt darauf, daß es mildernde Umstände für ihn geben muß. Er sagt, er sei von zwei mit Rauschgift handelnden Gangstern aus seiner Nachbarschaft zur Teilnahme an dem bewaffneten Raubüberfall auf ein Motel gezwungen worden. Der ältere der beiden habe ihn zur Lieferung von Drogen angeheuert, aber er, Geri, sei selbst überfallen worden und habe dabei Kokain im Wert von mehreren tausend Dollar verloren. Die Gangster hätten ihm eröffnet, er habe zwei Möglichkeiten, das wiedergutzumachen: entweder ihnen bei dem Raubüberfall zu helfen oder zu sterben. Deshalb habe er zugestimmt, eine Pistole für den ›Job‹ angenommen und getan, was man ihm sagte. Der Überfall ging aber schief, und einer der Drogenhändler wurde von einem der beabsichtigten Opfer getötet. Nach dem Gesetz konnte Geri wegen seines Mordes angeklagt werden.

Es gab keine schlüssigen Beweise gegen Geris Geschichte, außer der Tatsache, daß die Überfallenen nur Geri und den Getöteten gesehen hatten. Sie waren nicht sicher, ob der dritte Mann nicht im Wagen geblieben war, wie Geri behauptete. Sogar diese beabsichtigten Opfer bestätigten, daß Geri während des Überfalls vorwiegend passiv gewesen war. Aber vier Umstände sprachen gegen ihn: Geri weigerte sich, die Identität des anderen Mannes anzugeben, da er, wie er angab, Repressalien gegen seinen jüngeren Bruder oder seine Großmutter fürchtete, wenn er diesen Verbrecher verraten würde. Die Polizei meinte, der Grund sei doch nur, daß der dritte Mann gar nicht existiert. Zweitens hat Geri ein langes Vorstrafenregister, das auf das Alter von elf zurückgeht und mehrere Verurteilungen wegen einfachen Diebstahls und Autodiebstahls einschließt. Die wiederholten Strafen auf Bewährung und Unterbringungen in Pflegeheimen hatten Geri nicht dazu gebracht, ordentlich zu werden, und machten ihn zu einem unglaubwürdigen Zeugen. Dann ist da noch der Umstand, daß Geri bei der Flucht zum Parkplatz des Motels aufs Geratewohl mit der Pistole über die Schulter feuerte. Derweil hatte ihn der Motel-Angestellte ständig beschossen. »Ich wollte nur, daß der zu schießen aufhört«, erklärte Geri das. »Ich zielte doch auf niemanden.« Dies erscheint wahr – Geri hatte nichts getroffen –, aber allein die Tatsache, daß er überhaupt geschossen hatte, sah schon schlecht aus und untergrub seine Behauptung, daß er gezwungen worden sei. Aber am unvorteilhaftesten, machte ihm sein Verteidiger klar, sei, ganz abgesehen von irgendwelchen Beweisen, die hohe Wahrscheinlichkeit, daß die konservativen Geschworenen, mit denen er in Pomona zu rechnen habe, ihm sowieso nicht glauben würden – was er auch sagen möge. Wie auch schon sein Verteidiger am Jugendgericht, so erklärte ihm auch dieser neue Anwalt: »Du gehörst zum Alptraum dieser Geschworenen: ein junger Schwarzer mit einer Pistole.« Aller Wahrscheinlichkeit nach würde eine Verhandlung für ihn mit Verurteilung zu 25 Jahren bis lebenslänglich enden, warnte er ihn bei diesem einzigen Gespräch von Angesicht zu Angesicht. Danach hatten Anwalt und Mandant kaum noch miteinander gesprochen, und Geri war jetzt ein nervöses Wrack. »Bitte versuchen Sie doch, etwas herauszufinden«, bat er Janet.

Endlich kann sie den Verteidiger erreichen und beginnt ihm zu erklären, wieviel sie von Geri hält, wie er ins Jugendgefängnis kam und ehrlich versuchte, von allen Programmen, die ihm zur Verfügung standen, zu profitieren. Er ist bemüht, sich zu bessern und zu beweisen, daß er alles andere als ein hoffnungsloser Fall ist. Er stehe doch kurz davor, das Ersatzzertifikat für den Abschluß der High-School zu bekommen, teilte sie dem Anwalt mit, und er habe ein Stück geschrieben, das im Jugendgefängnis aufgeführt worden sei, und nehme an Schreibklassen, Computer- und Musikkursen teil. »Die Lehrer und Wärter im Juvenile Hall mögen ihn sehr«, fügt sie hinzu. »Dieser Junge verdient besondere Rücksicht, besondere Anstrengungen.«

Der Verteidiger gibt zu, daß er von dieser mustergültigen und eindrucksvollen Führung Geris in der Haft nichts gewußt habe, und verspricht, noch einmal mit der Bezirksstaatsanwaltschaft zu sprechen, um zu versuchen, eine bessere Abmachung für Geri herauszuschlagen.

Ein paar Tage später ruft er begeistert zurück. Von Janet

angestachelt und mit den von ihr erhaltenen Informationen als Waffe hatte Johnson den dem Fall zugeteilten Staatsanwalt übergangen und einen Aufsichtführenden Staatsanwalt überzeugt, Geris Fall zu Mordversuch mit einer Maximalstrafe von zwölf Jahren herunterzuplädieren. Diese Anklage wegen Mordversuchs würde sich auf Geris blinden Schuß über die Schulter bei der Flucht beziehen und nicht auf den Tod des Anführers. Mit Straferlaß für gute Führung könnte Geri dann mit sechs oder siebenundzwanzig – vielleicht sogar eher – freikommen, meint Johnson, und das sei doch nicht viel mehr, als er im Jugendsystem absitzen müßte. Das meiste davon, wenn nicht sogar alles, könnte er im CYA, dem Erziehungsanstaltssystem des Staates Kalifornien, verbüßen. Er müsse jetzt nur noch diese Abmachung akzeptieren, zur vorgeschriebenen dreimonatigen Beurteilung zum CYA zu gehen, sich dort gut betragen, dann zum Gericht zurückzukommen und die Strafverkündung zur Kenntnis nehmen, sagt der Verteidiger.

»Das ist doch eine phantastische Abmachung«, meint er. »Nur zwölf Jahre sind in solch einem Fall noch nicht vorgekommen, bei dem – ganz offen gesagt – die Aussichten für einen Freispruch von solcher Anklage sehr gering sind, aber die, daß Geri lebenslänglich bekommt, wenn wir den Fall verhandeln lassen, sehr hoch.«

Janet fühlte, daß Johnson wohl recht hat, daß die Gerichte viel strenger mit Burschen wie Geri umspringen könnten – und es oft auch tun. Aber sie ist sich ziemlich gewiß, daß Geri von der neuerlich angebotenen Plädierabmachung weit weniger begeistert sein wird als sein Verteidiger. Und damit liegt sie nicht falsch.

»Ich wußte, daß ich 'ne Zeit in der Kühlkammer brauche, daß ich mein Leben auf die Reihe kriegen muß«, meint der 16jährige, als er die Nachricht erfährt. »Hier zu sein, ist gut für mich, daß weiß ich. Drei, sogar vier Jahre mehr wären okay – ich würde 'ne Möglichkeit haben, mich zu bilden, etwas aus mir zu machen. Aber zwölf Jahre ist 'ne verdammt lange Zeit. Ich fürchte, ich werde da so'n alter Knacki, so versessen auf Gewichtheben zum Body-Building, gefängnismäßig verrückt.« Er beginnt, laut zu denken, seine Möglichkeiten auszuloten. Er könnte die letzte Abmachung annehmen und hoffen, die begehrte YA-Nummer zu bekommen. Oder er könnte alles aufs Spiel setzen und seinen Fall vor einem Geschworenengericht verhandeln lassen. Er schüttelt den Kopf, überwältigt von der Entscheidung, die er als Sechzehnjähriger ganz allein treffen soll. Er klammert sich an Janets Augen fest. »Was meinen Sie denn, was ich tun sollte?«

Das ist eine Frage, die Janet oft hört – eine, die sie selten beantworten kann. Wie soll man einem Jugendlichen schon sagen, er solle zwölf Jahre seines Lebens aufgeben? Besonders einem Kid wie Geri, von dem Janet überzeugt ist, daß er geradewegs aus der Tür in ein Gruppenheim oder Junior College gehen könnte und nicht mehr ins Verbrechen verfallen würde. Der aber nach einem weiteren Jahrzehnt hinter Gittern gebrochen und bitter werden wird, beraubt des Optimismus und des Wunsches, Erfolg im bürgerlichen Leben zu haben, beraubt der Ideale, die er im »Zentralen« gefunden hat.

Sie möchte erklären, daß das System unrecht hatte, ihn aufzugeben und zum Erwachsenengericht geschickt zu haben, wo Strafe und Vergeltung die Ziele sind. Er hat Besseres verdient. Aber das würde nur ihre eigene Erbitterung etwas erleichtern – nicht Geris, und so sagt Janet schließlich: »Ich glaube, wenn der Richter hört, was du hier schon erreicht hast, mein Junge, wird er dir so weit wie möglich entgegenkommen.«

Geri schüttelt darauf den Kopf. »Wer wird ihm das erzählen? Mein Verteidiger doch nicht!«

»Ich werde das tun«, erwiderte Janet ohne Zögern.

Geri starrt sie einen Moment lang an und nickt dann langsam.

Kapitel 11

Nach Hause auf Bewährung

Der Pieper schreckt Sharon Stegall auf. Sharon schaut auf den Wecker und sieht, daß er gerade von 4 Uhr 56 zu 4 Uhr 57 blinkt. Ihr erster Gedanke – ein vertrauter, und das ist die Hölle daran – ist, daß eines ihrer Kids erschossen wurde – oder selbst jemanden erschossen hat. »Es kann doch nichts anderes sein, zu dieser Tageszeit«, murmelt sie vor sich hin. »Muß einfach so was sein.«

Die Nummer am Pieper bestätigt das: Es kommt von der Zweigstelle Hawthorne des Bewährungsamts – ›Der Dorn‹ genannt‹ – im Territorium der blutigsten Bandenkriege, in dem Kids Kids umbringen, sieben Tote in einem Monat. Zwei von Sharons Bewährungsmündeln sind auf diese Weise gestorben, ein anderer ist aus solch einem Grunde auf der Flucht. Sie hat gerade ein Kid, einen Zeugen bei einem der Morde, mit Straßenspitznamen ›Blur‹** nach Florida geschickt, um ihn dort zu verstecken, denn in der Bandenwelt wurde auf diesen Fünfzehnjährigen ein ›Auftrag zur Vollstreckung des Todesurteils‹ erteilt. »Er sollte lieber bald auftauchen«, verkündete einer der Verfolger Blurs entsetzter Mutter, kurz nachdem ihr Haus mit einer Salve von 9-mm-Geschossen gespickt worden war. »Auf die eine oder andere Weise wird jemand ins Gras beißen.«*

Sharon erwartet nun, daß diese Voraussage erfüllt worden ist. Sie wählt die Hawthorne-Zweigstelle an, wartet, bis sich jemand meldet und krächzt dann: »Was ist?« In ihren Kreisen bedeuten zu so früher Zeit Höflichkeiten nur einen Zeitverlust.

»Jefferson, Donny William, alias Li'l Dondi«, verkündet eine männliche Stimme, als ob es sich um die Teilnehmeraufstellung eines Baseballspiels handeln würde. Die Stimme gehört zu dem Hawthorne-Untersuchungsbeamten Jimmy Royer, einem häu-

* Anm. d. Übers.: Weißdorn
** Anm. d. Übers.: etwa ›Trüber Fleck‹

fig Anwesenden im Jugendgericht. »Er ist einer von Ihren, nicht wahr, Stegall?«

»Jep, er ist meiner«, sagt sie. Dondi ist eines ihrer Bewährungsmündel, ein sechzehnjähriger Graffiti-Sprüher, Blurs Bandenkumpel. Er hatte nichts mit einem dieser Mordfälle zu tun und stellt höchstens so etwas wie eine Erfolgsgeschichte im Jugendgericht dar, denn obwohl er noch mit einer Straßenbande herumzieht, ist er monatelang ›sauber‹ geblieben. »Was ist denn mit dem?«

»Von drei ›Hoovers‹ bei dem Mietshaus, wo er wohnt, in den Kopf geschossen«, erwidert Royer und hält einen Moment lang bei Sharons plötzlichem starken Luftholen inne. Er hatte gedacht, sie würde darauf wohl irgendwie vorbereitet sein, aber das ist man eigentlich nie. Man gewöhnt sich nie daran, daß Kinder Kinder töten.

»Er ist noch nicht tot, aber es wäre wohl besser für ihn«, fährt Royer tapfer fort. Er wird künstlich ernährt, hirntot. Sie können aber noch eine Schmerzreaktion feststellen - Sie wissen ja, wenn man eine Nadel ins Bein sticht. Deshalb ziehen sie den Stecker noch nicht raus.«

Die ›Hoover Street Crips‹, eine Berühmtheit unter den L. A.-Straßenbanden, hatten den Tötungsauftrag gegen Blur und einen seiner Freunde ausgestellt, der – was die Sache noch konfuser machte – auch auf den Straßennamen ›Blur‹ hört. Sharon hatte ihn deshalb mit Blur II bezeichnet. Die beiden Blurs waren am ersten Weihnachtsfeiertag zusammen gewesen, als Blur II ein Hoovermitglied erschoß, das sie angegriffen hatte. Blur II verschwand. Sharons Blur wurde in Florida versteckt, und die ›Hoovers‹ machten sich auf die Suche. Am Abend, wie Royer berichtet, hatten sie dem falschen Burschen in ihrer Gier nach Rache in den Kopf geschossen: Der arme, nichtsahnende Dondi, dessen schlimmste Taten im Leben Autodiebstähle und Besprühen von Autobahnüberführungen gewesen waren, hatte seine Nintendo hingelegt, um auf ein Klingeln die Tür zu öffnen, und war in einen Hinterhalt geraten.

»Um Gottes willen«, seufzt Sharon und reibt sich das Gesicht mit den Händen.

Kurz danach legt Sharon auf, kocht sich Kaffee und macht

sich für die Arbeit fertig. So beginnen viel zu viele Tage für Sharon in letzter Zeit. Als sie vor neun Jahren als Bewährungshelferin begann, war ihre wichtigste Ausrüstung noch ein Notizbuch und ein Kugelschreiber gewesen, die sie mit ihrer goldenen Amtsmarke in ihrer Handtasche hatte. Jetzt trägt sie für ihre Gänge im ›Territorium‹ eine kugelsichere Weste am Leib und in ihrer Handtasche eine Sprühdose ›chemische Keule‹ sowie ein Paar Handschellen. Einige ihrer Kollegen tragen Pistolen, womit sie einer nicht konsequent durchgesetzten Amtsrichtlinie zuwiderhandeln, aber Sharon weigert sich, diesen Schritt zu tun. Der Tag, an dem sie eine Schußwaffe braucht, um ihre Kids kontrollieren zu können, wird auch der Tag sein, an dem sie diesen Job hinwirft.

Einige Stunden später sitzt sie in ihrem Büroverschlag im schäbigen Bewährungsamt Centinela. Heute ist Kliententag. Eine ganze Prozession von Minderjährigen marschiert den Tag über zu ihrem Schreibtisch, mit ihren endlosen Ausflüchten und Verwirrspielen und, hin und wieder, auch kleinen Triumphen.

Li'l Dondi war genau vor einer Woche bei ihr gewesen – ein angenehmer, stämmiger Bursche, der sich langsam, aber sicher vom Abgrund zurückzog. Er war dabei, es zu schaffen. Jetzt versetzte Sharon sein Schicksal in eine üble Laune – sie hatte versucht, ein Kid zu retten, und ein anderes mußte dafür mit seinem Leben zahlen. Das ließ den Wunsch in ihr aufkommen, wieder ins Bett zu kriechen und nie wieder herauszukommen. Statt dessen wird sie aggressiv, als ein kleingewachsener, recht schüchterner Bursche namens Randy mit einem eigenartigen Lächeln und einer großen Chromschnalle an seinem Gürtel, auf dem ein Bandensymbol prangt, eintritt.

»Du machst doch wohl 'n Witz, Randy!« ruft sie. »Du kommst hierher und trägst so'n Zeug?« Sie schiebt ihren Kopf plötzlich ganz nahe an den des Jungen heran und starrt ihm in die Augen, deren Pupillen trotz der hellen Leuchtröhren erweitert sind. »Und dann bist du auch noch ›high‹, nicht wahr? Nicht wahr??«

»Nein, Missus Stegall, nein, ich bin nicht ›high‹, ich schwör's!« Der Bursche spricht aber mit einer Geschwindigkeit

von einer Meile pro Minute und erklärt mit absurdem Ernst: »Ich will doch ehrlich zu Ihnen sein und trage deshalb das Bandenzeichen.« In der Vergangenheit habe er es immer vor den Besuchen bei ihr abgenommen, aber das sei doch eine Art von Lüge, meint er. »Ich möchte Ihnen doch nur zu verstehen geben, was ich wirklich tue.«

»Was du jetzt tun wirst, ist, dich mit aufgestützten Händen an die Wand zu stellen!« kläfft Sharon. Nachdem er das getan hat, tastet sie ihn nach Waffen ab und legt ihm auf der Stelle Handschellen an. »Du hast das Recht zu schweigen, verstehst du das? Oder bist du zu ›high‹?«

»Ich bin nicht ›high‹, Missus Stegall, ich schwör's!« Aber der Bursche weiß, daß es zu spät ist. Sein kleines, glattes Gesicht nimmt einen stoischen, resignierten Ausdruck an. Seine Ohren werden rot, als Sharon ihre Tirade fortsetzt und ihn offiziell der Bewährungsverletzung wegen Drogenmißbrauchs und Bandenzugehörigkeit beschuldigt. Er gibt schließlich zu, daß er vielleicht etwas Kokain geschnorchelt habe, aber nur ganz wenig, bevor er zu der anberaumten Vorstellung kam.

»Du wirst das wohl jetzt nicht verstehen, aber ich versuche jetzt doch, dein Leben zu retten. Weißt du das?« sagt Sharon nun in sanfterem Ton und eindringlich. »Ich werde dich von der Straße holen und dein Leben retten, ob du das nun willst oder nicht. Ich werde nicht zulassen, daß noch eines meiner Kids stirbt. Jedenfalls nicht heute.«

Dann führt sie ihn hinaus zu einem Amtswagen und fährt ihn ins Juvenile Hall.

Sharon Stegalls Zweig der Metro Gang Unit ist in einem freudlosen, unübersichtlichen Gebäudekomplex untergebracht, der von einem riesigen Parkplatz umgeben ist, weit abgesetzt von einem öden Abschnitt der Schnellstraße Imperial Highway. Er liegt da wie eine aufgegebene Schaluppe in einem Meer von gesprungenem und mit Glassplittern übersätem Asphalt. Das Bewährungsamt Centinela, wo sich sowohl jugendliche als auch erwachsene unter Bewährung Stehende in einem sandigen Wartezimmer mischen, liegt neben einem großen Sozialhilfebüro der Gemeinde, wo sich jeden Tag lange Schlangen bis auf den Korridor hinaus bilden. Noch nicht einmal die Fahrzeuge dieser Menschenmengen können jedoch den in Gemeindebesitz befindlichen Parkplatz füllen, der als mittelgroßes Baseballstadion dienen könnte. Dieses uneinladende Gebäude in seiner öden Umgebung ist der Ort, zu dem die Kids, die Mündel des Jugendgerichts von Inglewood sind, kommen müssen. Jeden Tag füllen sie das Wartezimmer, unter 20 Jahre alte Mütter und Väter in ihren bauschigen Bandenklamotten mit ihren Kleinkindern, von denen viele – ob nun Strampel- oder Watschelkindchen – auch wie Gangster gekleidet sind.

Diese Lage des Bewährungsamts ist eine Bequemlichkeit für die Gemeindeverwaltung – nicht für die Minderjährigen und ihre Familien, denn sie befindet sich eine lange Autostrecke entfernt vom Inglewood-Jugendgericht. Sie bedeutet eine Zweibuslinien-Odyssee für die Mehrheit, die auf öffentliche Verkehrsmittel angewiesen ist. Die große Entfernung bietet einen eingebauten, obwohl nicht beabsichtigten, Anreiz für die Bewährungskids, nicht zu erscheinen. Oft werden Neuankömmlinge vom Jugendgericht angewiesen, um 11 Uhr vormittags von Inglewood loszufahren und sich auf dem Weg über den Imperial Highway vor der Mittagspause bei ihrem Bewährungshelfer zu melden, wo sie persönlich ein wichtiges Schriftstück oder eine schwerwiegende Information in Empfang nehmen sollen. Wenn sie, was oft der Fall ist, nicht rechtzeitig dorthinkommen können, ist der Bewährungshelfer schon weg, so daß der Minderjährige getadelt wird, eine Gerichtsanweisung verletzt zu haben. Oder sie treffen ihren Bewährungshelfer doch noch an, müssen aber dafür die Schule versäumen, so daß man sie wegen Schuleschwänzens belangt. Dies geschieht täglich, außer bei Richter Dorn, der Bewährungshelfern die Anweisung erteilt hat, Meldetermine nie während der Schulstunden anzusetzen. Diese Bestimmung wirft wiederum eine Reihe von anderen Problemen auf, da die Dienststunden der Bewährungshelfer ungefähr mit den Unterrichtsstunden der Schulen übereinstimmen.

Da wäre eine einfache Lösung für dieses Problem: die Büros der Bewährungshelfer verlegen. Die Minderjährigen sollten in der Lage sein, einen Gerichtssaal – oder ein Klassenzimmer – zu verlassen, den Gang entlangzugehen und sich ihrem neuen Bewährungshelfer vorzustellen, meint Sharon. Aber solch ein sensibles System ist nie in Betracht gezogen worden. Das würde eine Investition an Zeit und Personal bedeuten, die das Bewährungsamt immer weniger aufbringen kann. Jedem Jugendrichter sind Bewährungshelfer zugeteilt, aber keiner von denen arbeitet wirklich mit Minderjährigen – sie führen nur Papierkrieg, sind ›Verbindungsleute‹. Visionäre innerhalb dieses massiven Systems reden von dem dezentralisierten Bewährungsamt der Zukunft, flexibel, mit Einsatzstellen, die über das ganze Gemeindegebiet verteilt sind. Die Bewährungshelfer würden wieder die zu Beaufsichtigenden, ihre Familie und ihr Umfeld kennen, wie es in den 60er Jahren war, als die meisten Bewährungshelfer nur zwanzig Kids zu betreuen hatten – statt jetzt zweihundert. Aber das System hat nichts zu diesem Zweck getan als einen Berg von Studien und Vorschlägen zu produzieren, die alle Voraussetzungen für einen Erfolg aufweisen, außer einem: das Geld dazu.[1]

Das Bewährungsamt Centinela ist ein Teil eines müden Netzes von Büros im Gebiet von Los Angeles. Hier, wie überall, ist der Druck der vielen Fälle enorm, und die Akten der Minderjährigen – wie die Minderjährigen selbst – können wochenlang auf irgendeinem Schreibtisch verlorengehen. Das Amt taumelt unter Haushaltsbeschneidungen und befindet sich in einem Zustand, den die Eingeweihten als ständige Unordnung bezeichnen, wo die Güte der Bewährungsaufsicht nicht immer so ist, wie sie sein sollte. Innerbetriebliche Eifersüchteleien und rassistische Vorurteile haben zeitweise das Amt in sich bekämpfende Parteien aufgespalten, was die auf rassistischen und Nationalitäten-Konflikten basierende Gewalt, die die Jugendanstalten und Gefängnisse polarisiert, widerspiegelt. Das geht so weit, daß ein Footballspiel zwischen verschiedenen Bewährungszweigstellen vor kurzem zu einer Schlägerei von Schwarz gegen Braun ausartete. In den letzten Jahren wurde ein ganztägig beschäftigter Ausschuß geschaffen, der nur zwischen den verschiedenen Bewährungszweigstellen herumfährt, um ständig rassenbedingten Streit unter dem Personal des Amts zu schlichten.

Und was noch schlimmer ist: Obwohl die Mehrzahl der Bewährungshelfer ihre schwierige Aufgabe so gut wie unter den Umständen nur möglich auszuführen scheint, sieht es doch so aus, als ob das Amt manchmal unfähig ist, Schurken in den eigenen Reihen zu bekämpfen. Wie Sharon mitteilte, gab ihr ein Bewährungshelfer ihres Amts falsche Informationen über einen Bandenauftrag, sie umzubringen, und sprach dann eine Drohung auf ihren Anrufbeantworter. Es hat sich herausgestellt, daß mehrere Bewährungshelfer ihre Arbeitsbelastung mit den Namen von toten oder im Gefängnis sitzenden Jugendlichen erhöhten, so daß sie nicht so viel arbeiten brauchten und trotzdem papiermäßig das Soll erfüllten. Von einem anderen erfuhr man, daß er während der Dienstzeit Stripperclubs besucht, und wiederum andere tragen offen Schußwaffen im Widerspruch zu den Richtlinien des Amts.

Aus mehr berufsbezogener Ebene ist aber etwas zu berichten, was eine noch viel größere negative Wirkung auf das Jugendstrafverfolgungssystem hat: Die Bewährungsberichte treffen routinemäßig zu spät beim Jugendgericht ein, viele gespickt mit Schreibfehlern und Tathergangsirrtümern, manchmal entstellender Art. Mehrere Richter haben offen die Schreib- und Lesekenntnisse mancher Bewährungshelfer in Los Angeles in Frage gestellt. Von Bewährungshelfern wird vorausgesetzt, daß sie unabhängige Untersuchungen durchführen können, aber sie nehmen solche selten vor. Viele verlassen sich einfach auf die Festnahmeberichte der Polizei, sogar wenn sie Orientierungsberichte zur Straffestsetzung schreiben, die den

Richtern bei ihren Entscheidungen hinsichtlich Strafzumessungen helfen sollten, auch wenn genauere Aussagen verfügbar wären. Ein Minderjähriger wird zum Beispiel wegen bewaffneten Raubüberfalls festgenommen, aber in der Hauptverhandlung nur der tätlichen Bedrohung, eines Vergehens, schuldig befunden. Dennoch wird der Bewährungsbericht in vielen Fällen so abgefaßt, als ob der betreffende Jugendliche ein bewaffneter Räuber ist, weil das in den Polizeiberichten behauptet wird. Wenn sich erst einmal ein Fehler in einen Bewährungsbericht eingeschlichen hat, kann er mehrere Male wiederholt werden, weil jeder darauffolgende Berichtschreiber den vorausgegangenen Bericht als Hintergrundinformation benutzt. Manche Fehler werden auf diese Weise verewigt, so daß es unmöglich ist, sie zu entdecken und aus jedem Bericht auszumerzen. Es besteht kaum Aussicht, manche Fehler zu berichtigen. Da sind Bewährungshelfer, die unterlassen es, Schulunterlagen zu überprüfen, Opfer von Verbrechen zu befragen und die Wohnungen und Familien von potentiellen Bewährungsmündeln aufzusuchen. Die Gründlichkeit leidet oft, weil Jugend-Bewährungshelfer in Los Angeles sich mit einer enormen Anzahl von Fällen konfrontiert sehen, die ihre Leistungsgrenzen überschreiten und viele nach ein paar Jahren in diesem Beruf ausgebrannt werden lassen.

In Los Angeles sind jederzeit etwa 17 000 Minderjährige ›HOP-Home On Probation‹* die häufigste Lösung eines Falles im Jugendgericht, wobei ich die Fälle, bei denen überhaupt nichts getan wird, noch gar nicht einmal erwähnen will. Die Resultate sind oft enttäuschend: etwa ein Drittel der Minderjährigen, die auf Bewährung nach Hause entlassen wurden, werden wegen einer neuen Straftat in der Bewährungszeit wieder verhaftet. Solche Fälle machen die Mehrzahl der Jugendkriminalität in L. A. und der ganzen Nation aus. Jeder der unter die 16 Prozent fallenden chronischen Straftäter, dessen Fall in der besag-

* Anm. d. Übers.: ›Zu Hause auf Bewährung‹

ten Studie untersucht worden war, hatte sich zu irgendeinem Zeitpunkt auf Bewährung befunden und dennoch weitere Verbrechen begangen. Die Ergebnisse von inhaftierten Jugendlichen sind allerdings noch enttäuschender. In den ganzen Vereinigten Staaten werden drei von vier nach einer Haftzeit entlassene Minderjährige nach ihrer Freilassung wieder verhaftet.[2]

Unter diesen Umständen und angesichts der Tatsache, daß Sharon Stegalls fünfzig Bewährungsmündel alle mindestens einmal eingesperrt gewesen waren, überrascht es nicht, daß die meisten ihrer Kids wieder versagen. Der Randys, Carlas und Blurs gibt es mehr als von den Kids, die es schaffen, so daß ihr die bescheidensten Erfolge schon langsam außergewöhnlich vorkommen.

»In diesem Semester habe ich alle meine Kurse angeschafft«, erzählt ihr ein junger Mann, als sie von der Einlieferung Randys, des Bewährungsverletzers, zurückkehrt.

»Dafür brauche ich aber Beweise«, entgegnet die Bewährungshelferin und hält die Hand auf für das Schulzeugnis. Der Junge lächelt, so daß man seine schiefen Zähne erkennt, und sieht dabei noch um etliches jünger aus. Er war ein Jahr lang flüchtig gewesen, hatte auf der Straße gelebt und versucht, der Strafe für eine Reihe von Diebstählen zu entgehen. Jetzt ist er einer von Sharons Musterknaben. Dennoch, bei dieser Art von Job darf man niemandem nur aufs Wort glauben.

»Das Zeugnis werd' ich morgen bringen, Missus Stegall«, verspricht er, und Sharon hat das Gefühl, daß er es tun wird. Der Ausdruck auf seinem Gesicht ist nicht gestellt, er trägt die Aura des Stolzes auf seine Leistung wie einen Heiligenschein. Dies ist ein Bursche, der in allen Fächern versagt hatte, und noch nicht einmal eine Unterrichtsstunde richtig durchhalten konnte, bevor er Sharon zugeteilt wurde. Sie hat ihn ermutigt, getadelt, eingeschüchtert. Sie hatte sich mit seiner Freundin verbündet, um ihn mit Zuckerbrot und Peitsche doch noch zur Umkehr zu zwingen. Bei ihrem ersten Zusammentreffen erklärte ihm Sharon, daß sie wüßte, er könne mehr leisten – das erste Mal, daß ihm jemand so etwas gesagt hatte –, und daß sie von ihm erwartete, daß er das auch tue. Oder er würde die Konsequenzen tragen müssen – auch dies war eine Neuheit für ihn. Dann hatte sie ihn auf eine Fahrt in ihrem Jaguar-Wagen mitgenommen. »So einen tollen Kasten fahren Sie?« fragte er Sharon. »Gehört er Ihnen etwa?« Sharon erzählte ihm nicht, daß sie das Auto zu einem außerordentlich geringen Preis gebraucht erstanden hatte, weil der vorherige Besitzer es als einen Montagswagen ansah, und daß dieser Superschlitten außerdem noch zum größten Teil dem Kreditinstitut gehörte, das ihr ein Darlehen darauf gewährt hatte. Worauf es ankam, war doch, daß der Wagen wie der eines Reichen aussah, denn das war die Botschaft, die sie dem Jungen vermitteln wollte: Wer hart arbeitet und ehrlich ist, kann zu etwas kommen. Dazu muß man nicht stehlen oder hehlen. Der Junge war nämlich nicht faul – er konnte ein Dutzend Wagen an einem einzigen Tag hochfrisieren –, und er verstand die Botschaft. Er machte sich an die Arbeit – und jetzt genießt er den Erfolg.

»Du hast eine lange Strecke des Weges zurückgelegt«, lobt ihn Sharon, als er zum Gehen aufsteht. Seit seiner Ankunft hat er nicht aufgehört zu lächeln. Aber dann ergreift sie die Hände des Jungen und hebt ihre rechte Augenbraue beim Anblick des schwarzen Randes unter seinen Fingernägeln. »Eines muß ich dir aber sagen: Du mußt dir die Hände waschen und die Fingernägel sauber halten. Wenn du dich nämlich so um einen Job bewirbst, bei McDonald's oder so, würde der Geschäftsführer nur mal einen Blick auf deine Pfoten werfen und sagen: ›Nee, Freundchen, komm später mal wieder.‹«

Der Junge schaut überrascht auf, läuft dann rot an, murmelt etwas wie ›keine Zeit gehabt‹, und Sharon nickt, weil sie ihn nicht in dieser Verlegenheit lassen will. Aber sie kennt den wirklichen Grund für seine ziemlich ungepflegte Erscheinung: Der Junge hat keinen Vater, und seine Mutter hat nie genügend Interesse gehabt, ihm Körperhygiene beizubringen. Da sind erstaunliche Lücken in seinem Wissen, aber das stellt Sharon bei fast allen Kids unter ihrer Aufsicht fest. Es ist nicht deren Schuld. Sie haben einfach keine Erwachsenen in ihrer Umgebung, die sich die Mühe geben wollen, ihnen etwas beizubringen – und noch viel weniger, als Beispiel zu dienen. Einige kennen den Namen des gegenwärtigen Präsidenten der USA nicht, andere können den Treueschwur nicht von einem Limerick unterscheiden. Viele sind unaufgeklärt über Geburtenkontrolle und AIDS, trotz aggressiver Aufklärungskampagnen auf diesen Gebieten in den Schulen. Und dieser Junge weiß nicht, wie er sich sauberhalten soll.

»Nun hör mal zu«, sagt Sharon mit völlig neutraler Stimme, womit sie die tiefe Traurigkeit verbergen will, die sie fühlt, weil sie einem Siebzehnjährigen so etwas überhaupt sagen muß. »Du wirst dir eine Nagelbürste und Seife besorgen und dann so machen«, und Sharon macht Schrubbewegungen über ihren Fingernägeln und Handknöcheln. Der Junge schaut aufmerksam zu, versucht sich das zu merken, und Sharon schluckt schwer, als sie seinen ernsten, konzentrierten Ausdruck sieht. »Dann kaufst du einen dieser kleinen Fingernagelklipper«, fährt sie fort. »Die kosten nur etwa fünf Cent im Drugstore …«

Etwas später sieht sie ihm nach, wie er das Zimmer verläßt, und denkt, daß er eine gute Chance für ein anständiges Leben hat, obwohl die Versuchungen seines vorherigen Lebenswandels immer stark bleiben werden, wenn die alten Freunde auf der Straße winken. Im Herzen ist er eigentlich kein Verbrecher, im Gegensatz zu vielen ihrer anderen zu Beaufsichtigenden. Ein großer Teil von ihnen hat keinen Moralkompaß, versteht nicht, warum es schlecht ist, einen unschuldigen Fremden zu bestehlen oder auf jemanden zu schießen, der sie ärgert. Das ist die andere Konsequenz des Aufwachsens ohne Erwachsenen, der sich um einen kümmert – man lernt nichts über Anteilnahme mit dem Nächsten, so daß man die Freude, Traurigkeit oder den Kummer eines anderen überhaupt nicht versteht. Da sind dann nur deine eigenen Bedürfnisse –

und zum Teufel mit dem, der denen ins Gehege kommt. Man ist zwar ein perfektes Raubtier, aber ein miserabler Mensch. Soziopathen werden gemacht, nicht geboren, so erscheint es Sharon, und in Kindern sind die Ergebnisse furchterregend – Kids, die nicht nur keine Vorstellung von Gut und Böse haben, sondern denen das auch völlig egal ist.

Sharons Bewährungsmündel mit den dreckigen Fingernägeln kennt jedoch den Unterschied. Er brauchte nur jemanden, der Interesse an ihm zeigt, der etwas anderes als Versagen von ihm erwartet – von ihm vielmehr verlangt, sich Mühe zu geben, seine Lücken zu schließen. Manchmal ist es für Sharon derart einfach.

Aber an diesem Tage fühlt sie nichts von der Befriedigung, die ihr ein sich gut machendes Bewährungsmündel gewöhnlich gibt, denn sie hat heute wieder einmal erfahren, wie flüchtig Erfolg in ihrem Geschäft sein kann. Carla James ist wieder im Jugend-Untersuchungsgefängnis, auf einem nicht vorhersehbaren Weg. Und der arme Li'l Dondi ist noch schlechter dran. Eine Woche zuvor machte er gute Fortschritte, sprach über seinen neuen Job, trug stolz eine neue Lederjacke und sprach anerkennend von der Freundin, die ihn an die Kandare genommen hatte, damit er anständig bleibt.

Es war ein gewöhnliches, aber ziemlich positives Gespräch gewesen – keine Vorahnung darin von dem, was kommen würde. Er hatte mit übereinandergeschlagenen Beinen zwanglos dagesessen – ein Bursche, den Sharon hartnäckig vom Rand des Abgrunds zurückzog. Er hatte angefangen, an die Zukunft zu denken, in kleinen, klaren Schritten – ein angenehmer, stämmiger Teenager. Er hatte etwas überrascht dreingeschaut, als Sharon ihn darauf aufmerksam machte, daß er nun schon ein ganzes Jahr anständig geblieben war, zum ersten Mal seit seinem elften Lebensjahr. Dann hatte er stolz über dieses Ergebnis gelächelt. »Werd's auch bleiben!« hatte er versprochen.

»Aber du hängst doch noch immer mit der gleichen alten Clique herum, nicht wahr?« hatte Sharon ihn gefragt.

»Immer noch die gleichen Freunde, die versuchen, dich wieder runterzuziehen.«

Dondi hatte genickt und die Achseln gezuckt. Die Richter befehlen Kids immer, alle Beziehungen zu den alten Banden und Verbrechenskomplizen abzubrechen, aber die Bewährungshelfer versuchen selten, diese Auflage mit Gewalt durchzusetzen – sonst müßte nämlich die Hälfte der 17 000 unter Bewährung stehenden Minderjährigen in L. A. eingesperrt werden. Wie geht man auf Bewährung heim, ohne ›nach Hause‹ zu gehen? Die Bandenmitglieder bezeichnen nämlich ihre Bande in ihrer Sprache auch als ›Zuhause‹.

»Sie wissen doch wie das ist, Missus Stegall«, hatte Li'l Dondi weniger als eine Woche, bevor eine Kugel sein Gehirn durchdrang, gesagt. »Da ist man lebenslang drin.«

Der Rest des Meldetags ist eine Mischung von Gutem und Schlechtem. Ein Mädchen kommt herein und teilt mit, sie werde ins Junior College aufgenommen – eine unerwartete und angenehme Überraschung. Das nächste bestellte Mädchen ruft an und sagt, sie sei schwanger und käme nicht. Zwei Jungen halten den Termin nicht ein, kommen überhaupt nicht. Ein Teeny, der schwört, er habe sich von seiner Gang gelöst – ›Die Leute machen mir Angst‹, gesteht er –, traut sich nun nicht mehr, zur Schule zu gehen, weil er jetzt keinen Schutz mehr habe. Er bleibt einfach zu Hause und guckt den ganzen Tag auf die Mattscheibe. Ein anderer Bursche mit dem Spitznamen ›Poindexter‹, weil er solch ein mustergültiger Bücherwurm ist, kommt zum ersten Mal zur Vorstellung zu Sharon, nachdem er wegen Tragens einer Schußwaffe in der Schule verurteilt wurde.

»Warum bist du denn eigentlich hier?« fragt Sharon, nachdem sie seine Akte überflogen hat. Er ist nämlich ein Schüler mit ausgezeichneten Noten, keinen Fehlzeiten und anderen Anzeichen von Übertretungen. Er war nie in Schwierigkeiten.

»Weil ich eine Pistole mithatte«, murmelt er und schaut dabei auf seine Schuhspitzen.

»Warum denn?«

»Weil ich Angst hatte.«

Sharon nickt. Das ist kein Bandenstrolch, kein Soziopath. Er hatte die Pistole vom Freund seiner Mutter bekommen, weil man ihn so oft in der Schule herumgeschubst, geschlagen und bedroht hatte, daß er nicht mehr wußte, was er tun sollte. Er ist tief beschämt, ein Gesetz verletzt zu haben. Aber jetzt wird der Druck auf ihn, sich einer Bande zum Schutz anzuschließen – oder wieder eine Waffe zu tragen – noch stärker, und Sharon kann da nicht viel tun, außer ihn in eine andere Schule versetzen zu lassen und aufs Beste zu hoffen. Er ist in der siebenten Klasse.

Später kommt ein Mann mit graumeliertem Haar, der sich schwer auf einen Stock stützt, in Sharons Büro. Er ernährt vier Kinder vom Job eines Cafeteria-Angestellten mit 460 Dollar im Monat. Sein ältester Sohn ist auf Jugendbewährung. Er seufzt wiederholt, als er sich in zögerndem Englisch bei Sharon entschuldigt und dann eine zerknitterte Plastiktüte mit drei Kokainwürfeln darin herausholt. »Ich war mir nicht sicher, was das ist«, sagt er. »Ich fand das in Jesus'* Zimmer, und meine Frau und ich machen uns Gedanken. Ich glaube doch, daß das Rauschgift ist.«

Sharon ergreift die Tüte und klärt den Mann auf: »Ja, das ist Rauschgift. Nur gut, daß man Sie nicht auf ihrem Weg hierher angehalten hat.« Sie schüttelt den Kopf, denn sie mag diesen Mann, aber sein Sohn, der mit sechzehn in das System eintrat und inzwischen achtzehn wurde, ist eine andere Geschichte. Er ist ein nicht unattraktiver Bursche, aber hat Diebesfinger. Nachdem er zwei Jahre zuvor wegen eines Einbruchs festgenommen worden war, hatte er sich in informelle Bewährung hineingelächelt und war dann wieder wegen Autodiebstahls (Fall abgewiesen, weil der Zeuge nicht ins Gericht kommen wollte) und schließ-

* Anm. d. Übers.: Jesus ist ein nicht besonders seltener männlicher Vorname in der spanisch sprechenden Welt.

lich wegen schweren Diebstahls festgenommen worden. Er und sein Freund waren frech mit unbezahlten Waren im Wert von 500 Dollar unter dem Arm aus einem Kaufhaus marschiert. Er hatte dann wieder eine Bewährungsstrafe bekommen und wurde vor kurzem an Sharon überwiesen, nachdem er eine Zeitlang unter der Beaufsichtigung eines anderen Bewährungshelfers gestanden hatte.

Als sie ihn empfing, war er in den beiden Monaten zuvor dreißig Tage nicht in der Schule erschienen, hatte die ihm auferlegten achtzig Tage Gemeindedienst nicht abgeleistet. »Mir war nicht so danach«, wird er Sharon später erzählen, als sie seine Bewährung aufhebt. Zudem hatte er sich geweigert, seinen Eltern zu gehorchen, und war vier Tage lang ganz verschwunden gewesen. Er war dann kommentarlos zurückgekommen, schmutzig und unter einem Kater nach Rauschmittelgenuß stehend. Das Bewährungsamt hatte von alldem nichts erfahren. Sein damaliger Bewährungshelfer hatte ihn nicht beaufsichtigt und Sharon berichtet, er würde sich gut machen. Und jetzt sitzt Jesus' Vater vor ihr mit einem Tütchen voller Crack-Kokain und einem verzweifelten Ausdruck auf dem Gesicht.

Sharon verläßt ihr Büro kurze Zeit später und trifft Jesus zu Hause an. Sie legt ihm Handschellen an, liest ihm seine Rechte vor und bringt ihn wegen Verletzung der Bewährungsauflagen ins Jugend-Untersuchungsgefängnis. Er ist zornig und trotzig, wütend auf seinen Vater, auf Sharon und auf das System, von dem er doch immer überzeugt gewesen war, es an der Nase herumführen zu können.

Später aber, als sie ihn nach einer Woche im ›Zentralen‹ besucht, kommt er ihr wie verwandelt vor – ruhig, entspannt, fast spielerisch. Er sei nicht mehr wütend auf seinen Vater, weil der ihn angeschwärzt hat. Statt dessen, sagt er, fühle er sich fast erleichtert: »Ich brauchte einfach 'ne Abkühlung. Die Dinge wurden zu verrückt bei ›The Outs‹.«

»Ist es nicht traurig, daß diese Kids eingesperrt werden

müssen, um wieder Kids zu werden?« meint Sharon später nachdenklich. »Draußen auf der Straße machen sie, was die anderen machen, und sprechen, wie die anderen sprechen. Sie verhärten wie Steine. Aber im ›Zentralen‹ gibt's keine Vorbeifahrschießereien, keinen Druck der Kumpels. Sie können sich entspannen, und sie werden wieder kleine Jungen – bis sie abermals rauskommen. Dann geht alles wieder von vorn los. Das ist so verdammt traurig!«

Fünfundzwanzig Jahre vorher, als die Unruhen im Ghetto-Stadtteil Watts von Los Angeles ausbrachen, war Sharon Stegall ein sechzehn Jahre altes Mädchen, das sich die Trümmer des Lebensmittelladens ansah, wo sie nach der Schule gearbeitet hatte. Als sie da so rittlings über ihrem Fahrrad stand und die Verwüstung anstarrte, tauchte plötzlich ein Polizist mit gezogener Pistole auf und rief: »Du Niggerkuh, ich hätte nicht übel Lust, dir jetzt den Kürbis wegzublasen.«

Sie erfuhr nie, ob der Cop sie für eine Plünderin hielt oder nur von Rassenhaß befallen war. Sie kam aber über diesen Tag hinweg, obwohl der auf ihre Arbeit als Bewährungshelferin abfärbt – sie weiß, daß ihre Kids auch jetzt noch mit ähnlichen Situationen konfrontiert sind; Kinder, für die Gewalt von allen Seiten auftaucht; Kinder, für die es keine Guten gibt. Die Wohnviertel sind Kriegszonen, um die Banden kämpfen. Die Polizisten sehen sie nicht als Kinder oder Jugendliche an, sondern als mögliche Bedrohung. Sie wissen alle, was es heißt ›sich an die Wand zu stellen‹ (zur Durchsuchung), ohne es im Film oder Fernsehen gesehen zu haben. Sharon besucht ihre zu Beaufsichtigenden zu Hause und sieht, wie deren kleine Geschwister nicht Familie, Arzt oder Feuerwehr spielen, sondern Drogenhändler, Crackhaus und Bankräuber, ihre Helden und Vorbilder. Kleine Kinder spielen tatsächlich mit Spielgeld Falschgeldumsetzer, schieben sich über einem eingebildeten Ladentisch nachgemachte Kokainwürfel zu und imitieren dann Rauchen oder Schießen. Sie hat das mit ihren eigenen Augen gesehen, diese letzten Auswüchse der Kinderphantasie, die sich nach den erfolgreichsten Erwachsenen des Wohnblocks richten.

Bis zu dem Zeitpunkt, an dem sie bei Sharon als zu Beaufsichtigende auftauchen, kann ihre Fähigkeit, zu spielen und sich Dinge vorzustellen, vollkommen zerstört sein. Sie sieht diese Wut täglich, die in ihren Bewährungsmündeln aufwallt, wenn sie sie fragt, wo sie wohl in fünf Jahren sein werden. Sie sträuben sich gegen diese Frage, wollen nicht antworten, aber wenn sie weiterbohrt, antworten nur zu viele: »Tot natürlich. Reicht das? Kann ich jetzt gehen?«

Da liegt das Problem, denkt sich Sharon. Die meisten ihrer Kids haben keine Vorstellungswelt mehr. Sie haben keine Spiellust mehr in sich, keine Kraft, Möglichkeiten über die Gegenwart hinaus zu sehen. Und wenn man keine Zukunft sehen kann, wenn man erwartet, im Alter von 21 tot zu sein, welchen Zweck hat es dann, sich um irgend etwas zu kümmern? Was nutzt es, ein Gewissen zu haben oder mit irgend jemandem, dem man Schaden zugefügt hat, Mitleid zu haben, wenn man sich selbst todkrank fühlt? Sharons Bewährungsmündel erzählen ihr immer wieder, daß es doch gar nichts mehr ausmache, was sie tun, weil sie doch praktisch schon tot sind – wie die Kids, die Schwester Janet auf den Gängen trifft. Und diese Hoffnungslosigkeit, dieser lebende Tod, beschränkt sich nicht nur auf die *barrios* und Ghettos. Sie und ihre Kollegen hören das gleiche von den reichen Vorstadtjugendlichen, von den Kindern der Privilegierten, sogar von den Söhnen zweier Richter des Jugendsystems. Das ist es, was so viele der Kids unter der Jugendgerichtsbarkeit so unglaublich hart und widerstandsfähig gegen Besserung macht. Das ist es, was Sharon am meisten Sorgen bereitet.

Und so sieht sie es als einen großen Teil ihrer Aufgaben an, in ihren Kids wieder eine gesunde Fähigkeit der Vorstellung zu erwecken, eine hellere Zukunft zu erblicken – ihnen etwas zurückzugeben, das angeboren sein sollte. Sie versucht, ihnen eine andere Seite des Systems zu zeigen, ein neues Reich von Möglichkeiten: daß eine schwarze Frau aus Watts, die einst, nur wegen ihrer Rasse, von einer Polizistenpistole bedroht worden war, eine Anstellung als Bundesranger und Försterin im Yosemite-Nationalpark finden konnte. Das war sie selbst vor ihrer Tätigkeit als Bewährungshelferin gewesen. Sie sagt ihnen, sie sollten doch mal durch eine bestimmte Straße fahren, wo sie den Namen Stegall an einem Schulgebäude sehen könnten. Eine ganze Schule sei nämlich nach ihrer Mutter, einer hochgeehrten ehemaligen Lehrerin benannt worden, wie sie ihnen stolz mitteilt. Sie erzählt Jugendlichen, die noch nie ihr Stadtviertel verlassen haben, wie sie durch die Welt gereist war und ein eigenes Geschäft eröffnet hatte. Sie zeigt ihnen den Jaguar, den sie fährt. »Ich habe Dinge gemacht, von denen diese Kids nur träumen können«, erzählt Sharon aber verbessert sich dann: »Nein, ich habe Dinge gemacht, von denen diese Kids nicht einmal träumen *können*. Damit bin ich konfrontiert. Das ist es, was ich ändern möchte.«

Und das ist es auch, was sie fast mit Li'l Dondi geschafft hatte und was sie verzweifelt versucht, mit Carla James zu schaffen.

Der Gerichtssaal ist schon halb voll, als der Gerichtsbeauftragte Gary Polinsky noch versucht, sich in seinem vollgeschriebenen Terminkalender zurechtzufinden. Sharon sitzt auf der Geschworenenbank und wartet, daß ihre Bewährungsverletzungsfälle aufgerufen werden – Jesus mit seiner Cracktüte und besorgtem Vater und Carla James mit ihrem tätowierten Bauch und ihrem Widerstand gegen Veränderung, der alle zur Wut bringt. Carla James hatte schon einmal diesen Gerichtsbeauftragten mit ihrem Charme betört. Sharon ist besorgt, daß sie auch diesmal wieder das System an der Nase herumführen wird.

Vorher muß jedoch eine Anklageerhebung erfolgen. Sharon schaut interessiert zu, wie Polinsky seinen

Gerichtsdiener anweist, einen Fünfzehnjährigen mit dem Namen Kelvin Smith, der auf den Straßen als ›Doughnut‹* bekannt ist, hereinzubringen. Es handelt sich um einen klassischen Fall von Wiederholungstäter, der vom System lange ignoriert worden ist, mit zehn Verhaftungen seit dem elften Lebensjahr wegen Diebstahls, Einbruchs, Körperverletzung und Hausfriedensbruchs. Hier paßt die 16-Prozent-Schablone genau. Die meisten der ersten Beschuldigungen waren abgewiesen worden, hatten mit Freispruch geendet oder zu minimalen Bewährungsstrafen geführt. Von daher konnte er weiterhin mit der Bande ›Hoover Street Crips‹, die er verehrte, herumhängen, mehr Straftaten begehen und zu einem dieser Kids ohne Vorstellungsvermögen werden, einem der lebenden Toten von L. A. Er hatte kaum die Lesefähigkeit eines Zweitklässlers.

Nach seiner achten Verhaftung war Doughnut schließlich im Bewährungslager gelandet, wo er kläglich versagte, aber trotzdem nach fünf Monaten entlassen wurde, um Platz für ältere, schwere Straftaten Verübende zu machen. Einen Tag danach stahl er ein Auto und wurde als Fahrer festgenommen. Doch wieder, trotz seiner langen Straftatenliste, wurde er auf Bewährung entlassen, obwohl er in vier Jahren nie eine einzige Bewährungsauflage oder Gerichtsverfügung befolgt hatte. Seine Akten waren aber in solch unübersichtlichem Zustand und seine Straftaten ›gering‹ genug, daß das System nicht die Zeit finden konnte, sich mit Doughnut wirklich auseinanderzusetzen.

Jetzt, sechs Monate später, ist sein Autodiebstahl immer noch nicht bestraft worden, aber er muß schon wieder wegen einer anderen Straftat vor Gericht erscheinen: Diesmal wird er beschuldigt, an dem Mord aus dem Hinterhalt an Sharons Bewährungsmündel Li'l Dondi beteiligt gewesen zu sein. Das ungeheuerliche Versagen des Jugendgerichtshofs hatte dazu geführt, daß einer ihrer blühenden

* Anm. d. Übers.: Krapfen

Erfolge erschossen wurde. Man müßte annehmen, daß das System wenigstens jetzt auf Doughnut aufmerksam wird.

Inzwischen halten Apparaturen Li'l Dondis Herz und Lungen in Funktion, so daß die Beschuldigung gegen Doughnut Mordversuch bleibt. Es sind aber schon Papiere für eine Anklage wegen Mordes ersten Grades ausgestellt und liegen in Peggy Beckstrands Büro, um sofort nach Dondis möglichem Tod der Anklageerhebung zu dienen – wie eine vorgezogene Grabinschrift auf einen Sechzehnjährigen in Erwartung des Unvermeidlichen.

Auf einem Stuhl in der Mitte der Zuschauergalerie sitzt in nachlässiger Haltung ein großer Mann mit einem Pferdeschwanz in einem Baseballjacket aus Nylon. Er spricht ruhig mit einer Frau, deren Gesicht vor Kummer verzerrt ist. Der Mann ist Polizeiermittler Jimmy Royer vom Revier Hawthorne. Er hatte Sharon über den Pieper geweckt, um ihr die Nachricht über Li'l Dondi mitzuteilen, und später geholfen, Doughnut festzunehmen und zu befragen. Sharon denkt erst, daß die besorgte Frau Dondis Mutter sei, aber es stellt sich heraus, daß sie *Doughnuts* Mutter ist. Sie müßte doch wütend auf Royer sein, weil er ihren Sohn verhaftet hatte, aber sie hat niemanden in diesem Gerichtssaal, an den sie sich wenden kann – keinen Rechtsanwalt, ihre Interessen zu vertreten, keine bekannten Gesichter, nichts als Angst vor dem Unbekannten. Im Jugendgerichtshof vertreten die Verteidiger die Minderjährigen, nicht die Eltern. Die Verteidiger weisen ihre Minderjährigen sogar an, nicht mit ihren Eltern über ihre Fälle zu reden, aus Angst, daß diese von der Staatsanwaltschaft vorgeladen und zur Aussage gezwungen werden könnten. Anders als bei Ehepartnern, wo kein Zwang besteht, gegeneinander auszusagen, gibt es ein solches Vorrecht für Eltern nicht. Eltern können auch nicht an Besprechungen zwischen ihrem Kind und dessen Verteidiger teilnehmen, selbst wenn dabei Entscheidungen getroffen werden, die für die Zukunft ihres Kindes von großer Tragweite sind – wahrlich eine Ironie in einem Gericht, das geschaffen wurde, um Familien zusammenzubringen. So kann sich Mrs. Smith nur an Ermittler Royer wenden.

In Hawthorne hat er den Ruf, ein gerechter Mann und ein guter Polizist zu sein, von der Art, die sich ein Bein ausreißt, um Minderjährigen und ihren Familien zu helfen, wo immer das möglich ist; die versucht, Jobs für Bandenmitglieder zu finden, die vom Straßenleben genug haben und gerne anständig werden wollen. Mrs. Smith sieht das System als so unfreundlich an, daß sie sich zu dem Mann, der ihren Sohn festnahm, wie zu ihrem einzigen Verbündeten hingezogen fühlt. Sie ist eine alleinstehende Mutter mit zwei Jobs und einer lange schwelenden Wut gegen den Jugendgerichtshof, den sie mehr als einen Komplizen denn als eine Abschreckung für die kriminelle Lebensweise ihres Sohnes ansieht. Jetzt, nach so vielen Jahren der Untätigkeit, klagt sie, will das System mit dem Vorschlaghammer auf ihren Jungen losgehen.

»Wie können die denn meinen Sohn beschuldigen, geschossen zu haben?« fragt sie Royer mit monotoner, zitternder Stimme.

»Das ist eben die Mordbeteiligungsregel«, erklärt der Ermittler. »Das ist so, wie wenn einer einen Spirituosenladen überfällt und jemanden erschießt – dann wird zum Beispiel der Fahrer des Fluchtwagens auch des Mordes angeklagt.«

»Aber er hat doch auf niemanden geschossen«, empört sich Mrs. Smith. Sie hat schon von Royer erfahren, daß nur zwei erwachsene Bandenmitglieder, mit denen Doughnut unterwegs gewesen war, wirklich den Abzug gezogen hatten. Doughnut hatte zwar eine Pistole bei sich und war bei dem Hinterhalt gegen Li'l Dondi anwesend, aber er hatte nie selbst geschossen.

»Ich weiß, daß er nicht geschossen hat, aber er ist trotzdem beteiligt«, erklärt Royer der Mutter sanft. »Er ist dennoch verantwortlich.«

Mrs. Smith schaut Royer suchend in die Augen und fleht offensichtlich um einen Schimmer Hoffnung. »Woher wissen Sie das denn?«

Royer zuckt entschuldigend mit den Achseln: »Weil er es mir erzählt hat.«

Die Frau greift nach einem letzten Strohhalm, obwohl der Ton ihrer Stimme erkennen läßt, daß sie selbst nicht an das glaubt, was sie da andeutet: »Vielleicht hat er gelogen?«

Royer schüttelt traurig den Kopf, als ob er sagen will, daß er wünschte, es wäre so. »Warum sollte er wohl auf diese Weise lügen? Wenn er lügen würde, so würde er das doch anders herum machen.« Er sieht, daß Mrs. Smith schwach nickt und dies also akzeptiert – akzeptiert, daß ihr Sohn an einem Mord teilnahm. Sie sieht aschfarben aus. Royer räuspert sich und flüstert: »Sehen Sie's doch mal so an: Er ist erst fünfzehn – wie gut für ihn! Ein Erwachsener kann für solch einen geplanten Mord die Todesstrafe erwarten, aber das Schlimmste, das Ihrem Sohn passieren kann, sind zehn Jahre. Sie können ihn deshalb glücklich schätzen.«

Mrs. Smith wendet sich ab und starrt auf die Metalltür, durch die ihr Sohn bald in den Gerichtssaal kommen wird. Sie sieht nicht so aus, als ob sie ihn sehr glücklich schätzt. Dann spricht sie wieder zu dem Ermittler: »Er hat immer solche Angst. Nachts läßt er immer ein kleines Nachtlicht an. Was sagt Ihnen das?«

»Ich weiß, was in seinem Herzen vorgeht«, stimmt Royer zu. »Im Herzen ist er kein Killer – aber er hat's trotzdem getan. Bei seiner Befragung sagte ich ihm, ich wüßte, daß er nicht geschossen hatte. Er wußte doch nicht, wie man so eine Pistole benutzt. Ja, er wußte noch nicht einmal, ob sie überhaupt geladen war. Deshalb sagte ich zu ihm: ›Ich weiß, daß du diesen Jungen nicht töten wolltest. Warum warst du denn überhaupt dabei?‹ Darauf antwortete er: ›Na, ich wollte mich doch vor meinen Kumpels nicht blamieren.‹« Das ist eine häufige Erklärung für Mord durch Jugendliche und ein Hauptgrund, warum sich in Los Angeles im vergangenen Jahr fast achthundert Morde durch Straßenbanden ereigneten.

Doughnuts Mutter schüttelt den Kopf mit geschlossenen Augen. Sie weiß nicht, was schlimmer ist – daß ihr Sohn sich in solchen Schwierigkeiten befindet, oder daß er so weit gesunken ist, daß er es als das kleinere Übel ansieht, an einem Mord teilzunehmen, als zu riskieren, von seinen Freunden verhöhnt zu werden. Sie ist eine junge Frau mit Lachfalten um den Mund, aber der Kummer hat neue Furchen in ihr Gesicht gegraben. Ohne Royer anzusehen, fragt sie sehr ruhig: »Wie alt war denn der Junge, dem in den Kopf geschossen wurde?« Sie zuckt zusammen, als Royer antwortet: »Sechzehn.«

»Der Junge ist hirntot«, erklärt Royer. »Früher oder später wird das eine Mordanklage.« Er legt seine Hand auf ihre Schulter, bis sie ihm wieder in die Augen sieht. »Hören Sie, wenn er die Wahrheit sagt, könnte er vielleicht eine Abmachung erreichen. Vielleicht kann er in irgendeine Institution gelangen, wo er etwas fürs Leben lernen kann. Wenn nicht, geht er in die Erziehungsanstalt, bis er fünfundzwanzig ist und kommt dann als verhärteter Gangster wieder raus. Man sagt zwar, daß es Rehabilitierung sein soll, aber der eigentliche Zweck ist doch Haftstrafe. Das wird ihm nicht helfen. Das wollen Sie doch wohl auch nicht.«

»Ich habe ihm das schon gesagt«, erwidert Mrs. Smith. Aus ihrem Tonfall kann man zweierlei entnehmen: Erstens, daß sie Royer darin vertraut, obwohl das genau die Worte sind, die Polizisten immer anwenden, um ein Geständnis herauszulocken. Zweitens, daß ihr Sohn nicht auf sie hören wird. Er mag im Herzen kein Mörder sein, aber er wird auch nicht gegen seine Bandenkumpels aussagen. Ein Grund, warum solche Banden Fünfzehnjährige zu Kapitalverbrechen mitnehmen, ist doch deren unumstößlicher Status eines Jugendlichen. Doughnut kann ja nicht zum Erwachsenengericht geschickt werden. Seine Bandenbrüder erwarten deshalb, daß er als Einstehboy fungiert, das heißt, daß er die beiden Erwachsenen, die mit der Todesstrafe rechnen müssen, schützt.

Als sein Fall aufgerufen wird und er zur Anklageerhebung und Haftprüfung hereingeführt wird, benimmt sich

Doughnut nicht zu seinen Gunsten. Er sieht seine Mutter bei dem Ermittler sitzen und schaut dann nicht mehr zu ihr hin. Die Anhörung ist kurz. Sie besteht aus dem Vorlesen der Beschuldigungen, dem Beschluß des Gerichtsbeauftragten Polinsky, daß Doughnut in Haft bleibt, und der Ernennung eines neuen Verteidigers, nachdem der gegenwärtige Pflichtverteidiger einen Interessenkonflikt erklärt hat, weil er Li'l Dondi in der Vergangenheit vertreten hatte. Die ganze Zeit über blickt Doughnut finster drein, murmelt zornig etwas vor sich hin und rutscht ungeduldig auf seinem Stuhl herum.

Polinsky bemerkt, wie Doughnut einen unflätigen Kraftausdruck aus dem Mundwinkel ausstößt. »Ihr Mandant scheint nicht zufrieden zu sein«, ruft Polinsky verärgert dem neu ernannten Verteidiger zu. »Er scheint nicht zu begreifen, daß er nur dank seines Alters hier ist. Der Fall wird Zeit in Anspruch nehmen, und der Bursche wird nicht auf freien Fuß gesetzt.« Dann wendet sich der Gerichtsbeauftragte direkt an den Jungen: »Hast du das verstanden?«

Kleinlaut murmelt Doughnut: »Ja, Sir.« Nun sieht er zum ersten Mal besorgt aus, als ob es ihm jetzt erst klar geworden ist, daß seine Reise durch das System nun ganz anders verlaufen wird. Er hat schon soeben erkannt, daß – obwohl er nicht zum Erwachsenengericht geschickt werden kann – zehn Jahre in der Erziehungsanstalt eine sehr lange Zeit sind.

Kurze Zeit später wird er abgeführt. Seine Mutter winkt ihm zu, aber er will immer noch nicht zu ihr hinsehen. Auf seinem Gesicht kämpfen Angst und Trotz miteinander. Sharon ist froh, daß Polinsky schlechte Laune hat, weil sie meint, daß er dann wohl nicht so schnell dem wortreichen Charme von Carla erliegen wird. Nach ihrer Ansicht sind Fälle wie der von Doughnut nur eine kolossale Verschwendung von Zeit, Geld und Mühen, weil es doch sicher ist, wie die Sache enden wird. Es gibt einen Augenzeugen und ein Geständnis. Nach Verzögerungen von sechs Monaten bis zu einem Jahr wird er verurteilt werden und in die Erziehungsanstalt geschickt, bis er etwa fünfundzwanzig ist. Es gibt gar keine andere Möglichkeit für einen fünfzehn Jahre alten Mordkomplizen.

»Da schnurrt das System nur mal wieder seine Naht runter«, murmelt sie leise. Die Polizisten und Anwälte, die mit ihr zusammen auf der eigentlich für Geschworene vorgesehenen Bank sitzen, sagen nichts, sitzen nur da in unerschütterlichem Schweigen, als ob sie das nur zu bekannte Schauspiel, das da vor ihnen abläuft, überhaupt nicht berührt.

Sie hört, wie der Ermittler Royer Polinsky von einem anderen Fall berichtet, der am gleichen Tag zur Sprache kommt – einem Sechzehnjährigen, der von seiner Mutter und seinem Stiefvater gezwungen wurde, Kokain zu verkaufen. Durch dieses ›Dealen‹ des Burschen könnten sie ihre Drogensucht, die Miete und die Lebensmittel bestreiten, sagt er. Sie ermutigten ihn auch, die Schule zu schwänzen und haben ihm sogar eine Pistole besorgt, damit er seine Ware und ihren Profit beschützen kann. Royer kann daraus einen Fall gegen den Jungen vor dem Jugendgericht machen – er stellte sich praktisch selbst, so begierig war er, von zu Hause wegzukommen –, aber der Ermittler kann die Staatsanwaltschaft des Erwachsenengerichts nicht dazu bewegen, gegen die Eltern wegen Gefährdung eines Kindes vorzugehen. Die Beweise seien unzureichend, sagte man ihm. Und die Krone der Angelegenheit sei doch, wie er weiter ausführt, daß das Kid im letzten Jahr auf Bewährung und angeblich unter Beaufsichtigung durch einen Bewährungshelfer gestanden habe. Doch niemand habe sich die Mühe gemacht, ihn einmal zu Hause aufzusuchen, um zu sehen, wie er sich so führt.

»Der Bursche ist doch das klassische Opfer«, klagt Royer, »und er ist auch der einzige, der zahlen muß.«

Dann wird Carla James hereingeführt. Als Sharon aufsteht, um ihre Übertretungen vor dem Richter zu zitieren, wird die Bewährungshelferin von dem überwältigenden

Gefühl gepackt, daß sie in Doughnuts Fall eine nur allzu wahrscheinliche Vorschau von Carlas Schicksal erlebt hat. Wenn hier und heute nicht etwas geschieht, sagt sie sich, wird auch Carla eines Tages hier stehen, des Mordes angeklagt werden und eine lange Haftstrafe wie Doughnut vor sich haben. Entweder dies, oder Sharons Pieper wird ihr um vier Uhr morgens Carlas Tod ankündigen, wie er es bei Li'l Dondi tat.

»Diese junge Dame ist außer Kontrolle geraten, Euer Ehren«, erzählt Sharon dem Commissioner Polinsky mit Eindringlichkeit in der Stimme. »Sie muß in ihre Schranken verwiesen werden.«

Polinsky blättert durch Carlas Akte und entdeckt dann den Polaroid-Schnappschuß von der Tätowierung. Er schlägt die Akte laut zu, und Carla, die lächelnd hereingekommen war, zuckt bei dem Geräusch zusammen. Polinsky schneidet ihre Erklärung ab, daß es doch *ihr* Körper sei, obwohl sie dann auch plötzlich angibt, sie wolle die Tätowierung chirurgisch entfernen lassen.

»Du bist heute zum falschen Gericht gekommen, junge Dame«, bellt der Gerichtsbeauftragte mit weit aufgerissenen Augen hinter der Hornbrille. »Jetzt ist meine Geduld zu Ende.«

Carla sieht zu, wie Polinsky wieder in ihrer Akte liest, jede Seite mit einem scharfen Knistern umschlägt. Die Akte zittert in seinen Händen, so erregt ist er. Carla hat diese Seite noch nie an ihm bemerkt. Sie war daran gewöhnt, bei Polinsky wie ein Lehrerliebling behandelt zu werden, und hat auch diesmal eine milde Ermahnung und eine Einweisung zurück ins Bewährungslager erwartet. Das Lager macht ihr keine Angst, denn dort hat sie eine Menge Freunde, und außerdem würde sie ja alle in dem Laden dort bald wieder um den Finger wickeln können, wie immer, hat sie sich vorgestellt. Aber dann überrascht sie Polinsky:

»Weißt du, ich könnte dich jetzt sofort in die Erziehungsanstalt einweisen. Mehr als vier Jahre schweben da über deinem Kopf. Du hast mehr Chancen als genug gehabt, um dich zu bessern, und jetzt weiß ich nicht mehr, was ich sonst noch mit dir machen soll.«

Carla starrt ihn mit offenem Mund an. Sie hat da so einiges über die Erziehungsanstalt gehört. Carlas Verteidiger stößt Überraschungslaute aus. Sogar Sharon ist erstaunt. Sechs Monate Besserungslager war das meiste, das sie erhofft hatte. Das klingt doch gar nicht nach dem Gerichtsbeauftragten Polinsky, der nur sehr selten jemanden in die dem Jugendgefängnis entsprechende Erziehungsanstalt schickt, außer die hervorstechendsten und reuelosesten Versager. Er hatte damit gerechnet, daß Carla ein heller Fleck auf der sonst deprimierenden Liste der Fälle würde. Aber wie viele andere im Jugend-Strafverfolgungssystem von Los Angeles ist er frustriert über die wenigen Möglichkeiten für die Bestrafung von Minderjährigen. Für die privilegierten Wenigen, die Eltern haben, die willens und in der Lage sind, Therapieprogramme außerhalb der Gemeinde oder sogar außerhalb des Staates zu bezahlen, wo die Kosten sehr schnell in die Tausende gehen können, gibt es spezielle College-Vorbereitungskurse auf geschlossenem Campus, Naturerlebnisprogramme, Drogen- und Alkohol-Therapien, therapeutische Schulen, die auf die Bedürfnisse bestimmter Minderjähriger zugeschnitten sind – fast endlose Möglichkeiten. So liegt Richter Dorn gerade ein Vorschlag vor, einen jungen Brandstifter in ein Privatprogramm eines anderen Staats der USA zu schicken – einen Minderjährigen, der in der Erziehungsanstalt gelandet sein würde, wenn sein Vater nicht ein wohlhabender Arzt wäre. Für Kids mit Geld hinter sich ist die Gerechtigkeit – jedenfalls, was die Strafzumessung betrifft – käuflich.

Aber für die große Mehrzahl der Minderjährigen, die im L. A.-Jugendgerichtshof abgeurteilt werden – die Doughnuts, Carlas und Ronald Duncans –, muß die Gemeinde die Rechnung zahlen, so daß es nur die folgenden vier Grundstrafen gibt:

Da ist zuerst ›HOP, Home On Probation‹, was bei den meisten der dreißigtausend Straftaten, die jedes Jahr abgeurteilt werden müssen, verhängt wird. Dann gibt es ›angemessene Unterbringung‹, ein Netz von öffentlichen und privaten Pflegeheimen, die vom Bewährungsamt überwacht und für etwa zweitausenddreihundert meist nicht gewalttätige Minderjährige, die keine Eltern haben oder solche, bei denen sie nicht leben können, reserviert ist.

Minderjährige, die von zu Hause weggelaufen sind, können nicht in die ›angemessene Unterbringung‹ gebracht werden, weil diese nicht sicher genug ist. Außerdem gibt es die sechsundzwanzig Verwahrungslager, die vom Bewährungsamt für viertausendvierhundert Kinder betrieben werden in einer Vielzahl von ländlichen Gegenden, von der Wüste bis Malibu – bewachte, strenge Einrichtungen. Sie können Bandenstrolche gut in Schach halten, solange sie drinnen sind, sind aber nicht auf Kids mit Gefühls-, Lern- oder anderen psychologischen Problemen oder auf Drogen- oder Alkoholabhängige zugeschnitten. Dies ist eigentlich seltsam, denn die meisten der minderjährigen Straftäter haben doch solche Probleme.[3] Die vierte und letzte Alternative innerhalb des Jugend-Strafverfolgungssystems ist schließlich die CYA, die California Youth Authority, das Erziehungsanstaltssystem des Staates Kalifornien, ein massives Netz von Jugendgefängnissen, das größte in den Vereinigten Staaten, in dem Rehabilitation das nominelle Ziel für die achttausendsiebenhundert ›Mündel‹ ist, wo aber Bandenkrieg, Rassenunruhen, Messerstechereien und Vergewaltigungen an der Tagesordnung sind. Damit ist es ein Abbild der Alptraumwelt von Amerikas Erwachsenengefängnissen in kleinerem Maßstab.[4]

Das bohrende Problem bei den ersten drei der vom L. A.-System angebotenen Möglichkeiten besteht darin, daß sie alle bestenfalls Kurzzeitlösungen bieten. Früher oder später schieben sie das Kind wieder in die Umgebung ab, wo sein kriminelles Verhalten begann – in die gleichen bandenverseuchten Straßen der Innenstadt, das

* Anm. d. Übers.: Entlassung nach Hause

schlecht funktionierende Heim in einem Außenbezirk oder zu den gleichen sie mißbrauchenden, drogenabhängigen oder unfähigen Eltern. Die einst intensive Folgeaufsicht wurde sehr eingeschränkt oder ganz aufgehoben. Dementsprechend ist die Rückfallquote sehr hoch. Die vierte Alternative, die Erziehungsanstalt der California Youth Authority, kann zwar solch eine unvermeidliche Rückkehr um Jahre verschieben, aber Gefängnishaft, um die es sich dabei handelt, wird als die letzte Zuflucht des Jugend-Strafverfolgungssystems angesehen, den letzten Aufhaltepunkt für Minderjährige, die nicht mehr zugänglich sind. Jeder Jugendliche, der zur Erziehungsanstalt geht, ist eigentlich ein Eingeständnis des Jugendgerichtshofs, daß er versagt hat.[5] Die Rückfallquote ist hier sogar noch höher als bei den ersten drei Möglichkeiten.

»Du hast jede mögliche Gelegenheit bekommen, dich zu bessern«, hält Polinsky Carla vor. »Schließlich ist es ja nicht so, daß du nicht die notwendigen geistigen und anderen Fähigkeiten hast. Wir wissen, daß du die besitzt, aber das macht die Sache ja nur noch schlimmer. Du hast also gar keine Entschuldigung. Du allein hast solche Entscheidungen getroffen, hast genau gewußt, was du tust. Also gehst du in die Erziehungsanstalt.«

Dann, als er sieht, daß er das Mädchen genügend erschreckt hat – Carlas Augen sind weit aufgerissen, weil sie das einfach nicht glauben kann –, fügt er hinzu: »Für eine Beurteilung von neunzig Tagen.«

Er hat gar nicht die Absicht, das Mädchen wirklich in die gefängnisgleiche CYA-Erziehungsanstalt einzuweisen. Er will ihr nur einen Denkzettel verpassen. Vorerst, erklärt er, werde er mit der Festsetzung der wirksamsten Strafe warten, bis das Ergebnis der psychologischen und sozialen Überprüfung in der Erziehungsanstalt vorliegt. In Wirklichkeit hat Carlas kurzer Aufenthalt in der CYA-Anstalt für ihn den Zweck, ihr zu zeigen, wo sie enden wird, wenn sei weiterhin Straftaten begeht. Polinsky will ihr einen genauen Einblick in das verschaffen, was ihr die nächste Tat bringen wird.

»Wir werden uns also in drei Monaten wiedersehen«, erklärt der Commissioner abschließend. »Dann können wir wohl eher entscheiden, was mit dir geschehen soll.«

Durch das Zusammentreffen von Gerichtsverfügungen und Terminrückständen werden Geri Vance, Elias Elizondo und Carla James gleichzeitig zur Beurteilung in das Erziehungsanstaltssystem geschickt. Die Jungen gehen zu einer der zwei großen Aufnahmestellen des Staates für Neuankömmlinge. Es handelt sich hier um die in Norwalk, im südlichen Teil des Gebiets der Gemeinde Los Angeles.

Elias kommt als erster zurück. Obwohl seine Plädierabmachung ausschließt, daß er als Jugendlicher aufgenommen wird, hätte er doch die erste Hälfte seiner auf fünfzehn Jahre bis lebenslänglich lautenden Haftstrafe in der CYA-Anstalt verbüßen können – wenn diese ihn akzeptiert hätte. Er aber verdirbt sich die durch die vorgeschriebene neunzig Tage lange Beurteilung gebotene Chance, indem er wiederholt Anweisungen des Personals nicht befolgt, in bezug auf seine Vorgeschichte lügt und die Beurteilungsperiode durch eine Schlägerei mit einem Bandenmitglied aus Nordkalifornien – Latinobanden der zwei Teile Kaliforniens sind traditionelle Feinde – beendet. Unter diesen Umständen will ihn die CYA noch nicht einmal die ganzen drei Monate behalten, so daß sie ihn in Ketten zum Jugend-Untersuchungsgefängnis zurückschickt. Elias hat damit den ersten positiven Eindruck, daß er ein intelligenter, einfühlsamer Jugendlicher sei mit nur einem Gewaltverbrechen auf seinem Konto und einem enormen Potential für Rehabilitierung, vernichtet. Statt dessen gibt er das Bild eines tief im Bandenleben verankerten Störenfrieds ab, der nicht einmal bereit ist, drei Monate lang seine kriminelle Einstellung aufzugeben, wo doch seine ganze Zukunft auf dem Spiel steht. Sein CYA-Fallbearbeiter, der zahlreiche Briefe und Anrufe von der Mutter des Mannes erhalten hat, der von Elias' Bande getötet wurde, schreibt einen völlig negativen Bericht über ihn an das Jugendgericht, so daß die direkte Überweisung an das Erwachsenengefängnis fast gewiß wird. Warum sollte die CYA auch ein Risiko mit Elias eingehen, führt der Fallbearbeiter aus, wenn alle ihre Einrichtungen überfüllt sind und viele andere Jugendliche wenigstens versuchen, sich zu bessern, um nicht ins Zuchthaus zu kommen?

Wieder im Zentralen Jugend-Untersuchungsgefängnis, um auf die Verkündung der nun unvermeidlichen Haftverbüßungsüberweisung zu warten, gibt Elias gegenüber Schwester Janet zu, daß er sich die Chance in der Erziehungsanstalt absichtlich verdarb. Er will ins Erwachsenengefängnis, um dort einen Mörder aufzuspüren und Rache an ihm zu nehmen. Unmittelbar bevor er zur CYA-Anstalt ging, hatte er nämlich erfahren, daß seine geliebte Großmutter von einem angeheirateten Verwandten getötet worden war. Sie hatte ihn aufgezogen und – wenn auch erfolglos – versucht, ihn vor Onkeln und älteren Cousins, die ein Verbrecherleben führten, zu schützen. Alles, woran er noch denken konnte, war, diesen Mann zu finden und zu töten – besonders, nachdem ihm die Bewährungsbehörden verweigert hatten, die auch im Teenageralter stehende Mutter seiner Tochter Ashley in einer Feier im ›Zentralen‹ zu heiraten. Diese zwei dicht aufeinanderfolgenden Rückschläge haben Elias niedergeschmettert. Sie sind der Höhepunkt von eineinhalb Jahren der Tragödien in seinem Leben, die damit begannen, daß einer seiner Freunde vor der Schule erschossen wurde – ein Junge, der nach Schüssen auf dem Gehsteig zusammenbrach und in Elias' Armen starb. Kurze Zeit danach starb Elias' bester Freund in einer Vorbeifahrschießerei vor einem Nachbarschaftsladen. Unmittelbar vor seiner letzten Verhaftung starb auch noch Elias' Neffe im Säuglingsalter den Kindstod. Elias ließ sich zur Erinnerung an ihn ›Baby Stevie‹ auf den Nacken tätowieren. Dann kam die Nacht des in Mord endenden Überfalls, die ihn hinter Gitter gebracht hatte.

Zu spät hat er erkannt, wie unvernünftig es war zu

glauben, er könne ins Erwachsenengefängnis gehen und den Mörder seiner Großmutter dort finden. Kalifornien hat Dutzende von Gefängnissen mit 120 000 Insassen, mehr als die meisten anderen Staaten der USA. Dort würde er nie denjenigen stellen können, der seine Großmutter umgebracht hatte. Alles, was er nun erreicht hat, ist, die Dinge für sich und seine Familie unendlich schlimmer gemacht zu haben. Statt zur Erziehungsanstalt in der Nähe von Los Angeles und seiner Tochter, seiner einzigen Verbindung zur Außenwelt, die nicht durch Banden und Verbrechen beschmutzt ist, muß Elias nun damit rechnen, Hunderte von Meilen weit weggeschickt zu werden.

Geri Vance verlebt die neunzig Tage völlig anders. Er geht nach Norwalk mit der festen Absicht, dort zu glänzen, denn er weiß, daß das einem Probeverfahren in der Laufbahn eines Schauspielers gleichkommt – einer Probe, die den weiteren Verlauf seines Lebens entscheiden wird. Er verdient sich ausgezeichnete Beurteilungen von seinem Fallbearbeiter und dem Team, das ihn analysiert. Sie geben an, keinen Zweifel zu hegen, daß es für ihn zuträglich sein wird, seiner Strafe in einer Jugendstrafeinrichtung zu verbüßen und daß er in dieser Periode in der Anstalt mehr Interesse und vielversprechende Bemühungen für eine Umkehr als jemals vorher in seinem Leben gezeigt hat.

Geri kehrt jubelnd zurück, allerdings mit eigenen gemischten Erfahrungen über das CYA-System. Er genoß dort Annehmlichkeiten, die über denen im Zentralen Jugend-Untersuchunsgefängnis liegen: das Recht, nicht am Schulunterricht teilzunehmen, im Zimmer einen Radioapparat und Kassettenrecorder zu haben und mehr fernzusehen. Aber er sah auch, wie dort Jungen zusammengeschlagen wurden und sich Bandenmitglieder bekämpften. Es gab mehrere Fälle von Stichverletzungen und Angriffen auf nicht akzeptierte Insassen. Er erzählt auch, daß er mitanhören mußte, wie zwei Jungen in seiner

Einheit der CYA-Anstalt vergewaltigt wurden. Keines dieser Verbrechen wurde dem Bewachungspersonal gemeldet, denn das ungeschriebene Gefängnis-Schweigegesetz mit den tödlichen Folgen für ›Verräter‹ schwebt wie eine eiserne Faust über den Insassen. Wie im Erwachsenengefängnis werden die Minderjährigen von anderen unter Druck gesetzt, sich Banden anzuschließen, um nicht Freiwild zu sein. Das CYA-Bewachungs- und Betreuungspersonal ist mit Brennpfeffersprühern und einem hilflos machenden, für das Militär entwickelten Tränengas mit der Bezeichnung CS ausgerüstet, um Unruhen zu unterdrücken. In einigen dieser Anstalten sind zu diesem Zweck sogar feste Tränengassprüher an den Auslaufhöfen eingebaut. Mehr als zweitausendsiebenhundert Minderjährige werden pro Jahr in den CYA-Anstalten mit Tränengas besprüht. Immer wenn Jugendliche die Befolgung von Anweisungen verweigern oder Gewalt androhen, stürmt eine hauseigene Gruppe von stämmigen Wärtern, die wegen ihrer Strumpfmasken ›Ninja-Schildkröten‹ genannt werden, herbei und überwältigt die Störenfriede. »Wenn die kommen, muß danach immer einer ins Lazarett gebracht werden mit irgendwas Gebrochenem«, erzählt Geri der Schreibklasse nach seiner Rückkehr.

»Nach einer Weile kriegt man mit, daß jeder nur so rumhängen will. Sie wollen nicht zur Schule gehen, und da gibt's dann oft Stunk über jeden kleinen Scheiß. Die Rassenspannung ist ungeheuer. Das ist, als ob du eine Jacke anziehen mußt und dadurch überall im System abgestempelt bist. Dann sind alle, die anders sind, hinter dir her. Du mußt dich früher oder später einer Seite anschließen. Ein paar Jahre kann man so durchkommen, aber wohl nicht, wenn man zu lange dort bleiben muß. Wie soll man sich davor schützen, ein Teil von all dem zu werden, einen richtigen Knackigeist zu bekommen?« So viele der Kids im ›Zentralen‹ scheinen diese spezielle Welt zu kennen und Angst vor ihr zu haben.

Seine größte Hoffnung, sagt Geri, sei, ins CYA-System überwiesen zu werden und dann in deren Ventura-Einrichtung im Norden von L. A. zu kommen, wo es ein vierjähriges College-Programm gibt und weniger Gewalt und Bandengegensätze herrschen sollen. Jetzt liegt alles nur noch am Richter.

In Ventura hat die CYA auch ihre kleine Bevölkerung von rückfälligen minderjährigen Verbrecherinnen untergebracht. In diese angenehmere Umgebung wird Carla für ihre dreimonatige Beurteilungszeit geschickt. Von den 8 664 CYA-Insassen sind nur 282 Mädchen – also gerade 3,2 Prozent der Gesamtanzahl. Diese männliche Vorherrschaft in der Jugend-Schwerkriminalität ist in zahllosen Untersuchungen dokumentiert worden, einschließlich der L. A-Analyse der 16-Prozenter, in der auch festgestellt wurde, daß Mädchen nur 6 Prozent der schlimmsten Wiederholungstäter ausmachen.[6]

Wie Geri, so beeindruckt auch Carla James das CYA-Personal als eine gute Schülerin und Arbeiterin. Aber während Geri als junger Mann, der wirklich an der Änderung seines Lebens interessiert ist, beurteilt wurde, sah man Carla als nicht aufrichtig an. »Sie ist ein sehr charmantes, höfliches und respektvolles junges Mädchen, leicht reagierend und kooperativ, so nett wie eine Jugendliche überhaupt sein kann, sehr freundlich und attraktiv«, schreibt einer der betreffenden Psychiater. Aber dann fuhr er fort: »Sie ist nicht aufrichtig, scheint ziemlich manipulierbar und leugnet für sie Negatives ab. ... Carla schildert sich als eine Mitläuferin, die zuläßt, daß andere bestimmen, was sie tun soll. Darin könnte etwas Wahrheit liegen. Wenigstens ist das so, wenn man ihr sagt, sie soll Dinge tun, die sie tun möchte.«

Diese Analyse Carlas entspricht insgesamt der Meinung von Sharon und einigen anderen, die sie gut kennen– allerdings ist da nichts, was ihnen nicht schon seit Jahren klar war. Im Hinblick auf das, was mit ihr geschehen soll, sind die CYA-Beurteilungen noch weniger hilfreich. Nach drei Monaten angeblich intensiver diagnostischer Arbeit bestehen ihre Empfehlungen aus solchen Gemeinplätzen wie:

»Sie muß Verantwortung für ihre eigenen Entscheidungen übernehmen.«

»Sie muß ein Gefühl der Anteilnahme für die Opfer ihrer Straftaten entwickeln.«

»Sie muß sich von der Bandenzugehörigkeit und dem Bandendenken lösen.«

»Sie muß sich besseren Umgang suchen.«

»Sie muß lernen, völlig ehrlich zu anderen Menschen zu sein.«

Am Ende dieser Litanei heißt es: »Ihr steht noch ein langer Weg bevor.«

Diese Vorschläge sind wenig mehr als ein Wunschzettel und würden auf fast jeden Straftäter zutreffen. In dieser Beschreibung sind keine konkreten Vorschläge enthalten, wie diese Ziele erreicht werden könnten – Ziele, die, zusammengenommen, nichts weniger als ein Allheilmittel für Jugendstraftäter, wenn nicht sogar für alle Verbrecher, darstellen. Wenn jeder Verbrecher Anteil mit seinen Opfern nehmen, sich bessere Freunde suchen, Verantwortung für sein Leben übernehmen und ehrlich sein würde, käme es doch nie mehr zu Straftaten.

Die einzige konkrete Empfehlung in diesem Bericht besteht darin, daß Carla in eine geschlossene und gut gesicherte Einrichtung mit einem strukturierten Programm, die aber nicht so hart wie eine CYA-Anstalt ist, geschickt werden sollte. Mit anderen Worten, sie sollte in ein Bewährungslager überwiesen werden. Nur konnte man dort die von den CYA-Beurteilern aufgelisteten Ziele eben nicht erreichen. Der Bericht ist aber genau das, was Carla hören wollte.

Nicht, daß es ihr viel ausgemacht hätte, in der CYA-Anstalt zu bleiben, denn zu ihrer Überraschung hatte Carla festgestellt, daß diese Ventura-Einrichtung weit weniger furchteinflößend war, als sie es sich nach Erzählungen ihrer Bandenfreunde über die Erziehungsanstalten vorgestellt hatte. Deren Erfahrungen erstreckten sich aber auf die härteren Einrichtungen für männliche Minderjährige des harten Kerns. »Das ist doch nichts, was mir Angst macht«, erzählt sie Sharon Stegall forsch nach ihrer Rückkehr, woraus hervorgeht, daß Polinskys Abschreckungsabsicht kläglich fehlgeschlagen ist. »Ich kann meine Zeit dort auf dem Kopf stehend rumkriegen – kein Problem.«

Aber der Gerichtsbeauftragte Polinsky überrascht Carla noch einmal. Da ihm die dreimonatige Beurteilung keinen wirklich nützlichen, praktischen Weg zeigt, verläßt er sich nun nur noch auf seinen eigenen Eindruck und beschließt, weder die CYA-Erziehungsanstalt noch das Bewährungslager auf Carla anzuwenden. Statt dessen schickt er sie zu einer Einrichtung, die den Namen Dorothy Kirby Center trägt. Dort wird ein im Umfang kleines Programm von der Gemeinde als eine der wenigen Alternativen des Jugendgerichtshofs von Los Angeles für die Fälle durchgeführt, für die keine der vier Grundmöglichkeiten in Frage kommen.

Das Dorothy Kirby Center ist ein gut bewachter Komplex von zehn Landhäusern, wo die Minderjährigen arbeiten, zur Schule gehen und an einem intensiven täglichen Programm von Gruppentherapien teilnehmen. Es soll ihr Verhalten, ihre Bestrebungen und ihre Fähigkeit, sich eine Zukunft vorzustellen, ändern – kurz gesagt: sie aufweichen.

»Wenn *die* nichts bei dir erreichen können«, ruft ihr Polinsky zu, »weiß ich nicht, wer es sonst kann.«

Carla muß mehr als zwei Monate im ›Zentralen‹ auf einen freien Platz in dem begehrten Dorothy-Kirby-Programm warten. Dem Programm stehen einhundert Betten zur Verfügung, aber der Bedarf beläuft sich auf tausend oder mehr. Sie ist nicht gerade erfreut, ihre angenehme Position als eine Art Leithündin im ›Zentralen‹ für eine unsichere Zukunft im ›Kirby‹ eintauschen zu müssen, obwohl eigentlich gar nichts das große Selbstvertrauen und den Optimismus dieses Mädchens ganz zerstören kann. Zwar gibt sie sich bei einem Erkundigungsbesuch Sharons – eine der wenigen Personen, die Carla gründlich einschüchtern können – einsichtig, doch erzählt sie eine andere Geschichte, als ihre Bewährungshelferin außer Hörweite ist.

»Ich glaube, ich ziehe die CYA-Anstalt als Platz, an dem man leben kann, vor«, sagt sie nach der Urteilsverkündung, als sie sich im Tagesraum des ›Zentralen‹ entspannt. »Kirby ist für Psychos, und dazu gehöre ich doch nicht. Aber der Vorteil ist, daß ich nach acht Monaten aus Kirby rauskomme, statt drei Jahre oder so im CYA brummen zu müssen. Was kann schon in acht Monaten passieren?« Sie lehnt sich zurück und lächelt breit, wobei sie schon an ihre Rückkehr zur Straße denkt. Sie kennt nämlich das Geheimnis des Jugendsystems: Programme wie Kirby haben nur bei den Minderjährigen Erfolg, die sich ändern *wollen.* Sonst ist es nur ein Umweg. »Ich muß stark bleiben«, meint Carla.

Nach Monaten des Wartens kommt Carlas großer Umzug. Kirby ist nicht das, was sie erwartet hat. Der Transporter der Gemeinde bringt sie zu einer ziemlich vernachlässigten Ecke eines Vororts von Los Angeles, der völlig unpassend ›City of Commerce‹, Geschäftsstadt, genannt wird und lädt sie in einem Komplex von roten Backsteingebäuden in der Nähe einer stark befahrenen Autobahn ab, der von einer Mauer umgeben ist. Carla bekommt ein kleines Zimmer in einem der zehn Wohnhäuser von Kirby, einem Gebäude mit dem Schild ›Amber Cottage‹, Bernstein-Landhaus, in dem noch neun andere Mädchen wohnen. Jedes Landhaus ist nach einem Edel- oder Halbedelstein benannt. Im Bernsteinhaus sind die meisten ihrer Mitbewohnerinnen auch Bandenangehörige – eine Autoentführerin, zwei Autodiebinnen, ein Mädchen, das wegen bewaffneten Raubüberfalls, und drei, die wegen Körperverletzung verurteilt wurden, eine, die die Bewährung nicht einhielt und die ihr erstes Kind mit Zwölf bekam, und ein Mädchen, dessen Verbrechen wie bei Carla aus Angriff mit einer tödlichen Waffe bestand, allerdings unter völlig anderen Tatumständen. Sie ist eine schizophrene Musterschülerin mit Halluzinationen, die versuchte, ihre Schwester mit einer Machete zu töten, und dann drohte, sich mit der schweren Klinge die Kehle durchzuschneiden, bevor die Polizei sie mit einem Betäubungsschuß überwältigte. Anfänglich wollte die Leitung des Dorothy Kirby Centers sie nicht aufnehmen, aber Richter Dorn ordnete einfach an, daß sie aufzunehmen sei.

Diese Einrichtung wurde im Jahre 1961 unter dem Namen ›Las-Palmas-Schule für Mädchen‹ gegründet und dann in den 70er Jahren nach ihrer Gründerin umbenannt und auch männlichen Minderjährigen zugänglich gemacht. Sie hat jetzt vierzig weibliche und sechzig männliche Insassen in ihren zehn Landhäusern. An jedem Wochentag treiben die Hundert von Dorothy Kirby Sport, gehen zur Schule, bereiten ihre Mahlzeiten selbst zu, servieren sie und reinigen die Häuser. Danach machen sie sich an die ›richtige‹ Arbeit.

Diese ›Arbeit‹ bedeutet bei Kirby, an täglichen Gruppentherapiestunden unter Leitung eines Beraters mit den anderen Minderjährigen ihres Hauses teilzunehmen. Dazu kommen dann noch ein Abend pro Woche mit den Eltern und regelmäßige wöchentliche Einzeltherapiesitzungen mit nicht zum Personal gehörenden Psychologen oder Psychiatern. Die Bezeichnung ›sich an die Arbeit machen‹ ist bewußt gewählt worden, da die Bandenangehörigen auf der Straße sich auch dieses Ausdrucks bedienen – allerdings mit einer völlig anderen Bedeutung: Bei denen bedeutet das nämlich, sich zum Vorbeifahrschießen aufzumachen, mit Gegnerbanden zu kämpfen, Raubüberfälle und andere ›Bandenjobs‹ auszuführen.

»Aber die Arbeit, die wir hier machen«, erzählt Rahman Shabazz, der Berater für das Bernstein-Landhaus, seinen Mädchen, »ist ein ganzes Stück schwerer als alles, was ihr jemals auf den Straßen getan habt. Sich an die Arbeit in der Gruppe zu machen erfordert wirklichen Mut.«

Als eine Insassin des Dorothy Kirby Centers wurde

Carla vorübergehend von Sharons Aufsicht an die von Berater Shabazz überwiesen. Die Jugendlichen nennen ihn einfach Shabazz. Er ist sowohl Sozialarbeiter als auch Bewährungshelfer, wie alle Berater von Kirby. Dieser Mann mit seiner sanften Stimme und einem häufigen Lächeln läßt nicht vermuten, daß er lange Erfahrung mit den Straßen und ihren Produkten hat. Er zeigt Anteilnahme und Unterstützungsbereitschaft, so daß Carla ihn sofort als möglichen Verbündeten ansieht, der sie erfolgreich sehen will – und der deshalb leichter ›eingewickelt‹ werden kann. Shabazz lächelt und nickt, als Carla ihm erzählt, wie sie vorhat, ihre Bande zu verlassen, ihre Bauchtätowierung entfernen zu lassen, zum College zu gehen und eine Anwältin zu werden. »Das klingt ja prächtig!« erwidert er sanft. »Du hast also alles schon geplant, ja?«

»Ja, habe ich«, sagt Carla und schaut ihrem neuen Bewährungshelfer in die Augen.

Aber dann fängt Carla an, die Gruppentherapien zu besuchen – also ›sich an die Arbeit zu machen‹ –, und sie muß feststellen, daß mit Shabazz und den anderen Mädchen doch nicht so leicht umzugehen ist. Sie scheinen ihren selbstbewußten, übertriebenen Angaben nicht zu glauben und weisen sie darauf hin, daß sie schon in der Vergangenheit solche Versprechungen machte und sie dann nicht einhielt. Zu ihrem Kummer versucht die Gruppe, sie in Ecken zu treiben, in die sie vorher noch nie gedrängt wurde. Nach ein paar Wochen wird sie verärgert und mürrisch, aber Shabazz ist sehr zufrieden, daß ein Nerv bei ihr getroffen worden ist. Solch ein Verhaltensmuster ist er gewohnt zu sehen. Alle Minderjährigen kommen dorthin und denken, sie könnten dem Personal etwas vorspielen. Dann reagieren sie verärgert, wenn Shabazz sie bedrängt und herausfordert, sie zwingt, sich aus anderen Blickwinkeln zu sehen.

»Diese Kids hassen das«, lacht er, »denn das heißt doch, daß sie ehrlich mit sich selbst sein müssen, und das schmerzt mehr als eine Kugel … Sie meinen, es sei hier leicht; das sei doch kein Straflager. Aber ich bringe sie dazu, sich zu stellen. Ich lote ihre Geduld, ihre Toleranz aus; beobachte, was sie mögen und was sie tun wollen, und fordere sie heraus, dafür zu arbeiten, an die Zukunft zu denken, es wahr werden zu lassen. Das ist ein geistiges Straflager. Körperliche Belastungen können vielen von diesen Minderjährigen nicht viel anhaben.« Er hält inne und tippt sich mit einem langen Finger an die Stirn. »Aber wenn man sie hier herausfordert, kann man etwas erreichen.«

Wenn dieser Prozeß der Kritik und Selbstprüfung beginnt, geschieht eines von folgenden zwei Dingen: Entweder ein Kid verschließt sich völlig und weigert sich mitzuarbeiten, und dann verläßt es Kirby um nichts besser als es hereinkam. Oder es fängt an, neue Möglichkeiten zu erkennen – ›ein gutes Programm ablaufen zu lassen‹, nennen es die Kids. Die Quote beträgt etwa fünfzig zu fünfzig, vielleicht auch etwas besser, meint Shabazz. Und es gibt immer einen Wendepunkt, an dem er offenbar erkennt, in welche Richtung der Minderjährige gehen wird.

Carlas Wendepunkt kommt ziemlich früh bei ihrem Aufenthalt in Kirby, an einem Tag, an dem Shabazz den Mädchen vom Bernstein-Landhaus einen Film zeigt. Es ist ein Spezialstreifen über ein Kind, das in der Schule von einem Bully, einem Tyrannen, terrorisiert wird. Das Kind beschließt, sich zu seinem Schutz eine Pistole zu besorgen. Als sich der Bully ihm wieder nähert und es versucht, sie aus der Schultasche herauszufischen, schießt es sich aber selbst an. Es bleibt lebenslänglich gelähmt.

Die Reaktion der Gruppe ist voraussehbar. Mehrere Mädchen meinen, daß der Entschluß des Jungen, sich eine Pistole zu beschaffen, vernünftig war, aber daß nur ungeschickte Narren sich selbst zum Krüppel schießen. Andere, besonders Carla, meinen, er habe sich bei seinen ersten Begegnungen mit dem Bully nicht genug bemüht, seine Fäuste einzusetzen. »Ich hätte ›gebombt‹«, sagte sie und meint damit im Straßenslang eine wilde Attacke mit trommelnden Fäusten und allen anderen Waffen, die sich einem in diesem Moment bieten.

»Na, wie wär's denn aber, wenn man sagt, der Streit tue einem leid?« fragt Shabazz. »Warum denn nicht darüber reden, Argumente benutzen, herausfinden, was die Ursache des Konflikts ist? Es gibt gewöhnlich einen Grund, warum solche Dinge anfangen. Warum sich nicht einfach für etwas entschuldigen?«

Carla sieht ihn erstaunt an. »›Tut mir leid‹ sagen funktioniert nicht, wo ich wohne«, sagt sie verächtlich. »Man muß sich Respekt verschaffen. Sich entschuldigen heißt zurückweichen, wenn man zurück*schlagen* muß!«

Shabazz vollführt ein kleines Nicken, das nicht Zustimmung, sondern Belustigung ausdrückt, als ob er genau wüßte, was jemand denkt. Carla hat diese Art von Nicken zuletzt oft gesehen. »Demnach ist ›Bomben‹ immer besser? Ist das wirklich der einzige Weg, jemals stark zu sein? Meinst du nicht, daß sich abzuwenden eine andere Art von Stärke erfordert?«

Carla grinst höhnisch, aber schweigt. Dann erzählt Shabazz der Gruppe von zwei ehemaligen Insassen des Bernstein-Landhauses, Virginia und Claudia. Claudia gehörte zum harten Kern einer der ältesten Latinobanden von L. A., ›White Fence‹, deren Ursprünge bis in die 30er Jahre zurückgehen und deren Mitglieder schon in der dritten und sogar vierten Generation sind. Claudia kam wegen Autodiebstahls und verschiedener Waffendelikte nach Kirby. Ihre ganze Identität war von ihrem *barrio,* dem Stadtviertel, und ihrer Bande ausgefüllt. Sie wollte nur ihre Zeit abbrummen, erklärte sie bei ihrer Ankunft, um dann zurück zu ihrer Bande zu gehen. Sie machte sich noch nicht einmal die Mühe wie Carla, Mitarbeit vorzutäuschen.

»Aber im Laufe der Zeit«, erzählt Shabazz der Gruppe weiter, »erkannte Claudia, daß es Möglichkeiten gibt, stark zu sein, an die sie vorher noch nie gedacht hatte – so zum Beispiel durch die Weigerung, sich in einen Krieg über Beleidigungen und Territoriumsansprüche hineinsaugen zu lassen oder mit jemandem kämpfen zu müssen, nur weil er aus einer anderen Gegend kommt. Sie erkannte, daß ›Bandenstrolcherei‹ für sie ein Ausweg gewesen war, um wirklichen Herausforderungen, wirklichen Erprobungen ihrer Stärke auszuweichen. Sie war eine Kompensation für eine verpfuschte und gewalttätige Familie zu Hause, wodurch sie sich eine noch verpfuschtere und gewalttätigere Pseudofamilie auf der Straße eingehandelt hatte.«

Carla lacht darüber und verspottet Claudia und ›White Fence‹ als einen Haufen von Leichtgewicht-Ehemaligen. Aber als sie dann später mit Claudia zusammentrifft, schweigt Carla und hört der 17jährigen zu, als diese davon erzählt, wie sie zuerst Kirby und Shabazz gehaßt hatte, aber der Aufenthalt in dieser Einrichtung sie dann sich selbst und ihre Zukunft aus einem neuen Blickpunkt sehen ließ. Sie erkannte deutlich, zum ersten Mal, daß sie auf einem Weg war, der nirgends hinführte, wo sie wirklich hin wollte. Wie würde das weitergehen? Sich noch mit dreißig durch Bandenstrolcherei beschäftigen? Dieses Leben fing doch schon mit sechzehn an, langweilig zu werden – immer das Herumhängen mit den ›Bandys‹, unterbrochen von plötzlichen Gewaltausbrüchen. Das nagte schon an ihr und begann, ihr zwecklos und armselig zu erscheinen statt anregend und erheiternd.

Statt dessen ist sie nun im College. Claudia erzählt, daß sie Pläne für die Juristenhochschule hat. Sie möchte ein Beispiel für andere Kids in ihrem Viertel werden, ›eine starke braune Frau, die es schafft – und zeigt, daß es auch anders gehen kann‹.

»Ich möchte mich zu einem Beispiel machen«, erzählt sie der Gruppe mit aller Inbrunst und allem Idealismus, den ein Teenager aufbringen kann. »Ich möchte so etwas wie Elijah Muhammad oder Martin Luther King für braune Leute sein. Ich möchte beweisen, daß man so weit kommen kann.« Darauf lacht sie ein wenig, plötzlich verlegen über das Gefühl, das sie meint, in ihren Worten nicht so wiedergegeben zu haben, wie sie es eigentlich wollte.

»Ich will zeigen, daß es geht – da bin ich fest entschlossen. Deswegen greife ich auch nach einem so hohen Ziel. Und wenn ich einem braunen Jungen oder braunen Mädchen helfen kann, auch so zu denken, ist das für mich das Höchste.«

Was ganz ungewohnt bei Carla ist: Sie hat nichts dazu zu sagen und schaut diese reif aussehende, junge, tadellos gekleidete Frau, die es schafft, College und einen Teilzeitjob zu vereinbaren und von der Zukunft zu träumen, prüfend an. Nachdem Claudia gegangen ist, versucht Shabazz, Carla zu provozieren, indem er sagt: »Claudia ist einen langen Weg gegangen, bevor sie dort angekommen ist. Ich glaube, daß einige von euch auch dahin möchten«, und er sieht Carla dabei an, »aber ihr wißt nicht, wie ihr dahin kommen könnt – noch nicht.« Sie hat immer noch nichts dazu zu sagen.

Später erzählt Shabazz von der Gruppe von Virginia, der anderen Absolventin des Bernstein-Landhauses, die er erwähnt hatte. Wie Claudia ließ Virginia nach anfänglichem Trotz vor drei Jahren in Kirby ›ein gutes Programm ablaufen‹ – sie war smart, arbeitete fleißig, nahm an Gruppenveranstaltungen teil und half den anderen Mädchen, die Dinge richtig zu sehen. Aber als sie wieder draußen war, ging sie zu ihrer alten Bande zurück.

»Sie konnte es einfach nicht aufgeben«, bemerkte Shabazz dazu. »Sie war eine eingefleischte Bandentussi von der Art, die sagt: ›Ich hoffe, daß ich Spaß haben und bald tot sein werde.‹ Also nahm sie ihr altes Leben wieder auf, und gerade als sie achtzehn geworden war, wurde ihr aus nächster Nähe in den Kopf geschossen. Sie starb nicht daran, aber die Kugel ging durch ein Auge und richtete schweren Schaden im anderen an. Jetzt ist sie völlig blind. Könnt ihr euch das vorstellen – wie schrecklich das sein muß, blind zu sein?«

Er schaut jedes Mädchen im Raum an. Die Sache mit den Bandenhelden sei doch so, erklärt er später, daß sie ihre Furcht vor dem Tod weglachen, aber nie daran denken, daß sie für lebenslänglich zum Krüppel werden können. Sie mögen Verbrecher sein, aber sie sind auch Kinder und besessen von allen kindlichen Gefühlen der Verletzlichkeit. Deshalb fühlen sie sich beim Anhören von Virginias Schicksal, bei dem Gedanken, daß sie durch die Wahl, die sie im Leben treffen, versehrt hervorgehen könnten, unbehaglich und bedrückt.

»Natürlich hängt Virginia immer noch mit ihrer Bande herum, obwohl sie blind ist«, führt Shabazz fort. »Wenn ihre Bandenkumpels sich für ein ›Ding‹ fertig machen, sagt sie: ›Werft mich nur in die Karre, gebt mir eine Kugelspritze und sagt mir, wohin ich schießen soll.‹ Das muß man doch respektieren, nicht?«

»Schschscheiße«, zischt ein Mädchen der Gruppe und schüttelt den Kopf. Sogar die Mädchen vom Bernsteinhaus sind über diese Geschichte entsetzt. Shabazz braucht nichts mehr zu sagen. Carla und dem Rest der Gruppe ist klar geworden, was er sagen will. Sie können wie Claudia werden – oder wie Virginia.

Einige Wochen später zieht Carla Shabazz beiseite und fragt ihn, ob sie nicht noch einmal mit Claudia reden könnte. »Ich möchte sie nur ein paar Sachen über das College fragen«, sagt sie mit einem Achselzucken. »Nichts Besonderes.« Aber sie kann ein Grinsen nicht unterdrücken, als sie sieht, wie Shabazz wieder sein kleines Nicken produziert.

Kapitel 12

RICHTER DORNS LÖSUNG

Das Zimmer der Behelfsbibliothek von Einheit K/L ist heute kalt und seltsam still. Keiner der gewohnten Laute von zu vielen Kids, die zu lange auf zu wenig Raum zusammengepfercht sind, kommt von außen. Selbst der Fernsehraum liegt leer und öde da, die Stühle aus orangefarbenem Kunststoff und Chrom in ordentlichen Stapeln, die Falttische gegen die Wände gelehnt, der abgetretene Linoleum-Fußboden fast sauber gewischt. Das Weinen einer jugendlichen Stimme kommt auch hörbar aus einem entfernten Korridor, lautes, würgendes Schluchzen, das durch das Zuschlagen einer Metalltür abgeschnitten wird.

Die ›Einheit‹ hat Zellenarrest. Jeder Junge muß sich in seinem Zimmer bis auf die Unterwäsche entkleidet aufhalten. Ein paar Stunden zuvor an diesem Tag sind ein selbstgebasteltes Messer und ein Satz Dietriche gefunden worden, beides versteckt hinter einem losen Backstein in der Küche – sichere Anzeichen einer Fluchtvorbereitung. Die Kids sind Meister im Einschmuggeln – Marihuana und andere Schmuggelware wird ihnen über die Mauer zugeworfen oder bei den Besuchen zugesteckt und in Matratzen und Löchern in den Wänden verborgen. Nach dem Fund in der Küche ist jedes Zimmer durchsucht worden, alle persönlichen Gegenstände sind beschlagnahmt und die ›Läufer‹ des ›Zentralen‹, eine Art von jugendlichen Kalfaktoren, Hilfsleuten, ihrer Vorrechte enthoben. Schwester Janet mußte den stämmigen und schweigsamen ›Senior‹ – den neuen Nacht-Aufsichtführenden der Einheit – inständig bitten, die Teilnehmer der Schreibklassen für etwa eine Stunde freizugeben, so daß wir heute abend den Kurs abhalten können. Im Gegensatz zu seinem Vorgänger, der die Schreibklasse eifrig unterstützte und die Regeln beugte, indem er uns über die Bettzeit hinaus arbeiten ließ, scheint dieser neu angekommene Senior das alles für Zeitverschwendung zu halten, vielleicht sogar für eine Bedrohung der Ordnung in der Einheit. Manchmal taucht er plötz-

lich in der Tür der Bibliothek auf, verschränkt die äußerst muskulösen Arme und beobachtet die Vorgänge mit einem mürrischen Ausdruck. Die Jungen verfallen jedesmal, wenn dieser Kerkermeister erscheint, in Schweigen. Immerhin läßt er heute abend die Fortführung des Kurses zu, so daß die Boys nach und nach eintreffen.

Die meisten Teilnehmer sind niedergeschlagen, aber Geri, gerade von seinem dreimonatigen Aufenthalt in der CYA-Erziehungsanstalt zurückgekehrt, ist begierig, aus seiner im Werden begriffenen Autobiographie vorzulesen. Wie immer, wenn Geri vorliest, ist die Klasse wie gebannt – nicht nur, weil seine schriftlichen Erzeugnisse die besten der Klasse sind, sondern weil sie manchmal das Gefühl haben, daß er ihrer aller Geschichte erzählt. »Seit unserem letzten Zusammentreffen hier bin ich ein ganzes Stück weitergekommen«, sagt er. »In der Erziehungsanstalt hat man nämlich viel mehr Zeit für sich.«

Er hat einen Punkt in seiner Erzählung erreicht, wo seine Mutter Mary aus dem Gefängnis kommt und verzweifelt versucht, ›sauber‹ zu bleiben. Zu der Zeit ist Geri ein sorgenerfahrener Neunjähriger, der ständig fürchtet, daß seine Mutter wieder in Drogensucht und Prostitution versinken wird. Sie scheint sich aber durchbeißen zu können. Dann erscheint die Versuchung plötzlich bei einem Besuch in der Wohnung eines Freundes von Geri. Bei dieser Szenerie nimmt Geri die Erzählung wieder auf, mit dem Ausdruck der Unsicherheit auf seinem Gesicht, den er immer hat, wenn er der Klasse vorliest:

> Als wir gerade das Zimmer verlassen wollten, taucht die Mutter meines Freundes, Andrea, vor uns auf mit einem Glasröhrchen in einer Hand und einem kleinen Tablett mit Crack-Kokain in der anderen.
>
> ›Warum denn so eilig, Mary?‹ rief sie aus. Meine Mom sagte nichts, starrte nur das Glasröhrchen an. Andrea schwenkte das Röhrchen vor ihr hin und her und fragte sie, ob sie einen Kick haben wollte.
>
> Meine Mom zündete ihr Feuerzeug an und hielt es an das Röhrchen. Dann dachte sie daran, wieviel Kummer sie doch damit gehabt hatte. Ich konnte

sehen, daß ein Kampf in ihr vorging, weil ihre Hände anfingen zu zittern und ihre Augen zu tränen. Das Glasröhrchen fiel zu Boden und zerbrach. Ich stand da und schaute auf meine Mom, die schluchzte und mich dann am Arm aus dem Haus zog.

Von da an schien alles in Ordnung zu sein. Meine Mom ließ sich in ein Junior College einschreiben …, wo sie einen jungen Mann namens Sam traf. Sam war ein netter Kerl mit einem gut bezahlten Job. Er trieb auch Boxsport und zeigte mir ab und zu eine Schlagkombination oder zwei. Ich kann mich erinnern, daß Sam einem großen weißen Kerl eine Abreibung verpaßte, weil er grob zu meiner Mom gewesen war. Das war der kürzeste Kampf, den ich je gesehen hatte! Sam schlug den Kerl, der schlug auf den Boden auf, und das war's. Sam war wirklich cool. Manchmal setzte er mich auf seinen Schoß und ließ mich sein Auto steuern. Einmal steuerte ich in einen geparkten Wagen, aber Sam machte das nichts aus. Er sagte, die Karre hätte sowieso nicht da stehen dürfen.

Etwa sechs Monate später heirateten Sam und meine Mom. Alles schien prima zu laufen.

Dann kam der 4. November, mein Geburtstag. Alle meine Freunde aus der Nachbarschaft und meine Cousins und Cousinen kamen. Sam verkleidete sich als Clown mit einer großen roten Nase und wilder roter Afromähne. Er zeigte auch Zaubertricks und andere Schaustückchen. Der lustigste Teil, an den ich mich entsinnen kann, war, als Sam den Punsch ›pfefferte‹. Alle Kids torkelten im Haus herum wie alte Saufbolde auf der Straße. Ich konnte mich später aber an nicht viel von dem erinnern, was ich da getan hatte. Ich hatte am nächsten Tag einen Brummschädel, und mein ganzes Zimmer roch nach Kotze. Dazu hatten Sam und meine Mutter auch noch gewaltigen Krach, weil Sam den Punsch ›angereichert‹ hatte. Dieser Streit ging stundenlang weiter, bis Sam schließlich aus der Tür ging. Es schien mir, als ob meine Mutter alles, was Sam als cool ansah, nicht mochte …

Danach wandelte sich das, was wie so eine perfekte Ehe ausgesehen hatte, in pures Elend. Alles, was sich die beiden zu sagen hatten, artete in Streit aus. Schließlich hatte Sam von allem genug und beschloß, das Zusammenleben zu beenden. Ich weinte sehr, denn ich hatte den besten Stiefdaddy der Welt verloren … Ich wußte nicht, ob das meine Schuld war oder ob sie sich nicht um meine Gefühle scherten oder was auch. Immer, wenn meine Mom einen prima Kerl trifft, stellt er sich als der falsche heraus …

Dann widersprach ich meiner Mutter und gab große Töne von mir. Ich begann zu machen, was ich wollte und wann ich es wollte. Eines Tages kam ich erst um zehn Uhr abends von der Schule nach Hause. Ich erwartete, Schläge zu bekommen oder wenigstens eine Ohrfeige oder so – aber nichts geschah. Da kam nicht mal ein ›Wo bist du denn gewesen?‹ oder ›Hast du etwas?‹ Ich kann mich erinnern, daß ich mal eine Zigarette rausholte und rauchte, um zu sehen, was meine Mom dazu sagen würde. Sie aber sah das als drollig an und lachte. Das machte mich richtig wütend. Ich wollte sie ausschimpfen, sie schlagen oder so. Statt dessen aber ging ich nur raus. Dabei stellte ich mir Fragen wie: ›Warum macht sie nichts, wenn ich über die Stränge haue? Hat sie überhaupt noch wirklich Interesse an mir?‹ Ich drehte mich um und ging zurück ins Wohnzimmer, um ihr diese Fragen zu stellen, aber sie war weg.

Ich suchte sie überall im Haus und rief sie, aber sie war nirgends zu finden. So ging ich auch in ihr Zimmer und rief wieder nach ihr, aber sie war auch dort nicht. Als ich schon wieder auf dem Weg nach draußen war, sah ich aus einem Augenwinkel kleine

Rauchschwaden von der Wandschranktür kommen. Ich ging langsam dahin und faßte die Tür an, um zu sehen, ob sie warm war. Danach ergriff ich den Türknauf und drehte ihn, bis ich drinnen etliches Rumoren hörte. Ich riß die Tür auf und konnte nicht glauben, was ich da sehen mußte: Meine Mutter saß im Wandschrank und rauchte Crack! Sie hielt ein Glasröhrchen in der Hand. Ihre Augen waren groß wie Golfbälle, die Lippen weiß, aufgesprungen, und sie konnte weder sprechen noch sonstwas. machen. Ich begann, bittere Tränen zu weinen, und bat Gott: ›Bitte, bitte, laß das ein Traum sein!‹ Aber das war kein Traum. Der schlimmste Alptraum war wahr geworden. Ich hatte schon die ganze Zeit über so ein Gefühl gehabt, daß da was nicht stimmte, aber ich hatte nie gedacht, daß *das* der Grund war.

Ich rannte aus dem Haus und weinte weiter, weil ich gedacht hatte, meine Mom hätte sich geändert – aber sie hatte sich überhaupt nicht geändert.

Ich rannte zum Spielplatz und kletterte auf die große Rutsche und hielt mich außen am Gelände der Plattform fest. Ich schaute nach unserem Haus und sah, daß die Fliegengittertür immer noch weit offen stand, so, wie ich sie verlassen hatte. Ich weinte wieder und bekam schweißige Hände, so daß ich mich nicht mehr richtig festhalten konnte. Da schrie ich laut nach meiner Mom, aber es war zu spät. Ich fiel mit dem Gesicht nach unten und landete auf einer zerbrochenen Flasche im Sand. Eine Seite meines Gesichts war aufgerissen, und das Blut lief nur so. Dann erinnere ich mich nur noch daran, daß ich im Krankenhaus aufwachte und eine Hälfte meines Gesichts voll schmerzhafter Klammern war.

Etwa zwei Monate später kam diese Dame. Sie stellte mir Fragen und schickte mich dann in ein Pflegeheim.

Geri legt seine Blätter auf den Tisch und sagt: »So weit bin ich gekommen.« Er sieht die anderen Jungen unsicher an. Die bleiben einen Moment still und überschütten ihn dann mit Beifall. Ronald Duncan ist auch da und meint: »Mann, die müßten einen Film aus deinem Leben machen«, und jeder lacht und stimmt zu.

Ein Junge jedoch – Chris, der Pizzaräuber, der gerade sein High-School-Zertifikat in einem schmutzigen, formlosen Umschlag bekommen hat – ist ungewöhnlich ruhig. Er führt normalerweise die Kritiksitzungen an, aber heute erscheint er wie abwesend und nachdenklich, nachdem er Geris Geschichte gehört hat. Er starrt nur stumpf auf seine eigenen Blätter, so daß ich ihn sanft auffordere: »Was hältst du denn davon, Chris?«

Nach einem Moment schaut er auf. Chris ist der Klassenphilosph und entwickelt sich bald zu einem der besten Gefängnisjuristen, den die Einheit hat. Die meisten seiner Essays nämlich sind Kritiken des Rechtssystems. »Ich dachte gerade an Pflegeheime«, sagt er, »und wie das so ist, wenn man da reingesteckt wird. Das ist doch so, als ob man nicht besser als Müll ist. Du bist so was Nichtsnutziges, daß dich noch nicht einmal deine eigenen Eltern wollen. Wenn du was ausgefressen hast und von zu Hause weggeholt wirst, dann weißt du doch wenigstens, warum. Das bedeutet dann nicht, daß deine Eltern dich nicht wollen. Aber wenn du ins Pflegeheim kommst, ist das schlimmer, denn das heißt, daß niemand dich will. Du wirst weggebracht wie der Müll.«

Mehrere Kids im Raum nicken dazu. Sie fühlten das auch schon, mit aller Wut und Leere, die dazu gehört, obwohl es noch keiner jemals so gut für sie ausgesprochen hat.

»Wenn ein Kid ins Pflegeheim geht, ist das doch die Schuld der Eltern, nicht die des Kids«, protestiere ich. Mein Drang, etwas Trost zu spenden, wie unzureichend er auch sein mag, hat mich dazu verleitet, dieses ziemlich abgedroschene Klischee zu benutzen. »Geri hatte doch nichts getan, um das Abschieben in ein Pflegeheim zu verdienen. Das ist doch nicht die Schuld des Pflegekinds.«

Meine Schüler schütteln aber die Köpfe. Ich habe das offenbar nicht begriffen, und diese Teenager lassen mich – weder zum ersten noch zum letzten Mal – meine Naivität fühlen. »Es mag ja wahr sein, daß es nicht die Schuld des Pflegekinds ist«, meint Chris traurig, »aber man fühlt sich trotzdem schuldig.«

Geri nickt. »Du denkst immer, daß es deine Schuld ist. Du fragst dich immer, ob du nicht hättest ein besseres Kid werden können, so daß es nie passiert wäre, daß man dich nie weggeholt hätte. Verdammt«, sagt er und wendet die Augen von den anderen Jungen im Raum ab, »ich denke das immer noch.«

Die Akten sind wie Klafterholz auf dem Tisch vor Dorns Richterstuhl aufgestapelt, und die Gerichtssaalatmosphäre ist angefüllt mit raschelnden, hustenden Anwälten, Polizisten, Minderjährigen und Eltern, die darauf warten, daß endlich ihre Namen aufgerufen werden, damit sie bald ihren anderen Beschäftigungen nachgehen können.

Heute ist ihre Ungeduld besonders groß, weil sich die meisten von ihnen bewußt sind, daß ihr Warten überhaupt keinen Zweck hat. Wenn ihre Fälle aufgerufen werden, gibt es doch wieder Vertagungen, mehr juristische Rituale, mehr Termine, zum Gericht zurückzukommen und von neuem zu warten. Daß der Gerichtssaal heute ein Backofen ist, macht es auch nicht gerade besser. Ein schreiendes Kleinkind befindet sich auf einer Seite des Saals, und in der Luft liegt der Geruch von heißem Staub aus dem altmodischen Heizungssystem, das asthmatisch irgendwo tief in den Eingeweiden des alten Gebäudes ächzt. Immer mehr Leute kommen durch die Tür, so daß jetzt nur noch Stehplatz im Saal ist. Sie wundern sich, warum nichts geschieht, warum der Richterstuhl leer ist. Sogar der Gerichtsdiener, dessen Hauptaufgabe selbst laut Tätigkeitsbeschreibung aus Warten besteht, trommelt mit den Fingern auf dem Tisch vor sich und starrt ungeduldig auf Richter Dorns Tür.

Aber Dorn bleibt immer noch in seinen ›Richterkammern‹, wo er seit fünfzehn Minuten eine private Unterredung mit einer Mutter und ihrer widerspenstigen Tochter abhält. Es ist einer seiner immer häufiger werdenden Versuche, vorzubeugen, daß Statusverletzer später die Verbrechensstatistik anreichern – auf Kosten seiner eigentlichen Termine. Alle Augen im Gerichtssaal schweifen immer wieder zu der geschlossenen Tür von Dorns Domäne. Dann, als zwanzig Minuten vergangen sind, dringen schwache Laute hinter der Tür hervor. Wie ein heraufziehendes Gewitter kann man hören, wie Dorns lauter werdende, verärgerte Stimme sich ihren Weg durch die schwere Holztür bahnt – erst als undeutliches Grollen, dann eine immer höhere Tonlage erreichend. Schließlich werden die Worte laut genug, um auch hinten im Gerichtssaal verstanden zu werden, sogar über das Gekreisch des Babys hinweg.

»Jeder, der dich dazu auffordert, dich den Anweisungen deiner Mutter zu widersetzen«, schimpft Dorn, »muß ja wollen, daß du eine Prostituierte wirst.«

Die quirlende Menge in der Galerie verfällt für einen Augenblick in Schweigen, strengt sich an, besser zu hören – ein Raum voller Voyeure, die sich Dorn vorstellen, wie er die Backen aufbläst und über seinen Schreibtisch ein Kind anstarrt. Des Richters Stimme sinkt kurz unter die Hörbarkeitsgrenze und steigt dann wieder an: »Sie als Mutter reichen jetzt die erforderlichen Papiere ein, und ich setze Sie wieder ans Ruder, das verspreche ich Ihnen! Du denkst, du kennst die Straßen, junge Dame? Du kennst sie nicht, aber du steuerst geradewegs auf den Friedhof oder das Zuchthaus zu – nur auf eines von diesen beiden.«

Ein paar Augenblicke später öffnet sich die Tür. Ein mürrisch dreinschauendes Mädchen im Teenager-Alter stakst mit schwingenden langen Zöpfen ohne ein Wort oder Blick zurück durch die Tür. Sie trägt den Kopf hoch erhoben und im Gesicht das typische Teeny-Hohnlächeln, den perfekten Ausdruck höchster Verachtung für die Erwachsenenwelt, deren Werte sie ablehnt, obwohl sie deren Vorrechte fordert. Die Mutter des Mädchens folgt wie eine Kammerzofe, das Gesicht verzogen vor Verlegenheit, den Blick nach unten gerichtet, so daß sie keinen im Gerichtssaal ansehen muß. Als ob die anderen Eltern dort nicht genau wüßten, was sie fühlt – den Schmerz, die Hilflosigkeit und die bestürzende Demütigung. Sie bleibt nur so lange im Gerichtssaal stehen, daß sie einige Papiere von Dorns Bewährungshelfer empfangen und ihren Dank dafür murmeln kann. Dann schiebt sie sich aus dem Raum mit der entsetzten Miene von jemandem, der eben erfahren hat, daß ein geliebter Mensch sterbenskrank ist.

»Es sieht nicht so aus, als ob wir heute zu dieser jungen Dame durchgedrungen wären. Vielleicht wird einige Zeit im ›Zentralen‹ sie eher überzeugen.«

Dann klettert Dorn ohne eine Entschuldigung oder Erklärung wieder auf seinen Richterstuhl und hantiert mit seinen Akten, bereit, die anberaumten Anhörungen nach dieser langen Unterbrechung wieder aufzunehmen. Er starrt die Anwälte ungerührt an in Erwiderung ihrer Blicke, in denen Zorn darüber liegt, daß sie während seiner Abwesenheit am Verteidiger- oder Anklägertisch warten mußten. Nun müssen sie damit rechnen, was sich dann auch als richtig erweist, daß nun wieder einmal die Mittagspause hindurch gearbeitet wird, bis zu dem Punkt, wo die Frau an der Kurzschriftmaschine um eine Pause bittet, weil sich ihre Finger verkrampfen. Die Botschaft ist unzweideutig: Dorns informelle Anhörungen im Nebenzimmer sind ihm ganz genauso wichtig wie seine offiziellen Termine – vielleicht noch wichtiger.

»Rufen Sie den nächsten Fall auf«, schnauzt er. Sein Unvermögen, das Mädchen durch gutes Zureden zu bewegen, ihrer Mutter zu gehorchen, hat ihn in schlechte Laune versetzt. Er wird es nicht an den Kids auslassen, die noch vor ihm erscheinen müssen, aber die Anwälte wissen, daß ihnen rauhe See bevorsteht. Sie hassen diese informellen Sitzungen, die immer häufiger geworden sind, bis sie jetzt schon mehrmals am Tage von ihm vorgenommen werden. Sie nennen das die ›Star Chamber‹ nach dem betreffenden Ereignis in der altenglischen Rechtsprechung – oder ›die Inquisition‹.

Das alles kümmert Dorn nicht. Er bezeichnet diese Gespräche als die beste Möglichkeit des Jugendsystems,

Familien zu helfen. Sie sind das Fundament seines Ein-Richter-Feldzugs zur Verlagerung der Prioritäten des Jugendgerichtshofs von den formell angeklagten Wiederholungstätern zu den Minderjährigen, die am Rande des Abgrunds herumtanzen – zu denjenigen, für die Gewalt und Haft, Rauschgiftabhängigkeit oder Tod deutlich in den Karten stehen, aber die, vielleicht, noch davor bewahrt werden können.

Das Mädchen, auf das er heute in den ›Richterkammern‹ einredete, gehorchte den einfachsten Anweisungen ihrer Eltern nicht mehr und hat sie auch schon bestohlen. Sie glauben, um sich Rauschgift zu kaufen. Die Eltern beschuldigen ihren älteren Freund, ein Bandenmitglied, sie auf diesen Weg zu bringen – den Burschen, den auch Dorn eben beschuldigt hat, das Mädchen zu einer Prostituierten machen zu wollen.

Ihre Mutter war zu Dorn gekommen, weil sie in ihrer Kirche gehört hatte, daß er *eingreifen* könne, wenn die Polizei das nicht kann oder will. Wenn er solch einen Fall angeht, versucht der Richter es zuerst mit strengem Zureden, was für viele Kids ausreicht. In dieses gefängnisähnliche Gerichtsgebäude gebracht zu werden, in dem überfüllten Gerichtssaal warten zu müssen und dann mit einem Meister der verbalen Einschüchterung wie Dorn konfrontiert zu werden reicht aus, um den meisten Minderjährigen heilsame Angst einzujagen. Wenn das aber keinen Erfolg hat, sagt er den Eltern, daß er ihnen helfen wird, eine Beschwerde gegen Statusverletzung einzuleiten. Die Eltern müssen nur beim Bewährungsamt ein Beschwerdeformular ausfüllen, und wenn dann eine Bewährungsuntersuchung das Problem bestätigt, kann Dorn ein altes Gesetz des Staates Kalifornien anwenden: Das Kind wird als von den Eltern nicht mehr beherrschbar erklärt und ihm wird eine Bewährungsfrist erteilt.

Dorn glaubt, daß der Jugendgerichtshof zu einem Werkzeug der Vorbeugung werden kann, wenn er eingreift, bevor ein Kind eine wirkliche Straftat begeht – ja, sogar damit eine Möglichkeit bieten könnte, die Sechzehnprozenter aufzuspüren, bevor sie ihre Kette von Straftaten beginnen und von der Seuche des Verbrechens befallen werden.

»Denken Sie doch mal an all die kostbaren Mittel, die wir dadurch sparen können, wenn wir diese Minderjährigen jetzt schon zurechtrücken, bevor es zu spät ist«, mahnt er diejenigen, die sich über seinen Plan beklagen. »Denken Sie doch an all die kostbaren Lebewesen, die wir retten können. Wir können das Leben dieser Kids wie auch das ihrer möglichen Opfer zum Besseren wenden. Das ist doch ein perfektes Vorbeugungsinstrument. Es ist aber auch eine Menge Arbeit, und deshalb hat man es fallen gelassen. Ich hoffe, das zu ändern.«

Später am gleichen Tag wird ein weiterer Statusverletzer zu Dorn gebracht. Diesmal ist es ein noch etwas formbarerer Vierzehnjähriger, der abends lange außer Haus bleibt und die Anweisungen seiner Mutter nicht befolgt, weil er unter den Einfluß eines achtzehnjährigen Bandenstrolches aus seiner Nachbarschaft geraten ist. Der Junge betritt den Gerichtssaal wie ein Bündel Wut, mit geschorenem Schädel. Als er dann wartend zwischen seiner Mutter und einem Pfarrer in der Galerie, der Zuschauerabteilung, sitzt, schlägt er zornig mit den Füßen aus. Dorn läßt ihn absichtlich mehr als zwei Stunden lang dort warten, so daß er sich ansehen muß, was in anderen Fällen abläuft, und anhören, wie der Richter seine Mahnungen über die Wahl zwischen Bildung und Armut, Friedhof und Zuchthaus wiederholt. Der Junge sieht, wie Dorn die Kids belohnt, die sich gut machen, die zur Schule gehen und Noten erringen, die sie vorher nie hatten; aber auch, wie die vielen Versager, ein Kid nach dem anderen, ins Bewährungslager und in Arrest geschickt werden. Dorn will seine persönlichen Normen von Teilnahme am Unterricht, Einhaltung von Versprechen und Befolgen der von ihm, Richter Dorn, festgelegten Regeln durchsetzen.

Nach einer Weile flüstert der Pfarrer dem Jungen zu: »Nun mach dir mal keine Sorgen, dein Fall ist jetzt dran«, was des Burschen Wut auf der Stelle in Angst verwandelt, aber vom Pfarrer nicht beabsichtigt war. Schließlich, nachdem er die Bewährung eines jungen Autodiebs aufgehoben hat, weil der nicht pünktlich zur Schule ging, begrüßt Dorn den Pastor und die Mutter des Jungen herzlich, sieht den Jungen streng an, steht von seinem Stuhl auf und weist alle drei an, in seine Räume zu kommen, während mehrere Verteidiger, die darauf warten, daß ihre Fälle aufgerufen werden, hörbar aufstöhnen.

In einem Nebenraum des Richters fährt Dorn schweres Geschütz gegen den Jungen auf und droht ihm, daß er ihn festnehmen lassen wird, wenn er sich nicht bessert. Dies ist zu dieser Zeit jedoch nicht durchführbar, weil der Junge noch keine Straftat begangen und Dorn daher keine Handhabe gegen ihn hat. »Aber der weiß es ja nicht«, äußert Dorn später grinsend. Dorn schimpft den Jungen auch aus, weil er seiner Mutter weh getan und ihre Liebe mit Respektlosigkeit und Verachtung erwidert hat. »Warum folgst du eigentlich einem Taugenichts aus deiner Nachbarschaft, der zweifellos im Zuchthaus oder noch schlimmer enden wird, und nicht deiner Mutter, die dich liebt?«

Diese massive Herausforderung seines Gewissens und seiner Furcht, zusammen mit den ernüchternden Anblicken, wie Richter Dorn zwei Stunden lang Gerechtigkeit walten läßt, hat die gewünschte Wirkung. Der Junge geht als verändertes Kind nach Hause, jedenfalls gibt er sich den Anschein. Vor Dorn umarmt er seine Mutter, entschuldigt sich dann und verspricht, sich zu ändern. Dorn gratuliert ihm für diese Anzeichen von Reife und befiehlt ihm dann, sich von dem Achtzehnjährigen fernzuhalten, der ihn vom richtigen Weg abgebracht hat, wenn er nicht herausfinden will, wie das Zentrale Jugendhaus, was ja ein Untersuchungsgefängnis ist, von innen aussieht. »Das war eigentlich kein richtiger, rechtlich untermauerter Befehl«, gibt Dorn später zu, »aber auch das weiß der Junge ja nicht.«

Und so bewerkstelligt Richter Dorn mit der Macht seiner Richterrobe und einer starken Dosis Einschüchterung, was das Gesetz und die Jugendgerichtsbarkeit normalerweise nicht tun können: Er bringt einen Jungen wieder auf den richtigen Weg. Ein Jahr später macht sich der junge Mann gut in der Schule und hat sich von Gesetzesverletzungen ferngehalten. Seine Mutter hat keinen Zweifel darüber, wem sie das zu verdanken hat: Richter Dorn.

Dorns anscheinend einfache Methode, Jugendstraftaten vorzubeugen – die klassische paternalistische Patenrolle, die man sich in den unschuldigeren Zeiten, in denen der Jugendgerichtshof konzipiert worden war, vorgestellt hatte –, stieß anfänglich im ganzen Jugendsystem auf Skepsis. Einmal war da die Meinung, daß die Kinder unserer Zeit zu blasiert für Belehrungen und Strafpredigten seien. Zum anderen ist die Bürokratie, die die Fälle durchsiebt, um auszuwählen, welche Minderjährigen vom System erfaßt werden, nicht gerade freudig bereit, ihre Autorität abzugeben. Richter Dorn eröffnet ein völlig anderes Tor zum System – eines, durch das das Bewährungsamt und die Staatsanwaltschaft umgangen werden, das geradewegs in die Kammern des Richters führt und das auf den Statusverletzungen basiert, die vor langer Zeit von einem System zur Seite geschoben und ignoriert worden waren, das sich intensiv auf junge, unbelehrbare Verbrecher konzentriert hat.

Wie Richter Dorn erwartet hatte, waren bald nach dem Einsatz seines neuen Programms Klagen zu hören, daß er kostbare Gerichtszeit und Bewährungsmittel auf Minderjährige verschwende, die noch nicht einmal eine einzige Straftat verübt hatten, wogegen die Verhandlungen schwerer Straftaten verschoben werden müßten. Die kritischen Stimmen schwollen an, als Dorn das Bewährungsamt überredete, ihm einen Helfer zu überlassen, der nichts weiter tat, als Statusverletzungen zu behandeln. Es wurde jedoch angenommen, daß dieser Bewährungshelfer wenig zu tun haben würde und deshalb bald zu seinen regulären Pflichten zurückkehren könnte. Aber zur allgemeinen Überraschung erschienen Eltern mit ihren Kindern im Schlepptau regelmäßig an Dorns Tür. Nur durch Mundpropaganda in Schulen und Kirchen wurden 40 bis 50 Kinder monatlich zu Dorn gebracht und dann dem Spezialbewährungshelfer für Untersuchungen von Statusverletzungen übergeben. Der Bedarf an solch einem Dienst und seine Möglichkeiten für Erfolg waren viel größer, als irgend jemand angenommen hatte. Das an Dorns Programm in der ganzen Gemeinde von Los Angeles erweckte Interesse war so verblüffend, daß eine von Dorn zusammengerufene Einsatzgruppe von Jugendjuristen empfahl, Dorns Statusverletzungsprogramm in jeder Jugendgericht-Zweigstelle von L. A. einzuführen. Allerdings muß Dorns Behauptung, die Erfolgsquote betrage 95 Prozent, erst noch bewiesen werden.

Die Einführung hätte auch erfolgen können. Aber die plötzliche Haushaltskrise der Gemeinderegierung bewirkte, daß diese Empfehlung zurückgestellt wurde – vielleicht für immer. So werden in absehbarer Zukunft nur Dorn und seine beiden Kollegen auf dem Richterstuhl des Jugendgerichts von Inglewood Statusverletzungen intensiv verfolgen.

Obwohl Dorn Bekehrungen gelungen sind, bleiben andere im Gerichtsgebäude besorgt, sogar entrüstet, über Dorns Privatsitzungen in den Richterkammern. Nach deren Ansicht setzt sich Dorn zu sorglos über die Regeln hinweg, um seine eigenen Ansichten über das Recht durchzusetzen, statt das Gesetz auszuführen. Während Dorn sich mit einem weiteren Statusverletzer in den Richterkammern abgibt, schimpft ein im Gerichtssaal wartender Verteidiger: »Da produziert er sich also in den Richterzimmern, droht einem Kid und erläßt Befehle, zu denen er nach dem Gesetz nicht berechtigt ist. Es ist kein Gerichtsstenograph dort, das Kid hat keinen Verteidiger – das ist doch wie ein Buschgericht. Es gibt keine Einspruchmöglichkeiten. Dorn macht doch genau das, was ein Richter dem Gault vor dreißig Jahren antat.«

So sehr auch Dorn solche kritischen Äußerungen als die Meinungen verkrusteter Bürokraten und von Verteidigern, die nur bestrebt sind, sich die Pfründe der Fallzuteilungen zu erhalten, abtun möchte, so ist es doch wahr, daß

Dorns Verhandlungsmethode von Statusverletzungen nicht die Einspruch- und anderen Möglichkeiten bietet, die bei Straftatverhandlungen vorhanden sein müssen. Statusverletzer einzusperren ist ungesetzlich, aber Dorn findet Möglichkeiten, das dennoch zu tun. Er stützt sich hauptsächlich darauf, daß er als Richter jeden, der eine gerichtliche Verfügung nicht befolgt, wegen Mißachtung des Gerichts belangen kann. Das Problem dabei ist aber, daß das Gesetz noch – aus offensichtlichen Gründen – verlangt, daß Ausreißer, Schwerererziehbare und andere Statusverletzer völlig getrennt von Begehern wirklicher Straftaten verwahrt werden müssen. Und es gibt nicht genug Platz für alle, denn es sind nur vierzig Betten für Statusverletzer in der ganzen Gemeinde Los Angeles vorhanden. Richter Dorn und die anderen von Inglewood belegen diese so schnell, daß keines für die anderen fünfundzwanzig Jugendrichter mehr bleibt, die auch gelegentlich ein Kind auf diese Weise in Verwahrung geben möchten.

»Richter Dorn lebt nicht in den 90er, sondern in den 40er Jahren«, klagt der Leiter eines der L. A.-Jugendhäuser. »Er sagt ›Sperrt sie ein!‹, und wir müssen seine Verfügungen befolgen, aber die Zeit und das Geld, das wir auf diese Minderjährigen anwenden, müssen wir doch von anderen Minderjährigen abziehen. Er agiert doch nicht in einem luftleeren Raum.«

Statusverletzer fallen auch unter einen anderen Teil des Wohlfahrtsgesetzes als wirkliche Straftäter, und für diesen Teil sieht sich die Staatsanwaltschaft nicht als verantwortlich an. Statt dessen führt ein Bewährungshelfer – der nicht die gleiche Unabhängigkeit von juristischer Kontrolle wie ein Staatsanwalt genießt – diese Rolle aus, so daß er als Ankläger für Statusverletzungen wirkt. Und obwohl ein Kind in solchen Fällen auch das Recht auf einen Verteidiger hat, wird solch ein Verteidiger nicht ins Spiel gelassen, bevor Dorn seine informelle Anhörung ohne Verteidiger abgehalten und sich praktisch schon seine Meinung über einen Minderjährigen gebildet hat.

Schließlich ist es ja Dorn, der oft den Eltern vorschlägt, die erforderlichen Papiere auszufüllen, um eine Statusverletzungsklage anzustrengen.

Der Fall eines sechzehn Jahre alten Problemkids mit Namen Rolando erhöhte diese Kontroverse und stärkte den Widerstand gegen Dorns Programm, besonders unter den Pflichtverteidigern.

Rolandos Großmutter hatte den Jungen zu Dorn gebracht. Sie hatte von dem Richter in Inglewood gehört, der offene Verhandlungen führt und Familien mit Kindern, die außer Kontrolle geraten sind, hilft. Rolandos Großmutter hatte den Jungen seit seinem dritten Lebensjahr aufgezogen, nachdem die Verwahrungsabteilung des Jugendgerichtshofs ihn seiner Mutter wegen chronischer Vernachlässigung weggenommen hatte. Wie so viele andere Pflegekinder geriet Rolando als Jugendlicher in Schwierigkeiten. Im Alter von fünfzehn schloß er sich einer Bande in der Kleinstadt Lennox beim Internationalen Flughafen von Los Angeles an, einer Bande, die übrigens die Hauptgegnerin von Carla James' Bande ›Tepa 13‹ ist.

Innerhalb weniger Monate kam es zu vier Verhaftungen wegen Vandalismus und Graffiti-Sprühereien. Jedesmal wurde er ohne offizielle Anklage laufengelassen. In der letzten Zeit war er zu einem fortwährenden Schulschwänzer geworden und hatte Geld und Schmuck von seinen Großeltern gestohlen, um seine neuerworbene Drogensucht zu finanzieren. Der Diebstahl hatte einen Wert von mehr als 4000 Dollar, wie seine Großmutter schätzte. Er verkaufte die Schmuckstücke auf der Straße und kaufte dafür Kokainwürfel und eine bei Jugendlichen jetzt beliebte, besonders gefährliche Droge: Sherm. Marihuana wird angereichert mit ›Engelsstaub‹, einem Tierberuhigungsmittel, das Halluzinationen und manchmal wildes, gewalttätiges Verhalten erzeugt.

Rolandos Großeltern suchten verzweifelt nach Hilfe und waren angewidert von den vorherigen Leistungen des Jugendsystems für Rolando. Sie schleppten den Jungen zu Dorn und berichteten diesem, daß Rolando ihnen in den letzten Monaten Tausende von Dollar gestohlen hatte. Dorn befragte den Jungen und ermahnte ihn dabei, die Wahrheit zu sagen. Rolando gestand daraufhin, die Schmuckstücke und das Geld gestohlen zu haben. Dorn ließ ihn vom Gerichtsdiener festnehmen, so daß die Großeltern zum Polizeirevier gehen und dort eine Anzeige wegen Diebstahls einreichen konnten. Dann wurde der Junge der Polizei übergeben, damit eine offizielle Diebstahlsanklage durch die Staatsanwaltschaft erhoben werden konnte.

Sowohl die Staatsanwaltschaft als auch die Pflichtverteidiger waren zuerst sprachlos über Dorns Vorgehensweise in diesem Fall. Niemand wagte aber, den Richter von Angesicht zu Angesicht zu kritisieren. Privat jedoch behaupteten die Anwälte, Dorn habe kein Recht gehabt, Rolando festnehmen zu lassen, *bevor* eine Klage gegen ihn erhoben worden war. Sie stellten auch die Angemessenheit in Zweifel, daß ein Richter einen Jungen, der beschuldigt wird, Verbrechen begangen zu haben, befragt. Er hätte sich sofort zurückziehen müssen, als die Großmutter klarmachte, daß sie von schwerem Diebstahl sprach und nicht von einer Statusverletzung. Indem er die Großeltern aufforderte – manche behaupteten auch, ihnen *befahl* –, eine Anzeige wegen Diebstahls bei der Polizei zu erstatten, sagten sie, sei Dorn zu einem Anwalt geworden und habe seine juristische Objektivität geopfert. Und darüber hinaus sei der Richter zu einem potentiellen Zeugen in dem Fall geworden, da der Junge nach dem Gespräch mit Dorn gestanden hatte. Er habe auch Grund zu Klagen gegeben, da er seine juristische Autorität dazu benutzt hatte, den Jungen zu einem Geständnis zu überreden, was – wenn es sich als wahr herausstellen würde – eine Verletzung von Rolandos verfassungsmäßigen Rechten sei.

»Das ist doch ein Wirrwarr«, seufzte Peggy Beckstrand, als die Polizei den Fall zur Verfolgung durch die Staatsanwaltschaft vorlegte. »Wir müssen uns jetzt damit auseinandersetzen.« Aber auch sie mußte zugeben, daß es Dorn damit gelungen war, etwas für ein Kind und eine Familie zu tun, denen das System vorher nicht hatte helfen können.

Verfassungsmäßiger Fragen ungeachtet, zweifelte auch niemand an Rolandos Schuld. Und der Junge wurde zum ersten Mal mit wirklichen Konsequenzen für seine Handlungen konfrontiert. Zum ersten Mal hatten er und seine Familie eine Chance.

»Dorns Ziele sind lobenswert«, verkündete Peggy ihren Staatsanwälten in einer Reihe von Diskussionen über die Frage, wie man den Aufsichtführenden Richter behandeln sollte. »Was er erreichen will, ist wundervoll, da gibt es gar keinen Zweifel. Das Problem ist nur das *Wie*. Er will nicht nach den Regeln spielen, möchte eigentlich gar kein Richter sein, sondern eine Art König. Dem werden wir immer wieder gegenüberstehen. Warten Sie ab, wir werden es erleben.«

Peggys Worte waren prophetisch, und sie mußte gar nicht lange abwarten, um es zu erleben.

»Da ist etwas in mir«, begann Keesha Jordan im Alter von zwölf Jahren zu klagen, erst gelegentlich, dann im Laufe der Jahre häufiger. »Das sind Stimmen.«

Es seien zornige Stimmen, die kaum zu ignorieren seien, die mit ihr schimpften, sie quälten und ihr – mit zunehmender Häufigkeit – befahlen, schreckliche, unaussprechliche Dinge zu tun. Sie veranlaßten sie, ihre ältere Schwester Tina zu verfluchen. Unflätige Worte, von denen sie sich noch nicht einmal erinnern konnte, sie jemals gehört zu haben, polterten in einem nicht aufzuhaltenden Strom aus ihrem Mund. Sie fühlte sich in solchen Augenblicken wie eine Flasche voller Kohlensäurelimo, die von unsichtbaren, boshaften Händen geschüttelt wird, so daß ihr Inhalt aufschäumt und überläuft. Es wurde so schlimm, daß Tina keine Freunde nach Hause bringen konnte – Keesha schreckte sie zu sehr ab.

Dennoch bekam sie Einser- und Zweier-Noten in der Schule; sie schwänzte nie den Unterricht, hing nicht mit üblen Minderjährigen herum, nahm keine Rauschmittel. Keesha hatte nie einen männlichen Freund gehabt und noch weniger mit Sex experimentiert. In so mancher Hinsicht war sie ein Musterkind gewesen. Gewiß, sie schloß sich meistens in ihrem Zimmer ein und hatte manchmal wirre, zeitweise gewalttätige Schreianfälle, wenn niemand im Haus war. Aber es konnte viel schlimmere Gewohnheiten für ein Kid in diesen Zeiten geben, sagte sich ihre Mutter, wenn man so an die Banden, Schußwaffen und schwangeren blutjungen Mädchen überall dachte. Außerdem gab es belastendere Sorgen für die Familie Jordan. Mrs. Jordan ist vierzig, alleinstehend und viel zu beschäftigt mit Keeshas kleinen Schwestern von zwei und drei Jahren und mit den Anstrengungen, sich eines gewalttätigen Ex-Ehemanns zu erwehren, der sie, Keesha und ihre anderen Kinder jahrelang geschlagen hatte. Darüber hinaus versucht Mrs. Jordan verbissen, nicht wieder in ihre Drogensucht vergangener Jahre zu verfallen. Wer hätte also schon die Zeit, Keesha zur Beratung zu einem ›Irrenarzt‹ zu schleppen – und wenn die Zeit da gewesen wäre, woher dann das Geld dazu nehmen? Keeshas Mutter arbeitete schwer als Lagerhausangestellte, um die ganze Familie zu ernähren. Mit den 750 Dollar monatlich, von denen das meiste für die Miete wegging, konnte sie kaum über die Runden kommen. Sie war oft am Tag und auch abends außer Haus, so daß die zwanzig Jahre alte Tina nach dem Rechten sehen mußte. Es war also leicht für Mrs. Jordan, sich einzureden: »Keesha wird aus dieser Phase herauswachsen. Sie wird sich gut entwickeln. Sie hat eine schöne Zukunft vor sich.« Manchmal glaubte sie sogar daran.

Die Minderjährigen, die im Jugendgericht landen, haben einige gemeinsame Eigenschaften: Den meisten ihrer Straftaten gehen Jahre unbeachteter Warnzeichen voraus, und die meisten der Eltern beschäftigen sich intensiv mit anderen Angelegenheiten und neigen zur Selbsttäuschung. Keesha war da keine Ausnahme. Es mußten sich erst die Dinge vom Abend des 15. November 1993 ereignen, um ihrer Mutter einen solchen Schock zu versetzen, daß sie – zu spät – erkannte, daß Keesha nicht einfach ›aus ihren Problemen herauswachsen‹ würde. Zu diesem Zeitpunkt war sie aber schon vom Jugend-Strafverfolgungssystem erfaßt worden.

An jenem Abend saß Tina Jordan mit ihren beiden kleinen Schwestern in einem Schlafzimmer der Dreizimmerwohnung im zweiten Stock vor dem Fernseher. Gegen sechs Uhr, kurz nachdem Mrs. Jordan zur Arbeit gegangen war, hörte Tina ein Geräusch aus dem Wohnzimmer. Keesha, mit der sie sich vorher etwas gezankt hatte, hatte eine sechzig Zentimeter lange Machete aus einem Schrank genommen und kratzte damit an den Möbeln herum. Tina konnte Keesha auch murmeln hören, als ob sie mit jemandem diskutierte, obwohl niemand außer ihr im Wohnzimmer war.

Die Kratzgeräusche wurden lauter und wilder. Plötzlich hörten sie auf. Keesha stand in der Tür – groß und kräftig, das schwarze Haar nach hinten zu einem strengen Knoten gewunden. Das gelbe Licht der Schlafzimmerleuchte spiegelte sich auf ihren dicken Brillengläsern. Ihre Augenbrauen waren zu einem wütenden V zusammengezogen, und sie schwenkte die Machete wie ein Landsknechtschwert.

»Bereite dich auf den Tod vor!« schrie sie. »Ich werde dich umbringen!«

Sie kam auf das Bett zu, wo ihre Schwestern saßen. Die kleinen Mädchen schrien gellend, Tina sprang auf und wich Keesha aus, die mit der Machete wie mit einem Baseballschläger nach Tinas Kopf schlug, als ob sie sie enthaupten wollte. Als Keesha weiter auf ihre ältere Schwester eindrang und die Machete wieder durch die Luft pfiff, rollte sich Tina über das Bett, so daß es sich zwischen ihr und ihrer Schwester befand. Sie wich auf diese Weise durch Ducken und Rollen zwei oder drei weiteren Hieben aus, wobei sie weinte und flehte, während die lange, breite Klinge jedesmal näher kam.

»Bitte, töte mich nicht, Keesha! Bitte, bitte, ich möchte doch nicht sterben!« flehte Tina und erwartete, daß die Machete sie im nächsten Moment so zerschneiden würde wie das Brathühnchen, das sie vor ein paar Stunden zum Essen gehabt hatten.

Statt dessen hörte Keesha so abrupt, wie sie den Angriff begonnen hatte, auch wieder auf, Tina mit der geschwungenen großen Klinge zu verfolgen. Sie stellte sich vor die Tür des Schlafzimmers. »Wenn du weiterleben willst, dann ruf lieber die Polizei an«, murmelte sie und wandte sich ab, weil Stimmen auf sie einredeten, die nur sie hören konnte. Tina zog sich in eine Ecke des Schlafzimmers zurück, ergriff das Telefon und wählte die 911, während die kleinen Mädchen immer noch auf dem Bett neben ihr jammerten.

Acht Minuten später erschienen drei Polizisten. Sie fanden Tina und die kleinen Mädchen immer noch im Schlafzimmer verbarrikadiert vor. Keesha, in einem Nachthemd mit einer alten braunen Strickjacke darüber, saß in einem Sessel mit angezogenen Beinen, den Machetengriff mit nach oben stehender Klinge zwischen die Schenkel geklemmt. Sie hatte das Kinn so auf die Spitze der Klinge gelegt, daß diese bei einem kräftigen Kopfnicken tief in den Hals des Mädchens eindringen würde.

»Da ist nichts, wofür es sich zu leben lohnt«, sprach sie und wiegte sich zusammengekrümmt und gedankenverloren auf dem Sessel hin und her. »Ich bin bereit zu sterben.«

Da er fürchtete, daß sie die Machete in ihre Kehle stoßen würde, feuerte einer der Polizisten ein Betäubungsgewehr auf sie ab. Die Polizisten waren es aber, die wie betäubt mit ansehen mußten, wie der Betäubungspfeil, der einen starken Elektroschock auslöst, von der Machetenklinge abprallte und harmlos zu Boden fiel. Keesha beobachtete das Ganze wie eine beiläufige Zuschauerin. Der Polizist versuchte es erneut, abermals mit dem gleichen Resultat, als ob die Machete ein Magnet war. Keesha fing wieder an, erregt zu werden. Der Beamte hielt den

Atem an, spreizte die Beine und feuerte zweimal hintereinander. Einer der Pfeile prallte wieder an die Machete und fiel zu Boden, aber der zweite drang schließlich in Keeshas Kinn ein. Sie wandte sich unter dem Stromstoß, ließ die Machete fallen und fiel dann selbst auf den abgetretenen Teppich, wo sich zwei der Polizisten auf sie stürzten und ihr Handschellen um die vernarbten Gelenke legten. Schluchzend erhob sich Tina mit den Kleinkindern und bat die Polizisten, Keesha mitzunehmen.

Nach einer Schnelluntersuchung in einem Krankenhaus-Notaufnahmeraum brachten die Polizisten Keesha wegen Angriffs mit einer tödlichen Waffe ins Zentrale Jugend-Untersuchungsgefängnis Central Juvenile Hall. Dort las ein Aufnahmebeamter den Polizeibericht, befragte Keesha und sprach mit Mrs. Jordan, die von ihrer Arbeit herbeigeeilt war. Darauf wurde ein Festnahmebericht für das Gericht geschrieben, Keeshas Eintrittskarte ins System. In dem hastigen Bericht wurde nicht erwähnt, daß Keesha psychologische Untersuchungen und Behandlung brauchte, und sie erhielt auch keine nach ihrer Aufnahme ins ›Zentrale‹.

Die Aufnahmebeamten – wie auch die Polizei – dürfen den Vorgang der Aufnahme in das Central Juvenile Hall unterbrechen und ein offensichtlich gestörtes Kind wie Keesha als Notfall in ein psychiatrisches Krankenhaus einweisen, wenn Beweise vorliegen, daß es krank ist. Keesha paßte ganz klar in dieses Muster, da sie im Zeitraum einer Stunde sowohl Mord- als auch Selbstmordversuche unternommen hatte. Ihr stumpfes, ausdrucksloses Gesicht an diesem Abend und ihre Behauptung, sie höre Geisterstimmen, die ihr befahlen, schreckliche Dinge zu tun, waren ein untrügliches Anzeichen ihrer geistigen Probleme für alle Anwesenden.

Die Einweisung in eine psychiatrische Anstalt erfordert aber zusätzliche Anstrengungen, Zeit und Papierkrieg. Der Polizist oder Bewährungshelfer, der das Kind zu solch einem Krankenhaus bringt, muß dort stundenlang warten, ohne Gewährleistung, daß die verantwortlichen Mediziner das Kind auch aufnehmen. Diese Art von Krankenhäusern ist überfüllt, und es besteht zunehmender Druck, mittellose Patienten wie Keesha abzulehnen, wenn es den kleinsten Zweifel an der Rechtfertigung einer solchen Einweisung gibt. Nach einer Ablehnung hätte Keesha dann zurück zum Juvenile Hall gebracht werden müssen, wo der Aufnahmevorgang hätte von neuem anlaufen müssen. Das ist ein sehr großer Zeitaufwand für einen einzigen neuen Fall. Für die ganze Gemeinde Los Angeles mit ihren Tausenden von Quadratmeilen, ihren mehr als sechzig Polizeiabteilungen und Sheriff-Stationen, die mehr als zweihundert Festnahmen von Minderjährigen täglich vornehmen, stehen nur zwanzig Aufnahmebeamte vor Ort zur Verfügung – für alle drei täglichen Achtstunden-Schichten. Haushaltsmittelkürzungen haben ihre Reihen dezimiert, so daß das meiste der Aufnahmeformalitäten von den Juvenile Halls, den Jugend-Untersuchungsgefängnissen, durchgeführt werden muß. Die die Aufnahmeberichte ausstellenden Bewährungshelfer sind aber häufig gar nicht in der Lage, ihren Platz dort zu verlassen, um ein Kind zum Krankenhaus zu bringen. Die Fälle und die Gefallenen hören nie auf, sich in diesen Jugendhäusern zu stapeln.[1]

Also durchlief Keesha den Standard-Aufnahmevorgang. Sie mußte sich vollkommen entkleiden, sich einer Körperdurchsuchung unterziehen lassen und wurde dann unter die Gefängnisdusche gestellt. Dann kontrollierte man sie noch auf Parasiten, kleidete sie in graue Unterwäsche und einen organgefarbenen Trainingsanzug und brachte sie in einen der wenigen Blöcke für weibliche Insassen. Der einzige Hinweis auf ihre Geistesstörungen war eine Anmerkung hinsichtlich Selbstmordgefahr auf der Bewährungsakte und auf dem ›Pop Sheet‹, dem Computer-Ausdruck des Systems über die mehr als zweitausend Minderjährigen, die sich in Vorverhandlungshaft befinden. Sie würde die nächsten Monate in diesem Juvenile Hall bleiben, während das System versuchte, sich klar zu werden, was es mit ihr tun soll.

Sechsunddreißig Stunden nach ihrer Festnahme wurde

ein kleiner Stapel von Informationen über Keesha – die Polizeiberichte und der Bericht des Aufnahmebeamten – zu Peggy Beckstrands Büro gebracht. Er war ein Fall von etwa dreißig, die der Bote des Bewährungsamts für mögliche rechtliche Verfolgung auf der Eingangstheke der Staatsanwalt-Zweigstelle ablud. Solche Lieferungen erfolgen täglich, nicht uhrwerkgenau, aber beinahe. In diesem Stapel befanden sich keine Tötungsdelikte, so daß Keeshas Fall der schwerste, gewalttätigste dieses Tages war. Auf der Grundlage der rohen Informationen in der Akte traf die Staatsanwaltschaft die Entscheidung, Klage wegen Mordversuchs zu erheben und ihre Überweisung zum Erwachsenengericht zu beantragen, wo sie eine Verurteilung von bis zu lebenslänglicher Haft erwarten konnte. Nach dem, was Peggy zu jenem Zeitpunkt wußte – die Berichte konzentrierten sich auf die Gewalt der Straftat ohne Informationen über Keeshas Geisteszustand und ihre mustergültige Vergangenheit –, schien diese Entscheidung logisch zu sein.

Aber nicht für Richter Dorn.

»Warum wird dieser Fall in dieser Weise verfolgt?« bellt er, als Keeshas Anhörung zur Eignungsprüfung für die Überstellung an die Erwachsenengerichtsbarkeit anberaumt wird. Der stellvertretende Aufsichtführende Staatsanwalt fängt an zu erklären, daß sein Büro bei Mordversuch eine solche Überprüfung routinemäßig unter der Voraussetzung beantragt, daß der Minderjährige ungeeignet ist, unter der Jugendgerichtsbarkeit zu bleiben. Dorn aber schneidet seine Ausführungen ab – wie gewöhnlich: »Ich möchte mich intensiver mit diesem Fall befassen und mit Ihrer Vorgesetzten sprechen. Das macht doch hier keinen Sinn. Sehen Sie sich doch mal diesen psychiatrischen Bericht an. Diese Minderjährige gehört doch nicht ins Erwachsenensystem. Dieses Kind braucht Hilfe! Wenn dieser Fall zum Erwachsenengericht überwiesen wird, kommt es bestimmt zu keiner Verurteilung.«

Keesha macht einen verwirrten Eindruck, unfähig zu verstehen, was da vor sich geht. Der einzige Anhaltspunkt ist das Lächeln auf dem Gesicht ihres Verteidigers. Sie weiß nicht, welch großes Glück sie hat, bei Richter Dorn gelandet zu sein. Er sieht das Überweisungsgesetz als die drastische Lösung des Jugendstrafsystems an, mit deren Hilfe es seine Belastung zu verringern glaubt, indem es die störenden Kids fallenläßt – ohne allerdings einen gleichwertigen Aufwand an Aufmerksamkeit und Hilfe auf die im Jugendsystem zurückbleibenden Minderjährigen anzuwenden. Er stößt einen dicken Finger in Staatsanwalt Sismans Richtung:

»Holen Sie mir seine Vorgesetzte an den Apparat«, weist er seinen Schreiber an. »Wir müssen hier ein Exempel statuieren.«

Kurze Zeit später ist Peggy die Stufen zum Gerichtssaal hochgelaufen und erscheint vor Richter Dorn. »Lesen Sie doch mal diesen psychologischen Bericht«, redet Dorn sie an. »Dieses Mädchen kann doch nicht ins Erwachsenengericht geschickt werden. Sie würde dort lebendig aufgefressen werden – mit Haut und Haaren! Das Volk, das Sie vertreten, muß den Überweisungsantrag zurückziehen. Das werden Sie doch wohl einsehen.«

Peggy Beckstrand nimmt die Akte widerwillig auf und beginnt zu lesen. Keeshas Pflichtverteidigerin, Leslie Stearns, hat das getan, was das Bewährungsamt unterlassen hatte: Sie ließ Keesha von einem Psychiater untersuchen, der Verabreichung von Psychopharmaka verordnete, die dramatische und schnelle Erfolge gezeigt haben. Die Halluzinationen und Mordimpulse sind zurückgegangen, und ihre Aussichten sind gut.

Während sie die Unterlagen liest, versucht Dorn sie mit seiner einschmeichelnden Baritonstimme zu beeinflussen: »Sehen Sie, das ist doch das Beste. Ich kann hier viel mehr für das Mädchen tun. Die Aussichten sind doch«, fuhr er fort und änderte dabei seine Taktik, »daß sie bei mir länger in Verwahrung bleibt als unter dem Erwachsenenstrafrecht. Ein Richter dort könnte urteilen, daß niemand verletzt wurde, und sie daraufhin laufenlassen. Die überlasteten Staatsanwälte da in der Innenstadt möchten bestimmt nicht noch solch einen unwesentlichen Fall aufgebürdet bekommen. Oder sie könnten auf Unzurechnungsfähigkeit plädieren. Lassen Sie sie doch hier. Ich werde dafür sorgen, daß sie Hilfe bekommt.« Das ist die gleiche Logik, die er anwandte, um John Sloan im Jguendsystem zu behalten – mit dem Unterschied, daß er hier eine Bitte ausspricht, statt wie in dem anderen Fall eine Anweisung zu erteilen.

»Hmm ...«, murmelt Peggy. Was der Richter da sagt, kann wahr sein oder nicht, aber Peggy sträubt sich noch innerlich gegen den Druck, den Dorn auf sie ausübt. Statt Keesha als ungeeignet für Überstellung unter das Erwachsenenstrafrecht zu befinden und zu riskieren, daß Peggy dagegen Berufung einlegt, versucht er, sie zu einer nicht mehr zu widerrufenden Rücknahme ihres Überstellungsantrags zu überreden. Sie weiß, daß jeder im Gerichtssaal diesen Vorgang aufmerksam beobachtet und sich fragt, ob Dorn eine Aufsichtführende Staatsanwältin dominieren kann. Auch die verfassungsmäßige Trennung der Gewalten ist zu berücksichtigen, die es Richtern verbietet, sich in die Ausführungsentscheidungen eines Staatsanwalts einzumischen, und die Tatsache, daß Dorns ›Bitte‹ leicht als eine Art von Einschüchterung angesehen werden könnte. Peggy Beckstrands erster Impuls ist, sich auf der Stelle zu weigern.

Sie hat noch nie zuvor einen Überstellungsantrag zurückgezogen – niemals. Das wäre also schon eine Sache des Prinzips. Sie ist der Ansicht, daß Minderjährige, die solch schwere Gewalttaten wie Mordversuch begehen, wie Erwachsene behandelt werden sollten. In den meisten anderen Staaten der USA wird keine Miene verzogen, wenn Kinder, die viel jünger als sechzehn sind, zum Erwachsenengericht geschickt werden, so daß Kalifornien also weit von der radikalen Rechten in dieser Hinsicht entfernt ist. Sogar die Attorney General*, Janet Reno, die lange Zeit eine Befürworterin für größere Anstrengungen

* Anm. d. Übers.: etwa: Justizministerin

zur Rehabilitierung statt zur Bestraftung ungeratener Kinder gewesen war, klagte während ihrer Zeit als Staatsanwältin in Miami Vierzehnjährige wie Erwachsene an. Peggy ist fest davon überzeugt, daß mehr Überweisungen von Minderjährigen an die Erwachsenengerichtsbarkeit in Los Angeles erforderlich sind – dringend.

Zweitens, wenn sie jetzt vor aller Augen nachgäbe, würde das kein Ende nehmen. Dorn würde das als Schwäche ansehen, wie auch die Verteidiger, und alle würden von nun an versuchen, das auszunutzen. Schon dieser Punkt allein erforderte doch eine feste Haltung von ihr. Das Fechten mit einem Despoten wie Dorn würde sie von jetzt an ständig beschäftigen, so daß sie nicht geneigt war, sich irgendeine Blöße zu geben. Dennoch zögerte sie, die Bitte kurzerhand abzulehnen, weil folgendes Problem vor ihr auftauchte:

Sie hatte gesehen, wie Keesha unbeholfen und traurig den Gerichtssaal betrat und ein leises »Hallo« zu ihrer im Zuschauerraum sitzenden Mutter murmelte, sich dann setzte und bewegungslos, unbeteiligt, wurde. Das Mädchen mußte dann mit anhören, wie Leute von ihr sprachen, als ob sie gar nicht anwesend wäre, wie ihr Verteidiger sagte: »Die Psychopharmaka scheinen zu helfen. Sie hört die Stimmen nicht mehr.« Da hatte das Mädchen der Staatsanwältin ehrlich leid getan. Wenn Dorn nun recht hatte? Wenn der beste Ort für Keesha – und das Beste für die Gesellschaft – nun doch das Jugendgericht war? Würde sie eine Überweisung an die Erwachsenengerichtsbarkeit beantragt haben, wenn das Bewährungsamt bei seiner Untersuchung und Erstellung seiner Berichte gründlicher gearbeitet hätte? Vielleicht nicht. Sie ertappte sich dabei, wie sie an Jim Hickeys gütigere, sanftere Philosophie der Jugendstrafverfolgung dachte. Könnte sie es zulassen, daß inneramtliche Prinzipien und Gerichtssaalintrigen sie davon abhalten würden, das Richtige zu tun? Eines der Dinge, die sie am meisten gegen die Jugendstrafverfolgung aufbringt, sind ihre Anfälle unerschütterlicher Dummheit, die Konzentration auf den Vorgang statt auf die Ergebnisse und die allzu häufige Unfähigkeit, das Richtige zu tun, auch wenn dies allen klar erkennbar ist. Sie wollte nicht zu dem werden, was sie am meisten haßte.

»Das Volk wird den Überstellungsantrag zurückziehen«, verkündet Peggy Beckstrand schließlich.

Dorn grinst jetzt, so daß sich Grübchen in seinen Wangen bilden. Er öffnet den Mund, aber bevor er noch etwas erwidern kann, fügt Peggy hinzu: »Sie müssen aber nicht denken, daß wir das nun immer tun werden.«

»Ich kann nicht jeden veranlassen, mit mir immer übereinzustimmen«, kichert er, »aber wenn mir das manchmal gelingt ... nun, dann bin ich glücklich.«

Als Peggy den Gerichtssaal verlassen hat, stimmt Keesha schnell zu, sich für schuldig zu erklären, womit die Gerichtsabmachung getroffen ist, und Dorn schickt sie zur Untersuchung und weiteren Behandlung in einer psychiatrischen Klinik und zur Einweisung in das Dorothy Kirby Center.

Das scheinbar glückliche Ende löst sich drei Wochen später in Luft auf, als Keesha zu ihrer ›Verfügung‹, ihrer Urteilsverkündung, in den Gerichtssaal zurückkehrt.

Bei diesem neuerlichen Auftritt vor Gericht sieht sie viel besser aus – ihr Haar ist geflochten, und ihr Verhalten scheint angeregter, aber auch besorgter. Die stellvertrende Leitende Pflichtverteidigerin Leslie Stearns berichtet, daß die medikamentöse Behandlung Keeshas fortgesetzt worden ist und sie sich sehr gut im Jugend-Untersuchungsgefängnis mache. »Sie hört keine Stimmen mehr«, verkündet ihre Verteidigerin. »Sie wird weiterhin konsequent die Medikamente einnehmen, weil sie weiß, daß es ihr dadurch besser geht.«

Die Schwierigkeit für Dorn besteht jetzt darin zu klären, was längerfristig mit Keesha geschehen soll. Trotz seines Peggy Beckstrand vollmundig gegebenen Versprechens, daß er Keesha länger halten könne als unter dem Erwachsenenstrafrecht, muß er erfahren, daß das Bewährungsamt und das Wohlfahrtssystem, deren Hilfe er braucht, um diese Aufgabe bewältigen zu können, alles tun, damit sie sich mit Keesha nicht beschäftigen müssen.

Diese letzteren beiden Ämter berufen sich auf einen rechtstechnischen Passus: Innerhalb der letzten beiden Wochen ist Keesha achtzehn Jahre alt geworden. Da ihre Straftat begangen worden war, bevor sie die Volljährigkeit erreicht hatte, bleibt sie für die Jugendgerichtsbarkeit eine ›Minderjährige‹, die auf Behandlung als Jugendliche Anrecht hat. Aber keiner will sie. Das Komitee der Haftanstalt für die Untersuchung auf Geistesstörungen, dem Richter Dorn die Anweisung erteilt hatte, Keesha zu untersuchen, wartete eine Woche mit der Befolgung dieser Anweisung – eben bis zu Keeshas Geburtstag. Dann, genau an ihrem achtzehnten Geburtstag, rief ein Mitglied dieses Komitees das Bewährungsamt an und teilte dort mit, daß sie ihren Fall zurückweisen müßten, weil das Mädchen erwachsen sei.

Das Bewährungsamt hatte auch bis zu Keeshas Geburtstag mit der Befolgung von Dorns Anweisung gewartet, sie für die Einweisung in das Dorothy Kirby Center vorzumerken. Durch diese Verzögerung konnte das Kirby Center erklären, daß es Personen, die schon achtzehn geworden sind, nicht aufnehmen kann, so daß Keesha, die vorher von dem entsprechenden Programm hätte profitieren können, auch hier wegen ihres Geburtstags abgewiesen werden konnte. Wäre Keesha rechtzeitig untersucht worden, so könnten sie sie aufgenommen haben, denn auch solche, die im Kirby Center achtzehn werden, können dort bleiben, wenn sie erst einmal in dem Programm aufgenommen worden sind.

Da das ganze Jugendsystem schwer damit beschäftigt war, Keesha abzuweisen, schrieb der Bewährungshelfer, der die Aufgabe hatte, die Verfügung über das Mädchen zu empfehlen, an Dorn einen Bericht, in dem er vorschlug, sie auf Bewährung nach Hause zu schicken, mit der Auflage, sich ambulant in einer psychiatrischen Klinik behandeln zu lassen. Keeshas Mutter würde dafür zahlen müssen – ein Hauptproblem –, aber trotzdem bittet die Verteidigerin Stearns den Richter Dorn, diese Empfehlung anzunehmen.

»Die Schwierigkeit liegt doch darin«, greift der stellvertretende Aufsichtführende Staatsanwalt ein, »daß die ältere Schwester immer noch große Angst vor ihr hat. Und was würde wohl werden, wenn sie die Medikamente einfach nicht mehr nimmt? Wenn so etwas wieder geschieht, könnte es wohl nicht nur mit einem *versuchten* Mord enden. Jemand könnte das mit seinem Leben bezahlen müssen.«

Dorn ist besorgt. Geisteskranke junge Menschen weigern sich oft, Medikamente zu nehmen. Sie hassen die schläfrig oder stumpf machende Wirkung, die Psychopharmaka haben können, und Keesha beschwert sich schon über die Anweisung, die Medikamente weiter zu nehmen, weil sie sich besser fühlt und meint, keine mehr zu brauchen. Dorn stimmt diesem Staatsanwalt nicht gern zu, aber er erklärt, er habe Keeshas Familie ebenso zu schützen wie Keesha selbst. Also verkündet er, daß die einzige Art, auf die er Bewährung gewähren wird, darin besteht, Keesha in die CYA-Erziehungsanstalt einzuweisen – eine Strafe, die gewöhnlich für Minderjährige mit langer Vorgeschichte von schweren oder Gewaltverbrechen reserviert ist. Das ist das einzige andere Programm, das ihm noch zur Verfügung steht, in dem Geistesgesundheitsleistungen erbracht werden und ein von der Öffentlichkeit abgeschlossener Aufenthalt gewährleistet ist. Er sagt dann, daß er diese Strafe aussetzen wird, sie aber, wenn sie sich wieder schlecht verhält – entweder gewalttätig wird oder auch nur die Einnahme der Medikamente verweigert –, in die Erziehungsanstalt geschickt würde. »Die CYA-Anstalt ist leider der letzte Ort, wo ich sie noch hinschicken kann«, erklärt er.

Die Verteidigerin Stearns beginnt zu argumentieren, aber Dorn schneidet ihren Redefluß ab: »Dies sind die Bedingungen, Anwältin ... Ich muß sowohl die Familie als auch die Minderjährige schützen können. Wenn mir diese

Möglichkeit nicht gegeben wird, habe ich keine andere Wahl, als etwas zu tun, was ich eigentlich nicht tun will.« Der Sinn ist klar: Wenn die Verteidigerin sich weigert, der ausgesetzten Einweisung in die CYA-Erziehungsanstalt zuzustimmen, wird er Keesha direkt ins Jugendgefängnis schicken, ohne jegliche Bewährung. Doch es ist eine Strafe von fragwürdiger Legalität.

Darauf steht die diesem Jugendgericht zugewiesene Bewährungshelferin an ihrem Pult neben dem Richter auf, geht an die Schranke und flüstert ihm etwas zu. Ihre Worte sind aber verständlich: »Ich kann das nicht offiziell sagen, Euer Ehren, weil sich das gegen mein Amt richtet, aber die Minderjährige wäre in Dorothy Kirby besser aufgehoben.« Sie erklärt dann, daß es die *Richtlinie* ihres Amts sei, jeden über siebzehn abzulehnen, aber daß das *Gesetz* es einem Richter erlaube, auch Achtzehnjährige dorthin zu schicken, genauso wie zu irgendeiner anderen angemessenen Institution. »Sie können sie anweisen, das Mädchen aufzunehmen, und die können das nicht ablehnen«, erklärt sie Dorn. Seine Augen werden groß. Das hatte er nicht gewußt.

Darauf folgt ein geflüstertes Gespräch zwischen dem Richter und den Anwälten. Dann flüstert die Verteidigerin mit Keesha, die sehr besorgt dreinschaute, als sie die Erwähnungen der CYA-Erziehungsanstalt hörte. Auf Dorns Gesicht liegt nun unübersehbar ein Ausdruck der Freude bei dem Gedanken, das Bewährungsamt zwingen zu können, seine eigene Richtlinie zu verletzen und gleichzeitig eine künstliche Altersaufteilung zu überwinden, die verhindert, diesem Mädchen das zu gewähren, was es braucht.

»Zum Schutz und zur Rehabilitierung dieser Minderjährigen und zum Schutz der Gesellschaft verfügt das Gericht, daß diese Minderjährige von ihrer Familie entfernt wird«, verkündet Dorn.

Darauf dreht sich Keesha zu ihrer Mutter um, die mehrere Reihen hinter ihr im Zuschauerraum sitzt. Keesha beginnt zu weinen, wie auch ihre Mutter – große, stille Tränen rinnen über ihre Gesichter. Sie hatten mit Bewährung gerechnet. Mrs. Jordan hatte schon einen Papiersack mit sauberer Kleidung für Keesha mitgebracht.

»Das Gericht verfügt, daß die Minderjährige angemessen im Dorothy Kirby Center untergebracht wird«, fährt Dorn fort. »Ferner weist das Gericht das Dorothy Kirby Center an, diese Minderjährige aufzunehmen und ihr Behandlung zu gewähren.« Dann fügt er einen typischen ›Dornismus‹ hinzu: »Wenn dies nicht möglich sein sollte, möchte ich, daß der Leiter des Amts hier erscheint und mir den Grund dafür sagt.« Also nicht irgendein sachbearbeitender Untergebener, sondern der Direktor des Bewährungsamts höchstpersönlich, einer der drei oder vier mächtigsten Bürokraten der Großgemeinde Los Angeles, wird für den Ablehnungsfall zum Gericht zitiert. Dorn ergötzt sich immer noch an solchen Drohungen in der Gewißheit, daß es für den Direktor viel leichter sein wird, ihm nachzugeben als zum Gericht trotten zu müssen. »Sie werden ihr helfen oder mir einen guten Grund für eine Ablehnung nennen müssen.«

Keesha, die einen langen, sorgsam überlegten Brief auf losen Blättern in roter Tinte geschrieben hatte, in dem sie erklärte, warum sie wieder nach Hause müßte, ist außer sich vor Kummer. »Es geht mir doch besser!« fleht sie.

Dorn schüttelt den Kopf, aber seine Stimme ist jetzt sanft, traurig und gleichzeitig resolut. »Keesha, ich würde dich sehr gern nach Hause schicken. Aber ich muß das tun, was ich für das Beste für dich ansehe.«

Das Mädchen drückt ein feuchtes Papiertaschentuch zusammen und flüstert immer wieder: »Aber es geht mir doch besser, geht mir doch besser, geht mir doch besser!«

»Ich weiß, daß es dir besser geht«, sagt Dorn. »Davon bin ich überzeugt. Dennoch möchte ich, daß es dir *noch* besser geht. Wo du hinkommst, da ist es doch nicht wie in den anderen Institutionen. Die haben da das Beste. Du wirst ein eigenes Zimmer erhalten.«

»Kann ich Ausgang nach Hause bekommen?« fragt

Keesha verzweifelt nach einem Hoffnungsschimmer Ausschau haltend.

Dorn druckst ein wenig herum und bejaht das dann, obwohl er gar nicht weiß, ob das möglich sein wird. Es wird nicht in Frage kommen, wenigstens für viele Monate nicht. »Ich ordne das doch an, weil es das Beste für dich ist«, wiederholt er. »Ich möchte damit erreichen, daß du so gesund wirst, daß du ganz nach Hause gehen kannst. Das würde mich sehr freuen.«

Er lächelt sie noch einmal an und legt ihre Akte dann zur Seite. Sein freundlicher Ton verschwindet, und er wird wieder geschäftsmäßig. Er läßt den nächsten Fall ausrufen, während Keesha aus dem Gerichtssaal geführt wird und dabei ihrer rotäugigen Mutter zuwinkt und flüstert: »Ich liebe dich, Mammi.«

Ein paar Wochen später ist Keesha im Amethyst-Landhaus bei Carla James und Mr. Shabazz, der ihr den Spitznamen ›Li'l Sweetie‹* gibt, weil sie so ganz anders als die anderen Mädchen ist – eine gestörte, kranke, aber durchaus heilbare junge Frau, keine Verbrecherin.

Im Jugendgerichtshof ist das ein Erfolg – das System funktioniert, nicht wegen des Gerichts an sich und seiner Gesetze, sondern trotz dieser. Eine Bürokratie wurde durch einen streitbaren Richter und eine Staatsanwältin, die das Richtige und nicht stur das Gesetzliche tun will, überwunden.

Zu der Zeit, in der Dorn die Regeln für Keesha und andere bricht, macht die Familie eines siebzehn Jahre alten ehemaligen Sprühers eine ganz andere und für sie viel weniger befriedigende Erfahrung mit dem Aufsichtführenden Richter der Zweigstelle Thurgood Marshall. Im Falle dieses Jungen scheint Dorn daran gelegen zu sein, die Regeln streng durchzusetzen, ohne Rücksicht auf die Folgen.

Christopher Jones war ein Jahr vorher verurteilt wor-

* Anm. d. Übers.: Kleine Süße

den, weil er als Minderjähriger im Besitz von Sprühfarbe war, eine Übertretung, die in den letzten Jahren von den Gesetzgebern eingeführt worden war im Bemühen, das Graffiti-Unwesen einzudämmen. Das führte zu Christophers erstmaligem Erscheinen vor dem Jugendgericht, obwohl er schon jahrelang straflos ein chronischer Schuleschwänzer gewesen war. Der Richter des damaligen Falls – Dorns Vorgänger in Abteilung 240 – wollte ihn keine Strafe im Lager oder Juvenile Hall absitzen lassen. Aber direkt auf Bewährung nach Hause entlassen werden konnte er auch nicht, weil Chris und sein Stiefvater sich verabscheuten und Chris' Mutter nicht verhehlte, auf wessen Seite sie stand. Sie erklärte, sie habe »die Nase voll von Chris' seinem Mist«, so daß der Richter keine andere Wahl hatte, als den Jungen in ein Gruppenheim zu schicken.

Ein Jahr später rief Chris' Mutter ihren Bruder und ihre Schwägerin an und fragte: »Wie wär's, wenn Chris bei euch wohnt? Er hat die Zeit beim Jugendgerichtshof abgebrummt, aber er kann immer noch nicht bei uns leben. Er kommt einfach mit seinem Stiefvater nicht aus.« Andrea und Robert Jones mochten ihren Neffen Chris. Sie besprachen es miteinander und erwiderten dann: »Klar, wir nehmen ihn, aber nur, wenn er sich einverstanden erklärt, nach unseren Grundregeln zu leben. Er muß zur Schule gehen, sich einen Job suchen und von South Bay wegbleiben.« South Bay war die Gegend von Süd-L. A., in der Chris' Sprüherfreunde herumlungerten und wo seine Konflikte mit dem Gesetz begannen. Als das geregelt war, wurde Tante Andrea die Erzieherin, die Chris Jones nie gehabt hatte.

»Die Bildung hat in diesem Haus unbedingten Vorrang«, eröffnete sie Chris gleich von Anfang an. »Wir sind hier alle in der Schule: Junior College*, Erwachsenenklassen und so weiter. Also trete in den Club ein.«

Sie erkannte aber, daß Chris weit, sehr weit, davon entfernt war, wo er eigentlich sein sollte. Ein Jahr nur vor dem

* Anm. d. Übers.: etwa: Studieneingangsphase

Abschlußalter der High-School hatte er lediglich 30 Anrechnungseinheiten von den 220 für ein Zertifikat erforderlichen. Also steckte sie ihn in eine besondere Reihe von Kursen, die ihn in die Lage versetzen würden, ein GED-Zertifikat der High-School zu erringen*. Dadurch ersetzte sie ein unmöglich gewordenes Ziel durch ein erreichbares. Dann half sie ihm, eine Stellung in einem Filmtheater zu bekommen und ließ ihn in ein Berufsbildungsprogramm einschreiben, das ihm - nach Erhalt seines GED - Kenntnisse für das Baugewerbe vermitteln würde. So hatte er die Grundlage, sich eines Tages seinen Lebensunterhalt selbst verdienen zu können. Es erschien Andrea Jones unverständlich, daß das Jugendsystem Chris ein ganzes Jahr unter seinen Fittichen gehabt und dennoch keinen einzigen dieser Schritte unternommen hatte. Chris' Mutter hatte ihr aber von vielen Briefen zum und Anrufen beim Bewährungsamt erzählt, die nie beantwortet worden waren. Sie hatte das dann mit einem Achselzucken als ein weiteres Beispiel einer unfähigen Regierung abgetan.

Das ›Lager‹ Andrea Jones war aber alles andere als unfähig. Chris änderte seine Haltung in drei Monaten vollkommen. Er kleidete sich besser, stand pünktlich auf und ging ohne Klagen zur Schule und gab das Sprühen und seine Sprühfreunde auf. Er wurde sogar in seinem Job bei dem Filmtheater befördert. Sein Chef dort äußerte sich sehr lobend über seine Arbeitsmoral. Schließlich hatte er schon mehrere GED-Prüfungen geschafft und nur noch zwei weitere, die in zwei Wochen stattfinden sollten, vor sich. Was aber am wichtigsten war: Chris hatte angefangen, hoffnungsvoll über die Zukunft zu reden. Zum ersten Mal in seinem Leben ein hilfreiches und geordnetes Zuhause zu haben hatte bei Chris all das erreicht, was der Jugendgerichtshof sich hätte zum Ziel setzen müssen – und das in einem Zeitraum von nur wenigen Monaten.

* Anm. d. Übers.: etwa ›Oberschul-Abschlußzeugnis für handwerkliche Berufe‹

»Du hast mir wirklich geholfen, Tante Andrea«, sagte er ihr eines Tages und umarmte sie – ein rarer Gefühlsausbruch bei diesem gutaussehenden, ruhigen jungen Mann.

Am nächsten Abend, als der Filmtheater-Manager, bei dem Chris angestellt war, ihn nach Hause fuhr, hielt sie ein Polizist wegen einer Verkehrsübertretung an. Als der Beamte dann die Routinedaten des Fahrers und Fahrgastes durchgab, stellte sich heraus, daß seit langer Zeit ein Haftbefehl für Chris vorlag, ausgestellt von einem Jugendrichter. Chris wurde an diesem Abend festgenommen und zum ›Zentralen‹ gebracht. Erst dann erfuhr Andrea Jones von ihrer Schwester und Chris, daß er von dem Gruppenheim, in das ihn das Jugendgericht mehr als ein Jahr zuvor gesteckt hatte, ausgerissen war. Da er zu Hause nicht willkommen war, hatte er sechs Monate lang auf der Straße gelebt, bevor er zu seiner Tante und seinem Onkel kam. Sie habe nie Chris' Bewährungshelfer finden können, um das zu erklären, gab seine Mutter an, und so habe sie schließlich aufgegeben. Sie oder Chris hatten nie daran gedacht, den einfachsten und geradesten Weg zur Beseitigung dieses Durcheinanders zu nehmen: zum Jugendgericht zu gehen.

Da Dorns Vorgänger in der Jugendgericht-Abteilung 240 den Fall bearbeitet hatte, fiel Chris' Schicksal nun Richter Dorn zu.

Andrea Jones nahm sich von Arbeit und Schule frei, um ihrem Neffen beim Gericht zu helfen. Chris' Mutter wollte ihr neues Heim in Arizona zu diesem Zweck nicht verlassen. Sie sitzt nun schon zwei Stunden an diesem Vormittag im Gericht und wartet, daß Chris' Fall aufgerufen wird. Als sie dann endlich seinen Namen aus dem Mund des Gerichtsdieners hört, platzt sie wie ein nervöses Schulmädchen heraus: »Ich bin hier!« und hebt die Hand.

Chris' Verteidigerin Leslie Stearns nimmt einen Anlauf, um des Jungen Freilassung zu erwirken, indem sie von seinen Leistungen in der Schule, bei seiner Arbeit und von der allgemeinen Änderung seines Lebens unter der Leitung seiner Tante erzählt.

Dorn schüttelt, mit undurchdringlichem Gesichtsausdruck zur Pflichtverteidigerin gewandt, den Kopf. »Der Minderjährige verließ seine Verwahrung. Niemand machte sich die Mühe, ihn zurück oder zum Gericht zu bringen. Wenn er also zu seiner Mutter, Tante oder Onkel gegangen war, dann leisteten die Beihilfe zur Verletzung seiner Bewährungsauflagen ... Auch wenn die Mutter Schwierigkeiten hatte, sich mit dem Bewährungshelfer in Verbindung zu setzen, wußten doch die Betroffenen, wo das Jugendgericht ist. Sie taten aber nichts. Ich kann das nicht durchgehen lassen.«

Dorn ordnet an, daß Chris im Juvenile Hall bleibt, bis eine ›Dreifachsieben‹ vorliegt – ein Bericht über Bewährungsverletzung, der nach seiner Statusnummer 777 benannt wird. Er beauftragt mit deren sofortigen Erstellung das Bewährungsamt. Dies ist technisch gesehen eine unzulässige Anweisung, denn Dorn darf eigentlich nur um eine Untersuchung bitten, und das Bewährungsamt sollte unabhängig entscheiden, ob eine ›Dreifachsieben‹ erstellt wird oder nicht. Aber jeder Bewährungshelfer weiß, daß – gleichgültig, ob er um eine ›Dreifachsieben‹ ersucht oder sie anordnet – immer unausgesprochen die Drohung dahinter steht, daß es Schwierigkeiten geben wird, wenn man dem nicht Folge leistet.

Andrea Jones springt auf. Chris ist schon das ganze Wochenende über im Jugend-Untersuchungsgefängnis gewesen. »Euer Ehren«, ruft sie von der Galerie aus, worauf sich alle nach ihr umdrehen, so daß sie errötet und stottert, »wir dachten doch, alles sei schon in Ordnung. Von dem Haftbefehl hatten wir doch nichts erfahren. Ich habe ihn wieder in die Schule gebracht und in eine Berufsausbildung. Ich half ihm auch, einen Job zu finden.« An diesem Punkt fängt sie an zu schluchzen und bekommt feuchte Augen. »Sein Leben verläuft doch jetzt in ordentlichen Bahnen.«

Dorn ist ungerührt. »Wir werden das mit Ihnen in der nächsten Anhörung weiter besprechen.« Der Richter läßt seinen Schreiber dann einen Termin für eine weitere Anhörung heraussuchen und verkündet, daß Chris in zwei Tagen wieder vorgeführt werden soll. Andrea Jones beginnt wieder zu protestieren, aber Leslie Stearns, die weiß, daß Dorn Chris' ursprüngliche Nichtbefolgung einer Gerichtsverfügung nicht einfach übergehen kann, ergreift Andrea beim Arm und flüstert: »Sagen Sie jetzt nichts mehr. Das nächste Mal werden wir das wieder zur Sprache bringen. Jetzt würden Sie die Dinge nur noch verschlimmern.«

Danach entwickelt sich der Fall zu einem klassischen und nutzlosen bürokratischen Morast. Zwei Tage nach der ersten Anhörung kommt Andrea Jones um 8 Uhr morgens zum Gericht und wartet bis in den Nachmittag hinein, daß Chris' Fall aufgerufen wird. Sie hat in den letzten beiden Tagen Chris' Mutter Vorhaltungen wegen dieser verfahrenen Situation gemacht und dann versucht, mit dem Bewährungshelfer, der den ›Dreifachsieben‹-Bericht erstellt, Verbindung aufzunehmen. Aber jeder Anruf beim Bewährungsamt wird damit beantwortet, daß man dort keinen Fall Christopher Jones vorliegen habe. Sie kann noch nicht einmal den Namen des Bewährungshelfers herausfinden, der Chris' Angelegenheit eigentlich bearbeiten sollte.

Der Grund dafür wird verständlich, als der Gerichtstag seinem Ende zugeht. Keiner bearbeitet Chris' Fall im Bewährungsamt. Die Akte traf von Dorn über Boten beim Bewährungsamt ein, aber blieb dann im Bewährungsbüro Centinela ungeöffnet und uneingeteilt liegen. Dorn wird wütend, als er das hört. Er läßt Chris aus dem Wartekäfig in den Gerichtssaal bringen, wo er zerzaust, unglücklich und verwirrt über das, was da abläuft, erscheint. Er winkt seiner Tante schwach zu.

Die Verteidigerin Stearns bittet Dorn, ihn nun doch zu seiner Tante zu entlassen. Sie argumentiert, daß das Gesetz die Freilassung eines Jugendlichen innerhalb von achtundvierzig Stunden vorschreibt, wenn keine Anklage erhoben wird, und daß diese Zeit doch nun fast verstrichen sei, ohne daß eine ›Dreifachsieben‹ in Sicht ist. Der Staatsanwalt stimmt dem zu, glücklich, Chris gehen zu sehen.

Aber Dorn erklärt, er werde nichts tun, ohne einen ›Dreifachsieben‹-Bericht vorliegen zu haben, aus dem er die Wahrheit über das Verhalten des Jungen im letzten Jahr erfahren kann. »Bringen Sie mir morgen eine ›Dreifachsieben‹ oder den Bewährungshelfer her, damit er oder sie mir die Gründe erklärt, warum das nicht geschieht«, weist er sein Personal an. In der Zwischenzeit umgeht er die Frist von achtundvierzig Stunden, indem er die ursprüngliche Anweisung der ›angemessenen Verwahrung‹, unter der Chris zu dem Gruppenheim geschickt worden war, wieder zum Leben erweckt. Dorn ordnet an, daß Chris wieder dorthin geschickt wird, als neue ›angemessene Verwahrung‹. Da der Vorgang der Verwahrungseinweisung eines Minderjährigen Wochen in Anspruch nimmt, hat Dorns Anweisung den praktischen Effekt, Chris im ›Zentralen‹ festzuhalten, bis ein ›Dreifachsieben‹-Bericht erstellt worden ist. Dann kann Dorn die Verwahrungsanweisung annullieren und nach eigenem Ermessen entscheiden. Inzwischen weist er jeden Beteiligten an, am nächsten Tag wieder zurückzukommen, um den Fall zu lösen.

Als Andrea Jones am nächsten Tag zurückkehrt, hat sie immer noch nicht mit dem für Chris zuständigen Bewährungshelfer sprechen können, obwohl sie am Vortag sechsmal telefonisch versucht hatte, mit ihm in Verbindung zu treten. Nachdem sie wieder den ganzen Vormittag im Gericht warten mußte, wird ihr mitgeteilt, daß Chris' Fall wieder vertagt werden muß. Dorns schlauer Trick mit der Anweisung für ›angemessene Verwahrung‹ ist zu einer Retourkutsche geworden, denn die Umgehung der Frist von achtundvierzig Stunden für eine Anklageerhebung hat die unbeabsichtigte Wirkung, daß für das Bewährungsamt nun kein Grund zur Eile mehr vorliegt. Chris' Akte wandert also auf den Boden des Stapels von zu erledigenden Fällen beim Bewährungsamt, hinter all die Fälle, für die noch die Achtundvierzig-Stunden-Frist gilt. Eine weitere Anhörung wird in fünf Tagen angesetzt.

»Das ist doch ein Alptraum«, klagt Andrea Jones im Flur. »Er versäumt die Schule, bleibt weiter eingesperrt – und wofür? Was wird denn damit erreicht?«

Bis zur nächsten Anhörung mahnt Andrea Jones das Bewährungsamt täglich – aber ohne Erfolg. Schließlich, am Nachmittag vor Chris' Anhörung, wird sie aufs Geratewohl mit einem mitfühlenden Bewährungshelfer verbunden, der sich bereit erklärt, nach Chris' Akte zu suchen. Er spürt sie auf einem unbenutzten Schreibtisch im Centinela-Büro auf. Irgend jemand hatte sie dort hingelegt und nicht mehr beachtet – keiner weiß, wer oder warum. »Niemand kümmert sich darum«, erzählt der Bewährungshelfer Chris' Tante.

Sie bittet ihn um Hilfe. Als er die Verzweiflung in ihrer Stimme bemerkt, hört er sich ihre Geschichte aufmerksam an und bleibt dann bis 9 Uhr abends im Büro, um alles zu überprüfen, was sie ihm zu sagen hatte – Chris' Schulleistungen, seine ausgezeichnete Arbeit im Filmtheater, seine Anstrengungen, einen GED-Abschluß zu erringen. Als der Bewährungshelfer festgestellt hat, daß alles wahr ist, ruft er Andrea Jones zurück und fragt: »Warum fordert denn der Richter dafür einen ›Dreifachsieben‹-Bericht?«

»Ich weiß es nicht«, antwortet Andrea, »aber Richter Dorn ist auf der Palme.«

Dann erklärt der Bewährungshelfer Andrea, daß er unter diesen Umständen solch einen Bericht erstellen müsse – wenn er es auch nicht für nötig hält –, um Richter Dorn zu besänftigen. Aber er verspricht zu empfehlen, daß Chris auf Bewährung zu seiner Tante und seinem Onkel entlassen wird. »Der Richter wird einen verdammt guten Grund haben müssen, meine Empfehlung nicht anzunehmen – also wird es wohl gut für Sie ausgehen.« Andrea ist so zuversichtlich, daß sie am nächsten Tag einen Papiersack voll Kleidung für Chris für die Heimfahrt mitbringt. Sie schaut sich einige der anderen Jugendlichen im Gerichtsgebäude an und fragt sich bedrückt, was wohl aus diesen Jungen und Mädchen wird, die niemanden haben, um das System zu drängen, etwas zu tun.

Endlich, nach einer weiteren tagelangen Wartezeit im Gericht, wird Richter Dorn der hastig mit der Hand geschriebene ›Dreifachsieben‹-Bericht im Gerichtssaal vorgelegt.

Dorn überfliegt ihn, schiebt ihn dann ohne einen weiteren Blick beiseite und erklärt: »Für die Rehabilitierung dieses Minderjährigen und zum Schutz der Gesellschaft ordne ich an, daß er in ein geschlossenes Kurzzeitlager geschickt wird, von dem er sich nicht entfernen kann.«

Chris legt den Kopf auf den Verteidigertisch. Dorn hat ihm nie eine Frage gestellt.

Andrea Jones ist wie vom Blitz getroffen. »Das ist doch nicht fair!« ruft sie aus. Chris' Verteidigerin zischt ihr zu, still zu sein, aber Dorn ignoriert diesen Ausbruch völlig und fährt fort, auf Chris einzureden, daß dieser Aufenthalt bis zu sechs Monate dauern kann, er aber bei guter Führung früher entlassen werden könne. »Du kannst nicht immer weglaufen, und ich lasse deine Nichtbefolgung von Gerichtsverfügungen nicht durchgehen! Deshalb schicke ich dich auch nicht einfach nach Hause. Wenn du von selbst gekommen wärst, wäre das etwas anderes. Aber du kamst ja nicht.«

Dorn zögert nun ein wenig und schaut zu Andrea Jones hinüber. Dann sagt er kurz angebunden: »Das ist alles. Viel Glück, junger Mann.«

»Kein Wunder, daß unsere Jugendgerichte auseinanderfallen«, bemerkt Chris' Tante etwas später dazu, als sie das Gebäude verläßt. »Das ist doch keine Gerechtigkeit. Das ist Wahnsinn! Jetzt versäumt er seinen Schulabschluß. Er wird wieder von vorn beginnen müssen. Er verliert auch seine Arbeit, seine Berufsausbildung – alles. Als er bei uns wohnte, hatte Chris alles geleistet, was der Richter nur hoffen konnte, mit Lagern und Verwahrungen zu erreichen – und sogar noch mehr. Warum soll er nun bestraft werden? Das stinkt doch zum Himmel! Das sieht doch wie Rache aus! Welchen Nutzen soll das denn haben?«

Die stellvertretende Leitende Pflichtverteidigerin Stearns ist ebenfalls wütend. Mit einem Aktenstoß auf ihrem Weg zurück zu ihrem Büro balancierend, klagt sie: »Das ist wieder mal so typisch Dorn. Es muß nach *seinem* Kopf gehen, sonst ist nichts in Ordnung. Er kriegt es fertig, einem Bankräuber eine Bewährungsstrafe zu erteilen, wenn ihm das in den Kram paßt. Hier aber hat er ein Kid, das alles von selbst erreicht hat, bei seiner Familie statt durch das Gericht – und das kann Dorn nicht hinnehmen. Er will Chris eine Lektion erteilen, auch wenn sie all das Gute zerstört, das dieser Jugendliche vollbracht hat.«

Für Richter Dorn stellt diese Behandlung des Falls Christopher Jones nichts Außergewöhnliches oder Inkonsequentes dar. Abgesehen von der miserablen Arbeit des Bewährungsamts (es stellt sich später heraus, daß sie dort monatelang vor seiner Verhaftung gewußt hatten, wie Chris im Haus seiner Tante zu erreichen war, aber nie etwas unternahmen) bleibt für Dorn nur ein Jugendlicher vor Augen, der weggerannt war und nun das System übertölpeln will. »Das ist etwas, was ein Richter wie ich nie erlauben wird!« erklärt Dorn. Wenn das Gericht seine Verfügungen nicht durchsetzt –, dann wird nach seiner Meinung die Autorität des Richters untergraben, und dem Jugendgerichtshof geht dadurch die Fähigkeit verloren, das Leben von Kindern zu heilen. So einfach ist das für Dorn.

Aber dieser Fall, zusammen mit dem von Rolando, Keesha und anderen, führt dazu, daß sich im Gerichtsgebäude die Ansicht festigt, daß Dorn ein wilder Geist ist, launisch und unberechenbar – eine Ansicht, die schon wegen seiner vergangenen Kontroversen und seiner rachsüchtigen Behandlung von Anwälten die versuchten, ihn ›mit Papierkrieg einzudecken‹, heftig schwelte. Ob er nun in diesem oder jenem Fall recht hat oder nicht, die Staatsanwälte und Verteidiger in dem Gerichtsgebäude beginnen, sich in zwei Lager zu teilen: eines, das Dorn wie einen Retter ansieht, und ein anderes, größeres, das ihn als einen Richter betrachtet, der bereit ist, das Gesetz jederzeit zu biegen oder zu brechen, der, wenn es ihm in den Kram paßt, einem Jugendlichen Milde gewährt, der aber mit anderen Minderjährigen unbarmherzig starr umgeht, ganz gleichgültig, ob das nun gerechtfertigt ist oder nicht.

Die privaten Rechtsanwälte bleiben im allgemeinen neutral, aus der Befürchtung, daß es eine Bedrohung ihres Lebensunterhalts sein könnte, sich Dorn in die Quere zu stellen. Dorn hat nämlich das Sagen darüber, welche Verteidiger bei seinem Gericht zugelassen werden, und diese Anwälte wissen nur zu gut, daß es unter Richtern eine alte Tradition ist, Rechtsanwälte, die sie mit Papierkrieg belegen und zu oft Berufung einlegen, zu strafen, indem sie ihre Namen von der Zulassungsliste streichen.

»Ich habe eine Verpflichtung meinen Mandanten gegenüber, etwas zu tun, wenn ich glaube, daß ihre Interessen bei Richter Dorn nicht am besten gewahrt sind«, flüstert eine Verteidigerin außerhalb des Gerichtssaals nach einer angespannten und erbitterten Anhörung vor Dorn. »Ich habe aber auch eine Verpflichtung gegenüber meiner Familie, für die ich den Lebensunterhalt verdienen muß. Ich bin davor gewarnt worden, Richter Dorn mit Papierkrieg zu belegen, weil ich andernfalls dafür bestraft werde. Dann nütze ich aber niemandem hier. Was soll ich also tun?«

Schließlich kommt diese Verteidigerin zu dem Schluß, daß sie den Interessen von niemandem dienen kann, wenn sie nicht mehr für diese Gerichtszweigstelle zugelassen wird. Also entschließt sie sich zu einer verdeckten Strategie, um Dorn zu unterlaufen. Bei jedem Fall, den sie Dorn abnehmen lassen möchte, ersucht sie um Sonderanhörungen zur Feststellung, ob genügend Gründe für die Anklage gegen ihren Mandanten vorliegen. Jeder Minderjährige hat ein Recht auf solche Anhörungen, aber sie erfolgen nicht automatisch, und nur ein paar private Verteidiger beantworten sie, weil sie Mehrarbeit bedeuten. Der Vorteil in dieser gesetzlichen Bestimmung liegt darin, daß ein anderer als der für den Fall zuständige Richter die Anhörung über die Anklagegründe leiten muß, damit die spätere Verhandlung nicht beeinträchtigt wird. Das entspricht einer Anhörung ohne Gegenwart der Geschworenen in einem Erwachsenengericht. Dorn muß die betreffenden Minderjährigen für die Anhörung der Anklagegründe in einen Nebenraum oder ins untere Stockwerk schicken, und nach den Anhörungen sollen die Fälle dann normalerweise an Dorn zur Verhandlung zurückgegeben werden. Wenn diese Verteidigerin aber erst einmal eines ihrer Kids vor einem anderen Richter hat, zieht sie schnell ihren Antrag auf die Sonderanhörung zurück und handelt eine Plädierabmachung für Aburteilung auf der Stelle aus. Sie vermeidet auf diese Weise, daß der Fall jemals wieder an Richter Dorn zurückgegeben wird, bei dem die Strafen und Bewährungsauflagen oft weit strenger sind. Peggy Beckstrand hat diesen Trick recht schnell durchschaut, aber tut nichts dagegen, weil auch ihr nicht daran liegt, Fälle bei Dorn zu lassen.

Die gleiche Privatverteidigerin beginnt auch in aller Stille, den in ihrem Lebensunterhalt besser gesicherten Pflichtverteidigern im öffentlichen Dienst Informationen über Dorns Verhalten zukommen zu lassen, besonders über einen Fall, in dem Richter Dorn einen Bagatelldieb auf gesetzlich zweifelhafter Grundlage im Juvenile Hall einsperren ließ.[2] Andere private Rechtsanwälte handeln ebenso. Etwa zu dieser Zeit beginnen auch sowohl das Pflichtverteidigeramt als auch die Bezirksstaatsanwaltschaft auf Anweisung ihrer Vorgesetzten in der Innenstadt, lange Listen von fragwürdigen Handlungen Dorns aufzustellen, in der Hoffnung, genug Material für eine formelle Klage wegen beruflichen Fehlverhaltens anstrengen zu können. Genau so geschah es schon fünf Jahre vorher bei Dorns erster Dienstphase im Jugendgerichtshof. Die diesem Gerichtssaal zugeteilten Staatsanwälte müssen jeden Tag nach den Verhandlungen in ihr Büro zurückkehren, einen kritischen Bericht über Dorns Urteile und Verhalten schreiben und dann Peggy Beckstrand vorlegen. Die Pflichtverteidiger erledigen das gleiche für ihren Boß. So wird langsam ein Wettlauf daraus, welches Amt sich Dorn zuerst öffentlich widersetzen wird – ein offenes Geheimnis in der Zweigstelle Thurgood Marshall. Wenn sich Dorn dessen bewußt ist – wovon man ausgehen muß –, so läßt er sich nichts anmerken, und er gibt auch nicht im geringsten nach.

Dieser unterschwellige Kampf erreicht fast den Explosionspunkt, als Richter Dorn einen Wutanfall bekommt, weil eine neue Staatsanwältin von Peggys Stab einen Terminkonflikt löst, indem sie einen Kollegen bittet, eine Verhandlung für sie zu Ende zu führen. Alles, was noch zu tun war, bestand darin, einen letzten Zeugen aufzurufen und das Beweisverfahren abzuschließen. Als dann Dorn nach Wiederaufnahme der Verhandlung einen anderen Staatsanwalt in seinem Gerichtssaal sieht, beginnt er laut auf schäbige, unprofessionelle Staatsanwälte zu schimpfen und droht, die abwesende Staatsanwältin wegen Mißachtung des Gerichts festnehmen zu lassen. Dann weist er den Fall ab. Es handelt sich hier um einen schweren Überfall, bei dem das Opfer mit dem Tod bedroht worden war, für den Fall, daß es aussagen würde. Auch die Beweislage wegen Zeugenschwierigkeiten war unzureichend. Schließlich besteht Dorn darauf, daß Peggy zum Gerichtssaal trottet, wo Dorn sie erst stumm anstarrt und dann in öffentlicher Sitzung, die protokollarisch aufgezeichnet wird, anschreit, daß sie einen unfachmännischen Laden führt und sie abkanzelt wie eine Straftäterin. Er erklärt, daß kein Staatsanwalt einer Verhandlung fernbleiben dürfe, wenn er nicht im Krankenhaus liegt oder ein Attest seines Arztes vorlegen kann. Peggy muß die Hände in den Taschen verkrampfen, um nicht selbst loszuschreien. Dorn läßt sie auch gar nicht zu Wort kommen. *Sie* habe hier nur zuzuhören, schnauzt er.

Wieder zurück in ihrem Büro, ist sie aus dem Bauch heraus drauf und dran, deshalb offen den Krieg zu erklären, aber nach reiflicher Überlegung kommt sie zu dem Schluß, daß der Umstand, von einer Dorntirade öffentlich gedemütigt zu werden – so unangenehm das auch sein mag –, dazu nicht ausreicht.

Statt dessen schickt sie ein Memorandum an das Innenstadtbüro, worauf Tom Higgins, ihr unmittelbarer Vorgesetzter im Amt, zu einer ruhigen Besprechung mit Dorn erscheint. Dabei erblickt dieser Senior-Staatsanwalt ein junges Mädchen, das in Begleitung eines Polizisten in Handschellen im Gerichtssaal sitzt. Sie ist eine Ausreißerin, die als Statusverletzerin zu einer von Dorns Strafpredigten in den ›Richterkammern‹ hergebracht worden ist. Dies, folgert Higgins, ist kraß ungesetzlich. Statusverletzern dürfen keine Handschellen angelegt werden, da sie ja kein Verbrechen begangen haben. Wenn man deshalb genug Staub aufwirbeln würde, könnte man Dorns geliebtestes Projekt, seine Anstrengungen, Statusverletzungen zurück in den Hauptstrom des Jugendgerichtshofs zu bringen, zum Scheitern verurteilen. Die Gefahren gesetzlicher Haftung für die Gemeinde sind hier nämlich enorm: Wenn ein Kind bei einer solchen illegalen Festnahme verletzt würde, dürften die Schadenersatzklagen nur so hereinströmen. Peggys Boß hat damit scharfe Munition gegen Dorn, was dessen ›Richterkammern‹ betrifft, mitzubringen, so daß er sich schon beträchtlich wohler fühlt. Endlich einmal kann er nun den Richter in eine Verteidigungsposition treiben. Sicherlich wird er etwas von Mißverständnissen seitens der Polizei stammeln und er, Higgins, kann ihm dann vorhalten, daß sein Ausfall gegen Peggy kindisch und seinerseits unprofessionell war. Dorn denkt jedoch nicht daran einzugestehen, etwas nicht richtig getan zu haben, aber er versichert Higgins, daß Maßnahmen ergriffen würden, um falsche Behandlung von Statusverletzern zu verhindern. Das Treffen schließt mit einer versöhnlichen Note. Dorn wolle *mit* der und nicht gegen die Staatsanwaltschaft arbeiten, verspricht er.[3]

Danach nehmen die Beziehungen zwischen Peggys Stab und dem Aufsichtführenden Richter von Thurgood

Marshall eine merklich freundlichere, ja beinahe joviale Form an. Die meisten alten Hasen des Gerichtsgebäudes beginnen zu spekulieren, daß wohl erst ein heiß umstrittener Fall einer Überstellungsanhörung – wahrscheinlich in bezug auf einen Mord oder ein anderes Gewaltverbrechen – so viel Druck ausüben wird, daß entweder die Staatsanwaltschaft oder das Pflichtverteidigeramt einen direkten Konflikt mit Dorn auslösen werden. Es müßte etwas sein, wo die Einsätze wirklich hoch sind.

Schließlich wird aber die Lunte gezündet durch nichts Aufsehenerregenderes als einen fünfzehn Jahre alten Armbanduhrdieb und eine simple Streitfrage über das Besuchsrecht. Richter Dorn hatte eine Jugendeinrichtung angewiesen, dem Sozialarbeiter des Pflichtverteidigeramts den Besuch bei dem jungen Mann nicht zu gestatten. Solche Besuche sind normalerweise ein Routinevorgang, den kein anderer Richter bisher zu unterbinden versucht hatte, aber Dorn sieht das nicht so. Das Pflichtverteidigeramt betont, daß Dorn die Bemühungen des Verteidigers, seinen Mandanten angemessen zu vertreten, behindert und daß folglich auch die Rechte des Minderjährigen verletzt werden. Dorn will aber nicht nachgeben. Er verkündet in öffentlicher Verhandlung: »Nein, Sie dürfen nicht irgend jemanden den Minderjährigen besuchen lassen. Nicht ohne eine Anordnung des Gerichts!«

Das ist nun eine Trennungslinie auf sandigem Grund. Das Pflichtverteidigeramt könnte jetzt sagen: »Ja, wir müssen uns dem fügen. Dürfen wir aber um die Erlaubnis Euer Ehren bitten, unseren eigenen Mandanten zu besuchen?« Oder sie können gegen Dorn ankämpfen.

Der Leiter der Jugendabteilung des Pflichtverteidigeramts in der Innenstadt sieht hier die Gelegenheit, auf die er gewartet hat. Er hatte die Zustimmung seines Amtes vor fünf Jahren, keine offizielle Klage gegen Dorn anzustrengen, als es feststand, daß Dorn aus dem Jugendgericht versetzt würde, schon lange bedauert. Mit zunehmendem Ärger hatte er Dorns harte Urteile und Versuche, das System durch Wiederbelebung der Statusverletzung zu reformieren, beobachtet und war zu der Ansicht gekommen, daß Dorn weder repräsentativ für die Richter des Jugendsystems sei noch ein Modell, das nachgeahmt werden sollte. Jetzt gibt er seinen Anwälten in Inglewood eine Anordnung in zwei Worten: ›Papierkrieg beginnen!‹

Das genügt, um Richter Dorn den Krieg zu erklären und, als Folge davon, die gesamte Jugendgerichtsbarkeit der Großgemeinde Los Angeles zu lähmen.

Teil Drei

Die Verfügung über ein Kind

In den letzten 70 Jahren haben viele engagierte Frauen und Männer ihr Berufsleben der erhellenden Aufgabe gewidmet, uns aus der von Charles Dickens beschriebenen dunklen Welt zu führen und unsere Verantwortung gegenüber dem Kind in unserer Gesellschaft wahrzunehmen. Das Gericht schickt sich jetzt an, einen langen Schritt ins 19. Jahrhundert zurückzugehen. Zu jener Zeit gab es keine Jugendgerichtsbarkeit, so daß ein Kind in einem konventionellen Strafgerichtshof mit allen Beschränkungen der konventionellen Verhandlungsbestimmungen abgeurteilt wurde. So kam es denn, daß ein zwölfjähriger Junge namens James Guild in New Jersey für die Tötung von Catherine Beakes vor solch ein Gericht gestellt wurde. Die Geschworenen befanden ihn für des Mordes schuldig, und er wurde zum Tode durch den Strang verurteilt. Das Urteil wurde vollstreckt. Es war alles verfassungsmäßig.

> US-Bundesrichter Potter Stewart, in seiner einsamen Ablehnung des Urteils des US-Bundesgerichts im Gault-Fall von 1967, nach dem Jugendgerichte Kindern die gleichen Rechte wie Erwachsenen gewähren müssen.

> *Schon zu Anfang muß ich betonen, daß es doch absurd ist, die Ansicht zu vertreten, man müsse reif genug sein, ein Kraftfahrzeug verantwortungsbewußt zu fahren, nicht übermäßig Alkohol zu trinken und klug zu wählen, um auch reif genug zu sein zu verstehen, daß die Ermordung eines anderen menschlichen Wesens etwas völlig Unrechtes ist … Wir können dafür weder einen historischen*

Grund noch eine moderne gesellschaftliche Übereinstimmung erkennen.

Der US-BUNDESGERICHTSHOF, als er 1989 die Todesstrafe für bestimmte Jugendliche bestätigte.

Kapitel 13

Der Fall der 31 Aromen

Wie viele Städte in Südkalifornien, so scheint Inglewood eher die Fiktion einer Stadt als eine wirkliche zu sein – ein grob rechteckiger Komplex, der nur auf Landkarten erkennbar ist, auf allen Seiten umgeben von der Teer- und Betonfaust des Monsters Los Angeles. Verwaltungstechnisch ist es eine Stadt für sich, aber für den zufälligen Besucher, der durch den Hawthorne Boulevard, die Manchester Avenue oder die 78. Straße – dem Heim des ›Fabulous Forum‹, wo die Los Angeles Lakers und die L.A. Kings spielen – kommt, ist sie von den weit ausgedehnten Ansiedlungen nicht zu unterscheiden. Es gibt da keinen Puffer, keine Unterbrechung irgendwelcher Art oder grünen Rand, der sie vom Rest der Welt trennt, keine klar erkennbare Grenze, außer dem amtlichen Briefkopf der Stadt und dem etwas unterschiedlichen Blauton der Polizeiuniformen. Und gewiß unterscheiden sich die Verbrechensquoten dieser ›Stadt‹ auch nicht von denen der Großstadt, die das Los-Angeles-Becken wie eine Fieberkarte plagen und die mehr und mehr das Werk von jungen Händen sind. Die Ereignisse vom 26. Januar zeigen das so deutlich wie Blutpfützen auf einem heißen Gehsteig.

Es ist kurz nach 7 Uhr an einem milden Winterabend in L.A. Ein abnehmender Mond schiebt sich durch den Smog des Tages. Vier Jugendliche in einem grauen Oldsmobile Cutlass kreuzen den westlichen Teil der 78. Straße, vorbei an Reihen von Bungalows mit drei und vier Zimmern, deren Erdgeschoßfenster durch schwarze schmiedeeiserne Gitter geschützt sind und deren Rasenflächen in den Vorgärten unter dem Smog dahinkümmern. Der Cutlass bremst neben einem Mann, der sich auf dem Gehsteig mit seiner 23jährigen Lebensgefährtin unterhält. Sie stehen vor ihrem Haus, halten sich bei den Händen, und ihre Tochter spielt neben ihnen. Ihr Lächeln schwindet dahin, als sie sich zu dem anhaltenden Wagen wenden und sehen, wie sich die getönten Scheiben auf der Fahrerseite gleichzeitig vorn und hin-

ten senken. Von innen hören sie eine kalte, gleichgültige, noch im Stimmbruch befindliche Stimme krächzen: »Na, was gibt's, Mann?«

Der Mann auf dem Gehsteig hat den Überlebensinstinkt eines lebenslangen Bandenmitglieds. Er beginnt, nach Deckung zu rennen, noch bevor die Mündungen von zwei halbautomatischen Gewehren aus den Wagenfenstern auftauchen und blauschwarz im kalten Licht der Straßenlaternen glänzen. Dadurch kann der Mann sich retten, als diese Mündungen zu zittern beginnen und mit Blitzen ein Dutzend Kugeln innerhalb einer Handvoll von Sekunden ausspeien. Seine Lebensgefährtin ist jedoch nicht durch die unbarmherzige Schule eines Lebens auf den Straßen gegangen. Sie empfängt eine Kugel im Bein und fällt auf die Knie. Im gleichen Augenblick kreischt ihre zwei Jahre alte Tochter Kyiara Nicole auf und stößt einen seltsamen, feuchtklingenden Hustenlaut aus. Ihre kleine Brust ist von einer Kugel durchbohrt worden. Die Mutter zwingt sich auf die Füße, reißt ihre Tochter in die Arme und läuft blutend und nach Hilfe schreiend in das Haus, wobei sie verschwommen wahrnimmt, daß das Schmettern der Schüsse aufgehört hat und durch das Geräusch eines aufheulenden Automotors ersetzt wird. Kyiaras Großvater rast durch das Haus in das Wohnzimmer, aber es ist zu spät. Das Baby, das Puzzlespiele, Kätzchen, Zoe aus der Sesamstraße und das backenbärtige Gesicht ihres Großvaters geliebt hat, schreit nicht mehr, spricht nicht mehr. Sie schaut ihn nur noch einen herzzerreißenden Augenblick lang aus weitaufgerissenen, entsetzten Augen an, während eine rote Blume auf ihrem Hemd wächst wie bei einer Zeitlupen-Filmaufnahme. Dann, als er und ihre Mutter die Arme nach ihr ausstrecken, fällt Kyiara Nicole in sich zusammen und stirbt auf dem Wohnzimmerboden.

Eine halbe Stunde vergeht. Die Krankenwagen und Streifenwagen der Polizei sind angekommen, das Summen ihrer Funkgeräte erfüllt die Nachtluft, Nachbarn stehen wie ein griechischer Chor zusammen, Kinder recken die Hälse, um wenigstens einen Blick in das Haus zu werfen, weil sie von hastig gespannten Girlanden aus gelbem Band vom Grundstück zurückgehalten werden. Weniger als eine Meile weiter taucht der graue Oldsmobile-Wagen neben einer Gruppe von zehn Schulkindern auf, die an einer Straßenecke herumstehen. Soweit jedermann sehen kann, sind diese Schulkinder keine Bandenmitglieder oder Schwerverbrecher, sondern nur junge Leute, die die Zeit totschlagen, beschäftigungs- und harmlos. Die gleichen beiden Fenster gleiten mit einem elektrischen Summen herunter. Die gleichen beiden Mündungen erscheinen und speien wieder Kugeln aus. Ein Junge und ein Mädchen fallen zu Boden, an Beinen und Rücken getroffen, während die anderen auseinanderstieben und sich ducken. Die Salve hört auf, und es steigt jemand aus dem Wagen – ein blasser Teenager mit wildem Haar, der den Kids an der Ecke so zwischen fünfzehn und siebzehn Jahre alt zu sein scheint. Er läßt die Tür zu seinem Wagen offen. Rapmusik, die Bässe auf volle Lautstärke gestellt, dröhnt unharmonisch aus dem Auto. ›Wildhaar‹ steuert zielstrebig auf ein bestimmtes Mädchen zu – Tila French, eine vierzehnjährige Schülerin der Junior High-School, die zu Boden gefallen ist, wobei eine Kaskade von Büchern aus ihrem Rucksack rutschte. Tila sieht ›Wildhaar‹ kommen, das große Gewehr locker an seiner Seite, und sie versucht panisch, unter einen geparkten Transporter zu kriechen. Sie ist schon zur Hälfte darunter – die Stellung, in der die Polizei später ihren Körper finden wird, am Rinnstein eingeklemmt zwischen Ölflecken, zertretenen Zigarettenstummeln und ihrem eigenen Blut –, als der Bursche mit dem Gewehr direkt über ihr anhält. Breitbeinig, die Arme gerade ausgestreckt und das Gewehr in beiden Händen, wie in einem Actionfilm, brüllt Wildhaar: »Du wirst nirgendwo hinkriechen, Hündin!« Dann pumpt er seelenruhig drei Kugeln in Tilas Körper. Die letzte ist ein exekutionsartiger Gnadenschuß in den Kopf, während Tilas Freunde und Schulkameraden hilflos zuschauen müssen, schreien und sich fragen, ob sie wohl als nächste dran sind. Aber ›Wildhaar‹ trottet zum Wagen zurück, der nach seinem Einsteigen um die Ecke verschwindet, während sich seine Abgase mit dem Geruch von Pulverdampf, Blut und Furcht mischen.

Das ist der schlimmste Abend der Gewalt, den die Stadt Inglewood jemals erlebt hat. Sogar in einer Region, die von tägli-

chen Bluttaten heimgesucht wird, erscheinen diese Morde in den Abendnachrichten von mehreren Fernsehprogrammen. Die Betonung liegt allerdings auf Hinweisen, die an das Guinness-Buch der Rekorde erinnern – so und so viele getötet und verwundet, ein neuer Rekord für die Stadt. Das wirklich Entsetzliche wird in diesen kurzen Fernsehmitteilungen und Zeitungsberichten nicht vermittelt – der Umstand, daß Kinder Kinder töten, gewaltsam, unmenschlich, ganze Menschenschwärme mit Kugeln besprühen und zwingen, sich in Todesangst zu ducken, um dann ein einziges beabsichtigtes Opfer zu treffen. Der Polizeichef fordert Inglewoods 112 000 Einwohner öffentlich auf, nach Sonnenuntergang in ihren Häusern zu bleiben, bis die Täter gefunden sind. Das ist eine nie dagewesene inoffizielle Erklärung des Kriegsrechts, das die auf den Fall angesetzten Kriminalbeamten unter unerträglichen Zeitdruck setzt. Ihre Stadt ist zu einer Geisel geworden – eine Festnahme muß unbedingt erfolgen, und zwar schnell!

Und so verhaften die Ermittler fünf Tage nach den Morden einen zaushaarigen Burschen mit Namen Hugh. Peggy Beckstrand, die schon genug damit zu tun hat, Inglewoods anderen berüchtigten Mörder, Ronald Duncan, verurteilt zu bekommen, zweifelt an der Schuld des Festgenommenen. Einer der Jugendlichen an der Straßenecke hat nach einer Gegenüberstellung angegeben, er könnte der Schütze sein, so daß ein jubilierender Polizeichef verkünden kann, der Fall sei gelöst. Zum ersten Mal nach langer Zeit erscheinen TV-Kameras im Jugendgerichtsgebäude von Inglewood, um den großen Moment von Hughs Vorführung zur Anklageerhebung aufzunehmen, was allerdings fehlschlägt – wie so oft –, weil der Bus den Jungen nicht aus dem Juvenile Hall bringt. Dennoch wird der Eindruck vermittelt, daß es nur noch eine Frage der Zeit sein wird, bis die anderen drei Killer gefaßt sind. Inglewood, du kannst dich also wieder beruhigen.

Dabei gibt es nur ein Problem: Hugh, der Bursche, zu dessen Haft auf Lebenszeit Peggy Beckstrand beitragen soll, könnte unschuldig sein.

Die Zweigstelle Thurgood Marshall des Jugendgerichtshofs ist heute so ›ordentlich‹ und ›ruhig‹ wie ein Tauschtreffen, als Peggy Beckstrand von der Straße hereinkommt, um ihre Baskin-Robbins-Mordverhandlung wieder aufzunehmen. Sie kommt gerade aus einem schlaflosen Wochenende der Besorgnis – über diesen wackeligen Fall und ihre Entscheidung, einem Komplizen des Mörders Straffreiheit zu gewähren, zusammen mit all den anderen Belastungen und Pflichten eines Jobs, den sie nicht mehr liebt und nicht länger haben will.

Mit einem Stapel von Akten muß sie an einem Schwarm schwarzgekleideter Bandenangehöriger vorbeigehen, die auf den Außenstufen des Gerichtsgebäudes sitzen und demonstrativ johlen und Fratzen schneiden für eine Gruppe von Reportern und Aufnahmeteams, die um das ungewohnte Gebiet der Jugendstrafverfolgung herumquirlt und auf die Vorführung von Hugh, dem Burschen, der Inglewoods schlimmster Mordorgie aller Zeiten beschuldigt wird, wartet. Sie schickt im Geiste ein Dankgebet gen Himmel, daß sie nicht wegen der Ronald-Duncan-Verhandlung gekommen sind, obwohl sie weiß, daß da irgendwo ein hartnäckiger Reporter einer kleinen Lokalzeitung ist, der eine Geschichte über den ›Fall der 31 Aromen‹ zusammenstellt. Nachdem er sich längere Zeit mit dem Verteidiger unterhalten hat, ist dieser Reporter überzeugt, daß Peggy einen erwachsenen Killer, Jason, frei ausgehen lassen will, um den jungen Ronald im Jugendgericht zu verfolgen. Er verfolgt mit Interesse seinen Verdacht, daß Günstlingswirtschaft unter den Gesetzeshütern hinter ihrer Entscheidung, dem Patenkind eines Polizisten Straffreiheit zu gewähren, stehen kann.

Innen ist das Gebäude mit besorgten Eltern und herumlaufenden Kindern vollgepackt – ein übliches Bild, nicht lauter und ruheloser als sonst auch. Ein blauuniformierter Wachmann patrouilliert durch die überfüllten Korridore und gibt nutzlose Anweisungen, doch im einzigen Warteraum des Gebäudes zu bleiben, der die heute anwesenden Horden ja gar nicht aufnehmen kann. Alles kommt verspätet: Die Busse vom ›Zentralen‹ kommen zu spät, was zur Folge hat, daß die Verhandlungen später beginnen und die Verteidiger, die mit ihren Mandanten vor Verhandlungsbeginn sprechen müssen, unter noch größeren Zeitdruck gesetzt werden.

Peggy schiebt sich durch die schmierige Glastür am Westende des Gebäudes und den Erdgeschoßkorridor hinunter, der so vollgestopft und laut wie ein Flughafenterminal zu Weihnachten ist. Auf halbem Wege zum Verhandlungssaal kommt ein Verteidiger auf sie zu, um mit ihr über zwei verschiedene Mordfälle zu reden, die sie abgewiesen haben möchte. Der eine bezieht sich auf einen jungen Gangster, der eines Vorbeifahrmordes beschuldigt ist, und der andere auf ein ehemaliges Pflegekind, das an einem Überfall mit Todesfolge teilgenommen haben kann oder nicht. Aus der Sicht eines Staatsanwalts stinken beide Fälle – nicht, weil die Kids Chancen verdienen, sondern weil die Beweislage dünn und der Verteidiger einer der besten von Inglewood ist. Das sind zwei weitere Bälle, die Peggy inmitten ihrer Hauptverhandlung jonglieren muß. »Lassen Sie uns später darüber reden«, sagt die Staatsanwältin und schiebt sich weiter durch den verstopften Gang.

Als nächste rauscht Sharon Stegall vorbei und ruft über die Schulter: »Sie müssen unbedingt etwas gegen dieses Zerrbild von einem Staatsanwalt tun … Er mischt sich unverschämt in meine Fälle ein!« Bevor Peggy noch antworten kann, ist sie schon vorbei, verschluckt von der Menge. Sie weiß, daß das Problem der Fallabweisungen in der letzten Zeit hier schlimmer geworden ist und daß sie etwas dagegen tun müßte, aber sie hat doch keine Zeit – noch ein Ball, der in der Luft gehalten werden muß; einer zuviel. Dieses quälende Gefühl, aus allen Richtungen gezogen zu werden, ist es ja, das selbst die Professionellsten des Jugendgerichts mit den besten Absichten schließlich mürbe macht und sie ständig der Gefahr aussetzt, von einem Sog von großen Krisen und kleinlichen Details weggeschwemmt zu werden. Peggy hat sich schließlich auch für die häufigste Verteidigung gegen diese gräßliche Realität entschieden: Sie hat eine Versetzung beantragt. Ronald Duncans Fall, ob er nun gut oder schlecht ausgeht, wird zu ihren letzten Aktivitäten im Jugendgericht gehören, und all ihre angesammelte Wut und Frustration über das System wird in dieser Verhandlung ihren Ausdruck finden und sie im Gerichtssaal viel spröder und exponierter erscheinen lassen, als die Zuschauer es von ihr gewohnt sind.

Peggy kämpft sich schließlich bis zu Richter Scarletts Gerichtssaal durch und lehnt sich einen Augenblick gegen die Holztürflügel, die sich hinter ihr schließen und das Dröhnen aus dem Korridor dämpfen. Sie starrt vage auf die Schauvorlage mit den Tatortfotos, die noch von der Verhandlung in der letzten Woche hiergeblieben ist und mit der Vorderseite nach hinten an einer Wand des Verhandlungssaals lehnt – diese schrecklichen Bilder von Chuck und Ada mit den von den Schrotschüssen zerfetzten Köpfen in dem Wagen, aus dem man ihre Eisdielen-Tageseinnahmen geraubt hat. Sie hatte diese von ihr angefertigte Schauvorlage mit den Fotos für ihr Abschlußplädoyer in ein oder zwei Tagen bereitgehalten. Zuerst muß sie aber den heutigen Tag überstehen, vor dem es ihr graut. Heute muß sie Jason Gueringer in den Zeugenstand bringen, ihren neuen Starzeugen, der von Lügen in der Vergangenheit, neuen Geständnissen und einer wasserdichten Straffreiheitszusage befleckt ist – das Patenkind eines Polizisten, der mit Mord davonkommt.

Über das Wochenende hatte Jason Peggy ja gestanden, daß seine ursprünglichen Behauptungen, er habe Ronald in Unkenntnis der Sachlage in seinem Wagen mitgenommen, alles Lügen waren. Er bestand aber darauf, daß er keine Ahnung von der Mordabsicht Ronalds gehabt habe. In diesem Punkt, so schwor er, habe er immer die Wahrheit gesagt. Immerhin hatte ihn seine Ablehnung eines Mordes nicht daran gehindert, an jenem Abend für seine Mühen 300 Dollar von Ronald anzunehmen. Zu der Zeit, so führte er an, habe er versucht, unabhängig zu leben, und sei mittellos gewesen.

Seine neue Geschichte machte ihn nach dem Gesetz so schuldig für zwei Morde wie Ronald Duncan, ob er nun wußte, ob zwei Menschen an diesem Abend getötet werden sollten oder nicht. Und dennoch würde das für ihn keinerlei Folgen haben. Peggy war der Ansicht, daß sie ihn brauchte, und – trotz seiner Lügen – hielt sie widerwillig ihr Angebot voller Straffreiheit im Austausch für seine Aussage gegen Ronald aufrecht. Er hatte seine neuen Geständnisse unter der Immunitätszusage gemacht, so daß sie nicht gegen ihn verwendet werden konnten. Es lag kein weiterer Beweis gegen Jason vor. Also blieb das Angebot gültig.

James Cooper, Ronalds Verteidiger, äußerte sein Entsetzen über diese Entscheidung. Da seien Lebenslängliche und Insassen von Todeszellen, die weniger als Jason verbrochen hätten, klagte er, als Peggy ihm von Jasons neuer Geschichte erzählte. Peggy kann das nicht widerlegen. Es gibt zu viele Beispiele, die beweisen würden, daß Cooper in dieser Beziehung recht hat: So bekam Elias Elizondo zum Beispiel fünfzehn Jahre bis lebenslänglich, weil er mit einem Mitglied seiner Bande zusammen war, als dieses einen Mord beging. George Trevino kann neunundzwanzig Jahre hinter Gittern erwarten, weil er an einem fehlgeschlagenen Überfall teilgenommen hatte, in dem nur der erwachsene Anführer getötet wurde. Geri Vance ging eine Plädierabmachung ein, die ihm zwölf Jahre seines Lebens nehmen wird, um lebenslänglicher Haft zu entrinnen, nur weil er ein Komplize bei einem Überfall war, in dem der Räuber von seinem Opfer getötet wurde. Doch Jason wird nicht belästigt werden, keine kriminelle Vorgeschichte hinter sich und eine Laufbahn bei den Streitkräften vor sich haben. Was konnte Peggy Cooper schon anderes antworten als: »Ja, ja, ich weiß. Aber Sie haben mir keine andere Wahl gelassen.«

Jetzt ist die Kunde dieser Wende der Ereignisse durch das Gerichtsgebäude gedrungen. Jeder Pflichtverteidiger im Gebäude ist in diesen Verhandlungssaal gekommen, um sich das anzusehen. Ronalds ursprüngliche Anwältin, die stellvertretende Leitende Pflichtverteidigerin Nancy Liebold, spricht laut mit einem Kollegen. Sie sagt, sie sei entrüstet darüber, daß Jason in einem Fall, in dem er die Todesstrafe hätte erwarten können, laufengelassen wird. Sie hebt hervor, wie die Straffreiheit nach Bevorzugung eines Polizistenverwandten schmeckt. Dabei weiß sie aus ihrer Arbeit zu Beginn des Falls, daß die Kriminalbeamten, die die Mordfälle untersuchten, sie und Ronald dazu bewegen wollten, ihnen zu helfen, Jason festzunageln. Das ist ja immerhin ein Anzeichen dafür, daß ein Mangel an Beweisen und nicht Günstlingswirtschaft den Verlauf des Falls bestimmte. Hätte Ronald mitgearbeitet, so wäre Jason jetzt auch angeklagt.

Peggy sieht blaß und grimmig aus, als Richter Scarlett hinter der Schranke Platz nimmt, um die Verhandlung wieder aufzunehmen, und sie irrtümlicherweise zum dritten Mal als *Das Volk gegen Donald Duncan* ankündigt. Ronald setzt sich mit dem gewohnten Grinsen neben seinen Verteidiger und winkt seiner Mutter und seinem Vater zu. Wie gewöhnlich sitzen Ronalds Eltern in verschiedenen Reihen, aber sie reagieren synchron, als sie Jason Gueringer vom Zeugenraum im oberen Stockwerk ankommen sehen. Ronalds Mutter starrt ihn mit unmißverständlichem Haß an. Ronalds Vater zeigt allerdings einen traurigen Ausdruck des Verratenen, als ob er nicht fassen kann, wie der Sohn eines Freundes und Nachbarn seine Familie so auseinanderreißen kann.

Jason vermeidet es, sie anzusehen, als er eintritt. Er ist außergewöhnlich groß und dünn. Als er durch die Doppeltür schreitet, duckt er sich ein wenig – ein nervöser blauer Storch in seiner Luftwaffenuniform, blauer Schlips und blaßblaues Hemd unter einem dunkelblauen Sweater mit Stoffschulterstücken. Er wechselt einen Blick mit Peggy, als ob er sagen will, daß er weiß, daß ihm eine Tortur bevorsteht. Sie hatte Ronalds Verteidiger Cooper schon eine Bandaufnahme mit Jasons neuer Aussage übergeben, worauf dieser ohne Zögern erklärte: »Dabei werde ich mir die Lippen lecken.«

Die Staatsanwältin ruft ihren Zeugen in den Zeugenstand, damit er den Eid leisten und seinen Namen für die Aufzeichnung angeben kann. Währenddessen öffnen und schließen sich die Gerichtssaaltüren ständig, da verschiedene Leute ihre Köpfe hineinstecken, um zu sehen, ob sie hier richtig sind. Jedesmal dringt das Dröhnen vom Korridor herein und wird schwächer, wenn die Tür sich wieder schließt – ein Anwalt nennt das den ›Gerichtssaal-Dopplereffekt‹. Jason versucht, dieses seltsame Auf- und Abschwellen zu ignorieren, während er da hoch über den Mikrophonen im Zeugenstand ragt und den Blick über die unbekannten Gesichter in der Galerie schweifen läßt. Er erkennt seinen Paten, den Polizei-Sergeanten Harold Moret, den Mann, der den ersten vagen Zusammenhang zwischen Jason, Ronald und dem blauen Fluchtfahrzeug, das bei den Morden benutzt und mit dem Blut der Opfer beschmiert war, hergestellt hatte. Moret starrt zurück auf Jason von seinem Stuhl in einer Mittelreihe. Er ist entsetzt über das, was Jason getan hat, aber dennoch nicht völlig bereit zu glauben, daß dieser junge Mann, den er sein ganzes Leben lang gekannt hat, ein Verbrecher sein soll, ohne es selbst aus Jasons eigenem Mund gehört zu haben.

Jason leckt sich die trockenen Lippen und schaut weg – zu Peggy hin. Dann, unter ihrer sanften Befragung und überraschend ruhig, erzählt er die Geschichte des Mordes an Chuck und Ada Rusitanonta. Das sind nun nicht wie bei den vorhergegangenen Zeugenaussagen Darlegungen von Polizeitheorien über die Bedeutung von Blutstropfen, Zeugen, die ›vielleicht‹ oder ›kann sein‹ sagen, oder Freunde, die vorbringen, was jemand gesagt hat und gemeint haben könnte. Hier ist die wahre Geschichte: Jason erzählt den ausführlichen Verlauf, die nur ein Komplize wissen kann, verdammend und grausam.

Er erklärt, daß er im Gegensatz zu seinen ursprünglichen Aussagen bei der Polizei vorher von dem Überfall gewußt, ja ihn mit Ronald geplant und Geld dafür angenommen hatte, den Fluchtwagen zu fahren. Da er in den vergangenen Jahren auch schon in der Eisdiele gearbeitet hatte, kannte er die Gewohnheiten der Besitzer gut. Er wußte, wann große Geldsummen vorhanden sein würden und wie Chuck diese in einem braunen Diplomaten-Aktenkoffer, den er schätzte und seinen ›James-Bond-Koffer‹ nannte, mitnehmen würde. Ein paar Tage vor den Morden habe er sogar Schrotpatronen für Ronald auf dessen Bitte gekauft, sagt er aus.

Ursprünglich hatte er der Polizei erzählt, er sei auf dem Wege von seiner Freundin dort vorbeigekommen. Nun gesteht er jedoch, daß dies eine Lüge war, eine Ausrede. In Wahrheit sei er allein zum Restaurant Taco Bell zu einem schnellen Abendessen gefahren, habe einen Burrito hinuntergewürgt und dann an einer Stelle geparkt, die Ronald vorher ausgesucht hatte. Wie die anderen Zeugen schon vermuteten, hatte er dort gewartet, daß Ronald mit der Beute kommen würde. Als er aber sah, wie Ronald in blutdurchtränkter Kleidung in seinen Wagen sprang, sich bis auf die kurze Unterhose und das T-Shirt auszog und etwas von Töten schrie, sei er, Jason, entsetzt gewesen, erzählt er dem Gericht. Dennoch habe er Ronald nach Hause gefahren und einen Anteil des geraubten Geldes angenommen. Später habe er versucht, das Blut abzuschrubben, um seine eigene Haut zu retten, und sei dabei von den Kriminalermittlern erwischt worden, so daß er gezwungen gewesen sei, sich schnell ein paar Lügen auszudenken, um seine Beteiligung herunterzuspielen. Er hatte Ronald schon eingeschärft: »Was auch geschieht, laß ja meinen Namen aus dem Spiel!« Ronald habe zugestimmt, eifrig bedacht, ein ›Einstehboy‹ für den älteren, weiseren Jason zu sein.

»Ich wußte, daß er sie berauben würde«, schwört Jason, »aber ich wußte nicht, daß er sie umbringen wollte!«

Das ist eine vernichtende Aussage für Ronalds Schuld – mit einer Schwachstelle. Und bei dem Kreuzverhör schießt sich der Verteidiger Cooper darauf ein:

»Wußten Sie nicht«, fragte er, »daß, wenn Ronald die Ladeninhaber beraubte, sie ihn identifizieren könnten?«

»Ja«, antwortete Jason.

»Und das hat Sie nicht beunruhigt?«

»Wegen meiner eigenen Sicherheit?« erwidert Jason. »Nein.«

Cooper zieht die Brauen hoch und starrt zu Richter Scarlett hinüber in der Erwartung auf eine Reaktion auf diese Unwahrscheinlichkeit. Er bekommt keine, aber Cooper weiß, daß er nun die Schwachstelle von Jasons Geschichte aufgedeckt hat: Wie konnte er denn hoffen, mit solch einem Überfall davonzukommen, wenn die Zeugen nicht beseitigt werden sollten? Wenn Ronald seine Arbeitgeber berauben würde, so würden die doch sofort die Polizei anrufen, und Ronald würde sofort verhaftet werden, wenn er sein Haus betreten würde. War Jason wirklich bereit gewesen, seine Freiheit auf die Schweigsamkeit eines schuppigen fünfzehnjährigen Sprühers zu setzen?

Unglücklicherweise für Cooper ändert das nicht viel für Ronald, auch wenn Richter Scarlett diesen Hinweis akzeptiert und folgert, daß Jason schon vorher gewußt haben mußte, daß Ronald morden würde. So oder so bleibt Ronald Duncan ein eiskalter Killer. Wenn die beiden sich schon vorher auf Mord geeinigt hätten, wäre es sogar noch schlimmer für Ronald, denn das würde bedeuten, daß Cooper die Tat nicht mehr als einen impulsiven, durch Panik erzeugten Akt während eines Überfalls darstellen könnte.

Also versucht Cooper dieses Problem dadurch zu umgehen, daß er zunächst anführt, daß doch Jason die Morde begangen haben könnte, und nicht Ronald. Aber Jason ist fast zwei Meter groß – etwa 30 cm größer als die Person, die ein Zeuge am Tatabend vom Wagen der Eisdielenbesitzer weglaufen gesehen hat. Als Peggy mit der Befragung an der Reihe ist, betont sie diese Punkte und macht es so klar, wie sie nur kann, daß Jason nicht die Person gewesen sein konnte, die man an jenem Abend von dem Wagen weglaufen sah.

Ein paar Minuten später ist Jasons Befragung beendet, aber nicht ohne einen häßlichen Zusatz. Als Peggy fragt, warum Jason nicht von Anfang an ehrlich gewesen sei, antwortet er: »Ich verschwieg meine Beteiligung ... um mich zu decken.«

»Und jetzt haben Sie keinen Grund mehr zu lügen, weil Sie Straffreiheit haben, nicht wahr?« fragt Peggy weiter. »Was Sie hier auch sagen, es kann Ihnen nichts mehr passieren. Ist es nicht so?«

Das ist eine Standardfrage, die Staatsanwälte ihren immunisierten Zeugen immer stellen. Bevor aber Jason das noch bejahen kann, lacht Cooper auf – ein kurzes Bellen, das schockierend laut durch den sonst still gewordenen Gerichtssaal schallt. Peggy springt auf.

»Ich erhebe Einspruch gegen das Verhalten dieses Anwalts!« stößt sie hervor, während sich rote Flecke auf ihren Wangen bilden. Sie ist jetzt in einer bösen Laune und läßt das nicht so durchgehen, wie sie es normalerweise getan haben würde. »Das ist ein Versuch, den Zeugen einzuschüchtern!«

»Ich versuche doch nicht, ihn einzuschüchtern«, erwidert Cooper und gluckst dabei, nur um seine Gegenspielerin noch mehr zu reizen. Sie wissen beide, daß er genau so leicht argumentierten kann, daß Jason alles sagen würde, um der Todesstrafe zu entgehen, und daß der einzige Grund für seine Straffreiheit doch der ist, daß seine Geschichte der Staatsanwaltschaft hilft. »Das ist keine Einschüchterung. Ich lache doch nur über das Spiel.«

»Das hier ist kein Spiel«, faucht Peggy zurück. »Das ist eine sehr ernste Angelegenheit, und ich erhebe hiermit noch einmal Einspruch gegen dieses Verhalten. Ich sehe es als unangemessen an.«

Scarlett räuspert sich und schwenkt vage die Hände. Er scheint sich äußerst unbehaglich in dieser Situation zu fühlen und ziemlich überrascht zu sein, daß eine kampferprobte Staatsanwältin wie Peggy plötzlich so erregbar wird. Was Scarlett angeht, so hat er viel zu viele junge Mörder gesehen, um sich noch von einem weiteren beeindrucken zu lassen. »In Ordnung«, erklärt er schließlich, »lassen Sie uns also ernst sein.«

Einen Augenblick später geht Jason zögernd aus dem Verhandlungssaal, da er nun entlassen ist. Er weiß nicht, wohin er sich zuerst wenden soll. Peggy folgt ihm und sagt ihm, er solle in ihrem Büro auf sie warten. Sie möchte nicht riskieren, daß es zwischen ihm und Ronalds Angehörigen zu einer Konfrontation kommt. Nach Jason hat Peggy nicht mehr viel vorzuweisen. Phai Wan Konsuer, der Neffe der Opfer und ein Tagschichtarbeiter in der Eisdiele, sagt kurz über seine Freundschaft mit Ronald aus, daß Ronald ständig zu spät zur Arbeit kam und daß er der einzige gewesen sei, der am Mordabend zusammen mit Chuck und Ada gearbeitet hatte. Phai erinnert sich, daß, als er einige Stunden vor Geschäftsschluß die Eisdiele verließ, Ronald ein Baskin-Robbin-Hemd trug wie das bluttränkte, das später, etwa eine Meile vom Tatort entfernt, auf dem Gehsteig liegend, gefunden wurde. Seine Aussage dauert weniger als zehn Minuten – das einzige Mal, daß ein Mitglied der Familie der Opfer in diesem Fall angehört worden ist. Anders als im Erwachsenengericht, wo den Geschworenen oft detaillierte Lebensläufe der Opfer geschildert werden, nimmt das Jugendgericht von den Opfern und ihren Angehörigen keine Notiz. Das, was Verbrechensopfer zur Aufklärung eines Falles beitragen können, wird hier als belanglos angesehen, als Verschwendung der kostbaren Gerichtszeit und als Verletzung der Vertraulichkeitsregeln. Bagatellstraftätern wie beschuldigten Mördern wird erspart, den menschlichen Folgen ihrer Verbrechen gegenübergestellt zu werden.

Als Phai den Zeugenstand verläßt, unterbricht Scarlett die Verhandlung zur Mittagspause. Nach Jasons Aussage hatte sich der Saal schon geleert, und Peggy geht nun mit dem Ermittler des Sheriffbüros, Robert Carr, hinüber zu ihrem Büro. Sie ist nervös und spekuliert vernehmlich, ob wohl Jasons Aussage beim Richter angekommen ist. Ihr sitzt immer noch der Schock in den Gliedern über des Richters Entscheidung, Ronalds Geständnis bei der Polizei nicht anzuerkennen. »Ich weiß einfach nicht, was Scarlett tun wird«. bemerkt sie. »Ich kann mir zwar nicht vorstellen, daß er gegen uns entscheiden kann, aber ich bin mir da bei ihm nicht sicher.«

Ein Teil ihrer Besorgnisse geht auch auf ein Gespräch zurück, das sie mit dem Zeitungsreporter führte, der die Geschichte über die Abmachung hinsichtlich Jasons Straffreiheit schreibt. »Ich hoffe nur, daß Scarlett den Fall nicht wie dieser Reporter ansieht«, meint sie. »Er sagte doch immer wieder: ›Wäre es nicht besser, einen der Kerle sein Leben lang hinter Gitter als einen anderen nur neun Jahre in die Erziehungsanstalt zu schicken?‹ Worauf ich entgegnete: ›Nein, es kommt doch darauf an, wer was getan hat, wer der am meisten Verantwortliche ist. Man kann sich doch nicht einfach nur hinsetzen und Zeiten abwägen, um zu sehen, wer die längste Strafe kriegt. Es kommt doch auf die Schwere der Tat an.‹ Er aber schien nicht überzeugt. Ist das wohl, wie die Öffentlichkeit denkt, frage ich mich, nur Zeiten abzuwägen?« Carr hebt nur fragend die Schultern.

In ihrem Büro auf der anderen Straßenseite setzt sie sich mit Carr und Jason zu einem letzten Gespräch zusammen. Der junge Luftwaffenkadett, der ein Flugticket zu seinem Luftstützpunkt von der Staatsanwaltschaft in der Tasche hat, zieht sich einen Stuhl an den Konferenztisch heran und fragt: »Was wird nun?«

Peggy seufzt und erklärt ihrem Zeugen, daß Ronald, auch wenn er der Morde für schuldig befunden und zu einer lebenslänglichen Haftstrafe verurteilt werden sollte, nach den Gesetzen von Kalifornien im Alter von fünfundzwanzig entlassen werden muß – in anderen Staaten sogar noch eher, mit einundzwanzig, und in manchen sogar mit achtzehn. Sie werden versuchen, ihn zu bessern, sagt sie, soweit das überhaupt möglich ist. Aber auch wenn er ohne Reue bleibt, wird ihn der Kalender freisetzen. Jason schüttelt erstaunt den Kopf – eine seltsame Geste, meint Peggy, für einen geständigen Komplizen, der nicht einen einzigen Tag abzusitzen braucht.

»Sie waren immerhin in einer völlig anderen Situation, Jason«, sagt sie und versucht dabei freundlich zu klingen, ohne daß es ihr vollkommen gelingt. »Sie könnten den Rest Ihres Lebens im Gefängnis verbringen müssen für das, was Sie taten. Sie waren gerade über achtzehn, als das geschah. Man hätte die Todesstrafe für Sie beantragen können – und das alles für dreihundert Dollar!«

Er schüttelt wieder den Kopf und sieht dabei reuevoll aus. »Nicht einmal das.«

Peggy schaut ihn an, sucht nach Sorge in seinem Gesicht, nach einer Entschuldigung, nach etwas, das wie Bedauern aussieht. Sie ist sich nicht sicher, was sie da sieht, und versucht noch einmal, ihm seine Schuld klarzumachen. »Wissen Sie, daß Sie hätten die Todesstrafe bekommen können, wenn Ronald gegen Sie ausgesagt hätte?«

Er nickt. »Ja, das habe ich mir auch schon gedacht.«

Peggy bleibt einen Moment lang stumm, aber dann erkennt sie, daß es keinen Zweck hat, diesen Moment auszudehnen. Es ist geschehen. Sie hat ihre Entscheidung getroffen. Alles, was sie jetzt noch tun kann, ist, sich an den Glauben zu klammern, daß Jason die Wahrheit über den Kern der Geschichte gesagt hatt – daß er nicht wußte, daß Ronald jemanden an diesem Abend töten würde. Das ist das einzige, was die Straffreiheitsabmachung noch annehmbar machen kann. Immerhin, sie hat nur etwas getan, was Staatsanwälte täglich tun. Sie hat einen Handel mit dem Teufel gemacht, um jemanden, den sie als noch schlimmer ansieht, von den Straßen fernzuhalten. Wenn man damit nicht leben kann, muß man eben dieses Geschäft verlassen – denn früher oder später, wahrscheinlich früher, wird sie das wieder tun müssen. Das ist eine der Folgen, die wenige vor dreißig Jahren voraussehen konnten, als alle Rechte und Verfahren der Erwachsenengerichtsbarkeit dem Jugendgericht aufgepfropft wurden. Keiner dachte damals sehr an brutale Doppelmorde durch Fünfzehnjährige, an Geständnisse, die im Gericht nicht anerkannt werden, und Komplizen, denen Straffreiheit für Mord geboten wird. Jetzt gehört all das fast zur Routine beim Jugendgericht.

»Okay, Sie sollten jetzt gehen, Jason«, sagt Peggy abrupt und mildert das dann etwas, indem sie hinzufügt: »Machen Sie weiter in Ihrer Laufbahn und halten Sie sich von Schwierigkeiten fern!«

Jason wendet sich zum Ermittler Carr hin mit einem fragenden Ausdruck auf dem Gesicht.

Der Kriminalist lächelt: »Ja, das geht jetzt in Ordnung. Die Abmachung gilt. Sie sind hier fertig.«

Nachdem der Mann, der Straffreiheit für Mord erhalten hat, aus der Tür und zu einer Laufbahn in der Luftwaffe gegangen ist, kann Peggy nicht an sich halten zu bemerken: »Ich wünschte, ich könnte sagen, daß auch ich jetzt hier fertig bin.«

Sie zieht sich in ihr kleines Privatzimmer zurück, um beim Durchlesen neuer Unterlagen etwas von einem Fertiggericht zu sich zu nehmen, aber die erhoffte Ruhe wird bald durch die Registratorin Sandra Flannery unterbrochen, deren Aufgabe darin besteht, neue Fälle für die Verfolgung vorzubereiten. Flannery ist sich über einige Bewertungspunkte in einem Fall nicht ganz sicher und fragt Peggy um Rat:

»Dies Mädchen hier schießt mit einem Luftgewehr auf ihre Peinigerin, aber trifft nur ihren Wagen«, erzählt Flannery und hält dabei Peggy einen Polizeibericht entgegen.

Die Absurdität, solch einen Fall an der gleichen Stelle und auf die gleiche Weise, mit all den gleichen Regeln wie den Mordfall Ronald Duncan zu behandeln, läßt Peggy fast laut auflachen. Sie denkt daran, was ihr eigener Quälgeist nur ein paar Minuten vorher im Gericht gesagt hat: *»Ich lache doch nur über das Spiel«*, und bereut schon, solches Aufheben darüber gemacht zu haben. Er hatte doch mehr recht gehabt, als sie zugeben will.

»Wie wär's mit einem 245er mit einer tödlichen Waffe?« antwortet sie und spricht dabei Paragraph 245 des kalifornischen Strafgesetzes an – tätliche Drohung.

»Nun, es ist doch nicht wirklich eine tödliche Waffe,

und der Schuß traf doch nur die Rückseite des Autos. Es wurde kein wirklicher Schaden angerichtet.«

Peggy zuckt mit den Achseln. Sie ziehen dann ein Gesetz gegen das Werfen von Gegenständen auf in Bewegung befindliche Fahrzeuge in Betracht, aber da hier nie die Gefahr eines Unfalls bestanden hatte, scheint das auch nicht zu passen. Schließlich wird überhaupt keine Anklage erhoben – die einfachste Lösung beim Jugendgericht und die häufigste: Lassen wir das Kind gehen, und hoffen wir aufs Beste. Hoffen wir, daß sie es nicht wieder tut, daß sie das nächste Mal nicht ein richtiges Gewehr nimmt. Die Registratorin marschiert zu ihrem Schreibtisch und Peggy zu ihrer Verhandlung zurück.

Zurück im Gerichtsgebäude hat sie noch etwas Zeit, bis die Verhandlung wieder aufgenommen wird, und trifft auf Sharon Stegall. Die Bewährungshelferin möchte ihr von ihrem ›Dreifachsieben‹-Fall gegen Jesus berichten, den Burschen, den sein Vater meldete, weil er Crack in seinem Zimmer gefunden hatte. Das hätte eigentlich eine glatte Sache sein sollen, aber der dem Gerichtssaal Richter Dorns zugeteilte Staatsanwalt hatte sich vor der Verhandlung nicht an das Polizeilabor gewandt, um sich die Testergebnisse zu holen, was zur Folge hatte, daß nicht bewiesen werden konnte, daß die Substanz in der Tüte eine illegale Droge war. Jeder wußte, daß es Koks war, aber Jesus' Verteidiger bestand auf Beweisen. Er wird nun anführen, da könnte doch Zucker, Salz oder ein Reinigungsmittel drin gewesen sein, so daß Dorn den Fall abweisen müßte.

»Und als ob das noch nicht schlimm genug wäre, hat der Staatsanwalt noch nicht einmal die Schulen wegen Jesus' Verhaltens dort angerufen. Wir wissen, daß der Bursche schon einen Monat nicht mehr in der Schule gewesen ist, aber auch das können wir nicht beweisen. Jetzt läßt der Staatsanwalt *mich* überall anrufen und versuchen, *seinen* Fall für ihn zu vervollständigen.«

Peggy schüttelt den Kopf. Sie weiß schon seit einiger Zeit, daß sie einen anderen Vertreter in Dorns Gerichtssaal braucht, aber sie hat keinen.

»Da werden Kids laufengelassen, die hierbleiben müßten«, bemerkt Sharon. »Dorn frißt diesen Staatsanwalt mit Haut und Haaren auf!«

Peggy verspricht, etwas zu tun, sobald sie kann, und bittet Sharon, in der Zwischenzeit zu versuchen, das zu tun, was *sie* tun kann, um die Rücknahme von Jesus' Bewährung zu unterstützen. Schließlich gibt Sharon die unmöglichen Bemühungen auf, im letzten Moment Zeugen zu finden und dazu zu bewegen, zum Gericht zu eilen. Allein die Suche nach jemandem im Polizeilabor, der bereit wäre, dort nach Jesus' Cracktüte zu forschen, könnte leicht den ganzen Tag in Anspruch nehmen. Statt dessen versucht sie, im Gerichtssaal dem neuen Privatverteidiger ins Gewissen zu reden, der überlastet, kaum vertraut mit den Fakten von Jesus' ›Dreifachsieben‹-Fall ist und unter starkem Zeitdruck steht. Einer der mit allen Wassern gewaschenen Pflichtverteidiger würde den Burschen mit einer abermaligen Fallabweisung herausbekommen haben – der Staatsanwalt hätte wahrscheinlich den Schwanz eingezogen, sobald die Verteidigung auf einer Verhandlung bestanden hätte. Dorn würde dann wieder einmal über eine nicht zu vermeidende Abweisung giften. Statt dessen erzählt Sharon dem Privatverteidiger, welche miserable Laune Dorn hat und wie er die ganze Woche über auf Rauschgiftfällen herumgetrommelt hat. Den Vater zur Aussage gegen seinen eigenen Sohn herbeizuzitieren würde die Familie nutzlos zerreißen, fügt Sharon hinzu. Wäre es nicht besser, wenn das Kid mit seinem Vater ein gutes Verhältnis behält und eine Behandlung gegen seine Rauschgiftsucht und Hilfe für seinen weiteren Lebensweg bekommt? Der Anwalt nickt, schaut sich die Akte etwa fünf Minuten lang an, fragt nicht, ob die erforderlichen Zeugen anwesend sind, und plädiert dann einen nun kleinlauten Jesus wegen vier separater Straftaten für schuldig. Die Verteidigung erklärt sich sogar mit

Sharons Empfehlung einverstanden, Jesus für mindestens sechs Monate in ein Lager zu schicken. Dorn kneift bei diesem ungewohnten Akt des Nachgebens der Verteidigung etwas die Augen zusammen, erkennt dann, daß dies im besten Interesse des Jungen ist, und akzeptiert das Schuldbekenntnis ohne Kommentar. Dann verkündet er die empfohlene Strafe und fügt noch seine eigenen Auflagen für Drogenberatung und Spezialbildungsklassen im Lager und danach hinzu. In Minuten ist der Fall von einer Beinahe-Abweisung zu einem vollen Geständnis geworden – dank Sharons dreistem Eingreifen.

»Meine Frau und ich sind glücklich. Wir sind davon überzeugt, daß er in Verwahrung genommen werden muß«, sagt Jesus' Vater später, als er sich mit Sharon im Korridor unterhält. »Jetzt *muß* er einfach zur Schule gehen. Er braucht das.«

Sharon ist jedoch nicht sehr glücklich. »Hier ging's doch wieder mal darum, das System dazu zu bringen, überhaupt zu arbeiten. Wozu sind Bewährungsstrafen denn nütze, wenn Fälle vor Gericht immer wieder abgewiesen werden? Dieser Junge hätte ebenso gut heute laufengelassen werden können. Wenn es nach den Beweisen – oder dem Mangel daran – gegangen wäre, hätte das auch so sein müssen. Das System ist heute nur nach rückwärts zusammengefallen. Keine Seite hat ihre Arbeit richtig gemacht, und trotzdem kam das richtige Ergebnis heraus. Manchmal denke ich schon, daß das Richtige nur so passieren kann. Das muß man sich mal vorstellen!«

Vor Richter Dorns Verhandlungssaal schart sich eine große Familie – Mutter, Vater, Tanten, Onkel und ein Sortiment von Minderjährigen. Sie sind hier für Hugh, den Jungen, dem Inglewoods letzte Mordorgie zur Last gelegt und der nun zur Anklageerhebung vorgeführt wird. Der Bus, der ihn vom ›Zentralen‹ bringt, ist endlich angekommen – fünf Stunden nach der verabredeten Zeit, und lange nachdem enttäuschte Nachrichtenteams auf der Jagd nach anderen Geschichten abgezogen sind.

Hughs Mutter erzählt der stellvertretenden Leitenden Pflichtverteidigerin Leslie Stearns, daß ihr sechzehnjähriger Sohn die Schüsse nicht abgegeben haben könne. »Wir wissen doch genau, wo er war«, stößt sie hervor, während Tränen ihre Wangen hinunterlaufen. »Er war in Oxnard, um Zeitschriften-Abonnements zu werben. Er ist doch gar nicht an Banden interessiert, sondern daran, Geld zu machen. Können wir ihn nicht nach Hause mitnehmen?«

Peggy hört diesem Gespräch zu. Die Frau hatte sie schon vorher angerufen und das gleiche erzählt. Wieder einmal ist Peggy von der Gewißheit in der Stimme der Frau gerührt. Sie beteuert ja nicht nur, daß ihr Sohn unschuldig ist – die meisten Eltern, die sich sonst keinen Pfifferling um ihr Kind kümmern, denken doch so, wenigstens zu Anfang –, sondern auch, daß sie genau weiß, wo er war und was er tat. Das ist einer der Gründe, warum sie in diesem Fall schwere Zweifel hat. Dies und die Art, in der Hugh festgenommen wurde, wecken in ihr die Unsicherheit. Nachdem er von einem Zeugen des Überfalls auf die Schulkinder an der Straßenecke in etwa identifiziert worden war, kamen Ermittler der Polizei von Inglewood zu Peggy, um mit ihr den nächsten Schritt zu beraten. Da angenommen wurde, daß sich Hugh versteckt halten würde, beschlossen sie, einen Hausdurchsuchungsbefehl für sein Haus zu beantragen in der Hoffnung, ein Waffenversteck zu finden – vielleicht eine der Schußwaffen, mit der die vierzehnjährige Tila French und die zwei Jahre alte Kyiara Nicole getötet worden waren. Als sie jedoch am nächsten Morgen dort suchen, fanden sie keine Mordwaffe – aber Hugh, der ruhig am Küchentisch saß, Reis-Krispies aß und sich für die Schule fertig machte. Er hatte sich überhaupt nicht versteckt. Die Polizisten wußten erst nicht, was sie tun sollten, aber beschlossen dann, Hugh doch auf der Stelle festzunehmen, obwohl keine Beweise vorlagen. Dies wiederum zwang Peggy dazu, Anklage zu erheben, die sie für voreilig hielt.

Aber die Verteidigerin Stearns ist von den Worten über Hughs Zeitschriftenwerbe-Alibi bei weitem nicht so beeindruckt. In diesem Stadium eines Falles behauptet jeder die Unschuld seines Angehörigen, so daß man sehr aufpassen muß. Sie nickt nur und versucht, die Familie zu trösten, macht aber auch klar, daß es sich bei der heutigen Vorführung erst einmal um eine Anhörung zur Anklageerhebung handelt. Heute würde nichts Wesentliches geschehen, sagt sie, aber was auch geschehen mag, Hugh würde an diesem Tage nicht mit ihnen nach Hause kommen können. Mehrere Anklagen des Mordes und Mordversuchs schwebten über seinem Haupt. Dies ruft lauteres Weinen von Hughs Mutter und seiner Tante hervor. Stearns verläßt die Familie und kehrt in den Verhandlungssaal zurück, um dort heftig durch die Unterlagen zu blättern, die Peggys Büro ihr gerade übergeben hat. Sie ist auf der Suche nach einem Vorwand für das Pflichtverteidigeramt, diesen Fall abzulehnen und einem zu bestimmenden privaten Rechtsanwalt zu übergeben. »Das ist wirklich ein kranker Fall«. flüstert sie. »Wir suchen nach einem Konflikt – jeder Art von Konflikt.«

Und es stellt sich heraus, daß es einen gibt: Ein Junge namens Steve, der den Straßenüberfall überlebte und Hugh als den Mörder identifizierte, wird von einem Pflichtverteidiger vertreten – ein ganz offensichtlicher Interessenkonflikt. Das Amt kann nicht gleichzeitig einen Mörder und den Zeugen gegen ihn vertreten. Zufällig ist Steve an diesem Tag auch im Gericht, weil er seine Bewährungsauflagen aus einer Strafe wegen Raubüberfalls verletzte, indem er nicht zur Schule ging. Jetzt sitzt er im Wartekäfig und wartet darauf, ins Straflager geschickt zu werden. Die Pflichtverteidigerin weist also den Fall ab – aber es gibt noch ein weiteres Problem.

»Warten Sie eine Minute«, sagt Peggy zu Richter Dorns Gerichtsdiener, als sie erkennt, daß Hugh und der Hauptzeuge gegen ihn im nächsten Augenblick im Wartekäfig zusammenkommen müssen. »Wir müssen die beiden unbedingt voneinander trennen.«

Sie eilt mit klickenden Absätzen nach draußen zum Wartebereich am Ende des Gebäudekomplexes. Jemand könnte leicht verletzt, eingeschüchtert – oder überzeugt werden, seine Geschichte zu ändern, fürchtet sie. Atemlos kommt Peggy gerade noch in dem Moment an, als Hugh aus dem Bus steigt und Steve herausgeführt werden soll. Auf Peggys eindringlich geflüsterte Anweisung wird der Zeuge außer Sicht von Hugh zur Seite gezogen, so daß keiner den anderen erblickt oder weiß, daß der andere in diesem Moment dort war.

»Oh Gott, das war knapp«, sagt sie zu den verdutzten Wächtern. Sie haben ja keine Ahnung, daß da irgendeine Beziehung zwischen Hugh, dem der Morde Beschuldigten, und Steve, dem Zeugen, besteht, so daß sie sie ohne jegliche Bedenken in den gleichen Raum gesperrt hätten. Peggy will es ihnen erklären, aber blickt dann auf ihre Uhr und erkennt, daß sie schon zu spät zu Richter Scarletts Termin kommen wird.

»Was für eine Art, einen Mordfall zu behandeln«, murmelt sie und verschwindet um eine Ecke.

An diesem Tag tut sich wenig mehr im Fall Ronald Duncan. Richter Scarlett muß einige nicht damit in Zusammenhang stehende Angelegenheiten erledigen, die ihn in schlechte Laune versetzen, was ungewöhnlich für diesen ausgeglichenen Veteran des Jugendrichterstuhls ist. Zuerst kommt ein zwölf Jahre alter Junge mit vier Verhaftungen am Kerbholz, darunter eine wegen bewaffneten Raubüberfalls und eine andere wegen sechsmonatigen Schuleschwänzens. Nach halbjähriger Untätigkeit des Jugendgerichts muß er sich nun verantworten. Seine Mutter hat es nicht für notwendig befunden, ihn zu begleiten, und sein Verteidiger meint, er sollte auf unbeaufsichtigte Bewährung wieder nach Hause geschickt werden. Scarlett entläßt ihn denn auch auf Bewährung nach Hause, denn wegen seines geringen Alters ist das wohl nicht zu umgehen.

Dann kommt ein minderjähriges Mädchen, das seine Mutter mit einem Fleischermesser umbringen wollte – ein wütender Versuch, die ständig herausgebrüllte Prophezeiung der Mutter, daß das Mädchen wie ihr Vater werden würde, Wirklichkeit werden zu lassen. Wie Scarlett berichtet wird, ist der Vater ein Serienmörder. Jetzt jammert Mamma vor Gericht, daß sie ihre Tochter wieder zu Hause haben möchte. Scarlett schickt sie in ein Pflegeheim, aber er weiß, daß dies bestenfalls eine vorläufige Lösung ist, denn das Gewicht liegt doch beim Jugendgericht auf der Wiederzusammenführung von Familien, so gestört sie auch sein mögen.

»Was für eine Zwecklosigkeit«, murmelt Scarlett, nachdem die Familie den Saal verlassen hat. »Solange wir die Kinder immer wieder in die Umgebung zurückschicken, die dazu beigetragen hat, daß sie mit den Gesetzesverletzungen anfingen, dürfen wir nicht erwarten, irgend etwas zu lösen. Jeder im Gerichtssaal weiß das, aber ich habe nicht die Macht, das zu ändern.«

Nach vierzehn Jahren auf dem Jugendrichterstuhl ist Scarlett der Überzeugung, daß das Gesetz dahingehend geändert werden muß, daß der Richter solche Kinder jahrelang, und vielleicht sogar für immer, von ihren gestörten Familien entfernen darf – nicht nach der Schwere der Straftat, wie es jetzt gängige Praxis ist, sondern nach dem, was ein Kind wirklich braucht. Dies ist eine radikale Ansicht gegenüber der Vorliebe des Gesetzes für das Unversehrtlassen von Familien. Darüber hinaus ist es auch eine politisch und hinsichtlich der Bevölkerungsgruppen heikle Angelegenheit, denn Minoritäten sind im Jugendgericht überrepräsentiert, so daß sie von solch einer Richtlinienänderung überdurchschnittlich betroffen werden können.[1] Auch ein afro-amerikanischer Richter mit einer langen Vorgeschichte als Verfechter der Bürgerrechte würde mit solchen Ansichten Stirnrunzeln hervorrufen. Scarlett hat noch gut in Erinnerung, wie es dem früheren Bürgermeister Tom Bradley erging, als er viele Jahre zuvor eine ähnliche Ansicht laut werden ließ – lange bevor die Jugendkriminalität alle Rahmen gesprengt hatte und außer Kontrolle geraten war: Bradley wurde auch von seinen eifrigsten Unterstützern heftig angegriffen und nahm seine Aussagen schnell zurück.

Als Scarlett diese anderen Fälle abschließt und schließlich die Duncan-Verhandlung wieder aufnimmt, ist nur noch Zeit für einige weniger bedeutsame Abrundungsaussagen, gefolgt von Peggys Erklärung, daß sie damit ihre Beweisführung abgeschlossen hat. Wenn Jasons Aussage nicht den Ausschlag gibt, dann kann nichts das tun, denkt sie für sich.

Am nächsten Morgen ist die Verteidigung an der Reihe. Ronald Duncan ihr erster und einziger Zeuge.

Als er zum ersten Mal aussagte, lag die Betonung auf der juristischen Seite – ob sein bei der Polizei abgelegtes Geständnis zugelassen werden sollte oder nicht. Jetzt kann er jedoch seine ganze Geschichte erzählen. Seine Eltern lehnen sich auf ihren Stühlen vor, eifrig, erwartungsvoll; beobachten, wie Ronald in den Zeugenstand tritt und seinen Schwur vor Gott ablegt. Dann setzt er sich und beginnt, seinen dünnen Spitzbart zu streichen und einen Ausdruck starker Konzentration anzunehmen.

Coopers erste Frage kommt geradewegs auf den Punkt: »Hast du Chuck und Ada getötet?«

Ronald schüttelt den Kopf und stößt ein langgezogenes und trotziges »Nooo« hervor. Er klingt wie ein kleines Kind, das leugnet, vor dem Abendessen die Keksdose geplündert zu haben.

Coopers nächste Frage ist jedoch eigenartig – Ronald solle sein gesamtes Wissen über die Morde darlegen. Das verletzt eine Hauptregel der Gerichtssaal-Befragungen: Die Fragen müssen sich auf konkrete Punkte beziehen, die ganz bestimmte Antworten verlangen – keine weitreichenden Erzählungen, die unerwartete, manchmal gesetzlich unzulässige Wendungen nehmen können. Als Peggy dagegen Einspruch erhebt, bittet Cooper um eine Unterbrechung, und die Anwälte ziehen sich mit Richter Scarlett in dessen Zimmer zu einem ruhigen Gespräch zurück.

Cooper teilt den anderen mit, daß er eine solch offene Frage wegen seiner eigenen ethischen Besorgnis stellte – er möchte die Möglichkeit ausschließen, einen Zeugen zum Meineid zu veranlassen. Dies ist ein unausgesprochenes, aber dennoch außergewöhnliches Eingeständnis Coopers, daß sein Mandant lügen könnte. Die einzige Möglichkeit für ihn, Cooper, sich aus dieser Affäre zu ziehen, bestehe darin, Ronald seine Geschichte ohne konkrete Fragestellung erzählen zu lassen. Peggy zuckt mit den Achseln, worauf Scarlett erklärt: »Okay, machen Sie weiter damit.«[2] Der Gerichtssaal ist wieder voll, vorwiegend von Anwälten und Ronalds Familie. Seine Eltern hängen an jedem Wort: »Jetzt werden wir die Wahrheit hören«, stößt seine Mutter an die Allgemeinheit gerichtet hervor.

Ronald beginnt den Bericht seiner Unschuld, indem er behauptet, er habe sein Baskin-Robbins-Hemd an diesem Abend nicht getragen. Deshalb könne das blutige Polohemd, das auf dem Gehsteig gefunden wurde, nicht das seine sein. Und wenn es doch seines wäre, so wisse er nicht, wie das Blut darauf und das Hemd dorthingekommen sein könnte. Er erzählt, er sei an jenem Abend zu Fuß nach Hause gegangen, statt das Angebot von Chuck und Ada, ihn in ihrem Wagen mitzunehmen, anzunehmen. Dabei sei er noch nicht einmal in die Nähe des Tatorts gekommen. Auf halbem Weg nach Hause habe er den bekannten blauen Transporter Jasons gesehen und ihn durch Winken zum Anhalten veranlaßt.

Da habe ihm Jason, sagt Ronald aus und glättet dabei seinen orangefarbenen Gefängnis-Trainingsanzug mit der flachen Hand, berichtet, daß er Ronalds Arbeitgeber getötet habe.

»Als ich drin war, sah er mich an und sagte: ›Ich habe es getan.‹ Ich fragte: ›Was denn getan?‹, worauf er antwortete: ›Na *das*!‹ Und ich schaute hinter die Vordersitze und sah eine Kunststofftasche voller Geld.«

Ronald habe dann gewußt, was geschehen war. Zwei Menschen, von denen er behauptet, sie gemocht zu haben, waren ermordet worden, und ihr Geld lag zu seinen

Füßen. Als Ronald eine Pause macht, fragt Cooper: »Und dann?«

Ronald zuckt mit den Achseln, als ob die Antwort doch offensichtlich sein sollte: »Mein erster Gedanke war: Na, dann schieb mir mal was rüber.« Ronald lacht, als ob ihn die Erinnerung daran erheitert.

»Was soll das bedeuten?« fragt Cooper.

»Das heißt: Gib mir was davon! Also hat er mir etwa zweihundert Dollar gegeben.«

Der Ausdruck der Abscheu auf Richter Scarletts Gesicht ist unmißverständlich – ein Ausdruck, der sich auf praktisch allen anderen Gesichtern im Verhandlungssaal mit Ausnahme der Verwandten des Angeklagten widerspiegelt. Ronald bemerkt diese Wirkung nicht, was es nur noch schlimmer macht. Später wird er die Szene munter in der Schreibklasse im ›Zentralen‹ beschreiben. Es kommt ihm nie in den Sinn – weder auf dem Zeugenstand noch in der Schreibklasse –, daß die meisten Leute eine andere Reaktion bei der Entdeckung der Tat von ihm erwarten würden, vielleicht Entsetzen, Mitleid oder einen Impuls, die Polizei zu rufen. Er denkt sich nie, daß da etwas falsch sein könnte mit dem ›*Na, dann schieb mir mal was rüber.*‹ Selbst Ronalds Vater verzieht das Gesicht, als er das hört – der Ausdruck eines Mannes, der plötzlich aus einem Traum erwacht.

Cooper drängt ihn weiter mit einem abermaligen »Und dann?« – die Frage eines Rechtsanwalts, der nicht zum Meineid anstiften will. Ronald denkt einen Moment lang nach und erinnert sich dann, wie er Jason am Tag nach den Morden wiedersah. Da habe ihm Jason eingeschärft: »Wenn was rauskommt, sag ja nichts! Und ich antwortete ihm: ›Keine Angst, ich werde mich doch selbst decken.‹« Wieder grinst Ronald, der Einstehboy, der für den älteren Freund ›die Hitze aushält‹.

Später habe ihn dann sein Klassenkamerad und Sprühergenosse Marvin gefragt, ob er Chuck und Ada getötet habe. Im Gegensatz zu Marvins Aussage, daß Ronald das Verbrechen gestand, schwört Ronald, er habe zu Marvin gesagt: »Nein, ich habe Chuck und Ada nicht gekillt, nur beraubt.« Dies sei aber nicht wahr gewesen. Er habe damit nur Eindruck schinden wollen. »So 'ne Art Bandenrespekt«, erklärt Ronald, »um 'nen Ruf zu bekommen, mehr Achtung von unseren größeren Bandenkumpels zu kriegen ... Ich habe aber nie gesagt, daß ich einen umgebracht habe.«

Das ist sie also, Ronalds Verteidigung: Marvin hat das falsch verstanden. Jason ist der wirkliche Täter. Mein Geständnis stimmt nicht.

Cooper schließt dann die Aussage schnell ab, und Peggy beginnt mit dem Kreuzverhör. Sie trägt den Ausdruck von jemandem, der eine besonders ekelhafte Laborsezierung vornehmen muß.

Zuerst hält sie Ronald all seine Widersprüche vor – daß er gesehen wurde, wie er das Baskin-Robbins-Hemd trug, als er zur Arbeit ging, eben das Hemd, das er angeblich nicht anhatte; daß er nicht erklärte, wie seine zusammengeknüllten und blutigen Hosen am Mordabend in Chucks und Adas Wagen gekommen waren, und bei seiner Aussage nicht erwähnte, daß Blut auf seinem Tornister war; daß er, um das Blut zu erklären, vorher einmal behauptet hatte, daß er auf dem Weg von der Arbeit von jemandem mit einem Messer verletzt worden sei.

»Das habe ich ganz vergessen«, meint Ronald dazu wie selbstverständlich. »Ich stehe doch jetzt unter 'ner Menge Streß.«

Als aber Peggy die nächste Frage stellt, ist es *ihre* Stimme, die vor Ergriffenheit etwas vibriert, und nicht Ronalds: »Du bist nicht vom Rücksitz aufgesprungen und hast Chuck hinter dem linken Ohr in den Kopf geschossen, so daß das Gehirn auf sein Gesicht herausgeschleudert wurde?«

»Nein, das habe ich nicht getan«, antwortet Ronald mit fester, klarer Stimme.

Ronald hat wieder sein Kinn aufgestützt – eine Geste der Unverschämtheit, der Ausdruck eines Burschen, der sicher ist, daß er der Gerechtigkeit entgehen wird. Das macht Peggy wütend. Sie ballt die Fäuste, daß die Knöchel weiß hervortreten, und fragt mit einem Tremolo in der Stimme: »Wie konnte denn dein Freund Marvin Einzelheiten des Mordes wissen, wenn du sie ihm nicht erzählt hattest?«

Ronald kann es nicht erklären.

»Hat Marvin denn einen Grund zum Lügen?« fragt sie weiter.

Ronald hebt die Schultern: »Ich kann keinen sehen.«

Während Ronald so aussagt, lächelnd und sarkastisch, das Kinn jetzt auf beide Hände gestützt, schiebt sich Richter Scarlett allmählich immer weiter weg vom Zeugenstand, bis er zu dem Zeitpunkt, an dem Peggy ihre Befragung abschließt, so weit wie noch möglich von Ronald entfernt ist, ohne den Richterstuhl zu verlassen.

Peggy schließt ihr Kreuzverhör mit der Frage ab, warum er denn zu Jason gesagt habe: ›Schieb mir was rüber.‹ Ronalds Erwiderung ist überheblich und einfach, die Antwort eines haßerfüllten Kindes: »Warum denn nicht?«

Peggy setzt sich, und Cooper schließt seine Beweisführung schnell ab. Scarlett blickt auf die Uhr, dann auf die stellvertretende Aufsichtführende Staatsanwältin Wendy Derzaph, die normalerweise diesem Gerichtssaal zugeteilt ist und auf deren Terminkalender noch vier weitere Verhandlungen für diesen Tag stehen. Der Richter fordert Peggy zu ihrem Schlußplädoyer auf – ein Vorgang, der bei Mordfällen im Erwachsenengericht oft einen ganzen Tag in Anspruch nimmt, aber den sie in etwa fünf Minuten erledigt.

»Die Beweise sind erdrückend«, sagt sie. »Da haben wir einmal das Blut auf Ronalds Hemd, Hosen und Tornister. Dann ist da Marvins Aussage, daß Ronald ihm die Verbrechen gestand, in glaubwürdigen Einzelheiten. Schließlich haben wir Jasons Aussage, daß sie das Verbrechen zusammen geplant hatten und daß er einen Ronald mit blutgetränkter Kleidung und Beute am Tatort in sein Fahrzeug aufnahm. Außerdem ist da noch Ronalds Kette von ganz offensichtlichen Lügen. Ich wollte schon sagen, daß er schuldig über einen angemessen Zweifel hinaus ist, aber man kann ja im Jugendgericht nicht ›schuldig‹ sagen«, erklärt Peggy. »Also sagen wir nur: ›Wir erhalten unseren Antrag aufrecht‹. Ich ersuche Sie also, angesichts der überwältigenden Beweise, daß Ronald Duncan ein Mörder ist, einen Spruch zu fällen, der ›schuldig über angemessenen Zweifel hinaus‹ entspricht.«

Als James Cooper an der Reihe ist, unternimmt er eine brave Anstrengung, sein Honorar zu verdienen. Er führt Jasons unterschiedliche Versionen an, sein Motiv zu lügen, um Straffreiheit zu bekommen und der Todesstrafe zu entgehen, sowie die Möglichkeit, daß Günstlingswirtschaft die Polizei zu Ronald geführt hat, als sie Jason verfolgt haben sollte. Über Marvins verdammende Aussage kann er nicht viel sagen, weshalb er sie gar nicht erwähnt und statt dessen über den Mangel an vorgelegten Fingerabdrücken klagt, die beweisen sollten, daß Ronald am Tatabend im Wagen der Opfer gewesen ist. Allerdings kümmert er sich nicht darum, daß, selbst wenn Peggy solche Beweise geliefert hätte, diese bedeutungslos wären, weil Ronald an vielen Abenden im Wagen seiner Arbeitgeber gewesen war und dabei Fingerabdrücke hinterlassen haben könnte.

»Es liegen keine bekräftigenden physischen Beweise vor«, leiert Cooper weiter herunter. »Sie werden das sehen, wenn der Autopsiebericht vorgelesen wird.« Natürlich weiß Cooper, daß Scarlett den Autopsiebericht nicht lesen wird. Er kann nun sehen, wie der Richter ungeduldig auf seinem Stuhl hin und her wippt und auf die Uhr schaut. Es ist jetzt schon nach elf, und er hat noch vier Hauptverhandlungen und auch noch andere Dinge auf seinem vollen Terminkalender vor sich. Cooper blickt den Richter an, hört auf zu reden, macht eine vage Bewegung der Kapitulation mit beiden Händen, schließt seine Ansprache dann schnell ab und setzt sich.

Dann wendet sich Scarlett mit einem breiten Lächeln Peggy zu. »Beabsichtigt das Volk zu widerlegen?« Es gelingt ihm, diesen Satz so zu betonen, daß die ihm unterliegende Absicht ganz klar hervortritt. Keine Aufzeichnung wird das je zeigen, aber der Richter will damit eigentlich sagen: *»Verschwenden Sie meine Zeit nicht mit noch mehr Gerede. Lassen Sie uns zum Ende kommen!«*

Da weiß Peggy zum erstenmal, daß sie gewonnen hat. Sie schüttelt den Kopf und erklärt: »Das Volk übergibt den Fall, Euer Ehren.«

Scarlett verliert keine Sekunde. Es gibt kein Zurückziehen in die ›Richterkammern‹, um die Beweise zu betrachten, kein feierliches Ritual der Aufforderung an Geschworene, Gerechtigkeit walten zu lassen. Scarlett verfährt kurz und bündig.

Ohne Ronald anzublicken, verkündet er: »Das Gericht stimmt dem Volke zu. Die Beweise in diesem Fall sind erdrückend. Die Anklage, daß der Minderjährige Mord ersten Grades begangen hat mit erschwerenden Umständen hinsichtlich des Gebrauchs einer Schußwaffe, wird als gerechtfertigt befunden.«

Peggy hat kein erhebendes Gefühl dabei. Sie beobachtet Ronald nur. Er blickt finster, als die Worte des Richters in ihn eindringen – ein Blick wirklicher Überraschung, wie es Peggy erscheint. Obwohl Cooper ihm und seinen Eltern immer wieder erzählt hat, daß kein anderes Ergebnis möglich sei, scheint er dennoch wie vom Donner gerührt. Er bedeckt die Augen mit der rechten Hand. Sein Vater schluchzt laut auf, wobei dicke Tränen über sein zerfurchtes Gesicht rinnen, taumelt auf die Füße und wankt blindlings aus dem Gerichtssaal. Eine Minute später kommt er wieder zurück, immer noch weinend, aber nun schweigend. Er wollte fliehen, aber war dann doch besorgt, ihm könnte etwas entgehen. Ronalds Mutter weint jetzt auch, laut und durch die Nase schnüffelnd. Der Gerichtsdiener reicht ihr ein Papiertaschentuch.

Cooper verhandelt inzwischen über die Strafzumessung – ›Verfügung‹ im Sprachgebrauch des Jugendgerichts. Erwachsene werden verurteilt, über Minderjährige wird ›verfügt‹. Cooper möchte eine Verzögerung, denn er besteht darauf, daß vor der Verfügung ein psychiatrisches Gutachten über Ronald erstellt wird.

»Warum denn noch diese Mühe?« möchte Scarlett wissen. »Es gibt doch nur einen Ort, wo er hingehen kann – und das ist die CYA-Erziehungsanstalt.«

Doch der Richter gibt nach, als Cooper ihn um eine weitere Unterredung im Richterzimmer bittet, wo der Verteidiger dann erklärt, daß die Ablehnung eines psychiatrischen Gutachtens Grund für eine Berufung sein kann, obwohl die Strafzumessung automatisch erfolgt. Es müßte dann alles noch einmal durchexerziert werden. Peggy muß dem zustimmen. Außerdem, meint Cooper und jagt dabei Peggy fast einen Schauer über den Rücken, würde man das psychiatrische Gutachten für den Zeitpunkt brauchen, wenn Ronald zur Begnadigung ansteht. Widerwillig erklärt sich Scarlett einverstanden.

Als sie sich anschicken, wieder zur offenen Verhandlung zu gehen, macht Richter Scarlett aber eine Bemerkung, die Peggy besonders befriedigt: »Dieser Bursche ist so abstoßend. Ich kann diesen Mangel an Reue einfach nicht begreifen. In meiner vierzigjährigen Laufbahn, davon vierzehn Jahre auf dem Richterstuhl, ist dies einer der schlimmsten Tötungsfälle, die ich je erlebt habe.«

Als sie wieder draußen im Verhandlungssaal sind, sehen sie, daß Ronald jetzt bewegungslos ist. Er hat das Kinn auf die gefalteten Hände gelegt und schaut uninteressiert. Scarlett muß jetzt noch einen Tag für die Verfügung festlegen. Er wählt den ersten freien Zeitabschnitt. Aber Ronalds Mutter beginnt zu jammern, als er das Datum verkündet, weil das wieder ein Schlag für sie sei. Sie schreit: »Nein, nein! Das ist doch sein Geburtstag!«

Der Richter wählt schnell einen anderen Tag und ruft dann: »Wer ist nun dran?« Dieser Ausruf ist irgendwie enttäuschend – als ob die letzten Minuten eines Films irrtümlicherweise nicht gezeigt werden. Ronalds Vater sitzt in der Zuschauerabteilung mit leerem Blick. Die Mutter strebt dem Ausgang zu, schüttelt dabei den Kopf und wiederholt immer wieder: »Sie haben ihn reingelegt, sie haben ihn reingelegt!« Hinter ihr springt ein Schwarm von Anwälten auf die Füße, um jeweils zu versuchen, den eigenen Fall als nächsten ausrufen zu lassen in der Hoffnung, noch vor der Mittagspause eine Anhörung einquetschen zu können, so daß sich die Maschinerie des Jugendgerichts um eine Runde weiterdreht. Peggy geht im Korridor an der Duncan-Familie vorbei und fühlt ihre Blicke auf ihrem Nacken.

Nach Dienstschluß fährt Peggy zu Chucks und Adas Eisdiele, um den Angehörigen zu erzählen, was sich im Gericht ereignet hat. Die Anklägerin hatte ihnen geraten, vom Gericht fernzubleiben, um nicht diese schrecklichen Fotos sehen und die schlimmen Aussagen hören zu müssen. Sie hatten zugestimmt und gesagt, sie vertrauten Peggy, daß sie alles unternehmen werde, um Gerechtigkeit walten zu lassen und sie auf dem laufenden zu halten. Jetzt möchte sie ihnen berichten, daß Ronald endlich schuldig gesprochen worden ist und bestraft wird.

Als sie dort ankommt, ist ein kleiner Tisch für sie reserviert, auf dem eine Thai-Mahlzeit mit Thai-Kaffee, die in der eigenen Küche der Familie zubereitet worden sind, warm gehalten wird. Adas Bruder Montri und ihre Schwester Tina kommen mit einem riesigen Blumenstrauß für Peggy, und sie bleibt eine Stunde bei ihnen, berichtet von dem Urteil, der wahrscheinlichen Strafe und auch von dem Umstand, daß Ronald in neun Jahren oder sogar weniger freikommen wird. Sie verspricht zu tun, was sie kann, um eine frühe Begnadigung des Burschen zu verhindern. Dann erzählt sie ihnen etwas verlegen von Jasons Beteiligung, der Straffreiheitsabmachung und der Tatsache, daß er für sein Verbrechen nicht zahlen muß, aber so etwas wohl nie wieder tun wird. Peggy ist nicht sicher, ob diese Leute, die erst vor kurzem nach Amerika eingewandert sind, ihre Abmachung mit Jason völlig verstehen, aber sie scheinen befriedigt – sogar dankbar – zu sein, daß der Mörder endlich verurteilt worden ist. Sie geben aber zu, daß sie auch jetzt noch – ein Jahr nach der Tat – das Verbrechen und Ronalds Rolle dabei nicht begreifen können.

»Ich möchte eigentlich Ronald fragen, warum er das getan hat«, sagt Tina. »Hat er denn gesagt, daß es ihm leid tut? Ist er reuemütig?«

Peggy schüttelt den Kopf und muß dann sehen, wie Traurigkeit in Tinas Gesicht steigt. Nein, erwidert Peggy, Ronald habe nicht gesagt, daß es ihm leid tue. Vielleicht wird er es eines Tages sagen, aber bisher habe er es nicht getan.

Danach möchten Tina und Montri besonders davon sprechen, wie wundervoll Chuck und Ada waren, wie jeder in der Nachbarschaft ihren Tod betrauerte, und wie schlimm es für die beiden überlebenden Kinder ohne Mutter und Vater ist. Und sie können gar nicht aufhören, Peggy zu danken. Sie ist *ihre* Anwältin.

Aber am nächsten Tag bringt die Lokalzeitung einen sehr kritischen Artikel über die Straffreiheitsabmachung mit Jason – den Artikel, den Peggy befürchtet hat. Nachbarn kommen in die Eisdiele und diskutieren darüber – wie Jason bei der Planung des Verbrechens beteiligt war und nun für Mord ungeschoren davonkommt. Jetzt ist Chuck und Adas Familie doch nicht so glücklich über ihre Anwältin Peggy.

»Wir wollen, daß Jason ins Gefängnis kommt«, fordert Tina verärgert am Telefon.

Darauf kann Peggy nur antworten: »Es tut mir leid.« Sie bietet der Familie an, zu ihr zu kommen und die Unterlagen einzusehen, damit sie verstehen, was sich zugetragen hat und warum, aber sie weiß, daß sie darauf nicht eingehen werden. Danach verschwindet jedes Gefühl des Sieges in diesem Fall für Peggy, so daß nur noch Müdigkeit bleibt. Diese Empfindung wird verstärkt durch ein Gespräch, das sie etwas später mit einem ihrer Stellvertreter führt und in dem dieser ihr widerwillig von einem Ausspruch Richter Scarletts berichtet. Der junge Staatsanwalt, der sich der gemischten Gefühle Peggys über die Straffreiheit von Jason bewußt ist, fragte den Richter, ob er

Ronald auch ohne Jason auf dem Zeugenstand verurteilt haben würde. Er hoffte, dadurch seiner Chefin eine Erleichterung zu verschaffen – aber es kam anders.

»Natürlich würde ich ihn verurteilt haben«, zitiert er zögernd den Richter. »Die Beweise waren doch erdrückend. Meinetwegen hätte sie dem Komplizen keine Straffreiheit zu gewähren brauchen.«

Kapitel 14

Die Dorn-Kriege

Cecil Jacks betritt den Verhandlungssaal des Gerichtsbeauftragten Gary Polinsky. Er ist ein kleiner, dunkler Zwölfjähriger mit großen Rehaugen und einem zappeligen Verhalten, das erkennen läßt, daß er es gar nicht abwarten kann, wieder draußen zu sein. Er drängt darauf, wieder zu dem verlassenen Wohnwagen zu kommen, den er sein ›Clubhaus‹ nennt. Es ist ein dahinrostendes Wrack auf einem von Unkraut bewachsenen Ödgelände inmitten von Glasscherben, benutzten Kondomen und Hundekot. Cecils Clubhaus ist der einzige Ort, wo er sich ungezwungen, selbstbewußt und sicher fühlt. »Das ist der Platz, wo ich mein Zeug mache«, erklärt er.

Elf Monate vorher brachten Cecil und sein bester Freund, ein fünfzehnjähriger, im Werden begriffener Transvestit mit Namen Danny, der mit Glanzlippenstift und Lack auf den Fingernägeln prunkt, einen Jungen aus der Nachbarschaft in das Clubhaus. Dieser Junge, Joshua, war 14 Jahre alt und größer als der kleine Cecil, aber entwicklungsgestört und etwas autistisch. Er hat kaum den geistigen Stand eines normalen Sechsjährigen, ist unbeholfen und scheu. Einige Kids in der Nachbarschaft machten sich einen Spaß daraus, ihn zu quälen, wenn nichts Besseres zu tun war. Darunter waren auch Cecil und Danny, aber eines Tages gaben sie statt dessen vor, sich mit ihm anzufreunden. Sie schlugen ihm sogar vor, mit ihnen im alten Wohnwagen ›Zeug zu machen‹. Er folgte ihnen wie ein Hündchen.

Als die Tür hinter ihnen in dem schon etwas schiefstehenden Wohnwagen zugeknallt war, quälten Cecil und Danny Joshua mehr als eine Stunde lang. Sie zwangen ihn, ihre Penisse in den Mund zu nehmen, vergewaltigten ihn und zwangen ihn sogar, hinter ihnen zu knien und ihren Kot zu essen. Daß der Anführer, der zwölf Jahre alte Cecil, sich überhaupt solche Scheußlichkeiten ausdenken konnte, hatte sowohl die Polizei als auch die Staatsanwaltschaft in Erstaunen versetzt. Danach mußte Jos-

hua ihnen schwören, daß er nichts davon sagen würde, weil sie ihn sonst töten würden. Als er aber wieder zu Hause war, klagte Joshua seiner Tante, daß ihm übel sei. Er hörte nicht mehr auf, sich die Zähne zu putzen. Nach wiederholten, besorgten Fragen erzählte Joshua in gebrochenen, von Tränen begleiteten Sätzen erst seiner Tante und dann der Polizei, was ihm widerfahren war.

Nach einer langwierigen, durch Joshuas Behinderungen erschwerten Untersuchung, wurden Cecil und sein Freund Danny des sexuellen Mißbrauchs angeklagt und dann wieder ihren Familien übergeben, die daraufhin Peggy Beckstrand anriefen und schrien, daß ihre Kinder schuldlos seien und daß man ja wüßte, wie rassistisch die L.A.-Bullen und Staatsanwälte sind. Sie behaupteten, sie seien gute Familien – Cecils Vater ist ein Facharbeiter und die Mutter eine Angestellte im Gesundheitswesen. Und überhaupt, Cecil würde doch nie solche Dinge tun. Schließlich käme Joshua ja auch immer noch zu ihnen und frage, ob er mit Cecil spielen könne, fauchte die Mutter.

Diese Proteste nahmen ab, als Cecil während des Wartens auf die Gerichtsverhandlung wieder verhaftet wurde – diesmal wegen Überfalls und schwerer Körperverletzung. Cecil hatte versucht, einer Frau die Handtasche zu entreißen. Als sein Opfer sich wehrte, schlug Cecil sie mit einem Ziegelstein und raste dann auf seinem (gestohlenen) Mountainbike davon. Auch dann wurde Cecil noch nicht eingesperrt, wegen seines geringen Alters, sondern konnte monatelang weiter auf den Straßen umherlaufen und die Nachbarschaft, seine Klassenkameraden und Lehrer terrorisieren.

Jetzt, nach Monaten der Verzögerungen, war der Verhandlungstag endlich gekommen. Aber Cecil weiß ja schon alles über das Jugendgericht: »Uns wird ja doch nichts passieren«, flüstert er seinem nervös aussehenden Komplizen Danny zu, während sie darauf warten, daß der Commissioner auf dem Richterstuhl Platz nimmt. »Du wirst ja sehen.«

Bald beginnt Cecil zu grinsen, als er Joshua auf dem Zeugenstand beobachtet – ein mitleiderregender Anblick. Der Junge hat Angst, redet unzusammenhängend und kommt mit seiner Aus-

sage zu keinem Ende. Er nimmt das Zeugenstandmikrophon immer wieder in den Mund und saugt daran. Schließlich steht er auf, dreht sich zur Wand hin und redet zu der verblichenen Walnußtäfelung etwas über ›Cecils Schwanz saugen‹ und ›Scheiße von seinem Hintern essen‹.

Als Joshua schließlich den Gerichtssaal verläßt, erklärt der Gerichtsbeauftragte Polinsky, ein Veteran mit zwölfjähriger Erfahrung auf dem Jugendrichterstuhl, daß er niemanden über einen angemessenen Zweifel hinaus auf die Worte eines Zeugen wie Joshua verurteilen kann. Der Ankläger Todd Rubenstein argumentiert vergebens, daß der Druck, in Anwesenheit seiner Peiniger im Gerichtssaal aussagen zu müssen, zu stark für Joshua gewesen sei. Er weist darauf hin, daß der Kriminalbeamte, der Joshua viele Male geduldig befragt hatte, von dem Jungen in einer entspannteren und weniger bedrohlichen Umgebung eine glaubhafte, zusammenhängende Geschichte bekam. Der Staatsanwalt erinnert den Gerichtsbeauftragten auch daran, daß Cecil und sein Freund sich gegenseitig beschuldigt hatten, Joshua gequält zu haben – ein weiterer Beweis ihrer gemeinsamen Schuld. Aber Polinsky läßt diese Punkte außer acht. Der ganze Fall beruhe doch nur auf der Aussage eines unzuverlässigen Zeugen, erklärt er, so daß er einfach nicht anders könne, als Cecil und Danny freizusprechen. Der Gerichtsbeauftragte fügte dann noch hinzu, er bedauere Joshua ungemein und daß dieses Urteil das schlechtmöglichste Ergebnis für alle Beteiligten sei. »Aber ich habe keine Wahl«, erklärt er. »Das Gesetz läßt mir keine.«

Es soll noch schlimmer kommen. Die Frau, die Cecil anfiel, ist eine illegale Einwanderin. Sie habe zu große Angst, zum Gericht zu kommen, verkündet der Ankläger – und sei verschwunden. Keine Zeugen, kein Fall. Auch die Anklage wegen Raubüberfalls muß also abgewiesen werden.

Danach hält Commissioner Polinsky den Burschen eine strenge Strafpredigt, besonders Cecil. Er solle sich ja ändern oder würde hier bald wieder erscheinen, und dann werde es ihm an den Kragen gehen, warnt ihn der Gerichtsbeauftragte, aber jeder im Saal weiß, was das wert ist – nur machtloses Gerede. Cecil hat dem System ein Schnippchen geschlagen, wie er es vor-

ausgesehen hat. Er ist frei. Nach der Strafpredigt im Gerichtssaal lacht er draußen unverhohlen.

»Alle drei dieser Kids brauchen Hilfe«, überlegt Polinsky laut. »Auch ihre Familien. Aber ich kann einfach nichts tun. Ich weiß, daß diese Burschen mit fast absoluter Sicherheit schuldig sind, aber ich konnte sie auf die Aussage, die ich hier hörte, nicht verurteilen. Wir müssen die gleiche Norm wie im Erwachsenengericht befolgen: schuldig über einen angemessenen Zweifel hinaus. Ohnedem kann ich ihnen nicht befehlen, irgend etwas zu tun. Das ist alles so frustrierend. Sie sind doch Zeitbomben.«

Der Staatsanwalt ist von dieser Entscheidung wie vom Blitz getroffen. »Wenn jeder weiß, daß der Junge schuldig ist und daß er Hilfe braucht, bevor er schlimmere Taten begeht – was ist das dann für ein System, das ihn dennoch laufen läßt? Polinsky könnte auch anders gehandelt haben. Hier nimmt sich doch niemand die Zeit und das Geld für eine Berufung. Wie kann also ein Gerichtsbeauftragter, ein Richteramtausführender, zu einer Entscheidung kommen, von der alle wissen – er eingeschlossen –, daß sie das schlechtest mögliche Resultat für alle Beteiligten ist? Das ist doch krank!«

Während er nach unten geht, um sich mit einem anderen Fall zu befassen, tauschen Cecil und Danny oben im Korridor den Kumpelgruß mit der erhobenen Hand aus. Dann schlurfen sie zu ihren Familien zurück. Ihr ›Clubhaus‹ erwartet sie. Dort ist noch ›'ne Menge Zeug zu machen‹.

Als die keuchende Klimaanlage der Jugendgericht-Zweigstelle Thurgood Marshall allmählich vor der ätzenden Schwüle des L.A.-Sommers kapituliert, wird die Luft in den Verhandlungssälen stickig. Verkehrslärm und Autoabgase dringen durch die Notausgangstüren ein, die in aussichtsloser Suche nach einer erfrischenden Brise aufgerissen worden sind. Strahlen blassen Sonnenlichts voller Staubwirbel fallen durch diese Öffnungen in die gewohnte Trübsal und lassen die Anwälte und Richter unter dieser smogerfüllten Blendung blinzelnd. Die in Schatten gehüllten Teile des Verhandlungssaals erhalten dadurch eine Sepiadruckqualität, als ob dieses Gerichtsgebäude ein uraltes, schon lange aufgegebenes Verlies wäre.

Das ist die Jahreszeit, in der die Funktion des Jugendgerichtshofs von Los Angeles zu einem Schleichen absinkt. (Einige behaupten spöttisch, es sei von einem Schleichen zu etwas noch Langsamerem.) Das ist auch die Zeit, wenn die Geduld dahinkümmert und die Hallen dieses alten Tribunalgebäudes mit einem gummiartigen Feuchtigkeitsfilm überzogen werden. Es ist auch der Zeitpunkt, an dem das Pflichtverteidigeramt beschließt, seinen Kreuzzug gegen Richter Dorn zu beginnen – ihn ›mit Papierkrieg zu belegen‹.

Diese Macht, gegen einen Richter vorzugehen, rührt von einem einfachen Recht her, einer anscheinend unbedeutenden Regel, die aus dem Erwachsenengericht importiert wurde: Jede Seite in einem Kriminalfall hat das Recht, einen anderen Richter zu beantragen als den, der ursprünglich einem Fall zugeteilt wurde, und zwar einfach durch das Ausfüllen und Vorlegen eines einseitigen Formulars, des ›Papiers‹. Es werden keine Fragen nach den Gründen gestellt und keine Ausnahmen gewährt. Den Richtern werden Fälle aufs Geratewohl zugewiesen, wie sie gerade ins System kommen. Diese Ablehnungsregel war für seltene Anwendung gedacht. Wenn aber Anwälte ihr ›Papier‹ massenweise gegen einen bestimmten Richter einsetzen, wird sie zu einer wuchtigen Keule. Das ist noch eine unbeabsichtigte Nebenwirkung der epochemachenden Gault-Entscheidung des US-Bundesgerichtshofs, die Kindern die gleichen Rechte wie Erwachsenen gab – eine anscheinend unbedeutende Prozeßregel, die dem Jugendgerichtshof eine zunehmend unerträgliche Last aufgebürdet hat.

Zuerst beginnt der Papierkrieg gegen Richter Dorn auf selektiver Basis, wobei die stellvertretenden Leitenden Pflichtverteidiger, die in Inglewood arbeiten, die Umleitung neu hereinkommender Fälle nur beantragen, wenn sie der Meinung sind, daß ein anderer Richter informelle Bewährung gewähren wird, oder wenn schlechtes Verhalten in der Schule behandelt werden soll – die zwei Punkte, bei denen sie Richter Dorn immer wieder niederschmettert.

Aber Roosevelt Dorn reagiert, wie jedermann es vorausgesehen hatte – er heizt den Konflikt an, statt ihn zu entschärfen. Bei ihm handelt es sich schließlich um einen Richter, der es für erforderlich ansieht, Verteidigern offizielle, herrische Belehrungen zu erteilen, wie zum Beispiel: ›Sie leiten diesen Gerichtssaal hier nicht – Richter *Dorn* tut das!‹ Die vorauszusehende Reaktion gegen seine Bekämpfung mit den ›Papieren‹ besteht darin, sich zu rächen, indem er von ihm weggenommene Fälle nicht an die anderen Richter im gleichen Gebäude, sondern an die am weitesten entfernt liegenden Gerichtszweigstellen der Großgemeinde Los Angeles weiterleitet, so daß die auch unter Personalknappheit leidenden Pflichtverteidiger soviel Zeit im Auto wie im Gerichtssaal verbringen müssen.

Daß dieser Kampf von einem unwesentlichen Fall und einer unbedeutenden Frage über das Recht eines Sozialarbeiters, einen Klienten zu besuchen, ausging, wird schnell vergessen. Bei der Frage schwankte ein Berufungsgericht anfänglich, aber nach einer langen Verzögerung entschied es summarisch zu Dorns Gunsten.

Als der Leiter der Jugendabteilung des Pflichtverteidigeramts mit Dorn in dessen Zimmer zusammentrifft, kann man nichts von weißen Flaggen erkennen. Dieser Leitende Verteidigern, Mark Lessem, taucht auf und verkündet, daß ein Versprechen, das er Monate zuvor dem Vorsitzenden Richter des Jugendgerichtshofs gemacht hatte, daß er nämlich Dorn trotz seiner schweren Fehlentscheidungen eine Chance bieten würde, erfüllt worden ist. Jetzt müssen die Samthandschuhe ausgezogen werden. Im Hinblick auf Minderjährige befinde sich Richter Dorn weitab vom Hauptstrom juristischer Denkweise, klagt Lessem – ein Richter, der weder das repräsentiere, was typisch im System, noch was das Bestmögliche sei. Er schüchtere ein, strafe, erniedrige und nenne das dann ›mit Kindern arbeiten‹, wie es Lessem sieht, und obwohl Dorn in manchen Fällen – besonders Eignungsanhörungen – als verteidigerfreundlich angesehen werden könne, würden die durch ihn hervorgerufenen Nachteile das mehr als wettmachen. »Der möchte doch gar kein Richter sein, sondern ein König!« schimpft Lessem nach ihrer Zusammenkunft. »Als ich mit ihm sprechen wollte, hat er mich fast rausgeschmissen.«

Gerade auch über diesen Vorgang sind die Kriegsparteien nicht einer Meinung: Dorn behauptet, daß Lessem von selbst aus der Zusammenkunft gestürmt sei. Später und in offener Verhandlung beschuldigt der Richter Lessem, aus ihm, Dorn, unbekannten Gründen eine persönliche Vendetta gegen ihn zu führen. Dorn sagt, er sei von Anwälten des Pflichtverteidigeramts angesprochen worden, daß man sie gegen ihren Willen gezwungen habe, ihn mit dem ›Papier‹ zu bekriegen, obwohl sie wüßten, daß er immer eine faire Verhandlung führt. Kommentare, die Richter Dorn für bare Münze nimmt, obwohl andere meinen, das sei doch nur von Verteidigern gekommen, die ihren Boß in der Innenstadt schlau als Schutzschild gegen Dorns Zorn benutzten. »Früher oder später werden sie doch wieder einen Mandanten in Dorns Saal verteidigen müssen«, flüstert ein Rechtsanwalt einem anderen in der Galerie zu, während der Richter seine Behauptung wiederholt, daß er das Opfer einer Vendetta sei. »Warum denn deine eigene Beziehung mit dem Mann vergiften, wenn man es auf einen anderen schieben kann.«

Jedenfalls wird nach diesem kurzen Treffen von Dorn mit dem Leiter der Jugendabteilung des Pflichtverteidigeramts aus der Papierflut eine dichte Decke. Jetzt muß jeder neue Fall, der auf Richter Dorns Schreibtisch flattert – ein Drittel aller Fälle der Zweigstelle Thurgood Marshall, Hunderte monatlich –, wieder weitergeleitet werden.

Als sich diese ›Papierdecke‹ gesenkt hat, wird die Szene im Gericht fast zu einer Karikatur, zu einem ständigen Zustand der Verwirrung. Keiner weiß jetzt mehr, zu welchem Gerichtssaal er gehen muß und wann. Auf den Verteidigertischen liegen große Stapel von fotokopierten Formularen – den ›Papieren‹ oder einseitigen Anträgen zur Verweisung eines Falles an einen anderen Richter. Jedesmal, wenn ein neuer Fall aufgerufen wird, nimmt der diensthabende Pflichtverteidiger eines dieser leeren Formulare, trägt den Namen des betreffenden Minderjährigen ein und reicht den Antrag weiter. Es wird erst gar keine Beratung mit dem Mandanten abgehalten. Das soll eine Lehre für Dorn sein – und ist nicht das Beste für den jeweiligen Minderjährigen. Die meisten von denen, frisch verhaftet und benommen über den Verlust ihrer Freiheit, scheinen nicht richtig zu verstehen, was da abläuft. Niemand erklärt es ihnen.

Jedesmal, wenn er mit dem Papier bekriegt wird, huscht ein leichtes, etwas verbissenes Lächeln, das seinen dünnen Schnurrbart kaum bewegt, über Dorns Gesicht. Wenn irgend möglich, läßt er den Verteidiger, den Minderjährigen, dessen Familie und die Zeugen den ganzen Vormittag warten, bis er den Fall weitergibt. Wenn ein Verteidiger ihn dazu bewegen möchte, einen Fall an einen anderen Richter im gleichen Gebäude weiterzuleiten, erwidert er nur: »Ich habe noch nicht entschieden« und beschäftigt sich mit einer anderen Angelegenheit. Wenn er dann endlich bereit ist, sich zu entscheiden, fragt er seine Sekretärin nach der am weitesten entfernten Gerichtszweigstelle, die noch einen freien Zeitabschnitt für den Fall hat. Wenn er einen Fall nach Pomona schicken kann – einem der zwei Satelliten-Gerichtsgebäude, die unter seiner Aufsicht stehen, und auch durch die große Entfernung für die Sache der Verteidiger am schwierigsten sind –, so tut er es.

Und wenn die Zeugen, Opfer und Familien mit ihrem Pflichtverteidiger durch die ganze Großgemeinde zu einem neuen, unbekannten Gerichtsgebäude reisen müssen, dann soll es eben so sein. Dorn kann *auch* eine Lehre erteilen. Er läßt es sich angelegen sein, sich bei den Zeugen und Familien dafür zu entschuldigen, um dann einen anklagenden Finger zum Verteidigertisch auszustrecken und zu erklären: »Das Pflichtverteidigeramt zwingt mich dazu.« Das ist zwar nicht ganz wahr – er könnte ja die Fälle an den Commissioner Polinsky oder Richter Scarlett im gleichen Gebäude hier in Inglewood weiterleiten –, aber er erzielt damit die beabsichtigte Wirkung. Nach einer Woche sind die Pflichtverteidiger hier so beliebt wie Kakerlaken.

Sein Pomona-Trick funktioniert jedoch nicht immer. Die Jugendgerichts-Zweigstelle Pomona hat nämlich keine offiziellen Richter, sondern nur Schiedsleute und Gerichtsbeauftragte. Für gewisse Anhörungen hat aber ein Minderjähriger das Recht, auf einen offiziellen Richter mit vollem Titel zu bestehen. Wenn dies geschieht, muß sich Dorns Sekretärin am Telefon mit einem der Strafgericht-Verwaltungsbeamten im Büro des Vorsitzenden Richters in Verbindung setzen, damit dieser dann einen der offiziellen Richter nach dem anderen praktisch anfleht, bis einer schließlich zustimmt: »Na ja, schicken Sie mir die Akte.« Viele Richter lassen es sich nicht nehmen, diese juristischen Verwaltungsbeamten daran zu erinnern, daß sie gewarnt hatten, Dorn zum Jugendgericht zurückzuschicken, eben da dieser Schlamassel unvermeidlich sein würde, wenn er erst einmal wieder dort wäre. Dies alles kann ganze Anrufserien mit Bitt- und Schmeichelorgien erfordern, denn die Richter haben unbedingte Autorität über ihren jeweiligen Verhandlungssaal und können jederzeit ablehnen, etwas von Dorns Arbeitslast zu übernehmen. In dem Fall sind alle anderen Aktivitäten in den Büros dieser Verwaltungsbeamten gelähmt, während sich die Suche nach Unterbringung von ursprünglich bei Dorn gelandeten Fällen verstärkt. Dieses wiederum führt zu anderen Verzögerungen im System, da andere Krisen im juristischen Verwaltungsbereich ungelöst bleiben müssen: die unauffindbaren Akten, die falsch vorgeführten Delinquenten, die Aufruhre in den Jugend-Untersuchungsgefängnissen, der ununterbrochene Strom von Memoranden, der sonst das träge System weiterschiebt – alles muß hinter dem Dorn-Krieg zurückbleiben. Schließlich muß Dorn doch äußerst widerwillig einige seiner Fälle an die anderen beiden Gerichtssäle der Zweigstelle Thurgood Marshall weiterleiten, wodurch deren Terminkalender explodieren.

Dieses Krebsgeschwür hat sich nun überall ausgebreitet. Minderjährige und ihre Familien warten den ganzen Tag auf die Einteilung ihrer Fälle. Schüler versäumen den Unterricht, Eltern die Arbeit. Zeugen wird gesagt, sie müssen an einem anderen Tag wiederkommen. Uniformierte Polizisten stehen herum und warten darauf, auszusagen, statt auf Streife zu gehen. Die Anzahl von Vertagungen steigt zum Himmel an.

Ein junger Mann muß den ganzen Vormittag darauf warten, ein offizielles Papier zu bekommen, auf dem steht, daß er seine Schuld an die Gesellschaft bezahlt hat, indem er die ihm auferlegten Gemeinde-Dienstleistungen erbracht und die Bewährungszeit erfüllt hat. Er ist in jeder Beziehung ein Erfolgsfall für das System, ein junger Autodieb und Schuleschwänzer, der sein Leben geändert hat, zurück zur Schule ging, den Schulabschluß geschafft hat, sauber geblieben ist und nun davor steht, in das Marine Corps, die Marine-Infanterie, einzutreten.

Er braucht nur dieses einzige Schriftstück, um seinen Aufnahmeantrag für die Militärlaufbahn abschließen zu können. Er braucht es noch heute. Sieben Monate hat er schon gewartet, es per Post zugeschickt zu bekommen, wie ihm versprochen worden war. Jetzt, nach wiederholten, unbeantworteten Telefonanrufen an seinen Bewährungshelfer, ist er schließlich selbst zum Gericht gekommen.

Er wartet stundenlang in Richter Scarletts Zuschauerabteilung, beobachtet, wie das Gericht durch seinen Terminkalender watet – ein großer blonder Junge mit muskulösen Armen und einem glatten, rosafarbenen Gesicht am Scheitelpunkt zwischen Jugendlichem und Mann. Wiederholt weist das Gerichtspersonal ihn ab, wenn er um Hilfe bittet. »Stehen Sie denn auf dem Terminplan?« fragt die Angestellte. Als er den Kopf schüttelt, meint sie: »Na, dann müssen Sie eben warten.« Später, als sich die Aktivitäten unmittelbar vor der Mittagspause etwas verringert haben, wagt sich der junge Mann wieder durch die kleine Schwingtür zwischen der Zuschauerabteilung und den Tischen der Juristen und geht zu der Justizangestellten. Diese ist hinter Stapeln von Akten kaum zu sehen und behält den Telefonhörer zwischen Schulter und Ohr eingeklemmt, als ob er dort angewurzelt sei. Als sie aufschaut und den fragenden Blick des jungen Mannes sieht, schüttelt sie wieder den Kopf: »Ihre Papiere sind noch nicht hier«, sagt sie und schaut wieder weg, bevor noch der Satz beendet ist. »Es tut mir leid.« Ihr Ton zeigt aber an, daß dieses nicht der Fall ist.

»Ich werde doch hier verschaukelt!« erwidert er, denn seine Geduld hat sich nun in Ärger verwandelt. »Ich habe doch alle Auflagen erfüllt und will doch nur noch mein Leben fortsetzen können!«

Trotz seiner verärgerten Worte und erhobenen Stimme schaut keiner der Juristen von seinen Unterlagen auf – sie sind zu geschäftig, zu eingespannt in den chaotischen Wirrwarr, der durch das Gerichtsgebäude fegt. Am Ende seiner Reise durch das System, als er alles getan hat, was man ihm auftrug, gibt es keine Beglückwünschung, keine Anerkennung und keinen, der sich für ihn einsetzt.

»Das liegt an Ihrem Bewährungshelfer«, erklärt die Angestellte schließlich entschuldigend. »Er hätte den Bericht schon vor langer Zeit schicken müssen, hat es aber erst heute getan.«

»Ich habe meinen Bewährungshelfer doch schon sieben Monate lang nicht mehr gesehen«, erwidert der Achtzehnjährige. Er ist rot im Gesicht. Sogar seine Kopfhaut, die man unter dem kurzen Bürstenhaarschnitt, den er sich schon für das Marines-Ausbildungslager hat schneiden lassen, erkennen kann, ist rot vor Wut.

»Nun«, meint die Angestellte, jetzt abweisender und vorwurfsvoll, »dann hätten Sie ihn vielleicht aufsuchen sollen.«

»Er sagte mir doch, ich solle nicht mehr kommen«, entgegnet der Bursche.

Die Angestellte entschuldigt sich nicht für ihre grundlose Beschuldigung. »Wir werden heute irgendwann dazu kommen. Aber ich kann nicht sagen, wann das eingeschoben wird. Es kann ein paar Tage dauern, bevor Sie das Papier in den Händen haben.«

Der junge Mann stelzt davon und schüttelt den Kopf, als er sich durch die Doppeltür schiebt. Keiner verschwendet einen weiteren Blick auf ihn.

Richter Dorn hat einen solchen Krieg schon vorher geführt und setzt auf Sieg. Während sich der Formularangriff gegen ihn in voller Wucht einspielt und ihn zwingt, die hereinkommenden Fälle weiterzuleiten, veranstaltet er immer mehr Zusammenkünfte mit Statusverletzern in den Richterkammern und nimmt mehr Fälle mit Privatverteidigern an. Er will die Angriffe der Pflichtverteidiger aussitzen, denn er weiß, daß er einen Schlüsselvorteil ihnen gegenüber hat. Was sie auch tun mögen, *er* muß nie seinen Gerichtssaal verlassen. Die Pflichtverteidiger aber müssen den Fällen folgen, wo immer er sie hinschickt, und Dorn läßt sie in Hast über das weite Zuständigkeitsgebiet von Los Angeles fahren.

Die Pflichtverteidiger von Inglewood stellen bald fest, daß sie mit dem Gewirr von weitergeleiteten Fällen, für die sie persönlich verantwortlich sind, nicht mehr zurechtkommen können. Die Gerichtsbürokratie kann auch all den Änderungen nicht mehr nachkommen. Zeugen irren umher. Die Busse von den Jugend-Untersuchungsgefängnissen laden die Kids in den falschen Gerichtsgebäuden ab, und Verteidiger sehen sich damit konfrontiert, daß sie mehr als einen Fall gleichzeitig in viele Meilen voneinander entfernten Gerichtsgebäuden verhandeln müssen. Sie sind gezwungen, jede freie Minute an Dorns Gerichtssaaltelefonen zu verbringen, um Richter in allen Teilen des weiten Zuständigkeitsgebiets um Vertagungen zu bitten.

»Ich wußte, daß ich heute nachmittag an drei Stellen gleichzeitig sein muß«, erklärt ein Pflichtverteidiger Dorn zerknirscht, nachdem ein solcher Versuch des Fälle-Jonglierens am Telefon fehlgeschlagen ist.

»Sprechen Sie doch mit Ihrem Boß darüber«, meint Dorn mit einem Grinsen.

»Ich weiß, daß ich noch andere Angelegenheiten in diesem Gebäude hier zu erledigen habe«, fleht der Verteidiger, »aber ich habe auch eine Anhörung um zwei in South Central.«

»Das geht mich nichts an«, bellt Dorn. »Sie haben drei Verhandlungen hier. Sie werden meinen Saal nicht verlassen, bis die vorüber sind!«

Wenn ein Richter mit den Formularen bekriegt wird, schließen seine Kollegen oft die Reihen zu seiner Verteidigung, indem sie sich weigern, die Vertagungen zu gewähren, die die Verteidiger brauchen, um die großen Strecken zwischen Gerichtsgebäuden zurückzulegen. Im vorliegenden Fall war der Pflichtverteidiger angewiesen, um zwei Uhr bei einer anderen Jugendgericht-Zweigstelle zu erscheinen, oder er müsse die Konsequenzen tragen.

»Das ist doch nicht *mein* Problem, Anwalt«, meint Dorn, nachdem er das gehört hat. »Ich werde Sie nicht laufenlassen, damit Sie woanders hingehen!«

»Euer Ehren, darf ich dann fragen, in welchem Gefängnis ich die Nacht verbringen muß?«

Richter Dorn kichert.

Das Chaos breitet sich bald über die Zweigstelle Thurgood Marshall hinaus aus, mit wachsender Tendenz, als auch die Bezirksstaatsanwaltschaft diesen Moment – einen besonders reifen – wählt, einen ihrer juristischen Quälgeister mit den Papieren zu bekriegen. Ihr Ziel ist Jugendrichter Sherill Luke von Pasadena, dessen Arbeitsgewohnheiten schon lange sowohl von Staatsanwälten als auch Verteidigern beklagt worden sind, aber ohne irgendein Resultat.

Mehr als ein Jahr lang sind Memoranden über Luke an den Vorsitzenden Richter geschickt worden, in denen

Staatsanwälte den Richter schneidend als grob, tyrannisch und chronisch faul mit einem Arbeitstag von kaum mehr als drei bis vier Stunden bezeichneten. Er fange spät an, mache eine lange Mittagspause und gehe dann früh nach Hause – Tag für Tag. Ein von einem Staatsanwalt über einen Monat geführtes Tagebuch zeigt an, daß Luke an allen Tagen außer einem, um 14 Uhr 30 nach Hause ging – lange vor dem normalen Dienstschluß. Fälle wurden je nach Laune des Richters ständig vertagt, wodurch den Opfern und Zeugen Unannehmlichkeiten und der Gemeinde hohe Kosten an verschwendeten Honorargeldern erwuchsen. Denn die Verteidiger saßen nutzlos herum, stellten aber die Zeit für Anhörungen, die nie stattgefunden hatten, in Rechnung.

Der Vorsitzende Richter Marcus O. Tucker, der als unermüdlicher Verfechter der Sache von Kindern, aber nicht als besonders wirksamer oder entschlußfreudiger Administrator bekannt war, hatte nichts Erkennbares auf die Klagen hin unternommen. Dabei hatten sogar seine innerbetrieblichen Daten, die aus jedem Gerichtssaal im System gesammelt wurden und die ein weitaus objektiverer Beweis als die Klagememoranden von verärgerten Staatsanwälten waren, unmißverständlich ausgesagt, daß Richter Luke in seiner Arbeitsleistung deutlich hinter seinen Kollegen zurückblieb. Er verhandelte viel weniger Fälle und vertagte viel mehr von ihnen als andere Richterstuhlinhaber des Jugendgerichtshofs.[1]

So beginnt also die Staatsanwaltschaft inmitten des Dorn-Krieges, in dem die Anklagevertreter vorsichtig neutral geblieben waren, Richter Luke mit Papierkrieg zu belegen. Ein weiteres Spiel wird in Gang gesetzt, dessen Ziel nichts mit dem Wohl der Kinder oder der öffentlichen Sicherheit zu tun hat. Die Absicht ist einfach: das Gericht zu lähmen und die Verwaltung verrückt zu machen. Es sind alle aus der Erwachsenengerichtsbarkeit importierten Prozeßtricks anzuwenden, um einen unliebsamen Juristen aus seinem Gerichtssaal zu vertreiben.

Schließlich erweist sich die Strategie der Staatsanwaltschaft als die besser durchdachte. Der Jugendgerichtshof wankt schon unter dem Papierkrieg gegen Richter Dorn und wird noch mehr dadurch behindert, daß zwei andere Inhaber des Jugendrichterstuhls im Urlaub sind und ein weiterer im Krankenhaus. Der umfangreiche Jugendgerichtshof von Los Angeles ist praktisch auf 20 Prozent seiner normalen Kapazität, die selbst zu den besten Zeiten schon bis zum Zerreißen angespannt war, abgefallen. Jetzt kann er nicht mehr mit seinen Fällen Schritt halten, so daß das System im wahrsten Sinne des Wortes in sich selbst zusammenfällt. Der Leitgedanke der Jugendgerichtsbarkeit, Kinder schnell und wirksam davon abzuhalten, sich selbst und andere zu zerstören, wird wieder einmal so zur Seite gedrängt, daß die gewöhnlichen Wartezeiten von drei und vier Monaten bis zur Verhandlung auf sieben bis acht anwachsen. Manche Fälle, die sonst verfolgt worden wären, werden abgewiesen oder kommen erst gar nicht zur Anklageanhörung, wodurch Verbrecheranwärtern freier Lauf gelassen wird. Sie können das als Ermutigung verstehen, sich wieder als Einbrecher, Autodieb, Räuber oder Schlimmeres zu versuchen.

Die Bestimmung des richtigen Zeitpunkts ist von entscheidender Bedeutung, wenn Anwälte in den Krieg gegen Richter ziehen. Richter Luke hat viel weniger Unterstützung als Dorn, und der Vorsitzende Richter gibt dann auch schnell dem Bezirksstaatsanwalt nach. Richter Luke wird zu einer anderen Jugendgericht-Zweigstelle versetzt, wo er nur noch unumstrittene Anhörungen für Anklageerhebungen leitet, die so schematisch sind, daß die Staatsanwaltschaft noch nicht einmal einen Vertreter im Gerichtssaal läßt.[2]

Ein neuer Richterstuhlinhaber mit einer höheren Arbeitsmoral zieht in das Jugendgericht von Pasadena ein, so daß dort mehr Aufgaben bewältigt werden. Dies verringert den Druck auf das System, so daß der durch den Papierkrieg gegen Richter Dorn verursachte Leistungsverlust wenigstens teilweise kompensiert wird, was aber die Strategie der Pflichtverteidiger unterläuft.

In der Zwischenzeit hält Dorn stand und gewinnt den Krieg langsam. Er macht klar, daß ›Richter Dorn nirgendwo anders hingeht‹. Er führt seine Beratungssitzungen mit der Konzentration auf Statusverletzer in den Kammern fort und teilt weiterhin lange Einsperrzeiten an schuleschwänzende Bewährungsübertreter aus, was die Pflichtverteidiger verabscheuen. Er demütigt die Pflichtverteidiger noch mehr, als er die Berufung in dem Besuchserteilungsfall, der die ganze Papierquälerei ja ausgelöst hatte, gewinnt. Schließlich, nach einem Monat von Formularangriffen, bei denen die Pflichtverteidiger viel mehr leiden müssen als der Richter, den sie ja strafen wollen, wird recht kleinlaut beschlossen, daß ›der strittige Punkt dargelegt worden ist‹, was immer auch darunter zu verstehen ist. Die Papierbekriegung Richter Dorns endet – zu jedermanns Erleichterung.

Die allgemeine Ansicht ist, daß durch dieses massive Herumreiten auf Rechten, diese juristische Belagerung der Abteilung 240, Zweigstelle Thurgood Marshall, nichts Gutes geschaffen wurde. Die Minderjährigen, ihre Familien, die Opfer und sogar die Anwälte haben darunter gelitten wie auch das Ansehen des Jugendgerichts in aller Augen. Die kleine Reserve an gutem Willen, die noch in dem System vorhanden war, ist nun noch ein bißchen mehr versickert. Aber der Druck der Fallmengen herrscht weiterhin in den sommerheißen Verhandlungssälen. Und Roosevelt Dorn ändert sich um keinen Deut.

Kapitel 15

Aufgegebene Gestalten

Die Schreibklasse des heutigen Abends befindet sich in düsterer Stimmung nach einem kurzen, aufgeregten Geschnatter über eine am Anfang dieser Woche stattgefundene Flucht – einem Kid war es gelungen, über die Mauer des ›Zentralen‹ und hinunter auf die Gleise zu kommen und sich im ›Draußen‹ zu verlieren. Es ist dieser peinigende Schimmer von Freiheit, der jeden im Raum nach ein paar Minuten zum Schweigen bringt, die Vorstellung dieser kleinen Figur in einem grauen Trainingsanzug, die da um eine Ecke verschwindet. Die Überwachung wird jetzt für eine Weile strenger sein, das wissen sie. Es wird weniger Erleichterungen geben, und die nachsichtigeren Wächter werden weniger geneigt sein, bei einer Schmuggellieferung in der Nacht wegzusehen.

Die Niederschriftsbemühungen ergeben heute wenig mehr als leere Blätter und leere Blicke der meisten Kids. Ich möchte schon Schluß machen, als ein neuer Teilnehmer verkündet, daß er etwas vorzulesen habe, ein Gedicht, das er schüchtern zur Kritik auf den Tisch legt. Das ist eine Überraschung, weil dieser Junge an den vorausgegangenen beiden Klassenabenden kein Wörtchen gesagt hatte.

Rodrigo Becerra steht im Alter von siebzehn vor einer langen Gefängnisstrafe unter Erwachsenenrecht wegen Mordversuchs. Er ist ein klassischer, von der Jugendstrafverfolgung in seiner unseligen Laufbahn geförderter Verbrecher mit sechs Festnahmen in einer Zeitspanne von drei Jahren: Autodiebstählen, Autojagden, bei denen er meistens eine Schußwaffe trug, und lange bekannte Abhängigkeit von PCP und anderen Rauschmitteln, die bei jeder seiner Straftaten eine Rolle spielten. Trotz allem tat der Jugendgerichtshof wenig für Rodrigo. Nach seiner letzten Festnahme wegen völliger Besinnungslosigkeit durch PCP-getränkte Marihuana-Joints während seiner Bewährungszeit, schickte ihn das Jugendgericht abermals auf Bewährung nach Hause. Zu der Zeit wies der Bewährungshelfer, der Rodrigos Fall bearbeitete, darauf hin, wie wichtig es für diesen Jungen sei, sofort intensiv beaufsichtigt zu werden. Aber das Bewährungsamt kam 18 Tage nach seiner abermaligen Entlassung nicht dazu, seinem Fall einen Bewährungshelfer zuzuteilen. Es stellte sich heraus, daß diese Zeit zwei Tage länger war, als Rodrigo, der den Straßennamen ›Stranger‹, der Fremde, trägt, brauchte, um wieder ›high‹ zu werden, eine Pistole zu ziehen, den Angehörigen einer feindlichen Bande durch einen Schuß in den Hals schwer zu verletzen und dann das Magazin weiter auf sein Opfer zu entleeren, als dieses auf dem Gehsteig in Sicherheit kriechen wollte.

In der Schreibklasse macht Stranger eine einfache Ankündigung, ein furchtbares Vorwort zu seinen Versen: Er habe keine Hoffnung mehr für das Leben. Dann liest er sein Gedicht vor, das er in fünf Minuten dort in der Klasse geschrieben hat, schonungslos und roh:

Ich bin ein Fremder im Leben,
Aber ich bin eigentlich wohlbekannt
Bei allen meinen Kumpeltypen
Dort im Straßenkiez.

Ich bin von der Art, der du nicht traust,
Von der Art, die klaut.
Wenn ich was von dir klaue,
Dann ist es mir egal, was du fühlst.

Ich bin doch für niemanden ein Fremder.
Ich begehe 'ne Menge Verbrechen.
Ich gehe braun und stolz in den Kerker
Und ich werde mit Respekt behandelt.

Ich bin ein Fremder im Leben,
Weil ich keins habe.
Mir steht ›Lebenslang‹ bevor,
Also habe ich kein Leben mehr.

Ich bin ein Fremder für meine Familie,
Weil sie mich nicht mehr aufwachsen sehen wird.
Wenn ich denke, was ich ihr antat,
Könnte ich kotzen.

Hier ist ein Fremder im Kerker,
In einer Einzelzelle.
Ich frage mich, was ist das für ein Gefühl,
Das ich nie jemals gefühlt habe?

Während er liest, ist Strangers Stimme so leise, daß wir anderen uns anstrengen müssen, sie zu verstehen bei dem Geklapper und Gerassel, das in diesem Jugendgefängnis immer im Hintergrund vorhanden ist, auch in diesem geschlossenen und luftlosen Kubus eines Bibliothekszimmers mit seiner schäbigen Sammlung von Taschenbuchausgaben und seinem abgeplatzten Formicatisch mit wackligen Metallbeinen. Sein Gesicht ist flach und blaß mit hohlen, dunklen, blauumrandeten Augen. Jetzt, wo er zu lesen aufgehört hat, sind seine Lippen zusammengepreßt. Er hält seine Blätter krampfhaft fest in den Händen. Seine Augen sind noch auf das letzte Blatt geheftet, aber dann schaut er überrascht auf, als die anderen Jungen seine Arbeit zu loben beginnen, jeder einzelne. Alle sind beeindruckt, daß er sich so etwas in nur ein paar Minuten ausdenken und zu Papier bringen konnte. Dann errötet er tief – und für einen Moment ist diese aufgegebene Gestalt namens Stranger, die auf dem Wege zum Erwachsenengericht und Staatsgefängnis ist, wieder Rodrigo. Jahre schmelzen von seinem Gesicht ab, und darunter taucht wieder der siebzehn Jahre alte Junge auf, ein Bursche, der überlebt hat, indem er seine Hoffnungen und Träume so sorgsam vor seiner Umgebung verbarg, daß er vergaß, sie überhaupt gehabt zu haben – bis jetzt.

»Ich wollte schon immer schreiben«, sagt er mit einem verlegenen Grinsen. Dann ist dieser Augenblick vorüber, wie auch sein Lächeln, blitzschnell wie ein Kamerablitz, und Stranger ist wieder da, finster und in sich gekehrt – hoffnungslos, jenseits aller Erwartungen. Bevor die Klasse wieder zusammentritt, wird er schon abtransportiert.

Gerade als so schmerzlich zu Tage tritt, daß der Jugendgerichtshof die schlechtere der beiden Welten ist, weil er die juristischen Zänkereien und Verfahrensexzesse des Erwachsenensystems mit der zahnlosen Konsequenzlosigkeit des Jugendsystems kombiniert, gerade als die Stützen dieser Institution soweit sind, die Hände in Ergebung vor 15jährigen Killern zu heben, die mit einem Klaps davonkommen, gerade als der Drang, das ganze Konzept der Jugendgerichtsbarkeit hinzuschmeißen und schreiend aus dem Gerichtsgebäude zu rennen, fast unwiderstehlich wird, geschieht etwas, das jeden daran erinnert, daß es einen Grund gibt, das ganze schizophrene System trotzdem aufrechtzuerhalten. Als die Richter anfangen, an vorzeitige Pensionierung zu denken, die Staatsanwälte beginnen, sich zu fragen, ob sie nicht in das Medienrecht einsteigen sollten, die Pflichtverteidiger die ersten Lebensläufe an die Geschäftsanwaltsfirmen schicken und Peggy Beckstrand wieder ihre Bewerbung für das Friedenscorps herausholt – da ereignet sich etwas, das ihnen die Weisheit zeigt, die darin liegt, ein getrenntes Jugendsystem mit all den lästigen gesetzlichen Garantien, die sich aus dem Fall Gerry Gault ergaben, zu behalten.

Derlei Hinweise und Mahnungen tauchen früher oder später immer auf: Der stolze junge Mann, der vier Jahre nach der Verhandlung seines Falles ins Gerichtsgebäude kommt, um dem Richter sein Hochschuldiplom zu zeigen. Die junge Frau, die aus dem Mittleren Westen schreibt, daß sie einen festen Job hat und schon drei Jahre drogenfrei ist. Der ehemalige Bandenangehörige, der jetzt als Vermittler zwischen sich bekriegenden Banden wirkt und hilft, Friedensverträge zu schmieden, die junge Menschen vor dem Tod retten. Der Vater, der in offener Verhandlung erklärt, daß das Martyrium des Jugendgerichts bewirkt hat, daß er zum ersten Mal seit Jahren mit seinem Sohn sprechen konnte, wodurch die ganze Familie glücklich geworden ist und zu einem neuen Anfang gefunden hat. All die Kids bewirken das, die nur eine Straftat begehen und dann endgültig anständig werden – die Mehrzahl der dem Jugendgericht Vorgeführten.

Diesmal erscheint solch eine Mahnung im Kielwasser des Dorn-Krieges und der damit einhergehenden Verwirrung in Gestalt von drei aufsehenerregenden Mordfällen und einer unermüdlichen Verteidigerin mit Namen Sherry Gold.

Diese Sherry Gold ist eine Veteranin der Jugendgericht-Zweigstelle Thurgood Marshall, in der sie erst als Pflichtverteidigerin fungierte und nun als private Rechtsanwältin auf der Zuweisungsliste arbeitet. Sie zieht einen beträchtlichen Teil der hier auftretenden Mordfälle bei solchen Gelegenheiten an sich, in denen Interessenkonflikte das Pflichtverteidigeramt zwingen, die Vertretung abzulehnen – ein Zeichen des Respekts, den die Richter von Inglewood ihren Fähigkeiten zollen. Meistens werden nämlich sowohl beim Jugend- als auch Erwachsenengericht die Mordfälle nur den erfahrensten und geschicktesten Verteidigern auf der Liste zugeteilt.

Mrs. Gold ist eine starke Erscheinung im Gericht – eine kleine, schlanke Frau mit ungebärdigen blonden Haaren und einer Beharrlichkeit, die bei den niedrigbezahlten zugewiesenen Verteidigern hier selten ist. Sie ist eine der wenigen Rechtsanwälte, die Peggy Beckstrands Büro regelmäßig besuchen. Für die meisten ihrer Kollegen ist das wie ein Übertreten der feindlichen Linien – etwas, das vermieden werden sollte. Aber die Anwältin Gold ist oft dort, setzt sich für Absprachen und Chancen eines Neuanfangs für ihre Mandanten sowie für das Betrachten von Beweisen in einem neuen Licht ein. Dabei bleibt es nicht aus, daß sie den Staatsanwälten lästig wird, aber sie bekommt oft durch ihr beeindruckend entschlossenes Auftreten das, was sie will. Sie hat ihren eigenen Tisch in einem überfüllten Restaurant auf der anderen Straßenseite. Dort wird sie seit langem bevorzugt bedient, und sie wird häufig zwischen Anhörungen über ihre Unterlagen gebeugt oder einem Staatsanwalt zugewandt, mit dem sie je nach der Stärke eines Beweises abwechselnd flehend flüstert oder auftrumpfend räsoniert, dort angetroffen.

Sherry Gold schreibt ein ›Rezept‹ für jeden Fall, eine Art von mütterlicher Checkliste für Kinder, die nie bemuttert worden sind. Wenn sie einen neuen Mandanten annimmt, ist das erste, was sie tut – noch bevor das Gericht dazu kommt –, sich über das Verhalten des Kindes in der Schule zu erkundigen. Wenn dann der Junge oder das Mädchen nach Hause entlassen wird, gibt sie den Eltern ihrer Mandanten Anweisungen: »Schreiben Sie das Kind in diese oder jene Schule ein, bringen Sie ihn (oder sie) persönlich jeden Morgen dort hin, reden Sie mit den Lehrern, holen Sie das Kind nach der Schule möglichst wieder ab.« »Stellen Sie sicher, daß es sofort nach Hause kommt und seine Schularbeiten macht«, schärft sie den Eltern ein, »und auch, daß die Lehrer Sie anrufen, wenn es ein Problem gibt, so daß Sie es lösen können, bevor es schlimmer wird.«

Zuerst entsteht Widerstand gegen diese ›Gängelung‹ der Eltern, diese Anweisungen von einer sommersprossigen, jüdischen Frau mit blonden Haaren, blauen Augen und einer Dampfwalzengeschäftigkeit. Aber die Gold-Dame ist geduldig und erklärt immer den Grund dafür: Wenn man Monate auf die Verhandlung eines Falles warten muß, kommt den freiwillig unternommenen Anstrengungen in der Schule und zu Hause eine besondere Bedeutung zu, bevor ein verärgerter Richter diese Dinge *befiehlt.* Der Ausgang eines Falles kann dadurch nämlich enorm beeinflußt werden. »Er ist schon monatelang wieder pünktlich zur Schule gegangen, Euer Ehren«, kann Sherry Gold dann sagen, in der Hoffnung, daß es niemandem auffällt, daß die Einschreibung in die Schule zwei Wochen nach der Entlassung aus der Verhaftung erfolgte. Der Eindruck, das Auftreten ist alles. Ein Kind, das sonst eine Bewährungsstrafe erhalten würde, kommt nach dem Rezept von Sherry Gold völlig frei davon. Ein anderes, dem Bewährungslager drohen könnte, das aber plötzlich ausgezeichnete Schulnoten und eine Mutter, die die

Namen aller seiner Lehrer kennt, vorweisen kann, wird wahrscheinlich nur eine Strafe auf Bewährung erhalten. Der minderjährige Straftäter, dem normalerweise eine Haftstrafe in der CYA-Anstalt bevorsteht, könnte auf diese Weise eine Chance für das – mildere – Bewährungslager haben. Der betreffende Junge oder das Mädchen muß nur den Eindruck erwecken, daß er oder sie reumütig ist und Anstrengungen zur Besserung macht. Keiner braucht ja zu wissen, daß das alles nur auf Veranlassung von Anwältin Gold geschehen ist.

»Wenn Sie das tun, was ich Ihnen sage«, verspricht Sherry einer Mutter, »müssen Sie bedeutend weniger oft ins Gericht kommen, und *wenn* Sie kommen, wird der Richter Sie beglückwünschen statt Sie herunterzuputzen, daß Sie die Bildung Ihres Kindes vernachlässigt haben.«

In den meisten Fällen funktioniert dieses einfache Rezept. Einige der Eltern, die vorher vom Fehlverhalten ihrer Kinder niedergedrückt gewesen waren, werden dadurch sogar soweit angeregt, daß sie eine konservative Jacke und einen Schlips für ihr Kind heraussuchen – nach Gold die einfachste, wenn auch am wenigsten genutzte Methode, dem Kind beim Gericht ganze Strafmonate zu ersparen. Und für manche der Kids und Eltern wird der Versuch, einen Richter zu beeindrucken, schließlich zu einem Selbstzweck: Das Kind beginnt, die Schule gar nicht so schlecht zu finden, und die Eltern fangen an, Interesse daran zu gewinnen, mit ihrem Kind vorwärtszustreben, so daß sich die ganze Familie regeneriert.

Wenn es sich um ernstere Fälle handelt, unternimmt Sherry Gold noch etwas anderes, das wenige der zugewiesenen Verteidiger zu kennen scheinen: Sie führt ihre eigenen Untersuchungen durch. Für viele der Rechtsanwälte hier besteht die Vorbereitung auf einen Fall im Lesen der Polizei- und Bewährungshelfer-Berichte und dem Versuch, eine Abmachung auszuhandeln. Aber Mrs. Gold, eine frühere Staatsanwältin, die sehr gut weiß, daß die Polizei es sich manchmal mit Fällen jugendlicher Straftäter recht einfach macht, versucht immer ein paar Dollar für private Ermittler aus der geizigen Gerichtskasse loszueisen. Sollte das keinen Erfolg haben, leistet die Gold auch selbst ermittelnde Beinarbeit, indem sie Zeugen befragt, Tatorte besichtigt und die Polizeiversionen eines Tathergangs in einer Weise angreift, wie es selten im Jugendgericht geschieht. Die Ergebnisse können erstaunlich sein – und besorgniserregend.

Als der Fall *Das Volk gegen Leon Jones* an sie herangetragen wird, scheint die Mordanklage gegen den siebzehnjährigen Schuleschwänzer und Ausreißer unerschütterlich zu sein.

Spät an einem Januarabend empfing die Polizei in der Stadt Hawthorne einen Anruf über eine Schießerei. Es handelte sich um die gleiche gestörte Gegend, in der nur eine Woche vorher einer von Sharon Stegalls Bewährungsmündeln, Li'l Dondi, sein Leben lassen mußte und ein anderes ihrer Kids außer Sicht untertauchte. Diesmal fanden zwei Streifenpolizisten einen schwerbetrunkenen Neunzehnjährigen namens Larry Roberts auf dem Rücken vor dem Mietshaus liegend, in dem er wohnte. Der größte Teil seines Gesichts war von einem Schrotschuß weggerissen. Um seine Lippen lag angesengte blaue Watte von der abgefeuerten Patrone wie ein zweiter Schnurrbart. Seine linke Hand war noch in der Hosentasche, als ob er nach etwas greifen wollte, aber es wurde keine Waffe bei ihm gefunden.

Zeugen aus der Nachbarschaft sagten aus, daß Roberts mit etwa zehn Freunden vor dem Mietshaus herumgelungert habe. Sie hätten aus 0,5-Liter-Bierflaschen der Marke Old English 800 in zerknitterten Papiertüten getrunken. Roberts habe dann angefangen, sich mit drei jungen Männern zu streiten, die aus einem Haus auf der anderen Straßenseite herauskamen. Je nach Aussage pöbelte Roberts die jungen Männer an, weil er sich über die Art ärgerte, in der sie ihn anschauten, und holte dann seine Freunde, um mit deren Übermacht die drei anzugreifen, oder die drei Herauskommenden begannen einen Streit mit Roberts, weil dieser ›Scheiße geredet‹ habe. Wie auch immer, das

Ende war unbestritten: Larry Roberts sah, wie einer seiner Feinde eine Schrotflinte holte, aber gab nicht nach, sondern steckte die Hände in die Hosentaschen und rief: »Idiot, du willst also den Tanz!« Der Mann mit der Schrotflinte schrie auf, vor Angst oder Wut, und zog den Abzug. Der Schütze, so stimmten alle Zeugen überein, sei ein großer, muskulöser, hellhäutiger Afro-Amerikaner von Anfang bis Mitte zwanzig gewesen, der eine Beanie-Kappe auf kurzem Haar getragen habe. Nachdem er auf Roberts geschossen hatte, sei er mit seinen beiden Freunden davongelaufen, während die anderen Herumlungerer wie Kegel auseinanderstoben.

Nachdem das unvermeidliche gelbe Absperrband um den Teil des Gehsteigs, auf dem Roberts lag, gezogen worden war, stellte die Polizei erst Fragen in der Nachbarschaft und startete dann die Suche nach dem Schützen und seinen beiden Freunden. Sie konnten die Spur von zwei von ihnen bis zu der Wohnung einer Frau auf der Straßenseite, auf der sie anfangs gesehen worden waren, zurückverfolgen. Die Frau war Carol Jones, Leons ältere Schwester. Sie sagte anfangs, sie wüßte nichts, aber als die Ermittler herausfanden, daß sie einen falschen Namen benutzte und mit zwei der drei Verdächtigen gesehen worden war, gestand sie, daß zwei der Männer sie vor dem Schuß besucht hatten und einer davon ihr siebzehnjähriger Bruder gewesen war. Er sei gerade bei ihr eingezogen, nachdem er mehrere Monate lang bei einem Onkel gewohnt habe. Als sie den Schuß hörte, sei sie nach draußen gerannt, um zu sehen, ob Leon nichts passiert war, und habe dann gefürchtet, daß er daran beteiligt war.

Die Polizisten wollten diese Befragung von Carol Jones auf Tonband aufnehmen, aber das Gerät funktionierte nicht. Sie nahmen eine zweite Befragung auf und schrieben dann einen Bericht nach ihren Erinnerungen, ohne sich die Tonbandaufzeichnung angehört zu haben. Dieser Bericht enthielt eine besonders belastende Angabe über einen Anruf, den Carol angeblich Minuten nach dem Schuß von Leon erhalten hatte: »Sie fragte ihn, warum er diesen Kerl erschossen habe. Er sagte ihr: ›Der Kerl hat gesagt: Schieß doch!‹ Dann habe Leon Carol all seiner Liebe versichert.«

Die Polizei sah dies praktisch als Geständnis des Mordes an, woraus die Ermittler schlossen, daß Leon, der vorher polizeilich nicht aufgefallen war, den Schuß abgegeben hatte. Sie identifizierten den anderen Mann, der Carol mit ihm besucht hatte, als Frank McClure, einen Fünfundzwanzigjährigen mit fünf Verhaftungen und einer Verurteilung wegen ungesetzlichen Gebrauchs von Schußwaffen. Dennoch besaß er gesetzlich sechs Schußwaffen. Sie schlossen ihn als Mörder aus, suchten ihn aber als Komplizen. Der dritte Mann konnte nicht identifiziert werden. Dreizehn Tage nach dem Mord fanden die Polizeibeamten Leon versteckt in der Wohnung seiner fünfzehnjährigen Freundin, der Mutter von Leons zweijährigem Sohn. Er bestritt, jemanden getötet zu haben, erzählte zahlreiche Lügen über seine Aktivitäten an jenem Abend. So behauptete er zum Beispiel, er habe zur fraglichen Zeit Basketball gespielt. Doch er wurde des Mordes ersten Grades beschuldigt, einer sicheren Fahrkarte zum Erwachsenengericht und einem Leben im Gefängnis. Ein Zeuge, der beste Freund des Getöteten, sagte, er glaube in Leon den Schützen wiederzuerkennen. Ein Aufnahmebeamter im Jugend-Untersuchungsgefängnis Juvenile Hall erklärte Leon zur Bedrohung für die Öffentlichkeit und ordnete seine Verwahrung im Block für Hochrisikogefangene an.

Als Sherry Gold erstmals mit Leon zusammentraf, war er finster, voller Angst und beteuerte seine Schuldlosigkeit, was die meisten ihrer Mandanten tun, für ihre Ohren also ein abgedroschener Spruch, den sie anfangs nicht ernst nahm. Die Beweise gegen ihn sahen schlüssig aus. Die Anhörung zur Überstellung an die Erwachsenengerichtsbarkeit war auf einen Tag in ein paar Wochen angesetzt, ein normalerweise automatischer Vorgang in einem Mordfall. Zuerst schien dieser Fall keine Ausnahme zu sein.

Aber dann schlichen sich Zweifel bei Sherry ein. Eine

schnelle Überprüfung seiner Vorgeschichte deckte etliche traurige Umstände auf, aber kein Anzeichen von kriminellem Verhalten. Sein Vater – dessen Beziehung zu seiner Mutter nie mehr als locker gewesen war – hatte sich aufgehängt. Seine Familie vermutete allerdings, er wäre von jemandem aufgehängt worden. Der fünfjährige Leon hatte die Leiche gefunden. Fünf Jahre später hatten Bedienstete des staatlichen Kinderschutzdienstes Leon aus der Wohnung seiner Mutter geholt, weil diese Rauschmittel nahm und ihre Kinder vernachlässigte. Wie George Trevino war Leon dann von der Verwahrungsabteilung des Jugendgerichtshofs aufgezogen worden. Dabei war er in vier verschiedene Pflegeheime und zu verschiedenen Verwandten gekommen – niemals lange genug, um sich akzeptiert zu fühlen. Er hatte deshalb ständig die Schulen wechseln müssen und in jeder versagt, war weggerannt und voller Wut auf seine Mutter, die es zugelassen hatte, daß man ihn von ihr weggeholt hatte.

Die Jugendberichte sind voll von Kindern mit einem Hintergrund wie Leons. Sie geraten leicht ins Verbrechen. Doch Leon war vorher nie verhaftet worden, was Sherry Gold schon etwas überraschte. Nachdem sie ihn dazu gebracht hatte, sich ihr zu öffnen, über seine Vorgeschichte zu erzählen, und dann aus den Jugendgerichtshof-Unterlagen herausgefunden hatte, daß alles genau stimmte, kam Sherry Gold zu der Ansicht, daß sie es hier mit einem netten Jungen mit Problemen und nicht mit einem Killer zu tun hatte. Sie beschloß dann, ihm zu glauben, als er schwor, unschuldig zu sein.

Also suchten sie und ein Privatdetektiv die Tatortgegend auf, um noch einmal Untersuchungen anzustellen. Das war viel leichter, als sie erwartet hatte: Sie fanden schnell fünf Zeugen, die aussagten, daß Leon auf keinen Fall der Mörder von Larry Roberts sei. Er sei nur dabeigewesen, sagten sie – als Zuschauer. Sogar der beste Freund des toten Mannes, der angeblich Leon identifiziert hatte, sagte, er sei nicht sicher, wer wirklich geschossen hatte.

Alle Zeugen meinten, der Schütze habe für einen Afro-Amerikaner eine helle Hautfarbe gehabt und kurze Haare. Leon ist dagegen sehr dunkelhäutig und hat einen kahlgeschorenen Schädel, der glänzt. »Er kann es gar nicht gewesen sein«, sagte einer der Zeugen.

Und dann war da die Tonbandaufnahme der Befragung seiner Schwester Carol, in der diese laut den Polizeiberichten gesagt hatte, Leon habe den Mord gestanden. Als sich Sherry das Tonband anhörte, stellte sie fest, daß Carol nichts dergleichen gesagt hatte. Sie hatte nicht gefragt, warum *Leon* den Mann erschossen hatte, sondern warum es geschehen sei. Und Leon hatte darauf geantwortet: »Der sagte immerzu: ›Na, schieß doch!‹«, was die anderen Umstehenden auch gehört hatten. Streitsüchtig und furchtlos, vielleicht berauscht, habe Larry Roberts dagestanden und wiederholt gebrüllt: »Na, schieß doch!«, eine Herausforderung, von der er offenbar angenommen hatte, daß sie nie erfüllt werden würde.

Als Sherry Gold Peggy Beckstrand von ihren Entdeckungen berichtete, erklärte sich die Staatsanwältin einverstanden, ihren Antrag, Leon zum Erwachsenengericht zu schicken, vorläufig auszusetzen, weil sie sich der offensichtlichen Unzulänglichkeiten der offiziellen Ermittlungen schämte. Die Sheriff-Ermittlungsbeamten des Falles mußten ihre Untersuchungen wiedereröffnen. Einen Monat nach Leons Festnahme mußten sie recht widerwillig zugeben, daß ein Fehler gemacht worden war.

Sie nahmen schließlich den anderen Mann, Frank McClure, der an jenem Abend mit Leon zusammen gewesen war, und auch den dritten Mann fest, dessen Namen sie als Kevin Davis ermitteln konnten. Nachdem er erst seine Schuldlosigkeit beteuert und dann in einem Lügendetektor-Test versagt hatte, gestand Davis plötzlich, den Mord begangen zu haben. Er sagte, er habe das allein getan. Leon sei nur zufällig dabei gewesen. Er schwor dann auch, daß er in Notwehr gehandelt habe, denn er sei sicher gewesen, daß sein Opfer eine Schußwaffe herausholen wollte, als Roberts die Hand in die Tasche steckte.

Davis fügte dann noch hinzu, daß Leon versucht habe, die Konfrontation zu entschärfen, indem er dem betrunkenen Roberts riet, wegzulaufen.

Der geständige Täter berichtete der Polizei, er habe erst vorgehabt, sich zu stellen und zu versuchen, das Gericht von seiner Notwehrsituation zu überzeugen, aber daß Leon und McClure ihn bewogen hätten, es nicht zu tun, und versprachen, zu seinen Gunsten zu lügen.

Als Peggy Beckstrand diesen neuesten Polizeibericht auf ihrem Schreibtisch sah, war sie erschüttert. Wäre die Untersuchung nicht wieder aufgenommen worden, hätte Leon leicht mit einer Mordanklage zum Erwachsenengericht geschickt werden können. Ein weniger aktiver und weniger interessierter Verteidiger hätte wohl nicht eine solche Untersuchung aus eigenem Antrieb wie Sherry Gold unternommen. Und im alten Jugendgericht vor den durch Gerry Gault hervorgerufenen Änderungen, wo die Polizeiberichte etwa wie das Evangelium behandelt wurden, wäre Leon höchstwahrscheinlich wegen eines Mordes verurteilt worden, den er nicht begangen hatte, während der wirkliche Täter frei geblieben wäre.

Diesmal hatte das System funktioniert. Peggy weist die Beschuldigung Leons ab und stellt einen neuen Antrag, in dem sie ihn nur der Mittäterschaft insofern beschuldigt, als er bei der Polizei über seinen Aufenthalt zur Tatzeit gelogen und den wirklichen Täter gedeckt habe. Statt mit möglicherweise ›lebenslänglich‹ im Erwachsenengericht muß er nun nur mit höchstens drei Jahren Jugendhaft rechnen. Der zuständige Richter fragt Sherry sogar, ob sie auf der Stelle Haftverschonung beantragen will, was sie aber ablehnt.

»Er weiß ja nicht, wo er hin soll«, meint sie. »Ich habe versucht, das Pflegschaft-Unterbringungssystem zu bewegen, ihn wieder aufzunehmen, aber die wollen ihn nicht mehr.«

Schließlich übergeht der Gerichtsbeauftragte Polinsky eine Empfehlung des Bewährungsamts, Leon in die CYA-Erziehungsanstalt zu schicken und verurteilt ihn zu dem milderen Bewährungslager. Also erscheint Leon zu gegebener Zeit im Camp Kirkpatrick, wo die Betonung auf Sport liegt und die Mannschaften routinemäßig an Gemeinde- und sogar Bundesstaatsmeisterschaften teilnehmen. Leons Liebe ist Basketball, wofür er beachtliche Fähigkeiten hat, obwohl seine ständigen Wanderungen von Schule zu Schule und Heim zu Heim ihm nie die Möglichkeit gewährten, sich besonders hervorzutun. In Kirkpatrick hat er jedoch diese Möglichkeit. Er zeichnet sich für die Aufnahme in die Meisterschaftsmannschaft des Lagers aus und hofft jetzt, seine Talente auf dem Spielfeld in ein College-Stipendium und vielleicht noch mehr umsetzen zu können, wie er in einem Brief an Sherry Gold schreibt.

Sie stellt mit Befriedigung fest, daß dies das erste Mal seit langer Zeit ist, daß Leon überhaupt einmal wieder an seine Zukunft denkt.

Zu genau der gleichen Zeit, in der man Leon irrtümlich eines Mordes beschuldigt, wird auch ein anderer, weit aufsehenerregenderer Mordfall – die äußerst brutale Vorbeifahrtötung eines Kleinkinds und eines vierzehnjährigen Mädchens in der Gewaltnacht von Inglewood – auf den Kopf gestellt. Hier handelt es sich um Hugh, der Verbrechen beschuldigt wird, die so grausam waren, daß sie vor seiner Verhaftung zur praktischen Einführung des Kriegsrechts in Inglewood führten. Dieser Fall hatte schon einer zweifelnden Peggy Beckstrand Sorgen bereitet. Jetzt ist ein weiterer Verteidiger, der bereit ist, die zusätzliche Zeit und Energie aufzubringen, seine eigene Untersuchung durchzuführen und nicht jegliche Abmachung anzunehmen, die die Staatsanwaltschaft ihm bietet, auf einen schuldlosen Burschen gestoßen, der unter den ungeheuren Beschuldigungen taumelt. Wie bei Sherrys Eintreten für Leon, so entspricht auch hier das Honorar des Verteidigers nicht annähernd der Zeit, die er in diesen Fall investiert.

»Ich kann es noch gar nicht richtig fassen. Es geschieht doch nicht so oft, daß man hier mit einem wirklich schuldlosen Kid zusammenkommt«, erklärt der Rechtsanwalt

Gregory Humphries atemlos nach einer Konferenz mit skeptischen Staatsanwälten, die sich nicht dazu aufraffen können zu glauben, daß im Zeitraum von ein paar Wochen wieder eine falsche Mordanklage in ihrer Zweigstelle erfolgt ist. »Das ist doch nicht nur ein Bursche, der sagt, er sei schuldlos. Der *ist* auch wirklich schuldlos! Da ihm das Erwachsenengericht und ein Leben im Gefängnis bevorsteht, können Sie doch nicht einfach wegsehen!«

Humphries seufzt und nimmt seine prallgefüllte Aktentasche auf. Er ist ein kleiner, kraushaariger Mann in einer Kordjacke und Laufschuhen, einer Kleidung, die nicht Respekt für den Juristen erheischen soll, sondern die dazu geeignet ist, an Tatorten herumzustöbern und flüchtige Zeugen zu befragen. »Der Druck ist in diesem Fall enorm«, stößt er hervor, als er der Treppe zustrebt.

Trotz einer vorschnellen Verhaftung schien die Beweislage gegen Hugh zuerst drückender als im Fall von Leon Jones zu sein. Die Ermittler der Kriminalpolizei von Inglewood hatten festgestellt, daß es die gleichen beiden Gewehre gewesen waren, aus dem die zwei Jahre alte Kyiara Nicole und die vierzehnjährige Tila French getötet sowie zwei ihrer auch damals an der Straßenecke stehenden Freunde verwundet worden waren.

Was noch wichtiger für die Beweise des Anklägers war: Zwei der zehn High-School-Schüler, die mit Tila an jener Ecke gestanden hatten, als die Kugeln flogen, sagten nach einiger Zeit vor der Polizei aus, daß sie sicher seien, daß Hugh einer der Schützen war. Ja, sie hätten anfangs bei der Polizei angegeben, daß sie den Killer nicht identifizieren könnten, aber ein paar Tage danach hätten sie ihre Meinung geändert. Jetzt seien sie sicher, daß Hugh derjenige war, der auf Tila zuging, ›Du wirst nirgendwo hinkriechen, Hündin!‹ rief und sie dann mit drei Schüssen tötete. Sie kannten Hugh von der Schule, fügten sie hinzu, und seien ihm ausgewichen, weil er so verrückt war.

Die Polizeibeamten fragten: »Mit ›verrückt‹ meint ihr doch ›schlecht, gemein‹ nicht wahr?«, denn das Letzte, was sie wollten, war ein Plädoyer auf Geisteskrankheit. Unter solchem Bohren stimmten die Jugendlichen zu, daß sie gemeint hätten, er sei schlecht und gemein.

»Warum hätte er wohl ein vierzehnjähriges Mädchen töten wollen?« fragte Peggy Beckstrand später bei ihrer ersten Besprechung mit den auf den Fall angesetzten Kriminalbeamten. Der eine war jung und glattgesichtig, der andere ein massiger Rotkopf, der die ganze Besprechung über an einer durchnäßten Zigarre kaute, die er nie anzündete.

»Nun, sie lag in den Armen eines anderen Burschen und sie küßten sich. Dann war dieser Bursche noch von einer gegnerischen Bande«, erklärte der Zigarrenkauer. »Der Hugh war eben eifersüchtig.«

Hugh gehöre zu einem Sprüherteam unter der Abkürzung EWF, das seinerseits mit den ›Rolling Sixties Crips‹* liiert war, einer der härtesten Straßenbanden von L.A., wie die Polizisten Peggy voller Überzeugung mitteilten. Der Bursche, der Tila küßte, sei von den ›Inglewood Bloods‹ (etwa: ›Inglewood-Bluthunde‹), den Todfeinden der Crips.

»Er hat ihr das Gesicht weggeschossen«, sagte der Rotkopf, und die Zigarre in seinem Mund wackelte, als er mit den Zähnen knirschte. »Das war einer der brutalsten Morde, mit denen ich je zu tun gehabt habe.«

Peggy zog eine Grimasse. Das war die Art von Fall, die sie tadellos behandelt sehen wollte. Sie mußten dieses Monster festnageln ... »Kann die Mutter des getöteten Kleinkinds ihn identifizieren?« fragte sie. »Ich möchte ihn möglichst beider Morde anklagen.«

Die beiden Kriminalisten nickten synchron. Sie hatten noch keine Gegenüberstellung vorgenommen, aber die Kleinkindmutter würde das tun, versprachen sie.

»Na gut«, erwiderte Peggy, überlegte einen Moment und fragte dann weiter: »Übrigens, was bedeutet denn ›EWF‹?«

* Anm. d. Übers.: etwa ›Die Typen der Tollen Sechziger‹

Ein grimmiges Lächeln kroch über die Gesichter der Ermittler. Der junge antwortete: »›Every Woman's Fantasy‹.«*

»Oh Gott«, erwiderte Peggy und ging mit den Polizisten eine Checkliste durch über all die Dinge, die sie zu tun hatten, bevor sie Hugh wirklich im Sack haben würden. »Nageln wir also den Burschen fest!«

Dann aber stolperten die Polizisten über Hugh persönlich, als sie die Wohnung seiner Eltern durchsuchten, und nahmen ihn fest, bevor Peggy ihr Einverständnis gegeben hatte und die Checkliste vollständig abgehakt worden war. Sofort begann der Fall weniger sicher auszusehen, als man sie hatte glauben lassen. Der dem Fall zugeteilte Staatsanwalt Kevin Yorn von der Staatsanwaltschafts-Kerneinheit, die sich mit Banden-Schwerverbrechern befaßt, war eigentlich zuversichtlich, aber in seiner Vorgesetzten Peggy Beckstrand kamen Zweifel auf. Sie fand heraus, daß es neben dem enormen Druck vom Polizeipräsidenten und der Öffentlichkeit, die unter gemeindeweiten Ausgangsbeschränkungen und Polizeirazzien litt, noch einen Grund gab, aus dem die Kriminalpolizei von Inglewood so begierig war, eine Verhaftung in dem Fall vorzunehmen: Einer der Ermittler hatte eine Urlaubsreise ins Ausland gebucht und wollte die Flugkosten nicht verlieren.

Als sich dann Greg Humphries die Polizeiberichte ansah, fand er noch mehr Gründe für Zweifel.

Er stellte darin fest, daß die Polizei den Namen ›Hugh‹ zum ersten Mal mehrere Tage nach den Morden von einem Jungen namens Marcus gehört hatte. Marcus war sich sicher, daß Hugh der Mörder war, wie er der Polizei mitteilte. Er habe eigentlich nichts gesehen, aber sein guter Freund Martell dafür alles. Der habe ihm dann auch erzählt, daß der verrückte Hugh der Schütze sei.

Daraufhin suchten die Polizisten den vierzehn Jahre alten Martell auf. Der war sich absolut sicher, daß Hugh

* Anm. d. Übers.: etwa ›Der Traum jeder Frau‹

der Täter war. Zwar sei Martell nicht wirklich dort gewesen, aber er habe alles darüber gehört. Hugh sei ja ein Bandenmitglied, verrückt und immer ›high‹ von Rauschmitteln, berichtete er den Beamten weiter. (Dieser Kommentar, der unbestätigt war und sich später dann auch als falsch erwies, war es, der die Ermittler dazu bewegte, Peggy Beckstrand zu versichern, daß Hugh zum harten Kern der Bande ›Rolling Sixties‹ gehörte.) Er, Martell, wüßte das alles, erzählte er der Polizei, weil seine Freunde Donte und Steve alles gesehen und ihm gesagt hätten, daß Hugh der Täter sei. Das wüßte doch die ganze Schule.

So verfolgten die Ermittler die Kette von Schulhofgerüchten bis zu Donte und Steve. Donte versicherte der Polizei, er wüßte nichts. Steve, ein Fünfzehnjähriger, der schon wegen bewaffneten Raubüberfalls verurteilt worden war, hatte sich zu dem fraglichen Zeitpunkt wirklich an jener Straßenecke aufgehalten und war auch schon gleich nach den Schüssen von Polizisten befragt worden. – Er war der Junge, wegen dem Peggy dann später zum Gefangenenbus rannte, um ihn im Wartekäfig nicht mit Hugh zusammenkommen zu lassen. – Steve sagte, er habe sich an jenem Tag hinter ein Auto gekauert, als der erste Schrotschuß fiel, und nur die Füße des Mörders gesehen. Tage später meinte Steve dann, er glaube, der Mörder von Tila French sei sein Klassenkamerad Hugh gewesen, weil er, Steve, den auffälligen Haarschnitt des Schützen gesehen habe. Unter starker Beeinflussung durch die Ermittler änderte Steve diese neue Geschichte dann auch noch insofern, daß er auch Hughs Gesicht erkannt habe.

Dann meldete sich Steves Freundin und sagte aus, auch sie sei Zeugin der Tat gewesen und habe Hugh als einen der Mörder erkannt.

Obwohl die Polizei diese Zeugen als glaubwürdig darstellte, ersah Humphries aus den Polizeiberichten, wie die Geschichte von einem Jugendlichen zum anderen gezogen war: Es war ein Gerücht über Hugh, das sich in der Schule und dann in der ganzen Nachbarschaft verbreitet hatte, bis es schließlich von zwei Zeugen bestätigt wurde, die vorher nichts gewußt hatten. Als der Verteidiger dann weitere Ermittlungen anstellte, erfuhr er, daß die beiden Minderjährigen Martell und Marcus, die die Polizei zuerst auf Hugh gewiesen hatten, in der Vergangenheit mehrere Zusammenstöße mit Hugh gehabt hatten. Und die beiden neuen Zeugen, die Hugh als den Schützen identifizierten, stellten sich als ihre Freunde heraus, die auch Streit mit Hugh gehabt hatten. Zwei Tage vor den Morden hatten sie ihn beschuldigt, ein elektronisches Meldegerät von ihnen gestohlen zu haben. Der Verteidiger sah darin ein griffiges Motiv für die beiden Zeugen, das Schlechteste von Hugh anzunehmen, wenn nicht sogar schamlos zu lügen.

Humphries erfuhr auch, daß – im Gegensatz zu den Versicherungen der Polizeiermittler Peggy Beckstrand gegenüber – die Mutter der zweijährigen Kyiara Nicole Hugh nicht als den Schützen identifizieren konnte. Sie konnte nie jemanden als den Mörder ihrer Tochter identifizieren, so daß Hugh nur der Tötung von Tila French und der Verletzung von zwei anderen Minderjährigen an jenem Abend an jener Ecke beschuldigt wurde.

Was Hughs ›Verrücktheit‹ betraf – die die Polizei ja als gewalttätiges und grausames Verhalten interpretiert hatte –, so stellte es sich heraus, daß die Kinder in der Schule ihn wegen seines seltsamen Verhaltens ein Jahr zuvor verspottet hatten, ›verrückt‹ zu sein. Ein Jahr vor seiner Verhaftung wegen Mordes hatte er einen unbezwingbaren Drang entwickelt, Scheiben zu zerschmeißen – zu Hause, in Geschäften und in der Schule. Zu der Zeit war Hugh wegen Graffiti-Sprühereien auf Bewährung gewesen, und als die Scheibeneinwerferei begann, rief seine Mutter seinen Bewährungshelfer ständig um Hilfe an. Eines Tages nahm Sharon Stegall statt des zuständigen Bewährungshelfers den Hörer ab, erkannte die Verzweiflung in der Stimme der Frau und willigte ein, zu helfen. Hugh habe gerade 25 Scheiben innerhalb einer Stunde eingeworfen, sagte seine Mutter. Als Sharon dann bei ihm zu

Hause erschien, um mit ihm zu sprechen, flehte Hugh sie an: »Miss Stegall, bitte helfen Sie mir!«

Sie bewirkte seine Aufnahme in ein Programm, das ihm half, sein Verhalten zu kontrollieren, und damit sein Leben änderte. Er ging zurück zur Schule und nahm einen festen Job für die Abendzeit an. Später rief er Sharon an und sagte ihr: »Ich möchte Ihnen danken, Miss Stegall. Sie haben mein Leben gerettet.«

»*Ich* kann jedenfalls sagen«, meinte Sharon, als sie hörte, daß Hugh wegen des Inglewood Mordfalls festgenommen worden war, »daß dieser Junge kein hartgesottener Bandenstrolch ist – und auf keinen Fall ein Mörder.«

Der letzte Schlag gegen die Beweisführung der Polizei ergab sich, als Humphries 70 Meilen nach Norden zur Stadt Oxnard fuhr, wo Hugh gemäß seinen Beteuerungen zur Tatzeit Werbung für Zeitschriften-Abonnements von Tür zu Tür betrieben hatte. Hugh und auch seine Familie hatten dies der Polizei nach seiner Verhaftung erzählt, aber die war dem nicht nachgegangen. In dem Fall hätte sie wie Humphries erfahren, daß nicht nur Hughs Chef dieses Alibi bestätigte, sondern daß auch Quittungen seiner Abonnentenwerbung vorhanden waren und drei neue Abonnenten ihn dort an jenem Abend zur fraglichen Zeit zum ersten Mal gesehen hatten, was sie beschwören konnten. Einer dieser Zeugen, die ein Abonnement von Hugh genommen hatten, war ein geachteter Bediensteter der Erziehungsanstalt des Staates Kalifornien im nahen Ventura. Diese Leute waren unparteiisch, unanfechtbar und hatten keinen Grund zu lügen.

Nun teilt Humphries der Staatsanwaltschaft mit, was er erfahren hat, und legt Namen und Anschriften dieser Zeugen vor, so daß Kriminalbeamte sie befragen können. Der zuständige Staatsanwalt Kevin Yorn hatte sich bis dahin auch schon Peggy Beckstrands Zweifeln an dem Fall angeschlossen, aber die Polizei widersetzt sich noch, diese schlimmste Mordorgie in der Geschichte von Inglewood wieder als ungelöst erklären zu müssen. Sie besteht darauf, daß Hugh der Täter sein müsse und daß es sich bei den Alibizeugen um ein abgekartetes Spiel handele. Als sie sich dann widerwillig daranmacht, die ganzen Aussagen zu überprüfen, beschuldigt sie den Arbeitgeber des Jungen, ein lügender, perverser Kinderliebhaber zu sein, und fragt die Zeugen in Oxnard, ob Hugh ihnen Bestechungsgeld für Lügen zu seinen Gunsten angeboten habe.

»Auf diesem Fall lastet ein so hoher Druck, daß sie einfach nicht nachgeben wollen«, klagt Humphries dem stellvertretenden Leitenden Staatsanwalt Yorn, »aber es handelt sich hier doch um einen wirklich schuldlosen Jungen, der für ein schreckliches Verbrechen verurteilt werden könnte, während die wirklichen Mörder ungeschoren davonkommen. Das ist doch unheimlich!«

Da eine Anhörung über die Verweisung von Hugh an das Erwachsenengericht bevorsteht, verlangt Humphries von der Staatsanwaltschaft erst einmal, daß sie darlegt, welche Gründe angesichts der Beweise noch bestehen, ihn überhaupt in Haft zu behalten. Staatsanwalt Yorn könnte sich leicht darüber hinwegsetzen – nur der Staat hat das Recht, bei solchen Anhörungen Beweise vorzulegen –, aber er läßt Humphries eidesstattliche Aussagen der drei Alibizeugen unterbreiten. Als Richter Scarlett dann den Fall der Staatsanwaltschaft mit den vom Verteidiger vorgelegten Beweisen vergleicht, erklärt er, daß hier kein Gegensatz vorliegt und demnach auch keine Anklage erhoben werden kann. Er befindet, daß keine Wahrscheinlichkeit besteht, daß Hugh ein Mörder ist, ordnet an, ihn zu entlassen und schickt ihn mitsamt seiner jubelnden Mutter, der Tante, Brüdern und seiner Schwester nach Hause. Ein für den Fall zuständiger Polizeiermittler sitzt in dem alten Geschworenenabteil in Scarletts Verhandlungssaal, sieht zu, wie die Leute feiern, beschimpft das Jugendstrafsystem als verrückt und prophezeit, daß Hugh innerhalb einer Woche wieder jemanden umgebracht haben wird. »Warten Sie nur ab, es werden noch mehr Leute durch ihn sterben müssen!«

Statt dessen beginnen die beiden Zeugen, die Hugh beschuldigt hatten, etwa eine Woche später zu wanken.

Steve sitzt zu der Zeit schon im Bewährungslager wegen Bewährungsverletzung und hat mehr Zeit gehabt, über seine Aussage nachzudenken. Möglicherweise hätten sie sich doch geirrt, geben er und seine Freundin zu. Dann gesteht die Polizei ein, daß Hugh auch nichts mit der Bande ›Rolling Sixties Crips‹ zu tun hatte und daß die EWF nur ein Haufen von überkandidelten Graffiti-Künstlern sei, die Hugh aber auch kaum noch zu Gesicht bekommen. Er sei so emsig damit beschäftigt, Geld mit seiner Abonnementwerbung zu machen. Schließlich muß die Polizei doch zugeben, daß sie sich geirrt und versucht hatte, einen schuldlosen Jungen ins Erwachsenengericht zu schicken, wo ihn lebenslängliches Gefängnis erwartet hätte. Sie bestätigten sein Alibi für den Zeitpunkt, als Tila French und Kyiara Nicole getötet wurden. Peggy Beckstrand ordnet an, die Anklage gegen Hugh fallenzulassen.

Die Polizeiinspektion Inglewood, die Hughs Festnahme in diesem Sensationsfall mit solchen Fanfaren verkündet hatte, gibt auch einen Monat später keine Presseerklärung über Hughs Freilassung und die Tatsache ab, daß der Fall immer noch ungelöst ist.

»Hughs Fall ist ein klassisches Beispiel dafür, daß die Cops weniger Energie für Fälle des Jugendgerichts aufwenden. Sie haben eine miserable Arbeit geleistet«, erklärt Peggy Beckstrand, nachdem sie den Fall abgeschlossen hat. »Aber das war ja nicht sofort erkennbar. Hätte der Junge nicht einen so fähigen Verteidiger gehabt, hätten wir wohl nie die Wahrheit erfahren. Hugh wäre im Erwachsenengericht gelandet und wahrscheinlich verurteilt worden. So einfach ist das. In einer Art ist dieser Fall jedoch ein Beweis dafür, daß das System funktioniert. Das Wechselspiel der verschiedenen Parteien hat hier bewirkt, was beabsichtigt war: Es wurde Gerechtigkeit gesprochen, hier im Jugendgericht.«

Sie denkt einen Augenblick darüber nach und fügt dann hinzu: »Gott sei Dank!«

Es erscheint fast unglaublich, aber im gleichen Monat, in dem die Mordbeschuldigungen gegen Hugh und Leon als falsch bewiesen wurden, geschah das gleiche in einem weiteren Mordfall. Ein anderer Mandant von Sherry Gold, ein weiterer Junge, wird eines Mordes beschuldigt, den er nicht begangen hat.

Diesmal steht der Lebensweg eines 14jährigen Banden-Neumitglieds mit dem passenden Spitznamen ›Shy Boy‹* auf dem Spiel. Er ist ein ruhiger, dunkelhaariger Junge mit großen Augen, der sich gut in der Schule macht und vorher nie in Schwierigkeiten geraten war, der aber verzweifelt versucht, die älteren Bandenstrolche, die er bewundert, nachzuahmen. Im Gegensatz zu Leon mit seiner empörenden Geschichte als Pflegeheimkind kommt Shy Boy aus einer soliden Familie. Sobald seine Mutter erfuhr, daß er sich insgeheim einer Bande angeschlossen hatte, erlegte sie ihm strenge Ausgangsvorschriften auf und begann, an Elternberatungsabenden teilzunehmen, die von der örtlichen Polizeistation veranstaltet wurden, um ihren Sohn vor Schwierigkeiten zu bewahren.

Aber Shy Boy hatte sich einer besonders gewalttätigen Latinobande in einem Gebiet, das Meilen von seiner Wohnung entfernt war, angeschlossen – der ›Venice 13‹. Und gerade als Shy Boy dort eintrat, hatte ›Venice 13‹ Krieg mit einer ebenso gewalttätigen afro-amerikanischen Bande, den ›Shoreline Crips‹**, begonnen. Beide Banden beanspruchten das gleiche Territorium, das schäbige Oakwood-Viertel der Küstengemeinde Venice – zusammen mit den Exklusivrechten für den lukrativen Rauschgift-Straßenhandel von Venice. Dieser Bandenkrieg eskalierte bald zu einem bösartigen Rassenkampf, der in die ganze Gemeinde hineindrang und unbeteiligte Opfer forderte. Im Zeitraum von drei Monaten hatten Vorbeifahrschießereien, Brandbombenüberfälle und andere bewaffnete Überfälle zwischen den beiden Banden das Leben von

* Anm. d. Übers.: ›Scheuer Junge‹
** Anm. d. Übers.: etwa ›Die Küstenschläger‹

zwölf Menschen gefordert. Sechs andere waren verwundet, ein Haus niedergebrannt und zahllose andere Leben gefährdet und bedroht worden. Sieben weitere Oakwood-Einwohner, die keiner Bande angehörten und keinen Grund für Angriffe boten als die Farbe ihrer Haut, gaben für die Banden prächtige Zielscheiben auf dem Gehsteig ab. Und was noch bedrohlicher war: Es war auch auf vier Polizisten geschossen worden, wenn auch bis dahin noch keiner getroffen worden war. Man hatte computererstellte Handzettel in der Gegend um Oakwood gefunden, auf denen die Einwohner aufgefordert wurden, Bandenmitglieder, die so heldenhaft waren, einen Cop zu töten, bei sich zu verstecken. Oakwood war zu einer Schießbude geworden, und Shy Boy mittendrin, geschätzt von ›Venice 13‹, weil sein Alter ihm eine gewisse Unangreifbarkeit verlieh. Vierzehnjährige blieben in Kalifornien unter der Jugendgerichtsbarkeit, auch bei Mord. Da er begierig war, seinen Vorbildern zu gefallen, wurde Shy Boy zu einem wertvollen Werkzeug für die älteren Bandenstrolche.

Der zwölfte Mord im Bandenkrieg von Venice geschah an einem Sonntag abend, bösartig und zufällig, wie die anderen – eine Vergeltung gegen die ›Shoreline Crips‹ für den Mord an einem Mitglied von ›Venice 13‹ ein paar Wochen zuvor. Ein gestohlener Cherokee-Jeep mit drei Gangstern von ›Venice 13‹ fuhr langsam an jemandem vorbei, von dem sie annahmen, daß er zu den ›Shoreline Crips‹ gehörte – einem Jugendlichen, der mit seiner Freundin und deren Schwester auf dem Gehsteig diskutierte. Das Fahrzeug wendete, kam zurück und hielt an. Ohne ein Wort ergriff der Fahrer ein Schnellfeuergewehr und betätigte den Abzug. Elf Schüsse später war der Crip tot, die Freundin in Bauch und Gesäß getroffen (sie wurde wieder gesund), und ihre Schwester winkte weinend und schreiend einem vorbeikommenden Streifenwagen, anzuhalten.

Einige Minuten später erzählte eine Frau, die dem Jeep in ihrem eigenen Wagen gefolgt war, der Besatzung eines anderen Streifenwagens, was sie beobachtet hatte. Kurze

Zeit später sichtete die Polizei den Jeep, in dem jetzt nur noch zwei Insassen waren. Nach einer Jagd mit hoher Geschwindigkeit wurde der Jeep zum Anhalten gebracht. Shy Boy stieg aus und wurde verhaftet, aber die andere Person im Jeep konnte wieder anfahren und flüchten. In der Zwischenzeit wurde der ursprüngliche Fahrer des Jeeps, ein erwachsener Bandenangehöriger, der versucht hatte, zu Fuß zu entkommen, entdeckt und gleichfalls festgenommen. Die Schwester der verwundeten Frau identifizierte diesen Mann als den Schützen mit dem Schnellfeuergewehr. Die anderen Mitinsassen im Jeep konnte sie nicht identifizieren, und auch die verwundete Frau konnte das nicht.

Trotzdem, als es zur Anklageerhebung kam, wurde in den Polizeiberichten, die der die Untersuchung leitende Kriminalbeamte des Police Departments von Los Angeles vorlegte, Shy Boy als der Schütze ausgewiesen auf der Grundlage, daß er zu der Tatzeit in dem Jeep gewesen sei und den Mord auf Tonband gestanden hatte. Aufgrund dieser Angaben erhob Peggy Beckstrands Büro vor dem Jugendgericht Anklage gegen ihn wegen Mordes ersten Grades, Mordversuchs in mehreren Punkten, Körperverletzung mit einer lebensgefährlichen Waffe und wegen Abfeuerns einer Schußwaffe auf einen Menschen aus einem in Fahrt befindlichen Fahrzeug. Eine Verurteilung auf diese Anklagen würde ihm Haft in der CYA-Erziehungsanstalt bis zum Alter von 25 einbringen.

Die Beweise erschienen so überzeugend, daß Sherry Gold ernsthaft erwog, eine ihr angebotene Abmachung anzunehmen, wodurch Shy Boy für Aussagen gegen die anderen Verdächtigen nur wegen Totschlags angeklagt würde. Shy Boy sagte ihr jedoch, er würde seine Bandenkumpels auf keinen Fall verraten, würde sich für sie einsetzen und den Mord auf sich nehmen. Sherry versuchte ihm zu erklären, daß ältere Bandenmitglieder immer jüngere ausnutzen, damit diese die Schuld im Jugendgericht für sie übernehmen würden, so daß sie selbst möglicher lebenslänglicher Haft oder sogar der Todesstrafe im

Erwachsenengericht entgehen könnten. Aber weder sie noch die Mutter von Shy Boy konnten damit zu ihm durchdringen.

»Du glaubst wohl, das beweist, daß du ein richtiger Mann bist?« protestierte Sherry. »Das beweist doch nur, wie dumm du eigentlich bist. Die nutzen dich doch aus!« Aber Shy Boy wandte sich einfach ab. Er gestand ihr schließlich, daß er auch dann nichts sagen könnte, wenn er wollte: »Die würden mich doch dann umbringen«, flüsterte er.

Mit dem Rücken zur Wand machte sich Sherry also an ihre eigene Untersuchung und fand wieder einmal heraus, daß die Beweise in einem Fall der Mordanklage gegen einen Minderjährigen nicht das waren, was sie anfänglich zu sein schienen. Im Gegensatz zu den Polizeiberichten gab es keine Anzeichen dafür, daß Shy Boy zur Tatzeit in dem Jeep gewesen war. Er hatte doch einsteigen können, als der Fahrer, der Mann mit dem Schnellfeuergewehr, nach der Flucht aus dem Jeep gestiegen war. Shy Boy war zwar hinter dem Steuerrad gewesen, als die Polizei den Jeep zum Halten gebracht hatte, aber er hatte den Jeep keinesfalls gefahren, als der Mord geschah. Überdies hatte ihn keiner der Mordzeugen als Insassen erkannt.

Neues ergab sich auch hinsichtlich des auf Tonband aufgenommenen Geständnisses: Nachdem Sherry es hatte abschreiben lassen – was weder die Polizei noch die Staatsanwaltschaft für nötig gefunden hatten –, fand sie heraus, daß Shy Boy doch nie gestanden hatte, jemanden getötet zu haben, sondern nur gesagt, er habe eine Pistole vom Wageninnern aus abgefeuert. Bei dem Mord waren aber keine Pistolen benutzt worden – nur das Schnellfeuergewehr des erwachsenen Bandenmitglieds. Sherry las jedoch in Polizeiunterlagen, daß am gleichen Abend jemand gemeldet hatte, er sei in der Nähe der Mordszene bei einem anderen Vorfall mit einer Pistole beschossen worden. Vielleicht war das das Schießen, auf das sich Shy Boy bezogen hatte. Das machte ihn nun nicht gerade zum

Musterbürger, befand Sherry Gold, aber auch nicht zum Mörder.

Wenn Beweise vorgelegen hätten, daß sich Shy Boy zur Zeit des Mordes in dem Jeep befunden hatte, so hätte Peggy Beckstrand wahrscheinlich darauf bestanden, ihn des Mordes anklagen zu lassen. Die Tatsache, mit einer Pistole bewaffnet bei einem anderen Mitglied seiner Bande, das tödliche Schüsse aus einem Schnellfeuergewehr abfeuerte, in dem Jeep gewesen zu sein, wäre mehr als genug gewesen, um eine Verurteilung von Shy Boy als Mittäter, als voll verantwortlicher Komplize, zu erreichen. Es waren zu der Zeit etliche Jugendliche in der CYA-Erziehungsanstalt und im Staatsgefängnis, die kaum mehr getan hatten, als zusammen im Auto mit einem Mörder zu sein – Scrappy zum Beispiel, und auch Elias Elizondo.

Aber die Staatsanwaltschaft kann nicht beweisen, daß Shy Boy zum fraglichen Zeitpunkt in dem Jeep gewesen war, und das rettet ihn vor elf Jahren in der CYA-Anstalt. Angesichts von Shy Boys Jugend und sauberer Vorgeschichte stimmte Peggy Sherry Gold zu, daß der erforderliche Beweis nicht vorliege. Wieder läßt sie eine Mordanklage fallen. Shy Boy erklärt sich bereit, sich eines einzigen Anklagepunkts, des Abfeuerns einer Schußwaffe aus einem Auto auf einen Menschen, schuldig zu erklären, worauf ihn Richter Dorn zu Bewährungslager für mindestens ein Jahr verurteilt.

Anstatt in die CYA-Anstalt oder ins Staatsgefängnis gehen zu müssen, wird Shy Boy nun in ein Lager mit intensivem Schulunterricht und Beratungsprogrammen geschickt, das beabsichtigt, Kinder von den Straßenbanden wegzulocken. Ob das alles für Shy Boy Zweck haben wird, kann niemand sagen. Aber als dann die Gerichtssitzung zu Ende geht, weinen Shy Boys Eltern, umarmen ihn im Korridor und versprechen Sherry, daß sie nun sehr auf ihren Sohn aufpassen und ihn von den Gangstern fernhalten werden. Dann geht Sherry zum Wartekäfig, um sich von ihrem jungen Mandanten zu verabschieden – er hatte ihr das Versprechen abgenommen, ihn dort nach dem Urteil zu besuchen.

»Ich wollte Ihnen nur danken«, sagt er ihr. »Sie haben mich nie aufgegeben.«

Die Rechtsanwältin entgegnet, daß der beste Dank für sie darin bestünde, daß sie nie mehr für ihn arbeiten muß. Er lächelt, nickt und scheint zuzustimmen. Wenigstens sagt sich Sherry das.

»Eine Zeitlang sah es wirklich schlecht aus, aber schließlich wurde es doch zu einem klassischen Beispiel eines Falls, in dem die Staatsanwaltschaft ihre Beschuldigungen nicht aufrechterhalten kann«, meint Sherry später auf ihrem üblichen Platz in dem Speiselokal auf der anderen Straßenseite, schon wieder an der Arbeit in einem anderen Mordfall. »In diesem Fall wurde aber Recht gesprochen. Hätten sie ihre Beschuldigungen untermauern können, wäre die Gerechtigkeit nicht zum Zuge gekommen. Er würde elf Jahre im CYA verbringen müssen, was Gefängnis unter einem anderen Namen bedeutet, und wäre dort zerstört worden.«

Nachdem Sherry Gold ihre Tasse brackigen Kaffees hinuntergeschluckt hat und wieder zum Gericht zurückgegangen ist, trifft sie mit ihrem neuesten Mandanten zusammen, einem von zwei Jugendlichen, die beschuldigt werden, eine ältere Frau kaltblütig umgebracht zu haben. Diese hatte nach ihrer freiwilligen Arbeit an einem Institut für Blinde an einer Bushaltestelle gesessen. Dieser Mord hatte beträchtliche Empörung in der Gemeinde hervorgerufen. Im und um das Gerichtsgebäude herum wird er schon der ›Mord des barmherzigen Engels‹ genannt. Auf den ersten Impuls hin wünscht Sherry fast, sie könnte diesen Burschen vor Gericht verfolgen, statt ihn verteidigen zu müssen, aber dann ruft sie sich in die Erinnerung zurück, wie falsch die ersten Eindrücke in der Jugendgerichtsbarkeit sein können.

»Mein Name ist Sherry Gold. Ich habe den Auftrag, dich zu vertreten«, flüstert sie dem Fünfzehnjährigen zu, der in Handschellen neben seinem Mordkomplizen steht und auf die Anklageerhebung vor dem Commissioner Polinsky wartet.

Der Bursche wendet sich mit verächtlichem Grinsen Sherry zu, denn er weiß ja nichts von seinem Glück, daß ihm zufällig die beste in der Zweigstelle Thurgood Marshall verfügbare Verteidigung zugeteilt worden ist. »Ich will'n *richtigen* Anwalt«, zischt er. »Sie arbeiten doch für den Staat. Meine Mutter wird 'nen *wirklichen* Anwalt nehmen.«

Sherry Gold kann kaum ein ›Gut‹ unterdrücken.

Drei Wochen, drei Mordanklagen, alle gegen schuldlose Minderjährige, alle von der Staatsanwaltschaft zurückgezogen, als vom Verteidiger Fehler nachgewiesen wurden. An einem Ort, wo die Annahme der Schuldlosigkeit auf den Kopf gestellt zu sein scheint, sind diese Fälle außergewöhnlich. Und doch gibt es keinen Aufschrei, keine Forderung nach einer Reform – wie die noch bestehende Unmöglichkeit, Vierzehnjährige wie Erwachsene zu behandeln hervorgerufen hat –, kein Überdenken der langsamen Demontage des Jugendstrafrechts, die jetzt in Kalifornien und der ganzen Nation im Gange ist. Die Öffentlichkeit erfährt nichts von diesen der Schweigepflicht unterliegenden Vorfällen, und innerhalb des Systems scheint keiner über diese Entwicklungen entrüstet zu sein.

Und doch stimmt jeder der an diesen drei Fällen Beteiligten damit überein: Jedes dieser drei Kids hätte ungerechterweise ins Gefängnis geschickt werden können, wenn es nicht von außergewöhnlichen Verteidigern vertreten worden wäre – einer Vertretung, die in der ursprünglichen, informellen Jugendgerichtsbarkeit niemals vorhanden war und die in dem gegenwärtigen zweitklassigen System auch schwer zu erlangen ist. Schon allein der Umstand, daß solche Minderjährige hätten zum Erwachsenengericht überwiesen werden können, wäre für diese Kids katastrophal gewesen. Viele Verteidiger wagen kaum dagegen anzukämpfen, weil das eine Schlacht ist, die sie nur sehr selten gewinnen können.

Theoretisch hätten die Kids dabei im Erwachsenengericht genau so viele Möglichkeiten, die Anklagen zu widerlegen wie im Jugendgericht, aber die Einsätze sind dort viel höher, das Klima um so vieles härter, der Druck so viel höher, daß die Ergebnisse hätten ganz anders sein können. Ankläger wie auch Verteidiger wissen, daß die Geschworenen, die Erwachsenenfälle anhören, selten auch nur die geringste Sympathie für Jugendliche haben, die beschuldigt werden, waffenschwingende Bandenmitglieder zu sein, so wacklig die Beweislage der Anklage auch sein mag. Staatsanwälte sind von diesem Faktor abhängig, Verteidiger fürchten ihn. Der Verteidiger von Geri Vance hatte ihm dementsprechend gesagt: »Ein schwarzer Bursche mit einem Schießeisen? Da bist du doch deren schlimmster Alptraum, Kerl! Ich weiß, du sagst, daß du schuldlos bist – aber beherzige diesen Rat: nimm bloß diese Abmachung hier an!«

Zur gleichen Zeit, als die drei falschen Mordfälle in der Zweigstelle Thurgood Marshall zusammenfielen, wirft ein weiterer Fall noch mehr Fragen über die Weisheit auf, immer mehr Minderjährige ins Erwachsenengericht zu schicken. Diesmal gibt es keine Probleme mit der Anklage wegen Mordversuchs gegen Mark Lancaster – dieser Siebzehnjährige ist ganz klar schuldig, die Beweislage erdrückend. Und dennoch ist dieser Fall nicht weniger besorgniserregend als die anderen drei, weil er noch eine andere unbeachtete Lektion über das Jugendstrafsystem erteilt.

Ein paar Tage, bevor Leon und Hugh wegen ihrer Mordbeschuldigungen verhaftet wurden, verbrachte Mark Lancaster den ganzen Tag damit, Bier mit seinen Freunden zu trinken und *Primo,* mit Kokain angereichertes Marihuana-Joints, zu rauchen. Als chronischer Schuleschwänzer hatte er in all seinen Schulkursen versagt, sich dem Alkohol- und Drogenmißbrauch hingegeben und sogar Leim geschnüffelt, jahrelang. Seine Eltern, die nun in ihren 50er Lebensjahren waren, die zwei Töchter mit College-Diplomen in soliden, unabhängigen Lebenslagen hatten, wußten nicht, was sie mit Mark anfangen sollten. Er war vorher ein guter Schüler gewesen und machte ihnen ab und zu sogar noch jetzt vor, ein Gesundheitsfanatiker zu sein, der weit mehr an Vitaminen und Sport als an Rauschmitteln interessiert ist. Mit seinem eigenartigen, abgestuften Haarschnitt mit Rattenschwanz und struppigem braunen Schnurrbart über unattraktiven blassen Lippen, trieb Mark seit Jahren ins Nichts, wenn er auch noch nie Ärger mit dem Gesetz bekommen hatte.

Aber dieser Tag mit Alkohol und *Primo* war anders. Er verließ seine Freunde, schlenderte umher und fand sich schließlich vor einer Tankstelle. Er ging auf einen Angestellten zu und bat ihn, ihm Geld zu wechseln. Als der Mann ihm dann den Rücken zukehrte, stieß er plötzlich einen geschärften Schraubenzieher in dessen Rücken. Mark hatte diese kleine selbsthergestellte Waffe immer in seiner Tasche, aber niemandem erzählt, warum.

Die Waffe prallte an einem Knochen ab und fiel zu Boden, nachdem sie wenig mehr als eine leichte Wunde verursacht hatte. Ein paar Zentimeter weiter hätte sie aber tödlich sein können. Mark versuchte wegzulaufen, aber ein anderer Angestellter und ein Kunde der Tankstelle konnten ihn packen und der Polizei übergeben. Mark erzählte den Untersuchungsbeamten, er habe den Tankstellen-Bediensteten töten wollen, weil er in ihm den Mann erkannt hatte, der seinen besten Freund Jahre vorher ermordet hatte. Mark gab an, sein Freund sei in den Rücken geschossen worden, weil er eine Sechser-Packung Bier in einem Spirituosenladen stehlen wollte, und daß der Tankstellen-Angestellte so wie der Schütze von damals ausgesehen habe.

»Ich wünschte, ich hätte ihn jetzt kaltgemacht«, sagte Mark zur Polizei. »Hätte ich ein Schießeisen gehabt, so hätte ich das auch geschafft.«

Die Polizei stellte schnell fest, daß der Tankstellen-Bedienstete nie in einem Spirituosenladen gearbeitet hatte. Sie konnten keine Unterlagen über ein Tötungsdelikt wie das von Mark beschriebene finden, und Mark hatte ein solches auch nie seinen Eltern oder anderen Verwandten gegenüber erwähnt. Die Polizei fand, es sei nur eine Ausrede. Mark gab später zu, er habe den falschen Mann angegriffen – »Da schnappte etwas in meinem Kopf« –, und es tue ihm leid, obwohl er darauf beharrte, daß sein Freund bei einem Bierdiebstahl getötet worden sei. Er mußte wohl noch ›high‹ von *Primo* gewesen sein, sagte er, und den Tankstellen-Angestellten für den Killer gehalten haben. Es glaubte ihm aber keiner. Die Polizisten erklärten, er habe bei der Verhaftung nicht den Eindruck gemacht, unter Rauschmitteleinfluß zu stehen. Peggy Beckstrand gab ihr Einverständnis, die Überstellung an das Erwachsenengericht wegen Mordversuchs zu beantragen.

Bei der Anhörung sagte ein Psychiater aus, Mark sollte unter der Jugendgerichtsbarkeit bleiben, um eine Behandlung gegen seine Drogen- und Alkoholabhängigkeit zu erhalten. Sein Verbrechen sei weder ausgeklüngelt noch besonders schwer, meinte der Arzt. Es sei doch nicht richtig geplant gewesen und habe keine schwere Verletzung hervorgerufen. Er habe wahrscheinlich noch unter dem Einfluß des Alkohols und der Drogen gestanden, die er einige Zeit vorher an diesem Tage zu sich genommen hatte.

Aber der Gerichtsbeauftragte Polinsky fand den Bericht dieses Arztes geradezu empörend. »Sie glauben ihm, wenn er behauptet, unter dem Einfluß der Rauschmittel gestanden zu haben, obwohl kein Beweis dafür vorliegt«, fauchte der Gerichtsbeauftragte, worüber der Psychiater überrascht war. »Was kann man hier denn anderes sehen, als einen bösartigen, grausamen Charakter, der versuchte, jemanden in den Rücken zu stechen? Das ist meine Interpretation … Es sind doch nichts als Lügen, die er erzählt, und er hat keine Reue gezeigt.«

Marks Eltern sitzen in roten Windjacken im Gerichtssaal, Sorgenfalten auf ihren blassen Gesichtern. Mr. Lancaster, ein ehemaliger Kaufhausleiter, hat Krebs sowie ein Herz- und ein Rückenleiden. Er sitzt reglos da und hört zu. Mrs. Lancaster hält seine Hand und beißt sich auf die Unterlippe. Als der Psychiater fertig ist, stehen sie auf und sagen nacheinander für ihren Sohn aus. Sie beschreiben ihn als guten, aber gestörten Jungen. Es nützt nichts. Mark versucht, sie nicht anblicken zu müssen, streicht sich den Schnurrbart und beißt sich wie geistesabwesend auf einen Fingernagel. In dieser Pose bleibt er auch, als ihn ein sichtlich angewiderter Polinsky für ungeeignet befindet, als Jugendlicher behandelt zu werden, und anordnet, ihn zum Erwachsenengericht zu schicken. »Ist dies nicht ein ekelhaft gewalttätiger Fall?« fragt er die Verteidigerin des Jungen und läßt sie nicht zu Worte kommen, indem er hinzufügt: »Und welche mildernden Umstände liegen denn vor außer dieser Geschichte, die er sich ausgedacht hat?«

Als Jugendlicher würde Mark Lancaster für Mordversuch nach den gegenwärtigen CYA-Richtlinien eine Strafe von etwa vier Jahren in einer CYA-Erziehungsanstalt bekommen. In dieser Zeit hätte Mark sich einer Drogen- und Alkohol-Therapie unterziehen können, obwohl die Wartelisten für Therapieprogramme in den CYA-Anstalten lang sind. Die Großgemeinde Los Angeles hat keine sicheren Einrichtungen für Jugendliche mit Rauschmittelproblemen, also bleibt nur die Möglichkeit der CYA-Anstalten des Staates Kalifornien. In den CYA-Anstalten hätte Mark auch Rehabilitierungsunterricht erhalten können – so viel, daß er seinen High-School-Abschluß und möglicherweise noch mehr schaffen könnte.

Statt dessen wird Marks Fall unter Gesetzen des Staates Kalifornien, die mehr zum Strafen als zur Rehabilitierung geschaffen wurden, an das Erwachsenengericht weitergeleitet, wo die möglichen Strafen härter sind. Aber als die Akte dort eintrifft, wirft ein Staatsanwalt beim kalifornischen Obergericht einen Blick darauf, erkennt einen unsinnigen Angriff mit einer Stichwaffe ohne schwere Folgen sowie einen Minderjährigen ohne kriminelle Vorgeschichte, der schon ein paar Monate im Jugend-Untersuchungsgefängnis auf seine Verhandlung wartet. Er vergleicht dann diesen Fall mit den Entführungen von

Autos mit Insassen, Schießereien und anderen schweren Erwachsenenverbrechen, die er zu verfolgen hat. Da ist nicht viel abzuwägen: Er zieht Marks neuen, beim Erwachsenengericht akkreditierten Verteidiger beiseite und bietet folgende Abmachung an: sich der Körperverletzung schuldig zu bekennen und zu einer Strafe verurteilt zu werden, die sich mit der Zeit der Untersuchungshaft deckt. Mark kann noch an diesem Tag nach Hause gehen – Fall abgeschlossen. Also keine härtere Strafe. Keine weitere Zeit mehr hinter Gittern, aber auch kein Drogentherapie-Programm. Geh nur nach Hause zu deinen Eltern.

Mark nimmt natürlich die Abmachung an. Wie bei vielen Kids, die für Verbrechen außer Mord ins Erwachsenengericht geschickt werden, ist seine Strafe viel geringer, als sie beim Jugendgericht gewesen wäre.

Genau das umgekehrte Resultat von dem, was das Durchgreifgesetz beabsichtigte, wurde erreicht. Die Gesellschaft ist nicht sicherer geworden – und auch Mark nicht.[1]

Kapitel 16

Drinnen

Die Schreibklasse ist heute abend vollständig erschienen. Da sind vier neue Gesichter als Ersatz für die Burschen, die vor kurzem zum Antritt ihrer Strafen abgeholt wurden – der plötzliche Abtransport in einem Bus traf sie unerwartet wie ein Hammerschlag. Wir wissen nie, wann ein Platz in der Klasse freigemacht wird. Es gibt keine Vorwarnungen für diese Abtransporte, keine Möglichkeit, sich zu verabschieden. Da ist so viel Rückstau im System, daß ein Minderjähriger noch wochen- oder sogar monatelang im »Zentralen« sitzen kann, nachdem ein Richter schon das Urteil gesprochen hat. Ihr Leben befindet sich dann in der Schwebe, ihr Name schon auf »der Liste«. Es spielt keine Rolle, wie lange jemand bereits gewartet hat; wenn der Transportwagen eintrifft, gibt es höchstens ein paar Stunden Vorwarnung, oft nur ein paar Minuten, die lediglich ein paar kurze Verabschiedungen zulassen, gefolgt von hastigem Zusammenstopfen der am meisten geschätzten persönlichen Dinge in Socken und Hosenbund – ein Foto von Zuhause, ein Bleistiftstummel (geschätztes Schmuggelgut), der Liebesbrief eines Mädchens, der so oft gelesen worden ist, daß er wie Butterbrotpapier mit verwischter Tinte und aufgerissenen Falten aussieht.

Auf diese Weise sind die ursprünglichen Klassenteilnehmer einer nach dem anderen verschwunden – in einer Woche schrieben sie hier noch, in der nächsten waren sie schon weg. Chris und Louis wanderten in die CYA-Anstalt, Elias und Robert ins Staatsgefängnis. Ruben, der in der Klasse neues Zutrauen in die Fähigkeit, sich auszudrücken, gefunden hatte, schrieb einen herzzerreißenden Brief an seinen Staatsanwalt, der so gerührt war, daß er zustimmte, sieben Jahre von der Erwachsenenstrafzeit des Jungen wegen Mordes abzuzwacken. Andere verschwinden aber einfach ohne ein Wort oder eine Erklärung – einige verurteilt, andere einfach versetzt zu Zweigstellen des

Jugend-Untersuchungsgefängnisses Juvenile Hall. Wir hören dann selten, was aus ihnen geworden ist. Auf dem braunen Metall-Bibliothekstisch liegt ein kleiner Stapel von Gedichten und Essays, von mir abgetippt und mit Kommentaren versehen, die nun nutzlos sind, weil die jeweiligen Autoren verlegt worden sind. Ich habe gelernt, jeden Klassenabend als eine unabhängige Einheit durchzuführen und jeden Burschen so zu behandeln, als würde ich ihn nie mehr wiedersehen. Jeder Klassenabend setzt einen Neubeginn.

Wieder einmal fiel die Klasse heute abend fast aus und wurde nur durch Schwester Janets Bitten gerettet. In dieser Woche herrscht nämlich Spannung im »Zentralen« - nicht das gewöhnliche Vorgehen des Drillfeldwebels gegen den Sträfling, sondern etwas viel Ernsteres, das eine beinahe elektrische Intensität besitzt – ein Ausdruck auf den Gesichtern einiger Berater, wenn sie ihre jungen Anvertrauten anstarren, der neu ist, aber unmißverständlich. Dieser Ausdruck ist Haß.

Der Grund: Ein Bewährungsberater in einer anderen Einrichtung wurde bei einem Fluchtversuch ermordet – erschlagen mit einem Metalltischbein, das ein Sechzehnjähriger schwang, der wegen Autodiebstahls, Tragens von versteckten Waffen und Einbruchs verurteilt worden war. Das ist das erste Mal, das jemand vom Bewährungsamt der Großgemeinde Los Angeles seit seiner Gründung im Jahr 1903 im Dienst getötet worden ist, das erste Mal, daß ein Amtsleiter an einem offenen Grab gestanden und einer Witwe die zusammengefaltete Flagge übergeben hat. Das erste Mal hat das Bewährungspersonal so heftig die Gefahren gespürt, die bei dem Versuch auftreten, gefährliche, gewalttätige Kinder mit nichts als Geschick und bloßen Händen in Schach zu halten und zu lenken. Diese Flucht mit Mord geschah im Dorothy Kirby Center (in dem Landhaus neben dem von Carla James), nicht in dem auf höherer Sicherheitsstufe stehenden Zentralen Jugend-Untersuchungsgefängnis Central Juvenile Hall. Dennoch, Mißtrauen hat sich von der Kirby-Einrichtung über das ganze System verbreitet – alte Vorstellungen über Jugendliche und Sicherheit verfliegen. Bewährungspersonal verlangt nun individuelle Hilferufgeräte und Sprühdosen mit Ätzpfeffer, um die Insassen der Jugend-Untersuchungsge-

fängnisse, Lager und der Kirby-Einrichtung in Schach halten zu können. Bis jetzt allerdings verfügt das Beratungspersonal des »Zentralen« über nichts als erhöhte Wachsamkeit, und die Insassen fühlen den neuen Druck. Der Mann, der starb, hatte die Nachtschicht, allein in einem Haus für zwanzig Jungen. Er war dafür bekannt, immer zugunsten der Insassen die Regeln zu verletzen, Süßigkeiten und Pizzas hereinzubringen und den Kids Freiraum zu gewähren. In jeder Jugendeinrichtung war bisher jemand vom Personal gewesen, der diese Rolle übernommen hatte, die des Beraters, den jedes Kid mag – sogar im Hochrisikoblock des »Zentralen« hat es solche Leute unter dem Beratungspersonal gegeben. Bisher jedenfalls. Jetzt – wenigstens vorläufig – gibt es keinen zusätzlichen Freiraum, nur hartes Starren und Mißtrauen.*

*Diese neue bedrückende Atmosphäre hat jeden in der Schreibklasse still werden lassen – außer einem Neuankömmling, »Little Criminal«**, vierzehn Jahre alt, mit dem glatten Gesicht eines Elfjährigen und großen, engelhaften Augen. Es ist ungewöhnlich, einen so jungen Burschen in dieser Einheit schwerer Straftäter zu sehen, aber er teilt mir mit nicht geringem Stolz mit, daß er wegen Mordes in einem Fall, Mordversuchs in vier Fällen und genügend anderen Anklagepunkten hier ist, die mehrere Schreibmaschinenseiten füllen würden – alle begangen in einer Gewaltnacht, als er erst 13 war. Ihm hatte die Art, wie ihn ein 18jähriger in einem Kleinlastwagen angeschaut hatte, nicht gefallen. Da er schon Erfahrung als Bandenmitglied seit seinem neunten Lebensjahr hatte, nahm Little Criminal eine halbautomatische Pistole zur Hand, schoß deren Magazin leer und dann mit einer Schrotflinte, wobei er den 18jährigen tötete und vier jugendliche Freunde des Toten verwundete. Little Criminal empfindet nicht mehr Reue für das, was er tat, als in den Stallone- und Schwarzenegger- Actionfilmen, von denen er gerne erzählt, gezeigt wird. Er bedauert überhaupt nichts außer dem Umstand, gefaßt worden zu sein. Und auch das ist noch eine*

* Anm. d. Übers.: die »Friedhofsschicht, wie sie im Englischen genannt wird

** Anm. d. Übers.: kleiner Verbrecher

Quelle des Stolzes für ihn, denn alle Schuld auf sich zu nehmen wird ja seinen älteren Bandenkumpels den Weg zum Erwachsenengericht ersparen.

Ich habe ihn nie zuvor gesehen, aber etwas in Little Criminal ist mir vertraut. Ich erkenne, was das ist, als er anfängt zu erklären, daß er alle an diesem Abend getötet haben könnte und dennoch mit fünfundzwanzig aus der CYA-Haft herauskommen würde.

»Das spielt doch keine Rolle mehr, wie viele du ins Gras beißen lassen willst – fünf sind doch genauso wie einer!« sagt er, und mir fällt ein, daß dies das Kid ist, das den Bezirksstaatsanwalt Gil Garcetti so beeindruckte – und entsetzte –, als er das Juvenile Hall zu einem früheren Zeitpunkt in diesem Jahr besuchte.

»Du hast doch vor einiger Zeit mit dem Bezirksstaatsanwalt gesprochen, nicht wahr?« frage ich ihn.

Little Criminal zuckt mit den Achseln. Er ist sich nicht sicher, wer der große Kerl in dem Anzug war, aber der sei schon was Wichtiges gewesen, jep. »Das war also der Bezirksstaatsanwalt, he? Der hat meine Fragen nicht gemocht, aber er sagte, ich habe recht, ganz egal wie viele Leute du kalt machst, wenn du fünfundzwanzig bist, kommste wieder raus.« Der Junge lächelt über diese Aussicht, vielleicht noch zu jung, um völlig zu begreifen, wie lang elf Jahre sein können. Er weiß nur, daß er besser dran ist als die meisten anderen in diesem Flügel des Central Juvenile Hall, die Erwachsenen-Gerichtsverfahren und lebenslängliche Haftstrafen erwarten. Später, nach fünfminütiger Schreibübung, reicht er mir folgendes Gedicht:

Bin ich ein Verbrecher?
Man sagt, ich bin einer.
Ich glaube denen nicht,
Aber ich denke daran,
Tag für Tag.

Der Gedanke, ein Verbrecher zu sein,
Macht mir nachts Angst,
Wenn mir bewußt wird,

Daß mich die Menschheit nachts
Fest eingeschlossen haben will.

Wenn die wirklich wissen,
Was ein Verbrecher ist,
Dann werde ich ihnen eines Tages sagen,
Daß Little Criminal kein Verbrecher ist,
Daß nur die Leute das behaupten.

»Das ist für die Zeit, wenn ich rauskomme«, erklärt Little Criminal. »Meine Vorgeschichte wird ja dann sauber sein. So ist eben das Gesetz.

Geri ist unterdessen ungewöhnlich schweigsam. Er hat ein paar neue Kapitel seiner Lebensgeschichte geschrieben – ich sehe die eselsohrigen Blätter aus einem Hefter hervorragen, den er umklammert. Aber er schüttelt den Kopf, als ich ihn bitte, daraus vorzulesen. Er reicht mir die Papiere einfach, ohne Kommentar.

Als ich die Passagen überfliege, finde ich sie beängstigend, ich beginne zu frösteln – eine krasse, ungeschminkte Beschreibung von sich selbst im Alter von zwölf Jahren, nachdem das Verwahrungsgericht ihn eine Weile herumgeschubst und ihn und seinen kleinen Bruder dann schließlich zu seiner Großmutter geschickt hatte. Er beschreibt seine Geistesverfassung in dieser Altersstufe, und ich sehe, daß sie die gleiche wie die gegenwärtige von Little Criminal ist – gewissenlos und grausam. Das ist nicht der Geri, den ich hier in der Schreibklasse kennengelernt habe. In irgendeiner Weise, so scheint mir, hat er sich seit der Zeit von damals verändert. Wenigstens sagt das jeder, der mit ihm zu tun hatte. Doch da ich nun seine andere Seite gesehen habe, kann ich nicht anders, als ein Fragezeichen einzusetzen. Der Fluch des Jugendsystems ist es ja, daß es nie weiß, wann es Erfolg hat. Hier kann man nur Mißerfolg mit Gewißheit feststellen, beim Klicken der Handschellen um junge Handgelenke.

Als sich niemand freiwillig meldet, sein Werk vorzulesen, lese ich ihnen Geris neue Kapitel vor:

Ich ging in einen Spielzeugladen im Supermarkt Central City und kaufte ein Videospielgerät, das man Nintendo nennt ... aber die verdammte Maschine funktionierte nicht. Das hat mich unheimlich geärgert ... Ohne richtig nachzudenken, ging ich in das Zimmer meiner Großmutter und suchte nach ihrer Pistole. Ich konnte mich erinnern, daß ich sie mal in einem Schuhkarton unter dem Bett gesehen hatte. Also sah ich in jedem Schuhkarton nach, bis ich sie endlich fand. Sie war eine vernickelte 25er Automatik mit einem perlweißen Griff, auf dem eine rote Rose eingraviert war. Das war die schönste Sache, die ich in meinem ganzen Leben gesehen hatte ... wie ein Kunstwerk, das vom berühmtesten Künstler auf der Welt geschaffen worden war.

Jetzt fühlte ich mich unbesiegbar und hatte den Drang, mit der Pistole in den Laden zu gehen. Ich ging voller Wut die Straße lang ... Ich hatte vor, einfach vor den Verkäufer hinzutreten und gleich auf ihn zu schießen. Aber dann überlegte ich, daß das doch dumm wäre. Das einzige Ergebnis davon würde doch ein Leben im Gefängnis für mich sein. Als ich dann so weiterging und einen Plan machen wollte, kam die »Schmiere«, die Polizei, und hielt neben mir an. Die holten ihre Waffen raus und brüllten, ich soll die Hände in die Luft strecken und mich dann mit dem Gesicht nach unten auf den Boden legen ... Sie nahmen mich zum Revier mit und zeigten mich an, aber später übergaben sie mich meiner Großmutter ... Die hatte nämlich die Bullen benachrichtigt, als sie festgestellt hatte, daß ihre Pistole fehlte. Ich war froh, daß ich nicht wieder ins »Zentrale« mußte, aber gar nicht so froh über die Prügel, die ich zu Hause bekam.

In dem darauf folgenden Schweigen frage ich mich, ob Geri erkennt, daß, solange er in dem System ist, und wahrscheinlich noch Jahre danach, eine alles überschattende Frage dafür bestimmend sein wird, wie andere ihn betrachten: Wird der Junge, der ohne Skrupel einen Kassierer wegen eines Videospiels abknallen wollte und der später an einem Raubüberfall auf ein Motel teil-

nahm (ungeachtet der mildernden Umstände), jemals wieder an die Oberfläche kommen und den umgänglichen Jugendlichen, der jetzt hier sitzt, verdrängen? Ob er wohl versteht, daß, wenn die Zeit für einen Richter später in diesem Monat herankommt, ihn zu verurteilen, diese Frage im Vordergrund der Überlegungen des Juristen stehen wird? Sie wird da sein, unmittelbar unter der Oberfläche, ein wortloses Gespräch zwischen Ankläger, Verteidiger und Richter: Warum sollte ich wohl ein Risiko mit diesem Burschen eingehen, mich der Entrüstung der Medien, Wahlstimmenverlust und Protestdemonstrationen aussetzen, wenn der freikommt und dann jemanden umbringt? Da spielt es doch keine Rolle, daß es sich meistens lohnt, ein Risiko mit solch einem Kid wie Geri einzugehen, könnte sich der Richter denken, denn es ist doch immer der eine Reinfall unter tausend anderen Fällen, der in die Medien springt. Warum also ein Risiko eingehen, wenn es soviel sicherer ist, ihn ins Gefängnis zu stecken, soviel zweckmäßiger in politischer Hinsicht, soviel stärker im Einklang mit der öffentlichen Meinung?

»Jetzt wissen wir, wie du hierhergekommen bist«, beginnt einer von Geris Klassenkameraden nach der Vorlesung. »Du warst eben verrückt.«

»Du schickst ja wohl deine Geschichte dem Richter zum Lesen, ja?« fragt ein anderer Junge, der hilfreich sein will. Ich hatte alle ermutigt, Briefe, Essays und Geschichten vor der Hauptverhandlung an ihre Richter zu schicken. »Diesen Teil solltest du dann aber nicht mitschicken, meine ich. Der kriegt sonst einen Schreck und denkt, daß du immer noch ein kleines Arschloch bist.«

Geri nickt und murmelt: »Okay, danke.«

Nach dem Klassenabend erfahre ich von Schwester Janet den Grund für Geris Schweigsamkeit an diesem Abend. Einen Tag zuvor hatte ein Verwandter angerufen und mitgeteilt, daß sein kleiner Bruder ermordet worden sei. Er hatte Joachim mehr als ein Jahr lang nicht gesehen.

Der Bus bringt Geri früh am Morgen in das Gerichtsgebäude von Pomona, wo man ihn mehrere Stunden lang in einem Wartekäfig sitzen läßt – auf einer harten Bank, mit niemandem zum Reden, allein mit der Angst, die groß und hart in seinem Magen zusammengeballt ist wie der Viertelpfünder-Sandwich, den er dummerweise vor dem Motelüberfall hinuntergeschlungen hatte, der ihn vor eineinhalb Jahren hierhergebracht hatte. Es fühlt sich so an, als ob das verdammte Ding noch immer da ist, unverdaulich und riesig, als ob er an seinem Magen nagen würde, geradeso wie in dem Augenblick, als sich die Handschellen um seine Handgelenke legten in jener schrecklichen Nacht, die schon so lange her ist, und als die Bullen begannen, von PC-187 zu reden. Sein Magen hatte sich damals genauso zusammengekrampft wie jetzt. Die Erinnerung daran steigt jetzt wieder hoch, blitzschnell und lebhaft, eine körperliche Empfindung. Der Schweiß von jemandem, der erkennt, daß die Entscheidung über seine ganze Zukunft bevorsteht, bedeckt seinen Körper als dünne, klebrige Schicht.

Schließlich kommen Wächter und führen ihn aus dem unteren Stockwerk des Gerichtsgebäudes in einen großen Verhandlungssaal ein Stockwerk höher, wo er sich in seinem orangefarbenen Trainingsanzug der Hochrisikotäter hinsetzen muß und nicht weiß, was nun geschehen wird, schweißbedeckt und fröstelnd in der klimatisierten Luft, von Angst geschüttelt. Er weiß, daß sein Fall zur Urteilsverkündung ansteht, aber das war auch schon in den letzten paar Anhörungen so. Dann wurde alles immer wieder aus dem oder jenem Grund vertagt, was ihn fast verrückt machte vor Erleichterung und gleichzeitiger Furcht. Als ihm mitgeteilt wird, daß sein Anwalt Al Johnson vom Pflichtverteidigeramt auf Urlaub ist und nicht kommen wird, stellt er sich schon vor, daß wieder eine Vertagung bevorsteht, so daß ihn die gleiche Kombination von Enttäuschung und Erleichterung überfällt.

Statt dessen aber sagt ein Kollege von Johnson, einer, der sehr wenig über Geris Fall weiß – und Geri überhaupt nicht kennt –, daß alles vorbereitet sei, daß er ihn vertritt und alles heute erledigt wird.

Geri wird sich später erinnern, daß er nicht sicher war, was da vor sich ging, aber er nickte: »Okay, bringen wir's hinter uns.« Nach mehr als einem Jahr im Juvenile Hall ist das Gefühl, daß sich nun wieder etwas in seinem Leben bewegt – und ihm nicht noch einmal Stunden der Angst im Wartekäfig beschert werden – so stark, daß er sein Unbehagen, von einer unbekannten Person vor Gericht vertreten zu werden, zur Seite drängt. Schließlich kannte er Johnson doch auch kaum, sagt er sich – es war doch nicht so, als ob sie eine enge Beziehung gehabt hätten.

Was immer er aber von der Strafzumessung erwartet haben mochte, es ist nicht das, was er dann bekommt. Es gibt keine Diskussion über sein Verhalten im Juvenile Hall, sein dort errungenes High-School-Zertifikat, seine Arbeit in der Theater- und der Musikgruppe, keine Diskussion über den Umstand, daß eine ganze Reihe von Beratern und Wächtern gerne zu seinen Gunsten aussagen würde. Keines seiner Gedichte oder Theaterstücke wird vorgelegt. Der günstige Bericht über seine dreimonatige Beurteilungszeit in der CYA-Anstalt wird kaum erwähnt. Johnson gibt später zu, daß er ihn noch nicht einmal aus dem Umschlag genommen hatte.

Statt dessen findet nur eine schablonenhafte Erörterung zwischen Staatsanwalt, Richter und Verteidiger über die Plädierabmachung statt, die schon Monate vorher getroffen worden war. Die Mordanklage wurde fallengelassen, erinnert der Verteidiger den Richter, und durch eine Anklage wegen Mordversuchs in einem Fall sowie eine abgesprochene Kompromißstrafe von zwölf Jahren und vier Monaten ersetzt. Richter Robert Gustaveson besiegelt die Abmachung, setzt die vorgenannte Strafe fest und ordnet an, daß Geri in einer CYA-Anstalt untergebracht wird, wie andere Staatsgefangene seines Alters, die sich gut betragen haben.

»Mach dir darüber keine Sorgen«, sagt der Ersatzverteidiger. »Mit Straferlaß für gute Führung, und wenn du dich aus Schwierigkeiten heraushältst, kannst du wohl deine Strafe ganz im CYA absitzen. In sieben Jahren, vielleicht noch weniger, wirst du dann draußen sein.«

Die Anhörung ist vorüber, und Geri wird nach fünf Minuten wieder in den Wartekäfig geführt. Er ist tief enttäuscht über die Anhörung und das Urteil. Mehrere Berater im Juvenile Hall hatten ihm doch erzählt, er habe eine gute Chance, die begehrte »YA-Nummer« zu bekommen statt der mit »M« beginnenden Gefängnisnummer, die ihm nun zugeteilt worden ist. Die erstere hätte Freiheit in ungefähr vier Jahren bedeuten können – jetzt kann er sich glücklich schätzen, wenn er in sieben Jahren hinauskommt. Und die ganze Zeit über muß er sich Sorgen machen, daß ein Fehltritt, eine Schlägerei, ein Wärter, dem er nicht gefällt, seinen Abmarsch ins Staatsgefängnis bedeuten kann. Geri weiß, daß man nichts anrichten muß, um gelinkt zu werden. Manchmal genügt es schon, wenn man nur da ist. Das ist wie beim Basketball, wenn der Schiedsrichter das ursprüngliche Foul übersieht, aber dann die Vergeltung ahndet. Derjenige in einer Gefängnisschlägerei, der sich nur verteidigt, wird oft wie der Angreifer behandelt. Auch wenn er seine Nase völlig sauber behält, ist da immer noch die in Gerüchten verbreitete Gefahr, daß durch Haushaltskürzungen schließlich einige Plätze im CYA für Kids mit »M-Nummern« gestrichen werden könnten, denn es ist viel billiger, sie für 20 000 Dollar pro Person und Jahr im Staatsgefängnis als für 32 000 Dollar im überbelegten CYA unterzubringen.

Nachdem Geri der Klasse von seiner Erfahrung beim Gericht erzählt hat, verspreche ich ihm, herauszufinden, warum er so oberflächlich und diktatorisch behandelt wurde. Es stellt sich heraus, daß Geri die »YA-Nummer« nicht bekam, weil niemand das beantragte. Geris Anwalt ersuchte Richter Gustaveson nicht, in Erwägung zu ziehen, Geri wieder dem Jugendsystem zu unterstellen und in eine CYA-Anstalt statt ins Gefängnis einzuweisen, obwohl Geri doch als der ideale Kandidat für solch ein Urteil hätte erscheinen müssen.

»Wir haben nicht darum ersucht, weil man das nicht tun kann«, erklärt mir der stellvertretende Leitende Pflichtverteidiger, nachdem er von seinem Urlaub an seinen mit zu bearbeitenden Fällen vollgepackten Schreibtisch zurückgekehrt ist. Seine Zeit wird jetzt größtenteils von dem neuen kalifornischen Strafgesetz »Three Strikes and Your'e Out«* beansprucht. »Wer erst einmal im Erwachsenensystem ist, bleibt auch darin. Der kann doch im CYA nur *untergebracht* werden.«

Der Verteidiger ist maßlos erstaunt, als ihm Paragraph 1731.5 des Kalifornischen Wohlfahrts- und Institutionsgesetzbuchs vorgelegt wird, in dem es heißt, daß ein Richter eine Person im Alter von weniger als 21 Jahren«, die nicht wegen Mordes ersten Grades verurteilt wurde und einen günstigen Bericht über die dreimonatige Beurteilungsperiode erhalten hat, in einer CYA-Einrichtung unterbringen *kann*. Solch eine Unterbringung annulliert im wesentlichen die Überstellung eines Minderjährigen an die Erwachsenengerichtsbarkeit.

»Ich wußte ja gar nicht, daß dieses Gesetz existiert«, stammelt der Rechtsanwalt verlegen. »Was kann ich dazu sagen? Es war wirklich unprofessionell von mir, das nicht zu beantragen.«

Nach einigen Augenblicken überdenkt Johnson aber die Angelegenheit und nimmt eine andere Haltung an. Er verteidigt nun seine Arbeit für Geri und behauptet, daß die Unterlassung bei reiflicher Überlegung des Falls im Grunde genommen keine Rolle spielt. »Hier würde es sowieso kein Richter angewendet haben, auch wenn ich großes Geschütz aufgefahren hätte. Pomona ist dazu zu konservativ.«

Johnson meint, das Wichtigste sei gewesen, eine Plädierabmachung für Geri auszuhandeln, die die mögliche lebenslängliche Haftstrafe, die über ihm schwebte, ausschloß. Vor das Erwachsenengericht geschickt zu werden, hätte Geri seine ganze Zukunft kosten können.

* Anm. d. Übers.: Drei Streiche und du bist draußen

»Ich sah einen jungen Mann, den ich mochte und der talentiert ist, und ich glaube, daß wir ein sehr gutes Ergebnis ausgehandelt haben. Es ist das beste, auf das man hoffen konnte. Gewiß, ich gebe zu, es gibt bessere Arten, unser Geld auszugeben. In sieben Jahren wird es uns 210 000 Dollar kosten, ihn dort zu behalten. Ich bin der Ansicht, daß wir mehr Gutes fürs Geld bekommen hätten, wenn wir ihn dafür aufs College geschickt oder alles vor neun Jahren in sein Leben investiert hätten. Aber wir müssen uns mit den Realitäten auseinandersetzen. Dies hier ist das bestmögliche Ergebnis für ihn.«

Dennoch, auch wenn Johnsons Einschätzung der Sachlage richtig wäre, so bieten doch die Umstände, daß der Pflichtverteidiger nicht einmal Überstellung an das CYA-System *beantragte* und keine Zeugen und Beweise für Geris gute Leistungen und sein ausgezeichnetes Verhalten aussagen ließ, genügend Gründe für eine Berufung und eine neue Strafzumessungsanhörung. Andere Kids mit viel ernsteren Anklagen sind vom Erwachsenengericht dem CYA-System überstellt worden, auch in konservativen Zweigstellen des Erwachsenengerichtshofs von Los Angeles. So erreichte zum Beispiel ein anderes Mitglied der Schreibklasse, das eines kaltblütigen Hinrichtungsmordes – also eines weit schwereren Verbrechens als Geris – für schuldig befunden worden war, einen Monat zuvor solch eine Überstellung, und zwar von einer Zweigstelle des Obergerichts von L. A. in der Stadt Norwalk, einem Gericht, das so konservativ und im allgemeinen streng in der Strafzumessung ist, daß die Minderjährigen im Juvenile Hall es in Verballhornung des Namens Norwalk »No Walk«* nennen.

Nachdem ich dies alles einer Anwältin in der Berufungsabteilung des Pflichtverteidigeramts erzählt habe, verspricht sie mir, Geris Fall und Johnsons Vorgehen darin zu untersuchen. Sie klingt zuversichtlich, Geri helfen zu können, aber Johnson ist über diese Einmischung entrü-

* Anm. d. Übers.: etwa »Hier läßt man dich nicht laufen«

stet und weigert sich, noch mehr über diesen Fall von sich zu geben. Dann ruft mich die Berufungsanwältin wieder an und teilt mir mit, daß keine Berufung beantragt würde – nicht weil eine solche keine Aussicht auf Erfolg habe, sondern eben weil sie erfolgversprechend sei, wodurch aber der zuständige Richter so verärgert werden könnte, daß er Geri eine noch härtere Strafe erteilen würde.

»Ich kann mir sehr gut vorstellen, daß der Richter sagt: ›Zum Teufel mit diesem Burschen!‹«, meint die Berufungsanwältin. »Dieser Junge sollte eigentlich Al Johnsons Füße küssen, weil er ihm diese Abmachung verschafft hatte. Ihm stand nämlich eine sehr lange Haftstrafe bevor. Mit dem, was er jetzt bekommen hat, sollte er glücklich sein.

Geri zuckt dazu mit den Achseln, mit einem traurigen Lächeln, obwohl er dann sagt, er könne eigentlich nicht verstehen, daß eine Anwältin, die ihn gar nicht kennt, meint, er solle über eine Gefängnisstrafe von zwölf Jahren glücklich sein. »Die hat doch leicht reden in ihrem Büro«, sagt er. »Die kann doch jeden Tag nach Hause gehen.«

Schwester Janet fragt Geri, ob er wolle, daß sie versucht, einen neuen Anwalt für ihn zu finden, der seinen Fall überprüft, aber nachdem er einige Tage darüber nachgedacht hat, dankt er ihr und lehnt ab, aus Angst, daß sich die Dinge für ihn tatsächlich nur noch schlechter entwickeln könnten. Das Klima der öffentlichen Meinung sei jetzt so wut- und angsterfüllt, habe man ihm gesagt, daß es das Risiko nicht wert sei. Erwachsenenrichter seien kritisiert worden, und man habe ihre Abberufung gefordert, weil sie Minderjährige dem CYA überstellt hatten, so daß solche günstigen Strafzumessungen noch unwahrscheinlicher als vorher geworden seien. »Ich werde eben meine Zeit absitzen«, meint Geri, »und tun, was ich von mir aus kann.«

Jedes Jahr werden in den Vereinigten Staaten von Amerika etwa 2,3 Millionen junge Menschen unter achtzehn verhaftet – wegen Delikten von Ladendiebstahl bis Mord. Das ist eine erschreckend hohe Zahl und eine, die angesichts eines in letzter Zeit zu beobachtenden Geburtenanstiegs noch wachsen wird[1]. Aber es ist auch eine täuschende Zahl, denn wenn diese Jungen und Mädchen sich erst einmal in Haft befinden, treten sie in etwas ein, was die Justizexperten den »Trichter« nennen.

An der Mündung dieses riesigen Tunnels sind also diese 2,3 Millionen Jugendlichen. Aber ein Drittel davon kommt nie über die Festnahme hinaus – ihre Anzeigen werden abgewiesen, nie zum Gericht weitergeleitet. Diese Kids werden »beraten und entlassen«: bleiben also 1,5 Millionen Minderjährige.

Jeder von diesen wird zum Intake Officer, dem Aufnahmebeamten, weitergeleitet, wo sich der Trichter verengt. Die Hälfte dieser 1,5 Millionen Kids, die von der Polizei zu weiteren Verfahren vorgesehen sind, werden dann bei der nächsten Station entlassen – kein Jugendgericht, keine Verfolgung. Entweder werden ihre Fälle auf der Stelle abgewiesen oder mit Erteilung einer Bewährungsauflage ohne Überwachung und anschließender Entlassung erledigt. 750 000 festgenommenen Minderjährigen, die die Polizei gerichtlich verfolgen lassen wollte, wird also gesagt, sie könnten nach Hause gehen, als ob nichts geschehen sei. Der Trichter ist hier zu klein geworden, um sie alle aufzunehmen. Sie quellen über und verlieren sich.

Es bleibt also eine Dreiviertelmillion von Minderjährigen, die vom Jugendgericht formal angeklagt werden. Aber der Durchgang verengt sich auch hier noch mehr, denn von den Zurückgebliebenen wird ein kleiner Bruchteil (einer von 100) der Erwachsenengerichtsbarkeit überstellt, und weitere vier Zehntel werden gleichfalls entlassen oder durch das Gericht unter informelle Bewährung gestellt, mit wenig oder gar keiner Überwachung. Einige dieser Kids sind wie Hugh falsch beschuldigte Schuldlose, aber die große Mehrzahl solcher Fälle wird einfach deshalb fallengelassen, weil die Straftaten als zu gering oder deren Verfolgungen als zu schwierig angesehen werden. Das ist dann etwa so wie bei einer Selektion in einer Krankenhaus-Notaufnahme: Erst kommen die Blutenden an die Reihe, die anderen müssen sitzenbleiben und warten.

Der Trichter wird enger für den Rest, der zu Verhandlungen oder Plädierabmachungen ins Jugendgericht kommt. Weitere Fallabweisungen und Freilassungen lichten ihre Reihen: die Autodiebe und Graffiti-Vandalen, bei denen die Zeugen nicht erscheinen; die wegen Körperverletzung und Belästigung Beschuldigten, die freikommen, weil das Opfer zu sehr in Mitleidenschaft gezogen worden ist, um aussagen zu können.

Am Ende des Trichters bleiben dann 330 000 von 2,3 Millionen ursprünglich Verhafteten. Deren Fälle werden mit einer Bewährungsstrafe, Unterbringung in Pflegeheimen oder irgend einer Haftstrafe abgeschlossen. Von den Minderjährigen, die in Handschellen in den Trichter eintreten und von der Polizei zur Strafverfolgung angezeigt werden, müssen am Ende nur 22 Prozent wirklich angemessene Konsequenzen für ihre Taten tragen. Dies auch nur unter der Voraussetzung, daß formelle Bewährung eine ›angemessene Konsequenz‹ darstellt – was bestenfalls eine bestreitbare Annahme ist. Wenn man all das Gerede über strenge neue Gesetze, längere Strafen und Polizeimaßnahmen außer acht läßt, bleibt folgende Grundwahrheit über die Jugendkriminalität zurück: Wenn ein Minderjähriger festgenommen wird, kann er (oder sie) sicher sein, daß er eine Aussicht von vier zu eins hat, daß ihm nichts geschieht. In drei von vier Fällen dürfen sie wieder nach Hause gehen – sie bleiben ›draußen‹.[2]

Hier gelten einfache Prioritäten. Es gibt noch nicht einmal genug Gerichtssäle, Hafteinrichtungen und Bewährungshelfer für dieses eine Viertel, umso weniger für die anderen drei Viertel, die auch noch zu behandeln wären, wenn das System wirklich eine Wirkung zeigen soll. So kommt es denn, daß in der Großgemeinde Los Angeles die meisten der jugendlichen Straftäter vier- oder fünfmal festgenommen werden können, bevor irgendeine einigermaßen strenge Maßnahme getroffen wird. Das ist eine nutzlose Reihe von Prioritäten, die von jedem beklagt wird – von den Neuanfängern, die hier ihre Fälle bearbeiten, bis zur US–Justizministerin Janet Reno, die leidenschaftlich von der Verweigerung der Gesellschaft spricht, ihre Kinder an die erste Stelle zu setzen und die Mittel für die Schaffung eines Systems zur Verfügung zu stellen, das auch wirklich funktioniert. Und doch gibt es eine Reihe von Prioritäten, die bisher unumstößlich und unentrinnbar gewesen sind – und das System niederreißen.

Auch bei einem Trichter, in dem die Fälle auf einen Bruchteil verringert werden, gibt es immer noch zu viele Straftäter für die Gerichtsterminkalender in den meisten Städten. In Los Angeles können die Richter, Staatsanwälte und Verteidiger die Namen der ganzen Minderjährigen, ihre Gesichter oder Geschichten nicht mehr im Kopf behalten. Sie sehen einen an, als ob man verrückt sei, wenn man den Namen eines Jugendlichen erwähnt und fragt, was aus seinem Fall geworden ist. »Ich kann die Namen doch noch nicht mal für einen Tag genau behalten – viel weniger die vom letzten Monat oder Jahr«, gesteht Peggy Beckstrand freimütig ein. »Das ist doch eine nicht endende Schlange von Leuten, die da vorbeizieht.« Das ist ein Kommentar, der im Erwachsnengericht kein Aufsehen erregen würde, aber im Jugendgericht auf Kritik stößt. Peggy gibt das auch zu. »Es sollte wirklich nicht so sein, ist aber so«, meint sie.

Einige der ungewöhnlicheren und schwerwiegenderen Fälle bleiben natürlich eher im Gedächtnis, aber auch dann nur, weil der Richter oder die Anwälte sich an die Fakten des Verbrechens erinnern und nicht an die Identität oder den Charakter des betreffenden Minderjährigen. Es kommt nicht selten vor, daß ein Anwalt sich hinten in den Verhandlungssaal setzt und die Person neben sich fragt: »Ist das der Bursche, der seine Mutter tötete - und sie zwei Tage lang mit dem Gesicht auf einem Heizgitter liegen ließ?« Oder: »Da ist ja das Kind, das am Flugplatz an einem einzigen Tag in 32 Autos einbrach.« Oder: »Das ist das Mädchen, das sein neugeborenes Kind in einen Koffer stopfte und es in einen Müllcontainer warf. Jemand fand das Baby jedoch, bevor es starb. Und jetzt - können Sie sich das vorstellen – verlangt sie das Sorgerecht!«

Man kann die gespenstischen Einzelheiten von Dutzenden solcher Fälle im hinteren Teil jedes Verhandlungssaals von Thurgood Marshall oder in den Korridoren von Los Padrinos hören, wie sie flüsternd von gelangweilten Anwälten, Polizisten und Bewährungshelfern diskutiert werden, die die Zeit bis zur Aufrufung ihres Falls totschlagen und sehen wollen, ob ihre Nachbarn aus der »Zunft« noch schockiert werden können – wie Medizinstudenten, die mit Leichen spielen. Das ist ein Teil einer Haltung, die sich immer mehr in dem Gebäude verbreitet: die Tendenz, sich mit der Tat zu befassen – nicht mit dem Minderjährigen. »Sollte man denn wirklich Bagatelldiebe einsperren?« fragt der Verteidiger. »Gibt es nicht bessere Methoden, die mageren Mittel des Jugendgerichtshofs anzuwenden? Sollen denn wirklich bewaffnete Räuber auf Bewährung freikommen?« fragt der Staatsanwalt ebenso ernsthaft. »Ist es nicht besser, sie wegzuschließen, damit die Öffentlichkeit sicherer ist?« Die Minderjährigen sind in Kategorien aufgeteilt worden .

Als Folge davon geht die grundlegende Frage, die zu stellen Aufgabe des Jugendgerichtshofs ist: »Was ist das Beste für diesen einzelnen Minderjährigen hier?« oft im Verfahren unter und wird durch ein Punktsystem ersetzt, das die Tür öffnet oder schließt, je nach der Art des Verbrechens, nicht nach der Person des Minderjährigen. Kids werden laufengelassen, wenn es dringend notwendig wäre, sie fest beim Zügel zu ergreifen. Andere dagegen werden mit harten Strafen geknüppelt, ob sie es verdienen oder nicht. Der zwölfjährige Cecil geht zurück zu seinem »Clubhaus«, in Freiheit nach seiner unaussprechlichen Quälerei eines behinderten Jungen. Aber Geri betritt einen Gerichtssaal, der Richter sowie der Ankläger stellen sofort ein paar Kalküle aus dem Strafgesetz an, und er geht ins

Gefängnis – raus aus der Tür in fünf Minuten, ohne eine einzige Frage an ihn.

Die gleichen Kräfte sind ein paar Tage später wieder in der Zweigstelle Thurgood Marshall am Werk, nachdem der Gerichtsdiener den Fall *Das Volk gegen John Sloan* zur Verfügungsanhörung aufgerufen hat.

»Was für ein Fall ist denn das?« fragt ein Staatsanwalt eine Kollegin.

»Ich erinnere mich nicht an den Namen«, erwidert die Staatsanwältin und schaut in ihren Unterlagen nach. »Ach ja, hier ist es. Das ist doch der Bursche, der den bewaffneten Überfall mit Handschuhen und einer Maske verübte. Richter Dorn hatte die Auffassung vertreten, das sei keine besonders schwere Tat, weil diese Art von Überfall jetzt so oft geschieht.«

»Stimmt, das war doch der Überstellungsfall, bei dem wir die Berufung verpatzt haben!« Die Staatsanwälte schauen sich an. Sie haben sich an die Fakten des Verbrechens erinnert, aber nicht an irgend etwas über John Sloan selbst. »Ich weiß nichts über diesen Burschen, Sie etwa?«

Die Staatsanwältin schüttelt den Kopf und beginnt die Akte hastig zu überfliegen. Fünf Minuten vor dem Beginn der Strafzumessung und Entscheidung über John Sloans Zukunft findet die Staatsanwältin endlich heraus, wer John Sloan eigentlich ist.

Es gibt jedoch einige Unterschiede zwischen Geris Situation und der von John Sloan. John hat eine wohlhabende Familie, die ihn unterstützt. Geri ist allein. John hat einen Privatverteidiger, der beträchtliche Zeit und Mühe auf seinen Fall verwendet hat. Geri hatte einen überarbeiteten Pflichtverteidiger mit ungenügenden Kenntnissen des Jugendstrafrechts und einem Urlaub, der gerade in die Zeit seiner Strafzumessung fiel. Und – was am bedeutsamsten ist - Geri kann sich nicht einmal an den Namen des Richters erinnern, der ihn verurteilte. John wird dieses Problem nicht haben, denn er ist ja Richter Roosevelt Dorn zugeteilt.

Da seine Arbeitslast ständig angewachsen ist und ein zunehmender Teil seiner Zeit von seinem Statusverletzer-Programm mit den privaten Zusammenkünften in den »Richterkammern« in Anspruch genommen wird, hat Richter Dorn versucht, seinen Bereich von Ballast zu befreien. Die Ergebnisse kann man bestenfalls als gemischt bezeichnen. In einer Ecke des Verhandlungssaals ist eine grüne Schiefertafel angebracht worden, auf der die Namen jedes Falls des gegenwärtigen Tages mit Kreide aufgeschrieben werden. Es wird dabei Platz gelassen, in den die Anwälte eintragen müssen, ob sie bereit sind zu verhandeln oder nicht, und der Gerichtsdiener, ob ein Minderjähriger rechtzeitig angekommen ist oder nicht. Dadurch kann der Richter den nächsten Fall mit einem bloßen Blick nach links aufrufen, anstatt die Haufen von Akten auf seinem Tisch durchgehen oder sich darauf verlassen zu müssen, daß die Anwälte sich in den Vordergrund drängeln und sich laut bemerkbar machen.

Wenn auch diese Tafel einige Minuten spart, so ist der Saal heute jedoch wieder bis zum Überquellen gefüllt. Zwei Staatsanwälte statt eines sind diesmal zur Bewältigung der riesigen Arbeitslast eingeteilt worden. Peggy hat endlich Hyman Sisman, Dorns Prügelknaben, aus diesem Gerichtssaal versetzt und dafür diese beiden Staatsanwälte geholt. So ist dies der einzige Gerichtssaal im L. A.-Jugendstrafsystem geworden, in dem der Arbeitsanfall so groß geworden ist, daß er zwei Staatsanwälte erfordert. Das ist die Konzession, die Dorn aus seiner Drohung gewonnen hat, wegen des Stroms von abgewiesenen Fällen vor die Presse zu gehen: Er hat einen zweiten Staatsanwalt in seinen Verhandlungssaal bekommen. Die ehemalige Geschworenenabteilung ist immer noch voll von Rechtsanwälten, die auf ihr Plädoyer warten, uniformierten Polizisten, die aussagen sollen, Bewährungshelfern, die hastig kritzeln in ihrem Versuch, die Berichte zu vervollständigen, die heute morgen fertig gewesen sein sollten. Dorns auf Bewährung Freigelassene schwänzen immer noch die Schule, und Richter Dorn läßt sie immer noch einschließen, Tag für Tag.

John Sloan betritt den Saal und wirft einen schnellen Blick auf die Galerie, wo er auf seiner Familie ruhen bleibt. Schnell senkt er den Kopf mit ausdruckslosem, bleichem Gesicht. Seine Schultern sind zusammengekrümmt, als erwarte er einen Schlag. John war schon drei Monate vorher in Dorns Verhandlungssaal, als er sich schuldig bekannte, auf einen Bauinspektor der Stadt zugegangen, ihn einen mexikanischen Scheißer genannt und mit vorgehaltener Pistole beraubt zu haben. Er war festgenommen worden, nachdem sein Opfer die Seiten umgekehrt hatte, indem es seine Angreifer verfolgte und John sowie seinen Komplizen innerhalb von Minuten nach dem Überfall mit nun seinerseits gezückter Waffe stellte.

Bei Johns Überstellungsanhörung war Dorn von der gewöhnlichen Auslegung des Gesetzes abgewichen und hatte geurteilt, daß John als Minderjähriger behandelt werden müsse. Gegen diese Entscheidung hatte Peggy Beckstrand Berufung einlegen wollen, konnte es aber nicht, weil ihr Staatsanwalt damals versäumt hatte, eine Vertagung zu beantragen. Das Opfer des Verbrechens war darüber empört gewesen, aber Dorn hatte versprochen, daß er hier keine unangebrachte Milde walten lassen würde. Er hatte angekündigt, daß er – falls notwendig – John viel länger unter dem Jugendrecht in Haft halten könne, als das unter dem Erwachsenenstrafrecht je möglich wäre. Genaugenommen war das auch so – aber nur theoretisch.

Jetzt ist John zurückgekehrt in den Gerichtssaal nach einer dreimonatigen diagnostischen Untersuchung in einer CYA-Anstalt. Der Sachbearbeiter dort berichtete, daß er besorgt sei, weil John den tödlichen Ernst nicht begriffen habe, der darin liegt, eine geladene Schußwaffe unter Todesdrohung anzuwenden, um jemanden zu berauben. John schien nicht einzusehen, daß das, was er getan hatte, etwas Ernstes war. Das war ein störender Unterton in einem sonst für John günstigen Bericht. Dennoch folgerte der Sachbearbeiter, daß John ein ausgezeichneter Kandidat für Rehabilitierung sein würde, und daß er in Anbetracht des Umstands, daß er ein Ersttäter war, nicht Jahre in einem Jugendgefängnis verbringen müßte, um sich zu bessern.

»Dieser Bericht ist nicht korrekt«, erklärt Johns Verteidigerin Angela Oh Richter Dorn und versucht, ein noch positiveres Bild von John zu malen. Im Gegensatz zu Geris Verteidiger hatte sich Mrs. Oh die Zeit zur genauen Durchsicht des CYA-Berichts genommen. »Wie Sie aus seinem Brief hier an das Gericht ersehen können, erkennt John sehr wohl den Ernst seiner Tat, und er bereut sie.«

Wieder ist Johns Familie im Saal versammelt – sein Vater, der Arzt, seine Mutter, sein jüngerer Bruder und seine Schwester, alle in Anzügen mit Schlips oder Sonntagskleidern. Seine Verteidigerin ist wieder gut vorbereitet und informiert, mit einer Reihe von Plänen, um Dorn zu bewegen, John auf Bewährung freizulassen. Sie erzählt, daß er schon genügend Punkte für sein High-School-Abschlußzertifikat angesammelt habe, davor stehe, auf das Gemeinde-College zu gehen und eine Arbeitsstelle für die Wochenenden anzunehmen. Seine ganze Familie sei bereit, mit ihm an Beratungen teilzunehmen, um die Konflikte zwischen Eltern und Kind zu lösen. Konflikte ergaben sich aus dem Gegensatz der traditionellen Werte ihres Herkunftslandes und den Ansichten des in Amerika Geborenen.

»Seine Familie wartet sehnsüchtig darauf, daß er nach Hause kommt unter irgendeiner Art von Bewährungsprogramm, so daß er seine Bildung weiterführen kann«, sagt die Verteidigerin Oh. »Eine Intelligenzprüfung hat ergeben, daß er auf der 92-Prozent-Ebene liegt, Euer Ehren. Hier haben wir einen jungen Mann, der sich nicht genug bemüht hatte, und nicht einen Jugendlichen, der dazu gar nicht fähig ist.«

So wie sie drei Monate vorher leidenschaftlich argumentierte, um John unter Jugendstrafrecht zu halten und nicht an die Erwachsenengerichtsbarkeit überstellen zu lassen, so fleht Angela Oh Richter Dorn auch jetzt geradezu an, zum Wohle des Jungen ein mildes Urteil zu fällen. »Dies ist ein Kind, über das sein Vater die Kontrolle verlor, als es fünfzehn geworden war«, argumentiert sie. »Dieser Vater hat mir jetzt gesagt, daß es ihm vorkomme, als ob er einen neuen Sohn habe. Die Haftzeit Johns im Juvenile Hall hat ihre Beziehung erneuert und sie näher zusammengebracht ... Ich bin der Ansicht, daß nicht noch mehr erforderlich ist, um die Ziele dieses Gerichts zu verfolgen.«

Aber obwohl Dorn geneigt ist, so viele Jugendliche wie nur möglich vom Erwachsenengericht fernzuhalten, läßt er sich nicht so leicht überzeugen, wenn es darum geht, seinen Griff auf das Leben eines Kindes zu lockern. Die Regeln des »Trichters« gelten in diesem Gerichtssaal nicht, so daß Dorn der Verteidigerin nur höflich zuhört, dann den Staatsanwalt für eine kurze Gegendarstellung zu Wort kommen läßt und schließlich seine Meinung verkündet. Er hat keinesfalls die Absicht, John nach Hause zu schicken, aber andererseits hat er auch nicht vor, die lange Strafe zu verhängen, mit der er bei der Überstellungsanhörung drohte.

»Es ist absolut wichtig, daß dieser junge Mann der Aufsicht seiner Eltern entzogen wird«, erklärt der Richter, worauf hin John, blaß und in seinem orangefarbenen Trainingsanzug zusammengekauert, sichtbar am Verteidigertisch zusammensackt. »Langzeitiges Bewährungslager ist der Platz für diesen jungen Mann, gefolgt von Bewährung und einer Ausgangssperre ab zehn Uhr abends. Ich befehle ihm auch, mindestens Dreien in der Schule zu schreiben, obwohl ihm das ja keine Schwierigkeiten bereiten sollte.«

»Jetzt, John«, fährt er fort und hält dann ein paar Sekunden lang inne, in der vergeblichen Hoffnung, daß der Junge zu ihm aufsehen wird. Als Johns Kopf gebeugt bleibt, räuspert sich Dorn und spricht weiter: »... werde ich dir eine Möglichkeit geben, früher aus dem Lager herauszukommen: Arbeite hart, versuche, ein Vorbild zu werden, und es wird eine Freude für mich sein, dich vorzeitig zu entlassen, wenn du es verdienst. Andererseits kannst du dir auch fünf Jahre im CYA verdienen, wenn du deine negative Haltung nicht aufgibst. Nun, das wär's. Viel Glück, junger Mann!«

Im Gegensatz zu Geri – im Gegensatz zu den meisten Minderjährigen, die schwerer Verbrechen angeklagt sind – ist John eine auf *ihn* und nicht auf das Verbrechen maßgeschneiderte Strafe erteilt worden. Das ist ja im Prinzip die Vorgehensweise, für die der Jugendgerichtshof geschaffen worden war, die aber selten umgesetzt wird. In diesem Fall geschah es nur, weil John einen entschlossenen Richter hatte, eine wohlhabende Familie, die eine Privatverteidigerin nehmen und kompetente Zeugen auftreiben konnte, und einen Ankläger, der vergaß, sich eine Berufung zu sichern. Wie bei dem Zusammenspiel zu einer seltenen astronomischen Konstellation wiederholen sich solche Faktoren auch nicht oft im Jugendgericht. Aber auch jetzt macht das Ergebnis etliche Leute im Gerichtssaal recht unglücklich. Johns Mutter weint voller Schmerz, weil ihr Sohn nun nicht nach Hause kommt. Der Staatsanwalt zieht unterdessen eine Grimasse über einen weiteren »milden Klaps« für einen bewaffneten Raubüberfall.

Schließlich ist da auch noch Joseph Gutierrez, das Opfer von Johns Überfall, der ganz zum Ende der Anhörung hin den Verhandlungssaal betreten hat. Er war in einen Verkehrsstau geraten und konnte deshalb kaum noch hören, wohin John geschickt wird. Gutierrez kann es nicht fassen.

»Das ist doch wirklich das Tüpfelchen auf dem ›i‹, bemerkt er hinterher kopfschüttelnd. »Vor drei Monaten machte der Richter ein großes Gerede, daß der Umstand, den Burschen unter Jugendrecht zu halten, mehr Haftzeit bedeutet, als er im Erwachsenengericht bekommen würde. Und jetzt komme ich hier rein und muß mitanhören, daß er statt fünf bis zehn Jahre ins Gefängnis in ein Sommerlager geschickt wird. Das ist doch unglaublich!«

Gutierrez läßt sich schwer auf eine Bank im Korridor fallen, erhitzt und atemlos von seiner Hast aus dem Auto zum Verhandlungssaal. Jetzt wünscht er, er wäre gar nicht erst gekommen. Nach seinen Wünschen wurde überhaupt nicht gefragt. Auch der Schaden, den John ihm und seiner Familie angetan hatte, wurde mit keinem Wort erwähnt, und auch nicht die Schußwaffen, die Masken und die rassistische Beschimpfung.

Er sagt, seine drei Töchter hätten immer noch Furcht von dem Vorfall zurückbehalten. Sie hätten Angst, abends auszugehen, überhaupt zur Schule zu gehen – und nun allgemein vor Amerikanern asiatischer Abstammung: »... denn alle von denen könnten doch wie die sein, die Daddy überfielen.«

»Ich geb's auf«, meint er schließlich. »Es steckt eben Geld hinter dem Burschen, er hat gute Anwälte – und so läuft das eben. Dieses System ist doch von Grund auf gestört. Der Richter spielt sich auf, erzählt eine glaubhafte Geschichte, daß er ihn länger als unter Erwachsenenrecht hinter Schloß und Riegel behalten wird, und dann stellt sich heraus, daß das nur ein Vorwand war. Dieser Bursche hat jemandem eine Schußwaffe ans Gesicht gehalten – mein Gesicht –, und er wird nur in ein Lager geschickt, kann sogar früher rauskommen, wenn er sich brav gibt. Auf diese Weise wird er doch nicht für das verantwortlich gemacht, was er getan hat. Dieser Richter ist doch genau dessen schuldig, was er Eltern anlastet – zu lasch zu sein. Deshalb ist doch jeder so enttäuscht über den Jugendgerichtshof.«

Dann steht Gutierrez auf – ein großer, stämmiger Mann mit traurigen, dunklen Augen –, angewidert von dem ganzen Verfahren. Er strebt schon dem Ausgang zu, aber kann dann doch nicht an sich halten, dreht sich wieder um und macht mir dann noch ein Geständnis: Trotz aller Verzögerungen, des Ärgers und des für ihn empörenden Ergebnisses glaube er noch, daß es etwas Hoffnung für das System gibt.

»Nichts ist völlig schwarz oder weiß, denke ich«, meint er. »Die Wahrheit ist: Als ich diese Burschen stellte, sahen sie aus wie vom Donner gerührt, wie ... na, Kinder, nicht wie Schwerverbrecher. Und mit der Zeit bin ich dann doch mitfühlender geworden. Es scheint doch, daß dieser Bursche alles hätte haben können, was er wollte, außer dem, was er am meisten wollte – Liebe und eine Familie, die ihn verstand. Er hatte das Geld und all die Dinge, aber die Liebe entzog sich ihm. Und wenn es wirklich wahr ist, daß ihn die Lehre dieses Falles verändert hat – nun, dann kann dieser Bursche vielleicht doch noch was aus sich machen. Ich hoffe sehr, daß das geschieht. Wenn ja, meine ich, das ist dann okay. Ich kann damit leben.«

Während seiner dreimonatigen Beurteilungszeit in der CYA-Anstalt schrieb George Trevino einige seiner Gedanken nieder, eine Art von freifließendem Prosagedicht, das dann über einen Computer abgetippt wurde, nachdem er wieder ins »Zentrale« gekommen war. Das Ende hört sich so an:

> *Auch wenn das Blut aus meinen Adern abfließt, wird mein Herz noch vor Schmerz schlagen, kalt und zitternd. Meine Arme umklammern meine Brust – Schlaf, Traum, Alptraum, Schrei, Augen aufgerissen. Wer hält dich, wer wischt dir den Schweiß ab und beruhigt flüsternd deine inneren Schreie? Niemand, allein; du mußt allein damit fertig werden, ob nun stark oder schwach. Wer sagt denn, daß man nicht beides sein kann?*
>
> *Das Licht kommt, aber bringt mehr Schatten. Zieh dich zurück, gib nach, gib auf – niemals, kämpfen, runterschlucken, nach Luft ringen und weitermachen.*

Angesichts von Georges blendenden Schulleistungen und vorwiegend gutem Betragen im Zentralen Jugend-Untersuchungsgefängnis und der CYA-Anstalt hätte er eigentlich allen Grund, auf ein mildes Urteil hoffen zu können. Dennoch erwartet er keine Gnade. Diese Hoffnung erlaubt er sich nicht. Er ist schon zu lange im System, um sich noch Hoffnung zu machen – das mißbrauchte, vernachlässigte Kind, seiner Kindheit beraubt, dem Staat anvertraut, der bei ihm versagte, ihn dann fallen ließ und jetzt entschieden hat, daß er jenseits jeder Rettung ist. Sein Verbrechen hat ihn zu einem Erwachsenen gemacht, der bestraft werden muß.

Die Geschworenen haben keine Skrupel, ihn der Teilnahme an einem Eindringen in ein Privathaus mit Überfall schuldig zu sprechen. Sie befinden, daß er sich einem bewaffneten Erwachsenen und zwei Minderjährigen angeschlossen hatte, um die Bewohner dieses Hauses zu berauben – ein Plan, der ins Gegenteil ausartete, als die Opfer den Erwachsenen niederschossen, so daß George und die anderen fliehen mußten. Der einzige Punkt der Anklage, der nicht angenommen wurde, war die Behauptung, daß George bei dem Raub eine Schußwaffe getragen hatte. Einige Zeugen bestätigten dies, andere nicht, und die Geschworenen ließen ihn in diesem Punkt davonkommen, was seine mögliche Strafe immerhin beträchtlich verringert – obwohl niemand ihm das erklärte. Monatelang dachte er immer noch, er würde »lebenslänglich« bekommen.

Auch mit der abgewiesenen Anklage des Tragens einer Schußwaffe steht ihm eine härtere Strafe als den beiden anderen Jugendlichen bevor, die unter 16 waren und unter der Jugendgerichtsbarkeit blieben – selbst eine härtere als dem Erwachsenen, der mit einer Schußwaffe gedroht hatte. Weil dieser mit der Polizei zusammenarbeitete, wurde ihm eine verringerte Strafe von acht Jahren erteilt. Auch ein weiterer Erwachsener, der das Verbrechen geplant, aber nie physisch daran teilgenommen hatte, bekam eine leichtere Strafe, als George sie erwarten kann.

Georges Verteidiger, der Privatrechtsanwalt William O'Donnell, dem Georges Fall zugewiesen wurde, kennt das Gesetz, das es erlauben würde, George ins Jugendsystem zurückzubringen und in eine CYA-Anstalt einweisen zu lassen, anstatt ihn ins Staatsgefängnis zu schicken. Er bittet den Richter, das in Erwägung zu ziehen, aber bietet wenig mehr als ein Argument dafür an. Mehrere Berater des Juvenile Hall, Georges Lehrer, mehrere freiwillige Sozialhelfer und Schwester Janet wären gern ins Gericht gekommen, um für George auszusagen, über seine Leistungen während des letzten Jahres im Juvenile Hall zu berichten – seinen High-School-Abschluß, seine Gedichte, seine Arbeit als Mentor und Beratungshelfer für einige jüngere Insassen –, aber der Verteidiger hat sich nie mit ihnen in Verbindung gesetzt. Da ist niemand, der dem Gericht erzählt, daß er zum Schüler des Jahres im Juvenile Hall ernannt worden ist oder daß er sich in der Endrunde eines Essay-Wettbewerbs der *Los Angeles Times* befindet. Praktisch alle Leute, die mit George im »Zentralen« zu tun hatten, glauben, es wäre vorteilhaft für seine Entwicklung, weiter als Jugendlicher behandelt und nicht ins Staatsgefängnis geschickt zu werden. Aber der Verteidiger sprach nie mit ihnen. Sie hatten noch nicht einmal davon erfahren, daß Georges Strafzumessung bevorstand, bis sie schon ausgesprochen war.

Dem Richter wird auch nichts über Georges tragische Vergangenheit berichtet: daß das Verwahrungsgericht seit seinem sechsten Lebensjahr für ihn verantwortlich gewesen war, aber kläglich versagte, als es ihn von einem Gruppenheim, wo er gut gedieh, wegnahm und seine Erziehung Privatleuten anvertraute, die Rauschgift nahmen. Daß seine Probleme in bezug auf schulische Leistungen und Straftaten an jenem Punkt in seinem Leben stark anstiegen, ist unbestreitbar – aber dies wurde Georges Richter nie zur Kenntnis gebracht.

»George war der Star unter den Kids, die hier durchkamen«, erinnert sich Logan Westbrook, der Leiter des Gruppenheims »Helfende Hände«, wo George zwei Jahre lang gelebt hatte, bevor man ihn zu seiner Tante geschickt hatte. »Er glänzte in der Schule, er war ein Ratgeber für die jüngeren Kinder. Wir erhoben Einspruch, als er hier herausgeholt wurde, aber das Verwahrungsgericht hatte andere Vorstellungen.«

Westbrook hätte gern zugunsten von George ausgesagt. »Aber niemand hat sich mit mir in Verbindung gesetzt.«

In der Tat steht in dem Bewährungsbericht, der für den Fall erstellt wurde, nichts von Georges Kindheitserfahrungen als eine Übersicht über die minderen Jugendstraftaten, die er vor dem betreffenden Überfall begangen hatte. Der Bericht – der dem Richter doch bei der Strafbemessung helfen sollte – schildert George als einen Soziopathen jenseits jeder Besserungsmöglichkeit. Darin wird auch unter anderem fälschlich angegeben, daß George vom Alter von fünf Jahren an bei einer Straßenbande aufwuchs, wohingegen er doch von der Gemeinde Los Angeles als abhängiges Mündel aufgezogen worden war. Nichts davon ist in dem Bewährungsbericht enthalten. Auch nichts über das positivere letzte Jahr im Central Juvenile Hall vor seiner Verhandlung und Verurteilung. Statt dessen erklärt der Bewährungshelfer banal und gefühllos: »Es gibt keine mildernden Umstände«, und empfiehlt dann die nach dem Gesetz zulässige Höchststrafe zur Verbüßung im Staatsgefängnis.

Der CYA-Bericht über Georges dreimonatige Beurteilung ist um einiges positiver, obwohl der einzige Hinweis auf seine Kindheitsgeschichte darin besteht, daß er aus einer gestörten Familie gekommen sei und seit dem Alter von fünf als Pflegekind untergebracht worden war. Immerhin geben zwei der drei Beurteiler an, George würde sich gut entwickeln, wenn er in einer CYA-Einrichtung untergebracht würde. Dort seien Chancen, daß er gebessert würde, und von den dort durchgeführten Programmen profitieren könnte. Sie schrieben auch, daß im Staatsgefängnis mit seinen fortgeschritteneren Verbrechern keine Hoffnung für George bestünde. Der von dieser Meinung abweichende Beurteilende des CYA-Teams, ein Psychiater, der für seine konservativen Ansichten über Jugendstraftaten bekannt ist, glaubte allerdings, daß George ein schon sehr verhärteter und fortgeschrittener Verbrecher sei, voller Wut und Gewalt wegen seiner tragischen Kindheit, und deshalb für ihn kaum Aussichten auf Besserung bestünden.

In jedem Fall war das dem Richter P. H. Hickok bei der

Strafzumessung in der Zweigstelle Norwalk des kalifornischen Obergerichts vorgetragene Bild von George sowohl ungenau als auch unvollständig. Georges Verteidiger wird später sagen, daß das alles keine Rolle spielte, daß der Staatsanwalt Blut sehen wollte und daß keine rührende Geschichte über Georges Vergangenheit und seine guten Leistungen im Juvenile Hall einen Richter veranlassen würden, mild mit einem Burschen zu verfahren, der an einem gewaltsamen Eindringen in ein Privathaus zur Durchführung eines Raubüberfalls teilgenommen hatte.

»Niemand will davon noch etwas hören«, sagt O'Donnell. »Es ist eine Schande, aber es ist eben so.«

Nach dem Urteilsspruch der Geschworenen konnte George höchstens zehn Jahre bekommen – statt der vorher möglichen fünfundzwanzig Jahre bis lebenslänglich. Das Gesetz ließ auch als Mindeststrafe fünf Jahre zu, aber Richter Hickok erteilte ihm zehn, wie es in dem irrtümlichen Bewährungsbericht empfohlen worden war. Der Richter unterstellte ihn auch nicht den Erziehungsanstalten des Staates Kalifornien, dem CYA, sondern ordnete wie bei George seine Unterbringung dort zur Verbüßung seiner Haftstrafe an. Wenn er sich gut betrage, könnte er die ganze Strafe dort statt im Staatsgefängnis verbüßen, aber er gab keine Gewähr dafür.

Danach sitzt George im Bewegungshof des »Zentralen« und denkt über seinen Fall und seine Kindheit nach. Viel von seinem frühen Leben ist immer noch für ihn wie im Nebel, aber seit seiner Gerichtsverhandlung sind ihm immer wieder Bilder aus seiner Kindheit gekommen, plötzlich und willkürlich auftretende Erinnerungen. Er wachte einmal auf seiner Pritsche im Juvenile Hall auf, mit noch geschlossenen Augen, und konnte sich im Alter von zwölf sehen, wie er einen Stricksweater mit Fliege trug – ein kleiner Junge, der in den Spiegel schaute und sich vergewisserte, daß die kleine Aufsteck-Krawattenfliege auch richtig für die Schule saß. Diese Erinnerung blieb den ganzen Tag vor seinem geistigen Auge, während er durch die Routinevorgänge des Lebens im »Zentralen« ging. Er fragte sich, ob dieses Bild eine wirkliche Erinnerung war oder nur etwas, das seinem Wunsch nach einer Kindheit entsprungen war, die er nie kennengelernt hatte. Als er mir davon erzählt, erkläre ich ihm, daß diese Erinnerung der Wahrheit entspricht, daß der Leiter eines Gruppenheims, in dem er einst lebte, mir von den Sweatern und Fliegen erzählt hat.

George sieht erfreut und erleichtert darüber aus. »Ich dachte mir schon, daß das wahr ist«, sagt er, »aber es ist doch so schwer, sicher zu sein. Da ist so viel Schmerz in mir von der Zeit her. Ich möchte eigentlich nicht mehr viel darüber nachdenken. Die Erinnerung tut mir weh.«

Obwohl er sich offenbar mit seiner Strafe abgefunden hat, bleibt doch Bitterkeit in George wegen seiner Erfahrungen mit dem Jugendgericht. Er fühlt sich »reingelegt« durch die vorherigen wiederholten Entscheidungen, ihn auf Bewährung wieder freizulassen, nachdem er kleine Straftaten begangen hatte. Dies habe ihn veranlaßt zu glauben, daß er auch weiterhin mit keinen Folgen zu rechnen hätte.

»So programmiert einen das System. Sie lassen dich gehen und wissen, daß dich das geradezu ermutigt, damit sie dich später bei etwas Ernsterem so richtig kriegen können. Da wird man doch regelrecht reingelegt. Natürlich liegt auch die Schuld bei mir, weil ich mitgemacht habe. Ich hätte die Dinge ja einfach nicht zu tun brauchen, ich weiß das.« Er nimmt einen Ausdruck der Konzentration an und versucht, seine Gedanken auszurichten. Als er festgenommen wurde, war er sechzehn. Nun wird er bald achtzehn sein. Er kann sich nicht vorstellen, die nächsten sechs Jahre (bis zum frühestmöglichen Freilassungstermin) auf seine Freiheit warten zu müssen.

»Ich mußte ja diese Dinge nicht tun«, wiederholt er, »aber das System hätte es auch nicht so verdammt einfach machen dürfen.«

Kurz nach der Strafverkündung erfährt George, daß er den Essay-Wettbewerb der *Los Angeles Times* sowohl in der High-School- als auch in der Gesamtkategorie gewonnen hat. Dieser Wettbewerb fand nicht ausschließlich für in Haft befindliche Jugendliche, sondern für alle High-School-Schüler in Los Angeles statt. In seinem Essay schrieb er:

> *Die Welt ist blind, sie vernachlässigt ihr Land. Die menschliche Rasse hat sich gegen sich selbst gewandt. Die Zerstörung ist laut, aber die Welt ist taub! Eine Änderungsmöglichkeit wäre zu finden, wenn man sie wirklich sucht. Wir müssen miteinander reden, unsere Jugend leiten, denn was wir heute tun, zeigt den Weg für unsere Kinder.*

Ein paar Wochen später wird George Trevino aus dem Central Juvenile Hall verlegt – ein weiterer Straftäter, der eine Haftstrafe zu verbüßen hat, ein Junge ohne Familie, ohne Besucher, ohne Wurzeln, mit denen er sich anklammern kann, ohne jemanden, ihn zu führen oder ihm den Weg zu zeigen. Seine inoffizielle Pflegemutter – die Frau, die ihn zu sich nahm, als er auf den Straßen lebte – versuchte, ihn zu besuchen, aber er bat sie wegzubleiben. Er sagte, er wolle nicht, daß jemand, der ihm etwas bedeutet, ihn besucht oder ihm schreibt, jedenfalls nicht für eine Weile, nicht, bis die Zeit schon viel von seiner Strafe weggenagt hat und er sich vorstellen kann, in absehbarer Zeit wieder draußen, in der Freiheit, zu sein.

»Leute zu sehen, die ich gern habe, macht es mir nur noch schwerer, die Zeit abzusitzen«, erklärt er. »Das erinnert mich doch nur daran, wie sehr ich wünsche, frei und bei ihnen zu sein.«

Er wendet sich ab, schaut über das Geländer des »Zentralen«, wo die anderen Kids Softball spielen und sich für zuschauende Mädchen in Szene setzen. Sein schmales Gesicht spannt sich, die sehnsüchtige Traurigkeit, die darauf gelegen hatte, verschwindet, und es ist leicht ersichtlich, wie jemand, der ihn nicht richtig kennt, dort eine Härte erblicken kann, eine Abgestumpftheit, wo es doch in Wirklichkeit nur Gefühlsschwielen sind, Schichten, die sich im Laufe der Jahre gebildet haben, ein Schild gegen mehr Verletzungen des Gemüts.

»Es ist doch leichter, allein zu sein«, sagt er ruhig. »Ich bin daran gewöhnt.«

Kapitel 17

Draußen

In der gleichen Woche, in der George Trevino erfährt, daß er den Essay-Wettbewerb gewonnen hat, während er auf den Beginn seiner Haftstrafe wartet, kommt die US-Justizministerin Janet Reno nach Los Angeles – eine Person von Macht, Position und aus einer Welt, die so weit von der von George entfernt ist, daß er keine Vorstellung davon oder von ihr hat. Dennoch, als einzige der bundesweit wichtigen Personen hat sie es zu ihrem Anliegen gemacht, die Art und Weise zu ändern, in der das Land Jugendliche wie George – und Geri und Carla und die anderen Minderjährigen des Jugendgerichtshofs – betrachtet und behandelt.

»Wenn wir nicht endlich schlau werden«, erklärt sie in der ihr eigenen Art – halb Hammerschlag-Grobheit, halb Leidenschaft mit einem Schuß Sarkasmus –, »werden wir bald nicht mehr genug Geld haben, um all die Gefängniszellen zu bauen, die wir brauchen.«

Sie ist eine große, beeindruckende Gestalt, gleichzeitig ungeschlacht und respekteinflößend. Sie ist mit dem Oberbürgermeister von Los Angeles zusammengetroffen und schlürft jetzt einen Kaffee, um danach einen Universitätstalar mit Mütze anzulegen für eine Ansprache vor den Graduierungsstudenten der Universität von Los Angeles. Ihre Sicherheitsleute bewachen die Tür, während sie über ihr Hauptanliegen als Justizministerin spricht – das Jugendstrafsystem.

In den eineinhalb Jahren, die Georges' Fall brauchte, um sich zu seinem traurigen Ende abzuwickeln, hat Frau Reno in Rede um Rede betont, daß die Hälfte der erlernbaren Reaktionen eines Menschen im ersten Lebensjahr aufgenommen werden, und daß die ganze Konzeption von Belohnung und Strafe bis zum Alter von drei Jahren erlernt – oder nicht erlernt – wird. »Welchen Zweck hat es also, Kinder später im Leben zu strafen, wenn sie diese Strafe nicht mit ihrem Verhalten in

Beziehung bringen können«, fragt sie, »wenn der Mangel an sorgenden, lenkenden Erwachsenen in ihren ersten Lebensjahren sie in bezug auf Moral, Gewissen und Mitgefühl in völliger Leere gelassen hat? Wir müssen das System umformen, damit der Vorgang, Kindern zu helfen, kriminelles Verhalten zu vermeiden, schon viel früher als jetzt einsetzt«, sagt sie weiter. Und das muß überall geschehen – in den Säuglingsstationen der Krankenhäuser, in Kindertagesstätten, in Schulklassen und Schulleiterbüros, bei Polizisten auf Streife, bei Jugendrichtern wie Roosevelt Dorn, die bereit sind, Kinder in den Richterkammern zu beraten, bevor sie zu Verbrechern werden, mit einem Heer von Freiwilligen, die bereit sind, in die Jugendgefängnisse, Erziehungsanstalten und Bewährungslager zu gehen, um sich gestörter junger Menschen individuell anzunehmen, um zum positiven Erwachsenen in ihrem Leben zu werden, der ihnen Hoffnung und Zuwendung gibt, ein Gefühl, daß jemand, irgendwo, etwas Wertvolles in ihnen sieht. »Es ist nicht leicht, sich Minderjährigen zuzuwenden, die Verbrechen begangen haben«, erklärt sie, »aber wir müssen uns ein Herz fassen und auf unsere Kinder setzen.«

»Es ist ja nicht so, daß diejenigen, die ein härteres Vorgehen fordern, nun völlig im Unrecht sind. Ja«, sagt die Reno, »die wirklich antisozialen Minderjährigen – es sind vielleicht zehn Prozent der gewalttätigen Kids mit schweren Straftaten, welche man als schwarze Schafe betrachten muß, die nicht resozialisiert werden können – müssen eingesperrt und mit Härte behandelt werden. (Die gegenwärtige Praxis der Überstellung an die Erwachsenengerichtsbarkeit, die nur auf Altersgrenzen nach Kalender basiert und einer starren Liste von Verbrechen, bewirkt dies noch nicht einmal, denn es wird immer das Kindermonstrum geben, das wegen einer kurzen Zeitspanne bis zum maßgeblichen Geburtstag noch unter die Strafermäßigung fällt.) Alle minderjährigen Straftäter, auch die geringen, müssen unmißverständliche, wirkliche und schnelle Konsequenzen ihrer Taten tragen – etwas, das das System gegenwärtig nicht angemessen bewerkstelligt.« Aber in neun von zehn Fällen, die nicht Soziopathen betreffen, kann sich Mrs. Reno ein ganzes Spektrum von Wegen zum Helfen und Heilen von Kindern und

Familien vorstellen, bevor sie im Jugendgericht landen. Dies erfordere eine neue Denkweise über das Jugendstrafsystem, eine Konzeption von der Wiege bis zur Bahre. »Zu warten, bis ein Kind seine fünfte Straftat begeht, schreckt es doch nicht ab. Das ist doch so falsch und dumm und zeigt nur deutlich den Mangel an Zuwendung der Nation zu ihren Kindern auf«, meint die Justizministerin.

»Zu oft hat Amerika in den letzten dreißig Jahren seine Kinder vergessen und vernachlässigt. Einundzwanzig Prozent der Kinder in Amerika leben in Armut, ein viel größerer Anteil als in jeder anderen Altersgruppe. Das soll doch unsere Zukunft, die arbeitende Bevölkerung in zwanzig Jahren sein. Das sind aber die Leute, die dann im Gefängnis sitzen werden, wenn wir nichts dagegen tun.«

Vor Janet Reno ist das Jugendstrafsystem – und Kinder im allgemeinen – nie wirklich eine nationale Priorität gewesen. Das vorhandene Geld wurde immer anderswo ausgegeben – für Krieg, Drogenbandenbekämpfung, Weltraumwettbewerbe, Sozialversicherungen und Krankenversicherungen für die Alten. Es gibt zwar gelegentlich die auserlesene Kommission oder den Kongreßausschuß, die händeringend Erklärungen über das gräßliche Problem von Jugendgewalt und -verbrechen produzieren, aber die grundlegende Nutzlosigkeit des vorherrschenden Musters im System – auf die schlimmsten minderjährigen Straftäter statt auf die ersten zu reagieren – grassiert ungehindert weiter. Rar sind die nationalen Persönlichkeiten, die sich die Mühe machen, Kinder zu ihrem Hauptanliegen zu erklären. Janet Reno ist wegen ihrer Anstrengungen in dieser Hinsicht von Konservativen im Kongreß angegriffen worden. Diese spotten, sie sei mehr Sozialarbeiterin als Justizministerin. Und obwohl sie einige Hoffnungsfunken im Lande verstreut sieht – eine Handvoll von vielversprechenden Programmen und eine dämmernde Erkenntnis, daß die Vorbeugung bei Jugendkriminalität allemal besser ist als das Einsperren von minderjährigen Straftätern –, besteht noch eine vorherrschende Neigung, das separate Jugendstrafsystem der Nation zu reduzieren oder ganz abzuschaffen, damit mehr Minderjährige wie Erwachsene behandelt und eingesperrt werden können. Ihre Forderungen nach einer Reform anderer Art haben noch keine wesentlichen Änderungen hervorgebracht.

»Alle einzusperren, ist nicht die Lösung«, seufzt sie und starrt in ihre Tasse, in der der Kaffee so kalt wie der »Kasten« im Juvenile Hall geworden ist. »Das sind doch nur die Symptome des Problems und der Beweis, daß wir etwas Falsches machen.«

Ein paar Tage später sagte Juan Macias – Scrappy – der Schreibklasse Lebewohl. Er wurde im Erwachsenengericht dafür verurteilt, daß er an dem Mord des Musterschülers Alfred Clark teilgenommen hatte, der wegen eines CD-Players in einem McDonald's-Restaurant erschossen worden war. Scrappy beharrt immer noch darauf, daß er keine Ahnung von der Absicht seines Freundes gehabt hatte, Alfred zu töten, aber wenige außer Schwester Janet glauben ihm. »Hast du 'ne Feuerspritze, Scrappy?« hatte sein Kumpel gefragt. Sie hatten schon vorher Bagatellstraftaten zusammen verübt und waren durch Bewährung sowie Bewährungslager gegangen. Er sei eben ein bißchen verrückt, der Freund, meinte Scrappy, aber er habe zu ihm dennoch »Sicher« gesagt, worauf sein Freund ihn gefragt habe: »Kann ich die haben?« Wieder sei die Antwort gewesen: »Sicher.« Dann seien sie essen gegangen. Sein Freund habe dann einen Wortwechsel mit dem Burschen in der Warteschlange gehabt und zu Scrappy gesagt: »Warte hier im Wagen, Mann. Ich werde gleich zurück sein.« Das Schußgeräusch habe Scrappy die Kehle zugeschnürt – er habe sofort vermutet, was sein Freund getan hatte. Wenige Augenblicke später sei sein Freund um die Ecke gebogen und mit schwingenden Ellbogen und Knien auf den Kleinlaster zugerast, einen wilden Ausdruck auf dem Gesicht, der Scrappys schlimmste Erwartungen bestätigte. »Ich hab's gemacht!« habe sein Freund ausgerufen. »Den hab' ich umgelegt!« Scrappy sei dann schnell weggefahren und habe die Pistole für seinen Freund versteckt. Als er sie in einen alten Werkzeugkasten geschoben und diesen versteckt hatte, habe er immer wieder zu sich selbst gesagt: »Blöd, blöd, blöd!« Aber was konnte er denn tun? Seinen Freund verraten? Eine Woche später war er im »Zentralen«. Zwei Jahre später wurde er von Geschworenen für schuldig befunden und zu sechsundzwanzig Jahren bis lebenslänglich im Gefängnis verurteilt.

In der Schreibklasse dachte sich Scrappy immer sanfte, amüsante Geschichten über einen schüchternen Jungen namens George aus, der dicke Mädchen mag, weil die ihn nicht so leicht fallenlassen. Er schrieb sehnsuchtsvoll davon, einfach mit solch einem Mädchen in einem Motelzimmer zu liegen und alte Filme im Fernsehen anzuschauen – in einem netten, sicheren, sauberen Zimmer, in dem keiner auf ihn schießen würde. Er verbrachte zwei Jahre im »Zentralen« in der Erwartung seiner Gerichtsverhandlung. In dieser Zeit verdiente er sich sein High-School-Zertifikat und wurde ein Mustergefangener, der sich freiwillig zur Beratung und Lenkung von jüngeren Kindern meldete. Er hörte aber den Staatsanwalt im Gericht über ihn solche Worte wie »abscheulich«, »heimtückisch«, und »bösartig«, benutzen. Er sah den Haß in den Augen von Alfred Clarks Familie. »Bin ich das denn wirklich, über den sie da sprechen?« fragte er sich.

»Vielleicht«, erzählt er mir später, »ist das die Vergeltung für all die schlimmen Dinge, die ich getan habe, ohne erwischt zu werden. Stockend berichtet er, wie er vor Jahren einmal gesehen hatte, wie ein Mitglied seiner Bande eine Party betrunken und wütend verließ und dabei schwor, er werde ein Mädchen töten, das ihn sehr geärgert hatte. Scrappy habe nichts getan, um ihn aufzuhalten. Am nächsten Tag sei das Mädchen zu Tode geprügelt auf dem Gehsteig gefunden worden – vierzehn Jahre alt, für nichts getötet. Scrappy sitzt zusammengekrümmt auf seinem Stuhl im »Zentralen« bei dieser Erinnerung und gesteht, daß das Schuldbewußtsein darüber jahrelang an ihm genagt habe (obwohl es ihm nie eingefallen wäre, seinen Freund der Polizei zu melden, denn in Scrappys Welt wäre das unehrenhaft.)

»Vielleicht straft mich Gott nun, weil ich nichts dagegen unternahm«, murmelt er. »Vielleicht zahle ich nun dafür mit einer Sache, die ich gar nicht begangen habe. Ich stelle mir vor, daß ich vielleicht alles, was jetzt geschieht, verdient habe, wissen Sie?«

Hier im Spezialbehandlungsblock, der letzten Station für

Kids, die zu einer Erwachsenenstrafe verurteilt worden sind, sitzt er nun und lächelt, ruhig und überraschend ungezwungen in Anbetracht der langen Haftstrafe, die sich vor ihm wie eine leere Autostraße durch die Wüste erstreckt. Er sagt, er wolle versuchen, jedes Programm und jede Leistung, die er aus dem System herausquetschen kann, auszunutzen, um sich zu bessern und sich eine frühestmögliche Freilassung zu verdienen. »Wenn ich mich nämlich aufgebe, wäre es doch besser, wenn ich schon jetzt sterben würde«, sagt er. »Aber ich möchte nicht tot sein.«

Dann gibt er mir die Kopie eines Essays, das er gerade verfaßt hat – eines, in dem er zu erklären versucht, wie er darüber denkt, hier gelandet zu sein. Es trägt die Überschrift »Bedauern«:

> Ich stehe am Fenster und schaue auf die Mauern, die mich von der Welt trennen. Ich sehe einen alten, obdachlosen Mann über die Brücke schlurfen. Er geht mit gesenktem Kopf, als ob er Schmerzen hätte, Schmerzen, die ihn nicht loslassen – so ähnlich wie die Schmerzen, die eine Mutter empfindet, die den Verlust ihres Kindes nicht verkraften kann.
>
> Im Abendlicht kann ich gerade erkennen, daß er die Hände in den Hosentaschen hat. Ich frage mich, was er wohl so denkt. Das Wort »Bedauern« kommt mir in den Sinn. Ob er wohl jetzt für eine böse Tat in seinem Leben zahlt? Ob er bedauert? Oder läßt ihn der Schmerz bedauern? Hat er es satt, weiterhin seine Probleme zu tragen und die Schmerzen, die das bringt? Hofft er vielleicht, wegtreiben zu können – zu einem Ort, wo er Frieden finden wird? Ich spüre in ihm die Einsamkeit, die auch ich fühle, obwohl er sich in einer Welt befindet, die noch ihre Freiheiten hat.
>
> Ich sehe den alten Mann weggehen. Ich stehe dort und versuche, die Tränen zu unterdrücken, die sich in meine Augen drängen. Aber das Gefühl ist so stark, daß sie doch herausströmen wie die Trä-

nen, die ein Vater bei der Beerdigung seines Sohnes verdrängen will, obwohl er so gerne weinen möchte.
Ich schließe meine Augen und sehe nur eine Rückblende der Zeit, die verursacht hat, daß ich durch diesen ungewollten Schmerz gehe. Ich verfalle in einen Traum, der mein Herz so langsam verbrennt, als ob jemand von einer Erinnerung gequält wird und Schmerzen bei der Vorstellung von bösen Taten der Vergangenheit empfindet. Ich sehe den jungen Mann, der von seiner Mutter wegging, und die wundervollen Träume, die er wahr machen wollte. Die Hoffnungen und Träume der Mutter für ihr Kind werden niemals Wirklichkeit werden. Es ist eine Mutter, die sich nie wünschte, Schmerzen über den Verlust eines Kindes fühlen zu müssen. Der Schmerz der Mutter geht in Blitzen durch meinen Körper wie ein Licht, das man an- und ausknipst.

In diesem Mitfühlen der Schmerzen werden die Worte »Ich bedaure«, aus mir herausgepreßt. Ist es aber leicht, nur die Worte »Ich bedaure« zu sagen und keinen körperlichen, gefühlsmäßigen oder geistigen Schmerz zu empfinden? Hat jemand wirklich bedauert, nachdem er diese Worte gesagt hat? Berühren diese Worte den tiefsten Kern eines Herzens, um wirklich etwas zu bedeuten? Oder hat derjenige nur die Worte gesagt, weil die Schmerzen nicht aufzuhören scheinen? Wird nur dadurch, daß jemand einem anderen weh tut, bewirkt, daß Schmerzen und Einsamkeit immer in Kreisen umgehen? Haben die Mutter und der einsame alte Mann vielleicht im Leben etwas getan, daß sie die Schmerzen und die Einsamkeit, die sie nun fühlen, verdient haben?

Als ich die Augen öffne, spüre ich, daß das Leben seine eigene Art hat, jeden etwas zu lehren. Wenn Leben eine Lernerfahrung ist, warum muß man dann ein Kind verlieren oder seine Freiheit und warum fühlen, daß es hoffnungslos ist, zu lernen? Jetzt frage ich mich: Wenn Menschen nach einer schlechten Tat keinen Schmerz fühlen, würden sie dann bedauern?

In Inglewood, im Gebäude der Zweigstelle Thurgood Marshall des Jugendgerichtshofs von Los Angeles beginnt wieder ein normaler Tag. Peggy Beckstrand klagt fünf Minderjährige wegen Waffentragens an. Alle wurden in der gleichen Woche mit Schußwaffen auf dem Hof einer Junior-High-School mit Pistolen ertappt.

Sie empfindet sich auch hilflos einem Burschen gegenüber, der auf der Straße als »Sniper«*, bekannt ist, ein Mitglied einer äußerst gewalttätigen Straßenbande, die sich »Asiatischer Mördermob« nennt. Obwohl er verdächtigt wird, mit gestohlenen automatischen Schußwaffen zu handeln und mindestens einen Mord sowie einen Mordversuch verübt zu haben, kann ihm Peggy nichts anderes beweisen als den verbotenen Besitz von zwei verborgen getragenen halbautomatischen Pistolen**. In Kalifornien bleibt das nur eine Gesetzesübertretung, auch bei Jugendlichen, und das Höchste, was sie deshalb mit Sniper anfangen kann, besteht darin, ihn für sechs Monate in ein Bewährungslager zu schicken, vorausgesetzt, daß sie überhaupt erreicht, ihn auf diese mindere Anklage hin verurteilen zu lassen. Sniper sieht das als recht lustig an. »Warum geben die sich überhaupt mit dem kleinen Scheiß ab?« fragt er nach der Anklageerhebung und schaut sich mit belustigten Blicken in der recht schäbig wirkenden Zweigstelle Thurgood Marshall um. »Als ob mir das was ausmachen würde, was hier gespielt wird!«

Die öffentlichen Pflichtverteidiger sind wieder über

* Anm. d. Übers.: Heckenschütze

** Anm. d. Übers.: In den verschiedenen Gesetzen innerhalb der USA ist unter bestimmten Umständen nur das Tragen *verborgener* Waffen verboten

Richter Dorn aufgebracht – diesmal, weil er pro Tag, den ein unter Bewährung Stehender nicht in der Schule erscheint, eine Strafe von einem Tag Einsitzen im Juvenile Hall erteilt. Für einige beharrlich schulschwänzende Minderjährige kann da ein Monat oder mehr an Haftstrafe zusammenkommen. Die Pflichtverteidiger aber glauben, daß das Gesetz solche Haftzeiten auf eine Höchstdauer von fünf Tagen begrenzt. Sie haben wieder angefangen, Dorn mit den »Papieren« einzudecken, aber nur auf sehr selektiver Basis – bei minderen Fällen, in denen von den meisten anderen Gerichten informelle Bewährung erteilt würde, und bei Dorns geschätzten Statusverletzungsfällen. Dies ist eine Taktik, die ihm wirklich unter die Haut geht.

Zur gleichen Zeit wird nebenan Commissioner Polinsky ersucht, einem Fünfzehnjährigen Angst zu machen, dessen einst gute Schulnoten und Leistungen in Ballsportarten rapide abgefallen sind. Statt dessen schwänzt er manche Kurse und verbringt viele Stunden vor dem Fernseher. Er ist ein ansehnlicher Junge mit lockigem Haar, in bauschigen »Chinos« und großen schwarzen »Nikes«. Sein Gesicht hat einen gelangweilten Ausdruck angenommen, als Polinsky ihn zwingt, sich einen Vormittag lang die Gerichtsvorgänge anzusehen. Kurz vor der Mittagspause ruft der Gerichtsbeauftragte den Jungen dann auf, zu einer Strafpredigt in die »Richterkammern« zu kommen. Dort warnt ihn Polinsky, daß der nächste Schritt Richter Dorns Statusverletzerprogramm sein könnte, wenn er sich nicht zusammennimmt. »Wir wollen doch mal sehen, ob du dann immer noch so gelangweilt aus der Wäsche schauen wirst!«

Während der Junge in den Kammern verschwunden ist, sitzt sein Vater auf einem Zuschauerstuhl und schaut unbehaglich drein, hofft aber, daß diese Schau von Strenge (die in diesem Stadium eigentlich recht zahnlos ist) helfen wird. »Er sagt mir, daß das System ihm wegen Schuleschwänzens nichts anhaben kann«, berichtet der Vater. »Ich hoffe nur, daß er jetzt eines Besseren belehrt wird.«

Eine Stunde später geht er mit seinem Sohn hinaus, der alles andere als beeindruckt aussieht. Aber Papa muß zur Arbeit zurück – als Richter in einer anderen Zweigstelle des Jugendgerichtshofs.

Inzwischen ist es unten in Richter Scarletts Verhandlungssaal Zeit für das letzte Kapitel im Mordfall der »31 Aromen«. Ronald Duncan muß zu seiner endgültigen Verfügung erscheinen, eine Anhörung die so kurz und bündig sein könnte wie die von George Trevino – in ihrer eigenen Art. Aber war das System darauf programmiert, George für einen Einbruch niederzuschmettern, so sehr er auch Milde verdient haben mochte, so ist das System ebenso willkürlich programmiert, bei Ronald Duncan für die schrecklichen Schrotschußmorde an seinen Arbeitgebern Milde walten zu lassen.

Scarlett verzieht keine Miene, als Duncans Name von seinem Gerichtsdiener aufgerufen wird. Zuviel Zeit ist vergangen, und zu viele andere Fälle sind in den drei Monaten seit Ronalds Hauptverhandlung für ihn an seiner Richterschranke vorbeigezogen, um sich noch an diesen Fall oder den Burschen erinnern zu können. Er schaut hinüber zu Staatsanwalt Hyman Sisman, der von Dorns Domäne zu diesem ruhigeren Gerichtssaal versetzt worden ist, und fragt, welcher Strafbereich in diesem Fall in Frage kommt. An seiner Stelle antwortet Peggy Beckstrand, die neben ihm sitzt: »Zweimal fünfundzwanzig Jahre bis lebenslänglich plus zehn Jahre für Benutzung einer Schußwaffe.«

Scarlett ist einen Augenblick überrascht, weil er nicht erwartet hatte, die Antwort von der Aufsichtführenden Staatsanwältin zu erhalten, und entgegnet dann: »Oh, richtig, Sie hatten ja in diesem Fall die Anklage vertreten.« Dann räuspert er sich und sagt: »Das Gericht ruft den Fall Ronald Duncan auf.« In der Zuschauergalerie flüstert Ronalds Mutter: »Jesus!« und schließt die Augen. Der Gerichtsdiener bringt Ronald in seinem orangefarbenen Trainingsanzug herein. Er grinst wie immer und winkt seinen Angehörigen zu, die sich verbohrt an ihren Glauben klammern, ihr Junge sei schuldlos – oder wenigstens an etwas, das nahe an Schuldlosigkeit liegt.

In Vorbereitung dieser Anhörung sprach Ronald mit einem Bewährungshelfer über die Tat und seine eigene Vorgeschichte, da es für ihn nun keinen juristischen Grund mehr gab, sein Recht zu schweigen weiterhin auszuüben. Auf das Drängen seines Verteidigers sprach er auch mit einem vom Gericht ernannten Psychiater. Sowohl der Bewährungshelfer als auch der Psychiater schrieben grimmig negative Berichte über Ronald.

In beiden Gesprächen gab Ronald zu, daß er bei seinen Aussagen vor Gericht gelogen hatte und daß auch seine vorherigen Angaben über die Morde alle falsch gewesen waren. Er behauptete zwar immer noch, daß er nicht den Abzug der Schrotflinte gezogen habe, die die Köpfe von Chuck und Ada Rusitanonta zerfetzte, aber jetzt gestand er endlich, daß er an einem Plan teilgenommen hatte, sie mit vorgehaltener Schußwaffe zu berauben. In dieser neuesten Version berichtete Ronald, daß er und Jason Gueringer den Raub an den Eisdielenbesitzern geplant hätten. Gueringer war der Polizistenpatensohn, der Straffreiheit erhielt und zu Peggys Hauptzeugen wurde. Aber Jason sei zu spät gekommen, erzählte Ronald seinen Befragern. Frustriert seien er und Jason dem Auto der Eisdielenbesitzer gefolgt und hätten dann versucht, sie bei einem Halt an der Verkehrsampel zu berauben. Als die Insassen sich wehrten, habe Jason sie erschossen. Er sagte, er und Jason hätten das Geld später aufteilen wollen, aber alles sei dann zusammengebrochen, nachdem die Polizei den Hinweis auf Jason und seinen blutigen Wagen erhalten hatte.

Durch diese Geschichte gab Ronald nicht nur zu, einen Meineid geleistet zu haben – er hatte ja in seiner Aussage bei der Hauptverhandlung geleugnet, das Verbrechen geplant zu haben –, sondern er gab auch den Mord zu, ob er sich nun dessen bewußt war oder nicht. Auch wenn man alle Beweise, die auf Ronald als den Schützen hinwiesen, nicht beachten und seine neueste Geschichte als die reine Wahrheit ansehen würde, wäre er immer noch des Mordes schuldig, da er ja an einem bewaffneten Raubüberfall teilgenommen hatte, der mit dem Tod von zwei Menschen endete. Der Mordparagraph macht ihn genauso schuldig. Wer den Abzug wirklich betätigte, ist unwesentlich.

Ronald erwähnte nicht mehr, daß er von der Polizei zu seinem Geständnis mit Versprechungen überredet, gedrängt, durch Drohungen erpreßt oder sonstwie gezwungen worden war. Es war, als ob das nie stattgefunden hätte.

Als der Bewährungshelfer Ronald dann fragte, ob er denn nicht glaube, daß es nicht richtig sei, einen bewaffneten Raubüberfall auf zwei Menschen zu planen, die ihm einen Job gegeben und ihn mit Liebe behandelt hatten, antwortete er: »Nein. Die waren doch im Geschäft und konnten immer wieder Geld machen.«

Der Bewährungshelfer berichtete also, daß Ronald selbst jetzt nicht der Ansicht sei, er habe etwas Schlechtes getan, und daß er nicht meine, es verdient zu haben, in der CYA-Anstalt oder sonstwo eingeschlossen zu werden.

Das Gespräch mit dem Psychiater zeigte ähnliche Ergebnisse. Der Arzt beschrieb ein Familienleben, zerrissen von Scheidung, in dem Ronald die meiste Zeit bei seinem Vater wohnte und seine Mutter verzweifelt vermißte. Er sagte, er sei bis zum Alter von zwölf oder dreizehn Bettnässer gewesen und könne sich erinnern, daß er einmal in Schwierigkeiten geraten sei, weil er einen Brand verursacht hatte – zwei Hinweise auf eine gestörte und gewaltgeprägte Kindheit. Er erzählte, er habe täglich Schläge wegen Ärger in der Schule bekommen und könne sich erinnern, aus einem Sommerlager der Junior-High-School ausgeschlossen worden zu sein, weil er Crack-Kokain besessen hatte. Dieser Vorfall wurde aber nie der Polizei gemeldet. Einer der verwirrenden Aspekte in Ronalds Fall erklärt sich dadurch: Merkwürdig nämlich war, daß er vor Verübung des Mordes keine kriminelle Vorgeschichte hatte, was selten ist. Nur war es ja nicht so gewesen, daß er vorher nie eine Straftat begangen hatte – er war nur nie ertappt worden.

Später, als er sich schon im »Zentralen« befand, wurde aus Ronalds relativ harmloser Zugehörigkeit zu einer Sprühergruppe eine Vollmitgliedschaft in der »Bloods«-Bande, wie er in dem Gespräch mit dem Psychiater stolz behauptete. Er gab an, er habe an mindestens einer Rassenrevolte im »Zentralen« teilgenommen.[1]

Der Psychiater drängte das Gericht, ein intensives Therapieprogramm für Ronald in der CYA-Anstalt zu empfehlen, so daß ihm die Verantwortlichkeit für seine Verbrechen bewußt gemacht werden könne. Die Bewährungshelferin, eine der höchsten Ermittlerinnen des Bewährungsamts bei Jugendstrafen, die dafür bekannt ist, aufsehenerregende Fälle richtig anzugehen und gründlich zu untersuchen, war viel härter in ihren Empfehlungen.

»Dem Minderjährigem ist nicht zu trauen, denn er ist ein gewohnheitsmäßiger Lügner«, berichtete sie dem Gericht. »Er hat seine Geschichte bei zahlreichen Gelegenheiten geändert und fährt damit auch noch fort, nachdem er schuldig gesprochen worden ist. Der Minderjährige hat sogar seine Eltern so manipuliert, daß sie glauben, er könne nichts Schlechtes begehen … Er muß die nach dem Gesetz zulässige Höchststrafe erhalten … zu verbüßen in einer sicheren und gut durchstrukturierten Umgebung, wo er vierundzwanzig Stunden am Tag überwacht wird.«

Es besteht eigentlich keine Frage, daß genau das mit Ronald geschehen müßte. Weil er neun Tage vor seinem sechzehnten Geburtstag stand, als er Chuck und Ada ermordete, läßt das Gesetz nicht zu, ihn ins Erwachsenengericht zu schicken. Als Mörder muß er zwar zu lebenslänglicher Haft verurteilt werden, da das Jugendrecht ja das Strafrecht des Staates Kalifornien widerspiegelt. Aber als ein Jugendlicher muß er im Alter von fünfundzwanzig freigelassen werden. Er kann dann aus der Tür gehen, frei und makellos, trotz der lebenslänglichen Haftstrafe. Keine Begnadigung, keine Bewährungsauflagen, keine kriminelle Vorgeschichte mehr, da alles gelöscht ist. Es gibt keine Möglichkeit für irgendeine andere Strafe. Dennoch geraten Peggy Beckstrand und der Pflichtverteidiger James Cooper in eine hitzige Diskussion über die Frage, ob Ronald gleichlaufend zu einer Gesamtstrafe von fünfundzwanzig Jahren bis lebenslänglich für beide Morde verurteilt werden sollte oder ob die Strafen nacheinander »angehäuft« – um den Gerichtsausdruck zu benutzen – werden sollten, so daß die Gesamtstrafe fünfzig Jahre bis lebenslänglich lauten würde.

Das ist ein im Grunde genommen bedeutungsloser Streit, und Scarlett schaut befremdet zu. »Was spielt denn das für eine Rolle?« möchte er wissen. »Er kommt doch sowieso mit fünfundzwanzig heraus.«

»Ich meine nur, die Strafen sollten nicht gleichlaufend sein«, protestiert Peggy und beachtet das Murmeln von Ronalds Mutter nicht. »Es ist doch absurd. Diesem Minderjährigen zu verstehen zu geben, daß eines der Leben, die er nahm, keine Rolle spielt, ist falsch.«

Scarlett versucht, sie davon abzubringen, und betont wieder, daß das in der Praxis doch völlig gleich sei. *Eine* lebenslängliche Haftstrafe für einen Jugendlichen oder *zwei* haben doch die gleiche Bedeutung – er darf mit 25 nach Hause gehen. Aber Peggy protestiert weiter. Scarlett winkt schließlich ab und erklärt, die Strafen werden gleichlaufend sein – fünfundzwanzig Jahre bis lebenslänglich plus fünf Jahre zusätzlich für den Gebrauch einer Schußwaffe, also eine Gesamtstrafe von dreißig Jahren bis lebenslänglich.

Peggy gibt immer noch nicht nach. »Das Volk legt Widerspruch ein«, verkündet sie und steht auf, rot im Gesicht. Ronald grinst und schüttelt den Kopf. Verteidiger Cooper sagt nichts mehr. Er ist zufrieden, denn er weiß ja, daß es keine Rolle spielt, was Peggy sagt oder Scarlett tut. Peggy bohrt weiter. »Für die Familie der Opfer bedeutet das eine ganze Menge. Das Gesetz hat uns nichts gegeben, diesen Fall richtig zu behandeln, aber ich möchte nicht den Eindruck vermitteln lassen, daß ein Leben dieser Leute keine Rolle spielt!«

»Ich stimme Ihnen ja zu, ja doch«, stößt Scarlett ermüdet hervor. »Wir leben in einem der wenigen Staaten in den USA, der es jemandem erlaubt, Morde zu begehen und dafür nur bis zum Alter von fünfundzwanzig Jahren eingesperrt zu werden. Aber ich werde das hier nicht ändern können – und auch Sie nicht. Das wär's dann.«

Und damit ist die Anhörung vorüber. Ronald ist »verfügt worden«. Er hat dem Gericht nichts mehr zu sagen – keine Aussage oder Entschuldigung – obwohl der Verteidiger am Ende der Hauptverhandlung alle Arten von Enthüllungen versprochen hatte. Angeblich hatte Ronald die ganze wahre Geschichte erzählen wollen. Jetzt begnügt er sich damit, in amüsiertem Schweigen sitzenzubleiben.

Als Scarlett aufsteht, um den Verhandlungssaal zu verlassen, weist Ronalds Vater mit einem knochigen Finger in Peggys Richtung und meint bitter: »Die haben den kleinen Fisch verfolgt und den erwachsenen Anstifter straflos gelassen. Das ist doch furchtbar ungerecht!«

Ronalds Eltern glauben immer noch an die Schuldlosigkeit ihres Sohnes, sogar noch, nachdem er zugegeben hat, an einem Teil des Planes zur Beraubung seiner Arbeitgeber beteiligt gewesen zu sein. »Als er davon sprach, den Überfall geplant zu haben«, erzählten sie der Bewährungshelferin, »da flunkerte er doch bloß so herum, weil er so aufgeregt war. Er hatte seine Bosse doch gern gehabt.«

Cooper hört von Ronalds Vater noch einmal eine ähnliche Klage, als sie den Gerichtssaal verlassen. Der Verteidiger schüttelt den Kopf und schreitet mit Peggy über den Korridor hinaus. »Ich erklärte ihnen, daß das, was Ronald gestand, nach dem Gesetz genauso ist, als ob er geschossen hätte, aber sie wollen das nicht akzeptieren – sie können es nicht.«

»Auch Ronald akzeptiert es nicht«, entgegnet Peggy bitter. »Nach all dem, nach einem Jahr des Kampfes, nach der Hauptverhandlung und all diesen Kosten haben wir nun dieses Ergebnis, von dem wir ja wußten, das es kommen würde – aber was erfahren wir dann am Ende? Daß, wenn man einen Menschen tötet, zwei oder mehr keine Rolle mehr spielen. Das Ergebnis ist immer das gleiche: Im Alter von fünfundzwanzig kommt der Minderjährige wieder raus.«

»Es ist sogar möglich«, verbessert sie Cooper leise, »daß er im Alter von dreiundzwanzig frei sein wird. Dann hat er nämlich das Recht zu seiner ersten Begnadigungsanhörung. Das ist gerade in etwa sechs Jahren.«

Peggy starrt ihn nur an und versucht, ein Frösteln zu unterdrücken.

Das Gemeinde-Jugendzentrum South Bay ist in der früheren Elementarschule Salk in Los Angeles untergebracht, einem lange nicht mehr seinem ursprünglichen Zweck entsprechend genutzten Schulgebäude, das aus nicht mehr bekannten Gründen wie ein Stonehenge-Monument aus Ziegeln und Beton aussieht: eine bizarre, halbrunde Anordnung von sich langsam senkenden Klassenräumen, deren Metalltüren auf einen öden, aufgesprungenen und abstoßenden Betonhof hinausgehen. Vor einigen Jahren wurde dieser heruntergekommene, unerwünschte und ungeliebte Komplex in das South Bay Gemeinde-Jugendzentrum umgewandelt, eine Art von Schule für Straftäter auf Bewährung, die gerade das Jugend-Untersuchungsgefängnis, ein Bewährungslager oder eine Erziehungsanstalt verlassen haben und von normalen Schulen nicht mehr aufgenommen werden.

Im Gegensatz zu der hellen und aufmunternden Rosewood-Schule mit ihren Computern, engagierten Lehrern und einem Programm, das junge Straftäter zur Arbeit mit behinderten Kindern anleitet, ist South Bay nicht mehr als ein Versuch, Kids nachweislich ein paar Stunden am Tag von der Straße wegzubringen. Es besteht aus zwei Klassenräumen, zwei Lehrern, einer Sekretärin, ein paar Verwaltungsangestellten und siebenundzwanzig Minderjährigen, von denen etwa sieben eifrige Schüler sind. Die anderen zwanzig dagegen sind begierig, nicht mehr zu lernen, als wie oft sie an einem Tag während des Unterrichts bitten können, zur Toilette gehen zu dürfen, ohne daß es dem Lehrer auffällt.

Heute ist ein typischer Tag in South Bay. Sieben Jugendliche sind vom Unterricht suspendiert – also nach Hause geschickt – worden, weil sie sich mit anderen schlugen. Zwei Jungen schlafen mit dem Kopf auf den knapp zwei Meter langen Tischen, die hier als Schreibpulte dienen, die ungeöffneten Bücher neben sich. Tätowierungen und bauschige Klamotten sind in Hülle und Fülle bei der Schülerschaft zu sehen, obwohl alle auf Bewährung hier sind und keine Bandenkleidung tragen dürften. Gegen diese Verletzung der Schulregeln und Bewährungsauflagen macht sich keiner die Mühe vorzugehen. Es handelt sich ja noch nicht einmal um mit großer Nachsicht vielleicht noch entschuldbare Provokationen: ein babygesichtiger 13jähriger trägt eine Kleidung, die selbst an der Hünengestalt von George Forman schlottern würde, aber niemand spricht ihn darauf an. An der Wand hängt folgender Stundenplan:

10:00-10:30: Unterricht
10:30-11:00: Sport
11:00-11:30: Mittagspause
11:30-01:30: Film

Videofilme – heute ist *Malcolm X* an der Reihe – sind einige der wenigen Möglichkeiten, die ganze Klasse in eine Art von Diskussion einzubinden, erklärt die Lehrerin, obwohl auch deren Ergebnis gewöhnlich bestenfalls unzusammenhängend und ziellos sei. »Die wollen doch nur die Zeit hier möglichst schnell verbringen, damit sie dann wieder ›bandenstrolchen‹ können«, seufzt die Lehrerin und sieht über die leeren Gesichtsausdrücke, das Figürchenkritzeln und die eingenickten Kinder in ihrer Klasse hinweg. Sie hat die erschöpfte Miene von jemandem, der die Nachtschicht in einer Fabrik runterreißen muß, ist aber mit noch weniger Befriedigung an der

Arbeit. »Ob ich glaube, daß ich hier irgendetwas ausrichte?« antwortet sie auf meine Frage. »Nein, nicht wirklich.«

Das Gemeinde-Jugendzentrum South Bay ist die neue Schule von Carla James. Die ehemalige Musterschülerin, die zu einer »Tepa 13«-Bandentussi, Vorbeifahrschützin und schließlich verurteilten jugendlichen Verbrecherin geworden war, hat die acht Monate des Beratungsprogramms im Dorothy-Kirby-Zentrum erfolgreich abgeschlossen und ist zurück auf der Straße, zu Hause auf Bewährung. Sie braucht nur noch ein paar Punkte für ihr High-School-Zertifikat, aber nur das Gemeinde-Jugendzentrum South Bay wollte sie noch nehmen. Es ist ein niederdrückender Ort, eher geistige Abstellkammer als Schule, aber Carla scheint das nicht zu stören.

»Das macht mir gar nichts aus«, meint sie mit ihrer gewöhnlichen koketten Schüchternheit. »Ich weiß doch, was ich vorhabe, und nur das zählt. Ich bin auf einem neuen Weg.«

Es scheint, als ob Carla eine lange Wegstrecke zurückgelegt hat. Sie ist so attraktiv und charismatisch wie eh und je, aber die unmädchenhafte Kleidung und Bandenstrolchattitüde sind verschwunden. Sie sind durch sportlich weibliche Kleider, eine moderne Frisur, sogar ein wenig Make-up und Nagellack ersetzt worden – Dinge, die die Carla von früher mit Verachtung angesehen hatte. Sie hat einen festen Job, macht sich gut in der Schule und hält sich von Problemen fern. Sie schwört, sie würde nicht mehr mit den Bandenkumpeln »rumziehen«.

Ihr Berater bei Dorothy Kirby, Mr. Shabazz, erklärte Carla zu einem geradezu berauschenden Erfolg für das Jugendstrafsystem und schrieb einen begeisterten Bericht über ihre Fortschritte an den Gerichtsbeauftragten Polinsky, der daraufhin meinte, es sei eine Freude für ihn, Carla nach Hause entlassen zu können. Sie sei wie ausgewechselt, meinte Shabazz begeistert, nachdem Carla sein Programm verlassen hat. Das Geheimnis sei gewesen, sie dahin zu bringen, daß sie sich und ihre Taten ungeschminkt sah. Dadurch sei sie gezwungen worden, Verantwortung für das, was sie getan hatte, zu übernehmen. Lange und wiederholte Beratungssitzungen mit ihrer Mutter hätten die Ursache von Carlas wütender Rebellion an die Oberfläche gebracht, sagt Shabazz – Wut über den Tod ihres Vaters, über die Wiederheirat ihrer Mutter, über die übermäßige Beachtung, die ihren jüngeren Brüdern zuteil wurde, und über die Annahme ihrer Mutter, daß Carla sich immer in der Hand habe. Carla und ihre Mutter hätten begonnen, sich wieder zu verstehen und zu erkennen, warum sie im Laufe der Jahre absichtlich in so viele Schwierigkeiten geraten war, erklärte Shabazz. Und was noch wichtiger sei: Carla habe begonnen einzusehen, daß sie die alten Muster aufbrechen und gleichzeitig glücklicher sein könne.

»Carla hat die Umwandlung geschafft, die für sie unbedingt notwendig war – in einer vom Lebensstil der Banden entfernten Umgebung. Vorher war das Vorherrschende in ihren Gedanken ›Meine Bande, mein Kiez‹ gewesen, immer wieder, wie bei einem Mantra. Das war das, wofür sie lebte und wofür sie bereit war zu töten oder zu sterben«, führte Shabazz weiter aus. »Es ist ja auch wahr: Wenn man erst einmal in eine Bande eingetreten ist, dann ist man sein Leben lang darin. Man kann sie nie wieder völlig hinter sich lassen. Aber man kann wählen, nicht mehr teilzunehmen, andere Lebensziele zu verfolgen, und das wird dann schließlich erkannt und respektiert. Man kann klarmachen, daß man immer noch eine Verbundenheit mit seinen Kumpels fühlt, daß man weiß, wo man herkam, daß man aber weiterstrebt. Das alles hat sie getan. Sie macht all das nicht mehr, wofür sie in Schwierigkeiten geriet. Sie bleibt jetzt zu Hause und geht in die Schule. Sie wird es auch auf die Dauer schaffen. Da habe ich gar keinen Zweifel.«

Aber trotz Shabazz' Optimismus ist diese Umwandlung »draußen« gar nicht so leicht aufrechtzuerhalten. Sich in einer Bande durchzusetzen, eine Führerin wie Carla zu werden und Achtung zu erringen, erfordert eine

Persönlichkeit mit starkem Willen, besonders für ein Mädchen, das in der Macho-Hierarchie der Straßenbanden aufsteigt. Diese Willenskraft kam Carla im Dorothy-Kirby-Center gut zustatten, aber sie hat auf der Straße ihre Nachteile. Sie bleibt eine natürliche Führerin, und die straffällig gewordenen Jungen in South Bay umgeben sie wie das Gefolge einer Fürstin – teilweise, wegen der Anziehungskraft, die ein hübsches Mädchen auf alle Jungen ausübt, aber auch zum Teil, weil sie Carla James ist, ein »Schwergewicht« von »Tepa 13« eine frühere »Schußansagerin*«, wie man einen (hier weiblichen) Bandenboß nennt. Und alte Gewohnheiten sind schwer abzulegen: Sie ist gerade für drei Tage vom Unterricht ausgeschlossen worden, weil sie in einem angespannten Augenblick in der Klasse den Namen ihrer Bande herausgeschrien und dadurch eine Schlägerei unter rivalisierenden Bandenangehörigen provoziert hatte.

Carla kehrt nach den drei Tagen zerknirscht zur Schule zurück, entschlossen – wie sie sagt – sich von Ärger fernzuhalten, auch wenn die Bandenstrolche in der Klasse sie anhimmeln und an ihren Worten hingen. Sie sagt, sie würden nichts Schlechtes bereden, sie würde ihnen nur erzählen, was sie selbst gelernt hat: daß man sich nicht schlagen oder schießen muß, um Achtung zu erringen. »Das ist doch alles, was man braucht, um ein normales Leben zu führen«, erklärt sie. »Alles, um wie irgend jemand anders zu sein – nur dadurch, daß man diese einfache Sache erkennt.«

Bei Carla weiß man aber nie so genau, woran man ist. Sie ist so klug und attraktiv, so begierig zu gefallen. Ihre Augen weichen nicht aus, wenn sie sagt, daß sie sich geändert habe. Es ist aber doch eine Tatsache, daß dieses die Worte sind, die das System zu hören wünscht – und Carla weiß das natürlich nur allzu gut. Sie gibt sogar freimütig zu, daß sie in den Jahren unter der Jugendgerichtsbarkeit,

* Anm. d. Übers.: in Anlehnung an den Schießmeister, der sowohl das Feuern befiehlt als auch die Treffer ausruft.

und sogar bei Dorothy-Kirby, den Leuten immer gesagt hat, was sie zu hören wünschten. Sie habe immer versprochen, sich zu ändern, den anständigen Weg einzuschlagen, seitdem sie vier Jahre vorher zum ersten Mal in Schwierigkeiten geraten war. Sie hatte auch wiederholt versprochen, ihre Bandentätowierungen entfernen zu lassen, aber das große »Tepa-13« prangt immer noch auf ihrem Bauch, und die drei Punkte, die »mi vida loca«, mein verrücktes Leben, bedeuten, sind auch noch auf ihren Fingerknöcheln.

»Es ist eben so leicht, Leuten was vorzumachen«, erklärt sie. »Im Kirby hatte ich es gut beim Personal, beim Aufseher, beim Direktor – sie vertrauten mir, und ich konnte tun, was ich wollte, und kam nie in Schwierigkeiten. Es war, als ob ich den Laden schmiß. Wenn es ein Problem mit den anderen Kids gab, kümmerte ich mich darum. Ich hielt sie alle bei der Stange – die Mädchen wie die Jungen. Wenn irgend so ein Blödmann anfing, Scheiße zu reden, hab' ich mir ihn vorgenommen. Ich habe das Leben für das Personal dort 'ne Menge leichter gemacht.«

Sie sitzt in einer Klassenpause mir gegenüber in einem kleinen Konferenzraum und berichtet freimütig, warum sie so viel Erfolg im Kirby.-Center hatte. »Ich zeigte denen eine Seite von mir, die wie bei einer normalen Person ist, denn die wollten sie ja sehen. Das ist so, als ob ich wieder völlig nach den Regeln spielte – nicht weil mich irgendeiner umgekrempelt hatte, sondern weil das das Klügste in meiner Situation war. Ich blieb aber immer die gleiche Person. Eingesperrt zu sein, auch an einem Ort wie Kirby –, hilft einem doch nicht, sich zu ändern. Es macht einen nur noch schlimmer. Ich tat es, weil ich es tun wollte – nicht weil mich so ein Programm veränderte.«

Dennoch, sagte Carla, seien da Veränderungen in ihrem Leben eingetreten. Die Dinge seien jetzt anders, und sie sage das nicht nur, weil Leute das eben hören wollen. Die Beratungssitzungen mit ihrer Mutter hätten wirklich geholfen, auch die Gruppendiskussionen mit den anderen Kids in Kirby. »Eine Menge von meinen Schwierigkeiten kamen doch nur durch das Erwachsenwerden«, meint sie. »Das Herumlungern, das Schlagen, Schießen, Trinken, das ganze sich immer wiederholende Bandenleben – das alles ist doch weniger anziehend für ein Mädchen, das vor seinem 18. Geburtstag steht, als zu der Zeit, als ich 14 war und an meiner ersten Vorbeifahrschießerei teilnahm. Vorher hätte ich alles getan. Nichts hatte mir was ausgemacht – Schießereien mit anderen Banden oder auf Leute aus dem Auto zu knallen. Ich tat so viel. Mein Name stieg im Ansehen. Wenn ich jemanden umgelegt hätte, würde mir das nichts ausgemacht haben. Jetzt schnalle ich das nicht mehr. Da bin ich nicht mehr drin. Sollen die Jüngeren das doch machen, die nächste Generation, die da hochkommt. Das ist nicht mehr meine Sache. Schau'n Sie, ich weiß doch, was jetzt wieder los sein wird. Es ist Freitag abend, und da läuft's wie immer: herumhängen, trinken, einer fängt eine Schlägerei an, und ein anderer schießt. Nach einer Weile hat man wirklich genug davon, wissen Sie?«

Es klingt so einfach, aber vielen von Carlas Freunden wird es nie langweilig, am Rande des Todes zu leben. Sie bleiben Raubtiere, zu einem frühen Tod oder zu einem Leben hauptsächlich im Gefängnis bestimmt. Die sind sogar noch wilder als die jüngere Carla damals. Einst wäre sie wohl bereit gewesen, einen Feind ihrer Bande anzugreifen und sogar zu töten, aber es war ihr nie in den Sinn gekommen, einen Fremden zu berauben, eine Bank zu überfallen oder zu versuchen, ein Auto mit Insassen zu entführen. Solche Verbrechen wären ihr unmoralisch vorgekommen. Die Bereitwilligkeit neuer, jüngerer Mitglieder ihrer Bande, solche Verbrechen zu begehen, habe sie vom »Bandenstrolchen« abgebracht, sagt sie. Die neue Generation sei sogar für sie zu verrückt.

Jetzt steht Carla nur noch einen Monat vor ihrem High-School- Abschluß. Sie hat einen Job in einem Einkaufszentrum, trägt einen verrückten Hut und verkauft »Hot dogs«. Zusätzlich zum South-Bay-Zentrum besucht sie drei Tage in der Woche ein Gemeindekolleg, wo sie nach Erhalt ihres High-School- Zertifikats ordentliche Studentin werden will. Als Hauptfächer möchte sie Soziologie, Psychologie mit dem Schwerpunkt Jugendkriminalität, Brandbekämpfung oder Kieferorthopädie wählen (»Ich möchte mich in verschiedenen Dingen versuchen«, erklärt sie dazu). Sie wohnt zu Hause bei ihrer Mutter und hat in den sechs Monaten, seit sie das Kirby-Zentrum verlassen hat, noch keine Schwierigkeiten außer diesem einen Ausschluß vom Unterricht gehabt. Daß ihr Fall wieder von ihrer alten Bewährungshelferin Sharon Stegall übernommen worden ist, stellt einen zusätzlichen Antrieb für Carla dar, nichts Verbotenes mehr zu tun.

Da sie bald achtzehn Jahre alt sein wird, ist es sehr wahrscheinlich, daß sie nie mehr als Jugendliche angeklagt wird, ob sie nun innerhalb der Gesetze bleibt oder nicht. So ist sie allein schon dadurch ein Erfolg für den Jugendgerichtshof: Ein Kid, das nie mehr zurückkommen wird. Dennoch, Carlas Bewährungshelferin fürchtet, daß das Mädchen trotz ihrer neuerworbenen Reife und Zurückhaltung jederzeit wieder in ihr altes Leben zurückgesaugt werden kann. Sharon Stegall möchte ja auch glauben, daß Carla es schaffen wird und Mr. Shabazz recht hat. Sie weiß aber auch, daß Carla immer noch mit ihren alten Bandenkumpels zusammenkommt, sich immer noch an dem Gedanken berauscht, eine »Schußansagerin« zu sein und nicht völlig bereit ist, die Macht und Achtung, die sie sich auf der Straße verdient hat, aufzugeben. Carla hat sich nicht vollkommen von ihrem alten Leben gelöst, und nach Sharon Stegalls Meinung ist es sogar noch schlimmer, nur teilweise mitzumachen.

»Du versuchst, zwei Leben zu führen, Carla, ich weiß das«, sagt ihr Sharon bei einem Besuch in South Bay. »Du hast alles Vertrauen der Welt in dich selbst, aber du unterschätzt andere Leute. Du denkst immer, du wärst denen eins voraus, und ich fürchte, du könntest eines Tages dadurch zu Tode kommen. Das oder wieder eingesperrt zu werden – und das nächste Mal wirst du als Erwachsene abgeurteilt.«

»Nein, ich bin fertig damit«, versichert sie Sharon. »Ich

bleibe sauber, denn ich denke ja an die Zukunft.« Sie blickt ihre Bewährungshelferin mit einem strahlenden Lächeln an: »Sie kennen mich doch, Mrs. Stegall.«

»Ja, Carla, ich kenne dich«, seufzt Sharon, »und das ist ja gerade das Problem. Und vielleicht, wenn wir Glück haben, ist das auch die Antwort.«

Am Ende ihrer Äußerungen über die Zukunft schließt Carla ihre Pläne mit einer unbeabsichtigten Ironie ab. Die aber spricht Bände über den Jugendgerichtshof und die Minderjährigen, die dort durchgeschleust werden, denn das Gefühl, das sie beschreibt, ist überraschend weit verbreitet – auch unter den härtesten Straftätern: »Los Angeles wird wirklich verrückt. Wenn das noch schlimmer wird, werde ich weit weg gehen, jedenfalls aus dem Staat hier raus. Wohin weiß ich noch nicht.«

Dann erklärt sie es genauer: »Ich möchte nicht sterben. Vorher machte mir das nichts aus. Ich hatte nie darüber nachgedacht. Jetzt schon. Wenn das bedeutet, daß ich mich verändert habe, dann ist das wohl so.«

Dann läuft sie mit einer über die Schulter geworfenen Entschuldigung durch die Tür: »Ich möchte nicht zu spät zur Arbeit kommen«, ruft sie, und ihre Schritte verklingen im Korridor.

Teil vier

Nachwort

> Ich glaube, daß bis zum Alter von fünfzehn eine kleine Anzahl von Kids, durch welche Leiden auch immer, völlig ausgelaugt ist, wie meine Großmutter sagen würde. Sie sind einfach verloren. Was man auch dagegen tun wird, es hat keinen Zweck mehr … Ich meine, die Lösung besteht darin, das Geld, das wir für diese Minderjährigen ausgeben, zu beschränken … und es in die große Mehrzahl der Kinder zu investieren, die aus dem gleichen Umfeld kommen, aber noch am Scheideweg stehen … Man wird dazu natürlich sagen: »Sie brandmarken dadurch die schlechten Kids!« Nun, wenn man 36 Kinder in einem Klassenzimmer hat, und vier davon bewerfen den Lehrer mit Stühlen, dann muß man eben diese vier ausschließen. Sonst ist doch *alles* verloren. Wir befinden uns in einer Art Krieg.
>
> Richterin Judith Sheindlin, Aufsichtführende Richterin am Familiengericht von Manhattan, in einem Artikel der *New York Times* vom 30. Dezember 1994

Alle 5 Sekunden an einem Schultag geht ein Schüler ohne Abschluß von einer Schule ab.

Alle 10 Sekunden wird ein Jugendlicher sexuell aktiv.

Alle 26 Sekunden wird ein Kind einer unverheirateten Frau geboren.

Alle 30 Sekunden wird ein Kind in Armut hineingeboren.

Alle 59 Sekunden wird ein Kind einer Mutter unter zwanzig geboren.

Alle 2 Minuten wird ein Kind geboren, das keine Vorgeburtspflege empfangen hat.

Alle 4 Minuten wird ein Kind wegen eines Gewaltverbrechens festgenommen.

Alle 7 Minuten wird ein Kind wegen eines Rauschgiftverbrechens festgenommen.

Alle 2 Stunden wird ein Kind ermordet.

Alle 4 Stunden begeht ein Kind Selbstmord.

Kinder-Verteidigungsfonds, »Der Tag eines Kindes«

13. Dezember 1994

Liebe Schwester Janet,

ich hoffe, daß Sie sich bei bester Gesundheit und in Gottes liebender Hand befinden, wenn Sie diesen Brief erhalten. Was machen Sie denn heute so? Was macht Ruth? Ich hoffe, Sie beide berühren immer noch Herzen und zaubern ein Lächeln auf die Gesichter der neu Hereinkommenden, so wie Sie es bei mir taten, als ich dorthin kam. Was macht eigentlich Ed? Leitet er immer noch die Schreibklasse?*

Mir geht es gut hier im Gefängnis. Das ist ganz anders als an den anderen Stellen, an denen ich seit meiner Festnahme war. Aber zur Zeit sind wir in Wasco immer in den Zellen eingesperrt. Das ist hier alles recht vermurkst. Es gibt hier eigentlich überhaupt kein Beschäftigungsprogramm. Wir können nur den einen Fernseher im Tagesraum von den Zellen aus sehen. Aber ich bleibe ja nicht mehr lange hier. In einer Woche werde ich wohl weg sein ... Ich habe schon mit meinem Berater gesprochen. Er hat mir meinen ersten möglichen Begnadigungstermin mitgeteilt: 1. September 2002 – nicht früher, nicht später.

Ich bin der Jüngste hier in Wasco mit meinen achtzehn Jahren. Einige der Wärter sagen mir: »He Kid, warum gehst du nicht zurück zur CYA-Anstalt oder zum Juvenile Hall? Du bist doch erst achtzehn.« Sie sehen das als komisch an, aber wenn sie dann meine Vorgeschichte nachlesen und herausfinden, daß ich eingesperrt wurde, als ich sechzehn war, dann etwa zwei Jahre im »Zentralen« verbrachte und danach aus der CYA-Anstalt hierher geschickt wurde, hören sie auf, solche dummen Bemerkungen über mich zu machen.

Als Anlage zu diesem Brief schicke ich Ihnen ein Gedicht über meine Lieben, die von dieser Erde gegangen sind. Bitte zeigen Sie es Ed und den anderen. Es wäre auch nicht schlecht, wenn Sie ein paar Kopien davon machen könnten. Ich liebe Sie alle.

Mit herzlichen Grüßen
immer Ihr
Blinky Clanton[1]
Elias Elizondo

* Anm. d. Übers.: Hier ist der Autor dieses Buches gemeint.

Es ist nicht alles nur in meinem Geist

Mein Äußeres wird Euch so vorkommen,
Als habe ich ein Herz von Stein.
Sind es meine Sackkleidung, meine Tätowierungen
Und mein scharfer Blick?

Ich seh aus, wie jeder Clanton Cholo*
Wie ich so an der Straßenecke stehe,
Groß und dünn …
Wenn ich Euch meine wahren Gefühle zeigen wollte,
Dann würde ich so beginnen:

Verlassen von einem Vater,
Aufgezogen von meiner Mutter …
Onkeln, Tanten, Cousins, Cousinen[2]
Der Familia,
Die sich immer untereinander belog.

Nicht viel Liebe kann von mir kommen,
Denn wenn Ihr gut hinseht,
Werdet Ihr erkennen,
Daß ich innerlich voller Schmerzen bin.
Ich habe auf das Grab
Meines Opas[3] Alex gestarrt …
Die Blumen, die ich für ihn gepflückt hatte,
Habe ich aufgehoben.

Hab' jetzt meinen vierzehnjährigen Kumpel begraben,
Payaso, der durch einen Cuetaso[4]
Seinen letzten Atemzug
In meinen Armen aushauchte.

Mein Herz besteht nur noch aus Schmerz und Agonie …

* Anm. d. Übers.: Clanton ist die Straße seiner Bande; Cholo = etwa »Typ«

Warum hat Gott meinen neugeborenen Cousin,
Das Baby Steve,
Denn weggenommen?

Einen Augenblick schlendere ich
Mit meinem Kumpel Looney so dahin,
Im nächsten hör ich schon »Bäng, bäng«,
Und ich knie neben ihm
Und fühle,
Daß er keinen Herzschlag mehr hat.

Seit meiner Einkerkerung
Konnte ich auf drei Beerdigungen nicht sein:
Denen meiner beiden Omas[5]
Und der eines guten Freundes
Aus meiner Kinderzeit.
Aus natürlichen Gründen
Werden Menschen immer wieder sterben,
Aber all das Morden
Muß doch einmal aufhören!

Wir alle wissen
Daß unsere Lieben kommen und gehen …
Oh Herr Jesus,
Bitte mach es so,
Daß keiner von ihnen mehr stirbt,
Bevor ich begnadigt werde.

Elias Elizondo, Wasco, Staatsgefängnis,
13. Dezember 1994,
15 Jahre bis lebenslänglich, Torcido:[6] 1992–93–94–??

Kapitel 18

Ein Jahr später, wieder ein Tag im Gericht

Der Tisch vor Roosevelt Dorns Richterstuhl ist wie gewöhnlich an diesem Morgen voller Aktenstapel – wieder ein vollgestopfter Terminkalender, wieder ein typischer Tag im Jugendgerichtshof von Los Angeles, der seit dem Jahr, in dem Dorn zur Zweigstelle Thurgood Marshall zurückgekehrt ist, an Boden verloren hat. Mit der Inbrunst eines Geistlichen verkündet er regelmäßig, daß sich der Jugendgerichtshof, den er liebt, unter Belagerung befindet und davor steht, ausgelöscht zu werden. Sein Ziel dabei ist, die unzufriedenen Profis, die dort arbeiten, dazu anzuspornen, mehr von sich selbst zu geben, etwas zu ändern, der Auflösung dieses Ortes Widerstand entgegenzusetzen. Er fleht die Gesetzgeber ständig an, das Leichentuch der Geheimhaltung von diesem Gerichtshof zu nehmen, so daß die Öffentlichkeit in die Lage versetzt wird, über die von den Medien breitgetretenen Fehler des Systems hinauszublicken und zu erkennen, wie eine Jugendgerichtsbarkeit funktionieren kann – und warum sie erneuert werden muß, und nicht abgerissen.

Seine Bitten sind bisher erfolglos geblieben, und so tut er, was in seiner Macht liegt. Er quetscht immer mehr Fälle in seinen Terminkalender und den der beiden anderen Gerichtssäle von Inglewood in einem fast frenetischen Bemühen, so vielen Kids zu helfen, wie er nur kann – solange er es noch kann.

Die Akten selbst, die sich so hoch auf seinem Tisch und dem seines Sekretärs auftürmen, sind an und für sich schon vielsagend – nicht wegen ihres Inhalts, sondern allein schon wegen ihres physischen Umfangs und Gewichts. Man kann daraus den Trend erkennen, der im Jugendgerichtshof herrscht. Einige der eselsohrigen

Manila-Hefter haben kaum die Dicke eines Kuchenstücks mit Cremefüllung. Andere sind so dick, daß, wenn man sie auf einen Schreibtisch werfen würde, sie den gleichen schweren, dumpfen Laut wie eine Sonntagszeitung, die vom Zeitungsjungen auf eine Betonveranda geworfen wird, verursachen würden. Die Dicke einer Akte ist wesentlich, sie verrät am meisten in einem Jugendgerichtsfall. Anders als im Erwachsenengericht, wo für einen neuen Fall eine neue Akte angelegt wird, behalten die Jugendlichen ihr Leben lang die gleiche Akte, in der jede neue Straftat auf die vorherige geheftet wird. Das ist, als ob man das gleiche Zeugnisheft vom Kindergarten bis zum letzten Schultag behalten würde – dein ganzes institutionelles Leben unter einem Deckel.

Ein schneller Blick auf eine Akte, sogar nur ein kurzes Anheben, ohne einen Blick hineinzuwerfen, spricht für einen erfahrenen Richter, Staatsanwalt oder Verteidiger Bände. Auf den Bruchteil eines Zentimeters genau kann Dorn das wahrscheinliche Ende eines Falles voraussagen, ohne je den Inhalt gelesen zu haben. Wenn eine Akte knapp einen Fingerbreit dick ist, wird der Fall fast mit Sicherheit mit einer Bewährungsstrafe enden. Bei einem halben oder einem Zentimeter kommt noch einige Zeit im Juvenile Hall dazu, und vielleicht wird der Minderjährige nach der Entlassung in ein Gruppenheim geschickt. Bei der Dicke von etwa zwei bis drei Zentimetern ist die wahrscheinliche Strafe eines der zwei Dutzend Bewährungslager der Großgemeinde. Eine Dicke von vier Zentimetern und mehr zeigt an, daß das betreffende Kid wahrscheinlich ein 16-Prozenter ist, dem man zu viele Bisse in den Apfel erlaubt hatte und der nun auf dem Weg in die Erziehungsanstalt ist.

Im letzten Jahr sind die Akten dicker geworden. Mehr Minderjährigen wurde erlaubt, mehr Straftaten zu begehen, und die Zeitverzögerung zwischen Verhaftung und erstem Erscheinen im Gericht ist gewachsen, teilweise bis zu acht oder neun Monaten – eine Wirkung, die so weit von der Ursache entfernt ist, daß es den Minderjährigen vorkommen muß, als habe der Jugendgerichtshof überhaupt keine Macht. Gleichzeitig sind die Möglichkeiten, mit einem jugendlichen Straftäter zu verfahren, wenn er endlich vor Gericht steht, dank den harten neuen Gesetzen und sogar noch härteren Einschnitten bei den Haushaltsmitteln geschrumpft.

Richter Dorn ruft aus seinem Terminkalender auf. Seine Stimme ist so schallend und vielseitig wie eh und je – einmal sanft überzeugend, in Honig getunkt, und im nächsten Moment schneidend und einschüchternd. Die beißenden Worte schütteln die Frechheit aus den jungen Verbrechern ... und die Lethargie aus den desinteressierten Anwälten – als ob er den Staub aus einem Teppich klopfen würde. Er hebt eine dicke Akte an und blickt dann über seine Brille zum Verteidigertisch hinüber. Ein sechzehnjähriger, der des Einbruchs und Autodiebstahls angeklagt ist wurde »zur Verfügung« hereingeführt. Er hat die Vergehen begangen, während er sich auf Bewährung für Kokainhandel und Angriff mit einer tödlichen Waffe befand. Der Richter mustert den Jungen, blättert noch einmal durch die Akte und trifft dann eine Schnellentscheidung, die Empfehlung des Bewährungsamts, den Knaben in das System der CYA-Erziehungsanstalt zu schicken, nicht zu beachten. Dorn wählt statt dessen die weit mildere Strafe eines Langzeitaufenthalts in einem Bewährungslager – obwohl der Junge durch zwei vorherige, von anderen Richtern verhängte Strafen in solchen Lagern nicht gebessert werden konnte. Das ist eine oft von Dorn angewandte Taktik, die die Staatsanwälte verärgert, ohne ihn notwendigerweise bei den Verteidigern beliebter zu machen: Minderjährige bekommen eine ungewöhnliche Chance, wenn er sie zum ersten Mal sieht, weil – wie er so oft betont – auf Bewährung unter Richter Dorn zu sein, eine ganz neue Erfahrung sei.

»Du hast nun deine Chance bekommen. Jeder bekommt in Richter Dorns Saal eine Chance«, erklärt er dem Jungen und schaut auf die Akte, in der steht, daß der Bursche ein Doppelleben als ein Bandenmitglied der Innenstadt mit dem Ganovennamen »Lefty«* führte. In der Schule zeigte er gute Leistungen. »Jetzt liegt es an dir … Du hast außergewöhnliches Glück gehabt – Glück, daß du bei dem Leben, das du geführt hast, nicht umgekommen bist. Wie viele deiner Freunde sind in dieser Zeit getötet worden?«

»Eine Menge«, antwortet Lefty wahrheitsgetreu. Diese beiden einfachen Worte, ohne Sorge oder Mitleid ausgesprochen, sagen viel über Lefty aus. Er hat so oft erlebt, wie Kids aus seiner Nachbarschaft in Vorbeifahrschießereien und anderen Überfällen zu Tode kamen, daß er das vorzeitige Ende eines Lebens durch Gewalt als natürlichen Lauf der Dinge ansieht. Dorn weiß dies und betrachtet es als einen Grund für Gnade für ein Kind, das er retten könnte. Andere sehen in der Haltung solch eines Minderjährigen nur eingefleischte Gleichgültigkeit dem Leben gegenüber – etwas, das zu fürchten und wegzuschließen ist. Heute behält wenigstens in diesem Gerichtssaal Richter Dorns Ansicht die Oberhand.

»Eine Menge«, wiederholt Dorn ruhig. »Möchtest du denn auf der Straße sterben?«

Der Bursche muß eine Sekunde darüber nachdenken – nicht daß er unbedingt sterben will, aber es war ihm noch nie in den Sinn gekommen, daß er da eine Wahl habe. Zögernd antwortet Lefty: »Nnnein.«

»Dann müssen sich die Dinge ändern!«

Der Junge nickt und stimmt zu. Es wird monate- oder jahrelang, oder vielleicht immer, ungewiß bleiben, ob Dorn einen Samen der Hoffnung in dieses Kid gepflanzt oder Lefty dem Richter nur das gesagt hat, was dieser hören will. Entweder wird er das Bewährungslager verlassen und nie mehr im Jugendgericht erscheinen oder wieder ein Verbrechen begehen, so daß nur noch das Gefängnis für ihn bleibt, weil dann alle anderen Möglichkeiten ausgeschöpft sind. Im ersteren Fall wird die Entscheidung, ihn in dieses Bewährungslager geschickt zu haben, sich als das Beste erweisen, was Lefty je zuteil geworden

* Anm. d. Übers.: »Linker«

ist. Aber wenn er ein weiteres, schwereres, Verbrechen verübt, wird er wohl nicht mehr in eine CYA-Anstalt geschickt werden, sondern ins Erwachsenengericht und -gefängnis. Dorns Entscheidung für Lefty – und sein nächstes Opfer – wird dann zum schlimmsten Alptraum werden; zu einer Gnade, die sich in einen Fluch verwandelt hat. Es ist ein Spiel mit dem Risiko, aber in der Jugendgerichtsbarkeit läuft es immer so ab. Dorn setzt darauf, daß Lefty gerettet werden kann. Er will lieber diese Wette verlieren, so sagt er, als auf die andere Möglichkeit zu setzen und niemals zu erfahren, ob er den Burschen hätte umdrehen können. »Das ist doch das Wesen des Jugendgerichts«, erklärt er. »Dies sind unsere Kinder. Sie verdienen alle Chancen, die wir ihnen geben können.«

»Ha, ha, Dorn macht's doch nicht, weil er nett sein will, und auch nicht, weil es das Beste für dieses Kid ist«, flüstert ein stellvertretender Leitender Pflichtverteidiger in der Zuschauerabteilung des Verhandlungssaals. »Dorn möchte sie nur alle unter seinem Daumen behalten. Das kann er nicht, wenn ein Kid in die CYA-Anstalt geschickt wird, aber sehr wohl, wenn's sich um ein Bewährungslager handelt.« Diese Randbemerkung soll eine Kritik sein, aber Dorn stimmt dieser Beurteilung bereitwillig zu. Später lacht er sogar darüber und meint: »Ich wage, dazu zu sagen: Lieber mein Daumen als Gefängnis.«

Wie üblich bleibt keine Zeit, sich über dieses Urteil noch länger auszulassen. Der Aufruf des nächsten Falls erschallt, begleitet von einem Geraschel von Papieren und Getrippel von Anwälten, noch bevor Lefty und der ihn führende Gerichtsdiener durch die Hintertür zum Wartekäfig verschwunden sind. Ein fünfzehn Jahre altes Mädchen mit der Tätowierung einer Träne am linken Augenwinkel hört, wie ihr Name aufgerufen wird, steht auf und sagt laut: »Hier!« Es ist mindestens im sechsten Monat schwanger. Das Mädchen ist des Diebstahls angeklagt. Die unverheiratete Mutter, die sie im Alter von sechzehn zur Welt gebracht hatte, sitzt daneben, in sehr engen, schwarzen, mit Säure gewaschenen Jeans und Jeans-Jacke, die verblaßte blaue Tinte von groben Bandentätowierungen noch auf ihren Fingern und ihrem Handgelenk sichtbar. Diese drei Punkte sind es, die »mein verrücktes Leben« bedeuten, das Gangsterzeichen für: *Mir ist doch egal, ob ich lebe oder sterbe, also warum sollte ich mich über dich einen Scheißdreck kümmern?* Das ist die Familie, mit der Dorn arbeiten muß. Dorn seufzt, reibt sich die Augen und beginnt den Prozeß aufzurollen – nach einer Möglichkeit und einem Grund zu suchen, ein verlorenes Kind zu retten.

Der Job ist härter geworden. Seit dem Jahr, in dem Richter Dorn aus seinem Erwachsenengerichtsexil zurückkehrte, ist die Jugendgerichtsbarkeit in Los Angeles, Kalifornien, und den ganzen Vereinigten Staaten viel mehr erschüttert worden als je zuvor seit der Eröffnung des ersten Jugendgerichts um die Jahrhundertwende in Chicago.

Die Gesamtanzahl jugendlicher Verbrechen hat sich 1994 im Vergleich zu den Jahren davor sogar etwas verringert, aber niemand feiert deshalb irgendwelche Siege. Jugendliche Gewalt und schwere Verbrechen von der Hand Minderjähriger steigen immer noch an, so daß deren Zahl jetzt viel höher ist als vor einem Jahrzehnt. Da der Bevölkerungsanteil älterer Teenager in Amerika wächst – und gerade jetzt in die »Hauptverbrechensjahre« zwischen siebzehn und neunzehn eintritt –, sagen die meisten Sachverständigen neue Rekorde in Jugendverbrechen vor der anstehenden Jahrhundertwende und für die Jahre darauf voraus. Nach Schätzungen des Justizministeriums ist bis zum Jahr 2010 ein Anstieg von 150 Prozent zu erwarten. Irgendwelche Verringerungen sind, wie es scheint, nur eine Ruhe vor dem Sturm. Diese Trends verstärken sich in der Großgemeinde Los Angeles, wo es 150 000 *bekannte* Mitglieder von 900 kriminellen Straßenbanden gibt. 1982 gab es nur 30 000 solcher Mitglieder. (Zum Vergleich: Es gibt 640 000 Kinder und Minderjährige im Vereinigten Schulbezirk Los Angeles.) Voraussagen für das Jahr 2000 setzen die Bandenzugehörigen in L. A. auf

250 000 an. Basierend auf gegenwärtigen Trends kann man von 90 Prozent dieser Kids erwarten, daß sie mindestens einmal als Minderjährige verhaftet werden, von 75 Prozent, daß sie sich mindestens zweimal dieses Schicksal bescheren. 60 Prozent werden bis zum Alter von zwanzig tot oder im Gefängnis sein[1]. Angesichts früherer Exzesse und künftiger Ängste haben die Gesetzgeber in der ganzen Nation neue Gesetze erlassen, die die Jugendgerichtsbarkeit über ganze Gruppen von Kindern, denen einst Verhandlung im Jugendgericht garantiert war, beschränken oder aufheben. In Pennsylvania zum Beispiel erfordern neue Gesetze, daß Jugendliche von fünfzehn Jahren und älter, die Gewaltverbrechen begangen haben, automatisch als Erwachsene abgeurteilt werden. Georgia hat noch eins draufgesetzt, indem es dieses Verfahren für Kinder ab vierzehn vorschreibt. Da sind dann keine Überstellungsanhörungen mehr notwendig, keine Debatten, ob ein Kind gerettet werden kann oder nicht oder ob besondere Umstände vorliegen. Weg mit ihnen zu den Erwachsenen, ohne jegliche Frage – mit allen Möglichkeiten der Erwachsenenstrafen, einschließlich der Todesstrafe in Pennsylvania. Diese Einstellung zur Jugendstrafverfolgung spiegelt sich auch in neuen Gesetzen in Colorado, Arizona, Illinois und anderen Staaten wider, die schon in Kraft sind oder für die nahe Zukunft vorgeschlagen werden[2]. Viele andere haben das Überstellungsalter gesenkt. Diese neuen Gesetze sind äußerst beliebt bei gewählten Volksvertretern und vielen Wählern, aber sie machen den Widerspruch des inzwischen verstorbenen Richters Potter Stewart in der Gault-Entscheidung vor dreißig Jahren um so weiser. Wie er voraussah, führt die Entscheidung, das Jugendgericht zu einer Miniaturversion des Erwachsenengerichts zu machen, unvermeidlich dazu, daß Kinder nicht mehr anders als Erwachsene behandelt werden. Der eine schmutzige Telefonanruf im Jahre 1964 drängt auch zu unserer Zeit noch das Jugend-Strafverfolgungssystem langsam, aber sicher aus dem Geschäft.

In Kalifornien geht der Vorgang des Jugendgerichtabbaus mit ähnlich forschem Schritt vor sich: Im Jahr 1994 änderten die Gesetzgeber in der kalifornischen Regierungsstadt Sacramento das Überstellungsgesetz auf die Art, daß in Zukunft keine Freilassung im Alter von 25 bei so entsetzlichen Verbrechen wie im Fall von Ronald Duncan mehr möglich ist. Jetzt können viele Gewaltverbrecher ab vierzehn Jahren nach einer Überstellungsanhörung zum Erwachsenengericht geschickt werden. Das ist eine erhebliche Alterssenkung von der vorherigen Grenze und ermöglicht, daß vierzehnjährige zu einem Leben im Gefängnis verurteilt werden (wenn auch die Todesstrafe für Jugendliche in Kalifornien immer noch außer Reichweite bleibt). Dieses neue Gesetz ist in großem Maße ein Allheilmittel gegen Ängste der Öffentlichkeit in bezug auf die Jugendkriminalität: Nur ein kleiner Bruchteil, nämlich ein Prozent der jugendlichen Straftäter, ist von dieser Senkung der Altersschwelle betroffen, aber es markiert gleichzeitig einen kritischen philosophischen Wendepunkt. Kalifornien war einer der letzten Staaten der USA, der noch die Schwelle von sechzehn Jahren beibehalten hatte. Zu Anfang des Jahres 1995 behandelte nur noch der Staat Hawaii alle Straftäter unter sechzehn als Jugendliche, in allen Fällen. Jubelnde Befürworter der Senkung des Überstellungsalters kündigten an, daß die Änderung in Kalifornien künftige Versuche, hart gegen jugendliche Straftäter vorzugehen, erfolgreicher machen wird. In der Tat folgten bald Zusatzgesetze, die es schwieriger machen, Jugendliche wieder per Gerichtsurteil in das Jugendsystem zurückzuschicken, wenn sie erst einmal zum Erwachsenengericht überstellt wurden. Der Vorgang war noch nie leicht durchführbar gewesen, ist aber jetzt fast unmöglich geworden.

Diese Änderungen werden wohl keine Partei in der Jugendgerichtsdebatte befriedigen. Solche Reformen halten die Debatte – und das System – halsstarrig auf eine Altersgrenze fixiert als wichtigsten Faktor bei der Entscheidung, wer als Jugendlicher behandelt und wer vom gesetzlichen Standpunkt als Erwachsener angesehen werden soll. Das wird immer ungerechte Ergebnisse nach beiden Seiten hervorbringen. Es wird immer wieder den eiskalten Killer geben, der zu jung ist, um als Erwachsener abgeurteilt zu werden, und dagegen die herzzerreißenden Fälle, in denen junge Menschen eine Chance verdienen, sie aber wegen ihres Geburtsdatums nicht bekommen können. Immer wieder wird unter diesen Umständen der schlaue, ältere Bandenstrolch einen Jüngeren finden, der seine schmutzige Arbeit für ihn verrichtet – er wird jetzt nur noch jünger als vorher sein.

Über die neuen Gesetze hinaus, die die Jugendgerichtsbarkeit schrumpfen lassen, ist es die einfache Realität schwindender Haushaltsmittel, die in der ganzen Nation am Jugendsystem zehrt. In Los Angeles stirbt die größte Hoffnung des Jugendgerichtshofs, die ansteigende Flut jugendlicher Gewalt und Straftaten aufzuhalten: nämlich Programme zu schaffen, die eher vorbeugen als heilen. Die enorme Haushaltskrise in der Großgemeinde Los Angeles ist zu einer außer Kontrolle geratenen Spirale geworden, so daß allein das Bewährungsamt sich mit einer Kürzung von 67 Millionen Dollar abfinden muß. Klammheimlich hat das Bewährungsamt – sogar ohne den Jugendrichtern davon Mitteilung zu machen – begonnen, Geld zu sparen, indem es die Strafzeiten in Lagern von acht Monaten auf eine so geringe Dauer wie zwölf Wochen herabsetzt. Die Kids wissen davon. Sie reißen sich jetzt schon geradezu um Lagerstrafen, wenn immer das möglich ist. Wenn sie früher überhaupt einen Grund hatten, eine Strafe zu einem Lager zu fürchten, was wenig genug taten, so lachen sie jetzt darüber. Einige Kids im »Zentralen« haben begonnen, die Lagerstrafen »Kurzhaltstationen« zu nennen.

Das Zentrale Jugend-Untersuchungsgefängnis Central Juvenile Hall ist inzwischen, mehr als ein Jahr, nachdem Erdbebenschäden die Einrichtung teilweise lahmgelegt hatten, nicht mehr in der Lage, Reparaturen zu bezahlen, so daß mehrere Flügel und sogar das Haupttor geschlossen werden mußten. Zu Beginn des Jahres 1995 ist nun der aufgegebene Teil des Komplexes ein unheimlicher Ort geworden, öd und ungenutzt am Tage. In der Nacht, während Dampf aus gesprungenen unterirdischen Rohren dringt und durch kleine Erdspalten in die Nachtluft aufsteigt, vermehren sich dort Dutzende von wilden Katzen und suchen nach Freßbarem.

Das Central Juvenile Hall und die anderen beiden Jugend-Untersuchungsgefängnisse von L. A. haben eine Aufnahmekapazität von etwa 1300 Minderjährigen. Die meiste Zeit aber sind dort mehr als 2000 Minderjährige eingesperrt. Diese Einrichtungen haben auf die Flut von Aufnahmen und die daraus entstehenden Spannungen und die Gewalt mit der Ausgabe von Ätzpfeffer-Sprühdosen an ihr Personal reagiert, eine Maßnahme, von der lange Abstand genommen worden war, die aber in der auf den Totschlag des Aufsehers im Kirby-Zentrum folgenden Welle der Empörung für notwendig angesehen wurde. Jetzt werden pro Woche mehrere Minderjährige mit dieser lähmenden, schmerzhaften »chemischen Keule« besprüht. Allerdings ist dieses Mittel noch nicht einmal so aggressiv wie das in den CYA-Erziehungsanstalten benutzte militärische chemische Kampfmittel.

Diese Probleme werden sich wahrscheinlich bald noch verschlimmern. Eines dieser Juvenile Halls muß eventuell wegen Haushaltskürzungen geschlossen werden, desgleichen mehrere Bewährungslager, was das Jugend-Strafverfolgungssystem dazu zwingen wird, die Haftzeit für Minderjährige, die Verbrechen begangen haben und unbedingt von den Straßen weggehalten werden müßten, zu verkürzen. Die Richtlinie, alle Minderjährigen, die wegen ungesetzlichen Besitzes von Schußwaffen verhaftet wurden, festzuhalten, wird noch mehr unterlaufen oder ganz aufgegeben werden müssen, um freie Pritschen zu schaffen. Ein Staatsanwalt schätzte, daß vier von zehn Kids, die mit Schußwaffen ertappt wurden, trotz dieser Richtlinie jetzt schon wieder laufengelassen werden.

Zur gleichen Zeit, in der man mehr jugendliche Straftäter laufenläßt, werden die sowieso schon dünnen Reihen des Personals, das sie auf den Straßen beaufsichtigt, nämlich die Bewährungshelfer, die die Ohren und Augen des Jugendgerichtshofs sind, durch die Mittelkürzungen immer mehr gelichtet. Die bereits unmöglich zu bewältigende Arbeitsbelastung von 200 Minderjährigen pro Bewährungshelfer wird auf 1000 und möglicherweise sogar mehrere Tausend explodieren, als Ergebnis von vorgesehenen Planstellenstreichungen. Diese riesigen Mengen von Bewährungsmündeln werden dann über etwas, was die »Bewährungsbank« genannt wird, beaufsichtigt. Anstatt mit diesen Minderjährigen aktiv zu arbeiten, sie zu beaufsichtigen und ihnen zu helfen, ein akzeptables Leben zu führen, werden die Bewährungshelfer mit den Namen der ihnen Anvertrauten die Computerbanken füttern, die mit Strafverfolgungsrechnern verbunden sind. Wird einer dieser Minderjährigen im Verzeichnis verhaftet oder eines Vergehens oder Verbrechens angeklagt, so wird automatisch eine Computermeldung an den Bewährungshelfer gesandt, der für den Minderjährigen zuständig ist, so daß er weiß, daß dort ein Problem entstanden ist.

Die Bewährungshilfe in L. A. wird für die Mehrzahl von jugendlichen Tätern von Vergehen und Verbrechen auf folgende Methode reduziert werden: Der Bewährungshelfer konsultiert jeden Tag einen Computer. Sonst aber werden die Minderjährigen sich selbst überlassen, können tun, was sie wollen.

Dieser Schlag gegen den Jugendgerichtshof wird noch verschlimmert durch eine andere Mittelkürzung: Ein kleines, aber wirksames Programm, in dem 58 Bewährungshelfer mit Kindern der Grund- und Mittelschulstufen arbeiten, bevor sie sich Straßenbanden anschließen, liegt auf dem Köpfungsblock, zusammen mit einem parallel laufenden Programm, in dem Bewährungshelfer die ihnen Anvertrauten in den Schulen aufsuchen.

Die Mittelkürzungen – jetzt wie schon in der Vergangenheit – zielen auf Jugendprogramme, die sich mit Straftätern von geringerer Schwere beschäftigen, bevor sie schwerere verüben. Es handelt sich eben um die Programme, die gemäß dem gesunden Menschenverstand und allen ernsthaften Untersuchungen über Jugendkriminalität verstärkt werden sollten. Statt die Programme zu verstärken, die sich – wenn auch ebenfalls mangelhaft – auf die Wiederholungstäter, die 16-Prozenter, konzentrieren, werden die alten Prioritäten, die den Jugendgerichtshof verkrüppelt haben, aufrechterhalten. So heißt es denn: die Wegschließeinrichtungen, das Erziehungsanstaltssystem, die Haftprogramme für die schwersten, hartgesottensten Straftäter, deren Besserung am wenigsten wahrscheinlich ist, erhalten und die Bemühungen zur Umkehrung der jungen, noch beeindruckbaren Erst- und Zweitstraftäter aufgeben.

Diese Mittelkürzungen bringen dann einen Jugendgerichtshof hervor, der noch mehr zum Versagen verdammt ist als vorher. Dieses Versagen – in der Form von Wiederholungstätern – wird den Bedarf an mehr Wegschließeinrichtungen und mehr Programmen für die verhärteten, gefährlichen Kids verstärken, was wiederum den Druck erhöhen wird, mehr Kinder als Erwachsene abzuurteilen, weil – wie die Kritiker des Jugendgerichtshofs argumentieren werden – das Jugendsystem nicht funktioniert.

Mehr als einer, der in diesem System arbeitet – Richter, Verteidiger und sogar Staatsanwälte – beklagen diesen Kreislauf. Doch anscheinend können sie ihn nicht aufhalten.

Die stellvertretende Bezirksstaatsanwältin Peggy Beckstrand zum Beispiel hat die Versuche aufgegeben. Sie hat sich schließlich vom Jugendrecht zurückgezogen. Ihre lange erwartete Versetzung zu einer Erwachsenenzweigstelle des Bezirks-Staatsanwaltsamts ist eingetroffen. Sie wird also künftig Erwachsenenverbrechen bearbeiten, eine viel befriedigendere Arbeit, wie sie erklärt. »Ich habe mich regelrecht kaputtgemacht, ein völlig zerrüttetes

System doch noch zum Funktionieren zu bringen. Ich werde das auf keinen Fall vermissen.«

Alle Staatsanwälte, die unter ihr arbeiteten, sind auch aus ihrer ehemaligen Zweigstelle verschwunden, jeder von ihnen zu begehrteren Posten im Erwachsenengerichtshof. Sie sind ersetzt worden durch eine Truppe von juristischen Neulingen, die nun täglich die Aufgabe haben, Entscheidungen zu fällen, die das Leben von Kindern nachhaltig verändern. Die gleiche Art von Umsetzungen hat die erfahrenen Anwälte auch aus dem Pflichtverteidigeramt abwandern lassen.

Inzwischen versucht die Bewährungshelferin Sharon Stegall ein eigenes Unternehmen zu gründen und redet oft davon, das Bewährungsamt zu verlassen, obwohl diejenigen, die sie gut kennen, meinen, daß sie es nie aufgeben wird, mit Kindern zu arbeiten.

Sherry Gold, eine der fähigsten der Zweigstelle Thurgood Marshall zugewiesenen Privatverteidigerinnen, hat sich nach einer Stellung in einer Anwaltsfirma umgesehen, die vom Erwachsenengericht zugewiesene Fälle im San-Fernando-Tal bearbeitet. Auch sie hat genug von ihren Mühen in einer Jugendgerichtsbarkeit, von der sie fürchtet, daß sie aussterben werde. Aber sie ist doch noch nicht ganz sicher, ob sie wirklich aussteigen wird.

»Die Kids, die ich vor zehn, fünfzehn Jahren vertrat, waren so anders. Sie waren noch Kinder, und sie konnten Recht von Unrecht unterscheiden, mehr oder weniger«, sagt Sherry Gold über ihrem Morgenkaffee in ihrem Stammlokal gegenüber von Thurgood Marshall. »Jetzt haben sie keine Achtung vor dem Leben mehr. Es ist, als ob sie hirntot seien. Man kann nicht zu ihnen durchdringen. Manchmal versuche ich, sie ein wenig aufzurütteln. Ich sage: ›He, glotz mich doch nicht so an, als sei ich irgendeine weiße Ziege, die auf dich einlabert! Warum gehst du nicht zur Schule? Warum hängst du bei so einer Bande rum?‹ Alles, was ich als Antwort bekomme, ist: ›Weiß nich – weiß nich.‹

Sie sind eine verlorene Generation, und nichts, was wir

jetzt tun, wird das ändern. Mein Mann hört mich mit diesen Kids am Telefon reden und meint: ›Warum verschwendest du denn deinen Atem noch an die? Merkst du nicht, daß du immer wieder die gleichen Dinge sagst, aber überhaupt nichts erreichst?‹ Ich sträube mich eigentliche dagegen, es einzugestehen, aber ich fange an zu denken, daß er recht hat. Ich weiß nicht, wieviel länger ich das noch durchhalten kann.«

Schwester Janet Harris wird so bald nicht aufgeben. Sie ist immer noch Gefängnisseelsorgerin im ›Zentralen‹, geht immer noch durch die Blöcke und schaut nach Kids, die sie brauchen. In letzter Zeit hat sie versucht, einen Weg zu finden, um den Fall von Elias Elizondo wiederaufnehmen zu lassen – bis jetzt ohne Erfolg. Und sie hat einen vierzehnjährigen Jungen mit Dutzenden von falschen Namen gefunden, der keine Familie hat, keine Zukunft, offiziell gar nicht existieren dürfte und für den sich niemand im System interessiert – der aber zufällig auch ein Genie ist, im wahrsten Sinne des Wortes. Sie und mehrere Freiwillige der Jesuiten, die im ›Zentralen‹ arbeiten, haben sich die Zeit genommen, diesen Jungen näher kennenzulernen. Sie haben erfahren, daß er seit dem Kleinkindalter bei Straßenbanden aufwuchs als eine Art heimatloses Maskottchen, das von einem Ganovenunterschlupf zum anderen weitergereicht wurde. Er ging im Namen älterer Bandenstrolche zur Schule, nahm ihre Identitäten an, machte ihre Schularbeiten und ihre Prüfungen, verdiente für sie ausgezeichnete Noten und half ihnen, den Schein zu wahren, daß sie Gerichtsauflagen, zur Schule zu gehen, befolgten. Er hat nie Unterricht unter seinem eigenen Namen gehabt, obwohl er immer für den einen oder anderen jungen Verbrecher in der Schule war. Er verschlingt ein Buch an einem Tag, aber er hat keine anderen Werte als die eines Straßenverbrechers. Das System hat keine Ahnung, was es mit ihm machen soll – es brauchte ja vierzehn Jahre, um überhaupt von seinem Vorhandensein Kenntnis zu nehmen. »Sie können noch nicht einmal herausfinden, was sein richtiger Name oder sein Geburtstag ist«, berichtet Janet. »Er ist unser neuestes Projekt. Wir müssen irgendwo ein Heim für ihn finden. In einer anderen Umwelt könnte dieser Junge zum Präsidenten der Vereinigten Staaten aufsteigen.«

In einem mit Dokumenten und Computerausdrucken vollgestopften Büro arbeitet Roy Sukoda immer noch an seiner 16-Prozent-Studie, rekonstruiert ein genaues Profil von Wiederholungstätern, das einen ganz neuen Leitweg für das Bewährungsamt und den Jugendgerichtshof aufzeigen soll. Sie sollen dadurch die Minderjährigen schneller finden können, die Hilfe brauchen, bevor sie ernste Straftaten begehen, und mit dessen Hilfe somit Jugendkriminalität verhindern, statt nur darauf zu reagieren. Diese gleiche Studie, die aufzeigt, daß der Jugendgerichtshof in einer gegenwärtigen Form und Wirkung bei der Verhinderung von Jugendkriminalität keine statistisch erhebliche Rolle spielt, zeigt auch einen Weg auf, der das System weit besser machen könnte, als jemals erträumt wurde. »Wir glauben ehrlich, daß dies die größte Hoffnung für die Zukunft ist«, sagt Sukoda stolz. »Darin steckt die Möglichkeit, eine Menge von Kids zu retten, denen wir jetzt überhaupt nicht helfen.«

Aber Sukodas Berichte sind, vorerst, kaum zu mehr bestimmt, als Staub auf einem Regal im Büro von irgend jemandem anzusammeln – wohldurchdachte Vorstellungen ohne einflußreiche Befürworter dahinter. Es ist kein Geld da, um die gewaltigen Veränderungen im System, die in dieser Studie ausdrücklich verlangt werden, vorzunehmen. Außerdem ist auch nicht der politische Wille vorhanden, eine Politik durchzuboxen, die die Verbrechensvermeidung vor die Bestrafung von Verbrechern stellt. Dabei zeigt Sukodas Studie eindeutig, daß sofortige Investitionen in ein neues und besseres Jugendsystem fast mit Gewißheit Geld sparen und im Laufe der nächsten zehn

Jahre die Jugendkriminalität abbauen wird. Das einzige Segment des kalifornischen Haushalts, das jetzt noch wächst, ist der Gefängnishaushalt – eine Priorität, die sich so bald nicht ändern wird.

Der Bezirksstaatsanwalt der Großgemeinde Los Angeles, Gil Garcetti, hat seinen ihm am meisten am Herzen liegenden Gesetzesvorschlag durchsetzen können – ein Gesetz, das eine Einsatzgruppe schafft, die im ganzen Staat Kalifornien arbeitet, um einen kalifornischen Jugendgerichtshof neu zu erfinden. Aber es bleibt unklar, welchen Einfluß – wenn überhaupt – diese Einsatzgruppe haben wird. Die Aussicht ist schon schlecht. Die Planung hat bereits ungünstig angefangen, liegt hinter dem Zeitplan und verfügt nicht über die Mittel zur Ausführung ihrer Aufgabe, eine Methode zu finden, durch die die Jugendgerichtsbarkeit zum Funktionieren gebracht werden kann. Auch die Ernennungen zu dieser Einsatzgruppe wurden erst zu spät erteilt. Sie muß sich auch mit dem Faktor ›Na und?‹ auseinandersetzen, denn ähnliche Bemühungen in der Vergangenheit erbrachten auch interessante Berichte, die aber niemand las, geschweige denn in die Tat umsetzte. Eine andere in jüngerer Vergangenheit gegründete Untersuchungsgruppe – die von einer geachteten Wachhundeinrichtung, genannt ›Die kleine Hoover-Kommission‹, erdacht worden war – verbrachte ein Jahr damit, sich Meinungen anzuhören und Sachverständige zu befragen, worauf sie eine Reihe von vernünftigen Empfehlungen zur Sanierung des Jugendstrafverfolgungssystems in Kalifornien unterbreitete. Diese Empfehlungen kann man in den folgenden drei Vorschlägen kurz zusammenfassen: Vorbeugung und Programme für die jüngsten, frühesten Straftäter zur höchsten Priorität des Systems zu machen und nicht mehr das meiste Geld und den Löwenanteil der Zeit auf ältere, verhärtete jugendliche Verbrecher anzuwenden. Die Flexibilität und Vernünftigkeit wiederherzustellen, die das System im Kielwasser der Gault-Entscheidung verloren hat; diese hat den Jugendgerichtshof in einen Mini-Erwachsenengerichtshof verwandelt, mit der daraus entwickelten Konzentration auf das Bearbeiten von Fällen statt der Behandlung von Kindern. Das System so umzuformen, daß Mißverhalten feste, schnelle und vorhersehbare Konsequenzen hat, statt eine Drehtür darzustellen, die einem Kind erlaubt, viele Straftaten zu begehen, bevor es mit einer angemessenen Strafe konfrontiert wird.

Die meisten Professionellen, die in diesem System arbeiten – und viele der Minderjährigen, die durch dieses geschleust werden –, stimmen diesen geradlinigen Empfehlungen zu. Dennoch wurde der Bericht nicht beachtet und sogar als unrealistisch verschrien. Der neuen staatlichen Einsatzgruppe, die auf Bezirksstaatsanwalt Garcettis Drängen zustande kam, steht ein ähnliches Schicksal bevor – es sei denn, sie würde weniger zur Sanierung des Jugendstrafverfolgungssystems und mehr zu seinem Abbau neigen. Für die letztere Einstellung würde es keinen Mangel an Unterstützung geben.

Richter Dorn bleibt indessen in der Zweigstelle Thurgood Marshall eingeigelt, und mangels einer systemweiten Lösung am Horizont bleibt er darauf erpicht, sein eigenes Programm zu schaffen, um sowohl die Jugendlichen als auch das Gericht, das ihnen dient, zu retten. Wenn er nicht das ganze System retten kann, dann wird er es innerhalb der Wände seines eigenen Gerichtsgebäudes umkrempeln, dort, wo niemand ihm vorschreiben kann, was er zu tun hat. Wenn das Bewährungsamt woanders Leistungen beschneidet, so erteilt Dorn ihm spezielle Anweisungen, in seinem Gerichtssaal und mit seinen Minderjährigen härter zu arbeiten. Wenn die Polizeiinspektionen Jugendkriminalität abfällig behandeln, so daß es Wochen dauert, bis auf von den Jugendgerichten erlassene Haftbefehle reagiert wird, weist er sie an, Richter Dorns Befehle vor allen anderen auszuführen – und das Kid, das er verhaftet haben will, wird innerhalb von Stunden zu ihm gebracht. Wenn die Bemühungen, sich mit

Straftätern zu beschäftigen, durch Rivalitäten zwischen Ämtern behindert und hintertrieben werden, so übt er Druck auf Schulen, soziale Dienste, Staatsanwälte und Verteidiger aus, zusammenzukommen und Wege zur Zusammenarbeit zu finden.

Und wenn niemand sonst daran interessiert ist, Verbrechen durch Bestrafung von unbelehrbaren Statusverletzern, also von ständigen Übertretern der Verhaltensgrenzen, zu verhüten, dann macht er es eben allein. Die Eltern jedenfalls strömen mit ihren ungehorsamen Sprößlingen zu ihm, und obwohl die Gesetze sagen, daß er sie nicht mit Aufenthalten im Juvenile Hall (das ja ein Untersuchungsgefängnis ist) strafen kann, finden er und andere Richter bei Thurgood Marshall Wege und Mittel, es dennoch zu tun. In den ›Richterkammern‹ nimmt sich Dorn weiterhin Dutzende von Statusverletzern pro Woche vor. »Das wird nie schriftlich im Gericht festgehalten, aber Richter Dorn behält sie trotzdem unter Bewährung«, erzählt er fröhlich einer Versammlung von Polizisten, Anwälten und Bewährungshelfern, die mit Kindern arbeiten.

Die neueste Entrüstung der Pflichtverteidiger rührt von einer anderen Dorn-Richtlinie her: Er ist dazu übergegangen, Minderjährige, die das Bewährungslager erfolgreich absolviert haben, in Gruppenheime und zu Pflegefamilien zu schicken, wenn ihre Eltern nicht zu den Elternberatungssitzungen erscheinen, die ihnen vom Gericht vorgeschrieben wurden. Der Richter – und so mancher andere Jurist dieses Gerichts – sehen dies als ein Werkzeug an, um die Familiensituation von straffällig gewordenen Kindern zu verbessern, als sichersten Weg, einen Minderjährigen daran zu hindern, ein Wiederholungstäter zu werden. Kritiker sagen jedoch, Dorns neue Methode sei ungesetzlich und eigentlich eine Bestrafung von Kindern für das Verhalten ihrer Eltern. Minderjährige fragen nämlich schon: »Warum soll ich mich denn anstrengen und machen, was die Gerichte und die Lager verlangen, um dann doch für etwas bestraft zu werden, das überhaupt nicht von mir abhängt?«

»Es wird immer wieder Kritikaster geben«, schnaubt Dorn. »Die wollen doch, daß sich nichts ändert. Denen ist doch das Schicksal dieser Kinder völlig gleichgültig. Sie erkennen nicht, daß das Jugendgericht ein Mittel ist, Leben zu retten. Ich aber handle danach und werde nie aufgeben, Kinder zu retten – niemals! Ich werde tun, was notwendig ist. Darum bin ich doch Richter, und dafür bin ich hier!«

Auf einer von ihm mitorganisierten Winterkonferenz über Jugendbanden ergreift Dorn das Mikrophon und setzt sich mit dem gleichen Pathos und der gleichen Inbrunst in Szene wie sonntags in seiner Kirche. Er kritisiert viele Bewährungshelfer, Jugendanwälte und einige seiner Richterkollegen unverblümt wegen ihrer Faulheit und ihres Mangels an Einsatzwillen, Kinder – und sein Gericht – vor der Zerstörung zu retten. Er bittet seine Zuhörerschaft von Polizisten, Beratern, Anwälten und Bewährungshelfern eindringlich, seine auf gesundem Menschenverstand basierenden Reformen des Systems zu unterstützen. Er fordert ein Ende der informellen, unbeaufsichtigten Bewährung, die nichts erreicht als Minderjährige zu ermutigen, noch mehr Straftaten zu begehen. Er bettelt förmlich um eine systemweite Ausdehnung seines Statusverletzerprogramms mit neuen Gesetzen, die bis zu einem Jahr Haft für hartgesottene Kinder, die sich nicht bessern, erlauben. Eltern mit Kindern, die außer Kontrolle geraten sind, sollten nicht mehr aus allen Teilen der Großgemeinde Los Angeles nur zu seinem Gerichtsgebäude strömen müssen, weil niemand sonst ihnen helfen will, ruft er und schwenkt die Arme. Er fordert ein der Öffentlichkeit zugängliches Jugendgericht und ein neues Gesetz, das den Besitz einer Schußwaffe für einen Jugendlichen zu einem Verbrechen macht, so daß er, Dorn, drei Jahre statt nur sechs Monate zur Verfügung hat, mit Minderjährigen, die tödliche Waffen getragen haben, zu arbeiten.

»Unsere Kinder bringen sich mit neunzig Meilen pro Stunde auf den Straßen um ..., doch wir behandeln den

Besitz einer Schußwaffe als eine Übertretung. Das ist doch falsch! ... Warum können wir nicht Veränderungen vornehmen, die der gesunde Menschenverstand fordert? Das sind doch sinnvolle Forderungen, nicht wahr? Das sollte doch gar nicht in Frage gestellt werden – aber es wird.«

Dorn erzählt seiner Zuhörerschaft, daß das Jugendgericht nicht der unerwünschte, finanzielle stiefmütterlich behandelte Boden des Fasses sein sollte, sondern ihm gehöre die erste Stelle des Rechtssystems. »Unsere Kinder – auch die irregeleiteten und gefährlichen – verdienen das Beste, nicht das Geringste«, schimpft er. Er möchte der Versammlung den grundlegenden Optimismus vermitteln, der das Jugendgericht ursprünglich hervorbrachte – die Vorstellung, daß die Gesellschaft Kinder zu schützen und zu retten versuchen solle, einfach weil sie Kinder sind. Während Dorn so spricht, weicht langsam der Richter dem Prediger in ihm. Seine Stimme schwillt an, er greift das Mikrophon mit beiden Händen. Jedesmal, wenn er ein Wort ausspricht, das mit dem Buchstaben *P* beginnt, klingt es wie ein Schuß, so nahe sind seine Lippen dem Mikrophon. Und diese Ansammlung von zynischen Cops, Bewährungshelfern und Juristen, die alles schon gesehen haben, ertappen sich dabei, wie sie nicken, als ob sie zu Richter Dorns Sonntagsgemeinde gehören würden. Während sie ihm so zuhören, glauben sie fast wieder, daß das, was sie tun, wirklich etwas nützt.

»Es mag einige Personen geben, die meinen, daß dieses Problem, das wir mit unseren jungen Leuten haben, nicht das ihre ist ... Lassen Sie mich Ihnen sagen, daß die Hälfte der Kids, die zu mir gebracht werden, nicht aus der Innenstadt stammen. Sie kommen aus Santa Monica, Beverly Hills, Rolling Hills* ... Sie sind doch unsere Kinder. SIE SIND *UNSERE* KINDER! Wenn Sie das nicht glauben, sind Sie im falschen Beruf. ... Wenn wir hier nichts ändern, sind Sie und ich bald nicht mehr sicher in unseren Hei-

* Anm. d. Übers.: aus den wohlhabenderen Teilen der Großgemeinde L. A.

men. Ohne eine Änderung wird unsere Gesellschaft nicht mehr die gleiche sein.«

Dann macht Richter Dorn eine Pause, atmet heftig und beginnt dann wieder mit leiserer Stimme, um größere Wirkung zu erzeugen. Seine Zuhörer sind jetzt gebannt. Er predigt jetzt offensichtlich zu einer Kirchengemeinde ...

»Lassen Sie mich Ihnen sagen«, mahnt er fast flüsternd, »wir können es schaffen – und wir müssen es!«

Richter Dorns Jahrestag seiner Rückkehr ins Jugendgericht markiert auch den Ablauf eines Jahres, seit Elias Elizondo sich der Schreibklasse im Zentralen Jugend-Untersuchungsgefängnis anschloß. In diesem Zeitraum sandte ihn das System, nachdem das Jugendgericht jahrelang von seinen geringeren Straftaten und seiner Bandenmitgliedschaft keine Kenntnis genommen hatte, ohne Zögern oder Bedenken ins Erwachsenengericht, weil seine letzte Tat als ernst genug angesehen wurde.

Jetzt befindet er sich im staatlichen Zuchthaus als einer von 120 000 Insassen in Kaliforniens System von 28 Gefängnissen, das 3 Milliarden Dollar pro Jahr kostet. Es ist damit größer und teurer als das US-Bundesgefängnissystem. Kalifornien ist der einzige Staat in den USA, der sich dessen rühmen kann. Bis zu seinem frühestmöglichen Begnadigungsdatum im Jahr 2002 wird die Staatsgefängnis-Bevölkerung von Kalifornien wahrscheinlich auf 350 000 in 81 Gefängnissen mit jährlichen Kosten von 6,8 Milliarden Dollar angestiegen sein. Dieser Anstieg ergibt sich dank neuer Strafgesetze, im letzten Jahr erlassen, welche äußerst harte Gefängnisstrafen für mehr Jugendliche und alle erwachsenen ›dreimaligen Verlierer‹* vorschreiben.

Nachdem er mehrmals im System herumgeschoben

* Anm. d. Übers.: Der ›dreimalige Verlierer‹, ›three-time loser‹, ist im angelsächsischen Sprachgebrauch das allerletzte der ›armen Schweine‹.

worden war, ist Elias in das berüchtigte Staatszuchthaus Folsom gesteckt worden, eine der härtesten Hafteinrichtungen im kalifornischen Strafverfolgungssystem, ein Bollwerk für die mexikanische Mafia und andere Gefängnisbanden. Weil er an einem Überfallversuch, bei dem ein Mitglied seiner Bande einen Mann erstach, teilgenommen hatte, wird Elias vom Gefängnissystem nicht anders behandelt, als wenn er das Messer selbst in das Opfer gestoßen hätte. Es gibt keinen Unterricht mehr für Elias, keine Versuche, ihn zu rehabilitieren. Er wird einfach mit abgefeimten Verbrechern und Gangstern abgespeichert als Jüngster im Zellenblock, bis er seine Strafe von fünfzehn Jahren bis lebenslänglich abgesessen hat. Er wird im Gefängnis zum Mann werden und die meisten seiner 20er Jahre dort verbringen. Dann wird er nach Hause zurückkehren, um der Nachbar, der Arbeitnehmer, der Onkel, Cousin und Vater von jemandem zu werden. Er wird sich ein Leben suchen müssen – und einen Weg, der ihn nicht mehr zurückführt. Und das alles muß er ganz allein tun.

Die Erfahrung von Geri Vance im Erwachsenensystem ist eine völlig andere. Obwohl er wegen Mordversuchs zu einer Haftstrafe im Staatsgefängnis verurteilt worden war, wurde er für geeignet befunden, in der CYA-Anstalt Ventura School untergebracht zu werden, der besten Einrichtung des Jugendgefängnissystems. Es ist ein Strandgemeinden-Paradies im Vergleich zu einigen der öden Einrichtungen in Wüstengelände, in denen er ebenso hätte gelandet sein können. Die Berater in dieser CYA-Anstalt, wie auch schon die, die im Central Juvenile Hall mit ihm gearbeitet hatten, glauben, daß er über enorme Möglichkeiten verfügt, trotz der Entscheidung des Jugendgerichtshofs, ihn aufzugeben. Ventura ist die einzige CYA-Einrichtung mit einem vierjährigen College-Programm. Mit etwas Glück, meint Geri, wird er einen Collegeabschluß haben, wenn er herauskommt. Und seine Lebensbeschreibung wird fertig sein.

»Wenn die erst mal geschrieben ist«, erklärt er, »kann ich mein Leben von vorn beginnen, mit einem neuen Anfang.«

Nach acht Monaten hat John Sloan, der dank Richter Dorns Weigerung, das harte Überstellungsgesetz des Staates anzuwenden, das Bewährungslager mit Auszeichnung absolviert. Er ist nach Hause zu seinen Eltern zurückgekehrt und besucht das Los Angeles City College, wo er gute Noten für eine künstlerische Laufbahn erntet. Er ist ein äußerst ruhiger und in sich gekehrter Teenager, der nicht gerne über seine Erfahrung im System und auch andere Dinge erzählt. Man kann ihn schwer beurteilen. Jetzt ist er achtzehn, gesetzlich also ein Erwachsener, obwohl er in der Jugendstrafbewährung bleibt. Er sieht seinen Bewährungshelfer jedoch nie. Dieser hat ihn in eine Gruppe geringen Risikos eingestuft, so daß er sich nur melden muß, wenn er ein Problem hat.

Bisher hat es keines gegeben, jedenfalls soweit das System informiert ist. Und das ist auch schon wieder ein Erfolg in den Augen des Jugendgerichts.

Obwohl über George Trevino bei der Strafbemessungsanhörung wegen des Überfalls mit Hausfriedensbruch eine falsche und unvollständige Darstellung gegeben worden war, bleibt seine Haftstrafe im Erwachsenengefängnis in Kraft. Als ich den vom Gericht ernannten Privatverteidiger William O'Donnell auf Georges Leistungen und all die möglichen Zeugen zu seinen Gunsten aufmerksam mache, ist dieser zuerst bestürzt darüber. »Das habe ich ja gar nicht gewußt!« ruft er aus – und geht zwei Tage vor Erlösche der Antragsfrist zum Gericht, um eine Anhörung über eine Änderung von Georges Strafe zu beantragen.

Der Leiter des Jugend-Untersuchungsgefängnisses, sein Berater, ein freiwilliger Gefängnisgehilfe und Schwester Janet kommen ins Gericht und warten bei brütender

Sommerhitze von 33 Grad Celsius im Flur der Zweigstelle Norwalk des Kalifornischen Obergerichts, wo die Klimaanlage nur in den Verhandlungssälen und Richterzimmern zu funktionieren scheint. George erscheint nicht hier, denn er ist noch nicht einmal über diese Anhörung informiert worden. »Ich wollte dem Kid keine unnützen Hoffnungen machen«, bemerkt O'Donnell dazu. Das ist ein Zeichen von wenig Zuversicht, das weder dem Richter noch dem Staatsanwalt entgeht.

Trotz der Aussagen von Georges Unterstützern, die vom Herzen kommen, ist die Anhörung eine recht verbockte Affäre. Verteidiger O'Donnell, der mit zerknitterter Kleidung und sichtlich zerstreut auftritt, gibt vor dem Gericht offen seiner Hoffnung zum Ausdruck, daß dies sein letzter Kriminalfall sein wird. Man merkt ihm an, daß er vor diesem Anhörungstag nicht mit den Zeugen zusammengekommen ist. Sein Vortrag ist unzusammenhängend, so daß seine Zeugen schließlich den Eindruck erwecken, ihr gutes Herz sei von George geblendet worden. Es wird nie darauf hingewiesen, wie irreführend und falsch der Bewährungs- und der CYA-Bericht über George waren. Das ist von großer Bedeutung, denn diese Berichte beeinflußten doch den Richter maßgeblich in seiner Urteilsfindung.

Der Staatsanwalt kann keinen Gegenbeweis zu den glühenden Kommentaren von Schwester Janet und den anderen bieten. Er argumentiert nur, daß George, was immer auch seine Leistungen seit seiner Verhaftung gewesen sein mögen, sich als gefährlich erwiesen hat und daß seine Rücküberstellung an das Jugendstrafsystem – und damit die Möglichkeit einer viel früheren Entlassung aus der Haft – eine Gefahr für die öffentliche Sicherheit bedeuten würde.

»Es ist doch wohl klar, daß das, was immer mit ihm nicht in Ordnung ist, nicht in sechs Monaten, einem oder zwei Jahren behoben wird«, erklärt der Staatsanwalt und fährt dann, traurig, fort: »Niemand hier im Gerichtssaal kann das wirklich bestreiten, denn es hat doch Jahre gedauert, George zu dem zu machen, was er heute ist. Man kann sich nur darüber streiten, wer die Schuld daran trägt.«

»Ich werde mein Urteil nicht zurücknehmen«, sagt Richter Philip Hickok schließlich. »Ich hoffe und bete, daß Mr. Trevino seine Lektion gelernt hat und ein produktives Mitglied unserer Gesellschaft wird ... Das Urteil bleibt in Kraft. Ich habe dabei ein ruhiges Gewissen.«

Immerhin erlaubt der Richter Hickoks Urteil, daß George in einer CYA-Erziehungsanstalt untergebracht wird, möglicherweise für die Dauer seiner gesamten Haftstrafe, da er begnadigt werden kann, bevor er die für diese Anstaltsform vorgeschriebene Altersgrenze von fünfundzwanzig erreicht. Alles, was er nun tun muß, ist, sich gut zu betragen. Auch er hofft, sich einen Collegeabschluß hinter Gittern zu verdienen. Er ist aber nicht annähernd so optimistisch wie Geri, obwohl er Besuche und Briefe von Menschen, die er gern hat, nicht mehr ablehnt. Die fehlgeschlagene Anhörung über seine Strafe und die Tatsache, daß Leute sich so sehr um ihn kümmern, daß sie vor Gericht erschienen, um für ihn auszusagen, erstaunte ihn, als er davon erfuhr. »Ich kann es gar nicht glauben, daß Sie alle das für mich getan haben«, sagte er zu Janet. Er will das Ereignis fest in seiner Erinnerung behalten als etwas, an dem er sich aufrichten kann, dieses Gefühl, daß es Leute gibt, denen er etwas bedeutet, obwohl er immer noch daran zweifelt, daß er jemals mehr als ein Verbrecher sein wird. Und dennoch schleicht sich ein neuer, schwacher Optimismus kurz in seine Gedichte:

Mein Leben ist an einem Ende angelangt,
aber wenn ich mich auf der Straße umdrehe,
beginnt es von neuem.

Es ist nun an mir, mich zu entscheiden,
an mir, eine Wahl zu treffen.
Ich hoffe nur, daß ich gelenkt werde –
In die richtige Richtung.

Ein paar Wochen vor seiner Verlegung vom ›Zentralen‹ zur CYA-Anstalt ist George als Kandidat zum ›Hervorragenden Schüler des Jahres‹ nominiert worden. Aber bis zu dem Zeitpunkt, an dem der Name des Siegers verkündet wird – also Georges –, ist er schon weg.

Einige Monate später bricht eine Schlägerei unter den Insassen der CYA-Anstalt, in der George sich befindet, aus. Er wird als einer der Schuldigen identifiziert und ins Erwachsenengefängnis verlegt – für immer.

Ronald Duncan, der vom Jugendsystem nur behalten wurde, weil neun Tage bis zu seinem Geburtstag fehlten, befindet sich in einer CYA-Anstalt, wo er wahrscheinlich bis zu seinem fünfundzwanzigsten Geburtstag bleiben wird. Dennoch, obwohl sein abscheulicher Doppelmord ein viel schwereres Verbrechen als das von Elias, George oder Geri war, wird Ronald wahrscheinlich vor jedem von diesen in Freiheit sein. Nur *sein* Führungszeugnis wird dann sauber sein, als ob diese beiden Morde nie geschehen wären.

Ronald hat seine Verantwortung für die Morde nie zugegeben. Er muß ja auch nicht. Der Kalender wird ihn freisetzen.

Andre, der Bandenstrolch, dessen Verhalten und Lebenseinstellung nicht besser, eher noch schlechter war als die von George, Geri oder Elias, hat das Bandenleben und die Straßen hinter sich gelassen. Ihm war vom Jugendsystem eine Chance, mit behinderten Kindern zu arbeiten und sein Leben zu ändern, geboten worden. Nun hat er die High-School erfolgreich abgeschlossen und besucht jetzt das Gemeindecollege. Daneben arbeitet er als Büroangestellter für die Gemeinde Los Angeles.

»Man kann sich ändern«, sagt er. »Dazu braucht man Entschlossenheit – und auch jemanden draußen, der bereit ist, dir zu helfen; der dich wie eine Person statt wie einen

Verbrecher behandelt; jemanden, der an dich glaubt, wie meine Lehrer das taten – aber man kann es schaffen.«

Andre ist sich noch nicht sicher, was er eigentlich im Leben tun möchte. Er gewöhnt sich jetzt erst an den Gedanken, daß seine Horizonte weiter sind als die engen Ghetto-Einbahnstraßen von Norwalk. Es gibt eine Laufbahn, die ihn interessiert und die er noch vor ein paar Jahren nie in Erwägung gezogen haben würde, die ihm aber jetzt erstrebenswert scheint. Sie würde ihn in die Lage versetzen, Menschen zu helfen, besonders Kids wie ihm.

Er denkt daran, daß er – aber nur vielleicht – ein Polizist werden könnte.

Auch Carla James hat die High-School erfolgreich abgeschlossen und die öde South-Bay-Schule endgültig verlassen. Wie sie es geplant hatte, ist sie nun Vollzeitstudentin am College und hat zwei Nebenbeschäftigungen: als Eisverkäuferin und Verkäuferin von ›Hot dogs‹ in einem Einkaufszentrum. Sie und ihre Mutter sprechen jetzt mehr miteinander, anstatt sich zu streiten, und lassen die alten Spannungen, die einst ihr Heim belasteten, nicht mehr aufkommen. Carlas kleiner Bruder ist in einer Privatschule – sie selbst hat dafür gesorgt, daß er nicht in ihre Gangster-Fußstapfen tritt. In den jetzt acht Monaten ›draußen‹ ist sie anständig und sauber geblieben. Sie hat sich so gut gemacht, daß ihre Bewährungshelferin Sharon Stegall empfohlen hat, sie von der Liste der vom Jugendgericht zu Beaufsichtigenden zu streichen, damit ihr Führungskonto abgeschlossen und versiegelt wird.

»Das war ein Kid, das immer auf der Straße mitmachte, weil es den Kick liebte«, kommentiert Sharon. »Aber ich glaube, sie hat begriffen, daß sie nicht dumm ist und alles erreichen kann, wenn sie wirklich dazu entschlossen ist. Ich bin recht zuversichtlich, daß sie ihre Fähigkeiten von nun an in gesetzliche Bahnen lenken wird. Wenn nicht, wenn ich mich da irre – nun, sie ist gerade achtzehn geworden. Das nächste Mal geht's ab zu den Erwachsenen.

»Es wird kein nächstes Mal mehr geben«, entgegnet Carla. »Ich weiß das mit Sicherheit. Nicht, daß ich irgendeine große Lektion vom System gelernt habe oder so. Aber ich bin jetzt älter und weiß es besser.«

Carla, so scheint es, stellt eine eindringliche Lehre *für das System* dar – und einen überzeugenden Grund, es am Leben zu erhalten. Es ist ja nicht so sehr, daß der Jugendgerichtshof die Macht hat, Kinder wie Carla zu ändern. In Wirklichkeit ist es ihm gar nicht möglich, obwohl das wenige so klar aussprechen wie Carla. Was das System erreichen kann – und was durch Überstellung von Jugendlichen an die Erwachsenengerichtsbarkeit nie erreichbar ist –, ist immerhin, Carla und anderen wir ihr die Zeit, Gelegenheit und Instrumente zu geben, andere, konstruktivere Wege des Lebens als Banden, Verbrechen und Gewalt zu erwägen. Einige Minderjährige werden sich entscheiden, nicht Verbrecher zu werden, wenn man ihnen die Gelegenheit dazu gibt – nicht, weil sie dazu gezwungen werden, sondern weil es ihnen sinnvoll erscheint.

Carla setzt ihr großes, weißes Lächeln auf, mit schelmischen Augen und zuversichtlicher, sicherer Haltung, als sie dieser Bewertung zustimmt. Man kann sich, wie immer bei Carla, überhaupt nicht vorstellen, daß dieses Mädchen jemandem Schmerz zufügen, eine Schußwaffe auf jemanden richten und dann abdrücken könnte – obwohl kein Zweifel besteht, daß sie all das und noch Schlimmeres in der Vergangenheit getan hat. Auch in diesem Wissen aber erscheint es immer noch unmöglich.

»Jep«, sagt Carla ohne eine Spur von Ironie. »Das ist es, was jeder immer von mir gesagt hat. So kam es, daß *ich* immer das System bearbeitet habe statt umgekehrt.«

Das Ergebnis ist aber schließlich das gleiche. Trotz ihres Prahlens, das System bearbeitet und den Richtern und Beratern erzählt zu haben, was sie hören wollten, führt Carla jetzt doch ein anständiges Leben. Sie ist ›draußen‹

und weg von den Schwierigkeiten der Straße. Es kommt ja nicht darauf an, warum, sondern nur, daß es so ist. Ihre Mutter jedenfalls zweifelt nicht daran, daß das Jugendgericht Carlas Leben gerettet hat.

Vor einem Jahr fanden sich diese sieben Minderjährigen vor dem Jugendgericht, Kids, angeklagt wegen Autodiebstahls, Mordes, Körperverletzungen, Raubüberfalls und Bewährungsverletzungen durch Schulschwänzen und Tragen von Gangsterkleidung. Drei dieser Jugendlichen waren Bandenmitglieder des harten Kern. Zwei waren sehr arm, einer sehr wohlhabend, die anderen irgendwo dazwischen. Das System der Jugendgerichtsbarkeit, dessen theoretisches Ziel Rehabilitierung, Besserung, nicht Strafe ist – oder war –, hatte die Aufgabe, sie alle zu retten, oder wenigstens, alles irgendwie Mögliche dazu zu versuchen.

Es rettete drei, und es erwies sich als machtlos gegenüber dem einen unbarmherzigen Mörder unter ihnen. Die übrigen gab es auf.

Es gibt keinen leicht feststellbaren Grund für diese so unterschiedlichen Resultate. Es liegt wenig Logik in den Erfolgen und Niederlagen des Jugendgerichtshofs. Aber irgendeines dieser Kids hätte durch irgendeinen Umstand – eine zufällige Begegnung mit einem interessierten Richter, Bewährungshelfer oder Freiwilligen, oder im Gegenteil mit einem erschöpften Bürokraten, einem unfähigen Verteidiger oder einem unflexiblen Staatsanwalt – die Stelle eines anderen der restlichen sechs einnehmen können. Und das ist die herzzerreißende Misere, das Wunder und der Skandal des Jugendgerichts. Die herzzerreißende Misere, weil nicht jedes Kid gerettet werden kann. Das Wunder, weil dieses gebrochene, geschlagene, minderbemittelte System überhaupt noch ein Kind rettet. Und der Skandal, weil es so selten versucht, überhaupt noch etwas zu tun.

ANMERKUNGEN

ZUM VORWORT:

1. Die Zahlen beziehen sich auf Festnahmen von Minderjährigen in der Großgemeinde Los Angeles im Jahre 1994. Grundlage sind Aufstellungen des Informationszentrums der Strafverfolgungsbehörden im Justizministerium des Staates Kalifornien. Sie stellen nur die Verhaftungen dar, nicht später beim Jugendgericht verhandelte Fälle oder Verurteilungen. So wurden zum Beispiel von 27 144 wegen Verbrechen verhafteten Minderjährigen fast 22 Prozent entlassen, ohne daß Anklage vor Gericht erhoben wurde – teilweise wegen der zu hohen Arbeitsbelastung des Systems und des sich daraus ergebenden Fallrückstaus und teilweise wegen zu ungünstiger Beweislage.

2. Richard Perez wurde schließlich der Erwachsenengerichtsbarkeit überstellt und wegen Mordes ersten Grades verurteilt. Er muß mit einer Strafe von dreißig Jahren bis lebenslänglich im Gefängnis rechnen.

3. Aus *Ursprüngliche Unterstellungen unter die Jugendbewährung in der Großgemeinde Los Angeles von Januar bis Juni 1990: Eine Untersuchung des Bewährungsamts von Los Angeles* und aus Befragungen leitender Bediensteter des Bewährungsamts.

ZU KAPITEL 1:

1. Eine Klage wegen Fehlverhaltens gegen Mrs. Beckstrand und einen ihrer Stellvertreter wurde schließlich abgewiesen.

2. Die Studie des Bewährungsamts über Wiederholungstäter, die von den Mitarbeitern des Jugendgerichtshofs die 16-Prozent-Lösung genannt wird, zeigte nicht nur auf, daß viele Anstrengungen des Systems statistisch nutzlos sind, sondern auch, daß diese Anstrengungen sich hauptsächlich auf Kinder konzentrieren, die wahrschein-

lich am wenigsten davon profitieren werden – nämlich auf die hartgesottensten Wiederholungestäter. Auf die Ersttäter angewandt, könnten diese noch von einem Leben des Verbrechens abgebracht werden.

Eine weitere Untersuchung des Jahres 1994 mit dem Titel *Die Herausforderung durch Jugendkriminalität: Der Vorbeugung muß Vorrang gegeben werden*, die von einem geachteten kalifornischen Überwachungsgremium, das die ›Kleine Hoover-Kommission‹ genannt wird, durchgeführt wurde, kritisierte auch diese falschen Prioritäten: »Die Mitarbeiter vor Ort beklagen ihre Unfähigkeit, sich mit den Jugendlichen zu beschäftigen, der geringere Straftaten begangen hat, wegen des Zeit- und Mitteldrucks, chronische Straftäter zu verfolgen. Diese Situation ist besonders frustrierend, weil diese schlimmsten Fälle der jugendlichen Täter nicht nur wegen der hohen Kosten ihrer Behandlung viele Mittel aufsaugen, sondern weil sie auch diejenigen sind, bei denen am wenigsten Wahrscheinlichkeit besteht, daß sie von einem Leben des Verbrechens abgeschreckt werden können, ungeachtet der ergriffenen Maßnahmen. Eine hohe Priorität auf ›Vorderenden-Programme‹ zu legen, ist ohne Bewilligung neuer Haushaltsgelder schwierig, aber doch so wichtig für erfolgreiche Bemühungen in der Verbrechensvorbeugung.«

3. Diese Zahlen stammen aus dem Statistischen Bericht über die Jugendgerichtshöfe der Nation für 1994 des Amts für Jugendrecht und Straftatenvorbeugung im US-Justizministerium (dieser Bericht basiert seinerseits auf dem Kalenderjahr 1992). Eine separate Studie von Verhaftungsquoten in: *Jugendliche Straftäter und Opfer, Mai 1995*, auch aus dem Justizministerium, kommt zu ähnlichen Folgerungen und lautet: »Der Anteil von Gewaltverbrechen, die durch Jugendliche begangen werden, ist im Vergleich zur Gesamtbevölkerung der Vereinigten Staaten von Amerika hoch und im Ansteigen begriffen.« In diesem Bericht wurde festgestellt, daß Minderjährige für eines von fünf Gewaltverbrechen, einen von drei Einbrüchen

und fast für die Hälfte aller Brandstiftungen und Autodiebstähle verantwortlich sind.

4. Diese Zahl schließt die beiden Seiten des Jugendgerichtshofs von Los Angeles ein. Das Strafgericht, das für Kinder unter 18 Jahren, die Verbrechen begangen haben, zuständig ist, hat zehn verschiedene Zweigstellen mit 28 Richteramtsinhabern (Richtern und ›Commissioners‹, also Gerichtsbeauftragte). Dieses Gericht verfolgt pro Jahr etwa 30 000 neue Fälle und hat zu jeder Zeit ca. 35 000 Minderjährige unter Beaufsichtigung als Gerichtsmündel, wofür es etwa 150 000 Anhörungen im Jahr durchführt. Die andere Seite des Jugendgerichtshofs, das Verwahrungsgericht, das für mißbrauchte und vernachlässigte Kinder zuständig ist, diese beaufsichtigt und von ihren biologischen Eltern entfernt (oder sie wieder mit denen zusammenführt), hat 21 Richter in einem einzigen Gerichtsgebäude. Es nimmt pro Jahr etwa 14 000 neue Mündel auf und hat zu jeder Zeit ca. 48 000 unter Beaufsichtigung. Quelle: Jim Shepard, Gerichtsadministrator, Jugendgerichtsdienste. In einigen anderen kalifornischen Gerichtsbarkeiten und in vielen anderen Staaten der USA sind die Verwahrungs- und die Straffunktionen nicht getrennt, so daß dort die Richter beide Arten von Fällen behandeln.

KAPITEL 2:

1. Der Bericht für 1994 der Kleinen Hoover-Kommission: *Die Herausforderung durch Jugendkriminalität: Der Vorbeugung muß Vorrang gegeben werden* sagt folgendes: »Im Jahre 1977 wurden Statusverletzer (Ausreißer, Schulschwänzer und unverbesserliche Kinder) von Einsperrung befreit mit dem Ziel, sie von den Schwerverbrechern fernzuhalten. Wieder einmal entwickelten örtliche Stellen hier keine geeigneten Ersatzmaßnahmen, so daß Statusverletzern heutzutage wenig von der Beachtung gewidmet wird, die sie brauchen, um nicht über den Rand des Abgrunds der Straftaten zu fallen.« (S. 59).

Der Bericht fährt fort (S. 123: »Jugendliche ... sind der kritische Angelpunkt jeder Anstrengung, Straftäter von lebenslangen Raubtierlaufbahnen abzubringen. Je früher ein Mensch mit Rehabilitierungsmaßnahmen erreicht werden kann, um so größer ist die Wahrscheinlichkeit einer Besserung und um so höher sind die Gewinne durch Vermeidung von Verbrechenskosten. Trotz dieser allgemein akzeptierten Ansicht hat Kalifornien (und darüber hinaus die ganze Nation) viel mehr Betonung auf das Endprodukt des Verbrechens gelegt als auf Vorbeugung und frühzeitige Verhütungsmaßnahmen.«

2. Verzögerungen sind ein Problem im Jugendgerichtshof, da Kinder nicht zufriedenstellend auf Strafen und disziplinäre Maßnahmen reagieren, wenn diese nicht umgehend angewandt werden. »Die Botschaft, daß die Einzelperson verantwortlich für die Entscheidungen ist, die sie trifft, und daß auf ungesetzliche Handlungen Konsequenzen folgen, geht oft im Jugendstrafverfolgungssystem der Gegenwart verloren. Für das erste halbe Dutzend von Straftaten erwartet ein Kind oft nicht mehr als eine Strafpredigt, und es werden Taktiken des Erwachsenensystems angewandt, um die Jugendlichen ›vom Haken zu bekommen‹. Lange Zwischenräume liegen zwischen Tat und Ahndung. Die krasse Realität der Schäden, die den Opfern und anderen Mitgliedern der Gesellschaft durch die Taten der Jugendlichen zugefügt wurden, geht auch in einem System verloren, das wenig Raum für die Belange der Opfer hat.« (ebenda, S. VIII).

3. Der Verfasser hat bei Gesprächen mit mehr als einem Dutzend Bewährungshelfern und ihren Vorgesetzten erfahren, daß die große Anzahl von Jugendlichen, die einem Bewährungshelfer zugeteilt werden, die meisten Bemühungen zur Beaufsichtigung nach den Worten der stellvertretenden Leitenden Bewährungshelferin Sharon Stegall ›zu einem Witz machen‹. Dieses Problem ist keineswegs auf Los Angeles beschränkt. Der Bericht *Staatliche örtliche Jugendstrafen in Kalifornien – Eine Systemperspektive* (California Youth Authority [Kalifornisches Erzie-

hungsanstaltssystem], 11. Januar 1994 sagt darüber folgendes: »Zur Zeit werden große Mengen von Bewährungsmündeln der Gemeinde kaum beaufsichtigt, da die vorhandenen Mittel in keinem vernünftigen Verhältnis zur Anzahl der Fälle stehen. Mindestbeaufsichtigung, Mindestdienstleistungen und ›Behandlung auf dem Papier‹ herrschen vor, und im allgemeinen kommen auch ›beaufsichtigte‹ Jugendliche kaum mit einem Bewährungshelfer zusammen.«

4. Wieder fand der Autor diese deprimierende Ansicht unter den befragten Bewährungshelfern verbreitet. Der Bericht der Kleinen Hoover-Kommission sagt darüber: »Mitarbeiter vor Ort klagen über ihre Unfähigkeit, sich mit dem minderjährigen Straftäter zu beschäftigen wegen des Zeit- und Mitteldrucks, chronische Gewalttäter zu verfolgen. Diese Situation ist um so frustrierender, da diese schlimmsten Fälle von Jugendlichen nicht nur Mittel wegen der hohen Kosten ihrer Behandlung aufsaugen, sondern auch diejenigen sind, bei denen es am wenigsten wahrscheinlich ist, daß sie von einem Leben des Verbrechens abgeschreckt werden können, ungeachtet der ergriffenen Maßnahmen.« (S. VII).

ZU KAPITEL 3:

1. Die Betonung vieler, wenn nicht aller Versuche der jüngsten Zeit, das Jugend-Gerichtsbarkeitssystem in der ganzen Nation zu reformieren, liegt darauf, die Aburteilung von Kids als Erwachsene zu erleichtern. Dies bedeutet einen Rückschritt zu den Tagen, bevor das Jugendgericht überhaupt erdacht worden war, und ist ein direktes Ergebnis des rapiden Anstiegs von Gewaltverbrechen, welche durch Minderjährige verübt werden, für deren Behandlung das Jugendsystem schlecht ausgerüstet zu sein scheint. Teilweise dank des Falles Ronald Duncan hat der Staat Kalifornien das Gesetz so geändert, daß Minderjährige ab 14 Jahren, die schwerer und gewalttätiger Verbrechen angeklagt sind, auf Antrag der Staatsanwaltschaft

zum Erwachsenengericht geschickt werden können. Diese Gesetzesänderung wurde im Jahre 1994 angenommen und trat am 1. Januar 1995 in Kraft. Bis Anfang des Jahres 1995 verurteilte nur noch ein einziger Staat der USA – Hawaii – alle Jugendlichen unter 16 als solche.

2. Viele Studien über jugendliche Straftäter haben in der Vorgeschichte von Minderjährigen, die Verbrechen begehen, gemeinsame Spuren gefunden. Diese Anzeichen sind von der Art, von der der gesunde Menschenverstand sagt, daß hier kriminelles Potential vorhanden sein könnte. In der 16-Prozent-Studie des Bewährungsamts wurde zum Beispiel ermittelt, daß Wiederholungstäter oft aus Familien kommen, in denen nur ein Elternteil vorhanden ist (in vielen Fällen ist der Vater nie anwesend, aus Familien, in denen Kindesmißbrauch und/oder Substanzmißbrauch ein Problem darstellt und in denen Anwesenheit und Leistung in der Schule keine große Rolle spielen. Armut ist auch ein gemeinsamer Faktor, obwohl nicht so hoch angesetzt auf der Liste. Minderjährige aus solchen Familien werden als ›Risiko-Kids‹ angesehen, was bedeutet, daß sie erhöhte Beachtung vom System erfahren sollten. Oft sind aber gerade solche Kinder für das System nicht so wichtig – bis sie schwere Verbrechen begehen.

Welche Bedeutung es für die Herabsetzung des Risikos von gesellschaftsschädigendem und kriminellem Verhalten haben kann, bei verantwortungsbewußten Eltern aufwachsen zu können, wurde in einer faszinierenden und ungewöhnlichen Untersuchung demonstriert, die von der Stiftung für Bildungsforschung, der High/Scope Educational Research Foundation in Michigan, über einen Zeitraum von mehreren Jahrzehnten, beginnend in den 60er Jahren, durchgeführt wurde (und deren Ergebnisse am 30. November 1994 in der *New York Times* zur Veröffentlichung kamen). Aus einem finanzschwachen Gebiet waren nach dem Zufallsprinzip zwei Gruppen von Kleinkindern ausgewählt. Eine Gruppe wurde in ein hochqualifiziertes Vorschulprogramm geschickt, und ihre Eltern besuchten Elternberatungs- und Gewaltvermeidungsabende. Der anderen Gruppe wurden keine dieser Dienste zuteil. Die Angehörigen beider Gruppen wurden im Alter von siebenundzwanzig wieder befragt. Da stellten die Forscher fest, daß aus der Gruppe, die nicht zu dem Vorschulprogramm geschickt worden und deren Eltern nicht an den obigen Beratungsabenden teilgenommen hatten, fünfmal mehr Kinder wegen ernster Straftaten festgenommen worden waren.

Hier die genauen Ergebnisse:

	Gruppe m. Vorsch. progr. u. Elternberatung	andere Gruppe
5 oder mehr Verhaftungen:	7%	35%
Sozialunterstützung empfangen:	59%	80%
Außereheliche Geburten:	57%	83%
Einkommen über $ 24 000:	29%	7%
High-School-Abschluß:	71%	54%
Eigenheimbesitzer:	36%	13%

3. Bis zur Entscheidung des US-Bundesgerichtshofs im Gault-Fall, der das Jugendstrafverfolgungssystem zu einem Spiegelbild der Erwachsenengerichtsbarkeit machte, in der Plädierabmachungen schon lange als wichtiges Schmiermittel des Systems angewandt worden waren, gab es im allgemeinen keine solche Plädierabmachungen in der Jugendgerichtsbarkeit. Vorher waren die Urteile des Jugendgerichts nur durch die Einschätzung des Richters hinsichtlich des Bedürfnisses eines Kindes bestimmt worden. Jetzt werden die Urteile in großem Maße durch Abmachungen zwischen Verteidigern und Staatsanwälten bestimmt, über die Richter wenig oder keine Kontrolle haben.

ZU KAPITEL 4:

1. Geri Vance machte diese Angaben über seine Kindheit in seinen eigenen Aufzeichnungen und in Gesprächen

mit dem Autor. Die Gerichtsunterlagen bestätigen, daß er eine chaotische Kindheit hatte, daß seine Mutter einige Zeit lang inhaftiert gewesen war und daß er von seinem Heim entfernt worden war. Die Einzelheiten seiner Kindheit aber basieren nur auf Geris Erinnerungen. Der Autor konnte keines seiner Elternteile auffinden, um ihre Version der Ereignisse einzuholen.

2. In den ersten fünf Monaten des Jahres 1994 wurden Vertagungen von mehr als 15 000 Anhörungen in Jugendgerichten gewährt. Bei 11 Prozent dieser Vertagungen wird in den Gerichtsaufzeichnungen zitiert: »FTA«, failure to appear by the juvenile*.

3. In dem Bemühen, die Jugendgerichtsverfahren anders als Anhörungen im Erwachsenengericht zu gestalten, hatten die Gründer des Jugendstrafverfolgungssystems in Kalifornien und den anderen Staaten der USA versucht, eine Reihe von unterschiedlichen Ausdrücken zu prägen, um die Wirkung solcher brandmarkenden Bezeichnungen wie ›Angeklagter‹, ›Anklage‹ und ›Verurteilung‹ zu vermeiden – sogar die Worte ›schuldig gemäß Anklage‹ sollten, wenigstens theoretisch, nicht angewendet werden. Durch Gebrauch der Bezeichnung ›Straffälliger‹ statt ›Verbrecher‹ oder ›Täter‹ sollte der größte Teil des Stigmas abgeschafft werden. Statt dessen entwickelte der neue Ausdruck eine eigene diskriminierende Bedeutung, die der von demjenigen, den er ersetzte, praktisch gleichkommt. Dennoch klammert sich das Jugendsystem an seine alternative Terminologie. Statt als ›Angeklagter‹ wird der Jugendliche als der ›Minderjährige‹ bezeichnet, statt einen Strafantrag zu stellen, macht der Staatsanwalt beim Jugendgericht eine ›Straffälligkeitseingabe‹, statt einer ›Kautionsanhörung‹ wird Jugendlichen eine ›Einbehaltungsanhörung‹ gewährt. Statt einer ›Vorverhandlung‹ zur Anklageerhebung werden Jugendliche einer ›Anhörung gemäß William M. oder gemäß Edsel P.‹ unterzogen. Die Namen stammen aus kalifornischen Gerichtsfällen,

* Anm. d. Übers.: Jugendlicher nicht erschienen

die auf Berufung entschieden wurden (William M. und Edsel P. sind die Namen von Minderjährigen, deren Familiennamen bei Berufungsverfahren nur jeweils mit dem Anfangsbuchstaben aufgeführt werden, um Diskriminierung zu vermeiden). Anstatt das Kind für schuldig zu erklären, befindet der Richter, daß ›der Eingabe stattgegeben wird‹; statt einer Verurteilung wird eine ›Verfügung erklärt‹.

Der wichtigste Unterschied liegt aber darin, daß von Jugendlichen verübte Straftaten unter das Zivilrecht und nicht das Strafrecht fallen. Dieser Unterschied ist jedoch etwas verwischt worden, weil in Kalifornien, wie in den meisten Staaten der USA, das Jugend-Zivilrecht ein Spiegelbild des Erwachsenen-Strafrechts ist. Dazu heißt es im Bericht *Die Herausforderung durch Jugendkriminalität* der Hoover-Kommission von 1994: »Ursprünglich waren die Jugendgerichte mit dem Ziel geschaffen worden, als schneller, zuverlässiger Mechanismus zu wirken, der Jugendlichen Behandlung und Dienstleistungen verschafft, aber die Jugendgerichte arbeiten heute infolge von Gesetzesänderungen, Grundsatzurteilen und Druck der öffentlichen Meinung ähnlich den Erwachsenen-Strafgerichten.« (S. 15

Im Kielwasser von ansteigender Jugend-Schwerkriminalität und Gerichtsentscheidungen, die Kindern mehr Rechte gewährten, sind neue Gesetze erlassen worden, die die ursprünglichen Jugendrechte verändern, die Betonung von Rehabilitierung auf Strafe und Schutz der Gesellschaft verlegen und dadurch den Unterschied zwischen den Jugend- und den Erwachsenensystemen noch weiter verwischen. In den gegenwärtigen Jugendgerichten wird den schwerer und gewalttätiger Verbrechen angeklagten Kindern nicht mehr das Recht auf Verschwiegenheit gewährt – die Verhandlungen sind für die Presse und Öffentlichkeit zugänglich. Viele dieser Kinder können ins Erwachsenengericht überstellt werden. Dementsprechend sind die im Jugendsystem angewandten alternativen Bezeichnungen weniger ein wirksames Werkzeug zur Vermeidung von Diskriminierung als eine Art von verkümmertem Organ, wie zum Beispiel der Blinddarm, das keine nützliche Funktion mehr hat. Im Gericht ist deshalb ihre Anwendung langsam zurückgegangen – die Verteidiger reden von ›auf schuldig plädieren‹, die Staatsanwälte von Anklagen, und auch die Richter versprechen sich manchmal und ›verurteilen‹ ein Kind, statt über es ›zu verfügen‹.

ZU KAPITEL 5

1. Schäbige Behandlung von Zeugen grassiert im Jugendsystem. So stellt der Bericht der Hoover-Kommission fest: ›Das Opfer spielt keine Rolle im Gerichtssaal, und die Verschwiegenheit, die den Jugendlichen größtenteils einhüllt, läßt das Opfer uninformiert über den Fortschritt des Falls. Gemäß Opferrechtsorganisationen führt das dazu, daß Bürger, die von dem Jugendlichen verletzt wurden oder Schäden durch ihn erlitten haben, vom Jugendsystem noch einmal verletzt werden und daß ihnen das Gefühl einer Ahndung versagt wird. Es wird auch die Gelegenheit versäumt, den Jugendlichen mit den tatsächlichen Auswirkungen seiner Taten zu konfrontieren. ... Bei Verhandlungen vor dem Erwachsenen-Strafgericht können sie (die Opfer) bei Strafbemessungsanhörungen zu Wort kommen, was für Opfer von Jugendverbrechen nicht möglich ist‹ *(Die Herausforderung durch Jugendkriminalität,* 1994, S. 76).

2. Die kalifornische Gesetzgebung änderte Staatsgesetze dahingehend, daß davon ausgegangen wird, daß Graffiti-Besprühungen öffentlichen Eigentums wie Schnellstraßenbrücken usw. ohne Erlaubnis verübt wurden, damit Bedienstete der Straßenämter usw. nicht vor Gericht erscheinen müssen, um das Offensichtliche zu bezeugen. Die Staatsanwälte bezeichneten dieses neue Gesetz jedoch als eine halbe Sache: Der Gesetzgeber hatte ihre Forderung nicht erfüllt, das Gesetz dahingehend zu ändern, daß auch *private* Eigentümer – die einzigen, die

Vergeltung ausgesetzt sind – nicht vor Gericht erscheinen müssen, um zu bezeugen, daß Graffiti-Sprühereien von Banden ohne ihre Erlaubnis verübt wurden.

3. Paragraph 707b des Kalifornischen Wohlfahrts- und Institutionsgesetzes schreibt vor, daß bei Jugendlichen ab 16 Jahren, die eines der folgenden Verbrechen begangen haben, davon auszugehen ist, daß sie nicht mehr geeignet sind, als Jugendlicher verfolgt zu werden: Mord, Inbrandsetzen eines bewohnten Gebäudes, bewaffneter Raubüberfall, Beischlaf unter Anwendung von Gewalt oder Drohungen, unsittliche Handlungen an Kindern unter vierzehn Jahren, orale Kopulation unter Anwendung von Gewalt oder Drohungen, genitale oder anale Penetration mit einem Fremdkörper, Entführung für Lösegeld, Entführung zum Zweck der Beraubung, Entführung mit Körperverletzung, Körperverletzung mit Tötungsabsicht oder Mordversuch. Ferner werden genannt: Überfall mit einer Schußwaffe, Überfall unter Anwendung von Mitteln, die zur Verursachung schwerer körperlicher Schäden beabsichtigt sind, das Abfeuern einer Schußwaffe in ein bewohntes Gebäude oder ein Gebäude, in dem sich zur Tatzeit Menschen aufgehalten haben, schwerer Einbruch, Gewalttaten gegen Behinderte und alte Menschen, jede Art von Verbrechen, das unter Anwendung einer Schußwaffe verübt wurde, jedes Verbrechen, bei dem der Minderjährige persönlich eine ungewöhnliche Waffe benutzt hat, einschließlich Sprengstoffe, ›Nunchucks‹, Keulen, Dolche und Pfeilgewehre, Zeugeneinschüchterung, Zeugenbeeinflussung, Verkauf von mindestens einer Unze* PCP und mehrerer anderer gefährlicher Depressivdrogen (aber nicht Kokain, Methamphetamine oder Heroin), jegliches von einem Straßenbandenmitglied verübte Gewaltverbrechen, Flucht aus einer Jugendeinrichtung, wenn dabei schwere Körperverletzung verübt wurde, Folterung und grober Unfug unter erschwerenden Umständen. (Ein Jahr nach Verhandlung dieses Falls wurde das Gesetz dahingehend geändert, daß Jugendliche schon ab einem Alter von 14 Jahren an die Erwachsenengerichtsbarkeit

überstellt werden können, auf der Basis einer kürzeren Liste von Schwerverbrechen.

4. Paragraph 707 des Kalifornischen Wohlfahrts- und Institutionsrechts bezieht sich auf die Überstellungsanhörungen für Jugendliche, die in anderen Staaten ›Verzichts- oder Verantwortlichkeitsanhörungen‹ genannt werden. Das ursprüngliche Statut, das jetzt 707 (a) genannt wird, ging davon aus, daß alle Minderjährigen *geeignet* sind, als Jugendliche verhandelt zu werden. Es erlaubte Richtern, Jugendliche über sechzehn zum Erwachsenengericht zu schicken, wenn sie aus mindestens einem der folgenden fünf Gründe für ungeeignet befunden wurden, noch weiterhin als Jugendliche verhandelt zu werden: kriminelle Energie/Ausgereiftheit des Verbrechens, Unwahrscheinlichkeit einer Besserung, kriminelle Vorgeschichte, Mißerfolge von früheren Besserungsversuchen und Schwere der Tat. Die Frage, die die Richter beantworten mußten, war: Besteht bei dem Minderjährigen noch Aussicht auf Erfolg für Maßnahmen des Jugendsystems? Unter diesem Gesichtspunkt blieben die meisten Minderjährigen, die Überstellungsanhörungen unterzogen wurden, unter dem Jugendrecht.

Im Jahre 1982 schuf die kalifornische Gesetzgebung aus Bedenken, daß es zu schwierig sei, Jugendliche als Erwachsene aburteilen zu lassen, die Paragraphen 707 (b) und (c). Sie schreiben vor, daß bei Jugendlichen über sechzehn Jahren, die schwerer, gewalttätiger Verbrechen angeklagt sind, davon auszugehen ist, daß sie *ungeeignet* sind, als Jugendliche verhandelt zu werden – also genau das Gegenteil von Paragraph 707 (a). Wenn einer der vorstehenden fünf Faktoren zutraf, bedeutete das Überstellung an das Erwachsenengericht. Wenn Richter Jugendliche für geeignet befinden, noch unter dem Jugendrecht verhandelt zu werden, so müssen sie konkrete Beweise anführen, die die Voraussetzung der Ungeeignetheit im Hinblick auf einen der fünf Faktoren aufheben. Nach dieser Norm wer-

* Anm. d. Übers.: 30 g

den die meisten Jugendlichen, die Überstellungs- bzw. Eignungsanhörungen unterzogen werden, zum Erwachsenengericht geschickt – was der Absicht des Gesetzgebers entspricht. Unter Paragraph 707 (a), der jetzt nur noch selten zur Anwendung kommt, hat der Richter für solch eine Entscheidung einen breiten Spielraum. Unter Paragraph 707 (b) ist der primäre Entscheidungsfinder der Staatsanwalt, der schon zu Beginn die Wahl trifft, einen Überstellungsantrag zu stellen oder nicht.

5. »Es besteht wenig Zweifel, daß das Urteil fehlerhaft war und sich nicht auf die Beweise stützte«, schrieb die Berufungsabteilung der Staatsanwaltschaft später in einem Memorandum, in dem weiter ausgeführt wurde, daß ein angemessener Berufungsantrag mit großer Wahrscheinlichkeit zur Aufhebung der Entscheidung führen würde. Unterlagen über andere Fälle in der Zweigstelle Thurgood Marshall und anderen Stellen des Systems zeigen, daß Berufungsgerichte solche Entscheidungen konsequent für ungültig erklärten.

Obwohl sie Dorns Entscheidung für ungesetzlich befand, erklärt die Berufungsabteilung der Bezirksstaatsanwaltschaft in ihrem Memorandum, aus welchem Grund keine Berufung möglich war: »Die Untersuchungen haben ergeben, daß die Staatsanwaltschaft wegen juristischen Doppelrisikos des Minderjährigen dessen Eignung, unter dem Jugendrecht zu verbleiben, nicht anfechten kann, nachdem dem betreffenden Antrag des Minderjährigen stattgegeben wurde … Es ist sehr wichtig, daß die zuständigen Staatsanwälte in solchen Fällen vorher angemessenen Einspruch erheben, die Absicht eines Antrags auf Überprüfung erklären und die anderen vom Gesetz diesbezüglich vorgeschriebenen Verfahren befolgen.«

ZU KAPITEL 6:

1. Diese Zahl stellt einen Durchschnitt dar, basierend auf der Gesamtanzahl von Überstellungen und der Anzahl von Tagen, an denen die Jugendgerichte in dem

betreffenden Jahr arbeiteten. Im Jahr 1992, dem letzten Jahr, für das Zahlen vorliegen, wurden in den gesamten Vereinigten Staaten von Amerika 11 700 Jugendliche als Erwachsene abgeurteilt gemäß den jährlichen Schätzungen der Abteilung für Jugendstrafverfolgung und Verbrechensvorbeugung im US-Justizministerium.

2. In Kalifornien ist der Jugendgerichtshof in die folgenden zwei Gerichtsbarkeiten aufgeteilt: das Verwahrungsgericht, das sich mit Adoptionen, Pflegekindern sowie mißbrauchten und vernachlässigten Kindern befaßt, und das Strafgericht, das für Straftaten und Statusverletzungen zuständig ist. Beide unterstehen dem Obergericht, dem primären Verhandlungsgericht von Kalifornien. Andere Gerichtsbarkeiten, wie zum Beispiel im Staat New York, haben ein einziges, vereinigten Familiengericht, das beide Arten von Fällen behandelt.

3. Diese Angaben basieren auf Bewährungsberichten, in denen Georges Geschichte im Detail aufgeführt ist, einem psychologischen Bericht von Dr. Michael P. Maloney, der sowohl dem Jugend- als auch dem Erwachsenengericht vorgelegt wurde, und auf Gesprächen des Verfassers mit George Trevino. Der Verfasser konnte Georges Tante, die er zu befragen beabsichtigt hatte, nicht auffinden.

4. Das Verwahrungsgericht hatte schließlich das volle Sorgerecht für George auf seine Tante übertragen und seine Verfügungsgewalt über George beendet, als er dreizehn Jahre alt geworden war.

5. Bei Georges Hauptverhandlung von der Zweigstelle Norwalk des Obergerichts von Los Angeles gab die Staatsanwaltschaft an, George sei ein Anstifter Villas gewesen. Sie argumentierte ferner, er sei naiv und von älteren, härteren Verbrechern ausgenutzt worden. Die Beweise waren dahingehend unstrittig, daß ein zweiter Erwachsener, der nicht bei der Tat anwesend gewesen war, den Überfall ausgedacht, geplant und dann George und Villa dafür gewonnen hatte.

ZU KAPITEL 7:

1. Richter Dorn erklärte dem Autor wie auch der stellvertretenden Leitenden Staatsanwältin Peggy Beckstrand später, daß er nichts gegen die Anwesenheit der Bezirksstaatsanwaltschaft gehabt hätte, aber daß eine Einladung an die Staatsanwälte erfordert hätte, auch die Pflichtverteidiger einzuladen. Die aber sah er als Hemmschuh für seine Art von Reform an. Dorn lud schließlich beide Ämter zu darauffolgenden Zusammenkünften ein und bat sie, ihn bei der Durchführung mehrerer von ihm gewünschter Reformen zu unterstützen. Die Teilnehmerzahl des Pflichtverteidigeramts war allerdings minimal.

2. Gemäß dem Bericht *Staatliche und lokale Ahndung von Jugendstraftaten in Kalifornien – eine Systemperspektive* (Kalifornisches Erziehungsanstaltssystem California Youth Authority, 11. Januar 1994) nehmen unwirksame Bewährungsprogramme wie das 654er überhand: »Gegenwärtig bleibt eine große Anzahl von Jugendlichen, die der Bewährungsaufsicht der Einzelgemeinden (innerhalb der Großgemeinde Los Angeles) unterstellt wurden, im wesentlichen unbeaufsichtigt, weil die vorhandenen Mittel der Menge von Fällen nicht entsprechen. Mindestbeaufsichtigung und -dienste sowie ›Überwachung auf dem Papier‹ herrschen vor, und im allgemeinen bekommt ein Bewährungshelfer auch ›beaufsichtigte‹ Bewährungsmündel kaum zu Gesicht.«

3. Wiederholte Bemühungen, das Gesetz über den Schußwaffenbesitz bei Jugendlichen zu ändern, konnten sich in der kalifornischen Gesetzgebung nicht durchsetzen, ausgenommen ein vor kurzem erlassenes Gesetz, das das Tragen von Schußwaffen im Schulbereich zu einem Verbrechen macht. Der Umstand, daß der ungesetzliche Besitz einer Schußwaffe von einem Jugendlichen nicht zu einer schweren Straftat gemacht wurde, steht im Gegensatz zu den Erkenntnissen über den Gebrauch von Schußwaffen bei von Jugendlichen verübten Straftaten. Das US-Justizministerium berichtet, daß im Jahre 1976 59 Prozent der Tötungsdelikte durch Jugendliche mit einer Schußwaffe

begangen wurden. Im Jahr 1991 war dieser Anteil schon auf 78 Prozent angestiegen. Das Ministerium fügt hinzu, daß die von Jugendlichen mit Schußwaffen begangenen Tötungsdelikte sich seit 1985 vervierfacht haben.

Inzwischen wurde bei einer Untersuchung über jugendliche Strafinsassen ermittelt, daß 20 Prozent angaben, Schnellfeuergewehre zu besitzen, und daß die Wahrscheinlichkeit, daß Jugendliche an Tatorten halbautomatische Pistolen bei sich hatten, doppelt so hoch wie bei Erwachsenen ist.

Eine in vier Bundesstaaten durchgeführte Studie des US-Justizministeriums stellt fest, daß 55 Prozent unter Verschluß befindlicher Jugendlicher vor ihrer Festnahme einen Revolver besessen hatten, 55 Prozent eine halbautomatische Handfeuerwaffe und 51 Prozent eine abgesägte Schrotflinte.

Eine im Jahr 1993 von der Schule für Öffentliche Gesundheit der Harvard Universität in Auftrag gegebene und von der LH-Forschungsorganisation in den ganzen USA durchgeführte Untersuchung von Jugendlichen der Mittel- und Oberstufe der High-School ergab folgendes:

59% der Schüler sagten, sie könnten sich eine Schußwaffe beschaffen, wenn sie wollten.

39% kennen jemanden, der durch Schußwaffen getötet oder verletzt wurde.

35% glauben, daß ›es ziemlich wahrscheinlich‹ oder ›sehr wahrscheinlich‹ ist, daß sie einmal durch Schußwaffen sterben.

15% hatten in den letzten 30 Tagen eine Handfeuerwaffe bei sich gehabt.

4% hatten im letzten Schuljahr eine Handfeuerwaffe in die Schule mitgenommen.

9% hatten schon eine Schußwaffe auf einen Menschen abgefeuert.

13% waren schon mit einer Schußwaffe bedroht worden.

11% gaben an, daß schon mit einer Schußwaffe auf sie geschossen worden war.

In einer Untersuchung des Gesundheitsministeriums des Staates Kalifornien wurde festgestellt, daß die Wahrscheinlichkeit, daß ein Jugendlicher in Kalifornien durch eine Schußwaffe getötet wird, im Jahr 1994 zehn- bis fünfzehnmal höher war als in den 50er und 60er Jahren.

4. Dorn steht hier nicht allein. Die Verschwiegenheit des Jugendgerichts, die einst sakrosankt war, ist unter zunehmende Kritik von Staatsanwälten, Polizeiorganisationen, Opferrechtsvereinigungen und vielen Richtern geraten, die zu der Ansicht gekommen sind, daß ein offenes System für die öffentliche Sicherheit vorteilhafter sein würde. Die Jugendgerichtsverteidiger kämpfen hart, um die Verschwiegenheit zu wahren, aber in vielen Gerichtsbarkeiten erweist sich das als eine sich immer mehr zu Niederlagen neigende Schlacht. In Kalifornien empfahl die Kleine Hoover-Kommission vor kurzem, die Verschwiegenheit im Jugendsystem stark zu verringern, so daß alle Gerichtsverhandlungen und Urteilsverkündungen bei schweren Verbrechen, bei denen Jugendliche über vierzehn Jahren beteiligt waren, offen durchgeführt werden können. Die Rechte solcher Straftäter auf Annullierung ihrer gesamten kriminellen Vorgeschichte sollte nach ihrem fünfundzwanzigsten Geburtstag beschnitten werden. »Die gegenwärtigen Gesetze sind zu weit gefaßt und ermöglichen Schutz für zu viele Jugendliche, die später ein Leben des Verbrechens fortsetzen«, lautet der Bericht wörtlich. »Die Verschwiegenheit hat die Glaubwürdigkeit des ganzen Systems geschwächt.«

ZU KAPITEL 8:

1. Die Beschreibung dieser Zusammenkunft in den ›Richterkammern‹ beruht auf Gesprächen des Autors mit Peggy Beckstrand und Richter Roosevelt Dorn.

ZU KAPITEL 9:

1. Diese Beschreibung der Zusammenkunft der Staatsanwälte beruht auf Gesprächen mit Peggy Beckstrand und Jim Hickey.

2. Dies ist weder ein neuer Vorschlag noch einer mit einer ausgesprochenen ideologischen Anziehungskraft. Keine Geringere als die engagierte Befürworterin von Kinderrechten, Janet Reno, US-Justizministerin, schlug eine ähnliche Neuordnung des Jugendsystems vor, als sie noch Staatsanwältin der Gemeinde Dade County, Florida, war. Das Jugendsystem des Gebiets von Miami war so überschwemmt wie das von Los Angeles. Sie wollte ein Jugendsystem, das sich intensiv mit Kindern von vierzehn Jahren und jünger beschäftigt, einer Altersgruppe, in der noch am meisten ausgerichtet werden kann, um den Abstieg eines Kindes in das Verbrechen zu verhindern. Jeder ältere straffällig gewordene Jugendliche würde dann zu einer besonders ausgestatteten Abteilung für jugendliche Straftäter des Erwachsenengerichtshofs überwiesen, wo zwar Erwachsenengesetze und -strafen angewandt, diese aber mit Spezialprogrammen und intensiver Überwachung für ältere Jugendstraftäter gekoppelt würden. Es war keine Ideallösung, aber angesichts der beschränkten Mittel und der rückwärts gerichteten Prioritäten, die jetzt im Jugendsystem herrschen, bot dieser Plan nach Meinung der späteren Justizministerin die bestmögliche Lösung eines fast unüberwindlich scheinenden Problems. Zu jener Zeit wurde der Vorschlag als zu radikal angesehen, so daß er nie zur Ausführung kam.

Kritiker führen an, daß diese zweischichtige Methode den Nachteil hat, wenig zu tun, um Jugendkriminalität zu vermeiden, nur Mittel und Strafen innerhalb des Systems verlagere und Jugendliche länger eingesperrt halte mit weniger Anstrengungen zu ihrer Rehabilitierung. Es gäbe keine Beweise dafür, daß höhere Strafen die Jugendkriminalität verringern. Die Verbrechensquote älterer Jugendlicher sei sogar weiter rapide angestiegen, nachdem

Gesetze erlassen worden waren, die viele von ihnen unter die Erwachsenengerichtsbarkeit stellten.

3. In einer Ansprache vor dem US-Senat im Jahr 1992 zitierte Senator John Glenn aus Ohio eine Untersuchung, in der die von Schulleitern im Jahr 1940 angegebenen Hauptprobleme mit denen von 1980 verglichen wurden. Im Jahr 1940 waren es: Sprechen, ohne an der Reihe zu sein; während des Unterrichts Kaugummi kauen und Geräusche machen; Rennen in den Korridoren; Vordrängeln beim Anstehen; Verletzungen der Kleiderordnung; Unachtsamkeit beim Wegwerfen von Abfällen. 1980 hatten sich die Schwierigkeiten dann grundlegend geändert: Drogen- und Alkoholmißbrauch, Schwangerschaft, Selbstmord, Vergewaltigungen, Überfälle, Körperverletzungen.

4. Gemäß dem Sachverständigen für Jugendstraftaten, Peter W. Greenwood der RAND Corporation, bei einer Aussage vor der kalifornischen Kleinen Hoover-Kommission hat das Jugendsystem noch keinen zufriedenstellenden Mittelweg für den Umgang mit kindlichen Verbrechern gefunden. In dieser Aussage vom 28. Februar 1994 erklärt Greenwood wörtlich:

»Viele Tötungsdelikte durch Jugendliche scheinen ohne einen nachvollziehbaren Grund oder Zweck erfolgt zu sein. Dieser Umstand hat einige Beobachter veranlaßt, das ganze Konzept der Rehabilitierung, auf dem das Jugendstrafsystem vorgeblich aufgebaut ist, in Frage zu stellen. Des weiteren drücken viele Beobachter die Besorgnis aus, daß im Namen der Rehabilitierung oder des Schutzes der Interessen von Minderjährigen hartgesottene junge Verbrecher viel milder davonkommen, als es der Fall gewesen wäre, wenn sie als Erwachsene abgeurteilt worden wären ... Der schwierigste Aspekt jeder Überprüfung des Jugendstrafsystems besteht darin, die Perspektive aufrechtzuerhalten, daß die Personen, um die es sich handelt, gleichzeitig Kinder und Straftäter sind, mit all den Beschränkungen und Schwachstellen, die die Gruppe der Kinder beinhaltet, und allen Problemen und Risiken, die mit der zweiten Gruppe zusammenhängen. Diese beiden widerstreitenden Forderungen in Einklang zu bringen ist die schwierigste Aufgabe, die sich den Machern der Jugendpolitik stellt.«

5. Die Notwendigkeit solch einer Reform, gekoppelt mit der Art von strenger Behandlung von Verübenden schwerer Straftaten, wie sie in dem Zweischichtenplan des Bezirksstaatsanwalts vorgesehen ist, wird von vielen Befürwortern der Jugendrechte einschließlich der Justizministerin Janet Reno betont. Der Bericht der Hoover-Kommission fordert ähnliche Veränderungen: »Die Herausforderung besteht darin, ein System zu schaffen, das für beide Enden des Spektrums gut funktioniert: Es soll starke Maßnahmen ergreifen, wenn die Wahrscheinlichkeit am größten ist, daß sie wirkungsvoll sein werden, und es soll gleichzeitig die Gesellschaft schützen, wenn die Aussichten auf eine Besserung sehr gering sind. Das gegenwärtige Jugendstrafverfolgungssystem versagt an beiden Enden des Spektrums … Dem jugendlichen Ersttäter werden wenig Zeit, Aufmerksamkeit und Mittel zuteil.« *(Die Herausforderung durch Jugendkriminalität*, September 1994, S. 69).

6. James Q. Wilson, Professor für Management und Öffentliche Belange an der Universität von Kalifornien, Los Angeles, und ein in den ganzen USA anerkannter Sachverständiger für Verbrechen und Straftäter, schrieb am 30. Dezember 1994 in der *New York Times:* »Es sind eine Million Leute im Gefängnis. Wir können sie nicht ändern. Es sind Jugendliche auf den Straßen, die wir auch nicht ändern können. Also müssen wir die Maßnahmen zu dem Punkt zurückführen, von dem wir wissen, daß dort noch etwas zu verändern ist: in die Kindheit … Der kritische Wendepunkt ist das Alter der dritten Klasse. Das ist aber kein eisernes Naturgesetz. Es gibt einige Spätblüher, die sich dem Verbrechen zum ersten Male zuwenden, wenn sie schon Teenager sind. Aber im allgemeinen fängt es an, wenn Kinder in ihren Schulleistungen in der dritten Klasse abfallen … Das Hauptziel einer Wohlfahrtsreform

sollte es sein, Kinder zu retten und nicht solche Verhältnisse zu schaffen, daß Mütter unbedingt arbeiten müssen.«

In der gleichen Ausgabe der *Times* drückte sich Judith Sheindlin, Aufsichtführende Richterin des Familiengerichts von Manhattan, in einem Essay ähnlich aus: »Ich glaube, daß es im Alter von fünfzehn eine kleine Anzahl von Jugendlichen gibt, die – wegen welcher erlittenen Ungerechtigkeiten auch immer – ›hartgekocht‹ worden sind, wie meine Großmutter gesagt haben würde. Sie sind einfach verloren. Was immer mit ihnen noch getan wird, nützt nichts mehr … Ich meine, die Lösung wäre, das Geld, das wir für diese Kids ausgeben, zu kürzen … und es in die große Mehrzahl von Kindern zu investieren, die aus dem gleichen Milieu kommen und am Scheideweg stehen … Kritiker werden sagen: ›Sie brandmarken damit die schlimmen Kids!‹ Nun, wenn man 36 Kinder in einem Klassenzimmer hat, und vier davon schmeißen mit Stühlen nach dem Lehrer, dann muß man die vier eben rauswerfen. Sonst ist ja alles verloren. Wir haben hier doch Krieg.«

7. Sukodas Studie bestätigt seit langem bekannte Prinzipien, obwohl seine versprechen, detaillierter und weitreichender als ihre Vorgänger zu sein. In der einen Markierungsstein darstellenden ›Wolfgang-Studie‹ aus Philadelphia von 1972 wurde berichtet, daß 18 Prozent aller jugendlichen Straftäter 62 Prozent aller Straftaten begangen hatten. In jüngerer Zeit stellte eine weit publizierte Untersuchung in der kalifornischen Gemeinde Orange County, unmittelbar südlich von Los Angeles, fest, daß die Wiederholungstäter des harten Kerns 8 bis 12 Prozent der Jugendlichen dort ausmachen. Diese Gemeinde versucht auch, eine Schablone für Wiederholungstäter anzuwenden, um sie schon frühzeitig in ihrer Laufbahn erkennen zu können. Bisher sind die Ergebnisse gemischt gewesen.

8. Im Gegensatz dazu könnten festgenommene Minderjährige, die nicht in die Schablone der 16-Prozenter pas-

sen, mit wenig oder keiner Überwachung oder Gerichtsmaßnahmen entlassen werden, schlägt die Studie vor. Nach der Statistik werden die meisten von ihnen nie mehr in Schwierigkeiten geraten, was immer auch das Gericht tut – auch wenn es überhaupt nichts tut. Mit der Zeit würde nach dieser Theorie die Jugendkriminalität bei einer Neuordnung der Prioritäten dramatisch abnehmen. In Sukodas Vorstellung verringert sich dann die Bedeutung des Jugendgerichts mit dem fortschreitenden Erfolg von Vorbeugungsprogrammen, nicht weil mehr Minderjährige in das Erwachsenensystem abgeschoben werden, sondern weil mehr Minderjährige von Anfang an daran gehindert werden, Straftaten zu begehen.

9. Aus: *Die Herausforderung durch Jugendkriminalität: Der Vorbeugung muß Vorrang gegeben werden* (Kleine Hoover-Kommission von Kalifornien, September 1994, S. VII):

»Trotz der unter Fachleuten weitverbreiteten Ansicht, daß die einzige Hoffnung, die Jugendkriminalität zu verringern oder sogar zu stoppen, darin besteht, geeignete Maßnahmen zu treffen, bevor ein Minderjähriger in einen Sog von Straftaten gerät, sind fast alle Früheingreifprogramme verschwunden, da finanziell gefesselte Gemeinde- und Staatsstellen im vergangenen Jahrzehnt selektive Haushaltsmittelkürzungen vorgenommen haben. Die Mitarbeiter vor Ort beklagen ihre Unfähigkeit, sich mit den geringen Straftaten zu beschäftigen wegen des Zeit- und Mitteldrucks, der von der Verfolgung chronischer Gewaltverbrecher ausgeht. Diese Situation ist besonders frustrierend, weil diese schlimmsten Jugendlichen nicht nur die Mittel wegen der hohen Kosten ihrer Behandlung aufsaugen, sondern weil bei ihnen auch am wenigsten Wahrscheinlichkeit besteht, daß sie von einem Leben des Verbrechens abgeschreckt werden können, ungeachtet der ergriffenen Maßnahmen. Eine hohe Priorität auf ›Vorderendenprogramme‹ zu legen, ist ohne Bewilligung neuer Haushaltsmittel schwierig, aber doch so wichtig für eine erfolgreiche Verbrechensvorbeugung.«

Zu wählen, welche Position des Systems Vorrang erhalten soll, ist keine kleine Aufgabe in einem Staat wie Kalifornien, in dem der Gouverneur sich dafür engagiert, die Zahl der Gefängnisinsassen zu vergrößern, wo mehr Geld pro Kopf für Gefängnisse als für Bildung ausgegeben wird und ein gigantisches Strafverfolgungssystem mit einem Budget von 2,8 Milliarden Dollar allein Hunderte Millionen von Dollar von Grundschulen, staatlichen Colleges, Parks, Erholungsstätten, öffentlicher Krankenversorgung – eben allem, das Kinder davon abhalten könnte, in Straftaten verwickelt zu werden – absaugt. Die Mittel für die staatlichen Universitäten und öffentlichen Schulen, um die uns einst die ganze Nation beneidete, sind beträchtlich gekürzt worden, wogegen die Ausgaben für Gefängnisse in Kalifornien jedes Jahr Rekordhöhen erreichen.

Die Wirksamkeit von Kaliforniens gegenwärtigen Prioritäten ist schon seit langem in Frage gestellt worden angesichts der Rückfallquoten in den Jugendsystemen der ganzen Nation. Im Jahr 1978 kam die National Advisory Commision on Criminal Justice Standards and Goals* in einem Gericht mit dem Titel *Strafanstalten* zu folgender Erkenntnis über Jugendgefängnisse: »Diese Institutionen sind zwar wirksam in der Bestrafung, aber sie schrecken nicht ab. Sie schützen die Öffentlichkeit zeitweilig, aber nicht auf Dauer. Sie nehmen der Gesellschaft die Verantwortung ab, indem sie den jungen Straftäter aus dem Verkehr ziehen, aber die Veränderung in ihm ist wahrscheinlich eher negativ als positiv.« Neuere Untersuchungen über Jugendgefängnissysteme im ganzen Land bestätigen diese Ansicht und zeigen auf, daß die Rückfallquoten 50 bis 75 Prozent betragen.

* Anm. d. Übers.: Nationaler Ausschuß für Strafjustiznormen und -ziele

ZU KAPITEL 10:

1. Richard Dent, vierundvierzig Jahre alt, wurde während dieses Vorfalls getötet. Gerichtsunterlagen und Polizeiberichte zeigen, daß zwei andere Bandenmitglieder Dent angriffen und hielten, während ein weiteres wiederholt auf ihn einstach – etwas, das Elias vielleicht noch nicht einmal gewußt hatte, bis die Polizei ihn festnahm und ihm zur Kenntnis brachte, daß jemand getötet worden war. (Immerhin hätte Elias sich denken können, was geschehen würde, denn der gleiche messerwütige Bandenangehörige, der Dent tötete, hatte früher schon an jenem Abend jemand anderem, den sie auf der Straße überfallen hatten, um ihn zu berauben, eine schwere Stichwunde im Bauch zugefügt, die allerdings nicht tödlich war.) Nach dem Gesetz war Elias dennoch des Mordes schuldig, weil er an diesem Überfall mit Todesfolge teilgenommen hatte, aber der Staatsanwalt stimmte zu, daß er eine weniger lange Strafe verdiente als diejenigen, die den Mord tatsächlich begangen hatten. Eine von ihnen, die vierzehnjährige Jane Martin, konnte im Jugendsystem bleiben und im Alter von fünfundzwanzig entlassen werden, zusammen mit dem fünfzehnjährigen Fahrer des Wagens, dessen Beteiligung an der Tat auch schwerwiegender als die von Elias war. Die beiden am ehesten für den Tod von Dent verantwortlichen Burschen waren zur Tatzeit älter als sechzehn und werden mit fünfundzwanzig Jahren bis lebenslänglich im Gefängnis bestraft werden. Ein sechstes Bandenmitglied, ein Mädchen, dessen Beteiligung etwa mit der von Elias zu vergleichen ist, erklärte sich bereit, gegen eine Straffreiheitszusage für die Anklage auszusagen, so daß sie völlig straffrei davonkam. Solche derart unterschiedlichen Ergebnisse kommen häufig vor in einem Justizsystem, das Verantwortungsbestimmung nach Kalenderalter zum Hauptfaktor macht, so daß weder die Befürworter von mehr Strafe noch die, die mehr Rehabilitierungsversuche fordern, zufriedengestellt werden.

2. In Los Angeles werden nur acht von 1000 Jugendli-

chen, die einer Straftat beschuldigt werden, des Mordes angeklagt. In den ganzen Vereinigten Staaten ist dieser Anteil noch bedeutend geringer – nur etwas mehr als 2 pro 1000. Insgesamt werden jährlich 2 700 jugendliche Mörder von den 1,5 Millionen straffällig gewordenen Minderjährigen in den ganzen USA abgeurteilt.

Diese Zahl von Morden ist natürlich bestürzend hoch – die USA sind führend in der Welt, was jugendliche Killer angeht, und Los Angeles schlägt mit einem von zehn von diesen zu Buche. Mit dem Anstieg von jugendlichen Gewaltverbrechensquoten in den letzten Jahren (68 Prozent von 1988 bis 1992 und 165 Prozent seit 1985) sind diese Zahlen noch angewachsen und liegen weit über dem Anstieg der Gewaltverbrechen von Erwachsenen. In den letzten zehn Jahren wurde der Jugendgerichtshof mit solch einer Flut von Taten äußerster Gewalt durch männliche – und in jüngster Vergangenheit auch weibliche – Jugendliche konfrontiert, daß kaum noch jemand daran zweifeln kann, daß Lösungen äußerst dringend sind.

Immerhin, wenn alles gesagt und getan ist, bleibt Mord doch ein sehr kleiner Teil des blühenden Geschäfts der Jugendgerichte, und Fälle wie der von Ronald Duncan sind sogar noch seltener. In Los Angeles sind an weniger als 6 Prozent der jugendlichen Mordfälle Minderjährige unter sechzehn Jahren beteiligt – etwa 15 bis 20 Fälle pro Jahr. Dies stellt ca. 0,05 Prozent der Straftatenfälle in der Großgemeinde Los Angeles dar – eigentlich eine kaum eindrucksvolle Zahl, auf die sich die Forderung nach Gesamterneuerung des Systems stützen kann.

Die Befürworter argumentieren jedoch, daß die Zahlen hoch genug sind, um Änderungen verlangen zu können, wenn auch der statistische Einfluß gering sein mag. In den letzten fünf Jahren sind im Durchschnitt knapp 89 Minderjährige jährlich durch Jugendgerichte aus allen Teilen des Staates für Morde, die in einem Alter von vierzehn oder fünfzehn begangen wurden, in das Erziehungsanstaltssystem California Youth Authority geschickt worden. Wäre die Schwelle des Überstellungsgesetzes tiefer gewesen, so hätten diese Minderjährigen im Erwachsenengericht abgeurteilt werden können, meinen Befürworter einer Senkung des Überstellungsalters.

Da ist aber eine Schwachstelle in diesem Argument. Diese Befürworter gehen davon aus, daß solche Kinder bei gesenktem Überstellungsalter mit Sicherheit im Erwachsenengericht abgeurteilt würden, was nicht gewährleistet ist. Jugendrichter haben immer noch die Macht, Minderjährige für geeignet zu befinden, unter dem Jugendrecht zu bleiben, auch wenn das Gesetz die Überstellung an die Erwachsenengerichte erlaubt. Während der gleichen Fünfjahresperiode wurden jährlich durchschnittlich 152 Minderjährige, die zu der Zeit, als sie einen Mord verübten, sechzehn oder siebzehn Jahre alt waren, dennoch als Jugendliche behandelt und von Jugendgerichten in ganz Kalifornien zu den CYA-Erziehungsanstalten gesandt. Sie hätten unter geltendem Recht auch an Erwachsenengerichte überstellt werden können. Es ist logisch anzunehmen, daß ein noch höherer Prozentsatz noch jüngerer Minderjähriger für ungeeignet befunden werden würde, dem Erwachsenenrecht unterstellt zu werden.

(Diese Zahlen für die Großgemeinde Los Angeles wurden den statistischen Aufzeichnungen für das Jahr 1993 des Büros des Bezirksstaatsanwalts von Los Angeles entnommen. Nationale Prozentsätze beruhen auf Schätzungen in: *Statistik der Jugendgerichte für das Jahr 1991,* die von der Abteilung für Jugendjustiz und Straftatenvorbeugung im US-Justizministerium durchgeführt wurden. Das kalifornische Erziehungsanstaltssystem legte statistische Aufzeichnungen über das Alter von Jugendlichen, die ihm wegen Tötungsdelikten überstellt wurden, vor.)

ZU KAPITEL 11:

Die Geld- und Personalkrise im Bewährungssystem ist für die gesamten USA im allgemeinen und Kalifornien im besonderen gut dokumentiert. Die Kleine Hoover-Kommission schreibt dazu: »Zwischen 1983 und 1992 erhöhte sich die Arbeitslast um 73 Prozent, aber die Anzahl der Bewährungshelfer nur um 24 Prozent ... überdies sank der Anteil des Bewährungsamts an den Haushaltsmitteln der Gemeinde um 9 Prozent.«

2. In Kalifornien, das die höchste Inhaftierungsquote von Jugendlichen aller Staaten der USA hat (die wiederum die höchste Quote unter den Industriestaaten aufweisen), kehren 50 Prozent der Jugendlichen, die aus CYA-Erziehungsanstalten entlassen wurden, gemäß den eigenen Angaben des CYA wieder hierher zurück. Andere Studien weisen auf einen noch höheren Prozentsatz hin. Eine im Jahr 1989 vom Nationalen Rat für Straftaten vorgenommene Untersuchung stellte fest, daß 70 Prozent der Erziehungsanstaltsinsassen in Kalifornien innerhalb von zwölf Monaten nach ihrer Entlassung wegen einer neuen Straftat wieder verhaftet wurden. 61 Prozent wurden auch wieder eingewiesen. Andere Jugendgefängnissysteme melden Rückfallraten von bis zu 75 Prozent wie im Staat New York. Die Wirksamkeit des Inhaftierens von Jugendlichen ist in den letzten Jahren durch Untersuchungen in Frage gestellt worden, die darauf hinweisen, daß mit Bewährungshilfen und anderen »Besserungsprogrammen« bessere Ergebnisse zu geringeren Kosten erzielt werden können.

In einem Aufsatz mit dem Titel ›Bestätigung des Nutzens von Rehabilitierungsmaßnahmen in der Jugendjustiz‹, veröffentlicht in *Youth & Society (Jugend & Gesellschaft)* vom September 1993, schrieb Dan Macallair vom Zentrum für Jugend- und Kriminaljustiz: »In den 80er Jahren tauchten neue Beweise auf, die darauf hindeuten, daß die Kürzung von Rehabilitationsprogrammen voreilig war. Eine wachsende Anzahl von Untersuchungen weist darauf hin, daß Eingreifen zum Zwecke der Rehabilitierung Wirkung bei der Bekämpfung von kriminellem Verhalten zeigt. Verschiedene gut durchdachte Maßnahmen dieser Art reduzieren die Schwere und Häufigkeit der Straftaten und verändern die Spirale, die zu Erwachsenenverbrechen führt ... Obwohl Rehabilitationsprogramme Rückfälle nicht verhindern, sind sie doch wirkungsvoller als Strafeinrichtungen in der Herabsetzung von Häufigkeit und Schwere kriminellen Verhaltens.«

3. Die meisten kalifornischen Gesetzbarkeiten außerhalb der Großgemeinde Los Angeles haben solch ausgedehnte Netze von den Gemeinden unterstehenden Bewährungslagern nicht, so daß sie in einem größeren Maße dazu neigen, diesbezügliche Verträge mit privaten Programmen und Institutionen abzuschließen. Befürworter des L. A.-Lagersystems behaupten, das Programm sei sowohl kostenwirksam als auch allgemein erfolgreich, da in seinem Rahmen die jugendlichen Straftäter in beständige, bewachte, gut durchstrukturierte Umgebungen mit straffer Organisation und traditioneller Wertevermittlung gebracht werden. Aber Kritiker, besonders aus dem Lager des Pflichtverteidigeramts, führen an, daß Los Angeles einige der besten und umwälzendsten Jugendprogramme der Nation nicht nutzt, indem es so viele Kinder in die Bewährungslager der Gemeinde schickt. Sie weisen auf ein äußerst erfolgreiches und häufig imitiertes Programm in Pennsylvania hin, das sich Schwerverbrechern annimmt, ihnen in einem Programm von der Güte einer College-Vorschule Bildung vermittelt und damit eine sehr geringe Rückfallrate erreicht – die monatlichen Kosten sind etwa von der Höhe wie der Aufenthalt in einem der L. A.-Lager. Die Verantwortlichen von Los Angeles wollen jedoch keinen ihrer Straftäter dorthin schicken.

Im Bewährungsamt besteht offenbar ein Interessenkonflikt, da ja die Bewährungshelfer eine Strafe befürworten müssen, die für den weiteren Lebensweg und die Besserung des jugendlichen Straftäters am zuträglichsten ist. Das Amt hingegen hat selbst ein ureigenes Interesse, so viele Minderjährige wie möglich in seine eigenen Lager zu schicken, um den Stand seiner Haushaltsmittelbewilligung zu erhalten. Minderjährige in andere Programme zu schicken wäre so, als ob man einen Kunden zu Konkurrenten schickt. Das Bewährungsamt führt eine De-facto-Politik gegen die Empfehlung (und Bezahlung) privater Programme außerhalb des Gebiets von Los Angeles. Folglich können nur Minderjährige mit Eltern, die in der Lage sind, für private Rehabilitationsprogramme wie das von Pennsylvania zu bezahlen, dieser Politik entgehen.

4. Der Bericht der Kleinen Hoover-Kommission über Kaliforniens Jugendjustizsystem äußert sich wie folgt hinsichtlich der CYA-Erziehungsanstalten: »Bandenaktivitäten und individuelle Gewalt können in überfüllten Schlafsälen gedeihen ... Die Sicherheit der Insassen ist nicht gewährleistet.«

CYA-Statistiken weisen aus, daß im Jahr 1993 227 Angriffe auf CYA-Personal (93 mit Waffen), 1 090 Angriffe von Insassen auf Insassen (140 davon mit Waffen) stattfanden, wobei 97 CYA-Bedienstete und 410 Insassen verletzt wurden.

Pfeffersprühmittel und ein chemisches Kampfmittel mit der Bezeichnung CS werden in den CYA-Anstalten angewandt, um Minderjährige abzuwehren und kampfunfähig zu machen. Ungefähr 2 700 Minderjährige werden jährlich mit diesen ›chemischen Beschränkungsmitteln‹ besprüht. In den fünf Jahren vor und einschließlich 1993 verübten sieben Minderjährige Selbstmord in CYA-Einrichtungen.

In den Gesprächen mit dem Verfasser des vorliegenden Buches gaben Teenager, die in CYA-Anstalten Haftstrafen verbüßten, an, daß in diesem Jugendgefängnissystem Bandenaktivitäten, Gewalt, sexuelle Nötigung und – in geringerem Maße – Drogenmißbrauch blühen. Während einige dieser Einrichtungen in der äußeren Erscheinung einem Universitätscampus ähnlich sind, sehen andere wie abgeschottete Hochsicherheitsgefängnisse aus. Wartelisten für Substanzmißbrauchsprogramme und andere therapeutische und Rehabilitationsleistungen sind im allgemeinen sehr lang – länger als die Haftstrafen vieler Insassen. Die meisten Jugendrichter in Los Angeles wie auch Betreuer innerhalb des CYA-Systems sehen die CYA-Anstalten als den letzten Ort für Jugendliche an, die wenig Hoffnung auf Besserung haben – eine schlimme Alternative, die nur im Vergleich zum Erwachsenengefängnis noch günstig erscheint.

5. Der Jugendgerichtshof von Los Angeles macht dieses Eingeständnis fünfmal an jedem Arbeitstag, 1 200 mal im Jahr. Von den 8 664 Minderjährigen, die Ende 1993 in CYA-Anstalten (die ja für den gesamten Staat Kalifornien zuständig sind) untergebracht waren, kamen 42 Prozent aus Los Angeles – eine tragisch hohe Versagensquote angesichts dessen, daß die Großgemeinde Los Angeles nur 30 Prozent der Kinder des gesamten Staates Kalifornien aufweist.

6. Diese CYA-Zahlen sind von Januar 1994. Die Vorherrschaft männlicher Kriminalität – sowohl geringer als auch schwerer – ist auch unverkennbar, obwohl nicht mehr überwältigend. 82 Prozent der 1,5 Millionen jugendlicher Straftäter der gesamten Vereinigten Staaten von Amerika im Jahr 1992 waren männlich, gemäß dem *Sourcebook of Criminal Justice Statistics – 1992** (herausgegeben von der Abteilung für Justizstatistik im US-Justizministerium).

ZU KAPITEL 12:

1. Kurz nach Keeshas Verhaftung wurde das Aufnahmeproblem in Los Angeles schlimmer, nachdem Erdbebenschäden am Zentralen Jugend-Untersuchungsgefängnis Central Juvenile Hall die Aufnahmefunktion dort unmöglich gemacht hatten. Die Anstalt Los Padrinos mußte die Fälle übernehmen, so daß deren Aufnahmelast verdoppelt wurde. Von dort wurde dann ein Teil nach der Aufnahme in das ›Zentrale‹ überstellt – ein logistischer Alptraum von Verzögerungen und falschen Zuweisungen. Achtzehn Monate nach dem Erdbeben vom Januar 1994 war die Möglichkeit, Aufnahmeverfahren im Zentralen Jugend-Untersuchungsgefängnis abzuwickeln, immer noch nicht wiederhergestellt.

2. Wenn Ankläger im Jugendgericht Anträge stellen, so

* Anm. d. Übers.: Weißbuch der Kriminaljustiz-Statistik, 1992

werden diese bewilligt, was erfordert, daß der Minderjährige eingesperrt und sein Fall danach verhältnismäßig schnell gerichtlich verhandelt wird. Oder ein Antrag wird abgelehnt, so daß der Minderjährige zu Hause bleiben und die Zeit bis zur Hauptverhandlung des Falls sehr verlängert werden kann. Im vorliegenden Fall war der Junge aufgrund eines danach nicht bewilligten Antrags festgenommen worden. Um ihn ins Zentrale Jugend-Untersuchungsgefängnis überführen lassen zu können, mußte Richter Dorn eine juristische Feststellung treffen, daß sich die Umstände im Leben des Jungen dahingehend geändert hatten, daß seine Verwahrung zu seinem eigenen Schutz und der Sicherheit der Gesellschaft notwendig geworden war. Dorn befand, daß sein Fernbleiben vom Unterricht diese Änderung der Lebensumstände ausmachte, aber sein Verteidiger führte an, daß dies doch gar keine Änderung sei, denn er sei doch vor seiner Verhaftung auch nicht zur Schule gegangen. Wieder einmal schien es ein Fall zu sein, in dem Dorn das Richtige tat: Er unternahm etwas, um einen schuleschwänzenden Minderjährigen zurück zur Schule zu bringen – statt genau nach dem Gesetz zu verfahren.

3. Aus den Gesprächen des Autors mit den stellvertretenden Bezirksstaatsanwälten Tom Higgins und Peggy Beckstrand.

ZU KAPITEL 13:

1. Vom US-Justizministerium aufgestellte nationale Statistiken zeigen, daß, obwohl weiße männliche Jugendliche den Hauptteil der Straftäter ausmachen, afro-amerikanische Jugendliche fast zweimal höhere Straffälligkeitsquoten aufweisen. Von jeweils 1000 Jugendlichen, die gefährdet sind, vor ein Jugendgericht gebracht zu werden, werden von den weißen Jugendlichen nach dem jetzigen Stand 41,7 wirklich straffällig, wogegen es von den afroamerikanischen Jugendlichen 107,8 sind. (Zum Zwecke dieser Untersuchung rechnete das US-Justizministerium

die spanischstämmigen oder Latino-Jugendlichen zu den weißen. Separate Zahlen sind nicht verfügbar.)

In Los Angeles sind die rassischen und ethnischen Unterschiede noch stärker. Bei den Minderjährigen, die den Jugendgerichten vorgeführt werden, herrschen die hispanischen oder Latinos vor. In der 16-Prozent-Studie, in der Erststraftäter über einen Zeitraum von sechs Monaten untersucht worden waren, wurde festgestellt, daß 16 Prozent weiß (weiße Jugendliche stellten in diesem Zeitraum einen Anteil von etwa 27 Prozent der gesamten jugendlichen Bevölkerung in der Großgemeinde Los Angeles), 24 Prozent Afro-Amerikaner (deren Anteil etwa 12 Prozent aller Jugendlichen betrug) und 56 Prozent der Erststraftäter Latinos beziehungsweise Hispanier waren (deren Anteil an der jugendlichen Gesamtbevölkerung knapp unter 50 Prozent lag).

2. Dieser Bericht über die Diskussion ›in den Richterkammern‹ beruht auf Gesprächen des Autors mit James Cooper und Peggy Beckstrand.

ZU KAPITEL 14:

1. Einer der besten Maßstäbe für die Arbeitsleistung eines Richters besteht darin zu sehen, wie oft er Fälle aus eigenem Antrieb statt auf Anträge der Verteidigung oder Anklage hin verlängert. Im ganzen System erfolgten in den ersten fünf Monaten des Jahres 1994 etwa 20 Prozent aller Vertagungen im Jugendgerichtshof von Los Angeles auf Veranlassung des Richters. Der Prozentsatz des arbeitswütigen Richters Dorn lag dagegen unter 15 Prozent. Dagegen wurden 81 Prozent der Fälle in Richter Lukes' Verhandlungssaal vertagt – eine Quote, die von keinem seiner Kollegen erreicht worden ist.

Durchgeführte Hauptverhandlungen sind auch ein gutes Maß. In den gleichen fünf Monaten hatte Richter Dorn 545 Hauptverhandlungen auf seinem Terminkalender gehabt und es gelang ihm, in 39 Prozent davon zu einem Urteil zu kommen – eine erstaunlich hohe Quote, besonders im Hinblick auf den Umstand, daß seine Arbeitslast an Verhandlungen viel schwerer als die des durchschnittlichen Richters ist. Im ganzen System lag die Rate der in einer Hauptverhandlung abgeschlossenen Fälle bei 33 Prozent, während der Rest vertagt wurde. Richter Luke, bei dem 111 Hauptverhandlungen weniger als bei Richter Dorn angesetzt waren, gelang es nur, 17 Prozent seiner Fälle in diesem Zeitraum von fünf Monaten abzuschließen – und alle von denen, bis auf eine Handvoll, waren auch noch schnelle Plädierabmachungen statt vollständiger Hauptverhandlungen.

2. Richter Luke wurde später zum Zivilgericht für Erwachsene versetzt.

ZU KAPITEL 15:

1. »Die Behauptung, daß die Überstellung von Jugendlichen an den Erwachsenengerichtshof eine härtere Antwort auf den Anstieg der Verbrechen ist, erweist sich nicht in allen Fällen als richtig. Die Realität des gegenwärtigen Systems … ist derart, daß ins Erwachsenengericht geschickte Jugendliche a) manchmal überhaupt nicht verurteilt werden, weil Geschworene es nicht über das Herz bringen, jemanden, der so jung ist, schuldig zu sprechen, b) manchmal eine Bewährungsstrafe erhalten, wenn sie im Jugendgericht mit zu verbüßender Haft bestraft worden wären, c) von einer Plädierabmachung profitieren könnten, die die Kosten oder Unsicherheit einer Vollverhandlung ersparen soll, d) bisweilen zu einer begrenzten Haftstrafe verurteilt werden und nach Abbüßung der Hälfte davon wegen guter Führung begnadigt werden, wogegen sie in den CYA-Erziehungsanstalten eine längere Zeit hätten absitzen müssen.« (*Die Herausforderung durch die Jugendkriminalität: Der Vorbeugung muß Vorrang gegeben werden*, September 1994, S. 83).

ZU KAPITEL 16:

1. Die Verbrechensraten sind in den letzten beiden Jahren ein wenig gesunken oder haben sich nach Jahren des Anstiegs auf einem gefährlich hohen Niveau abgeflacht, aber die meisten Experten glauben, daß es sich hier nur um eine vorübergehende Stille in einem Sturm handelt, der noch jahrzehntelang wüten wird. Aufgrund der vor kurzem erfolgten Beschleunigung des Anstiegs der Jugendkriminalität und angesichts des Wachstums der jugendlichen Bevölkerung der Vereinigten Staaten, auf die die Volkszählungen hinweisen, machte Shay Belchik, Administrator der Abteilung für Jugendjustiz und Straffälligkeitsvorbeugung im US-Justizministerium, folgende Voraussage in einem kürzlich vorgelegten Bericht: »Bis zum Jahre 2010 wird sich die Anzahl von Festnahmen von Minderjährigen wegen Gewaltverbrechen mehr als verdoppeln und die Anzahl der Verhaftungen von Minderjährigen wegen Mordes um fast 150 Prozent ansteigen.«

Andere Sachkundige haben ähnliche Schätzungen angestellt. James Alan Fox, Dekan des Kollegs für Strafjustiz an der Northeastern University, sagte 1995 auf einer Konferenz der American Association for the Advancement of Science:* »Die wirklich schlechte Nachricht ist ja die, daß uns das Schlimmste noch bevorsteht. Ich glaube, es kommt eine Welle des Verbrechens auf uns zu, die über dieses Jahrhundert hinausschwappen wird. Ich bin ehrlich überzeugt davon, daß wir ein Blutbad haben werden, wenn wir heute nicht handeln und all diese Minderjährigen heranwachsen. ... In den Vereinigten Staaten von Amerika gibt es gegenwärtig 40 Millionen Kinder unter zehn Jahren. Bis zum Jahr 2005 wird die Anzahl von Teenagern um 23 Prozent angestiegen sein, wodurch sich zweifellos auch der Pegel der Gewalt erhöhen wird.«

* Anm. d. Übers.: Amerikanische Vereinigung für die Förderung der Wissenschaft

2. Diese statistischen Daten sind *Juvenile Court Statistics* 1992 (Jugendgerichtsstatistik 1992 und *Jugendstraftäter und Opfer: Ein Blick auf die Gewalt im Jahre 1995* entnommen. Beide wurden von der Abteilung für Jugendjustiz und Straftatenvorbeugung im US-Justizministerium und vom Büro für Justizstatistik in dessen Weißbuch herausgegeben. Der gleiche Trichtereffekt gilt auch für den Staat Kalifornien (247 000 Verhaftungen im Jahr 1992 mit nur 64 000 [26 Prozent] wirklichen Konsequenzen) und die Großgemeinde Los Angeles (50 000 Verweisungen an das Bewährungsamt, aber nur 13 000 [26 Prozent] Verurteilungen zu einer formellen Bewährungsstrafe, Einweisungen in ein Heim oder Verwahrung in einer Jugendanstalt).

ZU KAPITEL 17:

1. Ronalds Verteidiger, James Cooper, verbrachte einen großen Teil dieser Verfügungsanhörung damit, dem niederschmetternden psychiatrischen Bericht, den er ursprünglich gefordert hatte, zu widersprechen. Er behauptete, daß die täglichen Schlägereien nur stattgefunden hätten, als sich Ronald in der zweiten Klasse befand und sein Verhalten besonders schlecht war; ferner, daß es nie zweifelsfrei bewiesen worden sei, daß Ronald in der Schule Kokain bei sich hatte: daß die Brandstiftung mit dem Anzünden von etwas Benzin am Rand eines Teiches im Zusammenhang gestanden habe und kein Schaden entstanden sei; und daß Ronald sich im Juvenile Hall nur einer Bande angeschlossen habe, um Schutz gegen andere Insassen, die ihn bedroht hatten, zu finden.

NACHWORT:

1. ›Blinky‹ (Blinzler) ist Elias' Bandenspitzname, und ›Clanton Street Locos‹ (Die Verrückten von der Clantonstraße) ist der Name seiner Straßenbande.
2. Onkel, Tanten, Cousins und Cousinen.
3. Großvater.

4. Gemäß Elias ist das ein spanisches Slangwort für ›Bandenkonflikt‹.
5. Großmütter.
6. Eingekerkert.

ZU KAPITEL 18:

1. Von Polizeipräsidium und der Polizei-Schulabteilung von Los Angeles erhaltene statistische Daten.

2. Solche Gesetze werden fast immer in der Folge eines besonders empörenden Falles durchgesetzt. So werden zum Beispiel im Staat Illinois Hunderte von Minderjährigen als Erwachsene abgeurteilt werden, weil ein Elfjähriger und ein Zwölfjähriger den fünfjährigen Eric Morse aus einem Fenster im 14. Stock hielten und dann in den Tod hinunterfallen ließen, weil er sich geweigert hatte, Süßigkeiten für sie zu stehlen.

ENDE

Band 13 957

Ken Englade

Das Blut der Pferde

Deutsche Erstveröffentlichung

Als die Millionärswitwe Helen Brach nach einem Krankenhausbesuch spurlos verschwindet und Staatsanwalt Steve Miller die Ermittlungen übernimmt, kann er nicht ahnen, daß seine Untersuchung die Schattenseite der amerikanischen Reitindustrie aufdecken wird.
Der Fall Brach nimmt ungeahnte Dimensionen an, als die Ermittler auf einen charmanten Herzensbrecher namens Richard Bailey aufmerksam werden, der nicht nur Helen Brach um stattliche Summen betrogen hat. Eine andere Spur führt zu Tom Burns, einem professionellen Pferdekiller, der erfolglose Rennpferde tötet, damit die Besitzer – zu denen auch Olympiastars gehören – die Versicherungssummen kassieren können. Aber das ist nicht das Ende der Untersuchung, denn eine weitere Spur führt zurück in das Jahr 1955 und zu einem grausamen Sexualverbrechen, bei dem drei Jungen ums Leben kamen.

Ein atemberaubender Report, der die Dekadenz der Wohlstandsgesellschaft am Beispiel der Reiterbranche aufzeigt.

BASTEI LÜBBE